中国现当代
文学作品选（下）

谢昭新　吴尚华　主编

时代出版传媒股份有限公司
安　徽　教　育　出　版　社

图书在版编目（CIP）数据

中国现当代文学作品选.下 / 谢昭新，吴尚华主编. 合肥：安徽教育出版社，2003.9

ISBN 978-7-5336-3430-8

Ⅰ.中…　Ⅱ.①谢…②吴…　Ⅲ.①文学—作品综合集—中国—现代②文学—作品综合集—中国—当代
Ⅳ.I216.1

中国版本图书馆 CIP 数据核字（2003）第 078710 号

中国现当代文学作品选·下
ZHONGGUO XIANDANGDAI WENXUE ZUOPINXUAN

出 版 人：费世平
质量总监：姚　莉
责任编辑：唐　秀　钱　江
装帧设计：许海波
责任印制：陈善军

出版发行：时代出版传媒股份有限公司　安徽教育出版社
地　　址：合肥市经开区繁华大道西路 398 号　邮编：230601
网　　址：http://www.ahep.com.cn
营销电话：(0551)63683012，63683013
排　　版：安徽时代华印出版服务有限责任公司
印　　刷：合肥创新印务有限公司

开　　本：720×960　1/16
印　　张：28.25
字　　数：620 千字
版　　次：2009 年 8 月第 2 版　2020 年 1 月第 7 次印刷
定　　价：43.80 元

（如发现印装质量问题，影响阅读，请与本社营销部联系调换）

目　录

一、诗歌

二、散文

三、小说

四、戏剧

一、诗　　歌

苹果树下

闻　捷

苹果树下那个小伙子，
你不要、不要再唱歌；
姑娘沿着水渠走来了，
年轻的心在胸中跳着。
她的心为什么跳呵？
为什么跳得失去节拍？……

春天，姑娘在果园劳作，
歌声轻轻从她耳边飘过，
枝头的花苞还没有开放，
小伙子就盼望它早结果。
奇怪的念头姑娘不懂得，
她说：别用歌声打扰我。

小伙子夏天在果园度过，
一边劳动一边把姑娘盯着，
果子才结得葡萄那么大，
小伙子就唱着赶快去采摘。
满腔的心思姑娘猜不着，
她说：别像影子一样缠着我。

淡红的果子压弯绿枝，
秋天是一个成熟季节，
姑娘整夜整夜地睡不着，
是不是挂念那树好苹果？
这些事小伙子应该明白，
她说：有句话你怎么不说？

……苹果树下那个小伙子，

你不要、不要再唱歌；
姑娘踏着草坪过来了，
她的笑容里藏着什么？……
说出那句真心的话吧！
种下的爱情已该收获。

1952年—1954年

（原载《人民文学》1955年第3期）

闻捷（1923—1971），原名赵文节，江苏丹徒人。代表作品有诗集《天山牧歌》和长篇叙事诗《复仇的火焰》等。

《苹果树下》这首诗以苹果树从开花到结果的自然历程来象征男女青年爱情从萌发到成熟的心灵历程。小伙子与姑娘在果园共同劳动，播撒汗水的同时也悄悄播下了爱情的种子。当小伙子的情感发展超越了劳动进程，必然导致姑娘的拒绝和冷淡。当小伙子的情感发展落后于劳动进程，又造成姑娘的苦恼。劳动决定爱情，爱情选择劳动。闻捷在当代诗坛上第一次把爱情与劳动结合起来，歌颂了新时代青年男女新的劳动态度和新的爱情观念，从而赋予诗篇深刻的思想价值。

《苹果树下》构思新颖，诗人巧妙地把爱情与劳动统一于苹果树的形象。小伙子的焦急、姑娘的矜持都写得生动而有情趣。对爱情的追求热烈但不直露，情感真挚但是表达含蓄，具有生动含蓄的抒情风味。诗歌语言简洁明快，富有情韵，节奏鲜明，音韵和谐，吸收了新疆少数民族民歌的表现形式。（吴尚华）

到远方去

邵燕祥

收拾停当我的行装，
马上要登程去远方。
心爱的同志送我
告别天安门广场。

在我将去的铁路线上，
还没有铁路的影子。
在我将去的矿井，
还只是一片荒凉。

但是没有的都将会有，
美好的希望都不会落空。
在遥远的荒山僻壤，
将要涌起建设的喧声。

那声音将要传到北京，
跟这里的声音呼应。
广场上英雄碑正在兴建啊，
琢打石块，像清脆的鸟鸣。

心爱的同志，你想起了什么？
哦，你想起了刘胡兰。
如果刘胡兰活到今天，
她跟你正是同年。

你要唱她没唱完的歌，
你要走她没走完的路程。
我爱的正是你的雄心，
虽然我也爱你的童心。

让人们把我们叫做
母亲的最好的儿女，
在英雄辈出的祖国，
我们是年轻的接力人。

我们惯于踏上征途，
就像骑兵跨上征鞍，
青年团员走在长征的路上，
几千里路程算得什么遥远。

我将在河西走廊送走除夕，
我将在戈壁荒滩迎来新年，
不管什么时候，只要想起你，
就更要把艰巨的任务担在双肩。

记住，我们要坚守誓言：
谁也不许落后于时间！
那时我们在北京重逢，
或者在远方的工地再见！

1952年11月23日

（选自《献给历史的情歌》，人民文学出版社1980年版）

邵燕祥（1933— ），著有诗集《歌唱北京城》、《到远方去》、《给同志们》等。

这是一首50年代工业建设者的颂歌，诗人以共和国年轻建设者代言的身份，深情书写了第一代建设者的雄心壮志和青春豪情。

这首诗在艺术构思上的最大特点是：诗人没有再现劳动建设的客观具体场景，而是虚拟了一个抒情对象，面对新中国如诗如画的春天开怀畅想。在诗人面前，一切都是新的，告别是新的、远方是新的，新的一切都孕育着新的希望。在诗人眼里，一切都那么豪迈，一切都那么美妙。他从正在兴建的人民英雄纪念碑"琢打"石块的声音里，听出了鸟儿清脆的鸣叫；他从对刘胡兰烈士的缅怀里，感觉到天真的童心。

诗的形式与内容十分协调，语言和节奏明快而悠扬，确如在春日里放歌，在春风里畅想，让人真切感觉到，新中国的春天，如"健壮的青年，有着铁一般的胳膊和腰腿，领着我们向前去"。（何家荣）

一个黑人姑娘在歌唱

艾　青

在那楼梯的边上，
有一个黑人姑娘，
她长得十分美丽，
一边走一边歌唱……

她心里有什么欢乐？
她唱的可是情歌？
她抱着一个婴儿，
唱的是催眠的歌。

这不是她的儿子，
也不是她的弟弟；
这是她的小主人，
她给人看管孩子；

一个是那样黑，
黑得像紫檀木；
一个是那样白，
白得像棉絮；

一个多么舒服，
却在不住地哭；
一个多么可怜，
却要唱欢乐的歌。

1954年7月17日作于里约热内卢

（选自《艾青诗选》，人民文学出版社1979年版）

平中见奇，深入浅出，是诗歌至高的境界。《一个黑人姑娘在歌唱》就是这样的佳构。诗人惊奇于一个长得很漂亮的黑人姑娘的边走边唱。而省略号一方面表示她此刻除了边走边唱，一定还有别的故事;一方面也由此导入下文。诗人是先闻其声而后见其人的。诗人只得揣度琢磨她歌唱的原因以及歌唱的内容。当她走近时或者说当诗人走近时,看到了她怀里抱着一个婴儿,由此诗人知道了她唱的不是欢乐的情歌,而是"催眠的歌"。再仔细一瞧,这个婴儿是白色人种。据此,诗人明白了婴儿既不是她的儿子也不是她的弟弟,而是"她的小主人"。

诗人由黑人姑娘的歌唱引起好奇和疑问,随着距离的不断推近,诗人的一个个疑问都得到了解答。这表明诗人对黑人姑娘处境和命运的关切。

最后两节,是用两组并列的对比,其间强烈的反差——白与黑、轻与重、幸福与悲痛,一个大人被一个小孩束缚着——导致的失衡、紧张,显现出这个世界的价值不公和种族歧视,至此,黑人的悲惨命运被揭示出来。原来,这个黑人姑娘唱的是黑人的哀歌!诗的主题被很自然地放大了。(杨四平)

鱼化石

艾　青

动作多么活泼，
精力多么旺盛，
在浪花里跳跃，
在大海里浮沉；

不幸遇到火山爆发，
也可能是地震，
你失去了自由，
被埋进了灰尘；

过了多少亿年，
地质勘察队员，
在岩层里发现你，
依然栩栩如生。

但你是沉默的，
连叹息也没有，
鳞和鳍都完整，
却不能动弹；

你绝对的静止，
对外界毫无反应，
看不见天和水，
听不见浪花的声音。

凝视着一片化石，
傻瓜也得到教训：
离开了运动，
就没有生命。

活着就要斗争，
在斗争中前进，
当死亡没有来临
把能量发挥干净。

1978 年

（选自《归来的歌》，四川人民出版社 1980 年版）

在“归来诗群”的历史反思中，艾青很少以个人的苦难命运作为书写内容，这首《鱼化石》是一个特例。诗人通过对一片化石的描述和沉思，既传达了诗人个体命运的有关信息，又高度概括了普遍的关于生命被沉埋的悲哀和无奈。生命在瞬间的毁灭也许是悲壮的，但是长久的掩埋却是可怕的。一片化石的标本记录的是一种生命被灾变沉埋的悲剧性秘密。这个悲剧生命的意象是艾青的独特发现和创造。它不仅让我们感受到诗人个体的命运遭遇，它更是对一个时代悲剧命运的概括。因而鱼化石的形象具有非常高的典型意义。即使是那些没有经历“沉埋”的自由生命，对“鱼化石”所包含的寓意也能通过想象空间的再创造和自己的人生体验加以填补，获得属于自己的艺术感受。（吴尚华）

西盟的早晨

公　刘

我推开窗子，
一朵云飞进来——
带着深谷底层的寒气，
带着难以捉摸的旭日的光彩。

在哨兵的枪刺上
凝结着昨夜的白霜，
军号以激昂的高音，
指挥着群山每天最初的合唱……

早安,边疆!
早安,西盟!
带枪的人都站立在岗位上
迎接美好生活中的又一个早晨……

1954年

（选自《黎明的城》,中国青年出版社1956年版）

公刘(1927—2003),原名刘仁勇,江西南昌人。共和国第一代诗人,著有诗集《边地短歌》、《仙人掌》、《离离原上草》及《公刘诗选》等。

《西盟的早晨》构思巧妙,诗人善于描摹边地风光,那一朵带着“寒气”,带着“旭日的光彩”,飞进早晨推开的窗子里的“云”,就极具美感。诗人又善于从平凡的生活中捕捉诗意,他在战士凝结着白霜的“枪刺”上,从每日激昂嘹亮的“军号”声里,发掘出边疆战士对祖国的忠诚与热爱。诗风清新优美、单纯明朗。(刘贤汉)

哎，大森林！
——刻在烈士饮恨的洼地上

公 刘

哎，大森林！我爱你！绿色的海！
为何你喧嚣的波浪总是将沉默的止水覆盖？
总是不停地不停地洗刷！
总是匆忙地匆忙地掩埋！
难道这就是海?！这就是我之所爱?！
哺育希望的摇篮哟，封闭记忆的棺材！

分明是富有弹性的枝条呀，
分明是饱含养分的叶脉！
一旦竟也会竟也会枯朽？
一旦竟也会竟也会腐败？
我痛苦，因为我渴望了解，
我痛苦，因为我终于明白——
海底有声音说：这儿明天肯定要化作尘埃，
假如今天啄木鸟还拒绝飞来。

1979 年 8 月 12 日于沈阳

（选自《仙人掌》，四川人民出版社 1980 年版）

在“文化大革命”期间，张志新烈士为追求、捍卫真理被“四人帮”残酷杀害。新时期，有不少诗人写下了纪念张志新的诗篇，如韩瀚的《重量》、雷抒雁的《小草在歌唱》、艾青的《听，有一个声音……》，等等。公刘的不同之处在于，他不是歌颂烈士的政治情操、英雄品格，也不是对“文化大革命”的谴责，而是上升为对国家、民族前途命运的深切忧思。

诗中的“大森林”就是我们的国家、民族的象征。它充满了矛盾的两面：一方面是“喧嚣的波浪”，是生机，是“希望的摇篮”；另一方面是“沉默的止水”，是枯朽腐败，是“记忆的棺材”。这种矛盾冲突激荡着诗人的心胸，使诗人痛苦，他不断地追问为什么会如此？这是因为，在“大森林”中，总是有不断的“洗刷”和“掩埋”。诗人意在呼吁人们不要忘记历史的惨痛教训，悲剧不能重演。公刘“归来”后的诗歌大多忧愤深广，对一些严峻的问题进行了充满感情的“沉思”。（张应中）

水手刀

郑愁予

长春藤一样热带的情丝
挥一挥手即断了
挥沉了处子般款摆着绿的岛
挥沉了半个夜的星星
挥出一程风雨来

一把古老的水手刀
被离别磨亮
被用于寂寞，被用于欢乐
被用于航向一切逆风的
桅篷与绳索……

（选自《乡愁》，河北人民出版1990年版）

郑愁予(1933—)，原名郑文韬，河北人，台湾中兴大学法商学院毕业。美国耶鲁大学东亚语文系教授。著有诗集《草鞋与筏子》、《梦土上》、《衣钵》、《窗外的女奴》、《燕人行》、《雪的可能》、《刺绣的歌谣》等。

郑愁予是台湾现代派诗歌的代表诗人之一，杨牧曾说“他是中国的中国诗人，用良好的中国文字写作，形象准确，声籁华美，而且是绝对地现代的”。

在郑愁予大量书写海上生活的诗篇中，《水手刀》是最具特色的一首。诗人没有直接抒发水手与亲人离别的意绪，也没有展现具体的离别场景，而是巧妙地选择了“古老的水手刀”作为意象，从“挥”这一瞬间的动作展开水手内心深沉而丰富的情感。“古老的水手刀”是离别的象征，也是水手豪壮旷达性格的写照，同时也凝结了水手深沉缠绵的情思。(吴尚华)

错　误

郑愁予

我打江南走过
那等在季节里的容颜如莲花的开落

东风不来，三月的柳絮不飞
你的心如小小的寂寞的城
恰若青石的街道向晚
跫音不响，三月的春帷不揭
你的心是小小的窗扉紧掩

我达达的马蹄是美丽的错误
我不是归人，是个过客……

1954 年

（选自《郑愁予诗选》，中国友谊出版公司 1984 年版）

《错误》是郑愁予广为流传脍炙人口的一首名诗。这首诗借一个浪子无法抵归的离人情怀，写出了一个倦守春闺的少妇落寞的心绪和等待的怅然。在中国古典诗歌中，有大量描写思妇怀人的诗篇，这首《错误》对古典“闺怨诗”的写法是一个突破。全诗从男主人公的视角去写想象中思妇的情态，这一视角的转换赋予诗歌别具一格的意味。抒情主人公是一个浪迹天涯的离人，他快马挥鞭向江南疾驰而去，猜度此时江南思妇的心境和马蹄声中的微妙变化。诗人极写妇人的寂寥心境，我们可以想象，正是在花开花落的等待和失望中，她如花的容颜在悄悄消退，她那浓烈的相思在渐渐淡化，她已经把心灵的门窗关闭起来了。而这时突然一阵疾驰的马蹄由远而近，久已关闭的心窗又禁不住悄然开启，然而残酷的是，那马蹄声并没有在门前戛然而止，而是达达而去。此时她的心境又是如何呢？因此抒情主人公说“我达达的马蹄是美丽的错误”，读到这里，诗人艺术构思的精巧令人拍案叫绝。

这首诗将中国传统诗歌的原型意象和古典情怀，与现代派诗歌的象征、暗示等表现手法相结合，形成了既豪放旷达又情意缠绵的诗风。（吴尚华）

民　　歌

余光中

传说北方有一首民歌
只有黄河的肺活量能歌唱
从青海到黄海
　风　也听见
　沙　也听见

如果黄河冻成了冰河
还有长江最最母性的鼻音
从高原到平原
　鱼　也听见
　龙　也听见

如果长江冻成了冰河
还有我，还有我的红海在呼啸
从早潮到晚潮
　醒　也听见
　梦　也听见

有一天我的血也结冰
还有你的血他的血在合唱
从A型到O型
　哭　也听见
　笑　也听见

1971年12月18日

（选自《白玉苦瓜》，台湾大地出版社1974年版）

余光中(1928—　)，原籍福建永春，生于南京。“蓝星诗社”创始人之一。自称“右手写诗，左手写散文”，其诗文风格屡变，日臻圆熟，受到海内外一致推崇。

在《白玉苦瓜·自序》中，诗人认为：“现代诗的三度空间，或许便是纵的历史感，横的地域感，加上纵横相交而成十字路口的现实感吧。”因此《民歌》所选取的意象:黄河、长江、青海、黄海、高原、平原……夹杂着风、沙、鱼、龙,从北横贯而下,呈现一幅广袤的中国景观;而那一首在北方诞生的“民歌”,从远古一直传唱到今日,激越着我们民族的心灵;经由我“龙的传人”,再传给我的同胞们,就这样一代一代地传唱下去。“一千个故事是一个故事,/那主题永远是一个主题”:一种心情,一种情不自禁的文化孺慕,一种历史归属感。

《民歌》值得注意的还有形式上的变化,诗人从西方的摇滚乐回归东方的民歌,追求民歌的口语化、通俗化、节奏感和韵味,为歌写诗,尝试着“现代诗大众化的一个途径”。因此,歌谣体的《民歌》是可吟诵的,也曾被谱成歌曲而传唱一时。(刘贤汉)

白玉苦瓜

余光中

似醒似睡，缓缓的柔光里
似悠悠醒自千年的大寐
一只瓜从从容容在成熟
一只苦瓜，不再是涩苦
日磨月磋琢出深孕的清莹
看茎须缭绕，叶掌抚抱
哪一年的丰收像一口要吸尽
古中国喂了又喂的乳浆
完美的圆腻啊酣然而饱
那触觉，不断向外膨胀
充实每一粒酪白的葡萄
直到瓜尖，仍翘着当日的新鲜

茫茫九州只缩成一张舆图
小时候不知道将它叠起
一任摊开那无穷无尽
硕大似记忆母亲，她的胸脯
你便向那片肥沃匍匐
用蒂用根索她的恩液
苦心的悲慈苦苦哺出
不幸呢还是大幸这婴孩
钟整个大陆的爱在一只苦瓜
皮靴踩过，马蹄踩过
重吨战车的履带踩过
一丝伤痕也不曾留下

只留下隔玻璃这奇迹难信
犹带着后土依依的祝福
在时光以外奇异的光中

熟着，一个自足的宇宙
饱满而不虞腐烂，一只仙果
不产在仙山，产在人间
久朽了，你的前身，唉，久朽
为你换胎的那手，那巧腕
千眄万睐巧将你引渡
笑对灵魂在白玉里流转
一首歌，咏生命曾经是瓜而苦
被永恒引渡，成果而甘

（选自《余光中诗选》，时代文艺出版社 1997 年版）

在余光中回归东方的诗路历程中，1974 年出版的诗集《白玉苦瓜》是一个重要的标志性作品。寻求对艺术、对感情以致对现实人生的一种净化和超越，成为他诗歌的中心意识。

《白玉苦瓜》这首诗最为典型地体现了余光中中年之后的创作心境：即“一种情不自禁的文化孺慕，一种历史归属感”。诗篇以台北故宫博物院里陈列的一只玉雕珍品为抒情意象，寄寓了诗人对中华母体文化的一种倾心和仰慕，以及对艺术永恒的感悟。白玉苦瓜是一个巨大的象征，作为艺术珍品，它的历史空间经历了似睡似醒、从容成熟的一场千年大寐，它的母本虽已久朽，但是脱胎而出的艺术却依然灿烂。这是一个永恒自足的宇宙，当然也是诗人的人生感悟和一种成熟心境的写照。“钟整个大陆的爱在一只苦瓜”这句语象高度涵盖了余光中全部诗歌的中国情意结的内涵。（吴尚华）

金龙禅寺

洛　夫

晚钟
是游客下山的小路
羊齿植物
顺着白色的石阶
一路嚼了下去

如果此处降雪

而只见
一只惊飞的灰蝉
把山中的灯火
一盏盏地
点燃

（选自《二十世纪台湾诗选》，中国社科出版社 2003 年版）

洛夫（1928—　），原名莫洛夫。湖南衡阳人。台湾淡江大学外文系毕业。创世纪诗社发起人之一。著有诗集《灵河》、《时间之伤》、《石室之死亡》、《无岸之河》、《酿酒的石头》等。

洛夫在现代派诗群中有“诗魔”之称。他在台湾时期的诗歌创作经历了一个从“超现实主义”到“知性现实主义”的风格转化，意象由繁复晦涩转向单纯明朗。尤其注重把现代技巧融入古典意境。这首小诗就非常典型。诗人运用现代诗歌的意象变形和错位、通感和拼接等表现手法，在一幅游人下山的晚景图中，营造了一种耐人寻味的空灵境界。时间化的悠扬“钟声”与空间化的蜿蜒“小路”的对接，奇特的遐想打通了听觉与视觉；静态的“羊齿植物”与动态的“游人”的相互错位叠合，产生了蒙太奇的效果，沟通了人与自然。最后在一种蓦然回首的刹那，传达出一种生命的顿悟和瞬间生成的心境，“把山中的灯火/一盏盏地/点燃”，充满了古典传统的“天、地、人同生合一”的禅趣。（吴尚华）

相信未来

食 指

当蜘蛛网无情地查封了我的炉台，
当灰烬的余烟叹息着贫困的悲哀，
我依然固执地铺平失望的灰烬，
用美丽的雪花写下：相信未来。

当我的葡萄化为深秋的露水，
当我的鲜花依偎在别人的情怀，
我依然固执地用凝露的枯藤，
在凄凉的大地上写下：相信未来。

我要用手指那涌向天边的排浪，
我要用手掌那托住太阳的大海，
摇曳着曙光那枝温暖漂亮的笔杆，
用孩子的笔体写下：相信未来。

我之所以坚定地相信未来，
是我相信未来人们的眼睛——
她有拨开历史风尘的睫毛，
她有看透岁月篇章的瞳孔。

不管人们对于我们腐烂的皮肉，
那些迷途的惆怅，失败的痛苦，
是寄予感动的热泪，深切的同情，
还是给以轻蔑的微笑，辛辣的嘲讽。

我坚信人们对于我们的脊骨，
那无数次的探索、迷途、失败和成功，
一定会给予热情、客观、公正的评定。
是的，我焦急地等待着他们的评定。

朋友,坚定地相信未来吧,
相信不屈不挠的努力,
相信战胜死亡的年轻,
相信未来,相信生命。

1968年

(选自《北京青年现代诗十六家》,漓江出版社1986年版)

食指(1948—),山东人,原名郭路生,“白洋淀诗群”的代表诗人之一。著有诗集《食指的诗》等。

《相信未来》是一首“前现代诗”或说“前朦胧诗”,可以作出两种截然相反的解读。

从积极性的角度来看,前三节写当人们遭受命运的无情打击后,不必气馁,不要失望,而是要坚定地相信未来。第四五节交代相信未来的原因——“未来人们的眼睛”,即历史和真理的客观评定。最后一节,诗人呼告人们要相信自己的努力,相信未来时间的评定。这样看来,这是一首积极浪漫主义的诗篇,具有普希金《假如生活欺骗了你》的抒情风格和情感指向。

而从消极性的角度来审读,会得到一种全新的审美认知和审美享受。这些表面温暖的诗句下面潜藏着诗人乏力的挣扎和无望的希望以及透彻全身心的隐痛。在文革开始不久的两年时间里,诗人较早地认清了文革的荒诞性和悲剧性;但是,诗人无法超脱这个特定的时空,他只得睁着双眼做噩梦,并且不知道何时才能摆脱这驱之不去的梦魇。诗人不得不自己说些给自己壮胆、鼓劲的话,像鲁迅《祝福》里祥林嫂自己祝福自己,也像老舍《茶馆》终场的时候将要死去的王利发等人自己为自己烧纸钱!所以,这样想来,《相信未来》里的“未来人们的眼睛”是厌世的,而“坚定地相信”也显得多么的无力和苍白!《相信未来》是分裂的文本,是矛盾重重的诗篇。(杨四平)

悬崖边的树

曾　卓

不知道是什么奇异的风
将一棵树吹到了那边——
平原的尽头
临近深谷的悬崖上

它倾听远处森林的喧哗
和深谷中小溪的歌唱
它孤独地站在那里
显得寂寞而又倔强

它的弯曲的身体
留下了风的形状
它似乎即将倾跌进深谷里
却又像是要展翅飞翔……

1970 年

（选自《悬崖边的树》，四川人民出版社 1981 年版）

曾卓（1922—2002），七月诗派重要成员。代表诗集《悬崖边的树》、《老水手的歌》等。

1955 年曾卓因“胡风事件”被打成“反革命分子”，1979 年平反。这首诗写于诗人受难期间，他为我们刻画了一棵树的形象，它是诗人形象的化身，也是经历着苦难又怀着坚定信念的中国知识分子的写照。树植根在大地上，除非连根拔起，否则是不会被风吹走的。诗人用错谬的写法，暗示生活中悖于常理的事屡屡发生，诗人就是被一场政治风暴打下去的。诗人愤懑不平，孤独倔强，他面临危险，又坚强不屈，因为信念和理想不可剥夺，对真理的追求也无法遏止。（张应中）

团泊洼的秋天

郭小川

秋风像一把柔韧的梳子，梳理着静静的团泊洼；
秋光如同发亮的汗珠，飘飘扬扬地在平滩上挥洒。

高粱好似一队队的“红领巾”，悄悄地把周围的道路观察；
向日葵摇头微笑着，望不尽太阳起处的红色天涯。

矮小而年高的垂柳，用苍绿的叶子抚摸着快熟的庄稼；
密集的芦苇，细心地护卫着脚下偷偷开放的野花。

蝉声消退了，多嘴的麻雀已不在房顶上吱喳；
蛙声停息了，野性的独流减河也不再喧哗。

大雁即将南去，水上默默浮动着白净的野鸭；
秋凉刚刚在这里落脚，暑热还藏在好客的人家。

秋天的团泊洼啊，好像在香甜的梦中睡傻；
团泊洼的秋天啊，犹如少女一般羞羞答答。

团泊洼，团泊洼，你真是这样静静的吗？
全世界都在喧腾，哪里没有雷霆怒吼，风云变化！

是的，团泊洼的呼喊之声，也和别处一样洪大；
听听人们的胸口吧，其中也和闹市一样嘈杂。

这里没有第三次世界大战，但人人都在枪炮齐发；
谁的心灵深处——没有奔腾咆哮的千军万马！

这里没有刀光剑影的火阵，但日夜都在攻打厮杀；
谁的大小动脉里，——没有炽热的鲜血流响哗哗！

这里的《共产党宣言》，并没有掩盖在尘埃之下；
毛主席的伟大号召，在这里照样有最真挚的回答。

无产阶级专政的理论，在战士的心头放射光华；
反对修正主义的浪潮，正惊退了贼头贼脑的鱼虾。

解放军兵营门口的跑道上，随时都有马蹄踏踏；
五·七干校的校舍里，荧光屏上不时出现《创业》和《海霞》。

在明朗的阳光下，随时都有对修正主义的口诛笔伐；
在一排排红房之间，常常听见同志式温存的夜话。

……至于战士的深情，你小小的团泊洼怎能包容得下！
不能用声音，只能用没有声音的"声音"加以表达：

战士自有战士的性格：不怕污蔑，不怕恫吓；
一切无情的打击，只会使人腰杆挺直，青春焕发。

战士自有战士的抱负：永远改造，从零出发；
一切可耻的衰退，只能使人视若仇敌，踏成泥沙。

战士自有战士的胆识：不信流言，不受欺诈；
一切无稽的罪名，只会使人神志清醒，大脑发达。

战士自有战士的爱情：忠贞不渝，新美如画；
一切额外的贪欲，只能使人感到厌烦，感到肉麻。

战士的歌声，可以休止一时，却永远不会沙哑；
战士的明眼，可以关闭一时，却永远不会昏瞎。

请听听吧，这就是战士一句句从心中掏出的话。
团泊洼，团泊洼，你真是那样静静的吗？

是的，团泊洼是静静的，但那里时刻都会在轰轰爆炸！
不，团泊洼是喧腾的，这首诗篇里就充满着嘈杂。

不管怎样,且把这矛盾重重的诗篇埋在坝下,
它也许不合你秋天的季节,但到明春准会生根发芽。……

1975年9月于团泊洼干校

(选自《郭小川诗选》,人民文学出版社1977年版)

郭小川(1919—1976),河北丰宁人。

《团泊洼的秋天》是在政治夹缝里写的一部"矛盾重重的诗篇";前6节写团泊洼的秋天的平和、安详。这是对团泊洼的秋天的自然状貌的表象写实。第7节是个承上启下的过渡性诗节。接下来13节写团泊洼的秋天在世界或中国特定的政治社会环境里的喧嚣。这一部分充分展示了作为"战士诗人"的郭小川,在复杂的政治环境里的执著信念和阔大的胸襟:他恨不得要把自己的五脏六腑撕裂开,让祖国、党和人民看看他爱国的一片赤胆忠心。这些文字感情炽热、字字血泪。显然,在此期间,诗人的这种爱国情感被歪曲、否定。诗人的一肚子委屈,在这些文字里可以感触到。倒数第3节和第7节一样,也是承上启下的。倒数第2节是全诗的"诗眼"——平静的是秋天团泊洼的外表,而喧嚣的是秋天团泊洼的内部。这种内外的矛盾正是诗人郭小川思想上的困惑。正是从这个意义上,有人说,《团泊洼的秋天》是一个"分裂的文本"。其实,所谓"分裂"就是指这种双重矛盾;而在诗歌的艺术表现上则是和谐的、圆熟的。最后一节,是上一节情绪的延续。诗人没有在困惑和矛盾里迷失,而坚定地相信未来。这就进一步凸现了战士诗人郭小川坚定的精神指向。

此外,在新诗体式上,此诗也是郭小川在向汉赋学习的基础上,感物咏志、借景抒情,"集短为长"而创制"长廊句"写成。它被文学史家称为"新赋体"。(杨四平)

回 答

北 岛

卑鄙是卑鄙者的通行证，
高尚是高尚者的墓志铭。
看吧，在那镀金的天空中，
飘满了死者弯曲的倒影。

冰川纪过去了，
为什么到处都是冰凌？
好望角发现了，
为什么死海里千帆相竞？

我来到这个世界上，
只带着纸、绳索和身影，
为了在审判之前，
宣读那些被判决的声音：

告诉你吧，世界，
我——不——相——信！
纵使你脚下有一千名挑战者，
那就把我算做第一千零一名。

我不相信天是蓝的；
我不相信雷的回声；
我不相信梦是假的；
我不相信死无报应。

如果海洋注定要决堤，
就让所有的苦水都注入我心中；
如果陆地注定要上升，
就让人类重新选择生存的峰顶。

新的转机和闪闪的星斗，
正在缀满没有遮拦的天空，
那是五千年的象形文字，
那是未来人们凝视的眼睛。

(原载《诗刊》1979 年第 3 期)

北岛(1949—)，原名赵振开，朦胧诗派主要诗人。著有中篇小说《波动》，诗集《北岛诗选》等。

北岛《回答》一诗的初稿写于 1976 年 4 月，“四人帮”垮台前夕，在“天安门事件”之际被传抄。北岛对其时代的回答是叛逆性的。首先是它充满了怀疑和否定的情绪，他对专制的统治深为不满，对着世界高喊“我不相信”，彻底否定了“文化大革命”时期的罪恶与荒谬。其次体现了诗人的英雄主义激情，他敢于做时代的挑战者，甘愿为正义和公理而赴难，有一种悲壮情怀，硬汉作风，大丈夫气概。总之，《回答》表达了觉醒了的一代青年的愤怒呐喊与抗争。

因为写于“四人帮”专权时期，表达的又是叛逆的情绪，诗人运用了大量的暗示与象征，以超越时空的意象组合层层传达诗人的愤懑、痛苦和期待。《回答》被认为是北岛的代表作。(张应中)

迷　途

北　岛

沿着鸽子的哨音
我寻找着你
高高的森林挡住了天空
小路上
一棵迷途的蒲公英
把我引向蓝灰色的湖泊
在微微摇晃的倒影中
我找到了你
那深不可测的眼睛

（选自《朦胧诗选》，春风文艺出版社 1985 年版）

《迷途》是一首典型的朦胧诗。

鸽子的哨音、森林、蒲公英、蓝灰色的湖泊、眼睛构成一组意象群，单个意象清晰，整体意境朦胧。这也是朦胧诗的一般特点。此诗模糊多义，具有朦胧美。“你”可能是解读此诗的关键，但“你”又指什么呢？鸽子？星星？月亮？一份安宁的心境？一场旧梦？失落的理想？也许是，也许不是。不求甚解，仿佛得之可也。（张应中）

一代人

顾　城

黑夜给了我黑色的眼睛
我却用它寻找光明

（原载《星星》1980年第3期）

顾城(1956—1993)，北京人，朦胧诗代表诗人，著有诗集《一代人》等。

西班牙诗人洛尔迦在《西班牙宪警谣》一诗中写道：“在这白金的夜里/黑夜遂被夜色染黑。”顾城的《一代人》大约受到此诗影响，然而顾城也有他的创造。在黑夜里寻找光明，人人能说，顾城的特别之处在于，他发现“黑夜给了我黑色的眼睛”，正如马克思主义者说的资产阶级“首先生产的是它自身的掘墓人”一样，“黑夜”生产了它的叛逆者。这首诗意象高度凝练，象征着觉醒了的一代人在黑暗中学会了反抗黑暗，追求光明。(张应中)

远和近

顾　城

你，
一会看我，
一会看云。

我觉得，
你看我时很远，
你看云时很近。

（原载《诗刊》1980年第10期）

顾城在《关于〈小诗六首〉的信》中解释《远和近》："这首诗很像摄影中的推拉镜头，利用'你'、'我'、'云'主观距离的变换，来显示人与人之间习惯的戒惧心理和人对自然原始的亲切感。""这组对比并不是毫无倾向的，它隐含着我对人性复归自然的愿望。"为什么人与人之间会产生戒惧心理？为什么渴望美好人性的复归？追问这首诗诞生的背景，无疑可找到动乱年月在诗人心灵中投下的阴影。但这首诗同样具有超越时空的恒久意义。（张应中）

神女峰

舒　婷

在向你挥舞的各色花帕中
是谁的手突然收回
紧紧握住了自己的眼睛
当人们四散离去，谁
还站在船尾
衣裙漫飞，如翻涌不息的云
江涛
　　高一声
　　　　低一声

美丽的梦留下美丽的忧伤
人间天上，代代相传
但是，心
真能变成石头吗
为眺望远天的杳鹤
而错过无数次春江明月

沿着江岸
金光菊和女贞子的洪流
正煽动新的背叛
　　与其在悬崖上展览千年
　　不如在爱人肩头痛哭一晚

1981 年 6 月于长江

（原载《绿洲》1982 年第 1 期）

舒婷（1952—　），福建人，朦胧诗派代表诗人之一。著有诗集《双桅船》、《会唱歌的鸢尾花》等。

传说有一位渔民在长江上捕鱼，不幸遇上大风浪，船翻人亡。他的妻子站在江边的悬崖上盼他回家，从白天站到夜晚，又从夜晚站到白天，无论刮风下雨，一直站成一尊石像。这就是神女峰来历的一个版本，可谓是一个美丽而忧伤的故事，也是千百年来男权社会对女性的规范性要求。舒婷在此"煽动"对压抑人性的婚姻观和节烈观的"背叛"："与其在悬崖上展览千年/不如在爱人肩头痛哭一晚"，呼唤本真人性的复归，不作所谓的忠贞的牺牲品。作为新时期思想解放运动的投影，这首诗接上了"五四"时代个性解放的新文化传统。（张应中）

中国，我的钥匙丢了

梁小斌

中国，我的钥匙丢了。

那是十多年前，
我沿着红色大街疯狂地奔跑，
我跑到了郊外的荒野上欢叫，
后来，
我的钥匙丢了。

心灵，苦难的心灵
不愿再流浪了，
我想回家
打开抽屉、翻一翻我儿童时代的画片，
还看一看那夹在书页里的
翠绿的三叶草。

而且，
我还想打开书橱，
取出一本《海涅歌谣》，
我要去约会，
我向她举起这本书，
作为我向蓝天发出的
爱情的信号。

这一切，
这美好的一切都无法办到，
中国，我的钥匙丢了。

天，又开始下雨，
我的钥匙啊，

你躺在哪里?
我想风雨腐蚀了你,
你已经锈迹斑斑了。
不,我不那样认为,
我要顽强地寻找,
希望能把你重新找到。

太阳啊,
你看见了我的钥匙了吗?
愿你的光芒,
为它热烈地照耀。

我在这广大的田野上行走,
我沿着心灵的足迹寻找,
那一切丢失了的,
我都在认真思考。

1979年12月—1980年8月
(原载《诗刊》1980年第10期)

梁小斌(1954—),安徽合肥人。朦胧诗群的代表诗人之一。著有诗集《少女军鼓队》。

《中国,我的钥匙丢了》这首诗以一把虚拟的钥匙作为象征,建构了觉醒的一代在理想失落之后沉重的历史反思和顽强寻找的心灵历程。第一节隐喻一代少年在动乱时代心灵的迷失和扭曲,第二节刻画了一代人觉醒后的心理状态,最后表达重新确立理想的信念。“中国,我的钥匙丢了”这句象征点醒式的警句贯穿全诗,赋予诗篇深沉的悲剧审美力量。而发现钥匙丢失的过程就是心灵觉醒的过程。因为钥匙的丢失,“这美好的一切都无法办到”,钥匙的象征含义是较为宽泛的。

这首诗采用回溯的视角,恰到好处地表现了一代人从幼稚到成熟、从盲从到觉醒、从迷茫到寻找的心灵历程。(吴尚华)

有关大雁塔

韩　东

有关大雁塔
我们又能知道些什么
有很多人从远方赶来
为了爬上去
做一次英雄
也有的还来第二次
或者更多
那些不得意的人们
那些发福的人们
统统爬上去
做一做英雄
然后下来
走进下面的大街
转眼不见了
也有有种的往下跳
在台阶上开一朵红花
那就真的成了英雄
当代英雄

有关大雁塔
我们又能知道些什么
我们爬上去
看看四周的风景
然后再下来

1982年

（选自谭五昌选编《中国新诗300首》，北京出版社1999年版）

韩东（1961—　），南京人，第三代诗歌的代表诗人。

大雁塔是西安的一处名胜古迹，它积淀着深厚的文化内涵和历史意蕴，一般的作家或游客到这样的地方,难免要发思古之幽情,感叹世事沧桑,人生苦短……然而,在韩东笔下,大雁塔只是游览观光,甚至自杀的一道风景线或场所,人们来来去去,爬上爬下,显得无聊,没有历史的沉重感,更谈不上终极关怀。韩东曾提出“诗到语言为止”的诗观,这首诗以冷漠平静的口语消解了意义和深度,对朦胧诗人杨炼《大雁塔》的悲剧英雄主义更是一种解构。它体现出第三代诗人的反英雄、反崇高和反意象的特点。(张应中)

亚洲铜

海　子

亚洲铜，亚洲铜
祖父死在这里，父亲死在这里，我也会死在这里
你是唯一的一块埋人的地方

亚洲铜，亚洲铜
爱怀疑和爱飞翔的是鸟，淹没一切的是海水
你的主人却是青草，住在自己细小的腰上，守住野花
　的手掌和秘密

亚洲铜，亚洲铜
看见了吗？那两只白鸽子，它是屈原遗落在沙滩上
　的白鞋子
让我们——我们和河流一起，穿上它吧

亚洲铜，亚洲铜
击鼓之后，我们把在黑暗中跳舞的心脏叫做月亮
这月亮主要由你构成

1984年10月

（选自万夏编《现代诗内部交流资料》，1984）

海子(1964—1989)，安徽怀宁人，原名查海生，当代先锋派诗人。

"亚洲铜"是诗题，更是全诗的核心意象。"亚洲铜"隐喻中国特定的惟一的黄土地；或者说喻指中华民族源远流长的黄土文明。

第一节里，诗人反复说它是一块埋人的地方。第二句话无非是说黄土地具有古老的历史。如果说《亚洲铜》是一个象喻系统，那么第一节就解决了这个系统的关键部位。

第二节写"亚洲铜"周遭的环境——天空中的鸟和海洋里的海水，而这些都在给"亚洲铜"的生存构成巨大的威胁；第三四行将中国人比喻成"青草"，在这块土地上生生不息；从这个优美的比喻和联想里可以体味到诗人对中国人或者说中华文明的由衷赞美。

第三节从历史的角度来写中华文明的源远流长，它把屈原和以屈原为代表的中国传统文化以两只白鸽子——屈原遗忘在沙滩上的两只鞋子——贯穿起来，既缥缈轻盈又集中结实。同时，在

貌似轻松的语境中,我们可以看出诗人的勃勃雄心——做像屈原一样的诗人,创造并传承中华文明。

第四节写中华文化的灵魂或者说中华魂。解读这一节要解决两个问题。第一个问题是为什么由铜写到了鼓?因为在此前写的《东方山脉》里,海子就写到过"东方铜鼓"。第二个问题是为什么"我们把在黑暗中跳舞的心脏叫做月亮"而不叫做太阳?这表明诗人对中华传统文化的清醒认识——中华文化还需要不断积累和发展。(杨四平)

独白

翟永明

我，一个狂想，充满深渊的魅力
偶然被你诞生。泥土和天空
二者合一，你把我叫做女人
并强化了我的身体

我是软得像水的白色羽毛体
你把我捧在手上，我就容纳这个世界
穿着肉体凡胎，在阳光下
我是如此炫目，使你难以置信

我是最温柔最懂事的女人
看穿一切却愿分担一切
渴望一个冬天，一个巨大的黑夜
以心为界，我想握住你的手
但在你的面前我的姿态就是一种惨败

当你走时，我的痛苦
要把我的心从口中呕出
用爱杀死你，这是谁的禁忌？
太阳为全世界升起！我只为了你
以最仇恨的柔情蜜意贯注你全身
从脚至顶，我有我的方式

一片呼救声，灵魂也能伸出手？
大海作为我的血液就能把我
高举到落日脚下，有谁记得我？
但我所记得的，绝不仅仅是一生

（原载《诗刊》1986年9月号）

翟永明(1955—),四川人,当代女性诗人代表之一。

本诗是中国当代女性的独白。它从西方女性(女权)主义和美国、加拿大"自白派"那里获得了灵感,用自己的"身体语言"来言说男性从未触及过的经验。

首节,诗人大胆地正视自己是个女人,认清了自己的构造和存在,并突出了女性身体的特殊意味。第二节写女性的"如此炫目"般的明丽是男性所没有认识到的,是因为它们长期处于被忽视的幽暗状态。第三节顺沿第二节而来,写男性既不知道女性外表的楚楚动人,也不知道女性内在的温柔智慧;第四节用反讽的手法写面对男性的冷酷无情,女性痛苦得要"用爱杀死你"——女性以自己性爱这惟一的武器手段来俘获男性。诗人也知道这种女性的"暴力"不同于传统女性的"魅力",它是冲犯了"禁忌"的。但是,诗人知道,除了这种女性唯一的"方式",她别无他法。

末节写自己的壮举、胆略、努力和抗争,也许不足挂齿;但是,诗人相信她所说出的一切,绝不仅仅是为一己之悲欢,而是说出广大女性的生存现实;她还相信自己是女权运动历史链条上一个环节,她是会承前启后的。(杨四平)

逆风飞行的鸟

李　瑛

不是树叶
　是一只褐色的鸟
在枯寂的荒原上空
　逆风飞行

在狂怒的风暴里
几乎摔落地面
忽又猛的飞升
蜷缩的腿爪在奋力蹬动
从它几乎被撕裂的翅膀
我听见艰难的喘息和苦痛
但它仍挣扎着奋力搏击
无畏的向前飞行

是一把火在浪里燃烧
　是一朵花开在空中
生活里有数不尽的风雨
　世界才因你而生动

祁连山下那只逆风飞行的鸟
是我见过的最美的一只

1993 年 7 月 24 日于祁连山下

（选自《生命是一片叶子》，解放军出版社 1995 年版）

李瑛（1926—　），河北丰润人。

《逆风飞行的鸟》有象征意味、苍凉背景和与命运作不屈的抗争精神。意象的选择和营造，背景和氛围的烘托，特写和景深的运用，也是本诗的特色。

首节，在空旷荒芜、风声鹤唳的原野上，出现一只宿命的鸟在顶风而行。这是一个特写。大荒原与小褐鸟之间的比照，显示出人在巨大的时空和命运里的渺小、纤弱。鸟在这里既是物象，更是心像。它的象征性质使它具有了与命运挑战的人的姿态、精神和品质。

第二节，突出鸟在逆风飞行中的艰难、凶险、苦痛与顽强。这样鸟就具象化了，立体化了，同时也被赋予了悲剧英雄的色彩。全诗闪烁着乐观主义和英雄主义的光泽。

如果说前面两节主要是客观地写逆风飞行的鸟，那么后两节则主要是主观地写它给诗人留下的印象以及在诗人心灵上引起的强烈震撼。所以，诗人赞美它是在风浪里燃烧着的一把火，是在天空中盛开着的一朵花。这是它给诗人美好印象的写照。换言之，诗人是通过"火"和"花"来曲折地言说自己心中的感动和喜悦的。这就是象征主义常常所寻找的"客观对应物"或说"契合论"。最后，诗人直抒胸臆地由衷地赞美它"是我见过的最美的一只"。既然它是最美的，那么它就是诗人在所有的鸟中首先要赞美的。这就又回到了诗题，回到了开头。(杨四平)

二、散　文

荔枝蜜

杨　朔

花鸟草虫，凡是上得画的，那原物往往也叫人喜爱。蜜蜂是画家的爱物，我却总不大喜欢。说起来可笑。孩子时候，有一回上树掐海棠花，不想叫蜜蜂蜇了一下，痛得我差点儿跌下来。大人告诉我说：蜜蜂轻易不蜇人，准是误以为你要伤害它，才蜇。一蜇，它自己耗尽生命，也活不久了。我听了，觉得那蜜蜂可怜，原谅它了。可是从此以后，每逢看见蜜蜂，感情上疙疙瘩瘩的，总不怎么舒服。

今年四月，我到广东从化温泉小住了几天。四周是山，怀里抱着一潭春水，那又浓又翠的景色，简直是一幅青绿山水画。刚去的当晚，是个阴天，偶尔倚着楼窗一望：奇怪啊，怎么楼前凭空涌起那么多黑黝黝的小山，一重一重的，起伏不断。记得楼前是一片比较平坦的园林，不是山。这到底是什么幻景呢？赶到天明一看，忍不住笑了。原来是满野的荔枝树，一棵连一棵，每棵的叶子都密得不透缝，黑夜看去，可不就像小山似的。

荔枝也许是世上最鲜最美的水果。苏东坡写过这样的诗句："日啖荔枝三百颗，不辞长作岭南人"，可见荔枝的妙处。偏偏我来的不是时候，满树刚开着浅黄色的小花，并不出众。新发的嫩叶，颜色淡红，比花倒还中看些。从开花到果子成熟，大约得三个月，看来我是等不及在从化温泉吃鲜荔枝了。

吃鲜荔枝蜜，倒是时候。有人也许没听说这稀罕物儿吧？从化的荔枝树多得像汪洋大海，开花时节，满野嘤嘤嗡嗡，忙得那蜜蜂忘记早晚，有时趁着月色还采花酿蜜。荔枝蜜的特点是成色纯，养分大。住在温泉的人多半喜欢吃这种蜜，滋养精神。热心肠的同志为我也弄到两瓶。一开瓶子塞儿，就是那么一股甜香；调上半杯一喝，甜香里带着股清气，很有点鲜荔枝味儿。喝着这样的好蜜，你会觉得生活都是甜的呢。

我不觉动了情，想去看看自己一向不大喜欢的蜜蜂。

荔枝林深处，隐隐露出一角白屋，那是温泉公社的养蜂场，却起了个有趣的名儿，叫"蜜蜂大厦"。正当十分春色，花开得正闹。一走进"大厦"，只见成群结队的蜜蜂出出进进，飞去飞来，那沸沸扬扬的情景，会使你想：说不定蜜蜂也在赶着建设什么新生活呢。

养蜂员老梁领我走进"大厦"。叫他老梁，其实是个青年人，举动很精细。大概是老梁想叫我深入一下蜜蜂的生活，小小心心揭开一个木头蜂箱，箱里隔着一排板，每块板上满是蜜蜂，蠕蠕地爬着。蜂王是黑褐色的，身量特别细长，每只蜜蜂都愿意用采来的花精供养它。

老梁叹息似的轻轻说："你瞧这群小东西，多听话。"

我就问道："像这样一窝蜂，一年能割多少蜜？"

老梁说："能割几十斤。蜜蜂这物件，最爱劳动。广东天气好，花又多，蜜蜂一年四季都不闲着。酿的蜜多，自己吃的可有限。每回割蜜，给它们留一点点糖，够它们吃的就行了。它们从来不争，也不计较什么，还是继续劳动、继续酿蜜，整日整月不辞辛苦……"

我又问道："这样好蜜，不怕什么东西来糟害么？"

老梁说："怎么不怕？你得提防虫子爬进来，还得提防大黄蜂。大黄蜂这贼最恶，常常落在蜜蜂窝洞口。专干坏事。"

我不觉笑道："噢！自然界也有侵略者。该怎么对付大黄蜂呢？"

老梁说："赶！赶不走就打死它。要让它待在那儿，会咬死蜜蜂的。"

我想起一个问题，就问："可是呢，一只蜜蜂能活多久？"

老梁回答说："蜂王可以活三年，一只工蜂最多能活六个月。"

我说："原来寿命这样短。你不是总得往蜂房外边打扫死蜜蜂么？"

老梁摇一摇头说："从来不用。蜜蜂是很懂事的，活到限数，自己就悄悄死在外边，再也不回来了。"

我的心不禁一颤：多可爱的小生灵啊，对人无所求，给人的却是极好的东西。蜜蜂是在酿蜜，又是在酿造生活；不是为自己，而是在为人类酿造最甜的生活。蜜蜂是渺小的；蜜蜂却又多么高尚啊！

透过荔枝树林，我沉吟地望着远远的田野，那儿正有农民立在水田里，辛辛勤勤地分秧插秧。他们正用劳力建设自己的生活，实际也是在酿蜜——为自己，为别人，也为后世子孙酿造着生活的蜜。

这黑夜，我做了个奇怪的梦，梦见自己变成一只小蜜蜂。

1960年

（原载《人民日报》1961年7月23日）

杨朔（1913—1968），原名杨毓瑨，山东蓬莱人。主要散文集有《海市》、《东风第一枝》、《生命泉》等。

《荔枝蜜》是杨朔"诗化散文"的代表作之一。文章构思精巧，联想丰富，由蜂蜜的香甜，联想到新生活的美好；由蜜蜂的辛勤劳动，联想到劳动人民为创造美好生活而进行的忘我劳动，歌颂了劳动人民的无私奉献精神。散文在艺术结构上独具匠心，以"我"对蜜蜂的感情变化为线索来安排材料，欲扬先抑，峰回路转。作家善于通过托物言志、联想象征的手法，在对景物和人物的描写中营造诗的意境，呈现出景美情美人更美的艺术格调。杨朔的散文意境的核心是普通劳动者的心灵美，这篇散文鲜明地体现了这一特征。（姚慧卿）

社稷坛抒情

秦　牧

北京有座美丽的中山公园，公园里有个用五色土砌成的社稷坛。

社稷坛是北京九坛之一，它和坐落在南城的天坛遥遥相对。古代的帝王们，在天坛祭天，在社稷坛祭地。祭天为了要求风调雨顺，祭地为了要求土地肥沃。祭天祭地的终极目的只有一个：就是五谷丰登，可以"聚敛贡城阙"。五谷是从地里长出来的，因此，人们臆想的稷神（五谷）就和社神（土地）同在一个坛里受膜拜了。

穿过古柏参天、处处都是花圃的园林，来到这个社稷坛前，突然有一种寥廓空旷的感觉。在庄严的宫殿建筑之前，有这么一个四方的土坛，屹立在地面，它东面是青土，南面是红土，西面是白土，北面是黑土，中间嵌着一大块圆形的黄土。这图案使人沉思，使人怀古。遥想当年帝王们穿着衮服，戴着冕旒，在礼乐声中祭地的情景，你仿佛看到他们在庄严中流露出来的对于"天命"畏惧的眼色，你仿佛看到许多人慑服在大自然脚下的神情。

这社稷坛现在已经没有一点儿神秘庄严的色彩了。它只是一个奇特的历史遗迹。节日里，欢乐的人群在上面舞狮，少年们在上面嬉戏追逐。平时则有三三两两的游人在那里徘徊。对，这真是一个激发人们思古幽情的所在！作为一个中国人，可以让这种使人微醉的感情发酵的去处可真多呢！你可以到泰山去观日出，在八达岭长城顶看日落。可以在西湖荡画舫，到南京鸡鸣寺听钟声。可以在华北平原跑马，在戈壁滩上骑骆驼。可以访寻古代宫殿遗迹，听一听燕子的呢喃，或者到南方的海神庙旁看浪涛拍岸……这些节目你随便可以举出一百几十种来，但在这里面可不要遗漏掉这个社稷坛！这坛后的宫殿是华丽的，飞檐、斗拱、琉璃瓦、白石阶……真是金碧辉煌！而坛呢，却很荒凉，就只有五色的泥土。然而这种对照却也使人想起：没有这泥土所代表的大地，没有在大地上胼手胝足的劳动者，根本就不会有这宫殿，不会有一切人类的文明。你在这个土坛上走着走着，仿佛走进古代去，走到一望无际的原野上，在那里，莽莽苍苍，风声如吼。一个戴着高冠，穿着芒鞋的古代诗人正在用他的悲悯深沉的眼睛眺望大地，吟咏着这样的诗句：

朝东西眺望没有边际，
朝南北眺望没有头绪，
朝上下眺望没有依归，
我的驱驰不知何所底止！

……

九州究竟安放在什么上面？
河床何以洼陷？
地面，从东至西究竟多少宽，从南至北多少长？
南北要比东西短些，短的程度究竟是怎样？

（屈原《悲回风》和《天问》，引自郭沫若译诗）

这不仅仅是屈原的声音，也是许许多多古代诗人瞭望原野时曾经涌起的感情。这种“大地茫茫”的心境，是和对于自然之谜的探索和对于人间疾苦的愤慨联结在一起的。

想一想这些肥沃土地的来历，你会不由得涌起一种遥接万代的感情。我们居住的这个星球，最古老时代原是一个寂寞的大石球，上面没有一株草，一只虫，也没有一层土壤。经过了多少亿万年，太阳风雨的力量，原始生物的尸骸，才给地球造成了一层层的土壤，每经历千年万年，土壤才增加薄薄的一层。想一想我们那土壤厚达五十公尺的华北黄土高原吧！那该是大自然在多长的时间里的杰作！但这还不算，劳动者开辟这些土地，是和大自然进行过多么剧烈的斗争呀！这种斗争一代接连一代继续着，我们仿佛又会见了古代的唱着《诗经》里怨忿之歌的农民，像敦煌壁画上面描绘的辛勤劳苦的农民，驾着那种和古墓里挖掘出来的陶制高轮牛车相似的车子，奔驰在原野上，辛苦开辟着田地。然而他们一代代穿着破絮似的衣服，吃着极端粗劣的食物。你仿佛看到他们在田野里仰天叹息，他们一家老小围着幽幽的灯光在饮泣。看到他们画红了眉毛，或者在头上包一块黄布揭竿起义，看到他们大批地陈尸在那吸尽了他们的汗水然后又吸尽了他们鲜血的土地。想一想在原始社会中他们怎样匍匐在鬼神脚下，在阶级社会中他们又怎样挣扎在重重枷锁之中。啊，这些给荒凉的大地铺上了锦绣花巾的人们，这些从狗尾草、蟋蟀草中给我们选出了稻麦来的人们，我们该怎么感念他们！想象的羽翼可以把我们带到古代去，在一家家的门口清清楚楚看到他们在劳动，在饮食，在希望，在叹息，可惜隔着一道历史的门限，我们却不能和他们作半句的交谈！但怀古思今，想起了我们这个时代的农民是几千年历史中第一次真正挣脱了枷锁，逐渐离开了鬼神天命的羁绊的农民，我们又仿佛走出了黑暗的历史的隧洞，突然见到耀眼的阳光了。

你在这个五色土坛上面走着走着，仿佛又回到公元前几千年去，会见了古代的思想家。他们白发苍苍，正对着天上的星辰，海里的潮汐，陶窑的火光，大地的泥土沉思。那时的思想家没有什么书籍可以阅读参考，日月经天，江河行地，四时代谢，万物死生的现象，都使他们抱头苦思。他们还远不能给世界的现象说出一个较完整的答案。但是他们终究也看出一点道理来了，世间的万物万事，有因有果，有主有从，他们互相错综地关联着……正是由于古代有这样的思想家在这样地思考过，才给后来的历史创造了这样一座五色的土坛。

“五行”的观念和我们这个民族一样地古老，东、南、西、北是人们很早就知道的，人们总以为自己所处是大地的中间，于是在四方之外又加上了一个“中心”，东、南、西、北、中凑成了五方五土的观念,直到今天我们还看到好些人家的屋角有“五方五土龙神”的牌位。烧陶方法和冶铜技术发明了,人们在熊熊火光旁边,看到火把泥土变成了陶器,把矿石烧成溶液,木头燃烧发出了火光,水又能够把火熄灭。这种现象使古代的思想家想到木、火、金、水、土(依照《左传》的排列次序)是万物的本源。于是木、火、金、水、土把五行的观念充实起来了。

烧制陶器这件事使人类向文明跨前一大步,在埃及,在希腊,都由此产生了神明用泥土造人的神话。在中国,却大大地发扬了“五行”的观念。根据木、火、金、水、土五种东西彼此的作用,又产生了五行相克相生的理论。根据这几种东西的颜色:树木是苍翠的,火光是红艳艳的,金属是亮晶晶的,深深的水潭是黝黑的,中原的泥土是黄色的。于是青、赤、白、黑、黄五种颜色就被拿来配木、火、金、水、土,成为颜色上的五行了。

这个四方、五行的观念被古代思想家用来分析许许多多的事物,音乐上的宫、商、角、徵、羽五个音阶,天上二十八宿的分隶青龙、朱雀、白虎、玄武(乌龟)四方,都是和这种观念紧密地联结起来的。

把世界万物的本源看作是木、火、金、水、土五种东西相互作用产生出来的,这和古代印度哲学家把万物说成是由地、火、水、风所构成,古代希腊哲学家说万物的本源是水或者火……那思想的脉络是多么的近似啊。

尽管这种说法在几千年后的今天看来是奇特甚至好笑的,然而那里面不也包含着光辉的真理吗:万物的本源都是物质,物质彼此起着错综的作用……哦!我们遇见的对着泥土沉思的思想家,他们正是古代的略具雏形的唯物主义者!

没有这些古代思想家,我们就不会有这个五色的土坛。审视这五种颜色吧,端详这个根据“天圆地方”的古代观念筑起来的四方坛吧!它和我们民族的古代文化存在多么密切的关系啊!

我们汉民族的摇篮在黄河的中上游,那里绵亘的是一望无际的黄土高原。因此,黄色被用来配“土”,用来配“中心”,成为我们民族传统中高贵的颜色。中心是不同于四方的,能够生长五谷的土地是不同于其他东西的,黄色是不同于其他颜色的。在这个土坛的中心,黄土被特别砌成了一个圆形,审视这个黄色的圆圈吧!它使我们想起奔腾澎湃的黄河,想起在地层下不断被发掘出来的古代村落,也想起那古木参天的黄帝的陵墓。

我多么想去抱一抱那些古代的思想家,没有他们的艰苦探索,就没有今天人类的智慧。正像没有勇敢走下树来的猿人,就不会有人类一样。多少万年的劳动经验和生活智慧积累起来,才有了今天的人类文明。每一个人在人类智慧的长河旁边,都不过像一只饮河的鼹鼠。在知识的大森林里面,都不过像一只栖于一枝的鹪鹩。这河是多少亿万滴水汇成的啊,这森林是多少亿万株草木构成的啊!

瞧着这个社稷坛,你会想起了中国的泥土,那黄河流域的黄土,四川盆地的红壤,肥沃的黑土,洁白的白垩土……你会想起文学里许许多多关于泥土的故事:有人包起一包祖国的泥土藏在身旁到国外去;有人临死遗嘱必须用祖国的泥土撒到自己胸上;有人远适异国归来,俯身亲吻了自己国门的土地。这些动人的关于泥土的故事,使人对五色土发生了奇异的感情,仿佛它们是童话里的角色,每一粒土壤都可以叙述一段奇特的故事，或者唱一首美好的诗歌一样。

瞧着这个紧紧拼合起来的五色土坛，一个人也会想起了国土的统一，在我们的土地上，为了统一而发生的战争该有多少万次呀！然而严格说来，历史上的中国从来没有高度统一过。四分五裂、豪强纷纷划地称王的时代不去说它了，可怜的共主像傀儡似的住在京都，整天送猪肉、龟肉慰问跋扈的诸侯的时代不去说它了，就是号称强盛统一的时代，还不是有许多拥兵自重的藩镇，许多专权用事的贵戚，许多地方的豪霸，在他们的领地里当着小皇帝，使中央号令不行，使国中还有许许多多的小国。中国历史上没有一个时期像今天这样高度统一过，等我们解放了台湾和一些沿海岛屿以后，这种统一的规模就更加空前了。古代思想家的预言：“不嗜杀人者能一之。”由于不剥削人的无产阶级登上了历史舞台，竟使这一句话在两千多年后空前地应验了。

我在这个土坛上低徊漫步，想起了许许多多的事情。我们未必“前不见古人，后不见来者”，凭着思想和感情的羽翼，我们尽可去会一会古人，见一见来者，我仿佛曾经上溯历史的河流，看见了古代的诗人、农民、思想家、志士，看他们的举动，听他们的声音，然后又穿过历史的隧洞，回到阳光灿烂的现实。啊，做一个历史悠久的民族的子孙是多么值得自豪的一回事！做今天的一个中国的儿女是多么值得快慰的一回事！回溯过去，瞻望未来，你会觉得激动，很想深深呼吸一口新鲜的空气，想好好地学习和劳动，好好地安排在无穷的时间之中一个人仅有一次，而我们又恰恰生逢其时的宝贵的生命。

啊，这座发人深思的社稷坛！

（选自《长河浪花集》，人民文学出版社 1987 版）

秦牧（1919— ），原名林觉夫。广东人。著有散文集《长河浪花集》、《长街灯语》等。

思想性、知识性和趣味性的有机融合，是秦牧散文独特的风格特色。《社稷坛抒情》集中体现了这一特点。作者来到象征祖国的社稷坛前，在土坛上低徊漫步，凝视着由五色土组成的四方土坛，思绪万端、浮想联翩，怀古思今，感慨生活在今天的幸福。作者以“五色土”为中心，把想象的触角伸向时间和空间的广阔领域，上下几千年，纵横数万里，在想象中塑造形象、开拓意境，从而抒发了“做一个历史悠久的民族的子孙是多么值得自豪的一回事！做今天的一个中国的儿女是多么值得快慰的一回事”这样一种爱民族、爱祖国的豪壮之情。前面海阔天空的想象，全为这结尾处集中、浓烈的抒情作铺垫，使人感到所抒之情有深厚的思想基础。丰富的想象，成为开拓意境、点化主题的主要手段。

这篇作品不仅想象新鲜丰富，充满诗情和哲理。而且叙事、比喻和联想融为一体，情趣横生，文采飞扬，造成特有的意境。作者边叙边议，如灯下谈心，娓娓道来，生动亲切，而且时时有精辟的阐发，使读者见微知著，于平凡的事物中发现真理的光芒。（谢家顺）

《苏州园林》序

叶圣陶

一九五六年，同济大学出版陈从周教授编撰的《苏州园林》，园林的照片多到一百九十五张，全都是艺术的精品，这可以说是建筑界和摄影界的一个创举。我函购了这本图册，工作余闲翻开来看看，老觉得新鲜有味，看一回是一回愉快的享受。过了十八年，我开始与陈从周教授相识，才知道他还擅长绘画。他赠我好多幅松竹兰菊，全是佳作，笔墨之间透出神韵。我曾经填一阕《洞仙歌》谢他，上半阕专就他的《苏州园林》着笔，现在抄在这儿："园林佳辑，已多年珍玩。拙政诸图寄深眷。想童时常与窗侣嬉游，踪迹遍山径楼廊汀岸。"这是说《苏州园林》使我回想到我的童年。

苏州园林据说有一百多处，我到过的不过十多处。其他地方的园林我也到过一些。倘若要我说说总的印象，我觉得苏州园林是我国各地园林的标本，各地园林或多或少都受到苏州园林的影响。因此，谁如果要鉴赏我国的园林，苏州园林就不该错过。

设计者和匠师们因地制宜，自出心裁，修建成功的园林当然各个不同。可是苏州各个园林在不同之中有个共同点，似乎设计者和匠师们一致追求的是：务必使游览者无论站在哪个点上，眼前总是一幅完美的图画。为了达到这个目的，他们讲究亭台轩榭的布局，讲究假山池沼的配合，讲究花草树木的映衬，讲究近景远景的层次。总之，一切都要为构成完美的图画而存在，决不容许有欠美伤美的败笔。他们惟愿游览者得到"如在图画中"的实感，而他们的成绩实现了他们的愿望，游览者来到园里，没有一个不心里想着口头说着"如在图画中"的。

我国的建筑，从古代的宫殿到近代的一般住房，绝大部分是对称的，左边怎么样，右边也是怎么样。苏州园林可绝不讲究对称，好像故意避免似的。东边有了一个亭子或者一条回廊，西边决不会来一个同样的亭子或者一道同样的回廊。这是为什么？我想，用图画来比方，对称的建筑是图案画，不是美术画，而园林是美术画，美术画要求自然之趣，是不讲究对称的。

苏州园林里都有假山和池沼。假山的堆叠可以说是一项艺术而不仅是技术。或者是重峦叠嶂，或者是几座小山配合着竹子花木，全在乎设计者和匠师们生平多阅历，胸中有丘壑，才能使游览者远望的时候仿佛观赏宋元工笔云山或者倪云林的小品，攀登的时候忘却苏州城市，只觉得在山间。至于池沼，大多引用活水。有些园林池沼宽畅，就把池沼作为全园的中心，其他景物配合着布置。水面假如成河道模样，往往安排桥梁。假如安排两座以上的桥梁，那就一座一个样，决不雷同。池沼或河道的边沿很少砌齐整的石岸，总是高低屈曲任其自然。还在那儿布置几块玲珑的石头，或者种些花草：这也是为了取得从各个角度看都成一幅画的效果。池沼里养着金鱼或各色鲤鱼，夏秋季节荷花或睡莲开放。游览者看“鱼戏莲叶间”，又是入画的一景。

苏州园林栽种和修剪树木也着眼在画意。高树与低树俯仰生姿。落叶树与常绿树相间，花时不同的多种花树相间，这就一年四季不感到寂寞。没有修剪得像宝塔那样的松柏，没有阅兵式似的道旁树：因为依据中国画的审美观点看，这是不足取的。有几个园里有古老的藤萝，盘曲嶙峋的枝干就是一幅好画。开花的时候满眼的珠光宝气，使游览者只感到无限的繁华和欢悦，可是没法细说。

游览苏州园林必然会注意到花墙和廊子。有墙壁隔着，有廊子界着，层次多了，景致就见得深了。可是墙壁上有砖砌的各式镂空图案，廊子大多是两边无所依傍的，实际是隔而不隔，界而未界，因而更增加了景致的深度。有几个园林还在适当的位置装上一面大镜子，层次就更多了，几乎可以说把整个园林翻了一番。

游览者必然也不会忽略另外一点，就是苏州园林在每一个角落都注意图画美。阶砌旁边栽几丛书带草。墙上蔓延着爬山虎或者蔷薇木香。如果开窗正对着白色墙壁，太单调了，给补上几竿竹子或几棵芭蕉。诸如此类，无非要游览者即使就极小范围的局部看，也能得到美的享受。

苏州园林里的门和窗，图案设计和雕镂琢磨功夫都是工艺美术的上品。大致说来，那些门和窗尽量工细而决不庸俗，即使简朴而别具匠心，四扇，八扇，十二扇，综合起来看，谁都要赞叹这是高度的图案美。摄影家挺喜欢这些门和窗，他们斟酌着光和影，摄成称心满意的照片。

苏州园林与北京的园林不同，极少使用彩绘。梁和柱子以及门窗阑干大多漆广漆，那是不刺眼的颜色。墙壁白色。有些室内墙壁下半截铺水磨方砖，淡灰色和白色对称。屋瓦和檐漏一律淡灰色。这些颜色与草木的绿色配合，引起人们安静闲适的感觉。而到各种花开的时节，却更显得各种花明艳照眼。

可以说的当然不止以上写的这些，病后心思体力还差，因而不再多写。我还没有看见风光画报出版社的这册《苏州园林》，既承嘱我作序，我就简略地说说我所想到感到的。我想这一册的出版是陈从周教授《苏州园林》的继续，里边必然也有好些照片可以与我的话互相印证的。

1979 年 2 月 6 日作

［选自《叶圣陶散文》（乙集），三联书店 1984 年版］

《〈苏州园林〉序》是叶圣陶先生 85 岁时写下的一篇写景散文。文章以展示苏州园林美为中心，采用先总后分的说明方法，首先概括指出苏州园林的重要地位与深远影响，接着又揭示了苏州园林总体上如画的特征，而后再分叙园林的各个方面的美：亭台轩榭的布局力求自然之美；假山池沼的配合但求自然之态；花草树木的映衬着眼创造如画的意境；花墙游廊的设置显示事物的幽深；碧草门窗的色彩很是柔和宜人。

文章结构紧密，语言练达，写景先总后分，条理清晰，自然而严密。叙述语言质朴精练并具有很强的表现力，如写景物布置时，文章用“别具匠心”、“自出心裁”来表现人们对景致的独特安排。如写景物特点时，用“俯仰生姿”、“盘曲嶙峋”来强调景致的画面感与动态感。（张宁生）

怀念肖珊

巴　金

一

今天是肖珊逝世的六周年纪念日。六年前的光景还非常鲜明地出现在我的眼前。那天我从火葬场回到家中，一切都是乱糟糟的，过了两三天我渐渐地安静下来了，一个人坐在书桌前，想写一篇纪念她的文章。在五十年前我就有了这样一种习惯：有感情无处倾吐时，我经常求助于纸笔。可是一九七二年八月里那几天，我每天坐三四个小时望着面前摊开的稿纸，却写不出一句话。我痛苦地想：难道给关了几年的"牛棚"，真的就变成"牛"了？头上仿佛压了一块大石头，思想好像冻结了一样。我索性放下笔，什么也不写了。

六年过去了，林彪、"四人帮"及其爪牙们的确把我搞得很"狼狈"，但我还是活下来了，而且偏偏活得比较健康，脑子也并不糊涂，有时还可以写一两篇文章。最近我经常去龙华火葬场，参加老朋友们的骨灰安放仪式。在大厅里我想起许多事情。同样地奏着哀乐，我的思想却从挤满了人的大厅转到只有二三十个人的中厅里去了，我们正在用哭声向肖珊的遗体告别。我记起了《家》里面觉新说过的一句话："好像珏死了，也是一个不祥的鬼。"四十七年前我写这句话的时候，怎么想得到我是在写自己！我没有流眼泪，可是我觉得有无数锋利的指甲在搔我的心。我站在死者遗体旁边，望着那张惨白色的脸、那两片咽下了千言万语的嘴唇，我咬紧牙齿，在心里唤着死者的名字。我想，我比她大十三岁，为什么不让我先死？我想，这是多么不公平！她究竟犯了什么罪？她也给关进"牛棚"，挂上"牛鬼"的小牌子，还扫过马路。究竟为什么？理由很简单，她是我的妻子。她患了病，得不到治疗，也因为她是我的妻子。想尽办法一直到逝世前三个星期，靠开后门她才住进了医院。但是癌细胞已经扩散，肠癌变成了肝癌。

她不想死，她要活，她愿意改造思想，她愿意看到社会主义建成。这个愿望总不能说是痴心妄想吧。她本来可以活下去，倘使她不是"黑老 K"的"臭婆娘"。一句话，是我连累了她，是我害了她。

在我靠边的几年中间，我所受到的精神折磨，她也同样受到。但是我并未挨过打，她却挨了"北京来的红卫兵"的铜头皮带，留在她左眼上的黑圈好几天以后才退尽。她挨打只是为了保护我，她看见那些年轻人深夜闯了进来，害怕他们把我揪走，便溜出大门，到对面派出所去，请民警同志出来干预。那里只有一人值班，不敢管。当着民警的面她被他们用铜头皮带狠狠地抽了一下，给押了回来，同我一起关在马桶间里。

她不仅分担了我的痛苦，还给了我不少的安慰和鼓励。在“四害”横行的时候，我在原单位给人当作“罪人”和“贱民”看待，日子十分难过，有时到晚上九十点钟才能回家。我进了门看到她的面容，满脑子的乌云都消散了。我有什么委屈、牢骚都可以向她尽情倾吐。有一个时期我和她每晚临睡前服两粒眠尔通才能够闭眼，可是天刚刚发白就都醒了。我唤她，她也唤我。我诉苦般地说：“日子难过啊！”她也用同样声音回答：“日子难过啊！”但是她马上加一句：“要坚持下去。”或者再加一句：“坚持就是胜利。”我说“日子难过”，因为在那一段时间里我每天在“牛棚”里面劳动、学习、写交代、写检查、写思想汇报。任何人都可以责骂我、教训我、指挥我，从外地到作协来串联的人可以随意点名叫我出去“示众”，还要自报罪行。上下班不限时间，由管“牛棚”的“监督组”随意决定。任何人都可以闯进我家里来，高兴拿什么就拿走什么。这个时候大规模的群众性批斗和电视批斗大会还没有开始，但已经越来越逼近了。

她说“日子难过”，因为她给两次揪到机关，靠边劳动，后来也常常参加陪斗。在淮海中路大批判专栏上张贴着批判我的罪行的大字报，我一家人的名字都给写出来“示众”，不用说“臭婆娘”的大名占着显著的地位。这些文字像虫子一样咬痛她的心。她让上海戏剧学院“狂妄派”学生突然袭击、揪到作协去的时候，在我家大门上还贴了一张揭露她的所谓罪行的大字报。幸好当天夜里我儿子把它撕毁，否则这一张大字报就会要了她的命！

人们的白眼、人们的冷嘲热骂蚕食着她的身心，我看出来她的健康逐渐遭到损害，表面上的平静是虚假的。内心的痛苦像一锅煮沸的水，她怎么能遮盖住！怎么能使它平静！她不断地给我安慰，对我表示信任，替我感到不平。然而她看到我的问题一天天地变得严重，上面对我的压力一天天地增加，她又非常担心，有时同我一起上班或者下班，走近巨鹿路口、快到作家协会，或者走近湖南路口、快到我们家，她总是抬不起头。我理解她，同情她，也非常担心她经受不起沉重的打击。我还记得有一天到了平常下班的时间，我们没有受到留难，回到家里，她比较高兴，到厨房去烧菜。我翻看当天的报纸，在第三版上看到当时做了作协的“头头”的两个工人作家写的文章《彻底揭露巴金的反革命真面目》，真是当头一棒！我看了两三行，连忙把报纸藏起来，我害怕让她看见。她端着烧好的菜出来，脸上还带笑容，吃饭时她有说有笑。饭后她要看报，我企图把她的注意力引到别处。但是没有用，她找到了报纸。她的笑容一下子完全消失。这一夜她再没有讲话，早早地进了房间。我后来发现她躺在床上小声哭着。一个安静的夜晚给破坏了。今天回想当时的情景，她那张满是泪痕的脸还在我眼前。我多么愿意让她的泪痕消失，笑容在她那憔悴的脸上重现，即使减少我几年的生命来换取我们家庭生活中一个宁静的夜晚，我也心甘情愿！

二

我听周信芳同志的媳妇说，周的夫人在逝世前经常被打手们拉出去当作皮球推来推去,打得遍体鳞伤。有人劝她躲开,她说:“我躲开,他们就要这样对付周先生了。”肖珊并未受到这种新式体罚。可是她在精神上给别人当皮球打来打去。她也有这样的想法:她多受一点精神折磨,可以减轻对我的压力。其实这是她的一片痴心,结果只苦了她自己。我看见她一天天地憔悴下去,我看见她的生命之火逐渐熄灭,我多么痛心。我劝她,安慰她,我想把她拉住,一点也没有用。

她常常问我:“你的问题什么时候才解决呢?”我苦笑地说:“总有一天会解决的。”她叹口气说:“我恐怕等不到那个时候了。”后来她病倒了,有人劝她打电话找我回家,她不知从哪里得来的消息,她说:“他在写检查,不要打岔他,他的问题大概可以解决了。”等到我从五·七干校回家休假,她已经不能起床。她还问我检查写得怎样,问题是否可以解决。我当时的确在写检查,而且已经写了好多次了。他们要我写,只是为了消耗我的生命。但她怎么能理解呢?

这时离她逝世不过两个多月,癌细胞已经扩散。可是我们不知道,想找医生给她认真检查一次,也毫无办法。平日去医院挂号看门诊,等了许久才见到医生或者实习医生,随便给开个药方就算解决问题。只有在发烧到摄氏三十九度才有资格挂急诊号,或者还可以在病人拥挤的观察室里待上一天半天。当时去医院看病找交通工具也很困难,常常是我女婿借了自行车来,让她坐在车上,他慢慢地推着走。有一次她雇到小三轮车去,看好门诊回家,雇不到车,只好同陪她看病的朋友一起慢慢地走回来,走走停停,走到街口,她快要倒下了,只得请求行人到我们家通知。她一个表侄正好来探病,就由他去背了她回家。她希望拍一张X光片子查一查肠子有什么病,但是办不到。后来靠了她一位亲戚帮忙,开后门两次拍片,才查出她患肠癌。以后又靠朋友设法开后门住进了医院。她自己还高兴,以为得救了。只有她一个人不知真实的病情。她在医院里只活了三个星期。

我休假回家,假期满了,我又请过两次假留在家里照料病人,最多也不到一个月。我看见她病情日趋严重,实在不愿意把她丢开不管,我要求延长假期的时候,我们那个单位一个“工宣队”头头逼着我第二天就回干校去。我回到家里,她问起来,我无法隐瞒。她叹了一口气,说:“你放心去吧。”她把脸掉过去,不让我看她。我女儿、女婿看到这种情景自告奋勇跑到巨鹿路去向那位“工宣队”头头解释,希望他同意我在市区多留些日子照料病人。可是那个头头“执法如山”,还说:“他不是医生,留在家里有什么用处!留在家里对他改造不利。”他们气愤地回到家中,只说机关不同意,后来才对我传达了这句“名言”,我还能讲什么呢?明天回干校去!

整个晚上她睡不好,我更睡不好。出乎意外,第二天一早我那个插队落户的儿子在我们房间里出现了,他是昨天半夜里到的。他得到了家信,请假回家看母亲,却没有想到母亲病成这样。我见了他一面,把他母亲交给他,就回干校去了。

在车上我的情绪很不好。我实在想不通为什么会有这样的事情。我在干校待了五天,无法同家里通消息。我已经猜到她的病不轻了。可是人们不让我过问她的事。这五天是多么难熬的日子!到第五天晚上在干校的造反派头头通知我们全体第二天一早回市区开会。这样我才又回到了家,见到了我的爱人。靠了朋友帮忙她可以住进中山医院肝癌病房，一切都准备好，她第二天就要住院了。她多么希望住院前见我一面，我终于回来了，连我也没有想到她的病情发展得这么快。我们见了面，我一句话也讲不出来，她说了一句："我到底住院了。"我答说："你安心治疗吧。"她父亲也来看她，老人家双目失明，去医院探病有困难，可能是来同他的女儿告别了。

我吃过中饭就去参加给别人戴上反革命帽子的大会，受批判、戴帽子的人不止一个，其中有一个我的熟人王若望同志，他过去也是作家，不过比我年轻。我们一起在"牛棚"里关过一个时期，他的罪名是"摘帽右派"①。他不服，不肯听话，他贴出大字报，声明"自己解放自己"，因此罪名越搞越大，给捉去关了一个时期不算，还戴上了反革命的帽子监督劳动。在会场里我一直在做怪梦。开完会回家，见到肖珊我感到格外亲切，仿佛重回人间。可是她不舒服，不想讲话，偶尔讲一句半句，我还记得她讲了两次："我看不到了。"我连声问她看不到什么？她后来才说："看不到你解放了。"我还能回答什么呢？

我儿子在旁边，垂头丧气，精神不好，晚饭只吃了半碗，像是患感冒。她忽然指着他小声说："他怎么办呢？"他当时在安徽山区农村插队落户已经待了三年半，政治上没有人管，生活上不能养活自己，而且因为是我的儿子，给剥夺了好些公民权利。他先学会沉默，后来又学会抽烟。我怀着内疚的心情看看他，我后悔当初不该写小说，更不该生儿育女。我还记得前两年在痛苦难熬的时候她对我说："孩子们说爸爸做了坏事，害了我们大家。"这好像用刀子在割我身上的肉，我没有出声，我把泪水全吞在肚里。她睡了一觉醒过来，忽然问我："你明天不去了？"我说："不去了。"就是那个"工宣队"头头在今天通知我不用再去干校，就留在市区。他还问我："你知道肖珊是什么病吗？"我答说："知道。"其实家里瞒住我，不给我知道真相，我还是从他这句话里猜到的。

三

第二天早晨她动身去医院，一个朋友和我女儿女婿陪她去。她穿好衣服等候车来。她显得急躁又有些留恋，东张张、西望望，她也许在想是不是能再看到这里的一切。我送走她，心上反而加了一块大石头。

将近二十天里，我每天去医院陪她大半天，我照料她，我坐在病床前守着她，同她短短地谈几句话，她的病情变化，一天天衰弱下去，肚子却一天天大起来，行动越来越不方便。当时病房里没有人照料，生活方面除饮食外一切都必须自理。后来听同病房的人称赞她"坚强"，说她每天早晚都默默地挣扎着下了床走到厕所。医生对我们谈起，病人的身体受不住手术，最怕她的肠子堵塞，要是不堵塞，还可以拖延一个时期。她住院后的半个月是一九六六年八月以来我既感痛苦又感到幸福的一段时间，是我和她在一起度过的最后的平静的时刻，我今天还不能将它忘记。但是半个月以后，她的病情又有了

① 王若望同志在一九五七年被错划为右派（一九六二年摘帽），最近已经改正，恢复名誉。——作者原注。

发展,一天吃中饭的时候,医生通知我儿子找我去谈话。他告诉我:病人的肠子给堵住了,必须开刀。开刀不一定有把握,也许中途出毛病。但是不开刀,后果更不堪设想,他要我决定,并且要我劝她同意。我做了决定,就去病房对她解释,我讲完话,她只说了一句:"看来,我们要分别了。"她望着我,眼睛里全是泪水。我说:"不会的……"我的声音哑了。接着护士长来安慰她,对她说:"我陪你,不要紧的。"她回答:"你陪我就好。"时间很紧迫。医生护士们很快做好了准备,她给送进手术室去了,是她的表侄把她推到手术室门口的。我们就在外面廊上等候了好几个小时,等到她平安地给送出来,由儿子把她推回到病房去。儿子还在她的身边守过一个夜晚。过两天他也病倒了,查出来他患肝炎,是从安徽农村带回来的。本来我们想瞒住他的母亲,可是无意间让他母亲知道了。她不断地问:"儿子怎么样?"我自己也不知道儿子怎么样,我怎么能使她放心呢?晚上回到家,走进空空的、静静的房间,我几乎要叫出声来:"一切都朝我的头打下来吧,让所有的灾祸都来吧。我受得住!"

我应当感谢那位热心而又善良的护士长,她同情我的处境,要我把儿子的事情完全交给她办。她做好安排,陪他看病、检查,让他很快住进别处的隔离病房,得到及时的治疗和护理。他在隔离病房里苦苦地等候母亲病情的好转。母亲躺在病床上,只能有气无力地说几句短短的话,她经常问:"棠棠怎么样?"从她那双含泪的眼睛里我明白她多么想看见她最爱的儿子。但是她已经没有精力多想了。

她每天给输血、打盐水针,她看见我去,就断断续续地问我:"输多少 CC 的血?该怎么办?"我安慰她:"你只管放心,没有问题,治病要紧。"她不止一次地说:"你辛苦了。"我有什么苦呢?我能够为我最亲爱的人做事情,哪怕做一件小事,我也高兴!后来她的身体更不行了。医生给她输氧气,鼻子里整天插着管子。她几次要求拿开,这说明她感到难受。但是听了我们的劝告她终于忍受下去了。开刀以后她只活了五天,谁也想不到她会去得这么快!五天中间我整天守在病床前,默默地望着她在受苦(我是设身处地感觉到这样的),可是她除了两三次要求搬开床前巨大的氧气筒,三四次表示担心输血较多、付不出医药费之外,并没有抱怨过什么,见到熟人她常有这样一种表情:请原谅我麻烦了你们。她非常安静,但并未昏睡,始终睁大两只眼睛。眼睛很大,很美,很亮,我望着,望着,好像在望快要燃尽的烛火。我多么想让这对眼睛永远亮下去!我多么害怕她离开我!我甚至愿意为我那十四卷"邪书"受到千刀万剐,只求她能安静地活下去。

不久前我重读梅林写的《马克思传》,书中引用了马克思给女儿的信里的一段话,讲到马克思夫人的死。信上说:"她很快就咽了气……这个病具有一种逐渐虚脱的性质,就像由于衰老所致一样,甚至在最后几小时也没有临终的挣扎,而是慢慢地沉入睡乡,她的眼睛比任何时候都更大、更美、更亮!"这段话我记得很清楚,马克思夫人也死于癌症。我默默地望着肖珊那对很大、很美、很亮的眼睛,我想起这段话,稍微得到一点安慰。听说她的确也"没有临终的挣扎",她也是"慢慢地沉入睡乡"。我这样说,因为她离开这个世界的时候,我不在她的身边,那天是星期天,卫生防疫站因为我们家发现了肝炎病人,派人上午来做消毒工作。她的表妹有空愿意到医院去照料她,讲好我们吃过中饭就去接替。没有想到我们刚刚端起饭碗，就得到传呼电话，通知我女儿去医院，说是她妈妈“不行”了。真是晴天霹雳！我和我女儿、女婿赶到医院。她那张病床上连床垫也给拿走了。别人告诉我她在太平间。我们又下了楼赶到那里，在门口遇见表妹，还是她找人帮忙把“咽了气”的病人抬进来的。死者还不曾给放进铁匣子里送进冷库，她躺在担架上，但已经给白布床单包得紧紧的，看不到面容了。我只看到她的名字。我弯下身子，把地上那个还有点人形的白布包拍了好几下，一面哭着唤她的名字。不过几分钟的时间。这算是什么告别呢？

据表妹说，她逝世的时刻，表妹也不知道。她曾经对表妹说：“找医生来。”医生来过，并没有什么。后来她就渐渐地“沉入睡乡”。表妹还以为她在睡眠。一个护士来打针才发觉她的心脏已经停止跳动了。我没有能同她诀别，我有许多话没有能向她倾吐，她不能没有留下一句遗言就离开我！我后来常常想，她对表妹说：“找医生来。”很可能不是“找医生”，是“找李先生”（她平日这样称呼我）。为什么那天上午偏偏我不在病房呢？家里人都不在她身边，她死得这样凄凉！

我女婿马上打电话给我们仅有的几个亲戚，她的弟媳赶到医院，马上晕了过去。三天以后在龙华火葬场举行告别仪式。她的朋友一个也没有来，因为一则我们没有通知，二则我是一个审查了将近七年的对象。没有悼词，没有吊客，只有一片伤心的哭声。我衷心感谢前来参加仪式的少数亲友和特地来帮忙的我女儿的两三个同学。最后我跟她的遗体告别，女儿望着遗容哀哭，儿子在隔离病房，还不知道把他当作命根子的妈妈已经死亡。值得提说的是她当作自己儿子照顾了好些年的一位亡友的男孩从北京赶来只为了看见她的最后一面。这个整天同钢铁打交道的技术员和干部，他的心倒不像钢铁那样。他得到电报以后，他爱人对他说：“你去吧，你不去一趟，你的心永远安定不了。”我在变了形的她的遗体旁边站了一会。别人给我和她照了相。我痛苦地想：这是最后一次了，即使给我们留下来很难看的形象，我也要珍视这个镜头。

一切都结束了。过了几天我和女儿、女婿再去火葬场，领到了她的骨灰盒。在存放室里寄存了三年之后，我按期把骨灰盒接回家里。有人劝我把她的骨灰安葬，我宁愿让骨灰盒放在我的寝室里，我感到她仍然和我在一起。

四

梦魇一般的日子终于过去了。六年仿佛一瞬间似的远远地落在后面了。其实哪里是一瞬间！这段时间里有多少流着血和泪的日子啊。不仅是六年，从我开始写这篇短文到现在又过去了半年，这半年中间我经常在火葬场的大厅里默哀，行礼，为了纪念给“四人帮”迫害致死的朋友。想到他们不能把个人的智慧和才华献给社会主义祖国，我万分惋惜。每次戴上黑纱、插上纸花的同时，我也想起我自己最亲爱的朋友，一个普通的文艺爱好者，一个成绩不大的翻译工作者，一个心地善良的好人。她是我的生命的一部分，她的骨灰里有我的泪和血。

她是我的一个读者。一九三六年我在上海第一次同她见面。一九三八年和一九四一年我们两次在桂林像朋友似的住在一起。一九四四年我们在贵阳结婚。我认识她的时候,她还不到二十,对她的成长我应当负很大的责任。她读了我的小说,后来见到了我,对我发生了感情。她在中学念书,看见我之前,因为参加学生运动被学校开除,回到家乡住了一个短时期,又出来进另一所学校。倘使不是为了我,她三七、三八年可能去了延安。她同我谈了八年的恋爱,后来到贵阳旅行结婚,只印发了一个通知,没有摆过一桌酒席。从贵阳我们先后到重庆,住在民国路文化生活出版社门市部楼梯下七八个平方米的小屋里。她托人买了四只玻璃杯开始组织我们的小家庭。她陪着我经历了各种艰苦生活。在抗日战争紧张的时期,我们一起在日军进城以前十多个小时逃离广州,我们从广东到广西,从昆明到桂林,从金华到温州,我们分散了,又重见,相见后又别离。在我那两册《旅途通讯》中就有一部分这种生活的记录。四十年前有一位朋友批评我:“这算什么文章!”我的《文集》出版后,另一位朋友认为我不应当把它们也收进去。他们都有道理,两年来我对朋友、对读者讲过不止一次,我决定不让《文集》重版。但是为我自己,我要经常翻看那两小册《通讯》。在那些年代每当我落在困苦的境地里,朋友们各奔前程的时候,她总是亲切地在我的耳边说:“不要难过,我不会离开你,我在你的身边。”的确,只有在她最后一次进手术室之前她才说过这样一句:“我们要分别了。”

我同她一起生活了三十多年。但是我并没有好好地帮助过她。她比我有才华,却缺乏刻苦钻研的精神。我很喜欢她翻译的普希金和屠格涅夫的小说。虽然译文并不恰当,也不是普希金和屠格涅夫的风格,它们却是有创造性的文学作品,阅读它们对我是一种享受。她想改变自己的生活,不愿做家庭妇女,却又缺少吃苦耐劳的勇气。她听从一个朋友的劝告,得到后来也是给“四人帮”迫害致死的叶以群同志的同意到《上海文学》“义务劳动”,也做了一点点工作,然而在运动中却受到批判,说她专门向老作家、反动权威组稿,又说她是我派去的“坐探”。她为了改造思想,想走捷径,要求参加“四清”运动,找人推荐到某铜厂的工作组工作,工作相当繁重、紧张,她却精神愉快。但是我快要靠边的时候,她也被叫回作家协会参加运动。她第一次参加这种急风暴雨般的斗争,而且是以反动权威家属的身份参加,她不知道该怎么办才好。她张皇失措、坐立不安,替我担心,又为儿女的前途忧虑。她盼望什么人向她伸出援助的手,可是朋友们离开了她,“同事们”拿她当做箭靶,还有人想通过整她来整我。她不是作家协会或者刊物的正式工作人员,可是仍然被“勒令”靠边劳动站队挂牌,放回家以后又给揪到机关。过一个时期她写了认罪的检查,第二次给放回家的时候,我们机关的造反派头头却通知里弄委员会罚她扫街。她怕人看见,每天大清早起来,拿着扫帚出门,扫得精疲力尽,才回到家里,关上大门,吐了一口气。但有时她还碰到上学去的小孩,对她叫骂:“巴金的臭婆娘。”我偶尔看见她拿着扫帚回来,不敢正眼看她,我感到负罪的心情。这是对她一个致命的打击,不到两个月,她病倒了,以后就没有再出去扫街(我妹妹继续扫了一个时期),但是也没有完全恢复健康。尽管她还继续拖了四年,但一直到死,她并不曾看到我恢复自由。这就是她的最后,然而绝不是她的结局。她的结局将和我的结局连在一起。

我绝不悲观。我要争取多活。我要为我们社会主义祖国工作到生命的最后一息。

在我丧失工作能力的时候，我希望病榻上有肖珊翻译的那几本小说。等到我永远闭上眼睛，就让我的骨灰和她的骨灰掺和在一起。

1979年1月15日写完

（选自《爝火集》，人民文学出版社1979年版）

《怀念肖珊》是老作家巴金用血和泪写就的一篇悼亡文字。作家回忆了文革时期全家人的悲惨遭遇，抒发了对肖珊的真挚、深切、绵绵不绝的情怀。

首先，作家“老老实实”、“朴实无华”地叙述了一个善良人物的被毁灭。这是巴金的家庭悲剧，也是那个特殊历史时代的悲剧。作家在伤悼自己的同时，把个人的劫难与国家民族的劫难连在一起，使散文中所写的日常生活场景都超越了个人的意义，成为特殊的历史年代里一个知识分子的见证，从而具有了深刻的思想力量。

其次，这篇悼文感情真挚、悲壮激愤。“为什么不让我先死？”“她究竟犯了什么罪？”“究竟为什么？”“我后悔当初不该写小说”，“是我害了她”，“我不该生儿育女”……正是这些“质问”、“悔恨”、“责备”，才更有力、更深刻地对那个毁灭文化、毁灭人才、毁灭“美”的“文化大革命”进行了血泪控诉，既悲且壮。（谢家顺）

髻

琦 君

母亲年轻的时候，一把青丝梳一条又粗又长的辫子，白天盘成了一个螺丝似的尖髻儿，高高地翘起在后脑，晚上就放下来挂在背后。我睡觉时挨着母亲的肩膀，手指头绕着她的长发梢玩儿，双妹牌生发油的香气混合着油垢味直熏我的鼻子，有点儿难闻，却有一份母亲陪伴着我的安全感，我就呼呼地睡着了。

每年的七月初七，母亲才痛痛快快地洗一次头。乡下人的规矩，平常日子可不能洗头。如洗了头，脏水流到阴间，阎王要把它储存起来，等你死以后去喝。只有七月初七洗的头，脏水才流向东海去。所以一到七月七，家家户户的女人都要有一大半天披头散发。有的女人披着头发美得跟葡萄仙子一样，有的却像丑八怪。比如我的五叔婆吧，她既矮小又干瘪，头发掉了一大半，却用墨炭划出一个四四方方的额角，又把树皮似的头顶全抹黑了。洗过头以后，墨炭全没有了，亮着半个光秃秃的头顶，只剩后脑勺一小撮头发，飘在背上，在厨房里摇来晃去帮我母亲做饭，我连看都不敢冲她看一眼。可是母亲乌油油的柔发却像一匹缎子似的垂在肩头，微风吹来，一绺绺的短发不时拂着她白嫩的面颊。她眯起眼睛，用手背拢一下，一会儿又飘过来了。她是近视眼，眯缝眼儿的时候格外的俏丽。我心里在想，如果爸爸在家，看见妈妈这一头乌亮的好发，一定会上街买一对亮晶晶的水钻发夹给她，要她戴上。妈妈一定是戴上了一会儿就不好意思地摘下来。那么这一对水钻夹子，不久就会变成我扮新娘的"头面"了。

父亲不久回来了，没有买水钻发夹，却带回一位姨娘。她的皮肤好细好白，一头如云的柔发比母亲的还要乌，还要亮。两鬓像蝉翼似的遮住一半耳朵，梳向后面，绾一个大大的横爱司髻，像一只大蝙蝠扑盖着她后半个头。她送母亲一对翡翠耳环。母亲只把它收在抽屉里从来不戴，也不让我玩，我想大概是她舍不得戴吧。

我们全家搬到杭州以后，母亲不必忙厨房，而且许多时候，父亲要她出来招呼客人，她那尖尖的螺丝髻儿实在不像样，所以父亲一定要她改梳一个式样。母亲就请她的朋友张伯母给她梳了个鲍鱼头。在当时，鲍鱼头是老太太梳的，母亲才过三十岁.却要打扮成老太太，姨娘看了只是抿嘴儿笑，父亲就直皱眉头。我悄悄地问她："妈，你为什么不也梳个横爱司髻，戴上姨娘送你的翡翠耳环呢？"母亲沉着脸说："你妈是乡下人，哪儿配梳那种摩登的头，戴那讲究的耳环呢？"

姨娘洗头从不拣七月初七。一个月里都洗好多次头，洗完后，一个小丫头在旁边用一把粉红色大羽毛扇轻轻地扇着，轻柔的发丝飘散开来，飘得人起一股软绵绵的感觉。父亲坐在紫檀木榻床上，端着水烟筒扑扑地抽着，不时偏过头来看她，眼神里全是笑。

姨娘抹上三花牌发油，香风四溢，然后坐正身子，对着镜子盘上一个油光闪亮的爱司髻，我站在边上都看呆了。姨娘递给我一瓶三花牌发油，叫我拿给母亲，母亲却把它高高搁在橱背上，说：“这种新式的头油，我闻了就泛胃。”

母亲不能常常麻烦张伯母，自己梳出来的鲍鱼头紧绷绷的，跟原先的螺丝髻相差有限，别说父亲，连我看了都不顺眼。那时姨娘已请了个包梳头刘嫂。刘嫂头上插一根大红签子，一双大脚丫子，托着个又矮又胖的身体，走起路来气喘呼呼的。她每天早上10点钟来，给姨娘梳各式各样的头，什么凤凰髻、羽扇髻、同心髻、燕尾髻，常常换样子，衬托着姨娘细洁的肌肤，袅袅婷婷的水蛇腰儿，越发引得父亲笑眯了眼。刘嫂劝母亲说：“大太太，你也梳个时髦点的式样嘛。”母亲摇摇头，响也不响，她噘起厚嘴唇走了。母亲不久也由张伯母介绍了一个包梳头陈嫂。她年纪比刘嫂大，一张黄黄的大扁脸，嘴里两颗闪亮的金牙老露在外面，一看就是个爱说话的女人。她一边梳一边叽里呱啦地从赵老太爷的大少奶奶，说到李参谋长的三姨太，母亲像个闷葫芦似的一句也不搭腔，我却听得津津有味。有时刘嫂与陈嫂一起来了，母亲和姨娘就在廊前背对着背同时梳头。只听姨娘和刘嫂有说有笑，这边母亲只是闭目养神。陈嫂越梳越没劲儿，不久就辞工不来了。我还清清楚楚地听见她对刘嫂说：“这么老古董的乡下太太，梳什么包梳头呢？”我都气哭了，可是不敢告诉母亲。

从那以后，我就垫着矮凳替母亲梳头，梳那最简单的鲍鱼头。我踮起脚尖，从镜子里望着母亲。她的脸容已不像在乡下厨房里忙来忙去时那么丰润亮丽了，她的眼睛停在镜子里，望着自己出神，不再是眯缝眼儿的笑了。我手中捏着母亲的头发，一绺绺地梳理，可是我已懂得，一把小小黄杨木梳，再也理不清母亲心中的愁绪。因为在走廊的那一边，不时飘来父亲和姨娘琅琅的笑语声。

我长大出外读书以后，寒暑假回家，偶然给母亲梳头，头发捏在手心，总觉得愈来愈少。想起幼年时，每年七月初七看母亲乌亮的柔发飘在两肩，她脸上快乐的神情，心里不禁一阵阵酸楚。母亲见我回来，愁苦的脸上却不时展开笑容。无论如何，母女相依的时光总是最最幸福的。

在上海求学时，母亲来信说她患了风湿病，手臂抬不起来，连最简单的螺丝髻儿都盘不成样，只好把稀稀疏疏的几根短发剪去了。我捧着信，坐在寄宿舍窗口凄淡的月光里，寂寞地掉着眼泪。深秋的夜风吹来，我有点冷，披上母亲为我织的软软的毛衣，浑身又暖和起来。可是母亲老了，我却不能随侍在她身边，她剪去了稀疏的短发，又何尝剪去满怀的悲绪呢！

不久，姨娘因事来上海，带来母亲的照片。三年不见，母亲已白发如银。我呆呆地凝视着照片，满腔心事，却无法向眼前的姨娘倾诉。她似乎很体谅我思母之情，絮絮叨叨地和我谈着母亲的近况。说母亲心脏不太好，又有风湿病，所以体力已大不如前。我低头默默地听着，想想她就是使我母亲一生郁郁不乐的人，可是我已经一点都不恨她了。因为自从父亲去世以后，母亲和姨娘反而成了患难相依的伴侣，母亲早已不恨她了。我再仔细看看她，她穿着灰布棉袍，鬓边戴着一朵白花，颈后垂着的再不是当年多彩多姿的凤凰髻或同心髻，而是一条简简单单的香蕉卷。她脸上脂粉不施，显得十分哀戚。我对她不禁起了无限怜悯。因为她不像我母亲是个自甘淡泊的女性,她随着父亲享受了近二十年的富贵荣华,一朝失去了依傍,她的空虚落寞之感,将更甚于我母亲吧。

来台湾以后,姨娘已成了我唯一的亲人,我们住在一起有好几年。在日式房屋的长廊里,我看她坐在玻璃窗边梳头。她不时用拳头捶着肩膀说:“手酸得很,真是老了。”老了,她也老了。当年如云的青丝,如今也渐渐落去,只剩了一小把,且已夹有丝丝白发。想起在杭州时,她和母亲背对着背梳头,彼此不交一语的仇视日子,转眼都成过去。人世间,什么是爱,什么是恨呢?母亲已去世多年,垂垂老去的姨娘,亦终归走向同一个渺茫不可知的方向,她现在的光阴,比谁都寂寞啊!

我怔怔地望着她,想起她美丽的横爱司髻,我说:“让我来替你梳个新的式样吧。”她愀然一笑说:“我还要那样时髦干什么,那是你们年轻人的事了。”

我能长久年轻吗?她说这话,一转眼又是十多年了,我也早已不年轻了。对于人世的爱、憎、贪、痴,已木然无动于衷。母亲去我日远,姨娘的骨灰也已寄存在寂寞的寺院中。这个世界,究竟有什么是永久的,又有什么是值得认真的呢?

(选自《红纱灯》,三民书局1969年11月初版)

琦君(1916—2006),原名潘希真,浙江永嘉人。台湾著名散文作家。

《髻》是琦君散文名作,散文以发髻为线索,追叙了母亲和姨娘两个女性殊途同归的不幸命运,满腹心酸的弃妇,恃宠生娇的小妾,其形象跃然纸上,而父亲去世后母亲与姨娘两人的相依为命,又让人痛感旧式大家庭女性命运的悲凉。

作者忆旧怀人,笔端满蓄深情,她把爱与同情给予了失宠的母亲,也把宽容与怜悯给予了一无依傍的姨娘,对造成这一切悲剧的父亲殊少指责之意。文风淡雅素朴,温柔敦厚。

历尽沧桑,作者对于人生的感悟与认识更为冷静超脱,这种宗教情怀极大地拓展了文章的意境,也使散文的复式结构更为摇曳生姿。(刘贤汉)

下放记别

杨　绛

中国社会科学院，以前是中国科学院哲学社会科学部，简称学部。我们夫妇同属学部；默存在文学所，我在外文所。1969年，学部的知识分子正在接受“工人、解放军宣传队”的“再教育”。全体人员先是“集中”住在办公室里，六七人至九十人一间，每天清晨练操，上下午和晚饭后共三个单元分班学习。过了些时候，年老体弱的可以回家住，学习时间渐渐减为上下午两个单元。我们俩都搬回家去住，不过料想我们住在一起的日子不会长久，不日就该下放干校了。干校的地点在纷纷传说中逐渐明确，下放的日期却只能猜测，只能等待。

我们俩每天各在自己单位的食堂排队买饭吃。排队足足要费半小时；回家自己做饭又太费事，也来不及。工、军宣队后来管束稍懈，我们经常中午约会同上饭店。饭店里并没有好饭吃，也得等待；但两人一起等，可以说说话。那年11月3日，我先在学部大门口的公共汽车站等待，看见默存杂在人群里出来。他过来站在我旁边，低声说：“待会儿告诉你一件大事。”我看看他的脸色，猜不出什么事。

我们挤上了车，他才告诉我：“这个月11号，我就要走了。我是先遣队。”

尽管天天在等待行期，听到这个消息，却好像头顶上着了一个焦雷。再过几天是默存虚岁六十生辰，我们商量好：到那天两人要吃一顿寿面庆祝。再等着过七十岁的生日，只怕轮不到我们了。可是只差几天，等不及这个生日，他就得下干校。

“为什么你要先遣呢?”

“因为有你。别人得带着家眷，或者安顿了家再走；我可以把家撂给你。”

干校的地点在河南罗山，他们全所是11月17号走。

我们到了预定的小吃店，叫了一个最现成的砂锅鸡块——不过是鸡皮鸡骨。我舀些清汤泡了半碗饭，饭还是咽不下。

只有一个星期置备行装，可是默存要到末了两天才得放假。我倒借此赖了几天学，在家收拾东西。这次下放是所谓“连锅端”——就是拔宅下放，好像是奉命一去不复返的意思。没用的东西、不穿的衣服、自己宝贵的图书、笔记等等，全得带走，行李一大堆。当时我们的女儿阿圆、女婿得一，各在工厂劳动，不能叫回来帮忙。他们休息日回家，就帮着收拾行李，并且学别人的样，把箱子用粗绳子密密缠捆，防旅途摔破或压塌。可惜能用粗绳子缠捆保护的，只不过是木箱、铁箱等粗重行李；这些木箱、铁箱，确也不如血肉之躯经得起折磨。

经受折磨，就叫锻炼；除了准备锻炼，还有什么可准备的呢。准备的衣服如果太旧，怕不经穿;如果太结实,怕洗来费劲。我久不缝纫,胡乱把耐脏的料子用缝衣机做了个毛毡的套子,准备经年不洗。我补了一条裤子,坐处像个布满经线纬线的地球仪,而且厚如龟壳。默存倒很欣赏,说好极了,穿上好比随身带个座儿,随处都可以坐下。他说,不用筹备得太周全,只需等我也下去,就可以照看他。至于家人团聚,等几时阿圆和得一乡间落户,待他们迎养吧。

转眼到了11号先遣队动身的日子。我和阿圆、得一送行。默存随身行李不多,我们找个旮旯儿歇着等待上车。待车室里,闹嚷嚷、乱哄哄人来人往;先遣队的领队人忙乱得只恨分身无术,而随身行李太多的,只恨少生了几双手。得一忙放下自己拿的东西,去帮助随身行李多得无法摆布的人。默存和我看他热心为旁人效力,不禁赞许新社会的好风尚,同时又互相安慰说:得一和善忠厚,阿圆有他在一起,我们可以放心。

得一掮着、拎着别人的行李,我和阿圆帮默存拿着他的几件小包小袋,排队挤进月台,挤上火车,找到个车厢安顿了默存。我们三人就下车,痴痴站着等火车开动。

我记得从前看见坐海船出洋的旅客,登上摆渡的小火轮,送行者就把许多彩色的纸带抛向小轮船;小船慢慢向大船开去,那一条条彩色的纸带先后迸断,岸上就拍手欢呼。也有人在欢呼声中落泪;迸断的彩带好似迸断的离情。这番送人上干校,车上的先遣队和车下送行的亲人,彼此间的离情假如看得见,就绝不是彩色的,也不能一迸就断。

默存走到车门口,叫我们回去吧,别等了。彼此遥遥相望,也无话可说。我想,让他看我们回去还有三人,可以放心释念,免得火车驰走时,他看到我们眼里,都在不放心他一人离去。我们遵照他的意思,不等车开,先自走了。几次回头望望,车还不动,车下还是挤满了人。我们默默回家;阿圆和得一接着也各回工厂。他们同在一校而不同系,不在同一个工厂劳动。

过了一两天,文学所有人通知我,下干校的可以带自己的床,不过得用绳子缠捆好,立即送到学部去。粗硬的绳子要缠捆得服帖,关键在绳子两头;不能打结子,得把绳头紧紧压在绳下。这至少得两人一齐动手才行。我只有一天的期限,一人请假在家,把自己的小木床拆掉。左放、右放,怎么也无法捆在一起,只好分别捆;而且我至少还欠一只手,只好用牙齿帮忙。我用细绳缚住粗绳头,用牙咬住,然后把一只床分三部分捆好,各件重复写上默存的名字。小小一只床分拆了几部,就好比兵荒马乱中的一家人,只怕一出家门就彼此失散,再聚不到一处去。据默存来信,那三部分重新团聚一处,确也害他好生寻找。

文学所和另一所最先下放。用部队的辞儿,不称“所”而称“连”。两连动身的日子,学部敲锣打鼓,我们都放了学去欢送。下放人员整队而出;红旗开处,俞平老和俞师母领队当先。年逾七旬的老人了,还像学龄儿童那样排着队伍,远赴干校上学,我看着心中不忍,抽身先退;一路回去,发现许多人缺乏欢送的热情,也纷纷回去上班。大家脸上都漠无表情。

我们等待着下干校改造,没有心情理会什么离忧别恨,也没有闲暇去品尝那“别是一般”的“滋味”。学部既已有一部分下了干校,没下去的也得加紧干活儿。成天坐着学习,连“再教育”我们的“工人师傅”们也腻味了。有一位二十二三岁的小“师父”嘀咕说:

"我天天在炉前炼钢,并不觉得劳累;现在成天坐着,屁股也痛,脑袋也痛,浑身不得劲儿。"显然炼人比炼钢费事;"坐冷板凳"也是一项苦功夫。

炼人靠体力劳动。我们挖完了防空洞——一个四通八达的地下建筑,就把图书搬来搬去。捆,扎,搬运,从这楼搬到那楼,从这处搬往那处;搬完自己单位的图书,又搬别单位的图书。有一次,我们到一个积尘三年的图书室去搬出书籍、书柜、书架等,要腾出屋子来。有人一进去给尘土呛得连打了二十来个嚏喷。我们尽管戴着口罩,出来都满面尘土,咳吐的尽是黑痰。我记得那时候天气已经由寒转暖而转热。沉重的铁书架、沉重的大书橱、沉重的卡片柜——卡片屉内满满都是卡片,全都由年轻人狠命用肩膀扛,贴身的衣衫磨破,露出肉来。这又使我惊叹,最经磨的还是人的血肉之躯!

弱者总占便宜;我只干些微不足道的细事,得空就打点包裹寄给干校的默存。默存得空就写家信;三言两语,断断续续,白天黑夜都写。这些信如果保留下来,如今重读该多么有趣!但更有价值的书信都毁掉了,又何惜那几封。

他们一下去,先打扫了一个土积尘封的劳改营。当晚睡在草铺上还觉燠热。忽然一场大雪,满地泥泞,天气骤寒。17日大队人马到来,80个单身汉聚居一间屋里,都睡在土炕上。有个跟着爸爸下放的淘气小男孩儿,临睡常绕炕撒尿一匝,为炕上的人"施肥"。休息日大家到镇上去买吃的:有烧鸡,还有煮熟的乌龟。我问默存味道如何,他却没有尝过,只悄悄做了几首打油诗寄我。

罗山无地可耕,干校无事可干。过了一个多月,干校人员连同家眷又带着大堆箱笼物件,搬到息县东岳。地图上能找到息县,却找不到东岳。那儿地僻人穷,冬天没有燃料生火炉子,好多女同志脸上生了冻疮。洗衣服得蹲在水塘边上"投"。默存的新衬衣请当地的大娘代洗,洗完就不见了。我只愁他跌落水塘,能请人代洗,便赔掉几件衣服也值得。

在北京等待上干校的人,当然关心干校生活,常叫我讲些给他们听。大家最爱听的是何其芳同志吃鱼的故事。当地竭泽而渔,食堂改善伙食,有红烧鱼。其芳同志忙拿了自己的大漱口杯去买了一份;可是吃来味道很怪,愈吃愈怪。他捞起最大的一块想尝个究竟,一看原来是还未泡烂的药肥皂,落在漱口杯里没有拿掉。大家听完大笑,带着无限同情。他们也告诉我一个笑话,说钱钟书和丁××两位一级研究员,半天烧不开一锅炉水!我代他们辩护:锅炉设在露天,大风大雪中,烧开一锅炉水不是容易。可是笑话毕竟还是笑话。

他们过年就开始自己造房。女同志也拉大车,脱坯,造砖,盖房,充当壮劳力。默存和俞平伯先生等几位"老弱病残"都在免役之列,只干些打杂的轻活儿。他们下去八个月之后,我们的"连"才下放。那时候,他们已住进自己盖的新屋。

我们"连"是1970年7月12日动身下干校的。上次送默存走,有我和阿圆还有得一。这次送我走,只剩了阿圆一人;得一已于一月前自杀去世。

得一承认自己总是"偏右"一点,可是他说,实在看不惯那伙"过左派"。他们大学里开始围剿"五一六"的时候,几个有"五一六"之嫌的"过左派"供出得一是他们的"组织者","五一六"的名单就在他手里。那时候得一已回校,阿圆还在工厂劳动;两人不能同日回家。得一末了一次离开我的时候说:“妈妈,我不能对群众态度不好,也不能顶撞宣传队;可是我决不能捏造个名单害人,我也不会撒谎。”他到校就失去自由。阶级斗争如火如荼,阿圆等在厂劳动的都返回学校。工宣队领导全系每天三个单元斗得一,逼他交出名单。得一就自杀了。

阿圆送我上了火车,我也促她先归,别等车开。她不是一个脆弱的女孩子,我该可以放心撇下她。可是我看着她踽踽独归的背影,心上凄楚,忙闭上眼睛;闭上了眼睛,越发能看到她在我们那破残凌乱的家里,独自收拾整理,忙又睁开眼。车窗外已不见了她的背影。我又合上眼,让眼泪流进鼻子,流入肚里。火车慢慢开动,我离开了北京。

干校的默存又黑又瘦,简直换了个样儿,奇怪的是我还一见就认识。

我们干校有一位心直口快的黄大夫。一次默存去看病,她看他在签名簿上写上钱钟书的名字,怒道:“胡说!你什么钱钟书!钱钟书我认识!”默存一口咬定自己是钱钟书。黄大夫说:“我认识钱钟书的爱人。”默存经得起考验,报出了他爱人的名字。黄大夫还待信不信,不过默存是否冒牌也没有关系,就不再争辩。事后我向黄大夫提起这事,她不禁大笑说:“怎么的,全不像了。”

我记不起默存当时的面貌,也记不起他穿的什么衣服,只看见他右下颔一个红胞,虽然只有榛子大小,形状却峥嵘险恶:高处是亮红色,低处是暗黄色,显然已经灌脓。我吃惊说:“啊呀,这是个疽吧?得用热敷。”可是谁给他做热敷呢?我后来看见他们的红十字急救药箱,纱布上、药棉上尽是泥手印。默存说他已经生过一个同样的外疹,领导上让他休息了几天,并叫他改行不再烧锅炉。他目前白天看管工具,晚上巡夜。他的顶头上司因我去探亲,还特地给了他半天假。可是我的排长却非常严厉,只让我随人去探望一下,吩咐我立即回队。默存送我回队,我们没说得几句话就分手了。得一去世的事,阿圆和我暂时还瞒着他,这时也未及告诉。过了一两天他来信说:那个胞儿是疽,穿了五个孔。幸亏打了几针也渐见痊好。

我们虽然相去不过一小时的路程,却各有所属,得听指挥、服从纪律,不能随便走动,经常只是书信来往,到休息日才许探亲。休息日不是星期日;十天一次休息,称为大礼拜。如有事,大礼拜可以取消。可是比了独在北京的阿圆,我们就算是同在一处了。

(选自《干校六记》,北京三联书店 1981 年版)

杨绛(1911—),原籍江苏无锡,生于北京。著有散文集《干校六记》、长篇小说《洗澡》等。

在《下放记别》中作者以一种幽默、风趣、淡然的姿态面对生命中的苦难经历,表现出了从容、平淡、超然的人生态度。《下放记别》所记述的就是在文革期间作者夫妇下放到干校接受劳动改造的旧事,在个人化色彩的日常人生场景中,对社会背景作了淡化处理。作者没有激愤的控诉,也没有自怜的矫情,哀而不怨、怒而不伤,在从容平淡的叙述中传达了乐观淡泊的生活态度。文字简约,对自我感情世界“欲说还休”,如写到女婿得一的自杀,只是说:“上次送默存走,有我和阿圆还有得一。这次送我走,只剩了阿圆一人;得一已于一月前自杀去世。”空白之下蕴含着浓厚的悲凉。

(张晓东)

拣麦穗

张　洁

在农村长大的姑娘，谁不熟悉拣麦穗这回事儿呢？

我要说的，却是几十年前拣麦穗的那段往事。

或许可以这样说，拣麦穗的时节，也许是顶能引起姑娘们的幻想的时节。

在那月残星稀的清晨，挎着一个空篮子，顺着田埂上的小路，走去拣麦穗的时候，她想的是什么呢？

等到田野上腾起一层薄雾，月亮，像是偷偷地睡过一觉，重又悄悄地回到天边，方才挎着装满麦穗的篮子，走回自家的破窑洞的时候，她想的又是什么呢？

唉，她能想什么呢？！

假如你没有在那种日子里生活过，你永远不能想象，从这一粒粒丢在地里的麦穗上，会生出什么样的幻想！

她拼命地拣呐，拣呐，一个收麦子的时节，能拣上一斗？她把这麦子换来的钱积攒起来，等到赶集的时候，扯上花布，买上花线，然后，她剪呀，缝呀，绣呀……也不见她穿，也不见她戴，谁也没和谁合计过，谁也没找谁商量过，可是等到出嫁的那一天，她们全会把这些东西，装进新嫁娘的包裹里去。

不过，当她们把拣麦穗时所伴着的幻想，一同包进包裹里去的时候，她们会突然感到那些幻想全都变了味儿，觉得多少年来，她们拣呀、缝呀、绣呀，实在是多么傻啊！她们要嫁的那个男人，和她们在拣麦穗、扯花布、绣花鞋的时候所幻想的那个男人，有着多么大的不同，又有着多么大的距离啊！但是，她们还是依依顺顺地嫁了出去，只不过在穿戴那些衣物的时候，再也找不到做它、缝它时的那种心情了。

这算得了什么呢？谁也不会为她们叹一口气，表示同情。谁也不会关心她们还曾经有过幻想。连她们自己也甚至不会感到过分地悲伤。顶多不过像是丢失了一个美丽的梦。有谁见过哪一个人会死乞白赖地寻找一个丢失的梦呢？

当我刚刚能够歪歪咧咧地提着一个篮子跑路的时候，我就跟在大姐姐的身后拣麦穗了。

那篮子显得太大，总是磕碰着我的腿和地面，闹得我老是跌跤。我也很少有拣满一个篮子的时候，我看不见田里的麦穗，却总是看见蚂蚱和蝴蝶，而当我追赶它们的时候，拣到的麦穗，还会从篮子里重新掉回地里去。

有一天，二姨看着我那盛着稀稀拉拉几个麦穗的篮子说："看看，我家大雁也会拣麦穗了。”然后,她又戏谑地问我:“大雁,告诉二姨,你拣麦穗做啥?”

我大言不惭地说:“我要备嫁妆哩!”

二姨贼眉贼眼地笑了,还向围在我们周围的姑娘、婆姨们睒了睒她那双不大的眼睛:“你要嫁谁嘛!”

是呀,我要嫁谁呢?我忽然想起那个卖灶糖的老汉。我说:“我要嫁那个卖灶糖的老汉!”

她们全都放声大笑,像一群鸭子一样嘎嘎地叫着。笑啥嘛!我生气了。难道做我的男人,他有什么不体面的地方吗?

卖灶糖的老汉有多大年纪了?我不知道。他脸上的皱纹一道挨着一道,顺着眉毛弯向两个太阳穴,又顺着腮帮弯向嘴角。那些皱纹,给他的脸上增添了许多慈祥的笑意。当他挑着担子赶路的时候,他那剃得像半个葫芦样的后脑勺上的长长的白发,便随着颤悠悠的扁担一同忽闪着。

我的话,很快就传进了他的耳朵。

那天,他挑着担子来到我们村,见到我就乐了。说:“娃呀,你要给我做媳妇吗?”

“对呀!”

他张着大嘴笑了,露出了一嘴的黄牙。他那长在半个葫芦样的头上的白发,也随着笑声一齐抖动着。

“你为啥要给我做媳妇呢?”

“我要天天吃灶糖哩!”

他把旱烟锅子朝鞋底上磕着:“娃呀,你太小哩。”

“你等我长大嘛!”

他摸着我的头顶说:“不等你长大,我可该进土啦。”

听了他的话,我着急了。他要是死了,那可咋办呢?我那淡淡的眉毛,在满是金黄色的茸毛的脑门上,拧成了疙瘩。我的脸也皱巴得像个核桃。

他赶紧拿块灶糖塞进了我的手里。看着那块灶糖,我又咧着嘴笑了:“你别死啊,等着我长大。”

他又乐了。答应着我:“我等你长大。”

“你家住哪哒呢?”

“这担子就是我的家,走到哪哒,就歇在哪哒!”

我犯愁了:“等我长大,去哪哒寻你呀!”

“你莫愁,等你长大,我来接你!”

这以后,每逢经过我们这个村子,他总是带些小礼物给我。一块灶糖,一个甜瓜,一把红枣……还乐呵呵地对我说:“看看我的小媳妇来呀!”

我呢,也学着大姑娘的样子——我偷偷地瞧见过——要我娘找块碎布,给我剪了个烟荷包,还让我娘在布上描了花。我缝呀,绣呀……烟荷包缝好了,我娘笑得个前仰后合,说那不是烟荷包,皱皱巴巴,倒像个猪肚子。我让我娘给我收了起来,我说了,等我出嫁的时候,我要送给我男人。

我渐渐地长大了。到了知道认真地拣麦穗的年龄了。懂得了我说过的那些个话,都是让人害臊的话。卖灶糖的老汉也不再开那玩笑——叫我是他的小媳妇了。不过他还是常常带些小礼物给我。我知道,他真的疼我呢。

我不明白为什么,我倒真是越来越依恋他,每逢他经过我们村子,我都会送他好远。我站在土坎坎上,看着他的背影,渐渐地消失在山坳坳里。

年复一年,我看得出来,他的背更弯了,步履也更加蹒跚了。这时,我真的担心了,担心他早晚有一天会死去。

有一年,过腊八的前一天,我约摸着卖灶糖的老汉那一天该会经过我们村。我站在村口一棵已经落尽叶子的柿子树下,朝沟底下的那条大路上望着,等着。

那棵柿子树的顶梢梢上,还挂着一个小火柿子。小火柿子让冬日的太阳一照,更是红得透亮。那个柿子多半是因为长在太高的树梢上,才没有让人摘下来。真怪,可它也没让风刮下来,雨打下来,雪压下来。

路上来了一个挑担子的人。走近一看,担子上挑的也是灶糖,人可不是那个卖灶糖的老汉。我向他打听卖灶糖的老汉,他告诉我,卖灶糖的老汉老去了。

我仍旧站在那棵柿子树下,望着树梢上的那个孤零零的小火柿子。它那红得透亮的色泽,依然给人一种喜盈盈的感觉。可是我却哭了,哭的很伤心。哭那陌生的,但却疼爱我的卖灶糖的老汉。

后来,我常想,他为什么疼爱我呢?无非我是一个贪吃的,因为生得极其丑陋而又没人疼爱的小女孩吧?

等我长大以后,我总感到除了母亲以外,再也没有谁能够像他那样朴素地疼爱过我——没有任何希求,没有任何企望的。

真的,我常常想念他。也常常想要找到,我那个皱皱巴巴的,像猪肚子一样的烟荷包。可是,它早已不知被我丢到哪里去了。

(原载《光明日报》1979年12月16日)

这篇散文通过童年时代拣麦穗故事的回忆,记叙了成长过程中一段美好的情感。作者写了两个拣麦穗的梦。一是村姑们憧憬美满幸福婚姻的梦,二是无人疼爱的小女孩依恋卖灶糖老汉的梦,她与老汉之间建立了一种纯真的依恋感情,老汉疼爱小女孩,小女孩关注老汉,为老汉的死伤心地哭泣。这是没有任何希求,没有任何企望的爱。小女孩长大后仍然怀念老汉,忘不了那个梦。这个怀旧式的伤感故事,表现了人与人之间纯真的,未被物欲熏染的感情世界,体现了作者对美好、自然的人与人关系的憧憬。作者所要追寻的梦其实就是一种对纯洁感情和精神境界的恒久追求,是在唤醒人们也是唤醒自己恢复那遗忘变形和衰老的美好情感。

散文中村姑梦的幻灭,小女孩梦的失落,构成了双重寓意。前者是对贫困的中国农村女性不能掌握自己命运及其麻木精神状态的叹息,后者是对小女孩与老汉之间超越世俗、没有功利的爱的赞美。两者共同表现了作家对扭曲的人生形式的否定,对理想的人生形式、对美好的人际关系的执著追求。

《拣麦穗》文体纯净,叙述从容舒缓,意象繁复。尤其是一些细节描写更是意蕴丰厚耐人寻味。(吴尚华)

秦 腔

贾平凹

山川不同,便风俗区别;风俗区别,便戏剧存异。普天之下人不同貌,剧不同腔;京、豫、晋、越、黄梅、二黄、四川高腔,几十种品类。或问:历史最悠久者,文武最正经者,是非最汹汹者?曰:秦腔也。正如长处和短处一样突出便见其风格,对待秦腔,爱者便爱得要死,恶者便恶得要命。外地人——尤其是自夸于长江流域的纤秀之士——最害怕秦腔的震撼。评论说得婉转的是:唱得有劲;说得直率的是:大喊大叫。于是,便有柔弱女子,常在戏台下以绒堵耳;又或在平日教训某人:你要不怎么怎么样,今晚让你去看秦腔!秦腔成了惩罚的代名词。所以,别的剧种可以各省走动,唯秦腔则如秦人一样,死不离窝。严重的乡土观念,也使其离不了窝。可能还在西北几个地方变腔走调的有些市场,却绝对冲不出往东南而去的潼关呢。

但是,几百年来,秦腔却没有被淘汰、被沉沦,这使多少人有大惑而不得其解。其解是有的,就在陕西这块土地上。如果是一个南方人,坐车轰轰隆隆往北走,渡过黄河,进入西岸,八百里秦川大地,原来竟是:一抹黄褐的平原;辽阔的地平线上,一处一处用木椽夹打成一尺多宽墙的土屋,粗笨而庄重;冲天而起的白杨、苦楝、紫槐,枝杆粗壮如桶,叶却小似铜钱,迎风正反翻覆。你立即就会明白了:这里的地理构造竟与秦腔的旋律惟妙惟肖的一统!再去接触一下秦人吧,活脱脱的一群秦始皇兵马俑的复出:高个,浓眉,眼和眼间隔略远,手和脚一样粗大,上身又稍稍见长于下身。当他们背着沉重的三角形状的犁铧,赶着山包一样团块组合式的秦川公牛,端着脑袋般大小的耀州瓷碗,蹲在立的卧的石磙子碌碡上吃着牛肉泡馍,你不禁又要改变起世界观了:啊,这是块多么空旷而实在的土地,在这块土地摸爬滚打的人群是多么"二楞"的民众!那晚霞烧起的黄昏里,落日在地平线上欲去不去的痛苦的妊娠,五里一村,十里一镇,高音喇叭里传播的秦腔互相交织、冲撞。这秦腔原来是秦川的天籁、地籁、人籁的共鸣啊!于此,你不渐渐感觉到了南方戏剧的秀而无骨吗?不深深的懂得秦腔为什么形成和存在而占却时间、空间的位置吗?

八百里秦川,以西安为界,咸阳、兴平、武功、周至、凤翔、长武、岐山、宝鸡,两个专区几十个县为西府;三原、泾阳、高陵、户县、合阳、大荔、韩城、白水,一个专区十几个县为东府。秦腔,就源于西府。在西府,民性敦厚,说话多用去声,一律咬字沉重,对话如吵架一样,哭丧又一呼三叹,呼喊远人更是特殊:前声拖十二分地长,末了方极快地道出内容。声韵的发展,使会远道喊人的人都从此有了唱秦腔的天才。老一辈的能唱,小一辈的能唱;男的能唱,女的能唱;唱秦腔成了做人最体面的事。任何一个乡下男女,只有唱秦腔，才有出人头地的可能。大凡有出息的，是个人才的，哪一个何曾未登过台，起码不能吼一阵乱弹呢?!

农民是世上最劳苦的人，尤其是在这块平原上，生时落草在黄土炕上，死了被埋在黄土堆下；秦腔是他们大苦中的大乐。当老牛木犁疙瘩绳，在田野已经累得筋疲力尽，立在犁沟里大喊大叫来一段秦腔，那心胸肺腑，关关节节的困乏便一尽儿涤荡净了。秦腔与他们，是和“西凤”白酒、长线辣子、大叶卷烟、牛肉泡馍一样成为生命的五大要素。若与那些年长的农民聊起来，他们想象的伟大的共产主义生活，首先便是这五大要素。他们有的是吃不完的粮食，他们缺的是高超的艺术享受。他们教育自己的子女，不会是那些文豪们讲的，幼年不是祖母讲着动人的迷离的童话，而是一字一板传授着秦腔。他们大都不识字，但却出奇地能一本一本整套背诵出剧本，虽然那常常是之乎者也的字眼从那一圈胡子的嘴里吐出来十分别扭。有了秦腔，生活便有了乐趣，高兴了，唱“快板”，高兴得是被烈性炸药爆炸了一样，要把整个身心粉碎在天空！痛苦了，唱“慢板”，揪心裂肠的唱腔却表现了多么有情有味的美来，美给了别人的享受，美也熨平了自己心中愁苦的皱纹。当他们在收获时节的土场上，在月挂中天的庄院里大吼大叫唱起来的时候，那种难以想象的狂喜、激动、雄壮，与那些献身于诗歌的文人，与那些有吃有穿却总感空虚的都市人相比，常说的什么伟大而痛苦的爱情，是多么渺小、有限和虚弱啊！

我曾经在西府走动了两个秋冬，所到之处，村村都有戏班，人人都会清唱。在黎明或者黄昏的时分，一个人独独地到田野里去，远远看着天幕下一个一个山包一样隆起的十三个朝代帝王的陵墓，细细辨认着田埂上、荒草中那一截一截汉唐时期石碑上的残字，高高的土屋上的窗口里就飘出一阵冗长的二胡声，几声雄壮的秦腔叫板，我就痴呆了，感觉到那村口的土尘里，一头叫驴的打滚是那么有力；猛然发现了自己心胸中一股强硬的气魄随同着胳膊上的肌肉疙瘩一起产生了。

每到农闲的夜里，村里就常听到几声锣响：戏班排演开始了。演员们都集合起来，到那古寺庙里去。吹、拉、弹、奏、翻、打、念、唱，提袍甩袖，吹胡瞪眼，古寺庙成了古今真乐府，天地大梨园。导演是老一辈演员，享有绝对权威；演员是一家几口，夫妻同台，父子同台，公公儿媳也同台。按秦川的风俗：父和子不能不有其序，爷和孙却可以无道；弟与哥嫂可以嬉闹无常，兄与弟媳则无正事不能多言。但是，一到台上，秦腔面前人人平等，兄可以拜弟媳为帅为将，子可以将老父绳绑索捆。寺庙里有窗无扇，屋梁上蛛丝结网；夏天蚊虫飞来，成团成团在头上旋转，薰蚊草就墙角燃起，一声唱腔一声咳嗽。冬天里四面透风，柳木疙瘩火当中架起，一出场一脸正经，一下场凑近火堆，热了前怀，凉了后背。排演到什么时候，什么时候都有观众，有抱着二尺长的烟袋的老者，有凳子高、桌子高趴满窗台的孩子。庙里一个跟斗未翻起，窗外就哇地一声叫倒号，演员出来骂一声：谁说不好的滚蛋！他们抓住窗台死不滚去，倒要连声讨好：翻得好！翻得好！更有殷勤的，跑回来偷拿了红薯、土豆，在火堆里煨熟给演员作夜餐，赚得进屋里有一个安全位置。排演到三更鸡叫，月儿偏西，演员们散了，孩子们还围了火堆弯腰踢腿，学那一招一式。

一出戏排成了，一人传出，全村振奋，扳着指头盼那上演日期。一年十二个月，正月元宵日,二月龙抬头,三月三,四月四,五月初五过端午,六月六日晒丝绸,七月过半,八月中秋,九月初九,十月一日,再是那腊月五豆,腊八,二十三……月月有节,三月一会,那戏必是上演的。戏台是全村人的共同的事业,宁肯少吃少穿也要筹资积款,买上好的木石,请高强的工匠来修筑。村子富不富,就比这戏台阔不阔。一演出,半下午人就扛凳子去占座位了;未等戏开,台下坐的、站的人头攒拥,台两边阶上立的、卧的是一群顽童。那锣鼓就叮叮咣咣地闹台,似乎整个世界要天翻地覆了。各类小吃趁机摆开,一个食摊上一盏马灯,花生、瓜子、糖果、烟卷、油茶、麻花、烧鸡、煎饼,长一声短一声叫卖不绝。锣鼓还在一声儿敲打,大幕只是不拉,演员偶尔从幕边往下望望,下边就喊:开演呀,场子都满了!幕布放下,只说就要出场了,却又叮叮咣咣不停。台下就乱了,后边的喊前边的坐下,前边的喊后边的为什么不说最前边的立着;场外的大声叫亲朋子女名字,问有坐处没有,场内的钟声回应快进来;有要吃煎饼的喊熟人去买一个,熟人买了站在场外一扬手,"日"地一声隔人头甩去,不偏不倚目标正好;左边的喊右边的踩了他的脚,右边的叫左边的挤了他的腰,一个说:狗年快完了,你还叫啥哩?一个说:猪年还没到,你便拱开了!言语伤人,动了手脚;外边的趁机而入,一时四边向里挤,里边向外抗。人的漩涡涌起,如四月的麦田起风,根儿不动,头身一会儿倒西,一会儿倒东,喊声、骂声、哭声一片;有拼命挤将出来的,一出来方觉世界偌大,身体胖肿,但差不多却光了脚,乱了头发。大幕又一挑,站出戏班头儿,大声叫喊要维持秩序,立即就跳出一个两个所谓"二干子"人物来。这类人物多是头脑简单、四肢发达,却十二分忠诚于秦腔,此时便拿了树条儿,哪里人挤,往哪里打去,如凶神恶煞一般。人人恨骂这些人,人人又都盼有这些人,叫他们是秦腔宪兵。宪兵者越发忠于职责。虽然彻夜不得看戏,但大家一夜满足了,他们也就满足了一夜。

终于台下锣鼓停了,大幕拉开,角色出场。但不管男的女的,出来偏不面对观众,一律背身掩面,女的就碎步后移,水上漂一样,台下就叫:瞧那腰身,那肩头,一身的戏哟!是男的就摇那帽翎,一会双摇,一会单摇,一边上下飞闪,一边纹丝不动,台下便叫:绝了,绝了!等到那角色儿猛一转身,头一高扬,一声高叫,声如炸雷哗啷啷直从人们头顶碾过,全场一个冷颤,从头到脚,每一个手指尖儿,每一根头发梢儿都麻酥酥的了。如果是演《救裴生》,那慧娘站在台中往下蹲,慢慢地,慢慢地,慧娘蹲下去了,全场人头也矮下去了半尺;等那慧娘往起站,慢慢地,慢慢地,慧娘站起来了,全场人的脖子也全拉长了起来。他们不喜欢看生戏,最欢迎看熟戏,那一腔一调都晓得,哪个演员唱得好,就摇头晃脑跟着唱,哪个演员走了调,台下就有人要纠正。说穿了,看秦腔的不为求新鲜,他们只图过过瘾。

在这样的地方,这样的环境,这样的气氛,面对着这样的观众,秦腔是最逞能的。它的艺术的享受,是和拥挤而存在,是有力气而获得的。如果是冬天,那风在刮着,像刀子一样,如果是夏天,人窝里热得如蒸笼一般,但只要不是大雪、冰雹、暴雨,台下的人是不肯撤场的。最可贵的是那些老一辈的秦腔迷,他们没有力气挤在台下,也没有好眼力看清演员,却一溜一排地蹲在戏台两侧的墙根,吸着草烟,慢慢将唱腔品赏。一声叫板,便可以使他们坠入艺术之宫,"听了秦腔,肉酒不香",他们是体会得最深。那些大一点的,脾性野一点的孩子，却占领了戏场周围所有的高空，杨树上、柳树上、槐树上，一个枝杈一个人。他们常常乐而忘了险境，双手鼓掌时竟从树杈上掉下来；掉下来自不会损伤，因为树下是无数的人头，只是招致一顿臭骂罢了。更有一些爬在了场边的麦秸垛上，夏天四面来风，好不凉快；冬日就扒个草洞，将身子缩进去，露一个脑袋。也正是有闲阶级享受不了秦腔吧，他们常就瞌睡了；一觉醒来，月在西天，戏毕人散，只好苦笑一声，悄然没声儿地溜下来回家敲门去了。

当然，一次秦腔演出，是一次演员亮相，也是一次演员受村人评论的考场。每每角色一出场，台下就一片嘁嘁喳喳：这是谁的儿子，谁的女子，谁家的媳妇，娘家何处？于是乎，谁有出息，谁没能耐，一下子就有了定论。有好多外村的人来提亲说媒，总是就在这个时候进行。据说有一媒人将一女子引到台下，相亲台上一个男演员，事先夸口这男的如何俊样，如何能干，但戏演了过半，那男的还未出场。后来终于出来，是个国民党的伪兵，持枪还未走到中台，扮游击队长的演员挥枪一指，“叭”地一声，那伪兵就倒地而死，爬着钻进了后幕。那女子当下哼了一声，闭了嘴。一场亲事自然了了。这是喜中之悲一例。据说还有一例，一个老头在脖子上架了孙孙去看戏，孙孙吵着要回家，老头好说好劝只是不忍半场而去，便破费买了半斤花生。他眼盯着台上，手在下边剥花生，然后一颗一颗扬手喂到孙孙嘴里，但喂着喂着，竟将一颗塞进孙孙鼻孔，吐不出，咽不下，口鼻出血，连夜送到医院动手术，花去了七十元钱。但是，以秦腔引喜的事却不计其数。每个村里，总会有那么个老汉，夜里看戏，第二天必是头一个起床往戏台下跑。戏台下一片石头、砖头，一堆堆瓜子皮、糖果纸、烟屁股。他掀掀这块石头，踢踢那堆尘土，少不了要拣到一角两角甚至三元四元钱币来，或者一只鞋，或者一条手帕。这是村里钻刁人干的营生，而馋嘴的孩子们有的则夜里趁各家锁门之机，去地里摘那香瓜来吃，去谁家院里将桃杏装在背心兜里回来分红。自然少不了有那些青春妙龄的少男少女，则往往在台下混乱之中眼送秋波，或者就悄悄退出，相依相偎到黑黑的渠畔树林子里去了……

秦腔在这块土地上，有着神圣的不可动摇的基础。凡是到这些村庄去下乡，到这些人家去做客，他们最高级的接待是陪着看一场秦腔；实在不逢年过节，他们就会要合家唱一会乱弹，你只能点头称好，不能耻笑，甚至不能有一点不入神的表示。他们一生最崇敬的只有两种人，一是国家领导人，一是当地的秦腔名角。即是在任何地方，这些名角没有在场，只要发现了名角的父母，去商店买油是不必排队的，进饭馆吃饭是会有座位的，就是在半路上挡车，只要喊一声：我是某某的什么，司机也便要嘎地停车。但是，谁要侮辱一下秦腔，他们要争死争活地和你论理，以至大打出手，永远使你记住教训。每每村里过红白丧喜之事，那必是要包一台秦腔的；生儿以秦腔迎接，送葬以秦腔致哀；似乎这个人生的世界，就是秦腔的舞台。人只要在舞台上，生、旦、净、丑，才各显了真性；恶的夸张其丑，善的凸现其美，善使他们获得了美的教育，恶的也在丑里化作了美的艺术。

广漠旷远的八百里秦川，只有这秦腔，也只能有这秦腔。八百里秦川的劳作农民，只有也只能有这秦腔使他们喜怒哀乐。秦人自古是大苦大乐之民众，他们的家乡交响乐除了大喊大叫的秦腔还能有别的吗?

1983年5月2日于五味村

(选自《抱散集》,作家出版社1994年第2版)

贾平凹(1953—),陕西人。著有散文集《月迹》、《爱的踪迹》、《心迹》、《商州三录》等。

贾平凹散文中最具价值的当推商州系列,他把传统视野中的故乡扩大到商州的大背景中建构了一个大家乡的范围,作家以文化代言人的身份,高扬传统文化的价值观。这篇散文通过对秦人自导、自演、自观、自评秦腔的痴迷传统风俗的描绘,生动展现了八百里秦川人潜藏于意识深层的刚烈、粗放、忍耐的民族气质和精神上自给自足的生存状态。秦腔既是他们大苦中的大乐,也是秦地人平庸和苦难的日常生活的自我宣泄和自我升华,更是他们生命中美感和快乐的源泉。

《秦腔》突破了传统散文内视点的叙述角度,语调平静崇高,呈现出一个完整的自然景观和人文景观,一个单纯清澈丰厚充实的世界。(吴尚华)

听听那冷雨

余光中

惊蛰一过，春寒加剧。先是料料峭峭，继而雨季开始，时而淋淋漓漓，时而淅淅沥沥，天潮潮地湿湿，即连在梦里，也似乎把伞撑着。而就凭一把伞，躲过一阵潇潇的冷雨，也躲不过整个雨季。连思想也都是潮润润的。每天回家，曲折穿过金门街到厦门街迷宫式的长巷短巷，雨里风里，走入霏霏令人更想入非非。想这样子的台北凄凄切切完全是黑白片的味道，想整个中国整部中国的历史无非是一张黑白片子，片头到片尾，一直是这样下着雨的。这种感觉，不知道是不是从安东尼奥尼那里来的。不过那一块土地是久违了，二十五年，四分之一的世纪，即使有雨，也隔着千山万山，千伞万伞。二十五年，一切都断了，只有气候，只有气象报告还牵连在一起。大寒流从那块土地上弥天卷来，这种酷冷吾与古大陆分担。不能扑进她怀里，被她的裾边扫一扫吧也算是安慰孺慕之情。

这样想时，严寒里竟有一点温暖的感觉了。这样想时，他希望这些狭长的巷子永远延伸下去，他的思路也可以延伸下去，不是金门街到厦门街，而是金门到厦门。他是厦门人，至少是广义的厦门人，二十年来，不住在厦门，住在厦门街，算是嘲弄吧，也算是安慰。不过说到广义，他同样也是广义的江南人，常州人，南京人，川娃儿，五陵少年。杏花春雨江南，那是他的少年时代了。再过半个月就是清明。安东尼奥尼的镜头摇过去，摇过去又摇过来。残山剩水犹如是。皇天后土犹如是。纭纭黔首纷纷黎民从北到南犹如是。那里面是中国吗？那里面当然还是中国永远是中国。只是杏花春雨已不再，牧童遥指已不再，剑门细雨渭城轻尘也都已不再。然则他日思夜梦的那片土地，究竟在哪里呢？

在报纸的头条标题里吗？还是香港的谣言里？还是傅聪的黑键白键马思聪的跳弓拨弦？还是安东尼奥尼的镜底勒马洲的望中？还是呢，故宫博物院的壁头和玻璃柜内，京戏的锣鼓声中太白和东坡的韵里？

杏花。春雨。江南。六个方块字，或许那片土就在那里面。而无论赤县也好神州也好中国也好，变来变去，只要仓颉的灵感不灭美丽的中文不老，那形象，那磁石一般的向心力当必然长在。因为一个方块字是一个天地。太初有字，于是汉族的心灵他祖先的回忆和希望便有了寄托。譬如凭空写一个“雨”字，点点滴滴，滂滂沱沱，淅沥淅沥淅沥，一切云情雨意，就宛然其中了。视觉上的这种美感，岂是什么 rain 也好 pluviose 也好所能满足？翻开一部《辞源》或《辞海》，金木水火土，各成世界，而一入“雨”部，古神州的天颜千变万化，便悉在望中，美丽的霜雪云霞，骇人的雷电霹雹，展露的无非是神的好脾气与坏脾气,气象台百读不厌门外汉百思不解的百科全书。

听听,那冷雨。看看,那冷雨。嗅嗅闻闻,那冷雨,舔舔吧那冷雨。雨在他的伞上这城市百万人的伞上雨衣上屋上天线上,雨下在基隆港在防波堤海峡的船上,清明这季雨。雨是女性,应该最富于感性。雨气空濛而迷幻,细细嗅嗅,清清爽爽新新,有一点点薄荷的香味,浓的时候,竟发出草和树沐发后特有的淡淡土腥气。也许那竟是蚯蚓和蜗牛的腥气吧,毕竟是惊蛰了啊。也许地上的地下的生命也许古中国层层叠叠的记忆皆蠢蠢而蠕,也许是植物的潜意识和梦吧,那腥气。

第三次去美国,在高高的丹佛他山居了两年。美国的西部,多山多沙漠,千里干旱,天,蓝似安格罗·萨克逊人的眼睛,地,红如印第安人的肌肤,云,却是罕见的白鸟,落基山簇簇耀目的雪峰上,很少飘云牵雾。一来高,二来干,三来森林线以上,杉柏也止步,中国诗词里"荡胸生层云",或是"商略黄昏雨"的意趣,是落基山上难睹的景象。落基山岭之胜,在石,在雪。那些奇岩怪石,相叠互倚,砌一场惊心动魄的雕塑展览,给太阳和千里的风看。那雪,白得虚虚幻幻,冷得清清醒醒,那股皑皑不绝一仰难尽的气势,压得人呼吸困难,心寒眸酸。不过要领略"白云回望合,青霭入看无"的境界,仍须回来中国。台湾湿度很高,最饶云气氤氲雨意迷离的情调。两度夜宿溪头,树香沁鼻,宵寒袭肘,枕着润碧湿翠苍苍交叠的山影和万籁都歇的岑寂,仙人一样睡去。山中一夜饱雨,次晨醒来,在旭日未升的原始幽静中,冲着隔夜的寒气,踏着满地的断柯折枝和仍在流泻的细股雨水,一径探入森林的秘密,曲曲弯弯,步上山去。溪头的山,树密雾浓,蓊郁的水汽从谷底冉冉升起,时稠时稀,蒸腾多姿,幻化无定,只能从雾破云开的空处,窥见乍现即隐的一峰半壑,要纵览全貌,几乎是不可能的。至少入山两次,只能在白茫茫里和溪头诸峰玩捉迷藏的游戏,回到台北,世人问起,除了笑而不答心自闲,故作神秘之外,实际的印象,也无非山在虚无之间罢了。云缭烟绕,山隐水迢的中国风景,由来予人宋画的韵味。那天下也许是赵家的天下,那山水却是米家的山水。而究竟,是米氏父子下笔像中国的山水,还是中国的山水上纸像宋画,恐怕是谁也说不清楚了吧?

雨不但可嗅,可亲,更可以听。听听那冷雨。听雨,只要不是石破天惊的台风暴雨,在听觉上总是一种美感。大陆上的秋天,无论是疏雨滴梧桐,或是骤雨打荷叶,听去总有一点凄凉,凄清,凄楚,于今在岛上回味,则在凄楚之外,更笼上一层凄迷了。饶你多少豪情侠气,怕也经不起三番五次的风吹雨打。一打少年听雨,红烛昏沉。两打中年听雨,客舟中,江阔云低。三打白头听雨在僧庐下,这便是亡宋之痛,一颗敏感心灵的一生:楼上,江上,庙里,用冷冷的雨珠子串成。十年前,他曾在一场摧心折骨的鬼雨中迷失了自己。雨,该是一滴湿淋淋的灵魂,窗外在喊谁。

雨打在树上和瓦上,韵律都清脆可听。尤其是铿铿敲在屋瓦上,那古老的音乐,属于中国。王禹偁在黄冈,破如椽的大竹为屋瓦。据说住在竹楼上面,急雨声如瀑布,密雪声比碎玉,而无论鼓琴,咏诗,下棋,投壶,共鸣的效果都特别好。这样岂不像住在竹筒里面,任何细脆的声响,怕都会加倍夸大,反而令人耳朵过敏吧。

雨天的屋瓦,浮漾湿湿的流光,灰而温柔,迎光则微明,背光则幽暗,对于视觉,是一种低沉的安慰。至于雨敲在鳞鳞千瓣的瓦上,由远而近,轻轻重重轻轻,夹着一股股的细流沿瓦槽与屋檐潺潺泻下，各种敲击音与滑音密织成网，谁的千指百指在按摩耳轮。“下雨了”，温柔的灰美人来了，她冰冰的纤手在屋顶拂弄着无数的黑键啊灰键，把晌午一下子奏成了黄昏。

在古老的大陆上，千屋万户是如此。二十多年前，初来这岛上，日式的瓦屋亦是如此。先是天暗了下来，城市像罩在一块巨幅的毛玻璃里，阴影在户内延长复加深。然后凉凉的水意弥漫在空间，风自每一个角落里旋起，感觉得到，每一个屋顶上呼吸沉重都覆着灰云。雨来了，最轻的敲打乐敲打这城市，苍茫的屋顶，远远近近，一张张敲过去，古老的琴，那细细密密的节奏，单调里自有一种柔婉与亲切，滴滴点点滴滴，似幻似真，若孩时在摇篮里，一曲耳熟的童谣摇摇欲睡，母亲吟哦鼻音与喉音。或是在江南的泽国水乡，一大筐绿油油的桑叶被啮于千百头蚕，细细琐琐屑屑，口器与口器咀咀嚼嚼。雨来了，雨来的时候瓦这么说，一片瓦说千亿片瓦说，说轻轻地奏吧沉沉地弹，徐徐地叩吧挞挞地打，间间歇歇敲一个雨季，即兴演奏从惊蛰到清明，在零落的坟上冷冷奏挽歌，一片瓦吟千亿片瓦吟。

在日式的古屋里听雨，听四月，霏霏不绝的黄梅雨，朝夕不断，旬月绵延，湿黏黏的苔藓从石阶下一直侵到他舌底，心底。到七月，听台风台雨在古屋顶上一夜盲奏，千哼海底的热浪沸沸被狂风挟来，掀翻整个太平洋只为向他的矮屋檐重重压下，整个海在他的蜗壳上哗哗泻过。不然便是雷雨夜，白烟一般的纱帐里听羯鼓一通又一通，滔天的暴雨滂滂沛沛扑来，强劲的电琵琶忐忐忑忑忐忑忑，弹动屋瓦的惊悸腾腾欲掀起。不然便是斜斜的西北雨斜斜，刷在窗玻璃上，鞭在墙上打在阔大的芭蕉叶上，一阵寒濑泻过，秋意便弥漫日式的庭院了。

在日式的古屋里听雨，从春雨绵绵听到秋雨潇潇，从少年听到中年，听听那冷雨。雨是一种单调而耐听的音乐是室内乐是室外乐，户内听听，户外听听，冷冷，那音乐。雨是一种回忆的音乐，听听那冷雨，回忆江南的雨下得满地是江湖下在桥上和船上，也下在四川在秧田和蛙塘下肥了嘉陵江下湿布谷咕咕的啼声。雨是潮潮润润的音乐下在渴望的唇上舐舐那冷雨。

因为雨是最最原始的敲打乐从记忆的彼端敲起。瓦是最最低沉的乐器灰濛濛的温柔覆盖着听雨的人，瓦是音乐的雨伞撑起。但不久公寓的时代来临，台北你怎么一下子长高了，瓦的音乐竟成了绝响。千片万片的瓦翩翩，美丽的灰蝴蝶纷纷飞走，飞入历史的记忆。现在雨下下来下在水泥的屋顶和墙上，没有音韵的雨季。树也砍光了，那月桂，那枫树，柳树和擎天的巨椰，雨来的时候不再有丛叶嘈嘈切切，闪动湿湿的绿光迎接。鸟声减了啾啾，蛙声沉了阁阁，秋天的虫吟也减了唧唧。七十年代的台北不需要这些，一个乐队接一个乐队便遣散尽了。要听鸡叫，只有去诗经的韵里寻找。现在只剩下一张黑白片，黑白的默片。

正如马车的时代去后，三轮车的时代也去了。曾经在雨夜，三轮车的油布篷挂起，送她回家的途中，篷里的世界小得多可爱，而且躲在警察的辖区以外。雨衣的口袋越大越好，盛得下他的一只手里握一只纤纤的手。台湾的雨季这么长，该有人发明一种宽宽的双人雨衣，一人分穿一只袖子，此外的部分就不必分得太苛。而无论工业如何发达，一时似乎还废不了雨伞。只要雨不倾盆,风不横吹,撑一把伞在雨中仍不失古典的韵味。任雨点敲在黑布伞或是透明的塑胶伞上,将骨柄一旋,雨珠向四方喷溅,伞缘便旋成了一圈飞檐。跟女友共一把雨伞,该是一种美丽的合作吧。最好是初恋,有点兴奋,更有点不好意思,若即若离之间,雨不妨下大一点。真正初恋,恐怕是兴奋得不需要伞的,手牵手在雨中狂奔而去,把年轻的长发和肌肤交给漫天的淋淋漓漓,然后向对方的唇上颊上尝凉凉甜甜的雨水。不过那要非常年轻且激情,同时,也只能发生在法国的新潮片里吧。

大多数的雨伞想不会为约会张开。上班下班,上学放学,菜市来回的途中,现实的伞,灰色的星期三。握着雨伞,他听那冷雨打在伞上。索性更冷一些就好了,他想。索性把湿湿的灰雨冻成干干爽爽的白雨,六角形的结晶体在无风的空中回回旋旋地降下来,等须眉和肩头白尽时,伸手一拂就落了。二十五年,没有受故乡白雨的祝福,或许发上下一点白霜是一种变相的自我补偿吧。一位英雄,经得起多少次雨季?他的额头是水成岩削成还是火成岩?他的心底究竟有多厚的苔藓?厦门街的雨巷走了二十年与记忆等长,一座无瓦的公寓在巷底等他,一盏灯在楼上的雨窗子里,等他回去,向晚餐后的沉思冥想去整理青苔深深的记忆。前尘隔海。古屋不再。听听那冷雨。

1974 年春

(选自《鬼雨》,花城出版社 1993 年版)

余光中是台湾散文艺术变革的先锋,他散文观念中的“密度”、“质料”和“弹性”这三个重要的美学要素,在这篇散文中表现得淋漓尽致。

这篇散文充分调动了听觉、视觉、嗅觉等多种感觉方式来展开联想,从听雨到“嗅雨”,再到“视雨”,把多种意象汇聚到思乡爱国的意境之中。散文大量采用了比喻、对照、联想的表现手法,抒写了在绵长雨季中的细腻感受。这篇散文的文字特点是典雅富有弹性,古典语汇和白话熔于一炉,尤其是善于以双声叠字来写景状物抒情。如开头一连串双声叠字“料料峭峭”、“淋淋漓漓”、“淅淅沥沥”、“潮潮湿湿”,形成了作品的节奏感与韵律美。此外,长短句式的巧妙搭配,也是形成“弹性”的重要技巧。全文造成一种跌宕回环徐疾交错的听觉美感。(吴尚华)

我与地坛

史铁生

一

我在好几篇小说中都提到过一座废弃的古园，实际就是地坛。许多年前旅游业还没有开展，园子荒芜冷落得如同一片野地，很少被人记起。

地坛离我家很近。或者说我家离地坛很近。总之，只好认为这是缘分。地坛在我出生前四百多年就坐落在那儿了，而自从我的祖母年轻时带着我父亲来到北京，就一直住在离它不远的地方——五十多年间搬过几次家，可搬来搬去总是在它周围，而且是越搬离它越近了。我常觉得这中间有着宿命的味道：仿佛这古园就是为了等我，而历尽沧桑在那儿等待了四百多年。

它等待我出生，然后又等待我活到最狂妄的年龄上忽地残废了双腿。四百多年里，它一面剥蚀了古殿檐头浮夸的琉璃，淡褪了门壁上炫耀的朱红，坍圮了一段段高墙又散落了玉砌雕栏，祭坛四周的老柏树愈见苍幽，到处的野草荒藤也都茂盛得自在坦荡。这时候想必我是该来了。十五年前的一个下午，我摇着轮椅进入园中，它为一个失魂落魄的人把一切都准备好了。那时，太阳循着亘古不变的路途正越来越大，也越红。在满园弥漫的沉静光芒中，一个人更容易看到时间，并看见自己的身影。

自从那个下午我无意中进了这园子，就再没长久地离开过它。我一下子就理解了它的意图。正如我在一篇小说中所说的："在人口密聚的城市里，有这样一个宁静的去处，像是上帝的苦心安排。"

两条腿残废后的最初几年，我找不到工作，找不到去路，忽然间几乎什么都找不到了，我就摇了轮椅总是到它那儿去，仅为着那儿是可以逃避一个世界的另一个世界。我在那篇小说中写道："没处可去我便一天到晚耗在这园子里。跟上班下班一样，别人去上班我就摇了轮椅到这儿来。""园子无人看管，上下班时间有些抄近路的人们从园中穿过，园子里活跃一阵，过后便沉寂下来。""园墙在金晃晃的空气中斜切下一溜荫凉，我把轮椅开进去，把椅背放倒，坐着或是躺着，看书或者想事，撅一杈树枝左右拍打，驱赶那些和我一样不明白为什么要来这世上的小昆虫。""蜂儿如一朵小雾稳稳地停在半空；蚂蚁摇头晃脑捋着触须，猛然间想透了什么，转身疾行而去；瓢虫爬得不耐烦了，累了祈祷一回便支开翅膀，忽悠一下升空了；树干上留着一只蝉蜕，寂寞如一间空屋；露水在草叶上滚动，聚集，压弯了草叶轰然坠地摔开万道金光。""满园子都是草木竞相生长弄出的响动,窸窸窣窣窸窸窣窣片刻不息。”这都是真实的记录,园子荒芜但并不衰败。

除去几座殿堂我无法进去,除去那座祭坛我不能上去而只能从各个角度张望它,地坛的每一棵树下我都去过,差不多它的每一米草地上都有过我的车轮印。无论是什么季节,什么天气,什么时间,我都在这园子里呆过。有时候呆一会儿就回家,有时候就呆到满地上都亮起月光。记不清都是在它的哪些角落里了,我一连几小时专心致志地想关于死的事,也以同样的耐心和方式想过我为什么要出生。这样想了好几年,最后事情终于弄明白了:一个人,出生了,这就不再是一个可以辩论的问题,而只是上帝交给他的一个事实;上帝在交给我们这件事实的时候,已经顺便保证了它的结果,所以死是一件不必急于求成的事,死是一个必然会降临的节日。这样想过之后我安心多了,眼前的一切不再那么可怕。比如你起早熬夜准备考试的时候,忽然想起有一个长长的假期在前面等待你,你会不会觉得轻松一点?并且庆幸并且感激这样的安排?

剩下的就是怎样活的问题了。这却不是在某一个瞬间就能完全想透的,不是能够一次性解决的事,怕是活多久就要想它多久了,就像是伴你终生的魔鬼或恋人。所以,十五年了,我还是总得到那古园里去,去它的老树下或荒草边或颓墙旁,去默坐,去呆想,去推开耳边的嘈杂理一理纷乱的思绪,去窥看自己的心魂。十五年中,这古园的形体被不能理解它的人肆意雕琢,幸好有些东西是任谁也不能改变它的。譬如祭坛石门中的落日,寂静的光辉平铺的一刻,地上的每一个坎坷都被映照得灿烂;譬如在园中最为落寞的时间,一群雨燕便出来高歌,把天地都叫喊得苍凉;譬如冬天雪地上孩子的脚印,总让人猜想他们是谁,曾在哪儿做过些什么,然后又都到哪儿去了;譬如那些苍黑的古柏,你忧郁的时候它们镇静地站在那儿,你欣喜的时候它们依然镇静地站在那儿,它们没日没夜地站在那儿从你没有出生一直站到这个世界上又没了你的时候;譬如暴雨骤临园中,激起一阵阵炽烈而清纯的草木和泥土的气味,让人想起无数个夏天的事件;譬如秋风忽至,再有一场早霜,落叶或飘摇歌舞或坦然安卧,满园中播散着熨帖而微苦的味道。味道是最说不清楚的,味道不能写只能闻,要你身临其境去闻才能明了。味道甚至是难于记忆的,只有你又闻到它你才能记起它的全部情感和意蕴。所以我常常要到那园子里去。

二

现在我才想到,当年我总是独自跑到地坛去,曾经给母亲出了一个怎样的难题。

她不是那种光会疼爱儿子而不懂得理解儿子的母亲。她知道我心里的苦闷,知道不该阻止我出去走走,知道我要是老呆在家里结果会更糟,但她又担心我一个人在那荒僻的园子里整天都想些什么。我那时脾气坏到极点,经常是发了疯一样地离开家,从那园子里回来又中了魔似的什么话都不说。母亲知道有些事不宜问,便犹犹豫豫地想问而终于不敢问,因为她自己心里也没有答案。她料想我不会愿意她跟我一同去,所以她从未这样要求过,她知道得给我一点独处的时间,得有这样一段过程。她只是不知道这过程得要多久,和这过程的尽头究竟是什么。每次我要动身时,她便无言地帮我准备,帮助我上了轮椅车，看着我摇车拐出小院；这以后她会怎样，当年我不曾想过。

有一回我摇车出了小院，想起一件什么事又返身回来，看见母亲仍站在原地，还是送我走时的姿势，望着我拐出小院去的那处墙角，对我的回来竟一时没有反应。待她再次送我出门的时候，她说："出去活动活动，去地坛看看书，我说这挺好。"许多年以后我才渐渐听出，母亲这话实际上是自我安慰，是暗自的祷告，是给我的提示，是恳求与嘱咐。只是在她猝然去世之后，我才有余暇设想。当我不在家里的那些漫长的时间，她是怎样心神不定坐卧难宁，兼着痛苦与惊恐与一个母亲最低限度的祈求。现在我可以断定，以她的聪慧和坚忍，在那些空落的白天后的黑夜，在那不眠的黑夜后的白天，她思来想去最后准是对自己说："反正我不能不让他出去，未来的日子是他自己的，如果他真的要在那园子里出了什么事，这苦难也只好我来承担。"在那段日子里——那是好几年长的一段日子，我想我一定使母亲做过了最坏的准备了，但她从来没有对我说过："你为我想想。"事实上我也真的没为她想过。那时她的儿子还太年轻，还来不及为母亲想，他被命运击昏了头，一心以为自己是世上最不幸的一个，不知道儿子的不幸在母亲那儿总是要加倍的。她有一个长到二十岁上忽然截瘫了的儿子，这是她唯一的儿子；她情愿截瘫的是自己而不是儿子，可这事无法代替；她想，只要儿子能活下去哪怕自己去死呢也行，可她又确信一个人不能仅仅是活着，儿子得有一条路走向自己的幸福；而这条路呢，没有谁能保证她的儿子终于能找到。——这样一个母亲，注定是活得最苦的母亲。

有一次与一个作家朋友聊天，我问他学写作的最初动机是什么？他想了一会说："为我母亲。为了让她骄傲。"我心里一惊，良久无言。回想自己最初写小说的动机，虽不似这位朋友的那般单纯，但如他一样的愿望我也有，且一经细想，发现这愿望也在全部动机中占了很大比重。这位朋友说："我的动机太低俗了吧？"我光是摇头，心想低俗并不见得低俗，只怕是这愿望过于天真了。他又说："我那时真就是想出名，出了名让别人羡慕我母亲。"我想，他比我坦率。我想，他又比我幸福，因为他的母亲还活着。而且我想，他的母亲也比我的母亲运气好，他的母亲没有一个双腿残废的儿子，否则事情就不这么简单。

在我的头一篇小说发表的时候，在我的小说第一次获奖的那些日子里，我真是多么希望我的母亲还活着。我便又不能在家里呆了，又整天整天独自跑到地坛去，心里是没头没尾的沉郁和哀怨，走遍整个园子却怎么也想不通：母亲为什么就不能再多活两年？为什么在她儿子就快要碰撞开一条路的时候，她却忽然熬不住了？莫非她来此世上只是为了替儿子担忧，却不该分享我的一点点快乐？她匆匆离我去时才只有四十九呀！有那么一会，我甚至对世界对上帝充满了仇恨和厌恶。后来我在一篇题为《合欢树》的文章中写道："我坐在小公园安静的树林里，闭上眼睛，想，上帝为什么早早地召母亲回去呢？很久很久，迷迷糊糊的我听见了回答：'她心里太苦了，上帝看她受不住了，就召她回去。'我似乎得了一点安慰，睁开眼睛，看见风正从树林里穿过。"小公园，指的也是地坛。

只是到了这时候，纷纭的往事才在我眼前幻现得清晰，母亲的苦难与伟大才在我心中渗透得深彻。上帝的考虑，也许是对的。

摇着轮椅在园中慢慢走,又是雾罩的清晨,又是骄阳高悬的白昼,我只想着一件事:母亲已经不在了。在老柏树旁停下,在草地上在颓墙边停下,又是处处虫鸣的午后,又是鸟儿归巢的傍晚,我心里只默念着一句话:可是母亲已经不在了。把椅背放倒,躺下,似睡非睡挨到日没,坐起来,心神恍惚,呆呆地直坐到古祭坛上落满黑暗然后再渐渐浮起月光,心里才有点明白,母亲不能再来这园中找我了。

曾有过好多回,我在这园子里呆得太久了,母亲就来找我。她来找我又不想让我发觉,只要见我还好好地在这园子里,她就悄悄转身回去,我看见过几次她的背影。我也看见过几回她四处张望的情景,她视力不好,端着眼镜像在寻找海上的一条船,她没看见我时我已经看见她了,待我看见她也看见我了我就不去看她,过一会我再抬头看她就又看见她缓缓离去的背影。我单是无法知道有多少回她没有找到我。有一回我坐在矮树丛中,树丛很密,我看见她没有找到我;她一个人在园子里走,走过我的身旁,走过我经常呆的一些地方,步履茫然又急迫。我不知道她已经找了多久还要找多久,我不知道为什么我决意不喊她——但这绝不是小时候的捉迷藏,这也许是出于长大了的男孩子的倔强或羞涩?但这倔只留给我痛悔,丝毫也没有骄傲。我真想告诫所有长大了的男孩子,千万不要跟母亲来这套倔强,羞涩就更不必,我已经懂了可我已经来不及了。

儿子想使母亲骄傲,这心情毕竟是太真实了,以致使"想出名"这一声名狼藉的念头也多少改变了一点形象。这是个复杂的问题,且不去管它了罢。随着小说获奖的激动逐日暗淡,我开始相信,至少有一点我是想错了:我用纸笔在报刊上碰撞开的一条路,并不就是母亲盼望我找到的那条路。年年月月我都到这园子里来,年年月月我都要想,母亲盼望我找到的那条路到底是什么。母亲生前没给我留下过什么隽永的哲言,或要我恪守的教诲,只是在她去世之后,她艰难的命运,坚忍的意志和毫不张扬的爱,随光阴流转,在我的印象中愈加鲜明深刻。

有一年,十月的风又翻动起安详的落叶,我在园中读书,听见两个散步的老人说:"没想到这园子有这么大。"我放下书,想,这么大一座园子,要在其中找到她的儿子,母亲走过了多少焦灼的路。多年来我头一次意识到,这园中不单是处处都有过我的车辙,有过我的车辙的地方也都有过母亲的脚印。

三

如果以一天中的时间来对应四季,当然春天是早晨,夏天是中午,秋天是黄昏,冬天是夜晚。如果以乐器来对应四季,我想春天应该是小号,夏天是定音鼓,秋天是大提琴,冬天是圆号和长笛。要是以这园子里的声响来对应四季呢?那么,春天是祭坛上空漂浮着的鸽子的哨音,夏天是冗长的蝉歌和杨树叶子哗啦啦地对蝉歌的取笑,秋天是古殿檐头的风铃响,冬天是啄木鸟随意而空旷的啄木声。以园中的景物对应四季,春天是一径时而苍白时而黑润的小路,时而明朗时而阴晦的天上摇荡着串串杨花;夏天是一条条耀眼而灼人的石凳,或阴凉而爬满了青苔的石阶,阶下有果皮,阶上有半张被坐皱的报纸;秋天是一座青铜的大钟,在园子的西北角上曾丢弃着一座很大的铜钟,铜钟与这园子一般年纪，浑身挂满绿锈，文字已不清晰；冬天，是林中空地上几只羽毛蓬松的老麻雀。以心绪对应四季呢？春天是卧病的季节，否则人们不易发觉春天的残忍与渴望；夏天，情人们应该在这个季节里失恋，不然就似乎对不起爱情；秋天是从外面买一棵盆花回家的时候，把花搁在阔别了的家中，并且打开窗户把阳光也放进屋里，慢慢回忆慢慢整理一些发过霉的东西；冬天伴着火炉和书，一遍遍坚定不死的决心，写一些并不发出的信。还可以用艺术形式对应四季，这样春天就是一幅画，夏天是一部长篇小说，秋天是一首短歌或诗，冬天是一群雕塑。以梦呢？以梦对应四季呢？春天是树尖上的呼喊，夏天是呼喊中的细雨，秋天是细雨中的土地，冬天是干净的土地上的一只孤零的烟斗。

因为这园子，我常感恩于自己的命运。

我甚至现在就能清楚地看见，一旦有一天我不得不长久地离开它，我会怎样想念它，我会怎样想念它并且梦见它，我会怎样因为不敢想念它而梦也梦不到它。

四

现在让我想想，十五年中坚持到这园子来的人都是谁呢？好像只剩了我和一对老人。

十五年前，这对老人还只能算是中年夫妇，我则货真价实还是个青年。他们总是在薄暮时分来园中散步，我不大弄得清他们是从哪边的园门进来，一般来说他们是逆时针绕这园子走。男人个子很高，肩宽腿长，走起路来目不斜视，胯以上直至脖颈挺直不动；他的妻子攀了他一条胳膊走，也不能使他的上身稍有松懈。女人个子却矮，也不算漂亮，我无端地相信她必出身于家道中衰的名门富族；她攀在丈夫胳膊上像个娇弱的孩子，她向四周观望似总含着恐惧，她轻声与丈夫谈话，见有人走近就立刻怯怯地收住话头。我有时因为他们而想起冉阿让与柯赛特，但这想法并不巩固，他们一望即知是老夫老妻。两个人的穿着都算得上考究，但由于时代的演进，他们的服饰又可以称为古朴了。他们和我一样，到这园子里来几乎是风雨无阻，不过他们比我守时。我什么时间都可能来，他们则一定是在暮色初临的时候。刮风时他们穿了米色风衣，下雨时他们打了黑色的雨伞，夏天他们的衬衫是白色的裤子是黑色的或米色的，冬天他们的呢子大衣又都是黑色的，想必他们只喜欢这三种颜色。他们逆时针绕这园子一周，然后离去。他们走过我身旁时只有男人的脚步响，女人像是贴在高大的丈夫身上跟着漂移。我相信他们一定对我有印象，但是我们没有说过话，我们互相都没有想要接近的表示。十五年中，他们或许注意到一个小伙子进入了中年，我则看着一对令人羡慕的中年情侣不觉中成了两个老人。

曾有过一个热爱唱歌的小伙子，他也是每天都到这园中来，来唱歌，唱了好多年，后来不见了。他的年纪与我相仿，他多半是早晨来，唱半小时或整整唱一个上午，估计在另外的时间里他还得上班。我们经常在祭坛东侧的小路上相遇，我知道他是到东南角的高墙下去唱歌，他一定猜想我去东北角的树林里做什么。我找到我的地方，抽几口烟，便听见他谨慎地整理歌喉了。他反反复复唱那么几首歌。文化革命没过去的时候，他唱“蓝蓝的天上白云飘,白云下面马儿跑……”我老也记不住这歌的名字。文革后,他唱《货郎与小姐》中那首最为流传的咏叹调。“卖布——卖布嘞,卖布——卖布嘞!”我记得这开头的一句他唱得很有声势,在早晨清澈的空气中,货郎跑遍园中的每一个角落去恭维小姐。“我交了好运气,我交了好运气,我为幸福唱歌曲……”然后他就一遍一遍地唱,不让货郎的激情稍减。依我听来,他的技术不算精到,在关键的地方常出差错,但他的嗓子是相当不坏的,而且唱一个上午也听不出一点疲惫。太阳也不疲惫,把大树的影子缩小成一团,把疏忽大意的蚯蚓晒干在小路上。将近中午,我们又在祭坛东侧相遇,他看一看我,我看一看他,他往北去,我往南去。日子久了,我感到我们都有结识的愿望,但似乎都不知如何开口,于是互相注视一下终又都移开目光擦身而过;这样的次数一多,便更不知如何开口了。终于有一天——一个丝毫没有特点的日子,我们互相点了一下头。他说:“你好。”我说:“你好。”他说:“回去啦?”我说:“是,你呢?”他说:“我也该回去了。”我们都放慢脚步(其实我是放慢车速),想再多说几句,但仍然是不知从何说起,这样我们就都走过了对方,又都扭转身子面向对方。他说:“那就再见吧。”我说:“好,再见。”便互相笑笑各走各的路了。但是我们没有再见,那以后,园中再没了他的歌声,我才想到,那天他或许是有意与我道别的,也许他考上了哪家专业的文工团或歌舞团了吧?真希望他如他歌里所唱的那样,交了好运气。

还有一些人,我还能想起一些常到这园子里来的人。有一个老头,算得一个真正的饮者;他在腰间挂一个扁瓷瓶,瓶里当然装满了酒,常来这园中消磨午后的时光。他在园中四处游逛,如果你不注意你会以为园中有好几个这样的老头,等你看过了他卓尔不群的饮酒情状,你就会相信这是个独一无二的老头。他的衣着过分随便,走路的姿态也不慎重,走上五六十米路便选定一处地方,一只脚踏在石凳上或土埂上或树墩上,解下腰间的酒瓶,解酒瓶的当儿眯起眼睛把一百八十度视角内的景物细细看一遭,然后以迅雷不及掩耳之势倒一大口酒入肚,把酒瓶摇一摇再挂向腰间,平心静气地想一会什么,便走下一个五六十米去。还有一个捕鸟的汉子,那岁月园中人少,鸟却多,他在西北角的树丛中拉一张网,鸟撞在上面,羽毛戗在网眼里便不能自拔。他单等一种过去很多而现在非常罕见的鸟,其他的鸟撞在网上他就把它们摘下来放掉,他说已经有好多年没等到那种罕见的鸟了,他说他再等一年看看到底还有没有那种鸟,结果他又等了好多年。早晨和傍晚,在这园子里可以看见一个中年女工程师,早晨她从北向南穿过这园子去上班,傍晚她从南向北穿过这园子回家。事实上我并不了解她的职业或者学历,但我以为她必是学理工的知识分子,别样的人很难有她那般的素朴并优雅。当她在园子穿行的时刻,四周的树林也仿佛更加幽静,清淡的日光中竟似有悠远的琴声,比如说是那曲《献给艾丽丝》才好。我没有见过她的丈夫,没有见过那个幸运的男人是什么样子,我想象过却想象不出,后来忽然懂了想象不出才好,那个男人最好不要出现。她走出北门回家去,我竟有点担心,担心她会落入厨房,不过,也许她在厨房里劳作的情景更有另外的美吧,当然不能再是《献给艾丽丝》,是个什么曲子呢?还有一个人,是我的朋友,他是个最有天赋的长跑家,但他被埋没了。他因为在文革中出言不慎而坐了几年牢,出来后好不容易找了个拉板车的工作,样样待遇都不能与别人平等,苦闷极了便练习长跑。那时他总来这园子里跑，我用手表为他计时，他每跑一圈向我招一下手，我就记下一个时间。每次他要环绕这园子跑二十圈，大约两万米。他盼望以他的长跑成绩来获得政治上真正的解放，他以为记者的镜头和文字可以帮他做到这一点。第一年他在春节环城赛上跑了第十五名，他看见前十名的照片都挂在了长安街的新闻橱窗里，于是有了信心。第二年他跑了第四名，可是新闻橱窗里只挂了前三名的照片，他没灰心。第三年他跑了第七名，橱窗里挂前六名的照片，他有点怨自己。第四年他跑了第三名，橱窗里却只挂了第一名的照片。第五年他跑了第一名——他几乎绝望了，橱窗里只有一幅环城赛群众场面的照片。那些年我们俩常一起在这园子里呆到天黑，开怀痛骂，骂完沉默着回家，分手时再互相叮嘱：先别去死，再试着活一活看。现在他已经不跑了，年岁太大了，跑不了那么快了。最后一次参加环城赛，他以三十八岁之龄又得了第一名并破了纪录，有一位专业队的教练对他说："我要是十年前发现你就好了。"他苦笑一下什么也没说，只在傍晚又来这园中找到我，把这事平静地向我叙说一遍。不见他已有好几年了，现在他和妻子和儿子住在很远的地方。

这些人现在都不到园子里来了，园子里差不多完全换了一批新人。十五年前的旧人，现在就剩我和那对老夫老妻了。有那么一段时间，这老夫老妻中的一个也忽然不来，薄暮时分惟男人独自来散步，步态也明显迟缓了许多，我悬心了很久，怕是那女人出了什么事。幸好过了一个冬天那女人又来了，两个人仍是逆时针绕着园子走，一长一短两个身影恰似钟表的两支指针；女人的头发白了许多，但依旧攀着丈夫的胳膊走得像个孩子。"攀"这个字用得不恰当了，或许可以用"搀"吧，不知有没有兼具这两个意思的字。

五

我也没有忘记一个孩子——一个漂亮而不幸的小姑娘。十五年前的那个下午，我第一次到这园子里来就看见了她，那时她大约三岁，蹲在斋宫西边的小路上捡树上掉落的"小灯笼"。那儿有几棵大栾树，春天开一簇簇细小而稠密的黄花，花落了便结出无数如同三片叶子合抱的小灯笼，小灯笼先是绿色，继而转白，再变黄，成熟了掉落得满地都是。小灯笼精巧得令人爱惜，成年人也不免捡了一个还要捡一个。小姑娘咿咿呀呀地跟自己说着话，一边捡小灯笼；她的嗓音很好，不是她那个年龄所常有的那般尖细，而是很圆润甚或是厚重，也许是因为那个下午园子里太安静了。我奇怪这么小的孩子怎么一个人跑来这园子里？我问她住在哪儿？她随指一下，就喊她的哥哥，沿墙根一带的茂草之中便站起一个七八岁的男孩，朝我望望，看我不像坏人，便对他的妹妹说"我在这儿呢"，又伏下身去，他在捉什么虫子。他捉到螳螂、蚂蚱、知了和蜻蜓，来取悦他的妹妹。有那么两三年，我经常在那几棵大栾树下见到他们，兄妹俩总是在一起玩，玩得和睦融洽，都渐渐长大了些。之后有很多年没见到他们。我想他们都在学校里吧，小姑娘也到了上学的年龄，必是告别了孩提时光，没有很多机会来这儿玩了。这事很正常，没理由太搁在心上，若不是有一年我又在园中见到他们，肯定就会慢慢把他们忘记。

那是个礼拜日的上午。那是个晴朗而令人心碎的上午,时隔多年,我竟发现那个漂亮的小姑娘原来是个弱智的孩子。我摇着车到那几棵大栾树下去,恰又是遍地落满了小灯笼的季节;当时我正为一篇小说的结尾所苦,既不知为什么要给它那样一个结尾,又不知何以忽然不想让它有那样一个结尾,于是从家里跑出来,想依靠着园中的镇静,看看是否应该把那篇小说放弃。我刚刚把车停下,就见前面不远处有几个人在戏耍一个少女,做出怪样子来吓她,又喊又笑地追逐她拦截她,少女在几棵大树间惊惶地东跑西躲,却不松手揪卷在怀里的裙裾,两条腿袒露着也丝毫无察觉。我看出少女的智力是有些缺陷,却还没看出她是谁。我正要驱车上前为少女解围,就见远处飞快地骑车来了个小伙子,于是那几个戏耍少女的家伙望风而逃。小伙子把自行车支在少女近旁,怒目望着那几个四散逃窜的家伙,一声不吭喘着粗气,脸色如暴雨前的天空一样一会比一会苍白。这时我认出了他们,小伙子和少女就是当年那对小兄妹。我几乎是在心里惊叫了一声,或者是哀号。世上的事常常使上帝的居心变得可疑。小伙子向他的妹妹走去。少女松开了手,裙裾随之垂落了下来,很多很多她捡的小灯笼便洒落了一地,铺散在她脚下。她仍然算得漂亮,但双眸迟滞没有光彩。她呆呆地望那群跑散的家伙,望着极目之处的空寂,凭她的智力绝不可能把这个世界想明白吧?大树下,破碎的阳光星星点点,风把遍地的小灯笼吹得滚动,仿佛喑哑地响着无数小铃铛。哥哥把妹妹扶上自行车后座,带着她无言地回家去了。

无言是对的。要是上帝把漂亮和弱智这两样东西都给了这个小姑娘,就只有无言和回家去是对的。

谁又能把这世界想个明白呢?世上的很多事是不堪说的。你可以抱怨上帝何以要降诸多苦难给这人间,你也可以为消灭种种苦难而奋斗,并为此享有崇高与骄傲,但只要你再多想一步你就会坠入深深的迷茫了:假如世界上没有了苦难,世界还能够存在么?要是没有愚钝,机智还有什么光荣呢?要是没了丑陋,漂亮又怎么维系自己的幸运?要是没有了恶劣和卑下,善良与高尚又将如何界定自己又如何成为美德呢?要是没有了残疾,健全会否因其司空见惯而变得腻烦和乏味呢?我常梦想着在人间彻底消灭残疾,但可以相信,那时将由患病者代替残疾人去承担同样的苦难。如果能够把疾病也全数消灭,那么这份苦难又将由(比如说)相貌丑陋的人去承担了。就算我们连丑陋,连愚昧和卑鄙和一切我们所不喜欢的事物和行为,也都可以统统消灭掉,所有的人都一样健康、漂亮、聪慧、高尚,结果会怎样呢?怕是人间的剧目就全要收场了,一个失去差别的世界将是一条死水,是一块没有感觉没有肥力的沙漠。

看来差别永远是要有的。看来就只好接受苦难——人类的全部剧目需要它,存在的本身需要它。看来上帝又一次对了。

于是就有一个最令人绝望的结论等在这里:由谁去充任那些苦难的角色?又有谁去体现这世间的幸福,骄傲和快乐?只好听凭偶然,是没有道理好讲的。

就命运而言,休论公道。

那么,一切不幸命运的救赎之路在哪里呢?

设若智慧或悟性可以引领我们去找到救赎之路,难道所有的人都能够获得这样的智慧和悟性吗？

我常以为是丑女造就了美人。我常以为是愚氓举出了智者。我常以为是懦夫衬照了英雄。我常以为是众生度化了佛祖。

六

设若有一位园神，他一定早已注意到了，这么多年我在这园里坐着，有时候是轻松快乐的，有时候是沉郁苦闷的，有时候优哉游哉，有时候恓惶落寞，有时候平静而且自信，有时候又软弱，又迷茫。其实总共只有三个问题交替着来骚扰我，来陪伴我。第一个是要不要去死？第二个是为什么活？第三个，我干吗要写作？

现在让我看看，它们迄今都是怎样编织在一起的吧。

你说，你看穿了死是一件无需乎着急去做的事，是一件无论怎样耽搁也不会错过的事，便决定活下去试试？是的，至少这是很关键的因素。为什么要活下去试试呢？好像仅仅是因为不甘心，机会难得，不试白不试，腿反正是完了，一切仿佛都要完了，但死神很守信用，试一试不会额外再有什么损失。说不定倒有额外的好处呢是不是？我说过，这一来我轻松多了，自由多了。为什么要写作呢？作家是两个被人看重的字，这谁都知道。为了让那个躲在园子深处坐轮椅的人，有朝一日在别人眼里也稍微有点光彩，在众人眼里也能有个位置，哪怕那时再去死呢也就多少说得过去了。开始的时候就是这样想，这不用保密，这些现在不用保密了。

我带着本子和笔，到园中找一个最不为人打扰的角落，偷偷地写。那个爱唱歌的小伙子在不远的地方一直唱。要是有人走过来，我就把本子合上把笔叼在嘴里。我怕写不成反落得尴尬。我很要面子。可是你写成了，而且发表了。人家说我写的还不坏，他们甚至说：真没想到你写得这么好。我心说你们没想到的事还多着呢。我确实有整整一宿高兴得没合眼。我很想让那个唱歌的小伙子知道，因为他的歌也毕竟是唱得不错。我告诉我的长跑家朋友的时候，那个中年女工程师正优雅地在园中穿行；长跑家很激动，他说好吧，我玩命跑，你玩命写。这一来你中了魔了，整天都在想哪一件事可以写，哪一个人可以让你写成小说。是中了魔了，我走到哪儿想到哪儿，在人山人海里只寻找小说，要是有一种小说试剂就好了，见人就滴两滴看他是不是一篇小说，要是有一种小说显影液就好了，把它泼满全世界看看都是哪儿有小说，中了魔了，那时我完全是为了写作活着。结果你又发表了几篇，并且出了一点小名，可这时你越来越感到恐慌。我忽然觉得自己活得像个人质，刚刚有点像个人了却又过了头，像个人质，被一个什么阴谋抓了来当人质，不定哪天被处决，不定哪天就完蛋。你担心要不了多久你就会文思枯竭，那样你就又完了。凭什么我总能写出小说来呢？凭什么那些适合做小说的生活素材就总能送到一个截瘫者跟前来呢？人家满世界跑都有枯竭的危险，而我坐在这园子里凭什么可以一篇接一篇地写呢？你又想到死了。我想见好就收吧。当一名人质实在是太累了太紧张了，太朝不保夕了。我为写作而活下来，要是写作到底不是我应该干的事，我想我再活下去是不是太冒傻气了？你这么想着你却还在绞尽脑汁地想写。我好歹又拧出点水来,从一条快要晒干的毛巾上。恐慌日甚一日,随时可能完蛋的感觉比完蛋本身可怕多了,所谓不怕贼偷就怕贼惦记,我想人不如死了好,不如不出生的好,不如压根儿没有这个世界的好。可你并没有去死。我又想到那是一件不必着急的事。可是不必着急的事并不证明是一件必要拖延的事呀?你总是决定活下来,这说明什么?是的,我还是想活。人为什么活着?因为人想活着,说到底是这么回事,人真正的名字叫做:欲望。可我不怕死,有时候我真的不怕死。有时候,——说对了。不怕死和想去死是两回事,有时候不怕死的人是有的,一生下来就不怕死的人是没有的。我有时候倒是怕活。可是怕活不等于不想活呀?可我为什么还想活呢?因为你还想得到点什么,你觉得你还是可以得到点什么的,比如说爱情,比如说,价值感之类,人真正的名字叫欲望。这不对吗?我不该得到点什么吗?没说不该。可我为什么活得恐慌,就像个人质?后来你明白了,你明白你错了,活着不是为了写作,而写作是为了活着。你明白了这一点是在一个挺滑稽的时刻。那天你又说你不如死了好,你的一个朋友劝你:你不能死,你还得写呢,还有好多好作品等着你去写呢。这时候你忽然明白了,你说:只是因为我活着,我才不得不写作。或者说只是因为你还想活下去,你才不得不写作。是的,这样说过之后我竟然不那么恐慌了。就像你看穿了死之后所得的那份轻松?一个人质报复一场阴谋的最有效的办法是把自己杀死。我看出我得先把我杀死在市场上,那样我就不用参加抢购题材的风潮了。你还写吗?还写。你真的不得不写吗?人都忍不住要为生存找一些牢靠的理由。你不担心你会枯竭了?我不知道,不过我想,活着的问题在死前是完不了的。

这下好了,您不再恐慌了不再是个人质了,您自由了。算了吧你,我怎么可能自由呢?别忘了人真正的名字是:欲望。所以您得知道,消灭恐慌的最有效的办法就是消灭欲望。可是我还知道,消灭人性的最有效的办法也是消灭欲望。那么,是消灭欲望同时也消灭恐慌呢?还是保留欲望同时也保留人性?

我在这园子里坐着,我听见园神告诉我:每一个有激情的演员都难免是一个人质;每一个懂得欣赏的观众都巧妙地粉碎了一场阴谋。每一个乏味的演员都是因为他老以为这戏剧与自己无关。每一个倒霉的观众都是因为他总是坐得离舞台太近了。

我在这园子里坐着,园神成年累月地对我说:孩子,这不是别的,这是你的罪孽和福祉。

七

要是有些事我没说,地坛,你别以为是我忘了,我什么也没忘,但是有些事只适合收藏。不能说,也不能想,却又不能忘。它们不能变成语言,它们无法变成语言,一旦变成语言就不再是它们了。它们是一片朦胧的温馨与寂寥,是一片成熟的希望与绝望,它们的领地只有两处:心与坟墓。比如说邮票,有些是用于寄信的,有些仅仅是为了收藏。

如今我摇着车在这园子里慢慢走,常常有一种感觉,觉得我一个人跑出来已经玩得太久了。有一天我整理我的旧相册,看见一张十几年前我在这园子里照的照片——那个年轻人坐在轮椅上，背后是一棵老柏树，再远处就是那座古祭坛。我便到园子里去找那棵树。我按着照片上的背景找很快就找到了它，按着照片上它枝干的形状找，肯定那就是它。但是它已经死了，而且在它身上缠绕着一条碗口粗的藤萝。有一天我在这园子里碰见一个老太太，她说："哟，你还在这儿哪？"她问我："你母亲还好吗？""您是谁？""你不记得我，我可记得你。有一回你母亲来这儿找你，她问我您看没看见一个摇轮椅的孩子？……"我忽然觉得，我一个人跑到这世界上来玩真是玩得太久了。有一天夜晚，我独自坐在祭坛边的路灯下看书，忽然从那漆黑的祭坛里传出一阵阵唢呐声；四周都是参天古树，方形祭坛占地几百平米空旷坦荡独对苍天，我看不见那个吹唢呐的人，唯唢呐声在星光寥寥的夜空里低吟高唱，时而悲怆时而欢快，时而缠绵时而苍凉，或许这几个词都不足以形容它，我清清醒醒地听出它响在过去，响在现在，响在未来，回旋飘转亘古不散。

必有一天，我会听见喊我回去。

那时您可以想象一个孩子，他玩累了可他还没玩够呢，心里好些新奇的念头甚至等不及到明天。也可以想象是一个老人，无可置疑地走向他的安息地，走得任劳任怨。还可以想象一对热恋中的情人，互相一次次说"我一刻也不想离开你"，又互相一次次说"时间已经不早了"，时间不早了可我一刻也不想离开你，一刻也不想离开你可时间毕竟是不早了。

我说不好我想不想回去。我说不好是想还是不想，还是无所谓。我说不好我是像那个孩子，还是像那个老人，还是像一个热恋中的情人。很可能是这样：我同时是他们三个。我来的时候是个孩子，他有那么多孩子气的念头所以才哭着喊着闹着要来，他一来一见到这个世界便立刻成了不要命的情人，而对一个情人来说，不管多么漫长的时光也是稍纵即逝，那时他便明白，每一步每一步，其实一步步都是走在回去的路上。当牵牛花初开的时节，葬礼的号角就已吹响。

但是太阳，他每时每刻都是夕阳也都是旭日。当他熄灭着走下山去收尽苍凉残照之际，正是他在另一面燃烧着爬上山巅布散烈烈朝辉之时。那一天，我也将沉静着走下山去，扶着我的拐杖。有一天，在某一处山洼里，势必会跑上来一个欢蹦的孩子，抱着他的玩具。

当然，那不是我。

但是，那不是我吗？

宇宙以其不息的欲望将一个歌舞炼为永恒。这欲望有怎样一个人间的姓名，大可忽略不计。

1989年5月11日

1990年1月7日改

（原载《上海文学》1991年1月号）

史铁生（1951— ），主要作品有中短篇小说集《我的遥远的清平湾》、《命若琴弦》，长篇小说《务虚笔记》等。

史铁生的作品多涉及伤残者的生活与精神困境，但他超越了伤残者的怨天尤人与自我哀怜，由此上升到对人类普遍性生存困境、精神“伤残”现象的关切与哲思。作品呈现平淡质朴、意蕴深沉的“散文化”倾向。《我与地坛》中苦苦究诘的是生命的苦难与救赎的问题。他在地坛公园苦思冥想几年,终于认可了残酷命运的必然与不可改变。苦难终有解脱之日,余下的就只有如何回应命运的问题。他自己则是以写作、发表小说确立了活下去的勇气、价值与意义。

作者的视角远远越出了自身,他追怀慈爱的母亲怎样不堪苦难的重负而早逝,目击一漂亮的弱智少女受人欺辱,从而产生了“就命运而言,休论公道”的慨叹。由此探索不幸命运的救赎之路,将苦难抽象概括为具有普遍意义的人生困境,由个人严酷的命运上升到生命永恒的流变。当进入人类生命全体的融会之中,投入到永无终结的生命之链的永恒歌舞之中时,对于个体苦难以及一切不幸命运的自我超越就都变成了一种必然。(赵修广)

夜航船

余秋雨

一

我的书架上有一部明代文学家张岱的《夜航船》。这是一部许多学人查访终身而不得的书，新近根据宁波天一阁所藏抄本印出。书很厚，书脊显豁，插在书架上十分醒目。文学界的朋友来寒舍时，常常误认为是一部新出的长篇小说。这部明代小百科的书名确实太有意思了，连我自己巡睃书架时也常常会让目光在那里顿一顿，耳边响起欸乃的橹声。

夜航船，历来是中国南方水乡苦途长旅的象征。我的家乡山岭丛集，十分闭塞，却有一条河流悄然穿入。每天深夜，总能听到笃笃笃的声音从河畔传来，这是夜航船来了，船夫看到岸边屋舍，就用木棍敲着船帮，召唤着准备远行的客人。山民们夜夜听到这个声音，习以为常，但终于，也许是身边的日子实在混不下去了，也许是憨拙的头脑中突然卷起了幻想的波澜，这笃笃笃的声音产生了莫大的诱惑。不知是哪一天，他们吃过一顿稍稍丰盛的晚餐，早早地收拾好简薄的行囊，与妻儿们一起坐在闪烁的油灯下等候这笃笃声。

当敲击船帮的声音终于响起时，年幼的儿子们早已歪歪扭扭地睡熟，山民粗粗糙糙地挨个儿摸了一下他们的头，随即用拳头擦了擦眼角，快步走出屋外。蓬头散发的妻子提着包袱跟在后面，没有一句话。

外出的山民很少有回来的。有的妻子，实在无以为生了，就在丈夫上船的河滩上，抱着儿子投了水。这种事一般发生在黑夜，惨淡的月光照了一下河中的涟漪，很快什么也没有了。过不了多久，夜航船又来了，依然是笃笃笃、笃笃笃，慢慢驶过。

偶尔也有些叫人羡慕的信息传来。乡间竟出现了远途而来的老邮差，手中拿着一封夹着汇票的信。于是，这家人家的木门槛在几天内就会跨进无数双泥脚。夜间，夜航船的敲击声更其响亮了，许多山民开始失眠。

几张汇票使得乡间有了私塾。一些幸运的孩子开始跟着一位外乡来的冬烘先生大声念书。进私塾的孩子有时也会被笃笃声惊醒，翻了一个身，侧耳静听。这声音，与山腰破庙里的木鱼声太像了，那是祖母们向往的声音。

二

一个坐夜航船到上海去谋生的人突然成了暴发户。他回乡重修宅院,为了防范匪盗,在宅院四周挖了河,筑一座小桥开通门户。宅院东侧的河边,专修一个船码头,夜航船每晚要在那里停靠,他们家的人员货物往来多得很。夜航船专为他们辟了一个精雅小舱,经常有人从平展展的青石阶梯上下来,几个佣人挑着足够半月之用的食物上船。有时,佣人手上还会提着一捆书,这在乡间是稀罕之物,山民们傻想着小舱内酒足饭饱、展卷卧读的神仙日子。

船老大也渐渐气派起来。我家邻村就有一个开夜航船的船老大,早已成为全村艳羡的角色。过去,坐他船的大多是私盐贩子,因此航船经常要在沿途受到缉查。缉查到了,私盐贩子总被捆绑起来,去承受一种叫做“趱杠”的酷刑。这种酷刑常常使私盐贩子一命呜呼。船老大也会被看成是同伙,虽不做“趱杠”,却要吊打。现在,缉查人员拦住夜航船,见到的常常是神态高傲的殷富文士,只好点头哈腰连忙放行。船老大也就以利言相讥,出一口积压多年的鸟气。

每次船老大回村,总是背着那支大橹。航船的橹背走了,别人也就无法偷走那条船。这支橹,就像现今小汽车上的钥匙。船老大再劳累,背橹进村时总把腰挺得直直的,摆足了一副凯旋的架势。放下橹,草草洗过脸,就开始喝酒。灯光亮堂,并不关门,让亮光照彻全村。从别的码头顺带捎来的下酒菜,每每引得乡人垂涎欲滴。连灌数盅后他开始讲话,内容不离这次航行的船客,谈他们的风雅和富有。

三

好多年前,我是被夜航船的笃笃声惊醒的孩子中的一个。如果是夏夜,我会起身,攀着窗沿去看河中那艘扁黑的船,它走得很慢,却总是在走,听大人说,明天傍晚就可走到县城。县城准是大地方,河更宽了,船更多了,一条条晶亮晶亮的水路,再也没有泥淖和杂藻,再也没有土岸和残埠,直直地通向天际。

第二天醒来,急急赶到船老大家,去抚摩那支大橹。大橹上过桐油,天天被水冲洗,非常干净。当时私塾已变成小学,学校的老师都是坐着航船来的,学生读完书也要坐着航船出去。整个学校,就像一个船码头。

橹声欸乃,日日夜夜,山村流动起来了。

夜航船,山村孩子心中的船,破残的农村求援的船,青年冒险家下赌注的船,文化细流浚通的船。

船头画着两只大大的虎眼,犁破狭小的河道,溅起泼剌剌的水声。

四

这下可以回过头来说说张岱的《夜航船》了。

这位大学者显然是夜航船中的常客。他如此博学多才,不可能长踞一隅。在明代,他广泛的游历和交往,不能不经常依靠夜航船。次数一多,他开始对夜航船中的小世界品味起来。

船客都是萍水相逢,无法作切己的深谈。可是船中的时日缓慢又无聊,只能以闲谈消遣。当时远非信息社会,没有多少轰动一时的新闻可以随意评说,谈来谈去,以历史文化知识最为相宜。中国历史漫长,文物典章繁复,谈资甚多。稍稍有点文化的人,正可借此比赛和炫示学问。一来二去,获得一点暂时的满足。

张岱是绍兴人,当时绍兴府管辖八县,我的家乡余姚正属其中。照张岱说法,绍兴八县中数余姚文化气息最浓,后生小子都得读书,结果那里各行各业的人对于历史文物典章,知之甚多,一旦聚在夜航船中,谈起来机锋颇健,十分热闹。因此,这一带的夜航船,一下去就像进入一个文化赛场。

他在《夜航船序》里记下了一个有趣的故事:

> 昔有一僧人,与一士子同宿夜航船。士子高谈阔论,僧畏慑,拳足而寝。僧人听其语有破绽,乃曰:"请问相公,澹台灭明是一个人、两个人?"士子曰:"是两个人。"僧曰:"这等尧舜是一个人、两个人?"士子曰:"自然是一个人!"僧乃笑曰:"这等说起来,且待小僧伸伸脚。"

你看,知识的优势转眼间就成了占据铺位的优势。这个士子也实在是丢了吾乡的脸,不知道"澹台"是复姓倒也罢了,把尧、舜说成一个人是不可原谅的。让他缩头缩脚地蜷曲着睡,正是活该。但是,夜航船中也有不少真正的难题目,很难全然对答如流而不被掩口耻笑。所以连张岱都说:"天下学问,唯夜航船中最难对付。"

于是,他决心编一部初级小百科,列述一般中国文化常识,使士子们不要在类似于夜航船这样的场合频频露丑。他把这部小百科名之曰《夜航船》,当然只是一个潇洒幽默的举动,此书的实际效用远在闲谈场合之上。

五

但是,张岱的劳作,还是让我们看到了一种有趣的"夜航船文化"。这又是中国文化的一个可感叹之处。

在缓慢的航行进程中,细细品尝着已逝的陈迹,哪怕是一些琐碎的知识。不惜为千百年前的细枝末节争得脸红耳赤,反正有的是时间。中国文化的进程,正像这艘夜航船。

船头的浪,泼不进来;船外的风,吹不进来;航行的路程,早已预定。谈知识,无关眼下;谈历史,拒绝反思。十年寒窗,竟在谈笑争胜间消耗。把船橹托付给老大,士子的天地只在船舱。一番讥刺,一番炫耀,一番假惺惺的钦佩,一番自命不凡的陶醉,到头来,争得稍大一点的一个铺位,倒头便睡,换得个梦中微笑。

第二天,依然是这般喧闹,依然是这般无聊。船一程程行去,岁月一片片消逝,永远是喧闹的无聊,无聊的喧闹。

我一次次抚摩过的船橹,竟是划出了这样一条水路?我梦中的亮晶晶的水路,竟会这般黯然?

幸好,夜航船终于慢吞吞地走到了现代。吾乡的水路有了一点好的征兆:几位大师上船了。

> 我仿佛记得曾坐小船经过山阴道,两岸边的乌桕,新禾,野花,鸡,狗,丛树和枯树,茅屋,塔,伽蓝,农夫和村妇,村女,晒着的衣裳,和尚,蓑笠,天,云,竹……都倒影在澄碧的小河中,随着每一打桨,各个夹带了闪烁的日光,并水里的萍藻游鱼,一同荡漾,诸影诸物,无不解散,而且摇动,扩大,互相融和;刚一融和,却又退缩,复近于原形。边缘都参差如夏云头,镶着日光,发出水银色焰。

——这是鲁迅在船上。

> 夜间睡在舱中,听水声橹声,来往船只的招呼声,以及乡间的犬吠鸡鸣,也都很有意思。雇一只船到乡下去看庙戏,可以了解中国旧戏的真趣味,而且在船上行动自如,要看就看,要睡就睡,要喝酒就喝酒,我觉得也可以算是理想的行乐法。

——这是周作人在船上。他不会再要高谈阔论的旅伴,只求个人的清静自由。

> 早春晚秋,船价很便宜,学生的经济力也颇能胜任。每逢星期日,出三四毛钱雇一只船,载着二三同学,数册书,一壶茶,几包花生米,与几个馒头,便可优游湖中,尽一日之长……随时随地可以吟诗作画。"野航恰受两三人。""恰受"两字的状态,在这种船上最充分地表出着。

——这是丰子恺在船上。他的船又热闹了,但全是同学少年,优游于艺术境界。

这些现代中国的航船虽然还是比较平缓、狭小,却终于有了明代所不可能有的色泽和气氛。

仍然想起张岱。他的惊人的博学使他以一人之力编出了一部百科全书式的《夜航船》,在他死后24年,远在千里之外的法国诞生了狄德罗,另一部百科全书将在这个人手上编成。这部百科全书,不是谈资的聚合,而是一种启蒙和挺进。从此,法国精神文化的航船最终摆脱了封建社会的黑夜,进入了一条新的河道。张岱做不到这地步,过错不在他。

说到底,他的书名还是准确的:《夜航船》。

我,难道真的被夜航船的笃笃声敲醒过吗?它的声响有多大呢?我疑惑了。

记得有一天深夜，幼小的我与祖母争执过：我说这笃笃声是航船，她说这笃笃声是木鱼。究竟是什么呢？都是？都不是？抑或两者本是同一件事？

祖母早已亡故。也许，我将以一辈子，索解这个谜。

（选自《文化苦旅》，东方出版中心 1992 年版）

余秋雨（1946— ），浙江余姚人。著有散文集《文明的碎片》、《文化苦旅》、《山居笔记》等。

余秋雨的散文以个体生命体验对中国传统文化的反思和追问，常常将知识分子群体和凝聚厚重文化内涵的物象相互扭结，构成一种文化象征符号，借以传达作家的主体精神。《夜航船》正是以江南水乡的传统交通工具作为文化载体，从明代文人张岱的同名著作引起联想和议论，将对"夜航船"文化特质的深入剖析，上升为对中国古代士大夫文化因循守旧，脱离民众，脱离实际的深刻批判，进而呼唤文化的航船要进入一条新的航道。

散文以象征手法把士大夫文化拟作"夜航船"的封闭、守旧、脱离民众和时代，以夜航船行进的缓慢象征中国封建社会的停滞不前。叙述中插入抒情和精彩的议论，体现了感性情怀与知性学养相融合的特点。（吴尚华）

酱缸国医生和病人

柏　杨

话说，从前，有个"酱缸国"，酱缸国每天最大的事就是辩论他们是不是酱缸国，而最热闹的事就是医生和病人的争执，结果当然是医生大败，大概情形是这样的——

病人：我下个月就要结婚了。大摆筵席，你可要赏光驾临，做我的上宾。我的病化验的结果如何？

医生：对不起，我恐怕要报告你一个坏消息，化验的结果就在这里，恐怕是三期肺病，第一个是咳嗽……

病人：怪了，你说我咳嗽，你刚才还不是咳嗽，为什么不是肺病？

医生：我的咳嗽跟你的不一样。

病人：有什么不一样？你有钱，有学问，上过大学堂，喝过亚马逊河的水，血统高人一等，是不是？

医生：不能这么说，还有半夜发烧……

病人：不能这么说，要怎么说才能称你的心、如你的意？半夜发烧，我家那个电扇，用到半夜能把手烫出泡，难道它也得了三期肺病！

医生（委屈解释）：吐血也是症候之一。

病人：我家隔壁是个牙医，去看牙的人都被他搞得吐血，难道他们也都得了三期肺病！

医生：那当然不是，而是综合起来……

病人：好吧，退一万步说，即令是肺病，又是七八期肺病，又有什么关系？值得你大呼小叫！外国人还不照样得肺病？为什么你单指着鼻子说我。我下个月结婚，谁不知道，难道你不能说些鼓励的话，为什么要打击我？我跟你有什么怨？有什么仇？你要拆散我们？

医生：你误会了我的意思，我只是说……

病人：我一点也不误会，我一眼就看穿了你的肺腑，你幼年丧母，没有家庭温暖，中年又因强奸案和谋财害命，坐了大牢，对公平的法律制裁，充满了仇恨，所以看不得别人幸福，看不得国家民族享有荣耀。

医生：我们应该就事论事……

病人：我正是在就事论事，坦白告诉你你当初杀人时，是怎么下得手的，何况那老太太又有恩于你。

医生（有点恐慌）：诊断书根据你血液、唾液的化验，我不是凭空说话。

病人：你当然不是凭空说话，就等于你当初的刀子，不会凭空插到那老太太胸膛上一样。你对进步爱国人士的侮辱已经够了，你一心一意恨你的同胞，说他们都得了三期肺病，你不觉得可耻？

医生：老哥，我只是爱你，希望你早日康复，才直言提醒，并没有恶意。

病人（冷笑兼咳嗽）：你是一个血淋淋的刽子手，有良心的爱国人士会联合起来，阻止你在"爱"的障眼法下进行对祖国的谋杀。

医生：我根据的都是化验报告，像唾液，那是天竺国大学化验……

病人：崇洋媚外、崇洋媚外，你这个丧失民族自尊心的下流胚、贱骨头，我严肃的警告你，你要付出崇洋媚外的代价。

医生（胆大起来）：不要乱扯，不要躲避，不要用斗臭代替说理，我过去的事和主题有什么关系？我们的主题是："你有没有肺病？"

病人：看你这个"丑陋的中国人"模样，嗓门这么大，从你的历史背景可看出你的恶毒心肠，怎么说没有关系？中国就坏在你们这种人手上，使外国人认为中国人全害了三期肺病，因而看不起我们。对你这种吃里爬外的头号汉奸，天理不容，锦衣卫（努力咳嗽），拿下！

当然不一定非锦衣卫拿下不可（柏杨先生就被拿下过一次），有时候是乱棒打出，有时候是口诛笔伐。

1985年7月23日，台北

（选自《丑陋的中国人》，湖南文艺出版社1986年版）

柏杨（1920—　），河南辉县人。原名郭衣洞。文学写作涉及多种文类，在台湾以杂文著称。代表文集有《西窗随笔》10集、《柏杨专栏》5集、《丑陋的中国人》、《中国人，你受了什么诅咒》等。

柏杨杂文的核心概念是"酱缸"。对"酱缸文化"以及"酱缸里的中国人"的国民性的剖析和对传统文化的审视与批判，这是他杂文的主要内容。

这篇文章是《丑陋的中国人》的序。作者首先虚拟了一个"酱缸国"作为背景，显然这是喻指中国封建宗法制度。以"酱缸国"之间发生的"医生"与"病人"之间的争辩作为表现内容，这里的"病人"也显然是暗喻"丑陋的中国人"。全篇通过对话形式，以犀利的笔锋剖析了中国人丑陋的灵魂和某些残存的劣根性。

这篇文章体现了柏杨杂文的重要特点，一是具有"鞭性"、"刻毒"，爱恨分明，鞭辟入里。二是善于勾画形象，此文以典型化手法勾勒了"病人"有病拒医的病态形象，对其振振有词的荒谬理由给予了无情的嘲讽。（吴尚华）

三、小　　说

组织部新来的青年人

王 蒙

一

三月，天空中纷洒着似雨似雪的东西。三轮车在区委会门口停住，一个年轻人跳下来。车夫看了看门口挂着的大牌子，客气地对乘客说："您到这儿来，我不收钱。"传达室的工人、复员荣军老吕微跛着脚走出，问明了那年轻人的来历后，连忙帮他搬下微湿的行李，又去把组织部的秘书赵慧文叫出来。赵慧文紧握着林震的两只手，说："我们等你好久了。"林震在小学教师支部的时候，就与赵慧文认识。她的苍白而美丽的脸上，两只大眼睛闪着友善亲切的光亮，只是下眼皮上有着因疲倦而现出来的青色。她带林震到男宿舍，把行李放好，解开，把湿了的毡子晾上，再铺被褥。在她料理这些事情的时候，常常撩一撩自己的头发，正像那些能干而漂亮的女同志们一样。

她说："我们等了你好久！半年前就要调你来，区人民委员会文教科死也不同意，后来区委书记直接找区长要人，又和教育局人事室吵了一回，这才把你调了来。"

"可我前天才知道，"林震说，"听说调我到区委会，真不知怎么好。咱们区委会净干什么呀？"

"什么都干。"

"组织部呢？"

"组织部就做组织工作。"

"工作忙不忙？"

"有时候忙，有时候不忙。"

赵慧文端详着林震的床铺，摇摇头，大姐姐似的不以为然地说："小伙子，真不讲卫生！瞧那枕头布，已经由白变黑；被头呢，吸饱了你的脖子上的油；还有床单，那么多折子，简直成了泡泡纱……"

林震觉得，他一走进区委会的门，他的新的生活刚一开始，就碰到了一个很亲切的人。

他带着一种节日的兴奋心情跑着到组织部第一副部长的办公室去报到。副部长有一个古怪的名字：刘世吾。在林震心跳着敲门的时候，他正仰着脸衔着烟考虑组织部的工作规划。他热情而得体地接待林震，让林震坐在沙发上，自己坐在办公桌边，推一推玻璃板上叠得高高的文件，从容地问：

“怎么样?”他的左眼微皱,右手弹着烟灰。

“支部书记通知我后天搬来,我在学校已经没事,今天就来了。叫我到组织部工作,我怕干不了,我是个新党员,过去做小学教师,小学教师的工作与党的组织工作有些不同……”

林震说着他早已准备好的话,说得很不自然,正像小学生第一次见老师一样。于是他感到这间屋子很热。三月中旬,冬天就要过去,屋里还生着火,玻璃上的霜花溶解成一条条的污道子。他的额头沁出了汗珠,他想掏出手绢擦擦,在衣袋里摸索了半天没有找到。

刘世吾机械地点着头,看也不看地从那一大叠文件中抽出一个牛皮纸袋,打开纸袋,拿出林震的党员登记表,锐利的眼光迅速掠过,宽阔的前额上出现了密密的皱纹,闭了一下眼,手扶着椅子背站起来,披着的棉袄从肩头滑落了,然后用熟练的毫不费力的声调说:

“好,对,好极了,组织部正缺干部,你来得好。不,我们的工作并不难做,学习学习就会做的,就那么回事。而且你原来在下边工作的……相当不错嘛,是不是不错?”

林震觉得这种称赞似乎有某种嘲笑意味,他惶恐地摇头:“我工作做得并不好……”

刘世吾的不太整洁的脸上现出隐约的笑容,他的眼光聪敏地闪动着,继续说:“当然也可能有困难,可能。这是个了不起的工作。中央的一位同志说过,组织工作是给党管家的,如果家管不好,党就没有力量。”然后他不等问就加以解释:“管什么家呢?发展党和巩固党,壮大党的组织和增强党组织的战斗力,把党的生活建立在集体领导、批评和自我批评、与密切联系群众的基础上。这样做好了,党组织就是坚强的、活泼的、有战斗力的,就足以团结和指引群众,完成和更好地完成社会主义建设与社会主义改造的各项任务……”

他每说一句话,都干咳一下,但说到那些惯用语的时候,快得像说一个字。譬如他说:“把党的生活建立在……上”,听起来就像:“把生活建在登登登上”,他纯熟地驾驭那些林震觉得是相当深奥的概念,像拨弄算盘子一样的灵活。林震集中最大的注意力,仍然不能把他讲的话全部把握住。

接着,刘世吾给他分配了工作。

当林震推门要走的时候,刘世吾又叫住他,用另一种全然不同的随意神情问:

“怎么样,小林,有对象了没有?”

“没……”林震的脸刷地红了。

“大小伙子还红脸?”刘世吾大笑了,“才 22 岁,不忙。”他又问:“口袋里装着什么书?”

林震拿出书,说出书名:“《拖拉机站站长与总农艺师》。”

刘世吾拿过书去,从中间打开看了几行,问:“这是他们团中央推荐给你们青年看的吧?”

林震点头。

“借我看看。”

“您有时间看小说吗?”林震看着副部长桌上的大叠材料,惊异了。

刘世吾用手托了托书,试了试分量,微皱着左眼说:“怎么样? 这么一薄本有半个夜车就开完啦。四本《静静的顿河》我只看了一个星期,就那么回事。”

当林震走向组织部大办公室的时候,天已经放晴,残留的几片云现出了亮晶晶的边缘。太阳照亮了区委会的大院子。人们都在忙碌:一个穿军服的同志挟着皮包匆匆走过,传达室的老吕提着两个大铁壶给会议室送茶水,可以听见一个女同志顽强地对着电话机子说:“不行,最迟明天早上! 不行……”还可以听见忽快忽慢的“框哧、框哧”声——是一只生疏的手使用着打字机,“她也和我一样,是新调来的吧?”林震不知凭什么理由,猜打字员一定是个女的。他在走廊上站了一站,望着耀眼的区委会的院子,高兴自己新生活的开始。

二

组织部的干部算上林震一共24个人,其中3个临时调到肃反办公室去了,1个人半日工作准备考大学,1个人请产假。能按时工作的只剩下19个人。4个人做干部工作,15个人按工厂、机关、学校分工管理建党工作,林震被分配与二厂支部联系组织发展党的工作。

组织部部长由区委副书记李宗秦兼任,他并不常过问组织部的事,实际工作是由第一副部长刘世吾掌握。另一个副部长负责干部工作。具体指导林震工作的是工厂建党组组长韩常新。

韩常新的风度与刘世吾迥然不同。他27岁,穿蓝色海军呢制服,干净得抖都抖不下土。他有高大的身材,配着英武的只因为粉刺太多而略有瑕疵的脸。他拍着林震的肩膀,用嘹亮的嗓音讲解工作,不时放出豪放的笑声,使林震想:“他比领导干部还像领导干部。”特别是第二天韩常新与一个支部的组织委员的谈话,加强了他给林震的这种印象。

“为什么你们只谈了半小时? 我在电话里告诉你,至少要用两小时讨论发展计划!”

那个组织委员说:“这个月生产任务太忙……”

韩常新打断了他的话,富有教训意味地说:“生产任务忙就不认真研究发展工作了? 这是把中心工作与经常工作对立起来,也是党不管党的一种表现……”

林震弄不明白什么叫“中心工作与经常工作对立起来”和“党不管党”,他熟悉的是另外一类名词:“课堂五环节”与“直观教具”。他很钦佩韩常新的这种气魄与能力——迅速地提高到原则上分析问题和指示别人。

他转过头,看见正伏在桌上复写材料的赵慧文,她皱着眉怀疑地看一看韩常新,然后扶正头上的假琥珀发卡,用微带忧郁的目光看向窗外。

晚上,有的干部去参加街道上基层组织生活,有的休息了,赵慧文仍然赶着复写“税务分局培养、提拔干部的经验”,累了一天,手腕酸痛,不时在写的中间撂下笔,摇摇头,往手上吹口气。林震要自告奋勇来帮忙,她拒绝了,说:“你抄,我不放心。”于是林震帮她把抄过的美浓纸叠整齐，站在她身旁，起一点精神支援作用。她一边抄，一边时时抬头看林震，林震问："干吗老看我？"赵慧文咬了一下复写笔，调皮地笑了笑。

三

林震是1953年秋天由师范学校毕业的，当时是候补党员，被分配到这个区的中心小学当教员。做了教师的他，仍然保持中学生的生活习惯：清晨练哑铃，夜晚记日记，每个大节日——五一、七一……以前到处征求人们对他的意见。曾经有人预言，过不了三个月他就会被那些生活不规律的成年人"同化"。但，不久以后，许多教师夸奖他也羡慕他了，说："这孩子无忧无虑，无牵无挂，除了工作，就是工作……"

他也没有辜负这种羡慕，1954年寒假，由于教学上的成绩，他受到了教育局的奖励。

人们也许以为，这位年轻的教师就会这样平稳地、满足而快乐地度过自己的青年时代。但是不，孩子般单纯的林震，也有自己的心事。

一年以后，他更经常焦灼地鞭策自己。是因为社会主义高潮的推动，全国青年社会主义积极分子会议的召开，还是因为年龄的增长？

他已经22岁了，记得在初中一年级时作过一篇文，题目是"当我××岁的时候"，他写成"当我22岁的时候，我要……"现在22岁，他的生命史上好像还是白纸，没有功勋，没有创造，没有冒险，也没有爱情——连给某个姑娘写一封信的事都没有做过。他努力工作，但是他做的少、慢，和青年积极分子们比较，和生活的飞奔比较，难道能安慰自己吗？他订规划，学这学那，做这做那，他要一日千里！

这时，接到调动工作的通知，"当我22岁的时候，我成了党工作者……"也许真正的生活在这里开始了？他抑制住对于小学教育工作和孩子们的依恋，燃烧起对新的工作的渴望。支部书记和他谈话的那个晚上，他想了一夜。

就这样，林震口袋里装着《拖拉机站站长和总农艺师》，兴高采烈地登上区委会的石阶，对于党工作者（他是根据电影里全能的党委书记的形象来猜测他们的）的生活，充满了神圣的憧憬。但是，等他接触到那些忙碌而自信的领导同志，看到来往的文件和同时举行的会议，听到那些尖锐争吵与高深的分析，他眨眨那有些特别的淡褐色眼珠的眼睛，心里有点怯……

到区委会的第四天，林震去通华麻袋厂了解第一季度发展党员工作的情况，去以前，他看了有关的文件和名叫"怎样进行调查研究"的小册子，再三地请教了韩常新，他密密麻麻地写了一篇提纲，然后飞快地骑着新领到的自行车，向麻袋厂驶去。

工厂门口的警卫同志听说他是委员会的干部，没要他签名，信任地请他进去了。穿过一个大空场，走过一片放麻的露天仓库与机器隆隆响的厂房，他心神不安地去敲厂长兼支部书记王清泉办公室的门，得到了里面"进来"的回答后，他慢慢地走进去，怕走快了显得没有经验，他看见一个阔脸、粗脖子、身材矮小的男人正与一个头发上抹了许多油的驼背的男人下棋。小个子的同志抬起头，右手玩着棋子，问清了林震找谁以后，不耐烦地挥一挥手:“你去西跨院党支部办公室找魏鹤鸣,他是组织委员。”然后低下头继续下棋。

林震找着了红脸的魏鹤鸣,开始按提纲发问了:“1956 年第一季度,你们发展了几个人?”

“一个半。”魏鹤鸣粗声粗气地说。

“什么叫‘半’?”

“有一个通过了,区委拖了两个多月还没有批下来。”

林震掏出笔记本记了下来。又问:

“发展工作是怎么样进行的,有什么经验?”

“进行过程和向来一样——和党章的规定一样。”

林震看了看对方,为什么他说出的话像搁了一个星期的窝窝头一样干巴?魏鹤鸣托着腮,眼睛看着别处,心里也像在想别的事。

林震又问:“发展工作的成绩怎么样?”

魏鹤鸣答:“刚才说过了,就是那些。”他好像应付似的希望快点谈完。

林震不知道应该再问什么了,预备了一下午的提纲,和人家只谈上五分钟就用完了。他很窘。

这时门被一只有力的手推开了。那个小个子的同志进来,匆匆忙忙地问魏鹤鸣:“来信的事你知道吗?”

魏鹤鸣无精打采地点了点头。

小个子的同志来回踱着步子,然后劈开腿站在房中央:“你们要想办法!质量问题去年就提出来了,为什么还等着合同单位给纺织工业部写信?在社会主义高潮当中我们的生产迟迟不能提高,这是耻辱!”

魏鹤鸣冷冷地看着小个子的脸,用颤抖的声音问:“您说谁?”

“我说你们大家!”小个子手一挥,把林震也包括在里面了。

魏鹤鸣因为抑制着的愤怒的爆发而显得可怕,他的红脸更红了,他站起来问:“那么您呢?您不负责任?”

“我当然负责。”小个子的同志却平静了,“对于上级,我负责,他们怎么处分我我也接受。对于我,你得负责,谁让你做生产科长呢?你得小心……”说完,他威胁地看了魏鹤鸣一眼,走了。

魏鹤鸣坐下,把棉袄的扣子全解开了,喘着气。林震问:“他是谁?”魏鹤鸣讽刺地说:“你不认识?他就是厂长王清泉。”

于是魏鹤鸣向林震详细地谈起了王清泉的情况。王清泉原来在中央某部工作,因为在男女关系上犯错误受了处分,1951 年调到这个厂子做副厂长,1953 年厂长他调,他就被提拔做厂长。他一向是吃饱了转一转,躲在办公室批批文件下下棋,然后每月在工会大会、党支部大会、团总支大会上讲话批评工人群众竞赛没搞好,对质量不关心,有经济主义思想……魏鹤鸣没说完,王清泉又推门进来了。他看着左腕上的表,下令说:“今天中午 12 点 10 分,你通知党、团、工会和行政各科室的负责人到厂长室开会。”然后把门乒地一带，走了。

魏鹤鸣嘟哝着："你看他怎么样？"

林震说："你别光发牢骚，你批评他，也可以向上级反映，上级决不允许有这样的厂长。"

魏鹤鸣笑了，问林震："老林同志，你是新来的吧？"

"老林"同志脸红了。

魏鹤鸣说："批评不动！他根本不参加党的会议，你上哪儿批评去？偶尔参加一次，你提意见，他说：'提意见是好的，不过应该掌握分寸，也应该看时间、场合。现在，我们不应该因为个人意见侵占党支部讨论国家任务的宝贵时间。'好，不占用宝贵时间，我找他个别提，于是我们俩吵成了现在这个样子。"

"向上级反映呢？"

"1954年我给纺织工业部和区委写了信，部里一位张同志与你们那儿的老韩同志下来检查了一回。检查结果是：'官僚主义较严重，但主要是作风问题，任务基本上完成了，只是完成任务的方法有缺点。'然后找王清泉'批评'了一下，又找我鼓励了一下开展自下而上的批评的精神，就完事了。此后，王厂长有一个来月对工作比较认真，不久他得了肾病，病好以后他说自己是'因劳致疾'，就又成了这个样子。"

"你再反映呀！"

"哼，后来与韩常新也不知说过多少次，老韩也不搭理，反倒向我进行教育说，应该尊重领导，加强团结。也许我不该这样想，但我觉得也许要等到王厂长贪污了人民币或者强奸了妇女，上级才会重视起来！"

林震出了厂子再骑上自行车的时候，车轮旋转的速度就慢多了。他深深地把眉头皱起来。他发现他的工作的第一步就有重重的困难，但他也受到一种刺激甚至是激励——这正是发挥战斗精神的时候啊！他想着想着，直到因为车子溜进了急行线而受到交通民警的申斥。

四

吃完午饭，林震迫不及待地找韩常新汇报情况。韩常新有些疲倦地靠着沙发背，高大的身体显得笨重，从身上掏出火柴匣，拿起一根火柴剔牙。

林震杂乱地叙述他去麻袋厂的见闻，韩常新脚尖打着地不住地说："是的，我知道。"然后他拍一拍林震的肩膀，愉快地说："情况没了解上来不要紧，第一次下去嘛。下次就好了。"

林震说："可是我了解了关于王清泉的情况。"他把笔记本打开。

韩常新把他的笔记本合上，告诉他："对，这个情况我早知道。前年区委让我处理过这个事情，我严厉地批评过他，指出他的缺点和危险性，我们谈了至少有三四个钟头……"

"可是并没有效果呀，魏鹤鸣说他只好一个月……"林震插嘴说。

“一个月也是效果,而且决不止一个月。魏鹤鸣那个人思想上有问题,见人就告厂长的状……”

“他告的状是不是真的?”

“很难说不真,也很难说全真。当然这个问题是应该解决的,我和区委副书记李宗秦同志谈过。”

“副书记的意见是什么?”

“副书记同意我的意见,王清泉的问题是应该解决也是可能解决的……不过,你不要一下子就陷到这里边去。”

“我?”

“是的。你第一次去一个工厂,全面情况也不了解,你的任务又不是去解决王清泉的问题,而且,直爽地说,解决他的问题也需要更有经验的干部;何况我们并不是没有管过这件事……你要是一下子陷到这个里头,三个月也出不来,第一季度的建党总结还了解不了解?上级正催我们交汇报呢!”

林震说不出话。

韩常新又拍拍林震的肩膀:“不要急躁嘛,咱们区三千个党员,百十几个支部,你一来就什么问题都摸还行?”他打了个哈欠,有倦意的脸上的粉刺涨红了:“啊——哈,该睡午觉了。”

“那,发展工作怎么再去了解?”林震没有办法地问。

韩常新又去拍林震的肩膀,林震不由得躲开了。韩常新有把握地说:“明天咱们俩一齐去,我帮你去了解,好不好?”然后他拉着林震一同到宿舍去。

第二天,林震很有兴趣观察韩常新如何了解情况。三年前,林震在北京师范上学的时候,出去做过见习教师,老教师在前面讲,林震和学生一起听,学了不少东西。这次,他也抱着见习的态度,打开笔记本,准备把韩常新的工作过程详细记录下来。

韩常新问魏鹤鸣:“发展了几个党员?”

“一个半。”

“不是一个半,是两个,我是检查你们的发展情况,不是检查区委批没批。”韩常新纠正他,又问:“这两个人本季度生产计划完成得怎么样?”

“很好,他们一个超额百分之七,一个超额百分之四,厂里黑板报还表扬……”

谈起生产情况,魏鹤鸣似乎起劲了些,但是韩常新打断了他的话:“他们有些什么缺点?”

魏鹤鸣想了半天,空空洞洞地说了些缺点。

韩常新叫他给所举的缺点提一些例子。

提完例子,韩常新再问他党的积极分子完成本季度生产任务的情况,他特别感兴趣的是一些数字和具体事例,至于这些先进的工人克服困难、钻研创造的过程,他听都不要听。

回来以后,韩常新用流利的行书示范地写了一个“麻袋厂发展工作简况”,内容是这样的:

"……本季度(1956 年 1 月~3 月)麻袋厂支部基本上贯彻了积极慎重发展新党员的方针,在建党工作上取得了一定的成绩,新通过的党员朱××与范××受到了共产党员的光荣称号的鼓舞,增强了主人翁的观念,在第一季度繁重的生产任务中各超额百分之七,百分之四。广大积极分子,围绕在支部周围,受到了朱××与范××模范事例的教育,并为争取入党的决心所推动,发挥了劳动的积极性与创造性,良好地完成或者超额完成了第一季度的生产任务……(下面是一系列数字与具体事例)这说明:一、建党工作不仅与生产工作不会发生矛盾,而且大大推动了生产,任何借口生产忙而忽视建党工作的作法是错误的。二、……但同时必须指出,麻袋厂支部的建党工作,也仍然存在着一定的缺点……例如……"

林震把写着"简况"的片艳纸捧在手里看了又看,他有一刹那甚至于怀疑自己去没去过麻袋厂,还是上次与韩常新同去时自己睡着了,为什么许多情况他根本不记得呢?他迷惑地问韩常新:

"这,这是根据什么写的?"

"根据那天魏鹤鸣的汇报呀。"

"他们在生产上取得的成绩是因为建党工作么?"林震口吃起来。

韩常新抖一抖裤角,说:"当然。"

"不吧?上次魏鹤鸣并没有这样讲。他们的生产提高了,也可能是由于开展竞赛,也许由于青年团建立了监督岗,未必是建党工作的成绩……"

"当然,我不否认。各种因素是统一起来的,不能形而上学地割裂地分析这是甲项工作的成绩,那是乙项工作的成绩。"

"那,譬如我们写第一季度的捕鼠工作总结,是不是也可以用这些数字和事例呢?"

韩常新沉着地笑了,他笑林震不懂"行",他说:"那可以灵活掌握……"

林震又抓住几个小问题问:

"你怎么知道他们的生产任务是繁重的呢?"

"难道现在会有一个工厂任务很轻闲吗?"

林震目瞪口呆了。

五

区委会的工作是紧张而严肃的,在区委书记办公室,连日开会到深夜。从汉语拼音到预防大脑炎,从劳动保护到政治经济学讲座,无一不经过区委会的讨论。林震有一次去收发室取报纸,看见一份厚厚的材料,第一页上写着"区人民委员会党组关于调整公私合营工商业的分布、管理、经营方法及贯彻市委关于公私合营工商业工人工资问题的报告的请示"。他怀着敬畏的心情看着这份厚得像一本书的材料和它的长题目。有时,又觉得区委干部们的精神状态是随意而松懈的,他们在办公时间聊天,看报纸,大胆地拿林震认为最严肃的题目开玩笑,例如,青年监督岗开展工作,韩常新半嘲笑地说:"吓,小青年们脑门子热起来啦……"林震参加的组织部一次部务会议也很有意思,讨论市委布置的一个临时任务,大家抽着烟,说着笑着,打着岔,开了两个钟头,拖拖沓沓,没有什么结果。这时,皱着眉思索了好久的刘世吾提出了一个方案,马上热烈地展开了讨论,很多人发表了使林震钦佩的精彩意见。林震觉得,这最后的三十多分钟的讨论要比以前的两个钟头有效十倍。某些时候,譬如说夜里,各屋亮着灯:第一会议室,出席座谈会的胖胖的工商业者愉快地与统战部长交换意见;第二会议室,各单位的学习辅导员们为“价值”与“价格”的关系争得面红耳赤;组织部坐着等待入党谈话的激动的年轻人,而市委的某个严厉的书记出其不意地出现在书记办公室,找区委正副书记汇报贯彻工资改革的情况……这时,人声嘈杂,人影交错,电话铃声断断续续,林震仿佛从中听到了本区生活的脉搏的跳动,而区委会这座不新的、平凡的院落,也变得辉煌壮观起来。

在一切印象中,最突出和新鲜的印象是关于刘世吾的:刘世吾工作极多,常常同一个时间好几个电话催他去开会,但他还是一会儿就看完了《拖拉机站站长与总农艺师》,把书转借给了韩常新;而且,他已经把前一个月公布的拼音文字草案学会了,开始在开会时用拼音文字做记录了。某些传阅文件刘世吾拿过来看看题目和结尾就签上名送去,也有的不到三千字的指示他看上一下午,密密麻麻地划上各种符号。刘世吾有时一面听韩常新汇报情况,一面漫不经心地查阅其他的材料,听着听着却突然指出:“上次你汇报的情况不是这样!”韩常新不自然地笑着,刘世吾的眼睛捉摸不定地闪着光;但刘世吾并不深入追究,仍然查他的材料,于是韩常新恢复了常态,有声有色地汇报下去。

赵慧文与韩常新的关系也被林震看出了一些疑窦:韩常新对一切人都是拍着肩膀,称呼着“老王”、“小李”,亲热而随便。独独对赵慧文,却是一种礼貌的“公事公办”的态度。这样说话:“赵慧文同志,党刊第一百〇四期放在哪里?”而赵慧文也用警戒的神情对待他。

奇怪得很,林震说不清他的这个新环境是好是坏。他还是像在小学时一样,每天照样很早就起来玩哑铃,还是照常地给人以“单纯”的甚至“天真”的印象。但是,他的内心活动却比在小学的时候多得多。他必须学会判断一切事情和一切人。

……四月,东风悄悄地刮起,不再被人喜爱的火炉蜷缩在阴暗的贮藏室,只有各房间熏黑了的屋顶还存留着严冬的痕迹。往年,这个时候,林震就会带着活泼的孩子们去卧佛寺或者西山八大处踏青,在早开的桃李与混浊的溪水中寻找春天的消息……区委会的生活却丝毫不受季节的影响,继续以那种紧张的节奏和复杂的色彩流转着。当林震从院里的垂柳上摘下一颗多汁的嫩芽时,他稍微有点怅惘,因为春天来得那么快,而他,却没做出什么有意义的事情来迎接这个美妙的季节……

晚上九点钟,林震走进了刘世吾办公室的门。赵慧文正在这里,她穿着紫黑色的毛衣,脸儿在灯光下显得越发苍白。听到有人进来,她迅速地转过头来,林震仍然看见了她略略突出的颧骨上的泪迹。他回身要走,低着头吸烟的刘世吾做手势止住他:“坐在这儿吧,我们就谈完了。”

林震坐在一角,远远地隔着灯光看报,刘世吾用烟卷在空中划着圆圈,诚恳地说:

“相信我的话吧,没错。年轻人都这样,最初互相美化,慢慢发现了缺点,就觉得都很平凡。不要作不切实际的要求,没有遗弃,没有虐待,没有发现他政治上、品质上的问题,怎么能说生活不下去呢? 才四年嘛。你的许多想法是从苏联电影里学来的,实际上,就那么回事……"

赵慧文没说话,她撩一撩头发,临走的时候,对林震惨然地一笑。

刘世吾走到林震旁边,问:"怎么样?"他丢下烟蒂,又掏出一只来点上火,紧接着贪婪地吸了几口,缓缓地吐着白烟,告诉林震:"赵慧文跟她爱人又闹翻了……"接着,他开开窗户,一阵风吹掉了办公桌上的几张纸,传来了前院里散会以后人们的笑声、招呼声和自行车铃响。

刘世吾把只抽了几口的烟扔出去,伸了个懒腰,扶着窗户,低声说:"真的是春天了呢!"

"我想谈谈来区委工作的情况,我有一些问题不知道怎么解决。"林震用一种坚决的神气说,同时把落在地上的纸页拾起来。

"对,很好。"刘世吾仍然靠着窗户框子。

林震从去麻袋厂说起:"……我走到厂长室,正看见王清泉同志……"

"下棋呢还是打扑克?"刘世吾微笑着问。

"您怎么知道?"林震惊骇了。

"他老兄什么时候干什么我都算得出来,"刘世吾慢慢地说,"这个老兄棋瘾很大,有一次在咱这儿开了半截会,他出去上厕所,半天不回来,我出去一找,原来他看见老吕和区委书记的儿子下棋,他在旁边'支'上'招儿'了。"

林震不顾对方老是不在意地打断他的话,坚持着把自己所知道的情况说了一遍。

刘世吾关上窗户,拉一把椅子坐下,用两个手扶着膝头支持着身体,轻轻地摆动着头:

"魏鹤鸣是个直性子,他一来就和王清泉吵得面红耳赤……你知道,王清泉也是个特殊人物,不太简单。抗日胜利以后,王清泉被派到国民党军队里工作,他做过国民党军的副团长,是个呱呱叫的情报人员。1947 年以后他与我们的联系中断,直到解放以后才接上线。他是去瓦解敌人的,但是他自己也染上国民党军官的一些习气,改不过来,其实是个英勇的老同志。"

"这样……"

"是啊。"刘世吾严肃地点点头,接着说,"当然,这不能为他辩护,党是派他去战胜敌人而不是与敌人同流合污,所以他的错误是不可原谅的。"

"怎么去解决呢? 魏鹤鸣说,这个问题已经拖了好久。他到处写过信……"

"是啊。"刘世吾又干咳了一会,做着手势说:"现在下边支部里各类问题很多,你如果一一的用手工业的方法去解决,那是事倍功半的。而且,上级布置的任务追着屁股,完成这些任务已经感到很吃力。作为领导,必须掌握一种把个别问题与一般问题结合起来,把上级分配的任务与基层存在的问题结合起来的艺术。再者,王清泉工作不努力是事实,但还没有发展到消极怠工的地步;作风有些生硬,也不是什么违法乱纪;显然,这不是组织处理问题而是经常教育的问题。从各方面看,解决这个问题的时机目前还不成熟。"

林震沉默着,他判断不清究竟哪样对;是娜斯嘉的“对坏事决不容忍”对呢,还是刘世吾的“条件成熟论”对。他一想起王清泉那样的厂长就觉得难受,但是,他驳不倒刘世吾的“领导艺术”。刘世吾又告诉他:“其实,有类似毛病的干部也不止一个……”这更加使得林震睁大了眼睛,觉得这跟他在小学时所听的党课的内容不是一个味儿。

后来,林震又把看到的韩常新如何了解情况与写简报的事说了说,他说,他觉得这样整理简报不太真实。

刘世吾大笑起来,说:“老韩……这家伙……真高明……”笑完了,又长出一口气,告诉林震:“对,我把你的意见告诉他。”

林震犹豫着,刘世吾问:“还有别的意见么?”

于是林震勇敢地提出:“我不知道为什么,来了区委会以后发现了许多许多缺点,过去我想象的党的领导机关不是这样……”

刘世吾把茶杯一放:“当然,想象总是好的,实际呢,就那么回事。问题不在有没有缺点,而在什么是主导的。我们区委的工作,包括组织部的工作,成绩是基本的呢还是缺点是基本的?显然成绩是基本的,缺点是前进中的缺点。我们伟大的事业,正是由这些有缺点的组织和党员完成着的。”

走出办公室后,林震有一种奇怪的感觉:和刘世吾谈话似乎可以消食化气,而他自己的那些肯定的判断,明确的意见,却变得模糊不清了。他更加惶惑了。

六

不久,在党小组会上,林震受到了一次严厉的批评。

事情是这样:有一次,林震去麻袋厂,魏鹤鸣说,由于季度生产质量指标没有达到,王厂长狠狠地训了一回工人,工人意见很大,魏鹤鸣打算找些人开个座谈会,搜集意见,准备向上反映。林震很同意这种做法,以为这样也许能促进“条件的成熟”。过了三天,王清泉气急败坏地到区委会找副书记李宗秦,说魏鹤鸣在林震支持下搞小集团进行反领导的活动,还说参加魏鹤鸣主持的座谈会的工人都有历史问题……最后说自己请求辞职。李宗秦批评了他的一些缺点,同意制止魏鹤鸣再开座谈会,“至于林震,”他对王清泉说,“我们会给以应有的教育的。”

批评会上,韩常新分析道:“林震同志没有和领导上商量,擅自同意魏鹤鸣召集座谈会,这首先是一种无组织无纪律行为……”

林震不服气,他说:“没有请示领导,是我的错。但是我不明白为什么我们不但不去主动了解群众的意见,反而制止基层这样做!”

“谁说我们不了解?”韩常新翘起一只腿,“我们对麻袋厂的情况统统掌握……”

“掌握了而不去解决,这正是最痛心的!党章上规定着,我们党员应该向一切违反党的利益的现象作斗争……”林震的脸变青了。

富有经验的刘世吾开始发言了,他向来就专门能在一定的关头起扭转局面的作用。

“林震同志的工作热情不错,但是他刚来一个月就给组织部的干部讲党章,未免仓促了些。林震以为自己是支持自下而上的批评，是做一件漂亮事，他的动机当然是好的喽；不过，自下而上的批评必须有领导地去开展，譬如这回事，请林震同志想一想：第一，魏鹤鸣是不是对王清泉有个人成见呢？很难说没有。那么魏鹤鸣那样积极地去召集座谈会，可不可能有什么个人目的呢？我看不一定完全不可能。第二，参加会的人是不是有一些历史复杂别有用心的分子呢？这也应该考虑到。第三，开这样一个会，会不会在群众里造成一种王清泉快要挨整了的印象因而天下大乱了呢？等等。至于林震同志的思想情况，我愿意直爽地提出一个推测：年轻人容易把生活理想化，他以为生活应该怎样，便要求生活怎样，做一个党工作者，要多考虑的却是客观现实，是生活可能怎样。年轻人也容易过高估计自己，抱负甚多，一到新的工作岗位就想对缺点斗争一番，充当个娜斯嘉式的英雄。这是一种可贵的、可爱的想法，也是一种虚妄……"

林震像被打中了一拳似的颤了一下，他紧咬住下嘴唇忍住了心里的气愤和痛苦。

他鼓起勇气再问："那么王清泉……"刘世吾把头一扬："我明天找他谈话，有原则性的并不仅是你一个人。"

七

星期六晚上，韩常新举行婚礼。林震走进礼堂，他不喜欢那弥漫的呛人的烟气，还有地上杂乱的糖果皮与空中杂乱的哄笑；没等婚礼开始他就退了出来。

组织部的办公室黑着，他拉开灯，看见自己桌上的信，是小学的同事们写来的，其中还夹着孩子们用小手签了名的信：

> "林老师：您身体好吗？我们特别特别想您，女同学都哭了，后来就不哭了，后来我们作算术，题目特别特别难，我们费了半天劲，中于算出来了……"

看着信，林震不禁独自笑起来了，他拿起笔把"中于"改成"终于"，准备在回信时告诉他们下次要避免别字。他仿佛看见了系蝴蝶结的李琳琳，爱画水彩画的刘小毛和常常把铅笔头含在嘴里的孟飞……他猛把头从信纸上抬起来，所看见的却是电话、吸墨纸和玻璃板。他所熟悉的孩子的世界已经离他而去了，现在是到了一个有些陌生的环境里来了……他想起前天党小组会上人们对他的批评。难道自己真的错了？真的是莽撞和幼稚，再加几分年轻人的廉价的勇气？也许真的应该切实估量一下自己，把份内的事做好，过两年，等到自己"成熟"了以后再干预一切吧？

礼堂里传来爆发的掌声和笑声。

一只柔软的手落在肩上，他吃惊地回过头来，灯光显得刺眼，赵慧文没有声响地站在他的身边，女同志走路都有这种不声不响的本事。

赵慧文问："怎么不去玩？"

"我懒得去。你呢？"

"我该回家了，"赵慧文说，"到我家坐坐好吗？省得一个人在这儿想心事。"

"我没有心事。"林震分辩着，但他接受了赵慧文的好意。

赵慧文住在离区委会不远的一个小院落里。

孩子睡在浅蓝色的小床里，幸福地含着指头。赵慧文吻了儿子，拉林震到自己房间里来。

“他父亲不回来吗？”林震小心地问。

赵慧文摇摇头。

这间卧室好像是布置得很仓促，墙壁因为空无一物而显得过分洁白，盆架孤单地缩在一角，窗台上的花瓶傻气地张着口；只有床头小桌上的收音机，好像还能扰乱这卧室的安静。

林震坐在藤椅上，赵慧文靠墙站着。林震指着花瓶说：“应该插枝花，”又指着墙壁说：“为什么不买几张画挂上？”

赵慧文说：“经常也不在，就没有管它。”然后她指着收音机问：“听不听？星期六晚上，总有好的音乐。”

收音机亮了，一种梦幻的柔美的旋律从远处飘来，慢慢变得热情激荡。提琴奏出的诗一样的主题立即揪住了林震的心。他托着腮，屏住了气。他的青春，他的追求，他的碰壁，似乎都能与这乐曲相通。

赵慧文背着手靠在墙上，不顾衣服蹭上了石灰粉，等这段乐曲过去，她用和音乐一样的声音说：“这是柴可夫斯基的意大利随想曲，让人想到南国，想到海……我在文工团的时候常听它，慢慢觉得，这调子不是别人演奏的，而是从我心里钻出来的……”

“在文工团？”

“参加军事干部学校以后被分配去的，在朝鲜，我用我的蹩脚的嗓子给战士唱过歌，我是个哑嗓子的歌手。”

林震像第一次见面似的又重新打量赵慧文。

“怎么？不像了吧？”这时电台改放“剧场实况”了，赵慧文把收音机关了。

“你是文工团的，为什么很少唱歌？”林震问。

她不回答，走到床边，坐下。她说：“我们谈谈吧，小林，告诉我，你对咱们区委的印象怎么样？”

“不知道，我是说，还不明确。”

“你对韩常新和刘世吾有点意见吧，是不？”

“也许。”

“当初我也这样，从部队转业到这里，和部队的严格准确比较，许多东西我看不惯。我给他们提了好多意见，和韩常新激动地吵过一回，但是他们笑我幼稚，笑我工作没作好意见倒一大堆，慢慢地我发现，和区委的这些缺点作斗争是我力不胜任的……”

“为什么力不胜任？”林震像刺痛了似的跳起来，他的眉毛拧在一起了。

“这是我的错，”赵慧文抓起一个枕头，放在腿上，“那时我觉得自己水平太低，自己也很不完美，却想纠正那些水平比自己高得多的同志，实在不量力。而且，刘世吾、韩常新还有别人，他们确实把有些工作作得很好。他们的缺点散布在咱们工作的成绩里边，就像灰尘散布在美好的空气中，你嗅得出来，但抓不住，这正是难办的地方。”

“对！”林震把右拳头打在左手掌上。

赵慧文也有些激动了，她把枕头抛开，话说得更慢，她说："我做的是事务工作，领导同志也不大过问，加上个人生活上的许多牵扯，我沉默了，于是，上班抄抄写写，下班给孩子洗尿布，买奶粉。我觉得我老得很快，参加军干校时候那种热情和幻想，不知道哪里去了。"她沉默着，一个一个地捏着自己那白白的好看的手指，接着说："两个月以前，北京市进入社会主义高潮，工人、店员还有资本家，放着鞭炮，打着锣鼓到区委会报喜，工人、店员把入党申请书直接送到组织部，大街上一天一变，整个区委会彻夜通明，吃饭的时候，宣传部、财经部的同志滔滔不绝地讲着社会主义高潮中的各种气象；可我们组织部呢？工作改进很少！打电话催催发展数字，按前年的格式添几条新例子写写总结……最近，大家检查保守思想，组织部也检查，拖拖沓沓开了三次会，然后写个材料完事。……哎，我说乱了，社会主义高潮中，每一声鞭炮都刺着我，当我复写批准新党员通知的时候，我的手激动得发抖，可是我们的工作就这样依然故我地下去吗？"她喘了一口气，来回踱着，然后接着说："我在党小组会上谈自己的想法，韩常新满足地问：'难道我们发展数字的完成比例不是各区最高的？难道市委组织部没要我们写过经验？'然后他进行分析，说我情绪不够乐观，是因为不安心事务工作……"

"开始的时候，韩常新给人一个了不起的印象，但是实际一接触……"林震又说起那次写汇报的事。

赵慧文同意地点头："这一二年，虽然我没提什么意见，但我无时无刻不在观察。生活里的一切，有表面也有内容，做到金玉其外，并不是难事。譬如韩常新，充领导他会拉长了声音训人，写汇报他会强拉硬扯生动的例子，分析问题，他会有几个无所不包的概念；于是，俨然成了个少壮有为的干部，他漂浮在生活上边，悠然得意。"

"那么刘世吾呢？"林震问，"他决不像韩常新那样浅薄，但是他的那些独到的见解，精辟的分析，好像包含着一种可怕的冷漠，看到他容忍王清泉这样的厂长，我无法理解，而当我想向他表示什么意见的时候，他的议论却使人越绕越糊涂，除了跟着他走，似乎没有别的路……"

"刘世吾有一句口头语：就那么回事。他看透了一切，以为一切就那么回事。按他自己的说法，他知道什么是'是'，什么是'非'，还知道'是'一定战胜'非'，又知道'是'不是一下子战胜'非'，他什么都知道，什么都见过——党的工作给人的经验本来很多；于是他不再操心，不再爱也不再恨。他取笑缺陷，仅仅是取笑，欣赏成绩，仅仅是欣赏。他蛮有把握地应付一切，再也不需要虔诚地学习什么，除了拼音文字之类的具体知识。一旦他认为条件成熟需要干一气，他一把把事情抓在手里，教育这个，处理那个，俨然是一切人的上司。凭他的经验和智慧，他当然可以做好一些事，于是他更加自信。"赵慧文毫不容情地说着。这些话曾经在多少个不眠的夜晚萦绕在她的心头……

"我们的区委副书记兼部长呢？他不管么？"

赵慧文更加兴奋了，她说："李宗秦身体不好，他想去做理论研究工作，嫌区的工作过于具体。他作组织部长只是挂名，把一切事情推给刘世吾。这也是一种相当普遍的不正常的现象，有一批老党员，因为病、因为文化水平低，或者因为是首长爱人，他们挂着厂长、校长和书记的名，却由副厂长、教导主任、秘书或者某个干事做实际工作。"

“我们的正书记——周润祥同志呢？”

“周润祥同志工作太多，他忙着肃反，私营企业的改造……各种带有突击性的任务，我们组织部的工作呢，一般说永远成不了带突击性的中心任务，所以他管的也不多。”

“那……怎么办呢？”林震直到现在，才开始明白了事情的复杂性，一个缺点，仿佛粘在从上到下的一系列的缘故上。

“是啊。”赵慧文沉思地用手指弹着自己的腿，好像在弹架钢琴，然后她向着远处笑了，她说：“谢谢你……”

“谢我？”林震以为自己听错了。

“是的，见到你，我好像又年轻了。你常常把眼睛盯在一个地方不动，老是在想，像个爱幻想的孩子。你又挺容易兴奋起来，动不动就红脸。可是，你又天不怕地不怕，敢于和一切坏现象作斗争，于是我有一种婆婆妈妈的预感：你……一场风波要起来了。”

林震又真的脸红了。他根本没想到这些，他正为自己的无能而十分羞耻。他嘟囔着说：“但愿是真正的风波而不是瞎胡闹。”然后他问：“你想了这么多，分析得这么清楚，为什么只是憋在心里呢？”

“我老觉得没有把握，”赵慧文把手放在自己的胸前：“我看了想，想了又看，我有时候想得一夜都睡不好，我问自己：‘你的工作是事务性的，你能理解这些吗？’”

“你怎么会这样想？我觉得你刚才说得对极了！你应该把你刚才说得对区委书记谈，或者写成材料给《人民日报》……”

“瞧，你又来了。”赵慧文露出润湿的牙齿笑了。

“怎么叫又来了？”林震不高兴地站起来，使劲搔着头皮，“我也想过多少次，我觉得，人要在斗争中使自己变正确，而不能等到正确了才去作斗争！”

赵慧文突然推门出去了，把林震一个人留在这空旷的屋子里。他嗅见了肥皂的香气。马上，赵慧文回来了，端着一个长柄的小锅，她跳着进来，像一个梳着三只辫子的小姑娘。她打开锅盖，戏剧性地向林震说：

“来，我们吃荸荠，煮熟了的荸荠，我没有找到别的好吃的。”

“我从小就喜欢吃熟荸荠，”林震愉快地把锅接过来，他挑了一个大的没剥皮就咬了一口，然后他皱着眉吐了出来，“这是个坏的，又酸又臭。”赵慧文大笑了。林震气愤地把捏烂了的酸荸荠扔到地上。

临走的时候，夜已经深了，纯净的天空上布满了畏怯的小星星。有一个老头儿吆喝：“炸丸子开锅！”推车走过。林震站在门外，赵慧文站在门里，她的眼睛在黑暗中闪光，她说：“下次来的时候，墙上就有画了。”

林震会心地笑着：“而且希望你把丢下的歌儿唱起来！”他摇了一下她的手。

林震用力地呼吸着春夜的清香之气，一股温暖的泉水在心头涌了上来。

八

韩常新最近被任命为组织部副部长。新婚和被提拔，使他愈益精神焕发和朝气勃勃。他每天刮一次脸，在参观了服装展览会以后又作了一套凡尔丁料子的衣服。不过，最近他亲自出马下去检查工作少了，主要是在办公室听汇报，改文件和找人谈话。刘世吾仍然那么忙……

一天，晚饭以后，韩常新把《拖拉机站站长与总农艺师》还给林震，他用手弹一弹那本书，点点头说："很有意思，也很荒唐。当个作家倒不坏，编得天花乱坠。赶明儿我得了风湿性关节炎或者犯错误受了处分，就也写小说去。"

林震接过书，赶快拉开抽屉，把它压在最底下。

刘世吾坐在另一边的沙发上正出神地研究一盘象棋残局，听了韩常新的话，刻薄地说："老韩将来得关节炎或者受处分倒不见得不可能，至于小说，我们可以放心，至少在这个行星上不会看到您的大作。"他说的时候一点不像开玩笑，以至韩常新尴尬地转过头，装没听见。

这时刘世吾又把林震叫过去，坐在他旁边，问："最近看什么书了？有没有好的借我看看？"

林震说没有。

刘世吾挪动着身体，斜躺在沙发上，两手托在脑后，半闭着眼，缓慢地说："最近在《译文》上看了《被开垦的处女地》第二部的片段，人家写得真好，活得很……"

"您常看小说？"林震真不大相信。

"我愿意荣幸地表示，我和你一样地爱读书：小说、诗歌、包括童话。解放以前，我最喜欢屠格涅夫，小学五年级，我已经读《贵族之家》，我为伦蒙那个德国老头儿流泪，我也喜欢叶琳娜；英沙罗夫写得却并不好……可他的书有一种清新的、委婉多情的调子。"他忽地站起来，走近林震，扶着沙发背，弯着腰继续说，"现在也爱看，看的时候很入迷，看完了又觉得没什么，你知道，"他紧挨林震坐下，又半闭起眼睛，"当我读一本好小说的时候，我梦想一种单纯的、美妙的、透明的生活。我想去做水手，或者穿上白衣服研究红血球，或者做一个花匠，专门培植十样锦……"他笑了，从来没这样笑过，不是用机智，而是用心。"可还是得做什么组织部长。"他摊开了手。

"为什么您把现在的工作看得和小说那么不一样呢？党的工作不单纯，不美妙，也不透明么？"林震友好而关切地问。

刘世吾接连摇头，咳嗽了一会，又站起来，靠到远一点的地方，嘲笑地说："党工作者不适合看小说。……譬如，"他用手在空中一划，"拿发展党员来说，小说可以写：'在壮丽的事业里，多少名新战士参加了无产阶级的先锋行列，万岁！'而我们呢，组织部呢，却正在发愁：第一，某支部组织委员工作马大哈，谈不清新党员的历史情况。第二，组织部压了百十几个等着批准的新党员，没时间审查。第三，新党员需经常委会批准，常委委员一听开会批准党员就请假。第四，公安局长参加常委会批准党员的时候老是打瞌睡……"

"您不对！"林震大声说，他像本人受了侮辱一样地难以忍耐，"真奇怪！……"他说不下去了。

刘世吾笑了笑，叫韩常新："来，看看报上登的这个象棋残局，该先挪车呢还是先跳马?”

九

魏鹤鸣告诉林震,他要求回到车间做工人,他说:“这个支部委员和生产科长我干不了。”林震费尽唇舌,劝他把那次座谈会搜集的意见写给党报,并且质问他:“你退缩了,你不信任党和国家了,是吗?”后来魏鹤鸣和几个意见较多的工人写了一封长信,偷偷地寄给报纸,连魏鹤鸣本人都对自己有些怀疑:“也许这又是‘小集团活动’? 那就处罚我吧!”他是带着有罪的心情把大信封扔进邮箱的。

五月中旬,《北京日报》以显明的标题登出揭发王清泉官僚主义作风的群众来信。署名“麻袋厂一群工人”的信,愤怒地要求领导上处理这一问题。《北京日报》编者也在按语中指出:“……有关领导部门应迅速作认真的检查……”

赵慧文首先发现了,她叫林震来看。林震兴奋得手发抖,看了半天连不成句子,他想:“好! 终于揭出来了! 时机总算成熟了吧?”

他把报纸拿给刘世吾看,刘世吾仔细地看了几遍,然后抖一抖报纸,客观地说:“好,开刀了!”

这时,区委书记周润祥走进来,他问:“王清泉的情况你们了解不?”

刘世吾不慌不忙地说:“麻袋厂支部的一些不健康的情况那是确实存在的。过去,我们就了解过,最近我亲自找王清泉谈过话,同时小林同志也去了解过。”他转身向林震:“小林,你谈谈王清泉的情况吧。”

有人敲门。魏鹤鸣紧张地撞进来,他的脸由红色变成了青色,他说,王厂长在看到《北京日报》以后非常生气,现在正追查写信的人。

……经过党报的揭发与区委书记的过问,刘世吾以出乎林震意料之外的雷厉风行的精神处理了麻袋厂的问题。刘世吾一下决心,就可以把工作做得很出色。他把其他工作交代给别人,连日与林震一起下到麻袋厂去。他深入车间,详细调查了王清泉工作的一切情况,征询工人群众的一切意见。然后,与各有关部门进行了联系,只用了一个多星期的时间,就对王清泉作了处理,——党内和行政都予以撤职处分。

处理王清泉的大会一直开到深夜,开完会,外面下起雨,雨忽大忽小,久久地不停息。风吹到人脸上有些凉。刘世吾与林震到附近的一个小铺子去吃馄饨。

这是新近公私合营的小铺子,整理得干净而且舒适。由于下雨,顾客不多。他们避开热气腾腾的馄饨锅,在墙角的小桌旁坐下来。

他们要了馄饨,刘世吾还要了白酒,他呷了一口酒,掐着手指,有些感触地说:“我这是第六次参加处理犯错误的负责干部的问题了,头几次,我的心很沉重。”由于在大会上激昂地讲过话,他的嗓音有些嘶哑,“党工作者是医生,他要给人治病,他自己却是并不轻松的。”他用无名指轻轻敲着桌子。

林震同意地点头。

刘世吾忽然问:“今天是几号?”

“5月20。”林震告诉他。

“5月20,对了。九年前的今天,‘青年军’二〇八师打坏了我的腿。”

“打坏了腿?”林震对刘世吾的过去历史还不了解。

刘世吾不说话,雨一阵大起来,他听着那哗啦哗啦的单调的响声,嗅着潮湿的土气。一个被雨淋透的小孩子跑进来避雨,小孩子的头发在往下滴水。

刘世吾招呼店员:“切一盘肘子。”然后告诉林震:“1947年,我在北大做自治会主席。参加‘五二〇’游行的时候,二〇八师的流氓打坏了我的腿。”他挽起裤子,可以看到一道弧形的疤痕,然后他站起来:“看,我的左腿是不是比右腿短一点?”

林震第一次以深深的尊敬和爱戴的眼光看着他。

喝了几口酒,刘世吾的脸微微发红,他坐下,把肉片夹给林震,然后斜着头说:“那时候……我是多么热情,多么年轻啊!我真恨不得……”

“现在就不年轻,不热情了么?”林震试探着问。他想了解一下这个人,想逗得他多说几句。

“当然不,”刘世吾玩着空酒杯,“可是我真忙啊!忙得什么都习惯了,疲倦了。解放以来从来没睡够过八小时觉。我处理这个人和那个人,却没有时间处理处理自己。”他托起腮,用最质朴的人对人的态度看着林震,“是啊,一个布尔什维克,经验要丰富,但是心要单纯。……再来一两!”刘世吾举起酒杯,向店员招手。

这时林震已经开始被他深刻和真诚的抒发所感动了。刘世吾接着闷闷地说:“据说,炊事员的职业病是缺少良好食欲,饭菜是他们做的,他们整天和饭菜打交道。我们,党工作者,我们创造了新生活,结果,生活反倒不能激动我们。……”

林震的嘴动了动,刘世吾摆摆手,表示希望不要现在就和他辩论。他不说话,独自托着腮发愣。

“雨小多了,这场雨对麦子不错,”过了半天,刘世吾叹了口气,忽然又说,“你这个干部好,比韩常新强。”

林震在慌乱中赶紧喝汤。

刘世吾盯着他,亲切地笑着,问他:“赵慧文最近怎么样?”

“她情绪挺好。”林震随口说。他拿起筷子去夹熟肉,看见了他熟悉的刘世吾的闪烁的目光。

刘世吾把椅子拉近他,缓缓地说:“原谅我的直爽,但是我有责任告诉你……”

“什么?”林震停止了夹肉。

“据我看,赵慧文对你的感情有些不……”

林震颤抖着手放下了筷子。

离开馄饨铺,雨已经停了,星光从黑云下面迅速地露出来,风更凉了,积水潺潺地从马路两边的泄水池流下去。林震迷惘地跑回宿舍,好像喝了酒的不是刘世吾,倒是他。同宿舍的同事都睡得很甜,粗短的和细长的鼾声此起彼伏。林震坐在床上,摸着湿了的裤角,难过,难过,说不清为什么要难过。眼前浮现了赵慧文的苍白而美丽的脸。……他还是个毛小伙子,他什么也没经历过,什么都不懂。难过,难过,……他走近窗子,把脸紧贴在外面沾满了水珠冰冷的玻璃上。

十

区委常委开会讨论麻袋厂的问题。

林震列席参加。他坐在一角,心跳,紧张,手心里出了汗。他的衣袋里装着好几千字的发言提纲,准备在常委会上从麻袋厂事件扯出组织部工作中的问题。他觉得麻袋厂问题的揭发和解决,造成了最好的机会,可以促请领导从根本上考虑一下组织部的工作。时候到了!

刘世吾正在条理分明地汇报情况。书记周润祥显出沉思的神色,用左拳托着士兵式的粗壮而宽大的脸,右腕子压着一张纸,时而在上面写几个字。李宗秦用食指在空中写划着。韩常新也参加了会,他专心地把自己的鞋带解开又系上。

林震几次想说话,但是心跳得使他喘不上气。第一次参加常委会,就作这种大胆的发言,未免过于莽撞吧?不怕,不怕!他鼓励自己。他想起八岁那年在青岛学跳水,他也一边听着心跳,一边生气地对自己说:"不怕,不怕!"

区委常委批准了刘世吾对于麻袋厂问题提出的处理意见,马上就要进行下面一项议程了,林震霍地举起了手。

"有意见吗?不举手就可以发言的。"周书记笑着说。

林震站起来,碰响了椅子,掏出笔记本看着提纲,他不敢看大家。

他说:"王清泉个人是作了处理了,但是如何保证不再有第二、第三个王清泉出现呢?我们应该检查一下区委组织工作中的缺点:第一,我们只抓了建党,对于巩固党没给以应有的注意,使基层的党内斗争处于自流状态。第二,我们明知有问题却拖延着不去解决,王清泉来厂子整整五年,问题一直存在而且愈发展愈严重。……具体地说,我认为韩常新同志与刘世吾同志有责任……"

会场起了轻微的骚动,有人咳嗽,有人放下了烟卷,有人打开笔记本,有人挪了一下椅子。

韩常新耸了一下肩,用舌头舐了一下扭动着的牙床,讽刺地说:"往往听到一种事后诸葛亮的意见:'为什么不早一点处理呢?'当然是愈早愈好喽……高饶事件发生了,有人问为什么不早一点,贝利亚,也有人问为什么不早一点。再者,组织部并不能保证第二、第三个王清泉不会出现,林震同志也未尝能保证这一点。……"

林震抬起头,用激怒的目光看韩常新。韩常新却只是冷冷地笑。林震压抑着自己,他说:"老韩同志知道缺点的存在是规律,但他不知道克服缺点前进更是规律。老韩同志和刘部长,就是抱住了头一个规律,因而对各种严重的缺点采取了容忍乃至于麻木的态度!"说完,他用手抹了抹头上的汗,他也不知道自己怎么敢说得这样尖锐,但是终究说出来了,他有一种如释重负的感觉。

李宗秦在空中划着的食指停住了。周润祥转头看看林震又看看大家,他的沉重的身躯使木椅发出了吱吱声。他向刘世吾示意:"你的意见?"

刘世吾点点头:“小林同志的意见是对的,他的精神也给了我一些启发……”然后他悠闲地蹓到桌子边去倒茶水,用手抚摸着茶碗沉思地说:“不过具体到麻袋厂事件,倒难说了。组织部门巩固党的工作抓得不够,是的,我们干部太少,建党还抓不过来。麻袋厂王清泉的处理,应该说还是及时而有效的。在宣布处理的工人大会上,工人的情绪空前高涨,有些落后的工人也表示更认识到了党的大公无私,有一个老工人在台上一边讲话一边落泪,他们口口声声说着感谢党,感谢区委……”

林震小声说:“是的,正因为这样,我才觉得我们工作中的麻木、拖延、不负责任,是对群众犯罪。”他提高了声音,“党是人民的、阶级的心脏,我们不允许心脏上有灰尘,就不允许党的机关有缺点!”

李宗秦把两手交插起来放在膝头,他缓缓地说,像是一边说一边思索着如何造句:“我认为林震、韩常新、刘世吾同志的主要争论有两个症结,一个是规律性与能动性的问题,……一个是……”

林震以不知从哪儿来的勇气对李宗秦说:“我希望不要只作冷静而全面的分析……”他没有说下去,他怕自己掉下眼泪来。

“为什么?”周润祥问林震,他严厉地说,“冷静而全面的分析比急躁而片面的冲动好得多。同志,你太容易激动了,背诵着抒情诗去做组织工作是不相宜的!”然后他对大家说:“讨论下一项议程吧。”

散会后,林震气恼得没有吃下饭,区委书记的态度他没想到。他不满甚至有点失望。韩常新与刘世吾找他一起出去散步,就像根本没理会他对他们的不满意,这使林震更意识到自己和他们力量的悬殊。他苦笑着想:“你还以为常委会上发一席言就可以起好大的作用呢!”他打开抽屉,拿起那本被韩常新嘲笑过的苏联小说,翻开第一篇,上面写着:“按娜斯嘉的方式生活!”他自言自语:“真难啊!”

十一

第二天下班以后,赵慧文告诉林震:“到我家吃饭去吧,我自己包饺子。”他想推辞,赵慧文已经走了。

林震犹豫了好久,终于在食堂吃了饭再到赵慧文家去。赵慧文的饺子刚刚煮熟。她第一次穿上暗红色的旗袍,系着围裙,手上沾满面粉,像一个殷勤的主妇似的对林震说:“新下来的豆角做的馅子……”

林震嗫嚅地说:“我吃过了。”

赵慧文不信,跑出去给他拿来了筷子,林震再三表示确实吃过,赵慧文不满意地一个人吃起来。林震不安地坐在一旁,一会儿看看这,一会儿看看那,一会儿搓搓手,一会儿晃一晃身体。那种说不出的温暖和难过的感觉又一齐涌上了他的心头。他的心在痛,好像失掉什么。他简直不敢看赵慧文那张被红衣裳映红了的美丽的脸儿。

“小林,有什么事么?”赵慧文停止了吃饺子。

“没……有。”

"告诉我吧。"赵慧文目不转睛地看着他。

"昨天在常委会上我把意见都提了,区委书记睬都不睬……"

赵慧文咬着筷子端想了想,她坚决地说:"不会的,周润祥同志也许只是不轻易发表意见……"

"也许,"林震半信半疑地说,他低下头,不敢正面接触赵慧文关切的目光。

赵慧文吃了几个饺子,又问:"还有呢?"

林震的心跳起来了。他抬起头,看见了赵慧文那同情他和鼓励他的眼睛,他轻轻地叫:"赵慧文同志……"

赵慧文放下筷子,靠在椅子背上,有些吃惊了。

"我很想知道,你是否幸福。"林震用一种粗重的完全像大人一样的声音说,"我看见过你的眼泪,在刘世吾的办公室,那时候春天刚来……后来忘记了。我自己马马虎虎地过日子,也不会关心人。你幸福吗?"

赵慧文略略疑惑地看着他,摇头,"有时候我也忘记……"然后点头,"会的,会幸福的。你为什么问它呢?"她安详地笑着。

林震把刘世吾对他讲的告诉了她:"……请原谅我,把刘世吾同志随便讲的一些话告诉了你,那完全是瞎说……我很愿意和你一起说话或者听交响乐,你好极了,那是自然而然的,……也许这里边有什么不好的,不合适的东西,马马虎虎的我忽然多虑了,我恐怕我扰乱谁。"林震抱歉地结束了。

赵慧文安详地笑着,接着皱起了眉尖儿,又抬起了细瘦的胳膊,用力擦了一下前额,然后她甩了一下头,好像甩掉什么不愉快的心事似的转过身去了。

她慢慢地走到墙壁上新挂的油画前边,默默地看画。那幅画的题目是"春",莫斯科,太阳在春天初次出现,母亲和孩子到街头去……

一会,她又转过身来,迅速地坐在床上,一只手扶着床栏杆,异常平静地说:"你说了些什么呀!真是!我不会做那些不经过考虑的事。我有丈夫,有孩子,我还没和你谈过我的丈夫,"她不用常说的"爱人",而强调地说着"丈夫","我们在五二年结的婚,我才十九,真不该结婚那么早。他从部队里转业,在中央一个部里做科长,他慢慢地染上了一种'油条'劲儿,争地位、争待遇,和别人不团结。我们之间呢,好像也只剩下了星期六晚上回来和星期一走。他的理论是:或者是崇高的爱情,或者什么都没有。我们争吵了……但我仍然等待着……他最近出差去上海,等回来,我要和他好好谈一谈。可你说了些什么呢?"她又一次问,"小林,你是我所尊敬的顶好的朋友,但你还是个孩子——这个称呼也许不对,对不起。我们都希望过一种真正的生活,我们希望组织部成为真正的党的工作机构,我觉着你像是我的弟弟,你盼望我振作起来,是吧?生活是应该有互相支援和友谊的温暖,我从来就害怕冷淡。就是这些了,还有什么呢?还能有什么呢?"

林震惶恐地说:"我不该受刘世吾话的影响……"

"不,"赵慧文摇头,"刘世吾同志是聪明人,他的警告也许并不是完全没有必要,然后……"她深深地吐一口气:"那就好了。"

她收拾起碗筷,出去了。

林震茫然地站起，来回踱着步子，他想着，想着，好像有许多话要说，慢慢地，又没有了。他要说什么呢？本来什么都没有发生。生活有时候带来某种情绪的波流，使人激动也使人困扰，然后波流流过去，没有一点痕迹……真的没有痕迹吗？它留下对于相逢者的纯洁和美好的记忆，虽然淡淡，却难忘……

赵慧文又进来了，她领着两岁的儿子，还提着一个书包。小孩已经与林震见过几次面，亲热地叫林震“夫夫”——他说不清“叔叔”。

林震用强健的手臂把他举了起来。空旷的屋子里顿时充满了孩子的笑闹声。

赵慧文打开书包，拿出一叠纸，翻着，说：“今天晚上，我要让你看几样东西。我已经把三年来看到的组织部工作中的一些问题和自己的意见写了一个草稿。这个……”她不好意思地摸了一下一张橡皮纸：“大概这是可笑的，我给自己规定了一个竞赛的办法。让今天的自己和昨天的自己竞赛。我画了表，如果我的工作有了失误——写入党批准通知的时候抄错了名字或者统计错了新党员人数，我就在表上划一个黑叉子，如果一天没有错，就画一个小红旗。连续一个月都是红旗，我就买一条漂亮的头巾或者别的什么奖励自己……也许，这像幼儿园的做法吧？你笑吗？”

林震入神地听着，他严肃地说：“决不，我尊敬你对你自己的……”

临走的时候，夜已经深了，林震站在门外，赵慧文站在门里，她的眼睛在黑暗中闪着光，她说：“今天的夜色非常好，你同意吗？你嗅见槐花的香气了没有？平凡的小白花，它比牡丹清雅，比桃李浓馥，你嗅不见？真是！再见。明天一早就见面了，我们各自投身在伟大而麻烦的工作里边。然后晚上来找我吧，我们听美丽的意大利随想曲。听完歌，我给你煮荸荠，然后我们把荸荠皮扔得满地都是……”

……林震靠着组织部门前的大柱子好久好久地呆立着，望着夜的天空。初夏的南风吹拂着他——他来时是残冬，现在已经是初夏了。他在区委会度过了第一个春天。

一阵莫名其妙的情绪涌上了他的心头，仿佛是失掉了什么宝贵的东西，仿佛是由于想起了自己几个月来工作太少而进步也太慢……不，他仿佛是第一次尝到了爱情的痛苦的滋味。

在这以前，他并没有想到自己会对赵慧文发生什么特别的感情，他不过是把她当做一位朋友，一位大姐；不过是，偶然想起她对他的友谊时，心里有一股温暖的，然而又有些难过的和惭愧的味儿。他一直并没有好好地去想一想为什么会有这样的心情。但正因为有这样的心情，再加上刘世吾的点破，他才更加不安，好像是担心有什么不幸的事情要发生，因此他才有了刚才那样一段坦率的表白。却没有想到，当赵慧文也作了同样坦率的表白以后，当她仍然把他当做亲密的朋友，当她说出人与人之间需要热情，当她宣布了自己今后力求进步的计划以后，她的一举一动，她的心灵，反而显得更加可爱了，一股真正的爱情的滋味反而从他的内心深处涌出来了！……不，她是有丈夫的人，不会爱他，他也不应该爱她。……人，是多么复杂啊！一切一切事情，绝不会像刘世吾所说的：“就那么回事。”不，绝不是就那么回事。正因为不是就那么回事，所以人应该用正直的感情严肃认真地去对待一切。正因为这样，所以看见了不合理的事情，不能容忍的事情，就不要容忍，就要一次两次三次地斗争到底，一直到事情改变了为止。所以决不要灰心丧气……至于爱情呢,既是……,那就咬咬牙,把这热情悄悄地压在自己心里吧!

“我要更积极,更热情,但是一定要更坚强……”最后,林震低声对自己说了这么两句,挺起胸脯来深深地吸了一口夜的凉气。

隔着窗子,他看见绿色的台灯和夜间办公的区委书记的高大侧影,他坚决地、迫不及待地敲响领导同志办公室的门。

1956年5月—7月

(原载《人民文学》1956年第9期)

王蒙(1934—),祖籍河北南皮,生于北京。著有长篇小说《青春万岁》、《活动变人形》等。《组织部新来的青年人》是五十年代中期“干预生活”文学的代表作品。小说通过林震的视角,以处理麻袋厂王清泉的问题为主要情节,以林震与刘世吾之间的冲突为主要矛盾,大胆敏锐地揭示了共和国初期我们党的组织部门存在的弊端。小说提供了组织部副部长刘世吾这个复杂生动的干部典型,刘世吾有浴血战斗的革命阅历、冷静的头脑、犀利的眼光,有过人的工作能力和经验。然而他患上了冷漠疲沓的职业病,“我们创造了新生活,结果,生活反倒不能激动我们”,“就那么回事”成为他的口头禅。这种可怕的思想蜕变,不仅表现为对缺点、错误的麻木容忍,还进而形成其工作态度和人生哲学。这不是一般意义上的官僚主义者,而是一个革命意志严重衰退、思想僵化、精神蜕变的官僚主义者的典型。

作品在揭示政治体制的某些弊病的同时,也展示出“非知识分子化”进程中,自我生命意义的不同实现方式:逃避、妥协、抗争或同化。林震——赵慧文——刘世吾,可以看作前后相承的人物序列。这又是一部从主人公感受体验出发的“成长小说”,林震怀着斗争的情绪,坚持清洁的精神,渴望功勋与爱情,刘世吾与赵慧文则分别扮演了启蒙导师的角色。(孙晓文)

春之声

王　蒙

咣地一声，黑夜就到来了。一个昏黄的、方方的大月亮出现在对面墙上。岳之峰的心紧缩了一下，又舒张开了。车身在轻轻地颤抖。人们在轻轻地摇摆。多么甜蜜的童年的摇篮啊！夏天的时候，把衣服放在大柳树下，脱光了屁股的小伙伴们一跃跳进故乡的清凉的小河里，一个猛子扎出十几米，谁知道谁在哪里露出头来呢？谁知道被他慌乱中吞下的一口水里，包含着多少条蛤蟆蝌蚪呢？闭上眼睛，熟睡在闪耀着阳光和树影的涟漪之上，不也是这样轻轻地、轻轻地摇晃着的吗？失去了的和没有失去的童年和故乡，责备我么？欢迎我么？母亲的坟墓和正在走向坟墓的父亲！

方方的月亮在移动，消失，又重新诞生。惟一的小方窗里透进了光束，是落日的余晖还是站台的灯？为什么连另外三个方窗也遮严了呢？黑咕隆咚，好像紧接着下午便是深夜。门咣地一关，就和外界隔开了。那愈来愈响的声音是下起了冰雹吗？是铁锤砸在铁砧上？在黄土高原的乡下，到处还靠人打铁，我们祖国的胳膊有多么发达的肌肉！呵，当然，那只是车轮撞击铁轨的噪音，来自这一节铁轨与那一节铁轨之间的缝隙。目前不是正在流行一支轻柔的歌曲吗，叫作什么来着——《泉水丁咚响》。如果火车也丁咚丁咚地响起来呢？广州人可真会生活，不像这西北高原上，人的脸上和房屋的窗玻璃上到处都蒙着一层厚厚的黄土。广州人的凉棚下面，垂挂着许许多多三角形的瓷板，它们伴随着清风，发出丁丁咚咚的清音，愉悦着心灵。美国的抽象派音乐却叫人发狂。真不知道基辛格听我们的杨子荣咏叹调时有什么样的感受。京剧锣鼓里有噪音，所有的噪音都是令人不快的吗？反正火车开动以后的铁轮声给人以鼓舞和希望。下一站，或者下一站的下一站，或者许多许多的下一站以后的下一站，你所寻找的生活就在那里，母亲或者孩子，友人或者妻子，温热的澡盆或者丰盛的饮食正在那里等待着你。都是回家过年的。过春节，我们的古老的民族的最美好的节日。谢天谢地，现在全国人民都可以快快乐乐地过年了。再不会用“革命化”的名义取消春节了。

这真有趣。在出国考察三个月回来之后，在北京的高级宾馆里住了一阵——总结啦，汇报啦，接见啦，报告啦……之后，岳之峰接到了八十多岁的刚刚摘掉地主帽子的父亲的信。他决定回一趟阔别二十多年的家乡。这是不是个错误呢？他怎么也没想到要坐两个小时零四十七分钟的闷罐子车呀。三个小时以前，他还坐在从北京开往X城的三叉戟客机的宽敞、舒适的座位上。两个月以前，他还坐在驶向汉堡的易北河客轮上。现在呢，他和那些风尘仆仆的，在黑暗中看不清面容的旅客们挤在一起，就像沙丁鱼挤在罐头盒子里。甚至于他辨别不出火车到底是在向哪个方向行走。眼前只有那月亮似的光斑在飞速移动,火车的行驶究竟是和光斑方向相同抑或相反呢?他这个工程物理学家竟为这个连小学生都答得上来的、根本算不上是几何光学的问题伤了半天脑筋。

他已经有二十多年没有回过家乡了。谁让他错投了胎?地主,地主!一九五六年他回过一次家,一次就够用了——回家呆了四天,却检讨了二十二年!而伟人的一句话,也够人们学习贯彻一百年。使他惶惑的是,难道人生一世就是为了做检讨?难道他生在中华,就是为了做一辈子检讨的么?好在这一切都过去了。斯图加特的奔驰汽车工厂的装配线在不停地转动,车间洁净敞亮,没有多少噪音。西门子公司规模巨大,具有一百三十年的历史。我们才刚刚起步。赶上,赶上!不管有多么艰难。哗,哗,哗,快点开,快点开,快开,快开,快,快,快,车轮的声音从低沉的三拍一小节变成两拍一小节,最后变成高亢的呼号了。闷罐子车也罢,正在快开。何况天上还有三叉戟?

尘土和纸烟的雾气中出现了旱烟叶发出的辣味,像是在给气管和肺作针灸。梅花针大概扎在肺叶上了。汗味就柔和得多了。方言的浓度在旱烟与汗味之间,既刺激,又亲切,还有南瓜的香味哩!谁在吃南瓜?X城火车站前的广场上,没有见卖熟南瓜的呀。别的小吃和土特产倒是都有。花生、核桃、葵花子、柿饼、醉枣、绿豆糕、山药、蕨麻……全有卖的。就像变戏法,举起一块红布,向左指上两指,这些东西就全没了,连火柴、电池、肥皂都跟着短缺。现在呢,一下子又都变了出来,也许伸手再抓两抓,还能抓出更多的财富。柿饼和枣朴质无华,却叫人甜到心里。岳之峰咬了一口上火车前买的柿饼,细细地咀嚼着儿时的甜香。辣味总是一下子就能尝到,甜味却埋得很深很深。要有耐心,要有善意,要有经验,要知觉灵敏。透过辛辣的烟草和热烘烘的汗味儿,岳之峰闻到了乡亲们携带的绿豆香。绿豆苗是可爱的,灰兔子也是可爱的,但是灰色的野兔常常要毁坏绿豆。为了追赶野兔,他和小柱子一口气跑了三里,跑得连树木带田垄都摇来摆去。在中秋的月夜,他亲眼见过一只银灰色的狐狸,走路悄无声息,像仙人,像梦。

车声小了,车声息了。人声大了,人声沸了。咣——哧,铁门打开了,女列车员——一个高个子、大骨架的姑娘正在洒利地用家乡方言指挥下车和上车的乘客。“没有地方了,没有地方了,到别的车厢去吧。”已经在车上获得了自己的位置的人发出了这种无效的,也是自私的呼吁。上车的乘客正在拥上来,熙熙攘攘。到哪里都是熙熙攘攘。与我们的王府井相比,汉堡的街道上简直可以说是看不见人,而且市区的人口还在减少。岳之峰从飞机场来到X城火车站的时候吓了一跳——黑压压的人头,压迫得白雪不白,冬青也不绿了。难道是出了什么事情?一九四六年学生运动,人们集合在车站广场,准备拦车去南京请愿,也没有这么多人!岳之峰上大学的时候在北平,有一次他去逛故宫博物院,刚刚下午四点就看不见人影了,阴森森的大殿使他的后脊背冒凉气。他小跑着离开了故宫,上了拥挤的有轨电车才放心了一点。如果跑慢了,说不定珍妃会从井里钻出来把他拉下去哩!

但是现在,故宫南门和北门前买入场券的人排着长队。而且不是星期天。X城火车站前的人群令人晕眩。好像全中国有一半人要在春节前夕坐火车。到处都是团聚,相会,团圆饺子,团圆元宵,对于旧谊,对于别情,对于天伦之乐,对于故乡和童年的追寻。卖刚出屉的肉馅包子的,盖包子的白色棉褥子上尽是油污。卖烧饼、锅盔、油条、大饼的。卖整盒整盒的点心的。卖面包和饼干的。X车站和X城饮食服务公司倾全力到车站前露天售货。为了买两个烧饼也要挤出一身汗。岳之峰出了多少汗啊！他混饱了(环境和物质条件的急骤改变已使他分辨不出饥和饱了)肚子，又买到了去家乡的短途客车的票。找给钱的时候使他一怔，写的是一块二，怎么只收了六角呢？莫非是自己没有报清站名？他想再问一问，但是排在他后面的人已经占据了售票窗口前的有利阵地，他挤不回去了。

他怏怏地看着手中的火车票。火车票上黑体铅字印的是1.20元，但是又用双虚线勾上了两个占满票面的大字：陆角。这使他百思不得其解，简直像是一种生物学上的密码。“这是怎么回事？为什么我买一块二角的票她却给了我六角钱的？”他自言自语。他问别人。没有人回答他。等待上车的人大多是一些忙碌得可以原谅的利己主义者。

各种信息在他的头脑里撞击。黑压压的人群。遮盖热气腾腾的肉包子的油污的棉被。候车室里张贴着的大字通告：关于春节期间增添新车次的情况，和临时增添的新车次的时刻表。男女厕所门前排着等待小便的人的长队。陆角的双钩虚线。大包袱和小包袱，大篮筐和小篮筐，大提兜和小提兜……他得出了这最后一段行程会是艰难的结论。他有了思想准备。终于他从旅客们的闲谈中听到了“闷罐子车”这个词儿，他恍然了。人脑毕竟比电脑聪明得多。

上到列车上的时候，他有点垂头丧气。在20世纪80年代的第一个春节即将来临之时，正在梦寐以求地渴望实现四个现代化的人们，却还要坐瓦特和史蒂文森时代的闷罐子车！事实如此。事实就像宇宙，就像地球，华山和黄河，水和土，氢和氧，钛和铀。既不像想象那样温柔，也不像想象那么冷酷。不是么，闷罐子车里坐满了人，而且还在一个两个，十个二十个地往人与人的缝隙、分子与分子、原子与原子的空隙之中嵌进。奇迹般地难以思议，已经坐满了人的车厢里又增加了那么多人。没有人叫苦。

有人叫苦了：“这个箱子不能压。”一个包着头巾的抱着孩子的妇女试探着能不能坐到一只箱子上。“您到这边来，您到这边来。”岳之峰连忙站起身，把自己的靠边的位置让了出来。坐在靠边的地方，身子就能倚在车壁上，这就是最优越的“雅座”了。那女人有点不好意思。但终于抱着小孩子挪动了过来，她要费好大的力气才能不踩着别人。“谢谢您！”妇女用流利的北京话说。她抬起头。岳之峰好像看到一幅炭笔的素描。题目应该叫《微笑》。

叮铃叮铃的铃声响了，铁门又咣的一声关上了，是更深沉的黑夜。车外的暮色也正在浓重起来嘛。大骨架的女列车员点起了一枝白蜡，把蜡烛放到了一个方形的玻璃罩子里。为什么不点油灯呢？大概是怕煤油摇洒出来。偌大车厢，就靠这一盏蜡烛照亮。些微的亮光，照得乘客变成了一个又一个的影子。车身又摇晃了，对面车壁上的方形的光斑又在迅速移动了。离家乡又近一些了。摘了帽子，又见到了儿子，父亲该可以瞑目了吧？不论是他的罪恶或者忏悔，不论是他的眼泪还是感激，也不论是他的狰狞丑恶还是老实善良，这一切都快要随着他的消失而云消雾散了。老一辈人正在一个又一个地走向河的那边。咚咚咚，噔噔噔，嘭嘭嘭，是在过桥了吗？联结着过去和未来，中国和外国，城市和乡村，此岸和彼岸的桥啊！

靠得很近的蜡灯把黑白分明的光辉和阴影印制在女列车员的脸上。女列车员像是一尊全身的神像。“旅客同志们,春节期间,客运拥挤,我们的票车①去支援长途……提高警惕……”她说得挺带劲,每吐出一个字就像拧紧了一个螺母。她有一种信心十足、指挥若定的气概,以小小的年纪,靠一枝蜡烛的光亮,领导着一车的乌合之众。但是她的声音也淹没在轰轰轰,嗡嗡嗡,隆隆隆,不仅是七嘴八舌,而且是七十嘴八十舌的喧嚣里了。

自由市场。百货公司。香港电子石英表。豫剧片《卷席筒》。羊肉泡馍。醪糟蛋花。三接头皮鞋。三片瓦帽子。包产到组。收购大葱。中医治癌。差额选举。结婚筵席……在这些温暖的闲言碎语之中,岳之峰轮流把体重从左腿转移到右腿,再从右腿转移到左腿。幸好人有两条腿,要不然,无依无靠地站立在人和物的密集之中,可真不好受。立锥之地,岳之峰现在对于这句成语才有了形象的理解。莫非古代也有这种拥挤的、没有座位和灯光的旅行车辆吗?但他给一个女同志让了“座位”。不,没有座,只有位。想不到她讲一口北京话。这使岳之峰兴致似乎高了一些。“谢谢”,“对不起”,在国外到处是这种礼貌的用语。虽然有一个装着坚硬的铁器的麻袋正在挤压他右腿的小腿肚子。而另一个席地而坐的人的脊背干脆靠到了他的酸麻难忍的左腿上。

简直是神奇。不仅在慕尼黑的剧院里观看演出的时候;而且在北京,在研究所、部里和宾馆里,在二十三平方米的住房和一〇三和三三二路公共汽车上;他也想不到人们还要坐闷罐子车。这不是运货和运牲畜的车吗?倒霉!可又有什么倒霉的呢?咒骂是最容易不过的。咒骂闷罐子车比起制造新的美丽舒适的客运列车来,既省力又出风头。无所事事而又怨气冲天的人的口水,正在淹没着忍辱负重、埋头苦干的人的劳动。人们时而用高调,时而又用低调冲击着、替代着那些一件又一件,一天又一天,一年又一年地坚忍不拔的工作。

“给这种车坐,可真缺德!”

“你凑合着吧。过去,还没有铁路哩!”

“运兵都是用闷罐子车,要不,就暴露了。”

“要赶上拉肚子的就麻烦了,这种车上没有厕所。”

“并没有一个人拉到裤子里么。”

“有什么办法呢?每逢春节,有一亿多人要坐火车……”

黑暗中听到了这样一些交谈。岳之峰的心平静下来了。是的,这里曾经没有铁路,没有公路,连自行车走的路也没有。阔人骑毛驴,穷人靠两只脚。农民挑着一千五百个鸡蛋,从早晨天不亮出发,越过无数的丘陵和河谷,黄昏时候才能赶到X城。我亲爱的美丽而又贫瘠的土地!你也该富饶起来了吧?过往的记忆,已经像烟一样,雾一样地淡薄了,但总不会被彻底地忘却吧?历史,历史;现实,现实;理想,理想;哞——哞——咣气咣气……喀郎喀郎……沿着莱茵河的高速公路。山坡上的葡萄。暗绿色的河流。飞速旋转。

① 票车:铁路人员一般称客车为票车。

这不就是法兰克福的孩子们吗？男孩子和女孩子，黄眼睛和蓝眼睛，追逐着的，奔跑着的，跳跃着的，欢呼着的，喂食小鸟的，捧举鲜花的，吹响铜号的，扬起旗帜的。那欢乐的生命的声音。那友爱的动人的呐喊。那红的、粉的和白的玫瑰。那紫罗兰和蓝蓝的毋忘我。

不。那不是法兰克福。那是西北高原的故乡。一株巨大的白丁香把花开在了屋顶的灰色的瓦瓴上。如雪，如玉，如飞溅的浪花。摘下一条碧绿的柳叶，卷成一个小筒，仰望着蓝天白云，吹一声尖厉的哨子。惊得两个小小的黄鹂飞起。挎上小篮，跟着大姐姐，去采撷灰灰菜。去掷石块，去追逐野兔，去捡鹌鹑的斑斓的彩蛋。连每一条小狗，每一只小猫，每一头牛犊和驴驹都在嬉戏。连每一根小草都在跳舞。

不，那不是西北高原。那是解放前的北平。华北局城工部（它的部长是刘仁同志）所属的学委组织了平津学生大联欢。营火晚会。“太阳下山明朝依旧爬上来……我的青春小鸟一样不回来”，“山上的荒地是什么人来开？地上的鲜花是什么人来栽？”一支又一支的歌曲激荡着年轻人的心。最后，大家发出了使国民党特务胆寒的强音：“团结就是力量……让一切不民主的制度死亡！”信念和幸福永远不能分离。

不，那不是逝去了的，遥远的北平。那是解放了的，飘扬着五星红旗的首都。那是他青年时代的初恋，是第一次吹动他心扉的和煦的风。春节刚过，忽然，他觉察到了，风已经不那么冰冷，不那么严厉了。二月的风就带来了和暖的希望，带来了早春的消息。他跑到北海，冰还没有化哩。还没有什么游人哩。他摘下帽子，他解开上衣领下的第一个扣子。还是冬天吗？当然，还是冬天。然而是已经联结着春天的冬天，是冬与春的桥。有风为证，风已经不冷！风会愈来愈和煦，如醉，如酥……他欢迎着承受着别人仍然觉得凛冽，但是他已经为之雀跃的“春”风，小声叫着他悄悄地爱着的女孩子的名字。

那，那……那究竟是什么呢？是金鱼和田螺吗？是荸荠和草莓吗？是孵蛋的芦花鸡吗？是山泉，榆钱，返了青的麦苗和成双的燕子吗？他定了定神。那是春天，是生命，是青年时代。在我们的生活里，在我们每个人的心房里，在猎户星座和仙后星座里，在每一颗原子核，每一个质子、中子、介子里，不都包含着春天的力量，春天的声音吗？

他定了定神，揉了揉眼睛。分明是法兰克福的儿童在歌唱，当然，是德语。在欢快的童声合唱旁边，有一个顽强的、低哑的女声伴随着。

他再定了定神，再揉了揉眼睛，分明是在从 X 城到 N 地的闷罐子车上。在昏暗和喧嚣当中，他听到了德语的童声合唱，和低哑的，不熟练的，相当吃力的女声伴唱。

什么？一台录音机。在这个地方听起了录音。一支歌以后又是一支歌，然后是一支成人的歌。三支歌放完了，是啪啦啪啦的揿动键钮的声音，然后三支歌重新开始。顽强的，低哑的，不熟练的女声也重新开始。这声音盖过了一切喧嚣。

火车悠长的鸣笛。对面车壁上的移动着的方形光斑减慢了速度，加大了亮度。在昏暗中变成了一个个的影子的乘客们逐渐显出了立体化的形状和轮廓。车身一个大晃，又一个大晃，大概是通过了岔道。又到站了。咣——哧，铁门打开了，站台的聚光灯的强光照进了车厢。岳之峰看清楚了，录音机就放在那个抱小孩的妇女的膝头。开始下人和上人。录音机接受了女主人的指令，“叭”地一声，不唱了。

“这是……什么牌子的?”岳之峰问。

“三洋牌。这里人们开玩笑地叫它作‘小山羊’。”妇女抬起头来,大大方方地回答。岳之峰仿佛看到了她的经历过风霜的,却仍然是年轻而又清秀的脸。

“从北京买的么?”岳之峰又问,不知为什么这么有兴趣。本来,他并不是一个饶舌的人。

“不,就从这里。”

这里?不知是指X城还是火车正在驶向的某一个更小的县镇。他盯着“三洋”商标。

“你在学外国歌吗?”岳之峰又问。

妇女不好意思地笑了,“不,我在学外国语。”她的笑容既谦逊,又高贵。

“德语吗?”

“噢,是的。我还没学好。”

“这都是些什么歌儿呀?”一个坐在岳之峰脚下的青年问。岳之峰的连续提问吸引了更多的人。

“它们是……《小鸟,你回来了》、《五月的轮转舞》和《第一株烟草花》。”女同志说。“欣梅尔——天空,福格尔——鸟儿,布鲁米——花朵……”她低声自语。

他们的话没有再继续下去,车厢里充满了的照旧是“别挤!”“这个箱子不能坐!”“别踩着孩子!”“这边没有地方了!”……之类的喊叫。

“大家注意啦!”一个穿着民警服装的人上了车,手里拿着半导体扬声喇叭,一边喘着气一边宣布道:“刚才,前一节车厢里上去了两个坏蛋,浑水摸鱼,流氓扒窃。有少数坏痞,专门到闷罐子车上偷东西。那两个坏蛋我们已经抓住了。希望各位旅客提高警惕,密切配合,向刑事犯罪分子作坚决的斗争。大家听清楚了没有?”

“听清楚了!”车上的乘客像小学生一样地齐声回答。

乘务警察满意地、匆匆地跳了下去,手提扩音喇叭,大概又到别的车厢作宣传去了。

岳之峰不由得也摸了摸自己携带的两个旅行包,摸了摸上衣的四个和裤子的三个口袋。一切都健在无恙。

车开了,经过了短暂的混乱之后,人们又已经各得其所,各就其位。各人说着各人的闲话,各人打着各人的瞌睡,各人嗑着各人的瓜子,各人抽着各人的烟。“小山羊”又响起来了,仍然是《小鸟,你回来了》、《五月的轮转舞》和《第一株烟草花》。她仍然在学着德语,仍然低声地歌唱着欣梅尔——天空,福格尔——鸟儿,和布鲁米——花朵。

她是谁?她年轻吗?抱着的是她的孩子吗?她在哪里工作?她是搞科学技术的吗?是夜大学的新学员吗?是“老三届”的毕业生吗?她为什么学德语学得这样起劲?她在追赶那失去了的时间吗?她做到了一分钟也不耽搁了吗?她有机会见到德国朋友或者到德国去或者已经到德国去过了吗?她是北京人还是本地人呢?她常常坐火车吗?有许多个问题想问啊。

“您听音乐吧。”她说。好像是在对他说。是的,三支歌曲以后,她没有揿键钮。在《第一株烟草花》后面,是约翰·施特劳斯的《春之声圆舞曲》,闷罐子车正随着这春天的旋律而轻轻地摇摆着，熏熏地陶醉着，袅袅地前行着。

车到了岳之峰的家乡。小站，停车一分钟。响过了到站的铃，又立刻响起了发车的铃。岳之峰提着两个旅行包下了车。小站没有站台，闷罐子车又没有阶梯。每节车厢放着一个普通木梯，临时支上。岳之峰从这个简陋的木梯上终于下得地来，他长出了一口气。他向那位女同志道了再见。那位女同志也回答了他的再见。他有点依依不舍。他刚下车，还没等着验票出站，列车就开动了。他看到了闷罐子车的破烂寒碜的外表：有的地方已经掉了漆，灯光下显得白一块、花一块的。但是，下车以后他才注意到，火车头是蛮好的，火车头是崭新的、清洁的、轻便的内燃机车。内燃机车绿而显蓝，瓦特时代毕竟没有内燃机车。内燃机车拖着一长列闷罐子车向前奔驶。天上升起了月亮。车站四周是薄薄的一层白雪。天与雪都泛着连成一片的青光。可以看到远处墓地上的黑黑的、永远长不大的松树。有一点风，他走在了坑坑洼洼的故乡土地上，他转过头，想再多看一眼那一节装有小鸟、五月、烟草花和约翰·施特劳斯的神妙的春之声的临时代用的闷罐子车。他好像从来还没有听过这么动人的歌。他觉得如今每个角落的生活都在出现转机，都是有趣的，有希望的和永远不应该忘怀的。春天的旋律，生活的密码，这是非常珍贵的。

（原载《人民文学》1980年第5期）

《春之声》是新时期较早出现的意识流小说。它以工程物理学家岳之峰在闷罐子车厢中的所见所闻所感和意识流程反映了20世纪80年代初中国光怪陆离而又丰富多彩的社会生活，突出了转轨时代“春之声”的主旋律。此时，“文革”结束才几年，我们的国家经历了拨乱反正，一切都逐渐走上正轨；虽然比较落后，存在许多不如人意的地方，毕竟充满着生机和希望。作品也反映了饱经沧桑的知识分子的忧患心态。

王蒙以他对生活的敏感和艺术上的探索精神，创造性地借鉴了意识流小说常用的自由联想、内心独白、象征等手法写出了主人公的思想、感觉和情绪，它以岳之峰的内心为端点，四面发射，“联结着过去和现在，中国和外国，城市和乡村，此岸和彼岸”，打破了传统小说的情节链条和时空顺序，以复杂的形式传递丰富的生活信息，为我们塑造了一个外表模糊内心透明、立体的“心态形象”。与西方意识流小说常写潜意识、非理性和病态心理不同，《春之声》的意识流是受理性制约的意识流，具有很强的现实意义。（张应中）

红旗谱(存目)

梁　斌

1957年出版的《红旗谱》第一部是梁斌的代表作,也是建国以来长篇小说的重要收获。它以冀中平原锁井镇朱、严两家三代农民与冯家两代地主之间的矛盾斗争为主线,描绘了第一次国内革命战争至“九一八”事变前后我国北方农民革命斗争的壮阔画卷,反映了我国农民革命从自发反抗到自觉斗争的历史进程,歌颂了中国人民不屈不挠的革命精神和中国共产党的领导作用。

《红旗谱》的艺术成就,首先表现在塑造了三代农民的英雄形象系列,其中朱老忠形象刻画得最为成功,最具艺术光彩。鲜明的阶级爱憎、顽强的反抗意志和韧性的斗争精神是其性格的核心。地主冯兰池的残忍歹毒,父亲朱老巩大闹柳树林的壮举以及家庭的悲惨遭遇,在朱老忠的心灵里埋下了反抗复仇的火种。25年后,闯关东回乡的朱老忠已增长了见识和才干,制定了“一文一武”的复仇计划。生活的磨炼使他懂得了斗争的策略,“大丈夫报仇,十年不晚”,“出水才看两腿泥”,反映了他韧性的斗争精神和必胜的信念。“为朋友两肋插刀”是朱老忠性格的又一显著特征。他重团结,讲义气,扶危济困,患难相助。自从参加了共产党领导的革命斗争以后,朱老忠的性格发生飞跃,由自发反抗走上有组织的革命斗争道路。朱老忠的形象是一个兼具民族性、时代性和革命性的农民英雄的典型。作品还成功地塑造了朴实、善良、木讷而又逐渐觉悟的农民严志和的形象,他的形象在农民中更具有普遍意义。作品还用对比手法塑造了青年一代人物形象,包括江涛和张嘉庆,运涛和大贵,春兰和严萍等等。

《红旗谱》的另一成就是鲜明的民族风格。首先是作品题材内容的民族性。作品所反映的农民与地主阶级的斗争的内容与方式以及三代农民形象都极具民族特色。其次,小说在结构和语言上也显示出民族风格。作品创造了一种“比西洋小说写法粗略一些,但比中国的一般小说要细一些”的艺术格局,小说以朱老巩大闹柳树林为楔子,以农民反割头税运动、保定二师学潮为两个情节高潮,主干突出,枝叶分明。在人物刻画上,多以行动和对话来表现人物性格,也注意心理描写。语言上,将文学语言与提炼过的北方农民语言融为一体,形成一种朴实、精练、生动的语言风格。该小说在民族化、大众化、乡土化方面作出了贡献。(张应中)

百合花

茹志鹃

一九四六年的中秋。

这天打海岸的部队决定晚上总攻。我们文工团创作室的几个同志，就由主攻团的团长分派到各个战斗连去帮助工作。大概因为我是个女同志吧！团长对我抓了半天后脑勺，最后才叫一个通讯员送我到前沿包扎所去。

包扎所就包扎所吧！反正不叫我进保险箱就行。我背上背包，跟通讯员走了。

早上下过一阵小雨，现在虽放了晴，路上还是滑得很，两边地里的秋庄稼，却给雨水冲洗得青翠水绿，珠烁晶莹。空气里也带有一股清鲜湿润的香味。要不是敌人的冷炮，在间歇地盲目地轰响着，我真以为我们是去赶集的呢！

通讯员撒开大步，一直走在我前面。一开始他就把我撩下几丈远。我的脚烂了，路又滑，怎么努力也赶不上他。我想喊他等等我，却又怕他笑我胆小害怕；不叫他，我又真怕一个人摸不到那个包扎所。我开始对这个通讯员生起气来。

嗳！说也怪，他背后好像长了眼睛似的，倒自动在路边站下了。但脸还是朝着前面，没看我一眼。等我紧走慢赶的快要走近他时，他又蹬蹬蹬的自个向前走了，一下又把我甩下几丈远。我实在没力气赶了，索性一个人在后面慢慢晃。不过这一次还好，他没让我撩得太远，但也不让我走近，总和我保持着丈把远的距离。我走快，他在前面大踏步向前；我走慢，他在前面就摇摇摆摆。奇怪的是，我从没见他回头看我一次，我不禁对这通讯员发生了兴趣。

刚才在团部我没注意看他，现在从背后看去，只看到他是高挑挑的个子，块头不大，但从他那副厚实实的肩膀看来，是个挺棒的小伙。他穿了一身洗淡了的黄军装，绑腿直打到膝盖上。肩上的步枪筒里，稀疏地插了几根树枝，这要说是伪装，倒不如算作装饰点缀。

没有赶上他，但双脚胀痛得像火烧似的。我向他提出了休息一会后，自己便在做田界的石头上坐了下来。他也在远远的一块石头上坐下，把枪横搁在腿上，背向着我，好像没我这个人似的。凭经验，我晓得这一定又因为我是个女同志的缘故。女同志下连队，就有这些困难。我着恼的带着一种反抗情绪走过去，面对着他坐下来。这时，我看见他那张十分年轻稚气的圆脸，顶多有十八岁。他见我挨他坐下，立即张皇起来，好像他身边埋下了一颗定时炸弹，局促不安，掉过脸去不好，不掉过去又不行，想站起来又不好意思。我拼命忍住笑，随便地问他是哪里人。他没回答，脸涨得像个关公，讷讷半晌，才说清自己是天目山人。原来他还是我的同乡呢！

"在家时你干什么?"

"帮人拖毛竹。"

我朝他宽宽的两肩望了一下,立即在我眼前出现了一片绿雾似的竹海,海中间,一条窄窄的石级山道,盘旋而上。一个肩膀宽宽的小伙,肩上垫了一块老蓝布,扛了几枝青竹,竹梢长长的拖在他后面,刮打得石级哗哗作响……这是我多么熟悉的故乡生活啊!我立刻对这位同乡越加亲热起来。我又问:

"你多大了?"

"十九。"

"参加革命几年了?"

"一年。"

"你怎么参加革命的?"我问到这里自己觉得这不像是谈话,倒有些像审讯。不过我还是禁不住地要问。

"大军北撤时①我自己跟来的。"

"家里还有什么人呢?"

"娘,爹,弟弟妹妹,还有一个姑姑也住在我家里。"

"你还没娶媳妇吧?"

"……"他飞红了脸,更加忸怩起来,两只手不停地数摸着腰皮带上的扣眼。半晌他才低下了头,憨憨地笑了一下,摇了摇头。我还想问他有没有对象,但看到他这样子,只得把嘴里的话,又咽了下去。

两人闷坐了一会,他开始抬头看看天,又掉过来扫了我一眼,意思是在催我动身。

当我站起来要走的时候,我看见他摘了帽子,偷偷地在用毛巾拭汗。这是我的不是,人家走路都没出一滴汗,为了我跟他说话,却害他出了这一头大汗,这都怪我了。

我们到包扎所,已是下午两点钟了。这里离前沿有三里路,包扎所设在一个小学里,大小六个房子组成品字形,中间一块空地长了许多野草,显然,小学已有多时不开课了。我们到时屋里已有几个卫生员在弄着纱布棉花,满地上都是用砖头垫起来的门板,算作病床。

我们刚到不久,来了一个乡干部,他眼睛熬得通红,用一片硬拍纸插在额前的破毡帽下,低低的遮在眼睛前面挡光。他一肩背枪,一肩挂了一杆秤;左手挎了一篮鸡蛋,右手提了一口大锅,呼哧呼哧地走来。他一边放东西,一边对我们又抱歉又诉苦,一边还喘息地喝着水,同时还从怀里掏出一包饭团来嚼着。我只见他迅速地做着这一切。他说的什么我就没大听清。好像是说什么被子的事,要我们自己去借。我问清了卫生员,原来因为部队上的被子还没发下来,但伤员流了血,非常怕冷,所以就得向老百姓去借。哪怕有一二十条棉絮也好。我这时正愁工作插不上手,便自告奋勇讨了这件差事,怕来

① 1945年日本投降后,共产党为了全国人民实现和平的愿望,和国民党进行和平谈判,并忍痛撤出江南。但时隔不久,国民党竟背信撕毁"双十协定",又向我中原、苏中等解放区大举进攻。

不及就顺便也请了我那位同乡，请他帮我动员几家再走。他踌躇了一下，便和我一起去了。

我们先到附近一个村子，进村后他向东，我往西，分头去动员。不一会，我已写了三张借条出去，借到两条棉絮，一条被子，手里抱得满满的，心里十分高兴，正准备送回去再来借时，看见通讯员从对面走来，两手还是空空的。

"怎么，没借到?"我觉得这里老百姓觉悟高，又很开通，怎么会没有借到呢？我有点惊奇地问。

"女同志，你去借吧！……老百姓死封建。……"

"哪一家？你带我去。"我估计一定是他说话不对，说崩了。借不到被子事小，得罪了老百姓影响可不好。我叫他带我去看看。但他执拗地低着头，像钉在地上似的，不肯挪步。我走近他，低声的把群众影响的话对他说了。他听了，果然就松松爽爽的带我走了。

我们走进老乡的院子里，只见堂屋里静静的，里面一间房门上，垂着一块蓝布红额的门帘，门框两边还贴着鲜红的对联。我们只得站在外面向里"大姐、大嫂"的喊，喊了几声，不见有人应，但响动是有了。一会，门帘一挑，露出一个年轻媳妇来。这媳妇长得很好看，高高的鼻梁，弯弯的眉，额前一绺蓬松松的刘海。穿的虽是粗布，倒都是新的。我看她头上已硬翘翘的挽了髻，便大嫂长大嫂短的向她道歉，说刚才这个同志来，说话不好别见怪等等。她听着，脸扭向里面，尽咬着嘴唇笑。我说完了，她也不作声，还是低头咬着嘴唇，好像忍了一肚子的笑料没笑完。这一来，我倒有些尴尬了，下面的话怎么说呢！我看通讯员站在一边，眼睛一眨不眨地看着我，好像在看连长做示范动作似的。我只好硬了头皮，讪讪地向她开口借被子了，接着还对她说了一遍共产党的部队，打仗是为了老百姓的道理。这一次，她不笑了，一边听着，一边不断向房里瞅着。我说完了，她看看我，看看通讯员，好像在掂量我刚才那些话的斤两。半晌，她转身进去抱被子了。

通讯员乘这机会，颇不服气地对我说道：

"我刚才也是说的这几句话，她就是不借，你看怪吧！……"

我赶忙白了他一眼，不叫他再说。可是来不及了，那个媳妇抱了被子，已经在房门口了。被子一拿出来，我方才明白她刚才为什么不肯借的道理了。这原来是一条里外全新的新花被子，被面是假洋缎的，枣红底，上面撒满白色百合花。她好像是在故意气通讯员，把被子朝我面前一送，说："抱去吧。"

我手里已捧满了被子，就一努嘴，叫通讯员来拿。没想到他竟扬起脸，装作没看见。我只好开口叫他，他这才绷了脸，垂着眼皮，上去接过被子，慌慌张张地转身就走。不想他一步还没走出去，就听见"嘶"的一声，衣服挂住了门钩，在肩膀处，挂下一片布来，口子撕得不小。那媳妇一面笑着，一面赶忙找针拿线，要给他缝上。通讯员却高低不肯，挟了被子就走。

刚走出门不远，就有人告诉我们，刚才那位年轻媳妇，是刚过门三天的新娘子，这条被子就是她惟一的嫁妆。我听了，心里便有些过意不去，通讯员也皱起了眉，默默地看着手里的被子。我想他听了这样的话一定会有同感吧！果然，他一边走，一边跟我嘟哝起来了。

"我们不了解情况,把人家结婚被子也借来了,多不合适呀!……"我忍不住想给他开个玩笑,便故作严肃地说:

"是呀!也许她为了这条被子,在做姑娘时,不知起早熬夜,多干了多少零活,才积起了做被子的钱,或许她曾为了这条花被,睡不着觉呢。可是还有人骂她死封建。……"

他听到这里,突然站住脚,呆了一会,说:

"那!……那我们送回去吧!"

"已经借来了,再送回去,倒叫她多心。"我看他那副认真、为难的样子,又好笑,又觉得可爱。不知怎么的,我已从心底爱上了这个傻呼呼的小同乡。

他听我这么说,也似乎有理,考虑了一下,便下了决心似的说:

"好,算了。用了给她好好洗洗。"他决定以后,就把我抱着的被子,统统抓过去,左一条、右一条地披挂在自己肩上,大踏步地走了。

回到包扎所以后,我就让他回团部去。他精神顿时活泼起来了,向我敬了礼就跑了。走不几步,他又想起了什么,在自己挎包里掏了一阵,摸出两个馒头,朝我扬了扬,顺手放在路边石头上,说:

"给你开饭啦!"说完就脚不点地地走了。我走过去拿起那两个干硬的馒头,看见他背的枪筒里不知在什么时候又多了一枝野菊花,跟那些树枝一起,在他耳边抖抖地颤动着。

他已走远了,但还见他肩上撕挂下来的布片,在风里一飘一飘。我真后悔没给他缝上再走。现在,至少他要裸露一晚上的肩膀了。

包扎所的工作人员很少。乡干部动员了几个妇女,帮我们打水,烧锅,做些零碎活。那位新媳妇也来了,她还是那样,笑眯眯地抿着嘴,偶然从眼角上看我一眼,但她时不时地东张西望,好像在找什么。后来她到底问我说:

"那位同志弟到哪里去了?"我告诉她同志弟不是这里的,他现在到前沿去了。她不好意思地笑了一下说:"刚才借被子,他可受我的气了!"说完又抿了嘴笑着,动手把借来的几十条被子、棉絮,整整齐齐地分铺在门板上、桌子上(两张课桌拼起来,就是一张床)。我看见她把自己那条白百合花的新被,铺在外面屋檐下的一块门板上。

天黑了,天边涌起一轮满月。我们的总攻还没发起。敌人照例是忌怕夜晚的,在地上烧起一堆堆的野火,又盲目地轰炸,照明弹也一个接一个地升起,好像在月亮下面点了无数盏的汽油灯,把地面的一切都赤裸裸地暴露出来了。在这样一个"白夜"里来攻击,有多困难,要付出多大的代价啊!我连那一轮皎洁的月亮,也憎恶起来了。

乡干部又来了,慰劳了我们几个家做的干菜月饼。原来今天是中秋节了。

啊!中秋节,在我的故乡,现在一定又是家家门前放一张竹茶几,上面供一副香烛,几碟瓜果月饼。孩子们急切地盼那炷香快些焚尽,好早些分摊给月亮娘娘享用过的东西,他们在茶几旁边跳着唱着:"月亮堂堂,敲锣买糖……"或是唱着:"月亮嬷嬷,照你照我……"我想到这里,又想起我那个小同乡,那个拖毛竹的小伙,也许,几年以前,他还唱过这些歌吧……我咬了一口美味的家做月饼,想起那个小同乡大概现在正趴在工事里,也许在团指挥所,或者是在那些弯弯曲曲的交通沟里走着哩……

一会儿,我们的炮响了,天空划过几颗红色的信号弹,攻击开始了。不久,断断续续地有几个伤员下来,包扎所的空气立即紧张起来。

我拿着小本子,去登记他们的姓名、单位,轻伤的问问,重伤的就得拉开他们的符号,或是翻看他们的衣襟。我拉开一个重彩号的符号时,“通讯员”三个字使我突然打了个寒战,心跳起来。我定了下神才看到符号上写着×营的字样。啊!不是,我的同乡他是团部的通讯员。但我又莫名其妙地想问问谁,战地上会不会漏掉伤员。通讯员在战斗时,除了送信,还干什么,——我不知道自己为什么要问这些没意思的问题。

战斗开始后的几十分钟里,一切顺利,伤员一次次带下来的消息,都是我们突击第一道鹿砦,第二道铁丝网,占领敌人前沿工事打进街了。但到这里,消息忽然停顿了,下来的伤员,只是简单地回答说“在打”,或是“在街上巷战”。但从他们满身泥泞,极度疲乏的神色上,甚至从那些似乎刚从泥里掘出来的担架上,大家明白,前面在进行着一场什么样的战斗。

包扎所的担架不够了,好几个重彩号不能及时送后方医院,耽搁下来。我不能解除他们任何痛苦,只得带着那些妇女,给他们拭脸洗手,能吃得的喂他们吃一点,带着背包的,就给他们换一件干净衣裳,有些还得解开他们的衣服,给他们拭洗身上的污泥血迹。

做这种工作,我当然没什么,可那些妇女又羞又怕,就是放不开手来,大家都要抢着去烧锅,特别是那新媳妇。我跟她说了半天,她才红了脸,同意了。不过只答应做我的下手。

前面的枪声,已响得稀落了。感觉上似乎天快亮了,其实还只是半夜。外边月亮很明,也比平日悬得高。前面又下来一个重伤员。屋里铺位都满了,我就把这位重伤员安排在屋檐下的那块门板上。担架员把伤员抬上门板,但还围在床边不肯走。一个上了年纪的担架员,大概把我当作医生了,一把抓住我的膀子说:“大夫,你可无论如何要想办法治好这位同志呀!你治好他,我……我们全体担架队员给你挂匾!……”他说话的时候,我发现其他的几个担架员也都睁大了眼盯着我,似乎我点一点头,这伤员就立即会好了似的。我心想给他们解释一下,只见新媳妇端着水站在床前,短促的“啊”了一声。我急拨开他们上前一看,我看见了一张十分年轻稚气的圆脸,原来棕红的脸色,现已变得灰黄。他安详地合着眼,军装的肩头上,露着那个大洞,一片布还挂在那里。

“这都是为了我们……”那个担架员负罪地说道,“我们十多副担架挤在一个小巷子里,准备往前运动,这位同志走在我们后面,可谁知道狗日的反动派不知从哪个屋顶上撂下颗手榴弹来,手榴弹就在我们人缝里冒着烟乱转,这时这位同志叫我们快趴下,他自己就一下扑在那个东西上了。……”

新媳妇又短促地“啊”了一声。我强忍着眼泪,给那些担架员说了些话,打发他们走了。我回转身看见新媳妇已轻轻移过一盏油灯,解开他的衣服,她刚才那种忸怩羞涩已经完全消失,只是庄严而虔诚地给他拭着身子,这位高大而又年轻的小通讯员无声地躺在那里……我猛然醒悟地跳起身,磕磕绊绊地跑去找医生,等我和医生拿了针药赶来,新媳妇正侧着身子坐在他旁边。

她低着头,正一针一针地在缝他衣肩上那个破洞。医生听了听通讯员的心脏,默默地站起身说:"不用打针了。"我过去一摸,果然手都冰冷了。新媳妇却像什么也没看见,什么也没听到,依然拿着针,细细地、密密地缝着那个破洞。我实在看不下去了,低声地说:

"不要缝了。"她却对我异样地瞟了一眼,低下头,还是一针一针地缝。我想拉开她,我想推开这沉重的氛围,我想看见他坐起来,看见他羞涩地笑。但我无意中碰到了身边一个什么东西,伸手一摸,是他给我开的饭,两个干硬的馒头……

卫生员让人抬了一口棺材来,动手揭掉他身上的被子,要把他放进棺材去。新媳妇这时脸发白,劈手夺过被子,狠狠地瞪了他们一眼。自己动手把半条被子平展展地铺在棺材底,半条盖在他身上。卫生员为难地说:"被子……是借老百姓的。"

"是我的——"她气汹汹地嚷了半句,就扭过脸去。在月光下,我看见她眼里晶莹发亮,我也看见那条枣红底色上洒满白色百合花的被子,这象征纯洁与感情的花,盖上了这位平常的、拖毛竹的青年人的脸。

1958年3月

(原载《延河》1958年10月号,人民文学出版社1960年修订本)

茹志鹃(1925—1998),杭州人。著有小说集《百合花》、《高高的白杨树》、《静静的产院》等。

《百合花》是茹志鹃的代表作和成名作,在50年代战争题材小说中呈现出独特的诗意化倾向。小说描写的是解放战争期间的一场战斗,但是作家没有正面描写战争场景,而是把战争场景作为背景处理,通过两个普通人——小战士和新媳妇之间围绕着一床百合花被子产生的误解和纠葛,歌颂了他们崇高美好的思想和心灵,从一个侧面表现了军民团结生死与共的庄严主题。这种以小见大的选材和立意特点摒弃了流行的战争小说的构思模式,也为战争小说的宏大主题赋予了诗意化的色调。

小说在人物刻画上采用由外而内,由表及里的层层深入的方式。通过借被子事件巧妙地将先后出现的两个普通人物连接在一起,对人物的心理活动和内心情感变化作了深刻的揭示。小说中多次出现的"百合花被"既是小说的结构纽带,也是人物美好心灵的象征,更是军民鱼水深情的象征,《百合花》体现了茹志鹃早期小说"清新俊逸"(茅盾语)的风格特色。(吴尚华)

青春之歌（节选）

杨　沫

第十二章

黎明前，道静回到自己冷清的小屋里。疲倦、想睡，但是倒在床上却怎么也睡不着。除夕的鞭炮搅扰着她，这一夜的生活，像突然的暴风雨袭击着她。她一个个想着这些又生疏又亲切的面影，卢嘉川、罗大方、许宁、崔秀玉、白莉苹……都是多么可爱的人呵，他们都有一颗热烈的心，这心是在寻找祖国的出路，是在引人去过真正的生活……想着这一夜的情景，想着和卢嘉川的许多谈话，她紧抱双臂，望着发白的窗纸忍不住独自微笑了。

二踢脚和小挂鞭响的正欢，白莉苹的小洋炉子也正旺，时间到了夜间两点钟，可是这屋子里的年轻人还有的在高谈，有的在玩耍，许宁和小崔跑到院子里放起鞭炮；罗大方和白莉苹坐在床边小声谈着、争论着，他似乎在劝说白莉苹什么，白莉苹哭了。罗大方的样子也很烦闷。后来他独自靠在床边不再说话，白莉苹就找许宁他们玩去了。听说罗大方原是白莉苹的爱人，不知怎的，他们当中似乎发生了不愉快的事情，因此两个人都显得怪别扭。

道静和卢嘉川两个人一直同坐在一个角落里谈着话。从短短的几个钟点的观察中，道静竟特别喜欢起她这个新朋友了。他诚恳、机敏、活泼、热情。他对于国家大事的卓见更是道静从来没有听见过的。他们坐在一块，他对她谈话一直都是自然而亲切。他问她的家庭情况，问她的出身经历，还问了一些她想不到的思想和见解。她呢，她忽然丢掉了过去的矜持和沉默，一下子，好像对待老朋友一样把什么都倾心告诉了他。尤其使她感觉惊异的是：他的每一句问话或者每一句简单的解释，全给她的心灵开了一个窍门，全能使她对事情的真相了解得更清楚。于是她就不知疲倦地和他谈起来。

“卢兄（她跟许宁一样地这样称呼他），你可以告诉我吗？红军和共产党是怎么回事？他们真是为人民为国家的吗？怎么有人骂他们——土匪？”

卢嘉川坐在阴影里，面上浮着一丝调皮的微笑。他慢慢回过头来，睁着亮亮的大眼睛看着她，说：

“偷东西的人最喜欢骂别人是贼；三妻四妾的道德家，最会攻击女人不守贞操；中国的统治者自己杀害了几十万青年，却说别人是杀人放火的强盗和土匪……这些你不明白吗？”

道静笑了。这个人多么富有风趣呀！她和他谈话就更加大胆和自由了。

“卢兄，”道静又发问道：“你刚才说青年人要斗争、要反抗才有出路，可是，我还有点不大相信。”

卢嘉川稍稍惊异地睁大了眼睛：“怎么，你以为要当顺民才有出路么?”

道静低着头，摆弄着一条素白麻纱手绢。好像有些难过，她低声说：“你不知道，……我斗争过，我也反抗过，可是，我并没有找到出路。”

卢嘉川突然挥着手笑起来了。他笑得那么爽朗、诚恳，像对熟朋友一般地更加亲切和随便。

“原来如此！来，小林，我来给你打个比方……”他看看一屋子喝酒畅谈的青年人都在一边说着、吃着，就用手比划着对道静说起来。“小林，这么说吧，一个木字是独木，两个木就成了你那个林，三个木变成巨大的森林时，那么，狂风再也吹不倒它们。你一个人孤身奋斗，当然只会碰钉子。可是当你投身到集体的斗争中，当你把个人的命运和广大群众的命运联结在一起的时候，那么，你，你就再也不是小林，而是——而是那巨大的森林啦。”

林道静忍不住地笑了起来：“卢兄，你说话真有意思。过去，我是只想自己该有一个高尚的灵魂，别的事我真很少去想。今夜里，听了你们那些谈话，我忽然觉得自己好像……”

“好像什么?”

“好像个糊涂虫!”林道静天真地迸出了这句话，自己也不禁为在一个刚刚认识的男子面前竟放肆地说出这种话而吃惊了。

卢嘉川还是随便地笑道：

“大概，这是你在象牙之塔里住得太久的缘故。小林，在这个狂风暴雨的时代，你应当赶快从个人的小圈子走出来，看看这广大的世界——这世界是多么悲惨，可是又是多么美好……你赶快走出来看看吧!”

多么热情地关心别人，多么活泼洒脱，多么富于打开人的心灵的机智的谈话呵……道静越往下回忆，心头就越发快活而开朗。

“小林，你很纯洁、很直爽。”后来他又那么诚恳地赞扬了她。“你想知道许多各方面的事，那很好。我们今晚一下谈不清，我过一两天给你送些书来——你没有读过社会科学方面的书吧?可以读一读。还有苏联的文学著作也很好，你喜欢文艺，该读读《铁流》、《毁灭》，还有高尔基的《母亲》。”

第一次听到有人鼓励自己读书，道静感激地望着那张英俊的脸。

他们谈得正高兴，白莉苹忽然插进嘴来：

“老卢，小林真是个诚实、有头脑的好孩子，可是咱们必须替她扔掉那块绊脚石。一朵鲜花插在牛粪上，真把她糟蹋啦。”

道静闹了个大红脸。她向白莉苹瞟了一眼，她真不喜欢有人在这个时候提到余永泽。

道静和白莉苹在深夜寒冷的马路上送着卢嘉川和罗大方。白莉苹和罗大方在一边

谈着,道静和卢嘉川也边走边说:

“真糟糕!卢兄,我对于革命救国的道理真是一窍不通。明天,请你一定把书给我送来吧。”

“好的,一定送来。再见!”卢嘉川的两只手热烈地握着白莉苹和道静的手。多么奇怪,道静竟有点不愿和他们分别了。

“这是些多么聪明能干的人啊!……”清晨的麻雀在窗外树上吱吱叫着,道静想到这儿微笑了。但是这时她也想起了余永泽。他放了寒假独自回家过年去了,和父母团聚去了。因为余敬唐的缘故,她不愿回去,因此一个人留在公寓里,这才参加了这群流浪者的年夜。想到他,一种沉痛的感觉突然攫住了她的心。

“和他们一比……呵,我多么不幸!”她叹息着,使劲用棉被蒙住了头。

…………

余永泽在开学前,从家里回到北平来。他进门的第一眼,看见屋子里的床铺、书架、花盆、古董、锅灶全是老样儿一点没变,可是他的道静忽然变了!过去沉默寡言、常常忧郁不安的她,现在竟然坐在门边哼哼唧唧地唱着,好像一个活泼的小女孩。尤其使他吃惊的是她那双眼睛——过去它虽然美丽,但却呆滞无神,愁闷得像块乌云;现在呢,闪烁着欢乐的光彩,明亮得像秋天的湖水,里面还仿佛荡漾着迷人的幸福的光辉。

“看眼睛知道在恋爱的青年人。”余永泽想起《安娜·卡列尼娜》里面的一句话,灾祸的预感突然攫住了他。他不安地悄悄地看了她一会儿,趁着她出去买菜的当儿,他急急地在箱子里、抽屉里、书架上,甚至纸篓里翻腾起来。当他别无所获,只看到几本“左”倾书籍放在桌上和床头时,他神经质地翻着眼珠,轻轻呻吟道:

“一定,一定有人在引诱她了。”

道静看见余永泽回来,高高兴兴地替他把饭预备好。他吃着的时候,她挨在他身边向他叙谈起她新认识的朋友、她思想上的变化和这些日子她心情上的愉快来。她想他是自己的爱人,什么事都不该隐瞒他。谁知余永泽听着听着忽然变了颜色。他放下饭碗,皱紧眉头说:

“静,想不到你变得这么快……”沉了半晌才接着说,“我,我要求你别这样——这是危险的!一顶红帽子往你头上一戴,要杀头的呀!”

一句话把道静招恼了。八字还没一撇,什么事也没做,不过认识几个新朋友,看了几本新书,就怕杀头!她鄙夷地盯着余永泽那困惑的眼色,半天才压住自己的恼火,激动地出乎自己意外地讲了她自己从没讲过的话:

“永泽,你干吗这么神经过敏呀?你也不满意腐朽的旧社会,你也知道日本人已经践踏了祖国的土地,为什么咱们就不该前进一步,做一点有益大众、有益国家的事呢?”

“我想,我想……”余永泽喃喃着,“静,我想,这不是我们能够为力的事。有政府,有军队,我们这些白面书生赤手空拳顶什么事呢?喊喊空口号谁不会。你知道我也参加过学生爱国运动,可这是过去的事了。现在——现在我想还是埋头读点书好。我们成家了,还是走稳当点的路吧……”

“你真糊涂!”道静气愤地打断他的话,喊道,“你才是喊空口号呢!原来你就是这么个胆小鬼呀!”

余永泽用小眼睛瞪着道静,愣愣地半晌无言。忽然他脸色发白,双唇抽搐,把头埋在桌上猛烈地抽泣起来。他哭得这样伤心,比道静还伤心。他的痛苦,与其说是因为受了侮辱,还不如说是深深的嫉妒。

“……她、她变得残酷,这样的残酷,一定变心了,爱、爱上别人了……”他一边流着泪,一边思量着。他认为,天下只有爱情才能使女人有所改变的。

吵过嘴,道静和余永泽虽然彼此有好几天都不大说话,可是她的心里还是很高兴的。她做饭洗衣也轻声哼着唱着,快乐的黑眉毛扬得高高的。完了事,就抱着书本贪婪地读着。一点钟、两点钟过去了,动也不动、头也不抬,那种专注的神情,好像早已忘掉了余永泽的存在和这间蜗居的郁闷。她的精神飞扬到广阔的世界里去了。可是余永泽呢,他这几天可没心思去上课,成天憋在小屋里窥伺着道静的动静。他暗打主意一定要探出她的秘密来。可是看她的神情那么坦率、自然,并无另有所欢的迹象,他又有点茫然了。

晚上,道静伏在桌上静静地读着列宁的《国家与革命》,做着笔记,加着圈点,疲乏的时候,她就拿起高尔基的《母亲》。她时时被那里面澎湃着的、对于未来幸福世界的无限热情激荡着、震撼着,她感到了从未有过的快乐与满足。可是余永泽呢?他局促在小屋里,百无聊赖,只好拾起他最近一年正在钻研的“国故”来。他抱出书本,挨在道静身边寻章摘句地读起来。一大叠线装书,排满了不大的三屉桌,读着读着,慢慢,他也把全神贯注进去了。这时,他的心灵被牵回到遥远古代的浩瀚中,和许多古人、版本纠结在一起。当他疲倦了,休息一下,稍稍清醒过来的时候——“自立一家说”,——学者,——名流,——创造优裕的生活条件……许多幻想立刻涌上心来,鼓舞着他,使他又深深埋下了头。

道静呢,她不管许多理论书籍能不能消化,也不知如何去与实际结合,只是被奔腾的革命热情鼓舞着,渴望从书本上看到新的世界,找到她寻觅已久的真理。因此她也不知疲倦地读着。就这样,一今一古、一新一旧的两个青年人,每天晚上都各读各的直到深夜。自从大年初一卢嘉川给道静送来她从没读过的新书以后,她的思想认识就迅速地变化着;她的感受和情绪通过这些书籍也在迅速地变化着。多少年以后,她还清楚地记得卢嘉川给她阅读的第一本书名字叫《怎样研究新兴社会科学》。在大年初一的深夜里,她躺在被窝里,忍住寒冷——煤球炉子早熄灭了,透风的墙壁刮进了凛冽的寒风。但她兴奋地读着、读着,读了一整夜,直到把这本小册子一气读完。

卢嘉川给她的仅仅是四本用马克思列宁主义理论写成的一般社会科学的书籍,道静一个人藏在屋子里专心致志地读了五天。可是想不到这五天对于她的一生却起了巨大的作用——从这里,她看出了人类社会的发展前途;从这里,她看见了真理的光芒和她个人所应走的道路;从这里,她明白了“朱门酒肉臭,路有冻死骨”的原因,明白了她妈因为什么而死去……于是,她常常感受的那种绝望的看不见光明的悲观情绪突然消逝了;于是,在她心里开始升腾起一种渴望前进的、澎湃的革命热情……

书看完了,她盼望卢嘉川再来借书给她看,可是他没有来。她向白莉苹、许宁那里借到许多政治、经济、哲学、文学的书。有许多书她是看不懂的,像《反杜林论》、《哲学之贫困》,她看着简直莫名其妙。可是青年人热烈的求知欲望和好高骛远的劲头,管它懂不懂,她还是如饥如渴地读下去。当时余永泽还没回来,她一个人是寂寞的,因此她一天甚至读十五六个钟头。一边吃着饭一边也要读。钱少了,她每天只能买点棒子面蒸几个窝头吃。懒得弄菜,窝头不大好吃,可是因为捧着书本全神贯注在这上面,一个窝头不知不觉就吃完了。自从发明了这种"佐食法",她对于书本一会儿也不愿离开。

"许宁,请你告诉我:形而上学和形式论理学是一个东西吗?"

"辩证法三原则什么地方都能够应用,那你说,否定之否定应当怎么解释呢?……"

"苏联为什么还不实行共产主义社会?中国要到了共产主义社会,那将是个什么样子呀?"

…………

许宁常去找白莉苹,顺便也常看看她。每次见到他,道静都要提出许多似懂不懂的问题。弄得许宁常常摇头摆手地笑道:

"啊呀,小姐!你快要变成大腹便便的书虫子了!人怎么能一下子消化掉这么多的东西呀?我这半瓶子醋,可回答不了你。"话是这样说,可是谈起理论,许宁还是一套套地向道静谈得津津有味、头头是道。道静深深为她新认识的朋友们感到骄傲和幸福。于是她那似乎黯淡下去的青春的生命复活了,她快活的心情,使她常常不自觉地哼着、唱着,好像有多少精力施展不出来似的成天忙碌着。这心情是余永泽所不能了解的,因此,他发生了怀疑,他陷在莫名其妙的嫉妒的痛苦中。

…………

第十四章

…………

许宁已经走远了。道静还一个人站在门槛上望着他的背影微笑着。她从来还没有参加过任何游行集会,这么多人群聚在一起将是个什么情景呢?……她被一种新奇的神秘似的感觉兴奋得许久都不能安静下来。

余永泽腋下挟着一叠子书回家来了,道静忘情地拉着他:"泽,明天我要去参加'三一八'纪念游行,你也同去吧。"

"什么?你要干什么去?"余永泽惊愕地瞪着道静。

"'三一八'纪念游行,你又不愿意呀?"

余永泽懒洋洋地放下书本,半天才开口说话,声调那么凄凉:

"静,听我一次话,不要去吧。听说外面常捕人……救国的事还可说,可是'三一八'算个什么纪念日?万一……静,安静一点!天有不测风云,谁知道哪一块云彩下雨……"他注视着道静,脸上又露出了那种乞求似的哀愁。

"不行!谁像你这样胆小,掉下个树叶也怕砸死你!"道静对余永泽别的规劝或啰嗦还都比较能够忍耐,惟独关于革命方面的事,她简直点火就着,是最不能容忍的。"算啦,我还打算叫你跟我一起去呢,闹半天,你还想拉我的后腿。算啦,谁也别管谁!”刚一说完她就跑出去了。

她找到她的好朋友王晓燕。老卢叫尽量多发动人,她很希望自己能多找几个人一块儿去。可是晓燕问她:“游行干什么事呀?”

“反对日本帝国主义的侵略,反对国民党的不抵抗主义,反对帝国主义的走狗,拥护社会主义的苏联……”

晓燕沉默着,好半天没出声。道静站在她面前心神不安地看着她,好像等候判决似的。终于晓燕郑重地摇头说道:

“小林,别怪我。爸爸对我说过:青年人还是多研究些问题,少谈些主义……看你们还没游行,先就来了一大套‘主义’……我不懂这些,真的什么也不懂。”

道静蹙着眉头,她的面孔微微涨红,心里又懊丧又焦躁。“燕,你说的这些不都是胡适的学说吗?什么时候你也学会了这些东西?”

晓燕睁大眼睛,那里面闪烁着一种稚气而自信的光芒,她不好意思地怯怯地说:“小林,别问我这些。我相信爸爸的话,他很有修养……我劝你也别太相信那些‘左’倾的人的话了,读书是最要紧的。什么社会主义苏联,和我们有什么关系呢?”

晓燕虽然是不赞成她的,但是她的态度温存、心地善良,她只是不相信,不像余永泽那样的自私和胆怯。因此道静站在地上只深深感到了失望的颓丧,而没有像对余永泽那样的气恼。再说,对爱人可以任性地发发脾气,对待朋友可怎么能够拉下脸来呢。

两个朋友相对无言地怔了一阵子,道静只好怏怏地跑回家来。

夜里,余永泽和她在床上闲谈着。他用娓娓动听的低声讲起古今中外一些大作家大艺术家的爱情故事。那些人怎样生活在美的大自然中,怎样为爱情牺牲一切……他抚弄着她的头发说着说着,突然带着无限柔情低声问她:

“静,还记得吗?我们在北戴河海边的许多往事。有一次夜里,我和你一块儿坐在沙滩上,一同静静地听着海浪的声音。月亮底下,大海闪着银光,我望着你的眼睛——你的眼睛真像海水一样又深、又亮、又美呀!唉,真美极啦。望着它,我的心就像醉了一样。静,那时,我真想拥抱你、亲你……我永远不会忘掉那一晚。永远不会忘掉我们在北戴河的生活。人要永远生活在那种美妙的诗的境界中该多好呵!”他闭上眼,沉醉在往事的回忆中。过了一会,他睁开眼睛,露着沉痛的神色。“可是看看现实——滚滚尘寰,你争我夺,到处是火药气味,多么令人痛心……”他又闭起眼睛,带着朦胧的梦呓的意味抱住道静的脖子轻轻叹息。

听着余永泽的叙说,那美丽无边的大海,大海上的明月和银波,真的在道静面前荡漾起来了。她用力握住了他的手,深情地看着他:“是,泽,那真是美呀!”但是当听他说到最后,说到了现实充满着火药气味等话的时候,她才警觉起来,慢慢抽回了自己的手,小声说:“泽,别总叫我为难好不好?你应当了解我……当然,我忘不了北戴河,我们在那儿初次认识。”她的心里交错着许多复杂的情绪,她既爱将来,又不能忘掉过去。在她的心灵深处,未来和过去是两个相反的互不相容的极端,但却同时在她心里存在着、混淆着。

“亲爱的,我一点儿也不反对你正义的行动。”余永泽轻轻抚摸着她的头发说,“人生活得要有意义我知道。可是你太年轻,对复杂的魑魅魍魉的社会太缺少阅历,所以我不放心你。在北戴河如果不是我们相遇,那还不知要闯出什么祸来。你知道么?光在我们北大就有什么托派、国家主义派、无政府主义派,国民党的一些什么派还不算在内。真正的你所信仰的那个共产党是很少的。听说清党以后早就没有什么了。真正的革命在哪儿呢?你接近的那些人可靠吗?——知道他们不是挂羊头卖狗肉吗?静,我不是顽固不化的人,可是你总不了解我,认为我自私保守……我心里真难过!"他悲伤地长吁了一口气,说不下去了。

小屋里春寒未退,深夜是寒冷的。而且窗外刮着北方粗烈的风沙,震得窗纸发出沙沙的响声。道静挨着余永泽瘦削的肩膀,她陡然觉得心里一阵发冷。

"挂羊头卖狗肉?……卢嘉川、罗大方、许宁……这些人可能吗?不!不!"她竭力拂去余永泽给她心上投来的暗影。"不,不要信他的!不要信他的!"她在心里呼喊着、挣扎着,眼睛忍不住潮湿了。

"泽,你不要破坏我的信仰好不好?"过了一会,她振作起来,决然地说,"你折磨得我够瞧了,我相信他们,我一定相信他们!如果我错了,我自己负责;如果因为这个我变坏了或死了,我谁也不怨!"

"那不行!"余永泽只穿着衬衣,猛地坐了起来,他的小眼睛里闪着一种困兽似的绝望的光焰。"你是我的!你的生命和我的生命早已凝结在一起。我们要死一起死,要活一起活;可是我们不能分裂!不能离开!我不能叫你盲人瞎马地去乱闯!静,明天的游行你是绝对不能参加的。明白不?这是我第一次干涉你的行动,可是我必须干涉!"

"我不叫你干涉!"道静也霍地坐起身来面冲着墙喊道,"我现在才明白你讲了大半夜的目的只有两个字——这就是'干涉'!你为什么干涉?我是去放火抢劫?还是去找情人谈情?你说得美妙动人、天花乱坠,闹了半天只是拐弯抹角地迷惑人、动摇人……你简直是要我的命!"

他们争吵着,闹得公寓里的邻居都不能安睡。有的人就高声咳嗽起来,他们才渐渐安静下去。

这一夜林道静整夜没有睡着。天色刚亮,她望望身旁熟睡着的余永泽,就悄悄爬起了床。好像小偷一般蹑手蹑脚地脸也没洗就溜出门去——她怕吵醒他,他要真的再拦她,闹得四邻皆知是很危险的。

她到北大女生宿舍王晓燕那儿洗了洗脸,又动员她去参加,她还是不去,她就一个人到北大红楼后面去了。

…… ……

第十八章

上午,林道静在火炉上蒸上了馒头,就拿着一本《辩证法教程》坐在窗前的椅子上读起来。但是当她的眼睛看到了书里夹着的一块小小的红布片,书就读不下去了。她只好放下书本,拿起这鲜红的小布片把玩起来。她像欣赏心爱的宝物,脸上含着笑,嘴里

轻轻自语着:

"呵,'五一',你又过去啦!"

在"五一"这个伟大的纪念日那天,她又被卢嘉川招呼着去参加了游行示威。开始,她和几个临时集合在一起的人隐藏在天桥附近的小胡同里,卢嘉川先来交给他们一卷传单,检查他们是否带来了小旗和石灰粉,当得到了肯定的答复,他立刻转身走开了。剩下他们在小胡同里又串游了一会。当负责联络的交通员走来告诉他们即刻到天桥大马路上去集合时,一阵风似的,他们从小胡同里窜了出来;同时,别的小胡同里也蹿出了许多人。于是人群迅急汇合成了昂奋的队伍。道静总想靠近卢嘉川,靠近他就觉得安心,好像有保障似的。可是他特别忙,一转眼他又跑到前面去了。她正在人群中拥挤着前进,突然一面红色的大旗灿烂地招展在空中,好像阴霾中升起了鲜红的太阳。她仰头望见大旗上面的黑字:

"全世界无产阶级联合起来!"

她的心忍不住怦怦地乱跳了。热烈地高喊着的口号,向空中抛撒着的传单,挥舞着的拳头,和无数迎风飘动的红旗,这一切使大地好像突然震动起来了……可是,这种情况不过持续几分钟,接着又是尖厉的警笛,又是飞奔的摩托,又是砰砰的枪声,全副武装的军警又从四面八方包围上来。

…………

道静捏住小布片蹙起眉头。卢嘉川英俊的面孔,这时又清楚地显现在她的眼前。军警冲散了人群,捕捉着人们,他是负责保卫扛大旗的同志的,当大旗被折断,扛大旗的同志即将被捉走时,他突然跳上去狠狠地给了那个刽子手一拳,同时把石灰粉奋力一撒,在硝烟弥漫中扛大旗的同志乘机跑走了,几个军警就转身追起他来。林道静是跟着他跑的,——他曾挥手叫她走开,但是她不。她飞跑着,朝他跑的方向跑。他刚要跑进一个小胡同里,一个灰衣的宪兵向他头上连着射了两枪,并且眼看就追上了他。他猛地回过身来又把一个小包用力向外一抖,空中立时弥漫起一阵呛人的白烟。石灰粉发挥了它奇妙的效果,乘着军警们睁不开眼睛的一霎间他逃跑了。道静学习了他的办法,那包石灰粉也救了她,她也逃脱了。最后她按照事先的约定,在陶然亭那儿又遇见了他,他挽着她的手臂,好像一对爱人似的,但他们只说了几句话就迅速分开了。当他们一起走着的时候,她看见他的口袋缝里还夹着一片撕碎的红旗,她就拿了过来,留作这个伟大日子的珍贵纪念品。

"呵,他是多么勇敢、多么能干呵!"一想到卢嘉川在"三一八"和"五一"这两个日子里的许多表现,她心里油然生出一种钦佩、爱慕,甚至比这些还更复杂的情感。她自己也说不上是什么,只是更加渴望和他见面,也更加希望从他那儿汲取更多的东西。

午后,余永泽上课去了,她见白莉苹在家,就到她屋里去坐。

"小林,昨天'五一'你去参加游行啦?"白莉苹挤挤眼皮顽皮地一笑。

"去啦。白姐姐,你怎么没去?"

"我么?有别的工作呀。"白莉苹急忙岔开了话,把手臂搭在道静的肩膀上笑着。"小林,昨晚,又跟你那老夫子吵架啦?嘿,傻孩子,你为什么老跟这样的人凑在一块儿?

难道找不出比他可爱的男人来?”白莉苹看着余永泽总穿着长袍大褂像个学究,就一直称呼他老夫子。

“不用你操心!”道静露着两排洁白的牙齿也笑了。“谁像你这个样儿:见一个爱一个,见两个爱一双——恋爱专家。”

“得啦,你不要倒打一耙!我真是为你好。你看他那酸溜溜的样儿有什么爱头呢?嘿,小林,你看老卢怎么样?活泼、勇敢、又能干又漂亮,你要同意,我给你俩介绍介绍好不好?”

道静的心突突地跳起来了。她想不到白莉苹在玩笑中,竟把自己的名字和这样可敬可爱的人的名字连到了一起。她红着脸,呆呆地睁大眼睛看着她。白莉苹趁势抱住她的肩膀,把脸挨在她耳旁,吃吃地笑着,说:

“好孩子,犹疑什么?‘新的恋爱不起,旧的恋爱不会消灭。’这是哪个文学家的话呀?你那个老夫子可真不值得爱,还是大胆地创造新生活吧!”

“不,他爱我,我怎么能忍心离开他。”道静感到不能再开玩笑了,白莉苹是在真心实意地和她谈话,于是她摇着头低声回答。

“等着余永泽给你挂节孝牌吧!”白莉苹的脸色变庄重了,嘴角带着一丝讥讽的笑意。“你还想革命哩,连这么一点芝麻粒大的事情——私人的事情算得什么?——都不敢革,还说别的!”

轻轻的一句话,可把道静刺痛了。她放松了白莉苹的手,低着头坐在椅子上不再出声。她知道她和余永泽之间已经有了一道不可弥补的裂痕,这裂痕随着她对于新生活的奔赴,是在日益加深。可是她可怜他,这种感情,像千丝万缕绊着她,同时,她又认为革命者是不应该关心个人的问题的,于是她忍住了矛盾的痛苦,忍住了一切的不满,希望就这样和余永泽凑合下来。可是白莉苹的这句“芝麻粒大的事情”使她恍然若有所悟,她朦胧地意识到自己不是对于个人问题看得太轻,而是过重;是在一种“不必关心”的掩饰下的苟且偷安。

她迷惘地望着窗外蓝色的天空,沉默着。白莉苹却以为她生了自己的气,她歪头对她观察了一下,就抱住她,哄小孩似的:

“好啦,小林,别生气啦!既然你那老余这么可爱,你就去爱吧!我可不敢拆散你们。不过,我告诉你一件事,”她松开道静的手站起身来,神气很严肃,“你不是知道崔秀玉到东北义勇军里去了吗?当初她希望许宁和她一同去,——他们的感情已经怪深的了。可是许宁——你不是也知道他讲起话来一套套挺漂亮吗,可是办起事来就不大带劲了。他不去,舍不得妈妈,舍不得学业——当然也怪我,我也把他拉住了。可是不能不佩服小崔,她正上着学,也正恋着许宁,可是为了革命事业她一甩袖子就走了。小林,你别学许宁,也别学我,还是学小崔——你大概不知道,她是朝鲜人呢。”

“朝鲜人!……”

道静看着白莉苹的嘴唇一张一合地动着,微微惊讶地重复了一句,就再没有话说了。

她回到自己房里后,心情烦恼,一头倒在床上,陷入纷乱的思潮中。

天黑下来了,她连晚饭也忘了做。

"静,你多美!真像海棠春睡的美人儿……"余永泽不知什么时候走进屋里来了,他瞅着侧卧着的林道静,悄悄地说。

道静没有理他,拿起一本书盖上了脸。他就走上去拿下书本,顺便向书皮望了一眼——《资本论》。他微微蹙蹙眉头笑道:

"马克思先生的大弟子,您又在研究什么问题哪?"

"干么讽刺人!"她对他的脸看了一会儿,忽然感到:她所爱的那个余永泽早已不存在了;这个人已经变得多么庸俗可厌了呀。于是一种失望的气恼冲上心头,她不由得又冲口说道:"马克思的弟子总比胡适之的弟子强!"

"你说什么?"余永泽也有点恼火。"胡适之的弟子有什么不好?"

"好极啦!专门拍统治阶级的马屁,拍帝国主义的马屁,帮蒋介石来统治学生,那怎么会不好呢?"道静把书本向床上一丢,轻蔑地扭转了身子。

余永泽两手抱住头倚在桌子上。他竭力忍耐着,终于还是抬头冷笑道:

"革命呀,奋斗呀,说说漂亮话多么好听呀!可是我就没见过几个革命的少爷、小姐下过煤窑。因为这总比喊几句什么普罗列塔利亚、布尔乔亚之类的字眼要不舒服得多!"

"不许你胡说!"道静跳下床来,激愤地盯着他喊道,"你已经叫我受够了,请你发发慈悲叫我走吧!"

一句话就把紧张的空气冲散了。余永泽变得像秋虫儿一样可怜了。他嘶哑着嗓子哀求着:

"亲爱的!我的生命,你不能走!"

临睡前,两人才和好了。余永泽看着道静,高兴地说:

"今天我回来的时候本来挺高兴,想赶快告诉你一个好消息,不想咱们又闹了个误会吵起来。静,以后咱们不要吵了……不说这些了。你知道毕了业,我的职业不成问题啦,这不是好消息吗?"

"什么职业?离毕业还有两三个月呢。"

"但是要早一点准备呀!一个饭碗你知道有多少人在抢?"余永泽带着胜利者的骄傲,又带着怕惹动道静的惶悚,轻声说,"李国英跟胡适很熟——别生气,我不是崇拜他,只不过是为咱们的生活……这样托李介绍,把我的一篇考证论文给胡适看了,不想胡先生倒很欣赏,叫李国英带我去见他。今天我真就见了他,他鼓励我一番,教我还要好好用功,又讲了些治学的方法,末了,答应毕业后,职业由他负责……静!"他使劲握住道静的手,小眼睛闪烁着快活的光芒,"听说哪个学生要叫他赏识了,那么,那个人的前途、事业可就大有希望呢。"

"嗯。"道静咬着嘴唇望着他那沾沾自喜的神色。"那么,你真正成了胡博士的大弟子了!"

"亲爱的!"余永泽用巴掌按在道静的嘴巴上,装着庄严的口吻,"静,你不要总被那些革命的幻想迷惑了,现实总是现实呀。胡适是'五四'以来的大学者,他还能害咱们青年人吗?这两年,你跟着我也够苦了,我心里常常觉得对不起你。有的同学都说我:‘老余,看你的她长得倒不错,为什么不给她打扮得漂亮一点?’真是,毕业后,要是弄个好职位,我第一个心愿就是给你缝两件丝绒袍子,做几件好料子的绸纱衫,再做件漂亮的大衣,——你喜欢什么颜色的?亲爱的,我可最喜欢你穿咖啡色的或者淡绿色的,那显得又年轻、又大方。那时,叫人们看看我的静是个、是个惊人的漂亮的姑娘……”他说得兴奋了,猛地把道静推到电灯底下,自己跳到屋子的另一角,好像第一次发现她,他歪着脑袋,眯缝着眼睛,得意地欣赏起她的美貌来。“静,你哪儿都好,就是肩膀宽一点,嘴大一点。古时的美人都是削肩、小口。你还记得‘樱桃樊素口,杨柳小蛮腰’这两句诗吗?怎么?你又生气啦?为什么皱起眉头?来,咱们睡吧,打我一顿也可以,就是不要老生气。”

道静本来又要翻脸的。她怎么能够忍受这些无聊的、拿她当玩意儿的举动呢?但是她疲乏了,浑身松软得没有一点力气了,终于没有出声。刚一睡下,她就被许多混沌的噩梦惊醒来。在黑暗中她回过身来望望睡在身边的男子,这难道是那个她曾经敬仰、曾经热爱过的青年吗?他救她,帮助她,爱她,哪一样不是为他自己呢?……蓦然,白莉苹的话跳上心来。——卢……革命,勇敢……“他,这才是真正的人。”想到这儿她微笑了。窗外的树影在她跟前轻轻摇摆,“他,知道我是多么敬佩他么?……”这时她的心里流过了一股又酸又甜的浆液,她贪婪地吸吮着,觉得又痛苦又快乐。

这夜里她做了一个奇怪的梦。

在阴黑的天穹下,她摇着一叶小船,飘荡在白茫茫的波浪滔天的海上。风雨、波浪、天上浓黑的云,全向这小船压下来、紧紧地压下来。她怕,怕极了。在这可怕的大海里,只有她一个人,一个人呵!波浪像陡壁一样向她身上打来;云像一个巨大的妖怪向她头上压来。她惊叫着、战栗着。小船颠簸着就要倾覆到海里去了。她挣扎着摇着橹,猛一回头,一个男人——她非常熟悉的、可是又认不清楚的男人穿着长衫坐在船头上向她安闲地微笑着。她恼怒、着急,“见死不救的坏蛋!”她向他怒骂,但是那个人依然安闲地坐着,并且掏出了烟袋。她暴怒了,放下橹向那个人冲过去。但是当她扼住他的脖子的时候,她才看出:这是一个多么英俊而健壮的男子呵,他向她微笑,黑眼睛多情地充满了魅惑的力量。她放松了手。这时天仿佛也晴了,海水也变成蔚蓝色了,他们默默地对坐着,互相凝视着。这不是卢嘉川吗?她吃了一惊,手中的橹忽然掉到水中,卢嘉川立刻扑通跳到海里去捞橹。可是黑水吞没了他,天又霎时变成浓黑了。她哭着、喊叫着,纵身扑向海水……

她醒来的时候,余永泽轻轻在推她:

“静,你怎么啦?喊什么?我睡不着,正考虑我的第二篇论文。把它写出来再交给胡先生,我想暑假后的位置会更好一点。”

道静在迷离的意境中,还在追忆梦中情景,这时,她翻了个身含糊应道:

“睡吧,困极啦!”

但是和余永泽一样,她也在想着自己的心事,一夜都失了眠。

(作家出版社 1958 年版)

杨沫(1914—1995),原名杨成业。著有长篇小说《青春之歌》、《东方欲晓》、《芳菲之歌》等。

《青春之歌》于1958年1月由作家出版社出版。修改本于1960年由人民文学出版社出版。

《青春之歌》是当代文学史上第一部以中国共产党领导的学生运动为题材的长篇小说,也是一部探索民主革命时期知识分子成长道路问题的小说。小说以"九一八"事变到"一二·九"运动为背景,展现了动荡年代知识分子的觉醒与分化,歌颂了党所领导的青年学生运动,谱写了一曲革命的青春之歌。

知识分子题材自鲁迅开创以来,一直是新文学的重要创作母题,对革命历史的回顾更成为当代文学初创期的重要观照方式。《青春之歌》就是在宏阔的革命背景中塑造了一批典型而复杂的知识分子群像,其中尤以林道静的形象最具光彩。小说以林道静的成长轨迹为线索,真实地艺术地展现了她从一个小资产阶级知识分子成长为无产阶级革命战士的艰难历程。

林道静复杂而沉痛的身世和苦难的成长环境造就了她桀骜不驯、优柔寡断的双重性格和同情弱者的善良品格。林道静的成长经历了三个阶段。第一阶段是为反抗包办婚姻而出走北平,当她的继母阴谋把她作为供品送给公安局长做姨太太时,她愤然反抗,出走北平来到北戴河投奔杨庄小学的表哥,这是她追求个性解放和人格独立的开始。然而社会现实和未来的道路并没有想象的那样美好。表哥已经离开学校,校长又设置陷阱要把她送给县长作姨太太,林道静在绝望中投海自杀,被北大学生余永泽救起。第二阶段是与余永泽相爱回到北平同居再到最终分手,这是她由个性解放走向社会解放的重要转折。在这段时间,一方面是余永泽的自私、庸俗和卑劣逐渐暴露,两人在政治态度、生活道路和爱情观念上产生严重的分歧,富有浪漫和幻想色彩的爱情开始破灭。另一方面是林道静接受了共产党的领导,积极投身学生运动。林道静与余永泽的决裂,是她追求人格独立的反抗性格的必然发展,也是她关心民族危亡、追求真理的性格发展的必然,是一次质的飞跃。第三阶段是她在林红和江华等共产党人的引导下,经历了两次狱中生活的严峻考验和农村斗争的实际锻炼,她逐步克服了自身的弱点,最终在斗争中成为一个共产主义战士。并重回北平领导了壮阔的"一二·九"学生运动,实现了自己的人生价值和生命意义。

《青春之歌》以林道静为中心组织情节结构,展开叙述,有条不紊地概括了大量的社会内容。小说运用了浓郁的抒情笔调,闪耀着青春激情和理想的光芒;艺术表现上善于运用对比烘托,以落后者的丑恶来反衬革命者的完美。《青春之歌》的不足在于缺少对人性复杂性的探讨,带有政治图解和革命加恋爱的叙述痕迹。(王丽)

创业史（第一部）（存目）

柳　青

柳青（1916—1978），原名刘蕴华，陕西吴堡人。著有长篇小说《种火记》、《铜墙铁壁》、《创业史》等。

长篇小说《创业史》被誉为表现中国农村社会主义革命的史诗性巨著。《创业史》第一部于1959年4月先在《延河》杂志上连载，后来在《收获》上一次登完。之后，柳青再次修订，1960年5月，《创业史》由中国青年出版社出版，受到广大读者的热烈欢迎。

作品以陕西关中平原的蛤蟆滩为背景，以青年农民梁生宝领导的互助组的建立为线索，展示了农业合作化运动初期农村复杂的思想斗争、路线斗争和阶级斗争，真实地表现了农村社会主义改造时期农民的思想、心理及人与人关系的艰难曲折的变化过程。

《创业史》不以情节取胜而以写人见长。梁生宝与梁三老汉是小说中的两个主要人物。梁生宝是社会主义革命中涌现出的一代新人。作者说："我要把梁生宝描写成党的忠实儿子，我以为这是当代英雄最基本的、最有普遍性的性格特征。"依据这种思路，小说着重描写了梁生宝对党的淳朴、深厚的感情和对党的事业的忠诚，他把自己的一切热情、智慧、时间和精力都投入到党的事业。此外，作者还赋予梁生宝善于思考、勤于思考的品格。这种敏于思考的习惯使梁生宝摆脱了一般农民那种愚昧状态，成为一个具有自觉革命意识的新英雄。梁三老汉是一个农民小私有者的典型。从他的阶级本质看，他跟梁生宝的心是相通的，对社会主义有一种天然的向心力；但是，在旧时代长期形成的小生产者的自私性、狭隘性、保守性，又使得这位老农民对社会主义有暂时的隔膜。这是一个充满矛盾心理的人物，而他的矛盾心理又使他成为两种势力争夺的对象，因而梁三老汉的形象在作品中具有特殊的地位和意义。通过梁三老汉这一形象，作品生动地体现了公有制代替私有制的艰难进程。

《创业史》的艺术构思宏大深邃，具有史诗的特点。从内部结构上讲，作品由公有制战胜私有制这条红线贯穿着五组矛盾：梁生宝与梁三老汉，姚士杰、郭世富、郭振山的矛盾，以及梁生宝与徐改霞之间的爱情纠葛。这五组矛盾有主有次，时隐时现，互相交错。从外部结构上讲，作品开头有题叙，回顾旧社会劳动人民的创业史，实际上是一部劳苦史、饥饿史和耻辱史，从而写出新社会创业的历史背景。中间三十章是正文，全面展开情节。最后是结局，合作化取得初步胜利，灯塔农业社成立，但又预示着新的矛盾斗争即将展开，这样，第一部的结局又将成为第二部的题叙。（张敏）

李自成(一、二)(存目)

姚雪垠

姚雪垠(1910—1999),原名姚冠三,河南邓县人。多卷本长篇历史小说《李自成》是姚雪垠的代表作。其一、二、三卷分别出版于1963年、1976年、1981年,其中第二卷获首届"茅盾文学奖"。

《李自成》以明末清初李自成领导的起义军与明王朝之间的斗争为主轴,多侧面地反映了明清之际的民族矛盾、统治阶级内部的矛盾和农民起义军之间的矛盾,是一部明末社会的百科全书。作品以历史唯物主义的观点总结了中国农民运动的基本规律和历史经验。

《李自成》最突出的成就是成功地塑造了一批血肉丰满、栩栩如生的艺术形象。全书有三百多个人物,囊括了当时社会各阶级、各阶层和各行业的人物。李自成作为全书的中心人物,是一个农民领袖的典型形象。通过一系列场面和细节描写,如南原大战、谷城之行、逐鹿中原等,作品着重描写了他作为一名政治领袖和军事统帅的胸怀和才干。同时,作品也真实地写出了李自成作为农民领袖的阶级和历史局限性,如他头脑中的迷信思想、帝王思想及军事上的流寇主义等。

历史真实与艺术真实的高度统一是《李自成》的又一成就。作者把历史研究与艺术创造有机结合起来,一方面,对作品中所写的每一件事,每个人,都尽量做到有历史依据;另一方面,在不违背历史规律和重大史实的前提下,进行大胆的艺术想象和虚构。《李自成》为中国历史小说的创作发展提供了可贵的经验。

宏伟严谨的艺术结构,富于变化的写作笔法,是《李自成》的创作特色。作品采用复线发展的结构方法,主线是李自成领导的农民起义军与崇祯明王朝之间的斗争,其他如清兵骚扰、明王朝对清的主战与议和的矛盾、起义军内部的矛盾等作为副线。主线一贯到底,各副线相对独立,但又从属并围绕主线展开。在章节的转换上,采取横云断峰的布局,使情节跌宕多姿。作者还借鉴了我国古典小说的经验,常于情节过渡处设置悬念,使作品更加吸引读者。

作品的民族特色表现在:作家描写了绚丽而富有民族色彩的历史生活画面,真实地反映了各地的乡土民情、风俗习惯、社会风貌和典章制度,组成了一幅幅丰富多彩的风俗画,展现了中国封建社会的独特色彩。(张敏)

游园惊梦

白先勇

钱夫人到达台北近郊天母窦公馆的时候，窦公馆门前两旁的汽车已经排满了，大多是官家的黑色小轿车。钱夫人坐的计程车开到门口她便命令司机停了下来。窦公馆的两扇铁门大敞，门灯高烧，大门两侧一边站了一个卫士，门口有个随从打扮的人正在那儿忙着招呼宾客的司机。钱夫人一下车，那个随从便赶紧迎了上来，他穿了一身藏青哔叽的中山装，两鬓花白。钱夫人从皮包里掏出了一张名片递给他，那个随从接过名片，即忙向钱夫人深深地行了一个礼，操了苏北口音，满面堆着笑容说道：

"钱夫人，我是刘副官，夫人大概不记得了？"

"是刘副官吗？"钱夫人打量了他一下，微带惊愕地说道，"对了，那时在南京到你们公馆见过你的。你好，刘副官。"

"托夫人的福。"刘副官又深深地行了一礼，赶忙把钱夫人让了进去，然后抢在前面用手电筒照路，引着钱夫人走上一条水泥砌的汽车过道，绕着花园往正屋里行去。

"夫人这向好？"刘副官一行引着路，回头笑着向钱夫人说道。

"还好，谢谢你，"钱夫人答道，"你们长官夫人都好呀？我有好几年没见着他们了。"

"我们夫人好，长官最近为了公事忙一些。"刘副官应道。

窦公馆的花园十分深阔，钱夫人打量了一下，满园子里影影绰绰，都是些树木花草，围墙周遭，却密密地栽了一圈椰子树，一片秋后的清月，已经升过高大的椰树杆子来了。钱夫人跟着刘副官绕过了几丛棕榈树，窦公馆那座两层楼的房子便赫然出现在眼前，整座大楼，上上下下灯火通明，亮得好像烧着了一般。一条宽敞的石级引上了楼前一个弧形的大露台，露台的石栏边沿上却整整齐齐地置了十来盆一排齐胸的桂木，钱夫人一踏上露台，一阵桂花的浓香便侵袭过来了。楼前正门大开，里面有几个仆人穿梭一般来往着。刘副官停在门口，哈着身子，做了个手势，毕恭毕敬地说了声：

"夫人请。"

钱夫人一走入门内前厅，刘副官便对一个女仆说道：

"快去报告夫人，钱将军夫人到了。"

前厅只摆了一堂精巧的红木几椅，几案上搁了一套景泰蓝的瓶樽，一只鱼篓瓶里斜插了几枝万年青；右侧壁上，嵌了一面鹅卵形的大穿衣镜。钱夫人走到镜前，把身上那件玄色秋大衣卸下，一个女仆赶忙上前把大衣接了过去。钱夫人往镜里瞟了一眼，很快地用手把右鬓一绺松弛的头发抿了一下。下午六点钟才去西门町红玫瑰做的头发，刚才穿过花园，经风一撩，就乱了。钱夫人往镜子又凑近了一步，身上那件墨绿杭绸的旗袍,她也觉得颜色有点不对劲儿。她记得这种丝绸,在灯光底下照起来,绿汪汪翡翠似的,大概这间前厅不够亮,镜子里看起来,竟有点发乌,难道真的是料子旧了?这份杭绸还是从南京带出来的呢。这些年都没舍得穿,为了赴这场宴才从箱子里拿出来裁了。早知如此,还不如到鸿翔绸庄去买份新的。可是她总觉得台湾的衣料粗糙,光泽扎眼,尤其是丝绸,哪里及得上大陆货那么细致,那么柔熟?

"五妹妹到底来了。"一阵脚步声,窦夫人走了出来,一把便攥住了钱夫人的双手笑道。

"三阿姐,"钱夫人也笑着叫道,"来晚了,累你们好等。"

"哪里的话,恰是时候,我们正要入席呢。"

窦夫人说着便挽了钱夫人往正厅走去。在走廊上,钱夫人用眼角扫了窦夫人两下,她心中不禁觑敲起来:桂枝香果然还是没有老。临离开南京那年,自己明明还在梅园新村的公馆替桂枝香请过三十岁的生日酒,得月台的几个姐妹淘都差不多到齐了——嫁给上海棉纱大王陶鼎新的老二露凝香,桂枝香的妹子后来嫁给任主席任子久做小的十三天辣椒,还有她自己的亲妹妹十七月月红——几个人还学洋派凑份子替桂枝香定制了一个三十寸两层楼的大寿糕,上面足足插了三十根红蜡烛。现在她总该有四十大几了吧?钱夫人又朝窦夫人瞄了一下。窦夫人穿了一身银灰洒朱砂的薄纱旗袍,足上也配了一双银灰闪光的高跟鞋,右手的无名指上戴了一只莲子大的钻戒,左腕也笼了一副白金镶碎钻的手串,发上却插了一把珊瑚缺月钗,一对寸把长的紫瑛坠子直吊下发脚外来,衬得她丰白的面庞愈加雍容矜贵起来。在南京那时,桂枝香可没有这般风光,她记得她那时还做小,窦瑞生也不过是个次长,现在窦瑞生的官大了,桂枝香也扶了正,难为她熬了这些年,到底给她熬出了头了。

"瑞生到南部开会去了,他听说五妹妹今晚要来,特地着我向你问好呢。"窦夫人笑着侧过头来向钱夫人说道。

"哦,难为窦大哥还那么有心。"钱夫人答道。一走近正厅,里面一阵人语喧笑便传了出来,窦夫人在正厅门口停了下来,又握住钱夫人的双手笑道:

"五妹妹,你早就该搬来台北了,我一直都挂着,你一个人住在南部那种地方有多冷清呢?今夜你是无论如何缺不得席的——十三也来了。"

"她也在这儿吗?"钱夫人问道。

"你知道呀,任子久一死,她便搬出了任家。"窦夫人说着又凑到钱夫人耳边笑道,"任子久是有几份家当的,十三一个人也算过得舒服了。今晚就是她起的哄,来到台湾还是头一遭呢。她把天香票房里的几位朋友搬了来,锣鼓笙箫都是全的,他们还巴望着你上去显两手呢。"

"罢了,罢了,哪里还能来这个玩意儿!"钱夫人急忙挣脱了窦夫人,摆着手笑道。

"客气话不必说了,五妹妹,你当年的老功夫一定是在的,连你蓝田玉都说不能,别人还敢开腔吗?"窦夫人笑道,也不等钱夫人分辩便挽了她往正厅里走去。

正厅里东一堆西一堆,锦簇绣丛一般,早坐满了衣裙明艳的客人。厅堂异常宽大,呈凸字形,是个中西合璧的款式。左半边置着一堂软垫沙发,右半边置着一堂紫檀硬木桌椅，中间地板上却隔着一张两寸厚刷着二龙抢珠的大地毯。沙发两长四短，对开围着，黑绒底子洒满了醉红的海棠叶儿，中间一张长方矮几上摆了一只两尺高天青细磁胆瓶，瓶里冒着一大蓬金骨红肉的龙须菊。右半边八张紫檀椅子团团围着一张嵌纹石桌面的八仙桌。桌子上早布满了各式的糖盒茶具。厅堂凸字尖端，也摆着六张一式的红木靠椅，椅子三三分开，圈了个半圆，中间缺口处却高高竖了一档乌木架流云蝙蝠镶云母片的屏风。钱夫人看见那些椅子上搁满了铙钹琴弦，椅子前端有两个木架，一个架着一只小鼓，另一只却齐齐地插了一排笙箫管笛。厅堂里灯光辉煌，两旁的座灯从地面斜射上来，照得一面大铜锣金光闪烁。

窦夫人把钱夫人先引到厅堂左半边，然后走到一张沙发跟前对一位五十多岁穿了珠灰旗袍，带了一身玉器的女客说道：

"赖夫人，这是钱夫人，你们大概见过的吧？"

钱夫人认得那位女客是赖祥云的太太，以前在南京时，社交场合里见过几面，那时赖祥云大概是个司令官，来到台湾，报纸上倒常见到他的名字。

"这位大概就是钱鹏公的夫人了？"赖夫人本来正和身旁一位男客在说话，这下才转过身来，打量了钱夫人半晌，款款地立了起来笑着说道。一面和钱夫人握手，一面又扶了头。说道：

"我是说面熟得很！"

然后转向着身边一位黑红脸身材硕肥头顶光秃穿了宝蓝丝葛长袍的男客说：

"刚才我还和余参军长聊天，梅兰芳第一次到上海在丹桂第一台唱的是什么戏，再也想不起来了。你们瞧，我的记性！"

余参军长老早立了起来，朝着钱夫人笑嘻嘻地行了一个礼说道：

"夫人久违了。那年在南京励志社大会串瞻仰过夫人的风采的。我还记得夫人票的是'游园惊梦'呢！"

"是呀。"赖夫人接嘴道，"我一直听说钱夫人的盛名，今天晚上总算有耳福要领教了。"

钱夫人赶忙向余参军长谦谢了一番，她记得余参军长在南京时来过她公馆一次，可是她又仿佛记得他后来好像犯了什么大案子被革了职退休了。接着窦夫人又引着她过去把在座的几位客人都一一介绍一轮。几位夫人太太她一个也不认识，她们的年纪都相当年轻，大概来到台湾才兴起来的。

"我们到那边去吧，十三和几位票友都在那儿。"

窦夫人说着又把钱夫人领到厅堂的右手边去。她们两人一过去，一位穿红旗袍的女客便踏着碎步迎了上来，一把便将钱夫人的手臂勾了过去，笑得全身乱颤说道：

"五阿姐，刚才三阿姐告诉我你也要来，我就喜得叫道：'好哇，今晚可真把名角给抬了出来了！'"

钱夫人方才听窦夫人说天辣椒蒋碧月也在这里，她心中就踌躇了一番，不知天辣椒嫁了人这些年，可收敛了一些没有。那时大伙儿在南京夫子庙得月台清唱的时候，有风头总是她占先，扭着她们师傅专拣讨好的戏唱。一出台，也不管清唱的规矩，就脸朝了那些捧角的,一双眼睛钩子一般,直伸到台下去。同是一个娘生的,性格儿却差得那么远。论到懂世故,有担待,除了她姐姐桂枝香再也找不出第二个人来。桂枝香那儿的便宜,天辣椒也算捡尽了。任子久连她姐姐的聘礼都下定了,天辣椒却有本事拦腰一把给夺了过去。也亏桂枝香有涵养,等了多少年才委委曲曲做了窦瑞生的三房。难怪桂枝香老叹息说,是亲妹子才专拣自己的姐姐往脚下踹呢!钱夫人又打量了一下天辣椒蒋碧月,蒋碧月穿了一身火红的缎子旗袍,两只手腕上,铮铮锵锵,直戴了八只扭花金丝镯,脸上勾得十分入时,眼皮上抹了眼圈膏,眼角儿也着了墨,一头蓬得像鸟窝似的头发,两鬓上却刷出几只俏皮的月牙钩来。任子久一死,这个天辣椒比从前反而愈更标劲,愈更佻挞了,这些年的动乱,在这个女人身上,竟找不出半丝痕迹来。

"哪,你们见识见识吧,这位钱夫人才是真正的女梅兰芳呢!"

蒋碧月挽了钱夫人向座上几个男女票友客人介绍道。几位男客都慌忙不迭站了起来朝了钱夫人含笑施礼。

"碧月,不要胡说,给这几位内行听了笑话。"

钱夫人一行还礼,一行轻轻责怪蒋碧月道。

"碧月的话倒没有说差。"窦夫人也插嘴笑道,"你的昆曲也算是得了梅派的真传了。"

"三阿姐——"

钱夫人含糊地叫了一声,想分辩几句。可是若论到昆曲,连钱鹏志也对她说过:

"老五,南北名角我都听过,你的'昆腔'也算是个好的了。"

钱鹏志说,就是为着在南京得月台听了她的"游园惊梦",回到上海去,日思夜想,心里怎么也丢不下,才又转了回来娶她的。钱鹏志一径对她讲,能得她在身边,唱几句"昆腔"作娱,他的下半辈子也就无所求了。那时她刚在得月台冒红,一句"昆腔",台下一声满堂彩,得月台的师傅说:一个夫子庙算起来,就数蓝田玉唱得最正派。

"就是说呀,五阿姐。你来见见。这位徐太太也是个昆曲大王呢!"蒋碧月把钱夫人引到一位着黑旗袍,十分净扮的年轻女客跟前说道,然后又笑着向窦夫人说:"三阿姐,回头我们让徐太太唱'游园',五阿姐唱'惊梦',把这出昆腔的戏祖宗搬出来,让两位名角上去较量较量,也好给我们饱饱耳福。"

那位徐太太连忙立了起来,道了不敢,钱夫人也赶忙谦让了几句,心中却着实嗔怪天辣椒讲话太过冒失,今天晚上这些人,大概没有一个不懂戏的,恐怕这位徐太太就现放着是个好角色,回头要真给抬了上去,倒不可以大意呢。运腔转调,这些人都不足畏,倒是在南部这么久,嗓子一直没有认真吊过,却不知如何了。而且裁缝师傅的话果然说中:台北不兴长旗袍喽。在座的——连那个老得脸上起了鸡皮皱的赖夫人在内,个个的旗袍下摆都缩到差不多到膝盖上去,露出大半截腿子来。在南京那时,哪个夫人的旗袍不是长得快拖到脚面上来了的?后悔没有听从裁缝师傅,回头穿了这身长旗袍站出去,不晓得还登不登样。一上台,一亮相,最要紧了。那时在南京梅园新村请客唱戏,每次一站上去,还没开腔就先把那台下压住了的。

"程参谋,我把钱夫人交给你了。你不替我好好伺候着,明天罚你做东。"

窦夫人把钱夫人引到一个三十多岁的军官面前笑着说道，然后转身悄声对钱夫人说："五妹妹，你在这里聊聊，程参谋最懂戏的，我得进去招呼着上席了。"

"钱夫人久仰了。"

程参谋朝着钱夫人，立了正，利落的一鞠躬，行了一个军礼。他穿了一身浅色凡呢丁的军礼服，外套的翻领上别了一副晶亮的两朵梅花中校领章，一双短统皮鞋靠在一起，乌光水滑的。钱夫人看见他笑起来时，咧着一口齐朵朵净白的牙齿，容长的面孔，下巴剃得青亮，眼睛细长上挑，随一双飞扬的眉毛，往两鬓插去，一杆葱的鼻梁，鼻尖却微微下佝，一头墨浓的头发，处处都抿得妥妥帖帖的。他的身段颀长，着了军服分外英发。可是钱夫人觉得他这一声招呼里却又透着温柔，半点也没带武人的粗糙。

"夫人请坐。"

程参谋把自己的椅子让了出来，将椅子上那张海绵椅垫挪挪正，请钱夫人就了坐，然后立即走到那张八仙桌端了一盅茉莉香片及一个四色糖盒来，钱夫人正要伸手去接过那盅石榴红的磁杯，程参谋却低声笑道：

"小心烫了手，夫人。"

然后打开了那个描金乌漆糖盒，佝下身去，双手捧到钱夫人面前，笑吟吟地望着钱夫人，等她挑选。钱夫人随手抓了一把松瓤，程参谋忙劝止道：

"夫人，这个东西顶伤嗓子。我看夫人还是尝颗蜜枣，润润喉吧。"

随着便拈起一根牙签挑了一枚蜜枣，递给钱夫人。钱夫人道了谢，将那枚蜜枣接了过来，塞到嘴里，一阵沁甜的蜜味，果然十分甘芳。程参谋另外搬了一张椅子，在钱夫人右侧坐了下来。

"夫人最近看戏没有？"程参谋坐定后笑着问道。他说话时，身子总是微微倾斜过来，十分专注似的。钱夫人看见他又露出了一口白净的牙齿来，灯光下，照得莹亮。

"好久没看了，"钱夫人答道，她低下头去，细细地啜了一口手里那盅香片，"住在南部，难得有好戏。"

"张爱云这几天正在国光戏院演'洛神'呢，夫人。"

"是吗？"钱夫人应道，一直俯着首在饮茶，沉吟了半晌才说道，"我还是在上海天蟾舞台看她演过这出戏——那是好久以前了。"

"她的做工还是在的，到底不愧是'青衣祭酒'，把个宓妃和曹子建两个人那段情意，演得细腻到了十分。"

钱夫人抬起头来，触到了程参谋的目光，她即刻侧过了头去。程参谋那双细长的眼睛，好像把人都罩住了似的。

"谁演得这般细腻呀？"天辣椒蒋碧月插了进来笑道，程参谋赶忙立起来，让了座。蒋碧月抓了一把朝阳瓜子，跷起腿嗑着瓜子笑道："程参谋，人人说你懂戏，钱夫人可是戏里的通天教主，我看你趁早别在这儿班门弄斧了。"

"我正在和钱夫人讲究张爱云的'洛神'，向钱夫人讨教呢。"程参谋对蒋碧月说着，眼睛却瞟向了钱夫人。

"哦，原来是说张爱云吗？"蒋碧月扑哧笑了一下，"她在台湾教教戏也就罢了，偏偏又要去唱'洛神',扮起宓妃来也不像呀!上礼拜六我才去国光看来,买到了后排,只见她嘴巴动,声音也听不到,半出戏还没唱完,她嗓子先就哑掉了——嗳唷,三阿姐来请上席了。"

一个仆人拉开了客厅通到饭厅的一扇镂空心卍字的桃花心木推门,窦夫人已经从饭厅里走了出来。整座饭厅银素装饰,明亮得像雪洞一般,两桌席上,却是猩红的细布桌面,杯碗羹箸一律都是银的。客人们进去后都你推我让,不肯上坐。

"还是我占先吧,这样让法,这餐饭也吃不成了,倒是辜负了主人这番心意!"

赖夫人走到第一桌的主位坐了下来,然后又招呼着余参军长说道:

"余参军长,你也来我旁边坐下吧。刚才梅兰芳的戏,我们还没有论出头绪来呢。"

余参军长把手一拱,笑嘻嘻地道了一声:"遵命。"客人们哄然一笑便都相随入了席。到了第二桌,大家又推让起来了,赖夫人隔着桌子向钱夫人笑着叫道:

"钱夫人,我看你也学学我吧。"

窦夫人便过来拥着钱夫人走到第二桌主位上,低声在她耳边说道:

"五妹妹,你就坐下吧。你不占先,别人不好入座的。"

钱夫人环视了一下,第二桌的客人都站在那儿带笑瞅着她。钱夫人赶忙含糊地推辞了两句,坐了下去,一阵心跳,连她的脸都有点发热了。倒不是她没经过这种场面,好久没有应酬,竟有点不惯了。从前钱鹏志在的时候,筵席之间,十有八九的主位,倒是她占先的。钱鹏志的夫人当然上坐,她从来也不必推让。南京那起夫人太太们,能僭过她辈分的,还数不出几个来。她可不能跟那些官儿的姨太太们去比;她可是钱鹏志明公正道迎回去做填房夫人的。可怜桂枝香那时出面请客都没份儿,连生日酒还是她替桂枝香做的呢。到了台湾桂枝香才敢这么出头摆场面,而她那时才冒二十岁,一个清唱的姑娘,一夜间便成了将军夫人了。卖唱的嫁给小户人家还遭多少议论,又何况是入了侯门?连她亲妹子十七月月红还刻薄过她两句:姐姐,你的辫子也该铰了,明日你和钱将军走在一起,人家还以为你是他的孙女儿呢!钱鹏志娶她那年已经六十靠边了,然而怎么说她也是他正正经经的填房夫人啊。她明白她的身份,她也珍惜她的身份。跟了钱鹏志那十几年,筵前酒后,哪次她不是捏着一把冷汗,任是多大的场面,总是应付得妥妥帖帖的?走在人前,一样风华翩跹,谁又敢议论她是秦淮河得月台的蓝田玉了?

"难为你了,老五。"

钱鹏志常常抚着她的腮对她这样说道。她听了总是心里一酸,许多的委曲却是没法诉的。难道她还能怨钱鹏志吗?是她自己心甘情愿的。钱鹏志娶她的时候就分明和她说清楚了,他是为着听了她的"游园惊梦"才想把她接回去伴他的晚年的。可是她妹子月月红说的呢,钱鹏志好当她的爷爷了,她还要希冀什么?到底应了得月台瞎子师娘那把铁嘴:五姑娘,你们这种人只有嫁给年纪大的,当女儿一般疼惜算了,年轻的,哪里靠得住?可是瞎子师娘偏偏又捏着她的手,眨巴着一双青光眼叹息道:荣华富贵你是享定了,蓝田玉,只可惜你长错了一根骨头,也是你前世的冤孽!不是冤孽还是什么?除却天上的月亮摘不到,世上的金银财宝,钱鹏志怕不都设法捧了来讨她的欢心。她体验得出钱鹏志那番苦心。钱鹏志怕她念着出身低微,在达官贵人面前气馁胆怯,总是百般怂恿着她讲排场，要派头。梅园新村钱夫人宴客的款式怕不噪反了整个南京城，钱公馆里的酒席钱，“袁大头”就用得罪过花啦的。单就替桂枝香请生日酒那天吧，梅园新村的公馆里一摆就是十台，吹箫的是琴雪芳那儿搬来的吴声豪，大厨司却是花了十块大洋特别从桃叶渡的绿柳居接来的。

“窦夫人，你们大司务是哪儿请来的呀？来到台湾我还是头一次吃到这么讲究的鱼翅呢。”赖夫人说道。

“他原是黄钦之黄部长家在上海时候的厨子，来台湾才到我们这儿的。”窦夫人答道。

“那就难怪了，”余参军长接口道，“黄钦公是有名的吃家呢。”

“哪天要能借府上的大司务去烧个翅，请起客来就风光了。”赖夫人说道。

“那还不容易？我也乐得去白吃一餐呢！”窦夫人说道，客人们都笑了起来。

“钱夫人，请用碗翅吧。”程参谋盛了一碗红烧鱼翅，加了一匙羹镇江醋，搁在钱夫人面前，然后又低声笑道：

“这道菜，是我们公馆里出了名的。”

钱夫人还没来得及尝鱼翅，窦夫人却从隔壁桌子走了过来，敬了一轮酒，特别又叫程参谋替她斟满了，走到钱夫人身边，按着她的肩膀笑道：

“五妹妹，我们俩儿好久没对过杯了。”

说完便和钱夫人碰了一下杯，一口喝尽，钱夫人也细细地干掉了。窦夫人离开时又对程参谋说道：

“程参谋，好好替我劝酒啊！你长官不在，你就在那一桌替他做主人吧。”

程参谋立起，执了一把银酒壶，弯了身，笑吟吟便往钱夫人杯里筛酒，钱夫人忙阻止道：

“程参谋，你替别人斟吧，我的酒量有限得很。”

程参谋却站着不动，望着钱夫人笑道：

“夫人，花雕不比别的酒，最易发散。我知道夫人回头还要用嗓子，这个酒暖过了，少喝点儿，不会伤喉咙的。”

“钱夫人是海量，不要饶过她！”

坐在钱夫人对面的蒋碧月却走了过来，也不用人让，自己先斟满了一杯，举到钱夫人面前笑道：

“五阿姐，我也好久没有和你喝过双钟儿了。”

钱夫人推开了蒋碧月的手，轻轻咳了一下说道：

“碧月，这样喝法要醉了。”

“到底是不赏妹子的脸，我喝双份儿好啦，回头醉了，最多让他们抬回去就是了。”

蒋碧月一仰头便干了一杯，程参谋连忙捧上另一杯，她也接过去一气干了，然后把个银酒杯倒过来，在钱夫人脸上一晃。客人们都鼓起掌来喝道：

“到底是蒋小姐豪兴！”

钱夫人只得举起了杯子，缓缓地将一杯花雕饮尽。酒倒是烫得暖暖的，一下喉，就像一股热流般,周身游荡起来了。可是台湾的花雕到底不及大陆的那么醇厚,饮下去终究有点割喉。虽说花雕容易发散,饮急了,后劲才凶呢。没想到真正从绍兴办来的那些陈年花雕也那么伤人。那晚到底中了她们的道儿!她们大伙儿都说,几杯花雕那里就能把嗓子喝哑了?难得是桂枝香的好日子,姐妹们不知何日才能聚得齐,主人尚且不开怀,客人哪能恣意呢?连月月红十七也夹在里面起哄:姐姐,我们姐妹俩儿也来干一杯,亲热亲热一下。月月红穿了一身大金大红的缎子旗袍,艳得像只鹦哥儿,一双眼睛,鹃伶伶地尽是水光。姐姐不赏脸,她说,姐姐到底不赏妹子的脸,她说道。逞够了强,捡够了便宜,还要赶着说风凉话。难怪桂枝香叹息:是亲妹子才专拣自己的姐姐往脚下踹呢。月月红——就算她年轻不懂事,郑彦青他就不该也跟了来胡闹了。他也捧了满满的一杯酒,咧着一口雪白的牙齿说道:夫人,我也来敬夫人一杯。他喝得两颧鲜红,眼睛烧得像两团黑水,一双带刺的马靴啪哒一声并在一起,弯着身腰柔柔地叫道:夫人——。

"这下该轮到我了,夫人。"程参谋立起身,双手举起了酒杯,笑吟吟地说道。

"真的不行了,程参谋。"钱夫人微俯着首,喃喃说道。

"我先干三杯,表示点敬意,夫人请随意好了。"

程参谋一连便喝了三杯,一片酒晕把他整张脸都盖了过去了。他的额头发出了亮光,鼻尖上也冒出几颗汗珠子来。钱夫人端起了酒杯,在唇边略略沾了一下。程参谋替钱夫人拈了一只贵妃鸡的肉翅,自己也挟了一个鸡头来过酒。

"嗳唷,你敬的是什么酒呀?"

蒋碧月站起来,伸头前去嗅了一下余参军长手里那杯酒,尖着嗓门叫了起来,余参军长正捧着一只与众不同的金色鸡缸杯在敬蒋碧月的酒。

"小姐,这杯是'通宵酒'哪!"余参军长笑嘻嘻地说道,他那张黑红脸早已喝得像猪肝似的了。

"'呀呀啐,何人与你们通宵哪!'"蒋碧月把手一挥,打起京白说道。

"蒋小姐,百花亭里还没摆起来,你先就'醉酒'了。"赖夫人隔着桌子笑着叫道,客人们又一声哄笑起来。窦夫人也站了起来对客人们说道:

"我们也该上场了,请各位到客厅那边去吧。"

客人们都立了起来,赖夫人带头,鱼贯而入进到客厅里,分别坐下。几位男票友却走到那档屏风面前几张红木椅子前就了座,一边调弄起管弦来。六个人,除了胡琴外,一个拉二胡,一个弹月琴,一个管小鼓拍板,另外两个人立着,一个擎了一双铙钹,一个手里却吊了一面大铜锣。

"夫人,那位杨先生真是把好胡琴,他的洞箫,台湾还找不出第二个人呢,回头你听他一吹,就知道了。"

程参谋指着那位拉胡琴姓杨的票友,在钱夫人耳根下说道。钱夫人微微斜靠在一张单人沙发上,程参谋在她身旁一张皮垫矮圆凳上坐了下来。他又替钱夫人沏了一盅茉莉香片,钱夫人一面品着茶,一面顺着程参谋的手,朝那位姓杨的票友望去。那位姓杨的票友约摸五十上下,穿了一件古铜色起暗团花的熟罗长衫,面貌十分清癯,一双手指修长,洁白得像十管白玉一般,他将一柄胡琴从布袋子里抽了出来,腿上垫一块青搭布，将胡琴搁在上面，架上了弦弓，随便咿呀的调了一下，微微将头一垂，一扬手，猛地一声胡琴，便像抛线一般窜了起来，一段西皮流水，奏得十分清脆滑溜。一奏毕，余参军长便头一个跳了起来叫了声："好胡琴！"客人们便也都鼓起掌来。接着锣鼓齐鸣，奏出了一只"将军令"的上场牌子来。窦夫人也跟着满客厅一一去延请客人们上场演唱，正当客人们互相推让间，余参军长已经拥着蒋碧月走到胡琴那边，然后打起丑腔叫道：

"启娘娘，这便是百花亭了。"

蒋碧月双手捂着嘴，笑得前俯后仰，两只腕上几个扭花金镯子，铮铮锵锵地抖响着。客人们都跟着起哄喝彩起来，胡琴便奏出了"贵妃醉酒"里的四平调。蒋碧月身也不转，面朝了客人便唱了起来。唱到过门的时候，余参军长跑出去托了一个朱红茶盘进来，上面搁了那只金色的鸡缸杯，一手撩了袍子，在蒋碧月跟前做了个半跪的姿势，效那高力士叫道：

"启娘娘，奴婢敬酒。"

蒋碧月果然装了醉态，东歪西倒地做出了种种身段，弯下身去，用嘴将那只酒杯衔了起来，然后又把杯子当啷一声掷到地上，唱出了两句：

人生在世如春梦
且自开怀饮几盅

客人们早笑得滚做了一团，窦夫人笑得岔了气，沙着喉咙对了赖夫人喊道：

"我看我们碧月今晚真的醉了！"

赖夫人笑得直用绢子揩眼泪，一面大声叫道："蒋小姐醉了倒不要紧，只是莫学那杨玉环又去喝一缸醋就行了。"

客人们正在闹着要蒋碧月唱下去，蒋碧月却摇摇摆摆地走了下来，把那位徐太太给抬了上去，然后对客人们宣布道：

"昆曲大王来给我们唱'游园'了，回头再请另外一位昆曲泰斗——钱夫人来接唱'惊梦'。"

钱夫人赶忙抬起了头来，将手里的茶杯搁到左边的矮几上，她看见徐太太已经站到了那档屏风前面，半背着身子，一只手却扶在插笙箫的那只乌木架上。她穿了一身净黑的丝绒旗袍，脑后松松地挽了一个贵妇髻，半面脸微微向外，莹白的耳垂露在发外，上面吊着一丸翠绿的坠子。客厅里几只喇叭的座灯像数道注光，把徐太太那细挑的身影，袅袅娜娜地推到那档云母屏风上去。

"五阿姐，你仔细听听，看看徐太太的'游园'跟你唱的可有个高下。"

蒋碧月走了过来，一下子便坐到了程参谋的身边，伸过头来，一只手拍着钱夫人的肩，悄声笑着说道。

"夫人，今晚总算我有缘，能领教夫人的'昆腔'了。"

程参谋也转过头来，望着钱夫人笑道。钱夫人睇着蒋碧月手腕上那只金光乱窜的扭花镯子，她忽然感到一阵微微的晕眩。一股酒意涌上了她的脑门似的，刚才灌下去的那几杯花雕好像渐渐着力了,她觉得两眼发热,视线都有点朦胧起来。蒋碧月身上那袭红旗袍如同一团火焰,一下子明晃晃地烧到了程参谋的身上,程参谋衣领上那几枚金梅花,便像火星子般,跳跃了起来。蒋碧月的一对眼睛像两丸黑水银在她醉红的脸上溜转起来,程参谋那双细长的眼睛却眯成了一条缝,射出了逼人的锐光,两张脸都向着她,一齐咧着整齐的白牙,朝她微笑着,两张红得发油光的脸庞渐渐地靠拢起来,凑在一块儿,咧着白牙,朝她笑着。洞箫和笛子都鸣了起来,笛音如同流水,把靡靡下沉的箫声又托了起来,送进"游园"的"皂罗袍"中去——

原来姹紫嫣红开遍
似这般都付与断井颓垣
良辰美景奈何天
便赏心乐事谁家院——

杜丽娘唱的这段"昆腔"便算是昆曲里的警句了。连吴声豪也说:钱夫人,您这段"皂罗袍"便是梅兰芳也不能过的。可是吴声豪的箫却偏偏吹得那么高(吴师傅,今晚让她们灌多了,嗓子靠不住,吹低些吧)。吴声豪说,练嗓子的人,第一要忌酒;然而月月红十七却端着那杯花雕过来说道:姐姐,我们姐妹俩儿也来干一杯。她穿得大金大红的,还要说,姐姐,你不赏脸。不是这样说,妹子,不是姐姐不赏脸,实在为着他是姐姐命中的冤孽。瞎子师娘不是说过:荣华富贵——蓝田玉,可惜你长错了一根骨头。冤孽呵。他可不就是姐姐命中招的冤孽了?懂吗,妹子,冤孽。然而他也捧着酒杯来叫道:夫人。他笼着斜皮带,戴着金亮的领章,腰干子扎得挺细,一双带白铜刺的长统马靴乌光水滑的啪哒一声靠在一起,眼皮都喝得泛了桃花,却叫道:夫人。谁不知道南京梅园新村的钱夫人呢?钱鹏公,钱将军的夫人啊。钱鹏志的夫人。钱鹏志的随从参谋。钱将军的夫人,钱将军的参谋。钱将军。难为你了,老五,钱鹏志说道,可怜你还那么年轻。然而年轻的人哪里会有良心呢?瞎子师娘说,你们这种人,只有年纪大的才懂得疼惜啊。荣华富贵——只可惜长错了一根骨头。懂吗?妹子,他就是姐姐命中招的冤孽了。钱将军的夫人。钱将军的随从参谋。将军夫人。随从参谋。冤孽,我说。冤孽,我说(吴师傅,吹得低一些,我的嗓子有点不行了。哎,这段"山坡羊")。

没乱里春情难遣
蓦地里怀人幽怨
则为俺生小婵娟
拣名门一例一例里神仙眷
甚良缘把青春抛的远
俺的睡情谁见——

那团红火焰又熊熊的冒了起来了,烧得那两道飞扬的眉毛,发出了青湿的汗光。两张醉红的脸又渐渐地靠拢在一处,一齐咧着白牙,笑了起来。紫箫上那几根玉管子似的手指,上下飞跃着。那袅袅娜的身影儿,在那档雪青的云母屏风上,随着灯光,仿仿佛佛地摇曳起来。洞箫声愈来愈低沉,愈来愈凄咽,好像把杜丽娘满腔的怨情都吹了出来似的。杜丽娘快要入梦了,柳梦梅也该上场了。可是吴声豪却说,“惊梦”里幽会那一段,最是露骨不过的(吴师傅吹低一点,今晚我喝多了酒)。然而他却偏捧着酒杯过来叫道:夫人。他那双乌光水滑的马靴啪哒一声靠在一处,一双白铜马刺扎得人的眼睛都发痛了。他喝得眼皮泛了桃花,还要那么叫道:夫人,我来扶你上马,夫人,他说道,他的马裤把两条修长的腿子绷得滚圆,夹在马肚子上,像一双钳子。他的马是白的,路也是白的,树杆子也是白的,他那匹白马在猛烈的太阳底下照得发了亮。他们说:到中山陵的那条路上两旁种满了白桦树。他那匹白马在桦树林子里奔跑起来,活像一头麦秆丛中乱窜的兔儿。太阳照在马背上,蒸出一缕缕的白烟来。一匹白的,一匹黑的——两匹马都在流汗了。而他身上却沾满了触鼻的马汗。他的眉毛变得碧青,眼睛像两团烧着了的黑火,汗珠子一行行从他额上流到他鲜红的颧上来。太阳,我叫道。太阳照得人的眼睛都睁不开了。那些树杆子,又白净,又细滑,一层层的树皮都卸掉了,露出里面赤裸裸的嫩肉来。他们说:那条路上种满了白桦树。太阳,我叫道,太阳直射到人的眼睛上来了。于是他便放柔了声音唤道:夫人。钱将军的夫人。钱将军的随从参谋。钱将军的——老五,钱鹏志叫道,他的喉咙已经咽住了。老五,他喑哑地喊道,你要珍重吓。他的头发乱得像一丛枯白的茅草,他的眼睛坑出了两只黑窟窿,他从白床单下伸出他那只瘦黑的手来,说道,珍重吓,老五。他抖索地打开了那只描金的百宝匣儿,这是祖母绿,他取出了第一层抽屉。这是猫儿眼。这是翡翠叶子。珍重吓,老五,他那乌青的嘴皮颤抖着,可怜你还这么年轻。荣华富贵——只可惜你长错了一根骨头。冤孽,妹子,他就是姐姐命中招的冤孽了。你听我说,妹子,冤孽呵。荣华富贵——可是我只活过那么一次。懂吗?妹子,他就是我的冤孽了。荣华富贵——只有那一次。荣华富贵——我只活过一次。懂吗?妹子,你听我说,妹子。姐姐不赏脸,月月红却端着酒过来说道,她的眼睛亮得剩了两泡水。姐姐到底不赏妹子的脸,她穿得一身大金大红的,像一团火一般,坐到了他的身边去(吴师傅,我喝多了花雕)。

迁延,这衷怀那处言
淹煎,泼残生除问天——

就是那一刻,泼残生——就是那一刻,她坐到他身边,一身大金大红的,就是那一刻,那两张醉红的面孔渐渐地凑拢在一起,就在那一刻,我看到了他们的眼睛:她的眼睛,他的眼睛。完了,我知道,就在那一刻,除问天——(吴师傅,我的嗓子。)完了,我的喉咙,你摸摸我的喉咙,在发抖吗?完了,在发抖吗?天——天——(吴师傅,我唱不出来了。)天——天——完了,荣华富贵——可是我只活过一次,——冤孽、冤孽、冤孽——天——天——(吴师傅,我的嗓子。)——就在那一刻,就在那一刻,哑掉了——天——天——天——

“五阿姐,该是你‘惊梦’的时候了。”蒋碧月站了起来,走到钱夫人面前,伸出了她那一双戴满了扭花金丝镯的手臂,笑吟吟地说道。

“夫人——”程参谋也立了起来,站在钱夫人跟前,微微倾着身子,轻轻地叫道。

“五妹妹,请你上场吧。”窦夫人走了过来,一面向钱夫人伸出手说道。

锣鼓笙箫一齐鸣了起来,奏出了一只“万年欢”的牌子来。客人们都倏地离了座,钱夫人看见满客厅里都是些手臂在交挥拍击,把徐太太团团围在客厅中央。笙箫管笛愈吹愈急切,那面铜锣高高地举了起来,敲得金光乱闪。

“我不能唱了。”钱夫人望着蒋碧月,微微摇了摇两下头,喃喃说道。

“那可不行!”蒋碧月一把捉住了钱夫人的双手:“五阿姐,你这位名角今晚无论如何逃不掉的。”

“我的嗓子哑了。”钱夫人突然用力摔开了蒋碧月的双手,嘎声说道,她觉得全身的血液一下子都涌到头上来了似的,两腮滚热,喉头好像猛让刀片拉了一下,一阵阵地刺痛起来,她听见窦夫人插进来说:

“五妹妹不唱算了——余参军长,我看今晚还是你这位名黑头来压轴吧。”

“好呀,好呀,”那边赖夫人马上响应道,“我有好久没有领教余参军长的‘八大锤’了。”

说着赖夫人便把余参军长推到了锣鼓那边。余参军长一站上去,便拱了手朝下面道了一声“献丑”,客人们一阵哄笑,他便开始唱了一段金兀术上场时的“点绛唇”;一面唱着,一面又撩起了袍子,做了个上马的姿势,踏着马步便在客厅中央环走起来,他那张宽肥的醉脸涨得紫红,双眼圆睁,两道粗眉一齐竖起,几声呐喊,把胡琴都压了下去。赖夫人笑得弯了腰,跑上去,跟在余参军长后头直拍着手,蒋碧月即刻上去加入了他们的行列,不停地尖起嗓子叫着“好黑头! 好黑头!”另外几位女客也上去跟了她们喝彩,团团围走,于是客厅里的笑声便一阵比一阵暴涨了起来。余参军长一唱歇,几个着白衣黑裤的女佣已经端了一碗碗的红枣桂圆汤进来让客人们润喉了。

窦夫人引了客人们走出到屋外的露台上的时候,外面的空气里早充满了风露,客人们都穿上了大衣,窦夫人却围了一张白丝的大披肩,走到了台阶的下端去。钱夫人立在露台的石栏旁边,往天上望去,她看见那片秋月恰恰地升到中天,把窦公馆花园里的树木路阶都照得镀了一层白霜,露台上那十几盆桂花,香气却比先前浓了许多,像一阵湿雾似的,一下子罩到了她的面上来。

“赖将军夫人的车子来了。”刘副官站在台阶下面,往上大声通报各家的汽车。头一辆开进来的,便是赖夫人那架黑色崭新的林肯,一个穿着制服的司机赶忙跳了下来,打开车门,弯了腰毕恭毕敬地候着。赖夫人走下台阶,和窦夫人道了别,把余参军长也带上了车,坐进去后,却伸出头来向窦夫人笑道:

“窦夫人,府上这一夜戏,就是当年梅兰芳和金少山也不能过的。”

“可是呢,”窦夫人笑着答道,“余参军长的黑头真是赛过金霸王了。”

立在台阶上的客人都笑了起来,一齐向赖夫人挥手作别。第二辆开进来的,却是窦夫人自己的小包车,把几位票友客人都送走了。接着程参谋自己开了一辆吉普军车进来,蒋碧月马上走了下去,捞起旗袍,跨上车子去,程参谋赶着过来,把她扶上了司机旁边的座位上,蒋碧月却歪出半个身子来笑道:

“这架吉普车连门都没有,回头怕不把我摔出马路上去呢!”

“小心点开啊，程参谋。”窦夫人说道，又把程参谋叫了过去，附耳嘱咐了几句，程参谋直点着头笑应道：“夫人请放心。”

然后他朝了钱夫人，立了正，深深地行了一个礼，抬起头来笑道：

“钱夫人，我先告辞了。”

说完便利落地跳上了车子，发了火，开动起来。

“三阿姐再见！五阿姐再见！”

蒋碧月从车门伸出手来，不停地招挥着，钱夫人看见她臂上那一串扭花镯子，在空中划了几个金圈圈。

“钱夫人的车子呢？”客人快走尽的时候，窦夫人站在台阶下问刘副官道。

“报告夫人，钱将军夫人是坐计程车来的。”刘副官立了正答道。

“三阿姐——”钱夫人站在露台上叫了一声，她老早就想跟窦夫人说替她叫一辆计程车来了，可是刚才客人多，她总觉得有点堵口，钱鹏志过世后，她那辆官家汽车已经归还政府了。

“那么我的汽车回来，立刻传进来送钱夫人吧。”窦夫人马上接口道。

“是，夫人。”刘副官接了命令便退走了。

窦夫人回转身，便向着露台走了上来，钱夫人看见她身上那块白披肩，在月光下，像朵云似的簇拥着她。一阵风掠过去，周遭的椰树都沙沙地鸣了起来，把窦夫人身上那块大披肩吹得姗姗扬起，钱夫人赶忙用手把大衣领子锁了起来，连连打了两个寒噤。刚才滚热的面腮，吃这阵凉风一扬逼，汗毛都张开了。

“我们进去吧，五妹妹。”窦夫人伸出手来，搂着钱夫人的肩膀往屋内走去，“我叫人沏壶茶来，我们正好谈谈心——你这么久没来，可发觉台北变了些没有？”

钱夫人沉吟了半晌，侧过头来答道：

“变多喽。”

走到房子门口的时候，她又轻轻地加了一句：

“变得我都快不认识了——起了好多新的高楼大厦。”

（选自《台湾作家小说选集》，中国社会科学出版社1982年版）

白先勇（1938— ），广西桂林人。台湾现代派小说代表作家。著有小说集《纽约客》、《台北人》以及长篇小说《孽子》等。

《游园惊梦》以女主人公蓝田玉的一次赴宴经历为主要情节，在今昔对比的框架中，通过感时伤怀的意识活动和心理刻画，展现了蓝田玉大陆和台湾两度空间的不同境遇，传达了一种历史的沧桑感、人生的无常感和文化的失落感。

在台湾现代派作家群中，白先勇的小说以中西合璧的艺术美感独树一帜。这篇小说就是在继承中国传统文学通过人物的行动和语言以及环境来展现人物内心世界的同时，成功地运用了西方现代主义文学的意识流手法，小说以蓝田玉为视角，以细腻的心理描写和意识流手法相结合来表现蓝田玉的内心活动，引发她对昔日南京的荣华富贵和当下台湾的寥落孤寂的人生感慨。同时小说还运用了“戏剧穿插法”。即以明代戏剧家汤显祖的代表作《牡丹亭》中的两折重要的戏——“游园”与“惊梦”为题，并且直接或间接地穿插了戏剧中的情节、词曲、对白等，象征和暗示人物的性格命运，强化悲剧主题。（吴尚华）

班主任

刘心武

一

你愿意结识一个小流氓，并且每天同他相处吗？我想，你肯定不愿意，甚至会嗔怪我何以提出这么一个荒唐的问题。

但是，在光明中学党支部办公室里，当黑瘦而结实的支部书记老曹，用信任的眼光望着初三（三）班班主任张俊石老师，换一种方式向他提出这个问题时，张老师并不以为古怪荒唐。他只是极其严肃地考虑了一分钟左右，便断然回答说："好吧！我愿意认识认识他……"

事情是这样的：前些日子，公安局从拘留所把小流氓宋宝琦放了出来。他是因为卷进了一次集体犯罪活动被拘留的。在审讯过程中，面对着无产阶级专政的强大威力与政策感召，他浑身冒汗，嘴唇哆嗦，作了较为彻底的坦白交代，并且揭发检举了首犯的关键罪行，因此，公安局根据他的具体情况——情节较轻而坦白揭发较好，加上还不足十六岁——将他教育释放了。他的父母感到再也难在老邻居们面前抛头露面，便通过换房的办法搬了家，恰好搬到光明中学附近。根据这几年实行的"就近入学"办法，他父母来申请将宋宝琦转入光明中学上学。他该上初三，而初三（三）班又恰好有空位子，再加上张老师有十几年的班主任工作经验，又是这个年级班主任里唯一的党员，因此，经过党支部研究，接受了宋宝琦的转学要求，并且由老曹直接找到张老师，直截了当地摆出情况，问他说："怎么样？你把宋宝琦收下吧？"

正像你所知道的那样，张老师思忖的目光刚同老曹那饱含期待、鼓励的目光相遇，他便答应下来了。

二

张老师是个什么样的人呢？

趁他顶着春天的风沙，骑车去公安局了解宋宝琦情况的当口，我们可以仔细观察他一番。

张老师实在太平凡了。他今年三十六岁，中等身材，稍微有点发胖。他的衣裤都明显地旧了，但非常整洁，每一个纽扣都扣得规规矩矩，连制服外套的风纪扣，也一丝不苟地扣着。他脸庞长圆，额上有三条挺深的抬头纹，眼睛不算大，但能闪闪放光地看人，撒谎的学生最怕他这目光；不过，更让学生们敬畏的是张老师的那张嘴，人们都说薄嘴唇的人能说会道，张老师却是一对厚嘴唇，冬春常被风吹得爆出干皮儿，从这对厚嘴唇里迸出的话语，总是那么热情、生动、流利，像一架永不生锈的播种机，不断在学生们的心田上播下革命思想和知识的种子，又像一把大笤帚，不停息地把学生心田上的灰尘无情地扫去……

一路上，张老师的表情似乎挺平淡。等到听完公安局同志的情况介绍、翻完卷宗以后，他的脸上才显露出强烈的表情来——很难形容，既不全是愤慨，也不排除厌恶与蔑视，似乎渐渐又由决心占了上风，但忧虑与沉重也明显可见。

张老师从公安局回到学校时，已经是下午三点钟。他掏出叠得很整齐的手绢，一边擦着脑门上的汗，一边走进年级组办公室。显然同组的老师们都已知道宋宝琦将于明天到他班上课的事了。教数学的尹达磊老师头一个迎上他，形成了关于宋宝琦的第一个波澜。

三

尹老师和张老师同岁，同是一个师范学院毕业，同时分配到光明中学任教，又经常同教一个年级。他们一贯推心置腹，就是吵嘴，也从不含沙射影、指桑骂槐，总是把想法倾巢倒出，一点“底儿”也不留。

尹老师身材细长，五官长得紧凑，这就使他永远摆脱不了“娃娃相”，多亏鼻梁上架着副深度近视镜，才使他在学生们面前不至有失长者的尊严。

在这一九七七年的春天，尹老师感到心里一片灿烂的阳光。他对教育战线，对自己的学校、所教的课程和班级，都充满了闪动着光晕的憧憬。他觉得一切不合理的事物都应该而且能够迅速得到改进。他认为“四人帮”既已揪出，扫荡“四人帮”在教育战线的流毒，形成理想的境界应当不需要太多的时间。不过，最近这些天他有点沉不住气。他愿意一切都如春江放舟般顺利，不曾想却仍要面临一些复杂的问题。

关于宋宝琦即将“驾到”的消息一入他的耳中，他就忍不住热血沸腾。张老师刚一迈进办公室，他便把满腔的“不理解”朝老战友发泄出来。他劈面责问张老师：“你为什么答应下来？眼下，全年级面临的形势是要狠抓教学质量，你弄个小流氓来，陷到作他个别工作的泥坑里去，哪还有精力抓教学质量？闹不好，还弄个‘一粒耗子屎坏掉一锅粥’！你呀你，也不冷静地想想，就答应下来，真让人没法理解……”

办公室的其他老师，有的赞同尹老师的观点，却不赞同他那生硬的态度；有的不赞成他的观点，却又觉得他的确是出于一片好心；有的一时还拿不准道理上该怎么看，只是为张老师凭空添了这么副重担子，滋生了同情与担忧……因此，虽然都或坐或站地望着张老师，却一时都没有说话。就连搁放在存物架上的生理卫生课教具——耳朵模型，仿佛也特意把自己拉成了一尺半长，在专注地等着张老师作答。

张老师觉得尹老师的意见未免偏激，但并不认为尹老师的话毫无道理。他静静地考虑了一分钟,便答辩似的说:“现在,既没有道理把宋宝琦退回给公安局,也没有必要让他回原学校上学。我既然是个班主任老师,那么,他来了,我就开展工作吧……”

这真是几句淡而无味的话。倘若张老师咄咄逼人地反驳尹老师,也许会引起一场火暴的争论,而他竟出乎意料地这样作答,尹老师仿佛反被慑服了。别的老师也挺感动,有的还不禁低首自问:“要是把宋宝琦分到我的班上,我会怎么想呢?”

张老师的确必须立即开展工作,因为,就在这时,他班上的团支部书记谢惠敏找他来了。

四

谢惠敏的个头比一般男生还高,她腰板总挺得直直的,显得很健壮。有一回,她打业余体校栅栏墙外走过,一眼被里头的篮球教练看中。教练热情地把她请了进去,满心以为发现了个难得的培养对象。谁知让这位长圆脸、大眼睛的姑娘试着跑了几次篮后,竟格外地失望——原来,她弹跳力很差,手臂手腕的关节也显得过分僵硬,一问,她根本对任何球类活动都没有兴趣。

的确,谢惠敏除了随着大伙看看电影、唱唱每个阶段的推荐歌曲,几乎没有什么业余爱好。她功课中平,作业有时完不成,主要是由于社会工作占去的精力和时间太多了——因此,倒也能获得老师和同学们的谅解。

头年夏天,张老师接任这个班的班主任时,谢惠敏已经是团支部书记了。张老师到任不久便轮到这个班下乡学农。返校的那天,队伍离村二里多了,谢惠敏突然发现有个男生手里转动着个麦穗,她不禁又惊又气地跑过去批评说:“你怎么能带走贫下中农的麦子?给我!得送回去!”那个男生不服气地辩解说:“我要拿回家给家长看,让他们知道这儿的麦子长得有多棒!”结果引起一场争论,多数同学并不站在谢惠敏一边,有的说她“死心眼”,有的说她“太过分”。最后自然轮到张老师表态。谢惠敏手里紧紧握着那根丰满的麦穗,微张着嘴唇,期待地望着张老师。出乎许多同学的意料,张老师同意了谢惠敏送回麦穗的请求。耳边响着一片扬声争论与喁喁低议交织成的音波,望着在雨后泥泞的大车道上奔回村庄的谢惠敏那独特的背影,张老师曾经感动地想:问题不在于小小的麦穗是否一定要这样来处理;看哪,这个仅仅只有三个月团龄的支部书记,正用全部纯洁而高尚的感情,在维护“绝不能让贫下中农损失一粒麦子”的信念——她的身上,有着多么可贵的闪光素质啊!

但是,这以后,直到“四人帮”揪出来之前,浓郁的阴云笼罩着我们祖国的大地,阴云的暗影自然也投射到了小小的初三(三)班。被“四人帮”那个女黑干将控制的团市委,已经向光明中学派驻了联络员,据说是来培养某种“典型”;是否在初三(三)班设点,已在他们考虑之中。谢惠敏自然常被他们找去谈话。谢惠敏对他们的“教诲”并不能心领神会,因为她没有丝毫的政治投机心理,她单纯而真诚。但是,打从这时候起,张老师同谢惠敏之间开始显露出某种似乎解释不清的矛盾。比如说,谢惠敏来告状,说团支部过组织生活时,五个团员竟有两个打瞌睡。张老师没有去责难那两个不像样子的团员,却向谢惠敏建议说:“为什么过组织生活总是念报纸呢？下回搞一次爬山比赛不成吗？保险他们不会打瞌睡!”谢惠敏瞪圆了双眼，几乎不相信自己的耳朵，隔了好一阵，才抗议地说:“爬山，那叫什么组织生活？我们读的是批宋江的文章啊……”再比如，那一天热得像被扣在了蒸笼里，下了课，女孩子们都跑拢窗口去透气，张老师把谢惠敏叫到一边，上下打量着她说:“你为什么还穿长袖衬衫呢？你该带头换上短袖才是，而且，你们女孩子该穿裙子才对啊!”谢惠敏虽然热得直喘气，却惊讶得满脸涨红，她简直不能理解张老师在提倡什么作风！班上只有宣传委员石红才穿带小碎花的短袖衬衫，还有那种带褶子的短裙，这在谢惠敏看来，乃是“沾染了资产阶级作风”的表现!

“四人帮”揪出来之后，张老师同谢惠敏之间的矛盾自然可以解释清楚了，但并没有完全消除。

现在，谢惠敏找到张老师，向他汇报说:“班上同学都知道宋宝琦要来了，有的男生说他原来是什么‘菜市口老四’，特别厉害;有些女生害怕了，说是明天宋宝琦真来，她们就不上学了!”

张老师一愣。他还没有来得及预料到这些情况。现在既然出现了这些情况，他感到格外需要团支部配合工作，便问谢惠敏:“你怕吗？你说该怎么办?”

谢惠敏晃晃小短辫说:“我怕什么？这是阶级斗争！他敢犯狂，我们就跟他斗!”

张老师心里一热。一霎时，那在泥泞的大车道上奔走的背影活跃在记忆的屏幕上。他亲热地对谢惠敏说:“你赶紧把团支部和班委会的人找齐，咱们到教室开个干部会!”

五

四点二十左右，干部会结束了。其他干部们都走了，教室里只剩下张老师、谢惠敏和石红三个人。

石红恰好面对窗户坐着，午后的春阳射到她的圆脸庞上，使她的两颊更加红润;她拿笔的手托着腮，张大的眼眶里，晶亮的眸子缓慢地游动着，丰满的下巴微微上翘——这是每当她要想出一个更巧妙的方法来解决一道数学题时，为数学老师所熟悉、所喜爱的神态。可是此刻她并不是在解数学题，而是在琢磨怎么写出明天一早同大家——也包括宋宝琦——见面的“号角诗”。

张老师同谢惠敏在一旁谈着话。围绕着接收宋宝琦需要展开的工作，已经全部落实。男生干部们分头找男生们做工作去了，跟他们讲宋宝琦并不是什么威震菜市口的“英雄”，而是个犯了错误的需要帮助的人。既不能对他特别好奇乃至于敬畏，也不能歧视打击，大家要齐心合力地帮助他。女生干部将分头到那几个或者是因为胆小，或者是出于赌气，宣布明天不来上学的女生家去，对她们和她们的家长讲清楚，学校一定会保证女孩子们不受宋宝琦欺侮;对宋宝琦这样的小流氓，消极躲避只能助长他的恶习，只有团结起来同他斗争，进行教育，才能化有害为无害，并且逐步化无害为有益。张老师则要对宋宝琦进行家访，对他以及他的家长进行初步了解，并进行第一次思想工作。石红的“号角诗”明天一早将向大家强调:“让我们的教室响彻抓纲治国的脚步声!”

当石红的"号角诗"快要写完的时候,张老师同谢惠敏的谈话结束了。张老师把摊在桌上、刚给干部们看过的几件东西往一块敛。那是张老师从派出所带回来的、宋宝琦犯案后被搜出的物品:一把用来斗殴的自行车弹簧锁,一副残破油腻的扑克牌,一个式样新颖附有打火机的镀镍烟盒,还有一本撕掉了封皮的小说。小干部们面对这些东西都厌恶得皱鼻子、撇嘴角。谢惠敏提议说:"团支部明天课后开个现场会,积极分子们也参加,摆出这些东西,狠狠批判一顿!"大伙都同意,张老师也点头说:"对。要利用这个机会,进一步抓好反腐蚀教育。"

没曾想,临到张老师收敛这几件物品时,突然出现了矛盾,还闹得挺僵。

别的东西都收进书包了,只剩下那本小说。张老师原来顾不得细翻,这时拿起来一检查,不由得"啊!"了一声。原来那是本文化大革命以前,中国青年出版社出版的长篇小说《牛虻》。

谢惠敏感到张老师神情有点异常,忙把那本书要过来翻看。她以前没听说过、更没看见过这本书。她见里头有外国男女谈恋爱的插图,不禁惊叫起来:"唉呀!真黄!明天得狠批这本黄书!"

张老师皱起眉头,思索着。他回忆起自己中学时代的情况。那时候,团支部曾向班上同学们推荐过这本小说……围坐在篝火旁,大伙用青春的热情轮流朗读过它;倚扶着万里长城的城堞,大伙热烈地讨论过"牛虻"这个人物的优缺点……这本英国小说家伏尼契写成的作品,曾激动过当年的张老师和他的同辈人,他们曾从小说主人公的形象中,汲取过向上的力量……也许,当年对这本小说的缺点批判不够?也许,当年对小说的精华部分理解得也不够准确、不够深刻?……但,不管怎么说——张老师想到这儿,忍不住对谢惠敏开口分辩道:

"这本《牛虻》可不能说成是黄书……"

谢惠敏的两撇眉毛险些飞出脑门,她瞪圆了双眼望着张老师,激烈地质问说:"怎么?不是黄书?!这号书不是黄书什么是黄书?"在谢惠敏的心目中,早已形成一种铁的逻辑,那就是凡不是书店出售的、图书馆外借的书,全是黑书、黄书。这实在也不能怪她。她开始接触图书的这些年,恰好是"四人帮"搞法西斯文化专制主义最凶的几年。可爱而又可怜的谢惠敏啊,她单纯地崇信一切用铅字新排印出来的东西,而在"四人帮"控制舆论工具的那几年里,她用虔诚的态度拜读的报纸刊物上,充塞着多少他们的"帮文",喷溅出了多少戕害青少年的毒汁啊!倘若在谢惠敏最亲近的人当中,有人及时向她点明:张春桥、姚文元那两篇号称"阐述无产阶级专政理论"的"重要文章"大可怀疑,而"梁效"、"唐晓文"之类的大块文章也绝非马列主义的"权威论著"……那该有多好啊!但是,由于种种主观和客观上的原因,没有人向她点明这一点。她的父母经常嘱咐谢惠敏及其弟妹,要听毛主席的话,要认真听广播、看报纸;要求他们遵守纪律、尊重老师;要求他们好好学功课……谢惠敏从这样的家庭教育中受益不浅,具备了强烈的无产阶级感情、劳动者后代的气质;但是,在资产阶级、修正主义的白骨精化为美女现形的斗争环境里,光有朴素的无产阶级感情就容易陷于轻信和盲从,而"白骨精"们正是拼命利用一些人的轻信与盲从以售其奸!就这样,谢惠敏正当风华正茂之年,满心满意想成为一个好的革命者，想为共产主义这个大目标而奋斗，却被“四人帮”害得眼界狭窄、是非模糊。岂止《牛虻》这本书她会认为是毒草，我们这段故事发生的时候，《青春之歌》已经进行再版了，但谢惠敏还保持着“四人帮”揪出前形成的习惯——把那些热衷于传播“文艺消息”，什么又会有某个新电影上演啦，电台又播了个什么新歌呀这样的同学们，看成是“沾染了资产阶级思想”。就在前几天，她发现石红在自习课上看一本厚厚的小说，下课她便给没收了。那是一九五九年出版的《青春之歌》，她随便翻检了几页，把自己弄得心跳神乱——断定是本“黄书”，正想拿来上交给张老师，石红笑嘻嘻地一把抢了回去，还拍着封面说：“可带劲啦！你也看看吧！”结果两人争吵了一场；后来她忙着去团委会开会，倒忘记向张老师反映了，没想到今天张老师竟比石红还要石红——亲口否认这本外国“黄书”不黄！在谢惠敏心中，外国的“黄书”当然一律要比中国的“黄书”更黄了。面对着这样一位张老师，她又联想起以前的许多细琐冲突来。于是，往常毕竟占据支配地位的尊敬之感，顿然减少了许多。她微微噘起嘴，飞走的眉毛落回来拧成了个死疙瘩。

这时候，石红写完“号角诗”，正准备给张老师和谢惠敏朗诵，忽然听到张老师说：“这本《牛虻》可不能说成是黄书……”她这才知道那本破书原来就是《牛虻》，赶忙凑拢谢惠敏身边去看。谢惠敏大声质问张老师的话刚一出口，她便热情地晃动着谢惠敏胳膊说：“别这么说！我听爸爸妈妈讲过，《牛虻》这本书值得一读！这两天我正读《钢铁是怎样炼成的》，里头的保尔·柯察金是个无产阶级英雄，可他就特别佩服‘牛虻’……”石红早就想找本《牛虻》来看，一直没有借到，所以她从谢惠敏手中拿过书来翻动时，心里翻腾着强烈的求知欲：这本书写的是什么时候的事儿？故事发生在什么地方？“牛虻”究竟是个啥样的人？真的有值得佩服的地方吗？……当她把破书还到张老师手上时，不禁问道：“读这本书，该注意些啥？学习些啥？”谢惠敏咬住嘴唇，眯起眼睛，不满地望着石红，心里怦怦直跳。

张老师翻动着那本饱经沧桑的《牛虻》。他本想耐心地对谢惠敏解释为什么不能把它算作“黄书”，但这本书是从宋宝琦那儿抄出来的，并且，瞧，插图上，凡有女主角琼玛出现，一律野蛮地给她添上了八字胡须。又焉知宋宝琦他们不是把它当成“黄书”来看的呢？生活现象是复杂的。这本《牛虻》的遭遇也够光怪陆离了。对谢惠敏这样实际上还很幼稚的孩子，分析过于复杂的生活现象和精华糟粕并存的文艺作品，需要充裕的时间和适宜的场合。

想到这些，我们的张老师便把破旧的《牛虻》放入书包，和蔼地对谢惠敏说：“关于这本书的事儿，咱们改天再谈吧。看，快五点了，咱们赶紧听听石红写的‘号角诗’吧，听完分头按计划行动。”

石红念的诗，谢惠敏一句也没装进脑子里去。她痛苦而惶惑地望着映在课桌上的那些斑驳的树影。她非常、非常愿意尊敬张老师，可张老师对这样一本书的古怪态度，又让她不能不在心里嘀咕：“还是老师呢，怎么会这样啊?! ……”

六

五点刚过，张老师骑车抵达宋家的新居。小院的两间东屋里，东西还来不及仔细整理,显得很凌乱。比如说,一盆开始挂花的“令箭”,就很不恰当地摆放在了歪盖着塑料布的缝纫机上。

宋宝琦的母亲是个售货员,这天正为搬家倒休,忙不迭地拾掇着屋子。见张老师来了,她有些宽慰,又有点羞愧,忙把宋宝琦从里屋喊出来,让他给老师敬礼,又让他去倒茶。我们且不忙随张老师的眼光去打量宋宝琦,先随张老师坐下来同宋宝琦母亲谈谈,了解一下这个家庭的大概。

宋宝琦的父亲在园林局苗圃场工作,一直上“正常班”,就是说,下午六点以后就能往家奔了。但他每天常常要八九点钟才回家。为什么?宋宝琦母亲说起来连连叹气,原来这些年他养成了个坏习惯:下班的路上经过月坛,总要把自行车一摞,到小树林里同一些人席地而坐,打扑克消遣,有时打到天黑也不散,挪到路灯底下接茬打,非得其中有个人站起来赶着去工厂上夜班,他们才散。

显然,这样一位父亲,既然缺乏丰富而有意义的精神生活,那么,对宋宝琦的缺乏教育管束也就可想而知了。至于当母亲的,从她含怨的叙述中,不难看出她是怎样自食了溺爱与放任独生子的苦果。

绝不要以为这个家庭很差劲。张老师注意到,尽管他们还有大量的清理与安置工作,才能使房间达到窗明几净的程度,但是一张镶镜框的毛主席像,却已端正地并排挂到了北墙,并且,一张稍小的周总理像,装在一个自制的环绕着银白梅花图案的镜框中,被郑重地摆放在了小衣柜的正中。这说明这对年近半百的平凡夫妇,内心里也涌荡着和亿万人民相同的感情波澜。那么,除了他们自身的弱点以外,谁应当对他们精神生活的贫乏负责呢?……

差一刻六点的时候,张老师请当母亲的尽管去忙她的家务事,他把宋宝琦带进里屋,开始了对小流氓的第一次谈话。

现在我们可以仔细看看宋宝琦是个什么模样了。他上身只穿着尼龙弹力背心,一疙瘩一疙瘩的横肉,和那白里透红的肤色,充分说明他有幸生活在我们这个不愁吃不愁穿的社会里,营养是多么充分,躯体里蕴藏着多么充沛的精力。唉,他那张脸啊,即便是以经常直视受教育者为习惯的张老师,乍一看也不免浑身起栗。并非五官不端正,令人寒心的是从面部肌肉里,从殴斗中打裂过又缝上的上唇中,从鼻翅的神经质扇动中,特别是从那双一目了然地充斥着空虚与愚蠢的眼神中,你立即会感觉到,仿佛一个被污水泼得变了形的灵魂,赤裸裸地立在了聚光灯下。

经过三十来个回合的问答,张老师已在心里对宋宝琦有了如下的估计:缺乏起码的政治觉悟,知识水平大约只相当初中一年级程度,别看有着一身犟肉,实际上对任何一种正规的体育活动都不在行。张老师想到,一些满足于贴贴标签的人批判起宋宝琦这样的小流氓来,一定会说他是“满脑子资产阶级思想”。但是,随着进一步地询问,张老师愈来愈深切地感到,笼统地说宋宝琦这样的小流氓具有资产阶级思想,那就近乎无的放矢,对引导他走上正路也无济于事。

宋宝琦的确有严重的资产阶级思想,但究竟是哪一些资产阶级思想呢?

资产阶级标榜“自由、平等、博爱”,讲究“个人奋斗”、“成名成家”,用虚伪的“人性论"掩盖他们追求剥削、压迫的罪行。而宋宝琦呢？他自从陷入了那个流氓集团以后，便无时无刻不处于森严的约束之中，并且多次被大流氓"扇耳刮子"与用烟头烫后脑勺。他愤怒吗？反抗吗？不，他既无追求"个性解放"、呼号"自由、平等"的思想行动，也从未想到过"博爱"；他一方面迷信"哥儿们义气"，心甘情愿地替大流氓当"炊拨儿"，另一方面又把扇比他更小的流氓耳光当作最大的乐趣。什么"成名成家"，他连想也没有想过，因为从他懂事的时候起，一切专门家——科学家、工程师、作家、教授……几乎都被林贼、"四人帮"打成了"臭老九"，论排行，似乎还在他们流氓之下，对他来说，何羡慕之有？有何奋斗而求之的必要？资产阶级的典型思想之一是"知识即力量"，对不起，我们的宋宝琦也绝无此种观念。知识有什么用？无休无止地"造反"最好。张铁生考试据说得了个"大鸭蛋"，不是反而当上大官了吗？……所以，不能笼统地给宋宝琦贴上个"满脑袋资产阶级思想"的标签便罢休，要对症下药！资产阶级在上升阶段的那些个思想观点，他头脑里并不多甚至没有，他有的反倒是封建时代的"哥儿们义气"以及资产阶级在没落阶段的享乐主义一类的反动思想影响……请不要在张老师对宋宝琦的这种剖析面前闭上你的眼睛，塞上你的耳朵，这是事实！而且，很遗憾，如果你热爱我们的祖国，为我们可爱的祖国的未来操心的话，那么，你还要承认，宋宝琦身上所反映出的这种问题，在一定程度上还并不是极个别的！请抱着解决实际问题、治疗我们祖国健壮躯体上的局部痈疽的态度，同我们的张老师一起，来考虑考虑如何教育、转变宋宝琦这类青少年吧！

张老师从书包里取出那本饱遭蹂躏的小说来，问宋宝琦："这本书叫什么名儿？你还记得吗？"

宋宝琦刚经历过专政机关严厉的审讯和带强制性的训斥，那滋味当然远比一个班主任老师的询问与教育难受，所以，他尽可能用最恭顺的态度回答说："记得。这是牛亡。"他不认识虻字，照他识字的惯例，只读一半。

"不是牛亡，是'牛虻'。你知道这两个字是什么意思吗？"

面部没有表情，两眼直愣愣地望着对面在窗玻璃外扑腾的一只粉蝶，极坦率地回答说："不懂。"

"那么，这本书你究竟读完了没有呢？"

"翻了几篇。我不懂。"

"不懂，你要它干什么呢？这本书是打哪儿来的呢？"

"我们偷的。"

"打哪儿偷的呢？偷它干什么呢？"

"打原来我们学校废书库偷的。听说那里头的书都是不让借、不让看的。全是坏书。我们撬开锁，偷了两大抱。我们偷出来为的是拿去卖。"

"怎么没把这本卖了呢？"

"后来都没卖。我们听说，盖了图书馆戳子的书，我们要是卖去，人家就要逮着我们。"

"你们偷出来的书里，还有些什么呢？你还能说出几个名儿来吗？"

"能！"宋宝琦为能表现一下自己并非愚钝无知感到非常高兴，他第一次有了专注的神情,眨着眼,费劲地回忆着:“有《红岩》,有……《和平与战争》,要不,就是《战争与和平》,对了,还有一本书特怪,叫……叫《新嫁车的词儿》……”

这让张老师吃了一惊。他想了想,掏出钢笔在手心里写了《辛稼轩词选》几个字,伸出去让宋宝琦看,宋宝琦赶忙点头:“就是!没错儿!”

张老师心里一阵阵发痛。几个小流氓偷书,倒还并不令人心悸。问题是,凭什么把这样一些有价值的、乃至于非但不是毒草,有的还是香花的书籍,统统扔到库房里锁起来,宣布为禁书呢?宋宝琦同他流氓伙伴堕落的原因之一,出乎一般人的逻辑推理之外,并非一定是由于读了有毒素的书而中毒受害,恰恰是因为他们相信能折腾就能“拔份儿”,什么书也不读而坠落于无知的深渊!

张老师翻动着《牛虻》,责问宋宝琦:“给这插图上的妇女全画上胡子,算干什么呢?你是怎么想的呢?”

宋宝琦垂下眼皮,认罪地说:“我们比赛来着,一人拿一本,翻画儿,翻着女的就画,谁画的多,谁运气就好……”

张老师愤然注视着宋宝琦,一时说不出话来。宋宝琦抬起眼皮偷觑了张老师一眼,以为一定是自己的态度还不够老实,忙补充说:“我们不对,我们不该看这黄书……我们算命,看谁先交上女朋友……我们……我再也不敢了!”他想起了在公安局里受审的情景,也想起了母亲接他出来那天,两只红红的、交织着疼和恨的眼睛。

“我们不该看这黄书”——这句话像鼓槌落到鼓面上,使张老师的心“咚”地一响。怪吗?也不怪——谢惠敏那样品行端方的好孩子,同宋宝琦这样品质低劣的坏孩子,他们之间的差别该有多么大啊,但在认定《牛虻》是“黄书”这一点上,却又不谋而合——而且,他们又都是在并未阅读这本书的情况下,“自然而然”地作出这个结论的。这是多么令人震惊的一种社会现象!谁造成的?谁?

当然是“四人帮”!

一种前所未及的,对“四人帮”铭心刻骨的仇恨,像火山般喷烧在张老师的心中。截至目前为止,在人类文明史上,能找出几个像“四人帮”这样用最革命的“逻辑”与口号,掩盖最反动的愚民政策的例子呢?

望着低头坐在床上,两只肌肉饱满的胳膊撑在床边,两眼无聊地瞅着互相搓动的、穿着白边懒鞋的双腿,拒绝接受一切人类文明史上有益的知识和美好的艺术结晶的这个宋宝琦,张老师只觉得心里的火苗扑腾扑腾往上蹿,一种无形的力量冲击着他的喉头,他几乎要喊出来——

救救被“四人帮”坑害了的孩子!

七

春天日短。当远处电报大楼的七记钟声,悠悠地随风飘来时,暮色已经笼罩着光明中学附近的街道和胡同。

张老师推着自行车,有意识拐进了免费出入、日夜开放的小公园里。他寻了一条僻静处的长椅，支上车，坐到长椅上，燃起一支香烟，眉尖耸动着，有意让胸中汹涌的感情波涛，能集中到理智的闸门，顺合理的渠道奔流出去，化为强劲有力的行动，来执行自己这班主任的职责。

晚风吹动着一直拖到椅背上来的柳丝，身上落下了一些随风旋转而来的干榆钱，在看不见的地方，丁香花开了，飘来沁人心脾的芳馥气息。

同宋宝琦本人及其家庭的初步接触，竟将张老师心弦中的爱弦和恨弦拨动得如此之剧烈，颤动得他竟难以控制自己。他恨不能立时召集全班同学，来这长椅前开个班会。他有许多深刻而动人的想法，有许多诚挚而严峻的意念，有许多倾心而深沉的嘱托、建议、批评、引导和号召，就在这个时候，能以最奔放的感情，最有感染力的方式，包括使用许多一定能脱口而出的丰富而奇特的、易于为孩子们所接受的例证和比喻，淋漓尽致地表达出来……

他感到，他比以往任何时候，都更爱我们亲爱的祖国。想到她的未来，想到她的光明前景，想到本世纪结束、下世纪开始时，“四化”初具规模的迷人境界，他便产生了一种不容任何人凌辱、戏弄祖国，不许任何人扼杀、窒息祖国未来的强烈感情！他想到自己的职责——人民教师，班主任，他所培养的，不要说只是一些学生，一些花朵，那分明就是祖国的未来，就是使中华民族在这九百六十万平方公里的土地上，强盛地延续下去，发展下去，屹立于世界民族之林的未来！

他感到，他比以往任何时候，都更深刻地仇恨“四人帮”这伙祸国殃民的蟊贼。不要仅仅看到“四人帮”给国民经济所造成的有形危害，更要看到“四人帮”向亿万群众灵魂上泼去的无形污秽；不要仅仅注意到“四人帮”培养出了一小撮“头上长角、浑身长刺”的张铁生式丑类，还要注意到，有多少宋宝琦式的“畸形儿”已经出现！而且，甚至像谢惠敏这样本质纯正的孩子身上，都有着“四人帮”用残酷的愚民政策所打下的黑色烙印！“四人帮”不仅糟蹋着中华民族的现在，更残害着中华民族的未来！

对丑类的恨加深着对人民的爱，对人民的爱又加深着对丑类的恨。当爱和恨交织在一起的时候，人们就有了为真理而斗争的无穷勇气，就有了不怕牺牲去夺取胜利的无穷力量。

张老师陡然站了起来，他看看表，七点一刻。他想到了晚饭。不是他感到饿了，考虑到自己该回家吃饭去，他简直把自己也需要吃晚饭这件事忘到爪哇岛去了。他是打算亲自到几个同学家里去，了解一下他们对宋宝琦来初三（三）班的反应。而这个时候，同学们家里一定都在吃饭，吃饭的时候进行家访是不适宜的。他想了想，便背着手，在小公园的树林子里踱起步来，同时确定下来，七点半左右再离开这里……

丁香花的芳馨一阵阵更加浓郁。浓郁的香气令人联想起最称心如意的事。张老师想到“四人帮”已经被扫进了垃圾箱，想到党中央已经在短短的半年内打出了崭新的局面，想到亲爱的祖国不但今天有了可靠的保证，未来也更加充满希望，他便感到宋宝琦也并非朽不可雕的烂树，而谢惠敏的糊涂处以及对自己的误解与反感，比之于蕴藏在她身上的优良素质和社会主义积极性来，简直更不是什么难以消融的冰雪了。

八

张老师推车走出小公园时,恰巧遇上了提着鼓囊囊的塑料包,打从小公园门口走过的尹老师。

尹老师大吃一惊:"俊石,你怎么还有逛公园的雅兴?"

张老师笑了笑,没有解释。他也并不问尹老师从哪儿来,到哪儿去。他知道,尹老师坚持有一个多月了,每天下午四点以后,除了在学校组织一些数学后进的学生补课以外,还在轮流到他们家里去进行个别辅导。他熟悉尹老师的脾性,特别是"四人帮"控制着文教战线的时期,他往往牢骚满腹,对教育部不满,对学校领导不满,对学生不满,对家长不满。倘是一个局外人,听了他那些愤激之情溢于言表的话,一定会以为他是个惯于撂挑子、甩袖子的人;其实尹老师牢骚归牢骚,工作归工作,不管是什么时候,不管遇上什么打击、障碍、困难和挫折,他从未放弃过辛勤的教学劳动。就是在"四人帮"把学生中的无政府主义思潮煽动得达于极点,课堂里往往乱得像一锅煮沸的粥时,他虽然能在办公室里把牢骚话说到"咱们干脆罢教"的地步,一听到上课铃响,却又立即奔赴教室,仍然竭尽全力地用粉笔敲着黑板,用劝导、吆喝、说服、恫吓来让同学们听他讲述那些方程式和多面体。

张老师知道这是他已经结束了个别辅导,要奔赴胡同外的汽车站,乘车回家去了。他既然是忙完了工作,那么,牢骚一定是一触即发。果不其然,不等张老师开口,他便拍着张老师自行车的车座子,长叹一声说:"'四人帮'给咱们造成了些什么样的学生啊!你想想看吧,我教的是初三了,可刚才却还在为两个学生翻来覆去地讲勾股定理……你比我更有'福气'——摊上个'新文盲'宋宝琦!说实在的我不能理解你,眼下是'百废待举',该做的事情那么多,而光是今天一个下午,你就为收留一个小流氓耗费了那么多心血,犯得上吗?!让宋宝琦滚蛋吧!公安局不收,让他回原来的学校!原来的学校不要,就让他在家呆着!……"

张老师诚恳地对他说:"经过这一下午,我越来越自觉地认识到,症结不在是不是一定要收下宋宝琦——的确,也许应当为他这样的学生专门办一种学校,或者把他同相似的学生专门编成一班;要不按他的文化程度,干脆把他降到初一去从头学起……但这都不是主要的。症结在哪里呢?今天下午围绕着收留宋宝琦发生的这一件又一件的事情,好比一面镜子,照出了'四人帮'糟害我们下一代的罪恶;有些'四人帮'的流毒和影响,我以前或者没有觉察出来,或者没有像今天这样感到触目惊心,我想到了很多、很多……达磊,现在是一九七七年的春天,这是多么美好、多么幸福的春天啊,可它又是要求我们迎向更深刻的斗争,付出更艰苦的劳动的春天,因而也是要求我们更加严格的一个春天!朝前看吧,达磊!……"

尹老师从这简单的话语里不可能感受到张老师已经感受到的一切,但是,当他同张老师那饱含着醒悟、深思、信心、力量的动人目光相遇时,他的牢骚和烦躁情绪顿时消失了。七七年春天的晚风吹拂着这两个平平常常、默默无闻的人民教师,有那么一两分钟，他们各自任自己的思绪飞扬奔腾，静静地没有交谈。

张老师想到，过几天，针对尹老师思想方法偏于简单和急躁的缺点，一定要好好地找他谈一谈：感情绝不能代替政策；迫切希望革命事业向前迈进的心情，不能简单地表现为焦躁和牢骚；锲而不舍地坚持斗争的同时，又应当对事物的发展抱相应的积极等待的态度；对宋宝琦这类小流氓的厌恨，还可以转化为对祖国的幼苗遭到“四人帮”残害而生的怜惜和疼爱……总之，要好好地同尹老师谈谈哲学，谈谈辩证法，谈谈现在和未来，谈谈爱和恨，谈谈生活和工作，乃至于谈谈《红岩》和《牛虻》……

远处又飘来了报告七点半已到的一记钟声，张老师收回沸腾的思绪，拍拍尹老师肩膀说：“咱俩另找个时间好好聊聊吧。我还要到几个同学家里去一下。”

“快去石红那儿吧，”尹老师忽然想起，赶紧告诉张老师，“我刚从他们楼里出来，听我那班的一个同学说，谢惠敏跟石红吵了一架，你快去了解一下吧！”

张老师心里一震，他立即骑上车，朝石红家所在的居民楼驰去。

九

石红的爸爸是区上的一个干部，妈妈是个小学教师，两口子都是在轰轰烈烈的“四清”运动里入党的；从入党前后起，特别是经过无产阶级文化大革命，他们形成了一种很好的习惯，就是坚持学习马列、毛主席著作。他们书架上的马恩、列宁四卷集，毛选四卷和许多厚薄不一的马列、毛主席著作单行本，书边几乎全有浅灰的手印，书里不乏摺痕、重点线和某些意味着深深思索的符号……石红深深受着这种认真读书的气氛的熏陶，她也成了个小书迷。

石红是幸运的。“晚饭以后”成了她家的一个专用语，那意味着围坐在大方桌旁，互相督促着学习马列、毛主席著作，以及在互相关怀的气氛中各自做自己的事——爸爸有时是读他爱读的历史书，妈妈批改学生的作文，石红抿着嘴唇、全神贯注地思考着一道物理习题或是解着一个不等式……有时一家人又在一起分析时事或者谈论文艺作品，父亲和母亲，父母和女儿之间，展开愉快的、激烈的争论。即便在“四人帮”推行法西斯文化专制主义最凶狠的情况下，这家人的书架上仍然屹立着《暴风骤雨》、《红岩》、《茅盾文集》、《盖达尔选集》、《欧也妮·葛朗台》、《唐诗三百首》……这样一些书籍。

张老师曾经把石红通读过的《共产党宣言》、《马克思主义的三个来源和三个组成部分》和毛选四卷，以及她的两本学习笔记，拿到班会上和家长会上传看过，但是，他觉得更可欣喜的是，这孩子常常能够根据马列主义、毛泽东思想的原则去思考、分析一些问题，这些思考和分析，往往比较正确，并体现在她积极的行动中。

我们这个故事发生的那一天，张老师敲开石红他们家那个单元的门后，发现迎门的那间屋里，坐满了人。石红坐在屋中饭桌边，正朗读着一本书。另外有五个女孩子，也都是张老师班上的学生，散坐在屋中不同的部位，有的右手托腮，睁大双眼出神地望着石红，有的双臂折放在椅背上，把头枕上去；有的低首揉弄着小辫梢……显然，她们都正听得入神。根据下午谢惠敏的汇报，这恰恰是那几个因为害怕或赌气，而扬言明天宋宝琦去了她们就不去上学的同学。

石红读得专心致志,没有发觉张老师的到来;有两三个女孩子抬眼瞧见了张老师,也只是羞涩地对他笑笑,没有出声叫他“张老师”,那显然并非是忘记了礼貌,而是不忍心中断她们已经沉浸进去的那个动人的故事。

来开门的石红妈妈把张老师引到隔壁屋里,请他坐下,轻声地解释说:“孩子们正在读鲁迅翻译的《表》……”

《表》是苏联作家班台莱耶夫在十月革命后不久写的一部儿童文学作品。它描写了一个流浪儿在苏维埃教养院里的转变过程。鲁迅先生当年以巨大的热情翻译了它。张老师虽然好多年没翻过这本书了,但石红妈妈一提,这本书里的一些人物形象和片断情节,顿时涌现在张老师的脑海中。张老师在短短的几分钟里,已经猜测出石红家里出现这种局面的来龙去脉了。果然,石红妈妈告诉他:“石红一回家就把宋宝琦的事跟我说了。吃晚饭的时候她一个劲眨巴眼睛,洗碗的时候她跟我商量:‘妈妈,要是我约上谢惠敏,把那些害怕、赌气的同学们都找来,读读《表》这本书怎么样呢?’我很赞成。我跟她说:‘有党的领导,有社会主义制度,路线对了头,只要老师、同学们发挥集体的作用,小流氓也是能转变的啊!’后来她就找同学们去了——只是谢惠敏不知怎么没有来……”

正说着,石红读完一个段落,知道张老师来了,拿着书跳进里屋,高兴地嚷:“张老师,你来得正好!快给我们讲讲吧!”

张老师被她拉到了外屋,几个小姑娘都站起来叫“张老师”,不等他发话,各种各样的问题就争先恐后地提出来了:

“张老师,这本书我们能读吗?”

“张老师,这本书里的小流氓,怎么又惹人生气,又惹人同情呢?”

“张老师,谢惠敏说我们读毒草,这本书能叫毒草吗?”

“张老师,您见着宋宝琦了吗?跟这本书里的小流氓比,他好点儿还是坏点儿呢?”

……

张老师且不忙回答,却反问她们:“谢惠敏为什么不来呢?石红跟她吵嘴啦?你们应该齐心合力把她拉来啊!”

小姑娘们激动地同声回答起来,吵成一片,结果一句也听不清,还是石红让大伙静下来,解释说:“拉不来啊!除非现在报上专门登篇文章,宣布《表》是一本好书……”

原来,石红刚一找到谢惠敏的时候,谢惠敏见石红工作这么积极,还挺高兴。可是一听是找到一块儿去读一本外国小说,她就打心眼里反感。石红跟她解释,这本书挺不错,读了对解决那几个同学的问题能有启发……谢惠敏没等石红说完,立刻反问道:“报上推荐过吗?”这一问使石红呆住了,半晌才回答:“没推荐呢。”“读没推荐的书不怕中毒吗?现在正反腐蚀,咱们干部可不能带头受腐蚀呀!……”谢惠敏一脸警惕的神色,警告着石红,不仅自己拒绝参加这个活动,还劝说石红不要“犯错误”……这把石红惹恼了,同她吵了一场,但临走时仍然拉着她的手,央告她去“听听再说”,她把石红的手拂开了。石红走后,谢惠敏激动地走出屋子,晚风吹拂着她火烫的面颊,她很痛苦,上牙把下唇咬出了很深的印子……

在石红家里，接下来出现了这样的场面：张老师坐在桌边，石红和那几个小姑娘围住他，师生一起无拘无束地谈了起来，从《表》谈到苏联的演变，从《表》里的流浪儿谈到宋宝琦，从应当怎样改造小流氓谈到大多数小流氓是能够教育好的，最后渐渐谈到明天以后班里面临的新形势，张老师笑着问那几个小姑娘："怎么样，你们还罢课吗？"

她们互相交换完眼色，便都望着张老师，几乎是异口同声地说："不罢啦！"

张老师离开石红家的时候，满天的星斗正在宝蓝色的夜空中熠熠闪光。

用不着思索，蹬上自行车以后，他自然而然地向谢惠敏家里驰去。说实在的，当他同石红和那几个小姑娘议论时，谢惠敏无时不在他的心中；他疼爱谢惠敏，如同医生疼爱一个不幸患上传染病的健壮孩子；他相信，凭着谢惠敏那正直的品格和朴实的感情，只要倾注全力加以治疗，那些"四人帮"在她身上播下的病菌，是一定能够被杀灭的。

离谢惠敏的家越近，张老师心上的内疚感便越沉重。过去，对谢惠敏成为这样一种状态，他总觉得自己难以承担责任——他在接班不久的情况下，就向谢惠敏含蓄地指出过，不要只是学习零星的语录，不要迷信解释领袖思想的文章，要认真学习原著，要独立思考……但谢惠敏并未领悟。今天，张老师有了新的感触，他责问自己，虽然去年十月以前的那个学期里，是个乌云压顶的形势，可是，难道自己就不能更勇敢、更坚决地同荒诞、反动的东西作斗争吗？就不能更直截了当地、更倾注全力地同谢惠敏谈心，引导她擦亮眼睛、识别真假吗？……

快到谢惠敏家的门口时，一个计划已在张老师心中初现轮廓：他今天要把书包中的那本《牛虻》留给谢惠敏，说服她去读读这本书，允许她对这本书发表任何读后感，然后，从分析这本书入手，引导谢惠敏运用马列主义、毛泽东思想的立场、观点、方法去解答一系列互相关联的问题：应当怎样认识生活？应当怎样了解历史？应当怎样对待人类社会产生的一切文明成果？应当怎样批判过去文化遗产中的糟粕而吸取其精华？应当怎样全面地、辩证地看问题？应当怎样辨别香花和毒草，识别真假马列主义？应当使自己成为一个什么样的人？应当怎样去为祖国的"四化"，为共产主义的灿烂未来而斗争？……

张老师心中掀动着激昂的感情波澜。当他刹住车，在谢惠敏家门口站定时，心中的计划进一步明朗起来：不仅要从这件事入手，来帮助谢惠敏消除"四人帮"的流毒，而且，还要以揭批"四人帮"为纲，开展有指导的阅读活动，来教育包括宋宝琦在内的全班同学……他决定明天一早就去请示党支部，会获得支持吗？他眼前浮现出老曹在支部会上目光灼灼地发言的面影："现在，是真格儿按毛主席的思想体系搞教育的时候了！"他正是要"真格儿"地大干一场啊，一定会得到组织支持的！他心中又闪过了一些老师可能发出的疑问，于是，他决定，要争取在教师会上发言，阐述自己的想法：现在，我们不仅要加强课堂教学，使孩子们掌握好课本和课堂上的科学文化知识，获得德、智、体全面发展；不仅要继续带领他们学工，学农，把理论和实践结合起来；而且，还要引导他们注目于更广阔的世界，使他们对人类全部文明成果产生兴趣，具有更高的分析能力，从而成为社会主义革命和社会主义建设的更强有力的接班人……

这时，春风送来沁鼻的花香，满天的星星都在眨眼欢笑，仿佛对张老师那美好的想法给予着肯定与鼓励……

(原载《人民文学》1977年第11期)

刘心武(1942—),四川人。新时期伤痕文学代表作家之一。著有短篇小说集《班主任》、长篇小说《钟鼓楼》等。

《班主任》是新时期"伤痕文学"的开篇之作。小说以惊人的勇气和敏锐揭示与批判了"四人帮"对青少年一代的毒害,小说刻画了两个被毒害的中学生形象,一个是"小流氓"宋宝琦,他身体健壮灵魂空虚,年龄不大流气十足,这是"四人帮"愚民政治的产物。另一个是"好学生"谢惠敏,她是一个被"四人帮"毒害得更深的一个人物形象。在她的头脑里,只有"阶级斗争"一根弦,她把美好的东西都看成是"资产阶级"。作者通过这个形象更为深刻地揭示与批判了极左路线给青少年造成的严重的内伤。这个形象具有深刻的警世作用和认识价值。小说由此发出了"救救孩子"的呼声。

《班主任》以现实主义的笔法再现了当时的社会生活的真实,以大段的内心独白方式揭示了班主任张俊石的深刻思索。但是过多的政治议论也显示了艺术上的不足。(张宁生)

爱,是不能忘记的

张　洁

我和我们这个共和国同年。三十岁,对于一个共和国来说,那是太年轻了。而对一个姑娘来说,却有嫁不出去的危险。

不过,眼下我倒有一个正儿八经的求婚者。看见过希腊伟大的雕塑家米伦所创造的"掷铁饼者"那座雕塑么?乔林的身躯几乎就是那尊雕塑的翻版。即使在冬天,臃肿的棉衣也不能掩盖住他身上那些线条的优美的轮廓。他的面孔黝黑,鼻子、嘴巴的线条都很粗犷。宽阔的前额下,是一双长长的眼睛。光看这张脸和这个身躯,大多数的姑娘都会喜欢他。

可是,倒是我自已拿不准主意要不要嫁给他。因为我闹不清楚我究竟爱他的什么,而他又爱我的什么?

我知道,已经有人在背地里说长道短:"凭她那些条件,还想找个什么样的?"

在他们的想象中,我不过是一头劣种的牲畜,却变着法儿想要混个肯出大价钱的冤大头。这使他们感到气恼,好像我真的干了什么伤天害理的、冒犯了众人的事情。

自然,我不能对他们过于苛求。在商品生产还存在的社会里,婚姻,也像其他的许多问题一样,难免不带着商品交换的烙印。

我和乔林相处将近两年了,可直到现在我还摸不透他那缄默的习惯到底是因为不爱讲话,还是因为讲不出来什么?逢到我起意要对他来点智力测验,一定逼着他说出对某事或某物的看法时,他也只能说出托儿所里常用的那种词藻:"好!"或"不好!"就这么两档,再也不能换换别的花样儿了。

当我问起"乔林,你为什么爱我"的时候,他认真地思索了好一阵子。对他来说,那段时间实在够长了。凭着他那宽阔的额头上难得出现的皱纹,我知道,他那美丽的脑壳里面的组织细胞,一定在进行着紧张的思维活动。我不由得对他生出一种怜悯和一种歉意,好像我用这个问题刁难了他。

然后,他抬起那双儿童般的、清澈的眸子对我说:"因为你好!"

我的心被一种深刻的寂寞填满了。"谢谢你,乔林!"

我不由得想:当他成为我的丈夫,我也成为他的妻子的时候,我们能不能把妻子和丈夫的责任和义务承担到底呢?也许能够。因为法律和道义已经紧紧地把我们拴在一起。而如果我们仅仅是遵从着法律和道义来承担彼此的责任和义务,那又是多么悲哀啊!那么,有没有比法律和道义更牢固、更坚实的东西把我们联系在一起呢?

逢到我这样想着的时候,我总是有一种古怪的感觉,好像我不是一个准备出嫁的姑娘,而是一个研究社会学的老学究。

也许我不必想这么许多,我们可以照大多数的家庭那样生活下去:生儿育女,厮守在一起,绝对地保持着法律所规定的忠诚……虽说人类社会已经进入了二十世纪七十年代,可在这点上,倒也不妨像几千年来人们所做过的那样,把婚姻当成一种传宗接代的工具,一种交换、买卖,而婚姻和爱情也可以是分离着的。既然许多人都是这么过来的,为什么我就偏偏不可以照这样过下去呢?

不,我还是下不了决心。我想起小的时候,我总是没缘没故地整夜啼哭,不仅闹得自己睡不安生,也闹得全家睡不安生。我那没有什么文化却相当有见地的老保姆说我"贼风入耳"了。我想这带有预言性的结论,大概很有一点科学性,因为直到如今我还依然如故,总好拿些不成问题的问题不但搅扰得自己不得安宁,也搅扰得别人不得安宁。所谓"禀性难移"吧!

我呢,还会想到我的母亲,如果她还活着,她会对我的这些想法,对乔林,对我要不要答应他的求婚说些什么?

我之所以习惯地想到她,绝不因为她是一个严酷的母亲,即使已经不在人世也依然用她的阴魂主宰着我的命运。不,她甚至不是母亲,而是一个推心置腹的朋友。我想,这多半就是我那么爱她,一想到她已经离我远去便悲从中来的原因吧!

她从不教训我,她只是用她那没有什么女性温存的低沉的嗓音,柔和地对我谈她一生中的过失或成功,让我从这过失或成功里找到我自己需要的东西。不过,她成功的时候似乎很少,一生里总是伴着许许多多的失败。

在她最后的那些日子里,她总是用那双细细的、灵秀的眼睛长久地跟随着我,仿佛在估量着我有没有独立生活下去的能力,又好像有什么重要的话要叮嘱我,可又拿不准主意该不该对我说。准是我那没心没肺,凡事都不大有所谓的派头让她感到了悬心。她忽然冒出了一句:"珊珊,要是你吃不准自己究竟要的是什么,我看你就是独身生活下去,也比糊里糊涂地嫁出去要好得多!"

照别人看来,作为一个母亲,对女儿讲这样的话,似乎不近情理。而在我看来,那句话里包含着以往生活里的极其痛苦的经验。我倒不觉得她这样叮咛我是看轻我或是低估了我对生活的认识。她爱我,希望我生活得没有烦恼,是不是?

"妈妈,我不想嫁人!"我这么说,绝不是因为害臊或是在忸怩作态。说真的,我真不知道一个姑娘什么时候需要做出害臊或忸怩的姿态,一切在一般人看来应该对孩子隐讳的事情,母亲早已从正面让我认识了它。

"要是遇见合适的,还是应该结婚。我说的是合适的!"

"恐怕没有什么合适的!"

"有还是有,不过难一点——因为世界是这么大,我担心的是你会不会遇上就是了!"她并不关心我嫁得出去还是嫁不出去,她关心的倒是婚姻的实质。

"其实,您一个人过得不是挺好吗?"

"谁说我过得挺好?"

"我这么觉得。"

“我是不得不如此……”她停住了说话，沉思起来。一种淡淡的、忧郁的神情来到了她的脸上。她那忧郁的、满是皱纹的脸，让我想起我早年夹在书页里的那些已经枯萎了的花。

“为什么不得不如此呢？”

“你的为什么太多了。”她在回避我。她心里一定藏着什么不愿意让我知道的心事。我知道，她不告诉我，并不是因为她耻于向我披露，而多半是怕我不能准确地估量那事情的深浅而曲扭了它，也多半是因为人人都有一点珍藏起来的、留给自己带到坟墓里去的东西。想到这里，我有点不自在。这不自在的感觉迫使我没有礼貌，没有教养地追问下去：“是不是您还爱着爸爸？”

“不，我从没有爱过他。”

“他爱您吗？”

“不，他也不爱我！”

“那你们当初为什么结婚呢？”

她停了停，准是想找出更准确的字眼来说明这令人费解和反常的现象，然后显出无限悔恨的样子对我说：“人在年轻的时候，并不一定了解自己追求的、需要的是什么，甚至别人的起哄也会促成一桩婚姻。等到你再长大一些、更成熟一些的时候，你才会明白你真正需要的是什么。可那时，你已经干了许多悔恨得让你感到锥心的蠢事。你巴不得付出任何代价，只求重新生活一遍才好，那你就会变得比较聪明了。人说‘知足者常乐’，我却享受不到这样的快乐。”说着，她自嘲地笑了笑：“我只能是一个痛苦的理想主义者。”

莫非我那“贼风入耳”的毛病是从她那里来的？大约我们的细胞中主管“贼风入耳”这种遗传性状的是一个特别尽职尽责的基因。

“您为什么不再结婚呢？”

她不大情愿地说：“我怕自己还是吃不准自己到底要什么。”她明明还是不肯对我说真话。

我不记得我的父亲。他和母亲在我很小的时候便分手了。我只记得母亲曾经很害羞地对我说过他是一个相当漂亮的、公子哥儿似的人物。我明白，她准是因为自己也曾追求过那种浅薄而无聊的东西而感到害臊。她对我说过：“晚上睡不着觉的时候，我常常迫使自己硬着头皮去回忆青年时代所做过的那些蠢事、错事！为的是使自己清醒。固然，这是很不愉快的，我常会羞愧地用被单蒙上自己的脸，好像黑暗里也有许多人在盯着我瞧似的。不过这种不愉快的感觉里倒也有一种赎罪似的快乐。”

我真对她不再结婚感到遗憾。她是一个很有趣味的人，如果她和一个她爱着的人结婚，一定会组织起一个十分有趣味的家庭。虽然她生得并不漂亮，可是优雅，淡泊，像一幅淡墨的山水画。文章写得也比较美，和她很熟悉的一位作家喜欢开这样的玩笑：“光看你的作品，人家就会爱上你的！”

母亲便会接着说：“要是他知道他爱的竟是一个满脸皱纹、满头白发的老太婆，他准会吓跑了。”

到了这种年龄,她绝不会是还不知道自己到底要什么。这分明是一句遁词。我之所以这么说,是因为她有一些引起我生出许多疑惑的怪毛病。

比如,不论她上哪儿出差,她必得带上那二十七本一套的,一九五〇年到一九五五年出版的契诃夫小说选集中的一本。并且叮咛着我:“千万别动我这套书。你要看,就看我给你买的那一套。”这话明明是多余的。我有自己的一套,干吗要去动她的那套呢?况且这话早已三令五申地不知说过多少遍了,可她还是怕有个万一的时候。她爱那套书爱得简直像是得了魔症一般。

我们家有两套契诃夫小说选集。这也许说明对契诃夫的爱好是我们家的家风,但也许更多的是为了招架我和别的喜欢契诃夫的人。逢到有人想要借阅的时候,她便拿了我房间里的那套给人。有一次,她不在家的时候,一位很熟的朋友拿了她那套里的一本。她知道了之后,急得如同火烧了眉毛,立刻拿了我的一本去换了回来。

从我记事的那天起,那套书便放在她的书橱里了。别管我多么钦佩伟大的契诃夫,我也不能明白,那套书就那么百看不厌,二十多年来有什么必要天天非得读它一读不可?

有时,她写东西写累了,便会端着一杯浓茶,坐在书橱对面,瞧着那套契诃夫小说选集出神。要是这个时候我突然走进了她的房间,她便会显得慌乱不安,不是把茶水泼了自己一身,便是像初恋的女孩子,头一次和情人约会便让人撞见似的羞红了脸。

我便想:她是不是爱上了契诃夫?要是契诃夫还活着,没准真会发生这样的事。

当她神志不清,就要离开这个世界的时候,她对我说的最后一句话是:“那套书——”她已经没有力气说出“那套契诃夫小说选集”这样一个长句子。不过我明白她指的就是那一套。“……还有,写着,‘爱,是不能忘记的’……笔记本、和我,一同火葬。”

她最后叮咛我的这句话,有些,我为她做了,比如那套书。有些,我没有为她做,比如那些题着“爱,是不能忘记的”笔记本子。我舍不得。我常想,要是能够出版,那一定是她写过的那些作品里最动人的一篇,不过它当然是不能出版的。

起先,我以为那不过是她为了写东西而积累的一些素材。因为它既不像小说,也不像札记;既不像书信,也不像日记。只是当我从头到尾把它们读了一遍的时候,渐渐地,那些只言片语与我那支离破碎的回忆交织成了一个形状模糊的东西。经过久久的思索,我终于明白,我手里捧着的,并不是没有生命、没有血肉的文字,而是一颗灼人的、充满了爱情和痛苦的心,我还看见那颗心怎样在这爱情和痛苦里挣扎、熬煎。二十多年啦,那个人占有着她全部的情感,可是她却得不到他。她只有把这些笔记本当作是他的替身,在这上面和他倾心交谈。每时,每天,每月,每年。

难怪她从没有对任何一个够意思的求婚者动过心,难怪她对那些说不出来是善意的愿望或是恶意的闲话总是淡然地一笑付之。原来她的心已经填得那么满,任什么别的东西都装不进去了。我想起“曾经沧海难为水,除却巫山不是云”的诗句,想到我们当中多半有人不会这样去爱,而且也没有人会照这个样子来爱我的时候,我便感到一种说不出来的怅惘。

我知道了三十年代末,他在上海做地下工作的时候,一位老工人为了掩护他而被捕牺牲，撇下了无依无靠的妻子和女儿。他，出于道义，责任，阶级情谊和对死者的感念，毫不犹豫地娶了那位姑娘。逢到他看见那些由于“爱情”而结合的夫妇又因为“爱情”而生出无限的烦恼的时候，他便会想：“谢天谢地，我虽然不是因为爱情而结婚，可是我们生活得和睦、融洽，就像一个人的左膀右臂。”几十年风里来、雨里去，他们可以说是患难夫妻。

他一定是她那机关里的一位同志。我会不会见过他呢？从到过我家的客人里，我看不出任何迹象，他究竟是谁呢？

大约一九六二年的春天，我和母亲去听音乐会。剧场离我们家不太远，我们没有乘车。

一辆黑色的小轿车悄无声息地停在人行道旁边。从车上走下来一个满头白发、穿着一套黑色毛呢中山装的、上了年纪的男人。那头白发生得堂皇而又气派！他给人一种严谨的、一丝不苟的、脱俗的、明澄得像水晶一样的印象。特别是他的眼睛，十分冷峻地闪着寒光，当他急速地瞥向什么东西的时候，会让人联想起闪电或是舞动着的剑影。要使这样一对冰冷的眼睛充满柔情，那必定得是特别强大的爱情，而且得为了一个确实值得爱的女人才行。

他走过来，对母亲说：“您好！钟雨同志，好久不见了。”

“您好！”母亲牵着我的那只手突然变得冰凉，而且轻轻地颤抖着。

他们面对面地站着，脸上带着凄厉的、甚至是严峻的神情，谁也不看着谁。母亲瞧着路旁那些还没有抽出嫩芽的灌木丛。他呢，却看着我：“已经长成大姑娘了。真好，太好了，和妈妈长得一样。”

他没有和母亲握手，却和我握了握手。而那手也和母亲的手一样，也是冰冷的，也是轻轻地颤抖着的。我好像变成了一路电流的导体，立刻感到了震动和压抑。我很快地从他的手里抽出我的手，说道：“不好，一点也不好！”

他惊讶地问我：“为什么不好？”或许我以为他故作惊讶。因为凡是孩子们说了什么直率得可爱的话的时候，大人们都会显出这副神态的。

我看了看妈妈的面孔。是，我真像她。这让我有些失望：“因为她不漂亮！”

他笑了起来，幽默地说：“真可惜，竟然有个孩子嫌自己的妈妈不漂亮。记得吗？五三年你妈妈刚调到北京，带你来机关报到的那一天？她把你这个小淘气留在了走廊外面，你到处串楼梯，扒门缝，在我房间的门上夹疼了手指头。你哇啦哇啦地哭着，我抱着你去找妈妈？”

“不，我不记得了。”我不大高兴，他竟然提起我穿开裆裤时代的事情。

“啊，还是上了年纪的人不容易忘记。”他突然转身向我的母亲说：“您最近写的那部小说我读过了。我要坦率地说，有一点您写得不准确。您不该在作品里非难那位女主人公……要知道，一个人对另一个人产生感情原没有什么可以非议的地方，她并没有伤害另一个人的生活……其实，那男主人公对她也会有感情的。不过为了另一个人的快乐，他们不得不割舍自己的爱情……”

这时，有一个交通民警走到停放小汽车的地方，大声地训斥着司机，说车停的不是地方。司机为难地解释着。他停住了说话,回头朝那边望了望,匆匆地说了声:“再见!”便大步走到汽车旁边,向那民警说:“对不起,这不怪司机,是我……”

我看着这上了年纪的人,也俯首帖耳地听着民警的训斥,觉得很是有趣。当我把顽皮的笑脸转向母亲的时候,我看见她是怎样地窘迫呀!就像小学校里一个一年级的小女孩,凄凄惶惶地站在那严厉的校长面前一样,好像那民警训斥的是她而不是他。

汽车开走了,留下了一道轻烟。很快地,就连这道轻烟也随风消散了,好像什么都没有发生过,而我,不知道为什么却没有很快地忘记。

现在回想起来,他准是以他那强大的精神力量引动了母亲的心。那强大的精神力量来自他那成熟而坚定的政治头脑,他在动荡的革命时代里出生入死的经历,他活跃的思维、工作上的魄力,文学艺术上的素养……而且——说起来奇怪,他和母亲一样喜欢双簧管。对了,她准是崇拜他。她说过,要是她不崇拜那个人,那爱情准连一天也维持不了。

至于他爱不爱我的母亲,我就猜不透了。要是他不爱她,为什么笔记本里会有这样一段记载呢?

“这礼物太厚重了。不过您怎么知道我喜欢契诃夫呢?”

“你说过的!”

“我不记得了。”

“我记得。我听到你有一次在和别人闲聊的时候说起过。”

原来那套契诃夫小说选集是他送给母亲的。对于她,那几乎就是爱情的信物。

没准儿,他这个不相信爱情的人,到了头发都白了的时候才意识到他心里也有那种可以称为爱情的东西存在,到了他已经没有权力去爱的时候,却发生了这足以使他献出全部生命的爱情。这可真够凄惨的。也许不只是凄惨,也许还要深刻得多。

关于他,能够回到我的记忆里来的就是这么一小点。

她那迷恋他,却又得不到他的心情有多么苦呀!为了看一眼他乘的那辆小车,以及从汽车的后窗里看一眼他的后脑勺,她怎样煞费苦心地计算过他上下班可能经过那条马路的时间;每当他在台上做报告,她坐在台下,隔着距离、烟雾、昏暗的灯光、攒动的人头,看着他那模糊不清的面孔,她便觉得心里好像有什么东西凝固了,泪水会不由的充满她的眼眶。为了把自己的泪水瞒住别人,她使劲地咽下它们。逢到他咳嗽得讲不下去,她就会揪心地想到为什么没人阻止他吸烟?担心他又会犯了气管炎。她不明白为什么他离她那么近而又那么遥远?

他呢,为了看她一眼,天天,从小车的小窗里,眼巴巴地瞧着自行车道上流水一样的自行车辆,闹得眼花缭乱;担心着她那辆自行车的闸灵不灵,会不会出车祸;逢到万一有个不开会的夜晚,他会不乘小车,自己费了许多周折来到我们家的附近,不过是为了从我们家的大院门口走这么一趟;他在百忙中也不会忘记注意着各种报刊,为的是看一看有没有我母亲发表的作品。

在他的一生中,一切都是那么清楚、明确,哪怕是在最困难的时刻。但在这爱情面前却变得这样软弱，这样无能为力。这在他的年纪来说，实在是滑稽可笑的。他不能明白，生活为什么偏偏是这样安排着的？

可是，临到他们难得地在机关大院里碰了面，他们又竭力地躲避着对方，匆匆地点个头便赶紧地走开去。即使这样，也足以使我母亲失魂落魄，失去听觉、视觉和思维的能力，世界立刻会变成一片空白……如果那时她遇见一个叫老王的同志，她一定会叫人家老郭，对人家说些连她自己也听不懂的话。

她一定死死地挣扎过，因为她写道：

我们曾经相约：让我们互相忘记。可是我欺骗了你，我没有忘记。我想，你也同样没有忘记。我们不过是在互相欺骗着，把我们的苦楚深深地隐藏着。不过我并不是有意要欺骗你，我曾经多么努力地去实行它。有多少次我有意地滞留在远离北京的地方，把希望寄托在时间和空间上，我甚至觉得我似乎忘记了。可是等到我出差回来，火车离北京越来越近的时候，我简直承受不了冲击得使我头晕眼花的心跳。我是怎样急切地站在月台上张望，好像有什么人在等着我似的。不，当然不会有。我明白了，什么也没有忘记，一切都还留在原来的地方。年复一年，就跟一棵大树一样，它的根却越来越深地扎下去，想要拔掉这生了根的东西实在太困难了，我无能为力。

每当一天过去，我总是觉得忘记了什么重要的事情，或是夜里突然从梦中惊醒：发生了什么事情！不，什么也没有发生，我清清楚楚地意识到：没有你！于是什么都显得是有缺陷的，不完满的，而且是没有任何东西可以弥补的。我们已经到了这一生快要完结的时候了，为什么还要像小孩子一样地忘情？为什么生活总是让人经过艰辛的跋涉之后才把你追求了一生的梦想展现在你的眼前？而这梦想因为当初闭着眼睛走路，不但在岔道上错过了，而且这中间还隔着许多不可逾越的沟壑。

对了，每每母亲从外地出差回来，她从不让我去车站接她，她一定愿意自己孤零零地站在月台上，享受他去接她的那种幻觉。她，头发都白了的、可怜的妈妈，简直就像个痴情的女孩子。

那些文字并没有多少是叙述他们的爱情的，而多半记载的都是她生活里的一些琐事：她的文章为什么失败，她对自己的才能感到了惶惑和猜疑，珊珊（就是我）为什么淘气，该不该罚她；因为心神恍惚，她看错了戏票上的时间，错过了一场多么好的话剧；她出去散步，忘了带伞，淋得像个落汤鸡……她的精神明明日日夜夜都和他在一起，就像一对恩爱的夫妻。其实，把他们这一辈子接触过的时间累计起来计算，也不会超过二十四小时。而这二十四小时，大约比有些人一生享受到的东西还深、还多。莎士比亚笔下的朱丽叶说过："我不能清算我财富的一半。"大约，她也不能清算她的财富的一半。

似乎他在文化大革命中死于非命。也许因为当时那种特定的历史条件，这一段的文字记载相当含糊和隐晦。我奇怪我那因为写文章而受着那么厉害的冲击的母亲，是用什么办法把这习惯坚持下来的？从这隐晦的文字里，我还是可以猜得出，他大约是对那位红极一世，权极一时的"理论权威"的理论提出了疑问，并且不知对谁说过："这简直就是右派言论。"从母亲那沾满泪痕的纸页上可以看出，他被整得相当惨，不过那老头子似乎十分坚强，从没有对这位有大来头的人物低过头，直到死的时候，留下来的最后一句话还是:“就是到了马克思那里,这个官司也非打下去不可!”

这件事一定发生在一九六九年的冬天,因为在那个冬天里,才刚近五十岁的母亲一下子头发全白了。而且,她的臂上还缠上了一道黑纱。那时,她的处境也很难。为了这条黑纱,她挨了好一顿批斗,说她坚持四旧,并且让她交代这是为了谁?

“妈妈,这是为了谁?”我惊恐地问她。

“为一个亲人!”然后怕我受惊似的解释着,“一个你不熟悉的亲人!”

“我要不要戴呢?”她做了一个许久都没有对我做过的动作,用手拍了拍我的脸颊,就像我小的时候她常做的那样。她好久都没有显出过这么温柔的样子了。我常觉得,随着她的年龄和阅历的增长,特别是那几年她所受过的折磨,那种温柔的东西似乎离她越来越远了,也或许是被她越藏越深了,以致常常让我感到她像个男人。

她恍惚而悲凉地笑了笑,说:“不,你不用戴。”

她那双又干又涩的眼睛显得没有一点水分,好像已经把眼泪哭干了。我很想安慰她,或是做点什么使她高兴的事。她却对我说:“去吧!”

我当时不知为什么生出了一种恐怖的感觉,我觉得我那亲爱的母亲似乎有一半已经随着什么离我而去了。我不由得叫了一声:“妈妈!”

我的心情一定被我那敏感的妈妈一览无余地看透了。她温和地对我说:“别怕,去吧!让我自己呆一会儿。”

我没有错,因为她的确这样地写着:——

你去了。似乎我灵性里的一部分也随你而去了。

我甚至不能知道你的下落,更谈不上最后看你一眼。我也没有权利去向他们质询,因为我既不是亲眷又不是生前友好……我们便这样地分离了。我恨不能为你承担那非人的折磨,而应该让你活下去!为了等到昭雪的那一天,为了你将重新为这个社会工作,为了爱你的那些个人们,你都应该活着啊!我从不相信你是什么三反分子,你是被杀害的、最优秀者中间的一个。假如不是这样,我怎么会爱你呢?我已经不怕说出这三个字。

纷纷扬扬的大雪不停地降落着。天哪,连上帝也是这样地虚伪,他用一片洁白覆盖了你的鲜血和这谋杀的丑恶。

我从没有拿我自己的存在当成一回事。可现在,我无时不在想,我的一言一行会不会惹得你严厉地皱起你那双浓密的眉毛?我想到我要好好地活着,好好地生活,像你那样,为我们这个社会——它不会总像现在这样,惩罚的利剑已经悬在那帮狗男女的头上——真正地做一点工作。

我独自一人,走在我们唯一一次曾经一同走过的那条柏油小路上,听着我一个人的脚步声在沉寂的夜色里响着、响着……我每每在这小路上徘徊、流连,哪一次也没有像现在这样使我肝肠寸断。那时,你虽然也不在我身边,但我知道,你还在这个世界上,我便觉得你在伴随着我,而今,你的的确确不在了,我真不能相信!

我走到了小路的尽头,又折回去,重新开始,再走一遍。

我弯过那道栅栏,习惯地回头望去,好像你还站在那里,向我挥手告别。我们曾淡淡地、心不在焉地微笑着，像两个没有什么深交的人，为的是尽力地掩饰住我们心里那镂骨铭心的爱情。那是一个没有一点诗意的初春的夜晚，依然在刮着冷峭的风。我们默默地走着，彼此离得很远。你因为长年害着气管炎，微微地喘息着。我心疼你，想要走得慢一点，可不知为什么却不能。我们走得飞快，好像有什么重要的事情在等着我们去做，我们非得赶快走完这段路不可。我们多么珍惜这一生中唯一的一次"散步"，可我们分明害怕，怕我们把持不住自己，会说出那可怕的、折磨了我们许多年的那三个字："我爱你。"除了我们自己，大概这个世界上没有一个活着的人会相信我们连手也没有握过一次！更不要说到其他！

不，妈妈，我相信，再没有人能像我那样眼见过你敞开的灵魂。

啊，那条柏油小路，我真不知道它是那样充满了辛酸的回忆的一条小路。我想，我们切不可忽略世界上任何一个最不起眼的小角落，谁知道呢？那些意想不到的小角落会沉默地缄藏着多少隐秘的痛苦和欢乐呢？

难怪她写东西写得疲倦了的时候，她还会沿着我们窗后的那条柏油小路慢慢地踱来踱去。有时是彻夜不眠后的清晨，有时甚至是月黑风高的夜晚，哪怕是在冬天，哪怕峭厉的风像发狂的野兽似的吼叫，卷着沙石劈里啪啦地敲打着窗棂……那时，我只以为那不过是她的一种怪癖，却不知她是去和他的灵魂相会。

她还喜欢站在窗前，瞅着窗外的那条柏油小路出神。有一次，她显出那样奇特的神情，以致我以为柏油小路上走来了我们最熟悉的、最欢迎的客人。我连忙凑到窗前，在深秋的傍晚，只有冷风卷着枯黄的落叶，飘过那空荡荡的小路的路面。

好像他还活着一样，用文字和他倾心交谈的习惯并没有因为他的去世而中断。直到她自己拿不起来笔的那一天。在最后一页上，她对他说了最后的话：

我是一个信仰唯物主义的人，现在我却希冀着天国。倘若真有所谓天国，我知道，你一定在那里等待着我。我就要到那里去和你相会，我们将永远在一起，再也不会分离。再也不必怕影响另一个人的生活而割舍我们自己。亲爱的，等着我，我就要来了——

我真不知道，妈妈，在她行将就木的这一天，还会爱得那么沉重。像她自己所说的，那是镂骨铭心的。我觉得那简直不是爱，而是一种疾痛，或是比死亡更强大的一种力量。假如世界上真有所谓不朽的爱，这也就是极限了。她分明至死都感到幸福：她真正地爱过。她没有半点遗憾。

如今，他们的皱纹和白发早已从碳水化合物变成了其他的什么元素。可我知道，不管他们变成什么，他们仍然在相爱着。尽管没有什么人间的法律和道义把他们拴在一起，尽管他们连一次手也没有握过，他们却完完全全地占有着对方。那是任什么都不能使他们分离的。哪怕千百年过去，只要有一朵白云追逐着另一朵白云；一棵青草傍依着另一棵青草；一层浪花拍打着另一层浪花；一阵轻风紧跟着另一阵轻风……相信我，那一定就是他们。

每每我看着那些题着“爱,是不能忘记的”笔记本,我就不能抑制住自己的眼泪。我哭,这不止一次地痛哭,仿佛遭了这凄凉而悲惨的爱情的是我自己。这要不是大悲剧就是大笑话。别管它多么美,多么动人,我可不愿意重复它!

英国大作家哈代说过:“呼唤人的和被呼唤的很少能互相答应。”我已经不能从普通意义上的道德观念去谴责他们应该或是不应该相爱。我要谴责的却是:为什么当初他们没有等待着那个呼唤着自己的灵魂?

如果我们都能够互相等待,而不糊里糊涂地结婚,我们会免去多少这样的悲剧哟!

到了共产主义,还会不会发生这种婚姻和爱情分离着的事情呢?既然世界是这么大,互相呼唤的人也就可能有互相不能答应的时候,那么说,这样的事情还会发生?可是,那是多么悲哀啊!可也许到了那时,便有了解脱这悲哀的办法!

我为什么要钻牛角尖呢?

说到底,这悲哀也许该由我们自己负责。谁知道呢?也说不定还得由过去的生活所遗留下来的那种旧意识负责。因为一个人要是老不结婚,就会变成对这种意识的一种挑战。有人就会说你的神经出了毛病,或是你有什么见不得人的隐私,或是你政治上出了什么问题,或是你刁钻古怪,看不起凡人,不尊重千百年来的社会习惯,你准是个离经叛道的邪人……总之,他们会想出种种庸俗无聊的玩意儿来糟蹋你。于是,你只好屈从于这种意识的压力,草草地结婚了事。把那不堪忍受的婚姻和爱情分离着的镣铐套到自己的脖子上去,来日又会为这不能摆脱的镣铐而受苦终身。

我真想大声疾呼地说:“别管人家的闲事吧!让我们耐心地等待着,等着那呼唤我们的人,即使等不到也不要糊里糊涂地结婚!不要担心这么一来独身生活会成为一种可怕的灾难。要知道,这兴许正是社会生活在文化、教养、趣味……等等方面进化的一种表现!”

(原载《北京文艺》1979年11期)

张洁(1937—),辽宁人。主要作品有长篇小说《沉重的翅膀》等。《爱,是不能忘记的》是新时期较早的一篇爱情小说。小说把爱情作为第一主题,以冲击、抗议一个漫长的讳谈爱情(乃至一切人的感情)的时代,而引起极大的反响与争议。通过女儿的视角,描写了女作家钟雨与老干部之间刻骨铭心而又无法结合的爱情悲剧。男女主人公默默相爱一生然而实际生活中相聚的时间加起来也没超过24小时,如此巨大的爱情悲剧既张扬了爱情本身的力量,也激起了人们对于过去时代的激烈批判。小说因而成为一场由爱情出发而追求个性解放、人性健全的新时期启蒙运动的先声。但是男女主人公在这场一生的爱情中“连手都没有握过一次”的“纯洁”实际上仍是男权话语的态度立场的习惯表达,是在充满理想主义色彩的追求中对女性乃至人性本身生命追求的无视和否认。(韩袁红)

人到中年(存目)

谌　容

谌容(1936—　),原名陈德容,四川人。主要作品有短篇小说《减去十岁》;中篇小说《人到中年》;长篇小说《永远是春天》、《人到老年》、《梦中的河》等。

《人到中年》是1980年发表于《收获》第1期的一部中篇小说,标志着谌容小说创作个性的成熟和风格的形成。这篇小说是在新时期产生较大影响的一部"社会问题小说"。作家以深刻的真实性,描述了我国中年一代知识分子的艰辛道路和悲苦命运,小说把主人公陆文婷的悲剧命运描写放在历史转折时期的背景下展开,从而赋予小说主题以深刻的批判性和现实警示性。但是这部小说又不同于当时流行的问题小说,正如作家本人所说:"小说中提出了中年知识分子问题,希望引起社会关心,但我同时想通过陆文婷形象探索生活的意义。"

陆文婷是社会主义时代在党的阳光下成长起来的一位普通的优秀的眼科大夫。她从五十年代以优异成绩考入医学院,六十年代成为出色的"眼科一把刀",到七十年代末,因为工作和生活上的"超负荷"和"快速旋转"而猝然病倒,她的艰辛道路和悲剧命运概括了我国一代中年知识分子的生存境遇,同时也呈现了当代知识女性的现实困境。小说以抢救陆文婷作为线索和构架,渲染了一种抢救知识分子的危机感和紧迫感。

小说把陆文婷作为一个普通人,而不是一个英雄来刻画,小说集中通过她的日常工作、家庭生活来表现她无私奉献的精神品质和忍辱负重的坚强人格,这正是一代中年知识分子的思想特质。如她为了工作牺牲了家庭和个人的利益。她具有高超的医术和高尚的医德。对待患者一视同仁,即使是她躺倒在病床之上,她的意识中还是想着病人的眼睛。

小说在艺术表现上的突出特点是采用了多视点的手法刻画人物。一是通过主人公的意识流动来展开陆文婷的家庭、爱情和心灵世界,二是通过医院其他人物的回忆和抢救活动来透视主人公的工作历程。把抢救陆文婷的现实情节线索和陆文婷病中的意识流动两条线索纵横交错,穿插铺排,构成独特的结构形式。同时小说中反复贯穿匈牙利诗人裴多菲的诗句"我愿意是急流……",赋予作品一种沉郁的抒情意味。(吴尚华)

西线轶事

徐怀中

一

有线电连由于多了六名女电话兵，显得格外有生气，无形中强化了连队的生活基调。

一讲要缩减部队编制，往往首先想到的就是女同志们。如果人们到九四一部队去，了解一下有线通信连女子总机班的情况，就会感觉到，把穿裙服的看作是天然的“缩减”对象，这种看法至少是过于狭隘了。

九四一部队女子总机班一共是六名战士，人们称为六姐妹。作为连队里一个正正规规的建制班，她们完全适应了从早到晚整齐划一的紧张生活。适应了随时随地面对各种严格的要求，适应了多少条成文不成文的纪律规定。当然，要把家庭带来的各种各样的习惯统一到领章帽徽下面来，要把平均年龄二十岁的一群女孩子的心收拢来，是要有一个过程的。女兵班刚刚编起来那段时间，没有让连里干部少伤脑筋。比如说，其中有几个总是嘴不闲着，坐在床上吃葵花子，从窗户里吐皮儿出来。男兵送了她们一个外号，叫“五香嘴儿”。给人起外号是一种不良倾向，连里批评了他们。不过，自从叫出了这个外号，女兵班窗户里再没有葵花子皮儿飞出来了。又比如另一位女战士，在幼儿园就是个爱哭出了名的。老师说她眼窝太浅，存不住泪水。现在穿上了正二号女军服，还是照常爱哭。芝麻大的一点事儿，绝对用不着哭的，她可以大哭一场。一次，正要出发去野外训练，她忽然抹起眼泪来了。为了什么事情？天晓得。连长见她没完没了地哭，在她面前放了一个小板凳说：“你坐下慢慢哭，哭够了我们再去训练。”她倒不哭了，仰起头，站到队列里去了。可见泪水要存是存得住的，不在乎眼窝是深是浅。

照部队规定，当战士的是不准谈“个人问题”的。这一条历来很明确，没有任何含糊的余地。干部常在队前讲话说：

“有空余时间，你宁肯去看看蚂蚁搬家，也别往那一方面去动心思。动也白动。”

令行禁止，应该说是没有问题的。不过，服兵役的年龄，正是怀着大胆的幻想，而又战战兢兢开始去探索“个人问题”的年龄。如同鸡雏儿要冲破蛋壳，天数足了，怎么能阻止得了呢？总机班就曾经有人想要试试，能不能在严守秘密的前提下，比别人先走一步。指导员在全连同志面前严厉批评了这件事。他只讲是“个别同志”，没有点出名字来。这位“个别同志”在知青点的时候，和一位男同学一起担任看守甘蔗田的任务。他们搭了一个很高很高的草棚，坐在上边向四外瞭望。甘蔗林仿佛是一片波涛汹涌的湖水，那草棚正如一只随波逐流的小船。那些日子里，给她留下了多少值得回味的记忆呵！片片断断的，正像是一节节熟透的甘蔗。她应征入伍了，约定了要常写信。谁知对方来信太勤，她觉得不大好，让他不要总用一种信封。落款地址也要变换着，让人看见不是一个人写来的。这一下弄巧成拙，信封和寄信地址虽然变幻不定，可是信上的邮戳始终没有变。指导员找她谈话了，说个人之间通信是宪法保护的，别人无权过问。问题是信件的内容超没有超出一般范围，这就全靠自觉了。组织上没有把有关规定讲清楚，那是组织的责任。三令五申讲了，偏偏还要违反，这是什么性质的问题？此后，那种神秘的书信就完全断绝了。这件事情，给了女兵班全体战士一个明确的警告，她们私下里议论说：

“算了，趁早别去找那个麻烦。要么等脱了军装再讲，要么穿上了皮鞋再考虑。”

脱了军装再讲，显然是说等到复员以后。穿上了皮鞋再考虑，这个话恐怕外界的人就不明白了。部队规定，战士只准穿胶鞋、布鞋、塑料凉鞋，提升了干部才准穿皮鞋。这就是说，在没有取得穿皮鞋的自由之前，“个人问题”只能是明智地放到一边去。

九四一部队医院和业余文艺宣传队，也都有一部分女兵。因为工作上无法分开，男女同志之间接触很平常。连队里就不是这样了。工作、训练、学习、课外活动，女兵班总是自成格局，几乎和其他班排没有什么联系。尽管如此，男兵们随时都意识到了六名女电话兵的存在。明显的是他们很注重服装整洁，再热的天，不打赤膊。还有些细微的情形，表面上不大容易察觉。编到这个连里来的兵，活泼的更见活泼，庄重的越发要显示自己的庄重。有线电连和无线电连赛篮球，本来实力差着一大截，可是运动员们一个比一个要强，总是全场人盯人，一拼到底。拼下来看，输也输不了几分。他们倒不是一定要和无线电连争个高低，明知是拼不赢人家的。主要是谁也不甘心在本连留下一种过于窝囊的印象。总之可以这样说，有线电连由于多了六名女电话兵，显得格外有生气，无形中强化了连队生活的基调。像是电话线路上加了“增音”，音量扩大了好多倍。

无论从哪一方面看，女兵班在全连都算是靠前的。理论考核不用讲，电工学、电话学，难不住这六名高中生。内务卫生是女同志的擅长，队列也满像一回事的。劳动种菜又不比男兵差劲，在知青点打下了底子，两大桶粪，挑起来颤颤悠悠地在田埂上走。就说训练吧，五百公尺的放收线，不敢说速度能和男兵打平手，可是论起收线的均匀、紧密、垂直和平整，女兵班要更符合教范的要求。军区召开的有线电全程协作经验交流大会，邀请女子总机班作过表演的。不过，假如你和有线连的男同志谈论起女兵班来，他们往往是笑一笑，颇有点不便评论的样子，说自己心服口服，他们不乐意，说不服气吧，多不合适，只好笑笑。还是有个别嘴快的，忍不住说：

“女同志嘛！电话上声音绵绵的，口齿又清楚，谁不欢迎。等打起仗来再看吧！”

二

我们为什么要送孩子到部队上，就为的让他们穿起军服，神气活现地去照相，四吋六吋去放大吗?

一九七九年二月十七日凌晨,对越南的自卫还击作战打响了。九四一部队也奉命完成了一级战备,随时可以开赴前线。

中国政府公开向世界宣布,这次还击从时间到作战地域都是有限的,中国无意占领越南一寸土地。一次惩罚性的有限战争,不过是在古往今来战争史的长河中,归入一支小小的细流。但这是一次震动了世界的,具有一定程度的现代化的战争。在中越人民友好往来的历史乐谱上,这只是一个小小的插曲。不过,两国军队在面对面的严重时刻,只能是借用对方的语言,大吼"缴枪不杀"!

女子总机班听到了"路透社"的消息,说上级已经决定不让她们上前线去。大家急了,吵吵嚷嚷要去问连长,凭什么不让去。班长严莉不主张去问。她说,到目前为止,并没有谁正式宣布,说不让去,是小道透露出来的。连里要问,怎么会知道不让你们去的呢?倒还不好回答。不管他的,反正女兵班向党支部送了决心书,先抓紧轻装准备。万一真是那么决定的,到时候再去闹也不迟。这个意见得到了一致的赞同,都说,还是班长有主意。

其他班排都去理发,一律推了光头,为的是头部受伤便于救治。女兵班有的人主张当男兵办理,也推光头。有人觉得那样未免太出洋相。原来她们多数留的是两个小鬏鬏,用猴皮筋扎着,一晃脑袋,像两把刷子在肩膀上摩挲着。她们上街,每人花了两角钱,变了一个样子回来,都剪成了"运动头"。以后早上起来,岔开五指梳拢几下就完事,连猴皮筋也用不着了。

连排长们到各班检查轻装情况。女兵班轻装很彻底,干部都表示满意。连长是结了婚的人,知道的多些。他清了清嗓子,郑重其事地向女兵班指出:

"该轻的轻,该带的还是要带。像纸呀什么的,可以多带一点,要用的时候没有,到哪儿找去!小镜子那些,能不带就不带了。"

干部们一走,六姐妹高兴得一个个拍着手跳。既然这么认真地检查了她们的轻装情况,说明不让女兵班上前方的话,纯粹是谣言。

很快就要上火线了,总机班的女战士在想些什么呢?她们先是在自己心里搁着,交谈起来才知道,原来大家想的全都一样。用一个字说,死!至于各人将会在什么样的情况下完成一死,谁都没有做过具体的设想。只有一点是十分明确的,谁都不想还可以活着回来。人们也许觉得这是不是太丧气了。在部队里,谁也不会笑话谁的。大家都没有打过仗,没有打过仗的人,往往首先肯定的就是自己要牺牲。虽然如此,她们在谈论这个问题的时候,神情都是那么自然,语调是那么平静,随随便便,连说带笑的。

班里有几个人,家在本省,她们要求挂个电话,对妈妈讲一声。虽说已经是一名军人了,有话还是找妈妈,而不是找爸爸讲。她们很自觉,电话不长,大致是这样的:

"喂!妈!我们要外出执行任务了。"

"噢!我已经想到了,看报上的动向,知道部队可能要出去。你们哪天出发呢?"

"不知道,在等命令。"

“好！到前边要服从命令听指挥，一定要保证电话通畅，不要像在家里，胆小害怕可要不得，那么多首长和同志，又不是你一个人。你能立功更好，怕不是每个人都有那种机会的。至少你可不能让我和你爸爸脸上挂不住。你记住了没有?”

“记住了。”

“到时候你得机灵点，听着炮弹的响声。人家说，从头上飞过去的炮弹，和冲着你落下来的，响声不一样……”

“妈！你别啰嗦，不能老占着线。”

“你等等，还有……”

妈妈的声音开始发颤，耳机里传来极力克制着的抽泣。随后，一点声音也听不到了，显然是妈妈把送话器捂起来了。

“喂，喂！妈妈！你看你，你还有什么话说没有，没有就挂了吧！”

“好吧！我和你爸不能去送你了。等完成任务回来，赶忙先来个信。”

和妈妈通过了话，几个人一交换情况，禁不住笑了。这几位妈妈岗位不同，互不相识，却像是用了一份统一的电话稿，她们的话几乎一句也不差。几位妈妈无一例外，都在电话上哭出了声。要不怎么是妈妈呢?

只有陶坷没有给妈妈挂“长途”。小陶的妈妈劳动改造八年，把身体彻底改造垮了，放出来直接就进了医院。最近刚刚出院，还在全休，说定了这一两天到部队来看望女儿。所以小陶用不着打电话了。

第二天，小陶的母亲果然来了，她带来一大包麻辣胡豆，这是女儿最喜欢吃的。来队亲属带的吃食，向来都是当众公开的，谁赶上有谁的份儿。总机班的姑娘们一起围上去，抓一把麻辣胡豆吃着，和母亲说呀笑的。小陶不作声，在一边待着。指导员对母亲说：

“你看，好像这一大群都是你的亲生女儿，只有小陶是一个外人。”

小陶就是这样，喜爱沉默。她高兴起来，什么都忘了。一张粉团团的脸儿，稚气地笑着，并不言语。她常常一个人静静地待在一边，细长的眼睛稍稍眯缝着，久久地遥望天边。她在追寻着什么？她在探求着什么？她在迎接着什么？这时候那张粉团团的脸就变得十分严正，十分深沉，似乎还流露出几分怒气。开始，同班战友们不了解她的习性，嘀嘀咕咕议论她说：“就像是谁借了她米还了糠。”

谈起“九四一”的行动，小陶妈妈问连长：

“现在领导上怎么说，是不是已经定了总机班全体到前边去?”

连长说：“问题不大。”

女电话兵一起嚷叫起来：“什么叫问题不大，定就是定了，没定就是没定。”

“反正我们心里有数，让去也要去，不让去也要去。”

“要上就是全班上去，少了一个也不干。”

母亲笑了，说：“你们先别吹，要不是我这个军属大妈替你们说话，准不准许你们上去还真是难说哩。”

前天，九四一部队的几位领导同志到省城去参加作战会议，抽空去看望了陶坷的妈妈曾方同志。谈到对女子总机班,通信部门有几种方案。第一种是让她们全体上去锻炼锻炼。第二种是全不上去。第三种是挑选几个身体好的去,其余有几个干部子女,体质较差,就留守了。

曾方问:"照第三种方案,留守的人里是不是包括陶坷在内?"

回答说小陶是其中之一。又向她解释说,这并不是专门照顾干部子女。反正后方需要留人守总机的,连里的猪也得有人看,谁体力差就留下谁。

曾方说:"现在的事情就是这样,不准请客,照样请,说不是请客,是加菜。不准走后门,照样走,说不是后门,是前门儿。该有什么手续办下来了,该有什么图章盖上去了。不让陶坷她们到前边去,还怕找不出几条现成的理由?"

这么一说,大家都笑起来。

曾方又说:"我看第一种考虑是正确的,后两种方案恐怕欠妥当。当然,部队的事用不着征求我的意见。不过我也有一点发言权的,至少我那一个不能留下来。我们为什么要送孩子到部队上,就是为的让她们穿起军服,神气活现地去照相,四吋六吋去放大吗?现在要打仗了,把这一个战士拉下来,让另一个战士顶上去,想都不应该这样想的。哪一个战士不是人生父母养的!真的这样,等欢迎部队凯旋归来的时候,我心里会是什么滋味?你们得站在我的地位,替我想一想吵!"

这位老同志态度是那么诚恳,她的意见无疑是对的。"九四一"的几个干部都说,有必要确定一条原则,干部子女原来在什么位置上,作战期间还应当在什么位置上,不得以任何理由向后方调动。

三

等过了若干年,向后辈儿孙们讲起这些事情来,你会感到很难使他们完全理解。

小陶妈妈不愿意住招待所,在连里住下了。严莉告诉小陶,晚班不用上机,陪妈妈睡,和妈妈说说话。等屋里只剩了母女二人,曾方才有时间上下打量着小陶。拉住了女儿的手,问长问短。小陶一边搭话,不好意思地抽回了手,女儿大了。

妈妈说:"我原讲是来看看你,现在是送你上前方了。"

"我本来想打个电话,让你别来了。还是想见见妈,就没有打。"

"要是姥姥能和我一起来送你,你就该高兴了。她上了年纪,怕路上不方便,我没有让她来。"妈妈似乎是带了一些妒意说:"陶坷!你承认不承认,你喜欢我,不及喜欢姥姥的三分之一。"

"妈!瞧你,又来这一套了。"

在妈妈和妈妈的妈妈之间,很难说小陶跟谁更亲近。她在外祖母身边比在母亲身边的时间还要长些,无形中对外祖母更熟些,这是事实。

我们现在讲,对某些事情不必说长道短,留给后代去作出评价好了。这是可以的。

不过，等过了若干年，向后辈儿孙们讲起这些事情来，你会感到很难使他们完全理解。不知要以几位数字计算的那么多干部，阴阳头一剃，成了“牛鬼蛇神”。有的人还可以说是让抓住了几条什么。曾方是毕业于太行山抗日中学的一个农家女，历史清白无瑕。她既没有在高呼口号的时候精神不集中，喊错了什么话，又没有在旧报纸上随意写画，不提防墨水渗过去，弄脏了背面的照片。可是，查出了她丈夫一九五九年在病故前不久曾经攻击过“小土群”，和彭德怀的言论很相似。丈夫死了，便宜了他，妻子不能再白白放过去。于是曾方进了“牛棚”。随后被转送监狱进行劳改，一改就是八年——整整是抗日战争所耗用的时间。以后放出来又挂了三年——够进行一次解放战争的。曾方有思想准备，进“牛棚”前写了信给母亲，请老人来把七岁的外孙女儿接到农村去了。

小陶初次见到姥姥有些害怕。城里的孩子，没有接触过农村装束的老年妇女，她看着姥姥很像小人书上的“狼婆婆”。现在妈妈顾不得她了，不跟“狼婆婆”走，到哪里去呢！

公社起先不知道情况，以后外调回来，立即宣布撤销了这位老人贫协委员的资格，让她交代和女儿女婿的关系。外孙女儿原来是有临时口粮的，也宣布取消。

取消口粮，姥姥倒也没有当一回事。就是不取消，反正也别想能拿回一粒粮食来。公社通知说，因为两年大旱，田里无收，返销粮也早完了，今冬的问题由社员自行解决。外出找生活，可以给出证明。连年旱灾害苦了群众，同时也搭救了另外一些人。这样，可以顺手把造成大面积饥荒的罪过完全推给老天爷，他们则仍然可以心安理得，也仍然悟不出一个极为简单的道理——革命高调不能当饭吃。

一天，姥姥用白布口袋装了一个饭盒，一双筷子，拿给陶坷，打发她和队里一些半大孩子一同出门。小外孙女儿愣住了，迷惑不解地望着老人，她问：

“姥姥！我们现在不是在新社会吗？”

一个似懂事不懂事的孩子，她还没有学会掩饰自己的内心活动，她天真地向外祖母提出了一个相当尖锐的问题。换了别人，也许根本不回答孩子这样的问题，只是喝叫她不要胡说。姥姥觉得应该对外孙女把话讲清楚，尽管这话是很难讲清楚的。老人顺理着外孙女儿的头发说：

“孩子！姥姥怎么跟你讲呢？要说我们不是新社会，不对！要说新社会就是如今这样子，也不对。新也罢旧也罢，肚子饿得咕噜咕噜那种滋味是一样的。这就得要你挺着些了，姥姥就是这么挺过来的。这也有好处，让你知道知道什么叫作没饭吃。那年你烧破了衣服，你妈骂你说：‘再这么胡闹，没有你的饭吃。’你说：‘没饭吃我吃包子。’孩子！不过你也不用总那么愁眉苦脸的，该高兴还是高兴。眼面前的事情，你全当是闹着玩的，不是当真的。不怕的，这阵子风就要刮过去了。你去吧，姥姥等着你回来。你们沿着铁路走，听见火车响，早点靠边等等。”

陶坷和一群小伙伴们上路了，结成了一支长长的队伍。树枝上的小鸟唧唧啾啾欢乐地叫着。它们看见，和它们很熟识的这群孩子，沿着铁路只管往前去，越走越远了……

孩子们来到一个疗养地，看见一所庭院的铁栏杆里边，有一位白头发的解放军坐在躺椅上晒太阳。这是一位将军,不过当地人只知道他是一个养病的老头。其实,将军本来没有多大的病,林彪把持军委期间,不明不白地叫他靠边疗养。林彪完了,他可以出去工作了。不想,住疗养院几年,真的住出了几样要紧的病来,只好仍然留在这里。将军无可抱怨,在他这一茬穿军装的"老家伙"里,他算是够幸运的了。

陶坷隔着栏杆,远远向将军伸出一只干瘦的小手。这样的事将军经过得多了,他知道这小姑娘要什么。他一面在衣袋里翻找零钱和粮票,一面问小姑娘叫什么,哪里人。小姑娘低着头,始终不说话。将军又问她:

"你怎么不在家好好上学搞生产,自己跑出来?"

"我有证明。"小姑娘终于开口了。

小姑娘掏出皱皱巴巴的一张纸,将军接过来看,上面写着:

> 兹有我队社员陶坷(女)因事外出,望沿途有关单位放行为荷。此致文化大革命战斗敬礼……

一两行字,将军反复在读。从二万五千里长征到抗美援朝,几次战争都在这位老战士身上留下了纪念。他抖抖索索看着那封证明信,心里在说:我这是为的什么?就为的是在新中国成立二十多年以后,还照样让我们的孩子"因事外出"吗?两行热泪扑扑答答掉在信纸上。

陶坷忙收回了信,她像在哄小孩似的对军人说:

"解放军爷爷!您别这样,您别这样。我姥姥说了,全当这是在闹着玩的,不是当真的。"

小姑娘安慰白发将军的话,实在让他受不了。已经有些人开始围过来,想知道这里发生了什么热闹的事。将军觉得他就要痛哭失声,双手掩面,连忙离开了。他忘记了把零钱和粮票拿给小姑娘。

说到陶坷在姥姥家度过的几年艰难生活,妈妈又心酸起来。她原以为把小女儿送到乡下去会好一些,不想让孩子吃了更大的苦头。用一句严谨的话说,是让孩子受到了更大的锻炼。曾方为了排遣自己的伤感,她洗了脸,随后以愉快的语调对女儿说:

"算你们运气,人家也当兵,一茬一茬的复员了,都没有赶上打仗,偏偏让你们这一茬的赶上了。"

"我们班已经向上送了三次决心书,政治部还把我们的决心书摘了一段登在简报上了。"小陶自豪地说。

母亲笑笑说:"决心书有写得好的,有写得一般的。不过,上简报是一回事,上了战场又是一回事。"

"那倒是。"小陶同意说。

"陶坷,你们弄没弄懂,为什么一定要打这一仗?你在姥姥家经历过那样的几年生活,你更应当懂得,我们不能再丧失时间,不能再没有一个平静的建设环境了,只讲这一点,这一仗就非打好不可。"

陶坷庄严地向母亲点点头。

曾方从旅行袋里取出一个纸包,对女儿说:"现在报上讨论干部子女应不应该继承父母的遗产。你爸爸给你的遗产全在这儿,我给你带来了。”

小陶打开纸包,是一副草绿色粗布绑腿。

这副绑腿是爸爸在八路军一二九师时发的,妈妈一直保存着。造反派抄家,抄出了爸爸和妈妈许多来往书信,用绑腿捆着拿走了。那些书信要归档,剩回了这副绑腿。

“这是爸爸留给我们的纪念,我怕弄坏了,还是妈妈保存着吧。”女儿说。

“你到前方去,打在腿上,这才是实际的纪念哩。”母亲又说:“你怕还没有学过怎么打法吧,来!你看着。”

曾方踩着床边,把裤脚裹紧,开始熟练地打起绑带。每绕一圈,或正或反打一个褶儿,小腿外侧打出一排“人”字儿。妈妈讲解说:

“我打的这是单‘人’字,还有打双人字的。有人喜欢打花,有人不加花儿,各有所爱。要领是脚脖上可以紧些,到了腿肚松紧要适当。松了往下吐噜,太紧走起来腿疼。”

曾方兴致勃勃地讲解着,已经打好了绑腿,顺手扎上了小陶的皮带,在屋里来回走了几转给女儿看。小陶惊奇地发现,妈妈一下变了一个人。一对细长细长的眼睛,那么明亮,脸上焕发出青春的光彩。胸脯挺起来,腰身自然地扭动着,那步伐姿态是别人学不来的。曾经在哪里看见过妈妈这样子的?是在照相册上。那是一个漂亮的女八路,短短的头发在军帽下边蓬松着。皮带一扎,鲜明地勾勒出了苗条的身材,绑腿打得那样规整自然。看上去既有着严正的军人风度,又充分保留了女性的魅力。

陶坷欣赏着妈妈,上前抱住妈妈说:“妈!你怎么还是像照片上那样好看。”

母亲推开小陶说:“滚一边去,没有见过你这样的,拿自己亲娘老子开心。”

曾方侧过身,在窗户玻璃上看到了一张忧伤苍老的面容,看到了那染霜的鬓发。如果来谈论,一场迫害夺去了我们许多女同志的美丽俊俏,未免不够严肃。多少人被夺去了生命,还说谁的容颜外貌。不过,有多少人在骤然之间变得那么苍老不堪了,一头青丝在短短几天之内,以至是在一夜之间变化为霜雪。这也是对十年浩劫所作的忠实的记录之一。可以平反昭雪,可以恢复名誉,但是人们外形上留下的这种明显的印记是无法改变的了,正如内心受到的创伤很难平复一样。

晚上,小陶和妈妈挤在一张小床上睡。床边绑了一条长板凳。吹熄灯号很久了,母亲还在讲话,小陶熬不住了,迷迷糊糊地搭着腔,翻个身睡着了。曾方在昏暗中望着女儿侧身睡卧的姿态。圆圆的肩头从绿棉被下露出来,臀部高高隆起,小时候瘦得两条腿像麻秆儿,正长个儿的那些年一直缺营养,不想几年来发育得这么好。母亲疼爱地望着女儿,她将怎样去迎接战火纷飞的考验呢?

“红河!红河!过红河了!”小陶在睡梦中欢乐地呼喊起来。

母亲笑了,这孩子够性急的,刚合上眼,已经跨过了红河天险。

四

在战场上,一切都是用最严格的尺度来衡量的,不讲任何宽容,不作降格以求。

红河发源于云南省崇山峻岭间,在中国境内叫做元江。红河从老街地方进入越南,流经越南北方腹地,向东南入海。

九四一部队在老街附近渡舟桥,跨过了红河。几天以前,兄弟部队过河开辟了战场,现在他们可以驱车向前开进了。

越南北部边境,和我们的滇南河口一线,都属于亚热带山岳丛林地带,自然环境本来是没有多大差别的。河口地区是我国橡胶产地之一,三叶树环绕山丘,一行行,一层层,郁郁葱葱。胶林深处,可以望见国营农场的楼房,红瓦白墙,烟囱耸立。米轨小火车沿着溪流隆隆驰过,留下一缕烟云。这遥远的边疆,向战士们展示了它的富饶美丽。一过红河,就是另一番风光了。六姐妹挤在电话车窗口留意观察着,她们明显地感到,已经置身于异国的土地。

虽是旧历正月,到中午颇有点盛夏的味道。电话车闷热得要命,几个人吐了,愉快的笑声停止了。不一会儿,浓雾漫卷过来,热风里带着雨丝,灰蒙蒙的。十多公尺以外,听见汽车响,却看不见。班长严莉查了地图,说此地是黄连山山脉。山脊又高又陡,有的地方突然形成断裂,下边是乱石嶙峋的深渊。公路两旁覆盖了灌木竹林,茅草刺藤相互盘绕,密不透风。女电话兵们不免有些犯愁了,要在这样的地形条件下执行架线任务,从哪里下手呢?

傍晚,部队接到命令,原地宿营待命。一路上没有下车的机会,现在停下来了,战士们都就地在解手,并不避讳。弄得总机班的女兵一直不敢抬起头来,她们小声地骂道:

"这些家伙,没脸没皮的!"

她们很快就知道了,男同志们挨骂实在是冤枉。这里公路的内侧是悬崖,外侧是深谷,要上上不去,要下下不得,窄窄的一条路,到处是人,谁也躲不开谁。女电话兵们团团打转,只好去问连长,要上厕所怎么办。连长笑一下,就把脸背转过去,不再看她们,这就是给她们的一种切实的答复了。严莉叫两三个人在电话车旁遮挡着,大家轮流上了厕所。谁也没有意料到,到前线来遇上的第一个困难竟是这样一个问题。

有线电通信连保持着行军序列,原地宿营了。女兵班夹在男同志当中,在公路上占据了几公尺地段。雨淅淅沥沥下着,她们盖着防雨布,鞋也不脱,枕着背囊和衣睡下。谁能睡得着呢?不知哪个部队还在往前去。她们感觉到,那急促的脚步,总像是踩着了自己的头发。

通信科一位参谋来传达首长命令,要求迅速架设下属各部队线路。连里决定开用电话车总机,指挥机关内部线路由总机班负责架通。

总机班的女战士们,忘记了震耳欲聋的炮声,在听候班长严莉下达任务:

"陶坷、吴小涓、杨艳,跟我去架线。肖群秀、路曼守机,注意机线装设,搞好固定。今晚的口令是'山茶',回令是'海棠',执行吧!"

严莉、陶坷各负责架一条线,五分钟以内都架通了。杨艳和吴小涓两人负责首长的一条线,遇到了麻烦。她们正往前走,闻到一股臭味,是从来没有闻到过的一种特别的气味。天快亮了,可以模模糊糊看见,小路上横的竖的倒着三具越军的尸体。肚子膨胀起老大,周围是一滩黑血。不要说见到死人,平时看见一只死老鼠她们也怕,肉唧唧的,让人头发根儿发乍。她们向旁边试探，想找地方绕过去。在刺藤草棵里钻进钻出，帽子挂掉了，脸也划破了，无论如何也钻不过去。想到自己架的是首长专用线，登时觉得一身都在冒汗，再耽搁不得了。只好横了心，还是由原路过去。吴小涓望着几具尸体问杨艳：

“你怕不怕？”

杨艳说：“要是三个活的，我倒不怕。”

吴小涓说：“要真是死的，总还好办。我怕他们是装死，等我们到了跟前，一下坐起来了。”

“那倒没有什么，他们流了那么多血，就是活着也剩不下多少力气了。不等他坐起来，拿手榴弹在脑袋上敲他几下。”

“好！我们分个工。看着不对，我上去按住他们，你用手榴弹猛砸，不要让抱住了我们的腿。”

她们相互为对方壮了胆，从三具尸体上跨步过去了。至于三个越军是不是有过要坐起来的意思，她们不清楚。她们沉着地迈过了最后一具尸体，撒腿就跑，没有再回头去看。

突然是哪里一声喝：“口令！”

两个女电话兵冷不防的，一紧张，早把口令忘得一干二净。对方不见回答，哗的一下冲锋枪上了膛。

吴小涓连忙说：“别打，别打，是我们。”

“什么你们我们，口令！”

“干吗那么凶，你听不出我们是总机班的！”杨艳厉害起来了。

隐蔽在树丛里的哨兵压低声音笑了。哨兵一指，原来已经来到了首长的掩蔽部门口。

她们撩开门上的雨布钻进去。掩蔽部里点了几支蜡烛，还是昏昏暗暗的。几位首长正跪在地铺上，查看拼起来的作战地图。小涓和杨艳把单机摆在一个压缩饼干箱子上，手脚麻利地接好了线。一摇，通了。

一号首长见两个女电话兵淋得全身透湿，缩着身子，他取过一个军用水壶说：

“冻惨了吧？来，一人喝一口，这是‘气死茅台’——习水大曲。”

“不！不！我们不冷。”杨艳和吴小涓往后退缩着。

“叫喝就喝，服从命令听指挥。”

她们两个推托不过，对着壶嘴呷了一小口。她们品味不出，习水大曲何以能“气死”茅台，只辣得打哆嗦。

这是吴小涓和杨艳到前方来第一次完成架线任务，而且是为“九四一”最高指挥员架的线，她们对自己感到相当满意。两个人已经说定，将来参加文科高考，就把这次出境作战第一次执行任务作为自选的写作题目。这个题目算是选对了，很有可写的哩。

吴小涓虚岁十九，是从学校应征入伍的。有些同学劝她说，“当兵热”过去了，现在正是“大学热”，何必再到部队上去绕一个大弯子呢！吴小涓终于没有能克制住想穿穿国防绿女裙服的那股“狂”劲儿。她中学功课很好,爸爸妈妈都是师范学院的老师,有得天独厚的补习条件,所以她有把握在复员后的当年考入大学。杨艳的情况不同,她在学校是全班最能死用功的一个,考试名次却往往成反比。爸爸对她的学业抓得很紧,他唯一的办法就是打,没头没脑地打。隔壁邻居都看不下去,批评他身为公安干部,抓住小偷流氓尚且讲教育,这么大的女孩子了,动不动就打,未免太不像话。他争辩说,是个小子倒可以随他去,女娃儿不严一点不行,等她要上了男朋友,打也来不及了。杨艳没少挨揍,功课还是老样子。不过她并不悲观,和吴小涓一起补习,她相信准能上去。她们抓紧了一切属于个人可以支配的时间,还买了麦乳精,补充营养。她们希望到时候能够一举攻克复旦新闻系。

两个女电话兵军帽在树丛里挂丢了,还是向首长行了举手礼,欢欢喜喜退出了掩蔽部。出门不远,听见一号首长在电话上说:

“喂!你是有线连连长吗?怎么搞的,指挥所离你们没有几步路,整整二十六分钟才把线架来。以后这样不行,要你们这些电话兵干什么吃的!”

小涓和杨艳失神地往回走去。她们心里又是委屈,又是丧气,感到负疚难过,悄悄流泪了。她们开始体会到,在战场上,一切都是用最严格的尺度来衡量的,不讲任何宽容,不作降格以求。对于女战士也如此,并无不同。

五

尘土飞扬中,一张白净的面孔现出坦然愉快的笑容。那笑容是让人永远也不会忘记的。

拂晓时分,九四一部队继续开进。这条路上还有几个部队同时往前去,步兵、坦克兵、自行火炮、辎重车队、民工担架队,交错在一起。发生了堵塞,互不相让,彼此威胁说,要把对方的车子顶下山沟去。交通哨戴着红袖箍,前后奔走,哪里有问题急忙去解决。新战士们以为,打仗本来就应当是这样红火热闹的,不知道是地理条件所限,没有第二条路,只好都挤着一条公路用。离前线越来越近了,可以清楚地听得见枪声。道路堵塞的情况也越来越严重,九四一部队干部提前下了车,急行军赶上去。

行军速度很猛,总机班六姐妹一个个走得歪歪倒倒的了。虽然经过严格轻装,除了穿在身上的,吃进肚里的,个人的东西几乎全都“轻”下去了,平均负荷还在三十斤以上,压得够呛。加之发的防刺鞋又是男式的,太大,像是穿了一对箩筐,脚都打泡了。六姐妹没有一个掉队,也没有一个愿意接受男同志的“互助”。

走得最狼狈的要算路曼了,主要是遇上她来例假。她每次来,肚子疼几天,像大病一场。昨天夜里,她想到只有身上的一条军裤,怕睡着以后弄脏了穿不出去,就脱下长裤,裹着雨衣睡下。想是受了风寒,一下子发烧起来。肖群秀摸她脸,滚烫滚烫,本来要报告班长的,路曼不让她讲。

“你讲了,以后不和你好啦!”路曼威胁说。

“可你这么硬撑怎么行呐。”小肖着急地说。

“你和班长讲了，还不是她悄悄替我值机。你看不出，班长也来了。”

小肖只好替路曼打着掩护。

路曼家乡在山区，能用上这种软绵绵的经过了消毒的卫生纸，觉得够好的了。可是连续几小时急行军，腿磨得受不了，迈出一步，都得拿出点决心来。

部队到达了位置，谢天谢地！女电话兵们全副武装就地一歪，觉得再也爬不起来了。连长却不得不以毫无同情心的语气命令她们起来，立即开设电话站。

总机刚开不久，一号首长从前沿部队要回电话来：

“喂！总机班，找你们连长讲话。怎么搞的，我和指挥部刚通两句话，线就没有了。要你们这些电话兵干什么吃的！”

一查，原来通往指挥部的线，有一段是明放在公路上的，被坦克轧得一节一节的。有的地方被民工队的骡马和着青草嚼烂了，粘在一起，成了饼饼。连里决定这条线改为高架。是路曼、肖群秀架的这条线，还是由她们来完成这项任务。

她们两个一路把线改架在竹子上，或是挂在岩石上，让骡马够不着。来到公路边，敌人正从对面山上向公路射击。来势很凶，又是轻重机枪，又是八二迫击炮、四〇火箭筒、反坦克榴弹，又是高射机枪打平射。抗美战争期间中国援助的武器全都用上了。由于武器弹药充足，构成了越军作战的一个显著特点。他们把武器弹药分散藏在各处，这里打一阵，顶不住了，空着手就跑，枪啊炮的全不要了。换一个地方，就地又有现成的，抄起来就打。早上我们部队搜索过去，这股敌人化军为民，隐藏到丛林里去了。现在又冒出来，居高临下封锁了公路。我们的后续部队和担架民工，被压制在公路排水沟里不能动。路曼和小肖焦急万分，想尽快改架好这条线，保障指挥，狠狠教训一下敌人，不能由着他们狂。不凑巧的是近处没有高大的树木，无法把电话线高架跨过公路。好不容易发现一棵木棉树可以利用，正要过去，隐蔽在茅草中的部队喊她们趴下，说木棉树那里太暴露，去不得。她们俩只管猫着腰跑过去了。

如果有悬线杆，事情很简单，把线挑到树杈上就行了。如果带了脚扣和护腰带，要上树也好办。她们两手空空，什么也没有，这就难了。女兵班没有学过四肢攀登，连里把这个项目给取消了。她们试了几次，怎么也爬不上去，又搭人梯，路曼蹲下，让小肖踩着她的肩膀上去。一个人站在肩上，本来不算什么，谁知路曼身子软得像面条，忽忽悠悠刚要起来，又缩下去了。只见她脸上直冒虚汗。肖群秀这才想起来，路曼有特殊情况。

换了小肖蹲下，让路曼上去。按规定要求，高架线路必须在四米以上。她们搭的两节人梯，高度达不到。小肖拼命向上踮脚尖，差着老高的一截，踮脚尖顶什么用呢。

隐蔽在路边草棵里的一个战士，跳起来扑向木棉树。他很不礼貌地拍拍小肖的腿，叫她分开腿站好。战士弯下腰，让小肖骑在他脖子上，他猛地挺身站立起来。现在变成了三节人梯，高度足够了。

敌人发现了他们，机枪拼命向这边扫射，殷红殷红的木棉花纷纷扬扬落下来。小肖觉得下边战士身子忽然一抖，差点倒下去，随后又稳住了。路曼忙把电话线在树上绕了

两圈,打了一个双环结,欢快地叫道:

“好啦!”

两个女电话兵下了地才看到,这个战士高高大大的,身材很匀称,像个跳高运动员,皮肤那样白净,两道浓密的眉毛黑黢黢的。

“同志!你太好了,帮了我们大忙。”电话兵表示感激。

“用不着你们表扬,表扬不过是两句空话。”战士大胆地望着两个姑娘说。

“那,我们应当怎么感谢你呢?”

“也不需要感谢,我只要求赔偿损失。”

战士扯起他的军服给她们看。军服下面打穿了几个洞,军用水壶的背带也被子弹打断了,断头处燎得黑黑的。路曼和小肖明白了,刚才她们觉得他一抖索,要倒下去,原来是这位战士险些被打中。他没有作声,也没有躲闪,一直等她们把线架好了。

“怎么样?伤着没有?”路曼、小肖顿时紧张起来。

“我觉得腰上烫了一下,一摸,没事儿,是吓唬我的。”

肖群秀拿过军用水壶,放出了富余的一节背带,把两个断头一并,打了一个丁字结,交还给了战士。那结儿打得又牢靠又好看,电话兵受过这种专门训练的。彼此问起来才晓得,原来这个战士也是“九四一”的,在营里当步话机员。路曼亲热地说:

“弄了半天,还是同行。只不过我们是有线儿的,你是无线儿的。”

步话机员说:“怎么敢和你们相提并论呢,你们是‘九四一’的中枢神经,我是神经末梢。好了,回去请代问总机班各位同志好。”

“你认识我们班谁吗?”

步话机员支吾了一下,随后说:“认识不认识,问候一下总得罪不了人吧。”

“怎么替你问好呢?我们不知道你叫什么名字。”

“就说一名‘无线’战士,向‘有线的’战友们致以亲切的问候。”

“还是告诉我们你的名字吧!”

“告诉你们有什么意思,反正你们也不会给我写信的。”

两个女电话兵没想到对方会这样说话,不由得脸红了。接着咯咯咯地笑起来,没有回答是不是会给他写信。

指挥部调上来一个坦克中队,打掉了山半腰敌人的火力点。公路恢复通行了,长长的车队不停地向前流动起来。路曼、小肖站在路边,看见那个没有留下姓名的步话机员,高高地坐在一辆弹药车上。弹药车是严禁抽烟的,他抽着烟。她们高声地向步话机员打招呼:“喂!再见!再见!”

“得啦,再见面怕你们就认不出我是哪一个了。”

两个女电话兵一时没有反应过来,不懂这话是什么意思。随后明白过来,这是他在说笑之间为自己作出的一个不祥的预言。汽车开出好远了,步话机员还扭回头来望着她们。尘土飞扬中,一张白净的面孔现出坦然愉快的笑容,那笑容是让人永远也不会忘记的。

六

不能因为第一次飞翔遇到了乌云风暴，从此就怀疑有蓝天彩霞。

我们应当正视现实，不必以海市蜃楼里的绿洲，去覆盖地上的沙漠。

几天以后，这位步话机员为自己所作的预言竟成了事实。

九四一部队基地指挥所，设了伤员和烈士遗体转送处。烈士遗体要在这里进行登记，清洗过了，换过新军服，然后上汽车送回国。转送处人员不多，主要是九四一部队文艺宣传队的女同志担任这项工作。总机距离这儿不远，女电话兵们下了机也常来帮助照料伤员，清洗烈士遗体。

这天，陶坷、路曼、小肖几个人又到转送处来了。见刚抬下来一位烈士，他的担架上放着一个军用水壶。水壶背带是断过的，打了一个电话兵们所熟悉的丁字结。路曼和小肖一惊。烈士的脸几乎整个缠着绷带，无法辨认。跟担架的一个小战士，失神地蹲在旁边。路曼问小战士：

"这个水壶，是他的吗？"小战士点点头。路曼又问："他是不是当步话机员的？"

"怎么，你认识我们步话机员？"小战士反问说。

路曼和小肖抚弄着水壶背带，好久不言语。随后她们向小战士问起这位烈士姓名。

"他叫刘毛妹！"小战士回答说。

听到这个名字，站在后面的陶坷禁不住倒吸一口气，几乎叫出声来。大家连忙让开，陶坷扑上去，凑近脸去看，极力要在这张缠满了绷带的面孔上，辨认出她所熟悉的某些特征来。

陶坷和刘毛妹从小住一个院，相互看着长大的。在户口本上，刘毛妹登记的并不是这样一个十足女性的名字。因为生得白净，头发卷卷的，又是那么文静，活活像个小姑娘，院里的人都喜欢喊他"毛妹"，喊来喊去成了正式的名字了。同院还住了几个干部，几家的孩子都很要好，连小人书都是一起商定了买的，交换来看，决不会买了重样的。粉碎"四人帮"以后，小陶和妈妈到原先住过的院子里去看，住户们全都不认识。一群孩子用惊疑的目光瞪着她们，问她们找谁，母女俩没说话，回身走了。

以后打听到，毛妹的爸爸刘伯伯死得很惨。让他烧锅炉，他从几十米高的烟囱上跳下来，五脏俱裂。刘伯伯搞过白区工作，在国民党监狱里表现很英勇，是党组织想办法营救出来的，如今他们硬要打他是叛徒。其实，刘伯伯的问题，只要他自己能撑下来，也就没事了。问题出在毛妹的妈妈苏阿姨身上，苏阿姨不但不安慰刘伯伯，鼓励他坚持斗争，她还以毛妹两兄弟的名义写标语贴出来，表示坚决和"大叛徒"划清界限。非刑拷打可以忍受，骨肉亲人加给的打击和侮辱，是难以忍受的。不是这样，或许刘伯伯还不至于走上绝路。陶坷小时候觉得苏阿姨一向待人和气可亲，早晚见面总是笑着，不想她是这么一个人……

陶坷同幼年的朋友一直没有联系，入伍到了新兵团，意外地遇到了刘毛妹。第一次见面,部队在集合,只匆匆握了个手。小时候他们多少次脊背贴着脊背比过个儿,始终不差上下。现在毛妹一下蹿到了一米八二。小陶觉得,刘毛妹除变得人高马大以外,其余什么也没有变。和她握手,涨红了脸,还像个怯生生的女孩子。随后又有几次见面,小陶才感觉到,同她一起长大的这个年轻人变得完全陌生了。那一对眼睛,朦朦胧胧的,失去了原有的明澈光亮。当孩子的时候,衣服总是整整齐齐的,现在倒很不讲军风纪,常常是解开两个纽扣,用军帽扇着风。抽的是五角以上一包的烟,一连串地吐着烟圈儿。无论说起什么事情,他都是那样冷漠,言语间带出一种半真半假的讥讽嘲弄的味道。不像小时候,对任何事情都有着强烈的兴趣,有着十足的热情。谈起小学的同学,某人某人现在搞什么工作,刘毛妹说:

"无所谓,我的看法是干什么都行。因为什么都不干好像是不行。"

小陶问他:"既然这样,你何必一定要到部队上来呢?"

"既然你可以来,为什么我不能来呢?"

他们谈起了争取入团、入党的事情,刘毛妹感叹地说:

"'一年团,二年党,三年复员进工厂'。在知青点上的人和那些没有着落的社会青年看来,这当然是很够羡慕的了。其实又有多大的意思,没劲!"

小陶有几次试着给她幼年的朋友一些劝告,她说:

"我看见一篇文章上讲,'不能因为第一次飞翔遇到了乌云风暴,从此就怀疑有蓝天彩霞'。你就是这样,因为不相信有蓝天彩霞,干脆剪掉了自己的翅膀。毛妹!别太悲观,我们需要振作起精神来。"

"我也在报上看过一篇文章,上面说:'请正视现实,不必以海市蜃楼里的绿洲,覆盖地上的沙漠。'"刘毛妹逼视着小陶。

"毛妹!瞧你的眼睛,别那么盯着我好不好。我不是样板戏里穿一身大红的女主角,'站在高坡上,伸手指方向',教导你'向前看,再向前看!'我并不是让你缩成一团,胳膊肘拐一下,生怕碰着了谁。你心里有岩浆,喷出来好了……"

刘毛妹打断了小陶的话:"恐怕现在需要的不是岩浆,是温吞水,六十来度,还赶不上二锅头的度数。看来,我们这些小字辈的还是尽可能'正统'一些好。"

"经常听人讲到'正统'这个话,究竟你是指的什么呢?"陶坷问。

刘毛妹想了想说:"确切的意思是什么,没考证过。所谓'正统'思想,别人一定可以作出种种美好的解释。不过照我看,这似乎是意味着服服帖帖,得意于迷信愚昧的一副精神枷锁,意味着一本正经,拿腔作调,俨然是一位不食人间烟火的超人。岂不知这种人够多么可怜,等于一个有血有肉有毛孔的机器人就是了。"

他们谈到小时候一起读过的那些小人书,陶坷愉快地回忆说:

"小人书上画的那些英雄人物,有些连胳膊腿都安得不是地方,我们总一篇一篇过细地看,翻完了又从头看。有几本现在拿来看,我还是很喜欢。"

刘毛妹嘲弄地笑笑说:"你还是依赖于幻想生活,需要从童话里吸取营养。我不再需要依赖于什么。如果一定要说有什么需要,我希望能得到一点人间的温暖。"

陶坷越来越感到很难和他谈得拢。可是,每次见面以后,她总是怀着急切的心情,在等待着下一次见面的机会。

一天晚上，部队在广场看电影。放映中间等跑片，解散休息。刘毛妹悄悄约陶坷去走走，小陶觉得不大好，还是跟他去了。转悠到营房背后，他们避开路灯，走在浓密的树阴下，刘毛妹一下抓住了小陶的手。他一双大手热乎乎的，那么有力，像两把铁钳。小陶心慌意乱之中，已经感觉到抽烟人口里的那种气息。她极力向后仰着脸，躲避不开，双手被紧紧抓住，就用头在刘毛妹宽大的胸脯上嘭嘭地撞击着。刘毛妹只好放开了她。陶坷跳到灯光下面去，整了整衣服，沉静地说：

"我可知道你希望的是什么温暖了。毛妹！难道我们相互温暖一下，或者说是让我来温暖温暖你，一切就会好起来了吗？"

陶坷扭头走了。从此他们没有机会再见面，也没有通过信……

陶坷竟能忍住了眼泪，默默地听那个跟担架的小战士讲述刘毛妹牺牲的经过。

"昨天攻打三号高地，我们二连是主攻，营里要配一个步话机员给我们连。别的几个步话机员都争着报名，刘毛妹不作声，在一边卷着烟抽。他心里有数，配属给主攻连，肯定是要过硬的，报名不报名也是他的事儿。可不是吗，最后营里派了他，跟我们突击排上去了。

"本来决定偷袭，到了高地下面，踩响了地雷，副连长只好命令我们强攻。这个垭口高地，是316A师的重点设防阵地，修了三道环形堑壕，两侧十多个山包的火力都可以支援这里。冲过第一道堑壕的时候，副连长牺牲了，一句话都没有来得及说。出发前副连长指定了一排长作他的代理人。刘毛妹找到一排长，跟上他继续往上冲。不一会，一排长又受伤，流血过多，不行了。他指定的代理人是副排长，刘毛妹又跟上副排长继续战斗。副排长拿着话筒，正和指挥所通话，重机枪一阵风地扫过来，他当下牺牲。步话机也被打坏，不能再用了。由于指挥中断，部队开始有些稳不住了。三班有几个战士把钢盔压得低低的，遮住了自己的脸，要往下撤。步话机员虎势地上去，一脚把走在前头的一个踹倒了。他直直地瞪着他们，火光下看见，那两只眼睛好瘆人哪！三班的几个人不敢再动了。步话机员跳到堑壕上面，大吼一声说：

'大家不要慌，现在听我指挥！'

"当时我们嘴上不说，心里嘀咕着。你能行吗？不是干部，又不是党员。

"看样子硬冲是不行。刘毛妹分派了两个战斗组，从两侧佯攻，故意弄得竹子哗哗啦啦响，吸引敌人火力。他带着部队，顺环形壕绕到高地背面，突然发起攻击，冲过了最后一道堑壕。

"不想刘毛妹胸部和腹部受伤，右腿膝盖骨也打断了，小腿活活甩甩的。用了七个急救包，才包住了他那些伤口。同志们要背他下去，他说什么也不干。我强把他背起来，他老实不客气，在我肩膀上狠咬了几口，我只好把他放下来。讲好了让他在原地休息，等我们一离开，他就拖着一条断腿向山顶上爬。后来我去看，他爬过的地方茅草铺倒了，草叶上挂着一珠珠鲜红的血。

"连长和指导员带着二、三排支援上来，占领了三号高地。这时候听见，什么地方有人用越南话在连声地呼叫。翻译说，他呼叫的是'向我开炮！向我开炮！'原来这是越军的一个报话兵,他看高地已经完全失守,隐藏在一蓬竹子里,呼唤他们的炮群,想把我们主攻连全部盖在高地上。正赶上刘毛妹爬到这里,他悄悄过去,冷不防一下卡住了那个报话兵的脖子。那家伙抡起手榴弹,砸在刘毛妹下巴骨上。可他硬是不松手,等我们赶上去,敌人报话兵已经完了。越军装备的报话机也是中国给的,和我们部队用的是一个型号的。刘毛妹把敌人的机子调了一下,拿起话筒想要呼叫。下巴骨和牙床砸得稀碎,哪里还能叫出声来。他发出唔唔呵呵的声音,可以猜得出,他在向指挥所报告:

"'二连占领三号高地!二连占领三号高地!二连……'"

"他丢下话筒,正了正军帽,把长头发掖进帽子里,又扣好了风纪扣。认真地整过了自己的军容以后,他闭上了眼睛,像是过于疲劳,一下睡着了。"

七

《义勇军进行曲》不是我们的国歌了。是不是说,我们再不能从这首歌里汲取一点有意义的东西了?

沉默了好大一阵,小战士又接上说:

"我们步话机员这个兵,不是这次到前方来,恐怕人们是不容易真正了解他。只在平时看,你可能觉得他有些特别。怎么个特别法呢?说不出,你只能说,他就是他那么一个人。要讲聪明,人可真是够聪明的。在报话机训练班,别人都发愁密语背不会,白天黑夜地背。他呢,从来不怎么用心去背,到了密语考核,一、二名里总少不了他。

"出发之前,别人都忙着订杀敌立功计划,写决心书,他不写,说没时间。可是他花了那么多时间,在写一封长信,不许人看。牺牲以后,在他身上找出来了,是写给他妈妈的。"

"信呢?给我看看好吗?"陶坷伸出手要。

小战士从衣袋里取出信来,说连里特别交代他要保存好,一定要交给烈士的母亲。信是步话机员原来包好的,怕湿了雨水,包了两层塑料纸。

陶坷捧着字迹潦草的信,急切地读下去。

亲爱的妈妈:

我以前很少写信,现在想好好写封信给妈妈,可是时间紧张,我只能抓空子陆陆续续写一点。一过红河,恐怕就一个字也不能写了。

前年入伍,我是有过犹豫的。听人说,批准我入伍有照顾的因素在内。我一想到自己的享受照顾,心里很不舒服,这是爸爸用他的惨死替我换来的呀!不过我还是到部队来了。我当时也没想到在我服役期间可以捞到打仗,只是觉得在知青户太闷人了,想换个环境,新鲜新鲜。现在马上要开赴前线,我才清楚意识到我是一个革命军人了。这次出去,比起你和爸爸经历过的几次战争,算不了什么,但是我总算参加了战争。

在吹哨子,要讨论动员报告,暂时止笔。

我接着昨天写。营长一再讲，要保证睡眠，准备参加战斗。可是这几天我一直睡不好。不知怎么，好像总有人翻来覆去在我耳朵边唱着《义勇军进行曲》里的一句词——“中华民族到了最危险的时候”。这支歌曲写在中华民族几乎被日本人蛇吞的历史危亡关头。现在越南人在边境地区整我们，情况不像那时候严重。不过，越南当局为什么竟敢于如此，竟觉得欺侮一下十亿人口的中国也并没有什么不可以呢？这实在是值得想一想的。同志们谈起来，都说内心隐隐的有一种危亡之忧。这种感觉并不完全出于神经过敏。“四人帮”粉碎了，工作重点转到实现四个现代化上来了，说中华民族还处在“最危险的时候”，似乎是说不通的。其实，力争四化，这本身不正是回答中华民族生死存亡问题的吗？这个世界，你站在落后地位上，也就是站在危险的地位上。同时别忘了，有人曾经对周总理和一些老同志说过，“十年以后见”，这才过去了几年？我很担心，不要在“高举”的名义下，又来个几月风暴，把人们一切美好的希望给吹个无影无踪。谁知道呢！我怕了。古老的中华民族，经不起再一次被推到这种危险的边缘了。不能让我们的人民再一次“被迫着发出最后的吼声”了。现在已经有了新的国歌，为了填写新国歌的歌词，成千上万的文艺工作者贡献了自己的艺术才能。《义勇军进行曲》不是我们的国歌了。是不是说，我们再不能从这首歌曲里汲取一点有意义的东西了？

前些年，“四人帮”任意歪曲宣传党史和军史，已经出了不少文章批驳他们。我想，无论从正确的或是错误的观点去看，有一个事实总没有疑问，那就是除去自然死亡之外，先烈们是在两种情况下牺牲了自己生命的。一种是倒在同敌人厮杀的战场上，一种是倒在内部阴谋的残害中。看来这是一条规律，古今中外都是如此。爸爸在第二种情况下离开了我们，我这次则有条件占据第一种情况。我的好妈妈！如果这样，您一定不要难过，不必像哭爸爸那样为我流泪。您的泪水早流尽了，再为我哭，眼睛里流出来的一定是血。妈妈！您可能觉得我写这些，口气不小，似乎一定可以做出什么引人注目的事情。不是这样，在火线上这很难讲，也许我的心脏正巧碰上一颗流弹，一秒钟之内一切都结束了，随便一个小小的任务也来不及去完成。这就是战争，在意想不到的任何情况下，都可能有人付出他最大的代价。即使这样，我也觉得心安了。

妈妈这次来信，又一次说爸爸等于是您害死的。为什么您总是把我们家的不幸归罪于自己呢？可能是因为我从来不愿和妈妈谈及这些，使您误解了，以为做儿子的直到现在还不愿意谅解母亲。

营长要求再检查一下机器，我晚饭后再来写。

好妈妈！您不必这样。别人议论，讲些难听话，那是自然的，莫非我也不了解爸爸的“案”情吗。您对爸爸的那些作法，无非是表示划清了界限，为了我和弟弟的前途不至于受到无可挽回的影响。爸爸心里也不会不明白。

当然，最好是妈妈不那样做，不给爸爸那样的刺激。您来信中引用了鲁迅的几句话谴责自己：“死于敌手的锋刃，不足悲苦，死于不知何来的暗箭，却是悲苦。

但最悲苦的是死于慈母或爱人误进的毒药。”如果可以这样比喻,我认为那是您自己服下了一种可以使人全身麻痹的慢性毒药,同时也误进给了爸爸。这种慢性毒药,就是我们中国人逆来顺受的封建传统的旧意识。中华民族是一个有着优秀历史遗产的民族,培育了我们人民许多美好的品德,善良温顺,忠实敦厚,谦恭忍耐。到了共产党人身上,这些品德发出了新的光辉。这就是坚强的党性,严格的组织观念,维护领导,信任同志,讲团结,讲让步,讲顾全大局。这如同古老的中国宫灯,将蜡烛改换了明亮的碘钨灯泡。这些美德既是带着古老历史的光照雨露,它和两千年封建主义传统思想的影响也就不会绝缘。在我看来,两者不过是相隔着一道细细的田埂,这边是温顺,迈一步过去,就是屈辱。妈妈!在对待爸爸的问题上,您迈过了田埂。我并不特别责怪自己的母亲。你们这一辈人里,固然有敢于拍案而起的。但有很多比妈妈革命历史更长,职务更高的人,包括我们一向尊敬的某些老同志,由于那种慢性毒药在他们身上起着作用,在封建专制的高压下,也不免是那样软弱顺从。他们仿佛是在雪线以上的稀薄空气中生活久了,已经适应了不民主的缺氧状况。妈妈可以说是彻底划清了界限,在您的“结论”里仍然写的是“叛徒、走资派、现行反革命分子的臭老婆”。一些人说到这个结论,觉得拗口,往往简单地说成“现行的老婆”。我因为受不了人们这样侮辱母亲,和别人家孩子打过多少架,鬓角落下了一道伤疤。假如这次我在前方被炮弹地雷炸着,那不算是受伤,那叫做挂花,只有我鬓角的疤痕,才真正是受伤留下的。

亲爱的妈妈!我一个晚生后辈,也许不合适给您写这些的。我是想让您相信,您不见得比别人应当受到更多的内心谴责,没有什么理由说明,惟独您不能得到谅解。

就写这些了,我并不打算寄出,如果您收到了这封信,那一定是战友们替我收检遗物找出来的。

代问弟弟好,已经没有时间,不另外写信给他了。

祝妈妈愉快,再见了!我希望能像外国电影里那样,跪下来吻别您,生我养我的母亲。

您的儿子 毛妹

于登车出发前

刘毛妹留给母亲的信,陶坷看了两遍。信的内容对她不成为主要的了,主要的一点是信中竟没有一句话提到她。这对她是一个难以接受的沉重的打击。小陶终于忍不住伤心落泪了。不过她很快就镇定下来了。宣传队的两个女同志为步话机员刘毛妹清洗遗体,她们默默地退后,让小陶上前去。小陶用纱布蘸着清水,先擦洗刘毛妹的脸。她时不时停下来,注视着死者的眼睛。她觉得刘毛妹是怨恨她,闭着眼睛,不愿意看她。在擦洗手的时候,陶坷几次痴痴呆呆地停下来,别人催她,她才又开始擦洗。她想起小时候他们手拉着手过马路。赶上看什么热闹,人挤得凶,刘毛妹始终紧紧拉着她的手。

他是男孩子，自然地负起了保护女伴的责任。陶坷又想起在新兵团看电影那天晚上，刘毛妹大胆地抓住了她的手。在刘毛妹的一生中，这是他第一次，也是最后一次企图亲吻一个异性。他一双手是那样有力，完全可以达到这个欲望的，他还是失败了……

步话机员的军服、绑带、鞋袜，没有一处是洁净的。泥水和着血，凝结在肉体上，没法子脱下来。小陶用剪刀完全剪碎了，花了很长时间，轻轻地一块块把衣服鞋袜撕下来。她不让别人动手，似乎是怕别人手脚毛草，触痛了步话机员。清洗过遗体之后，数过了伤口，大大小小挂花四十四处，这个数字，正好是烈士的年龄乘以二。

八

电话站四周一片寂静，似乎没有任何声音。哪里知道，在两层军毯覆盖下，九四一部队的"中枢神经"在高度活动中。

送走烈士遗体，陶坷她们回到电话站，才知道敌情有些紧张。侦察连抓到了一个越南人，他自称是附近班通林场的工人。在他身上搜出了一个铅笔头，一张草草画出的地图，图上标明了九四一部队指挥所的位置。审讯结果，他承认自己是青年冲锋队员，供出敌人准备当天夜里来偷袭指挥所。司令部通知说，机关留的警卫部队很少，不能分散使用，要求各小单位加强警戒。还特别通知了总机班，电话站一定要严格控制声音灯光，避免暴露。

连的干部都下去了，总机班一切只能靠自己应付。不过女电话兵们并不显得那么着慌。不怕，没什么大不了的，有班长在呐！

在人们印象中，严莉似乎是经过专门培训，预先为女兵班准备好了这样一个各方面都很成熟的班长。严莉今年二十二岁，是总机班的大姐。她脸微微有点黑，黑翠黑翠的。她在班里的地位，多少像是她在家庭里所处地位的延续。严莉弟妹多，快够一个班了，爸爸妈妈管不过来，干脆撒手交给老大来管着。爸爸是一个团职干部，照规定应该吃中灶的，他除了偶尔陪陪客人，总也不到中灶食堂去。从将近二十年前第二个儿子出世，爸爸的薪金再没有长了，生活上不能不精打细算。在大女儿的统筹安排下，他们家竟然并不比谁家显得紧张到哪儿去。弟妹们都很懂事，从不和别人家孩子比吃比穿，不过该有什么也还是少不了他们的。人家的孩子穿衣服，老二接老大的，老三接老二的。严莉的衣服谁也接不上，她脱下身的，就实在不能再补再改了。每次分到各人名下的糖块冻柿子什么的，大姐总是留着自己的一份，过后不定会便宜了哪一个小的。严莉在家庭中的作用，形成了她实际上的一家之长的权威。弟妹们不怕爸爸妈妈，全都怕着大姐几分。严莉把管理弟妹们的艺术运用到总机班长的职务上来了。别人遇事可以耍点小脾气，她不行，她必须把自己的气性掩盖起来，从不发火。班里大大小小的事务，安排得有条不紊，分派公差勤务公平合理。赶上谁当班的时候有点私人的事，悄悄向她请个假，她就悄悄顶上去，多值一班。发生了什么纠纷摩擦，她拿出当大姐的权威，先把事态平息下来。然后召开班务会，民主一番，谁对谁不对当面"吵"清，决不马虎了事。说严莉显得特别成熟,完全是由于职务上的需要。人们知道,当得下女兵班班长可不那么简单。在连队里,这算得上是一个特种兵团了。

越南人可能来袭击,电话站当然是一个突出的目标,情况不能说不严重。总机原是设在一个用茅草竹子搭起的棚子里,人来人往都看得见的。同志们建议,要赶快转移到隐蔽的地方去。

"不用动,照常工作!"严莉沉着地说。

等到天完全黑下来了,严莉才悄悄地布置,人员全部撤出草棚子,把总机转移到一个防炮洞里。洞是就着土坎挖的,挖进两三尺,向左右发展,对称构成了像猫耳朵一样的两个藏身的窝窝,战士们习惯叫做猫耳洞。这个猫耳洞有茂密的树丛遮掩着,严莉又叫把电话线从老远就开始埋设下去。所以,就是走到了跟前,指给你看,你也看不出这里是一个电话站。

总机班派出了自己的巡逻哨。有人主张,除了值机的人,其余人全部去站哨。严莉说:

"用不着,该睡的还是睡,换着班来。仗不是打一天两天,日子长了。"

她只派了陶坷和杨艳两个人担任警戒。班里惟一的一支冲锋枪交小陶使用,杨艳拿着两颗手榴弹。班长交代两名哨兵说:

"你们就绕着总机附近游动,不要乱走,以免和其他单位的巡逻哨发生误会。要找暗处站着,不要总在月光下面。有什么动静先问口令,可别慌慌张张地就开枪。问口令嗓门尽量粗一点,别让人听出来是女的。"

严莉确定由她自己担任守机。完成今晚的守机任务不比平常,要准备在最危急的情况下,一面战斗,一面坚持通话。猫耳洞里直不起腰来,只能把二十门交换机摆在地下,窝憋着工作。机子上不能开灯,号牌掉了看不见,全靠用手指不住地去触摸几排号牌,接转通话。为了完全控制声音,严莉用两层军毯,连人带机子一起蒙了个严严实实。电话站四周一片寂静,似乎没有任何声音。哪里知道,在两层军毯覆盖下,九四一部队的"中枢神经"在高度活动中。严莉不停地在高声呼喊着,呼喊着。部队向敌人侧背穿插过去,发展很快,电话线路一再延伸,已经远远超出了有效通话距离,虽然加了"增音",通话质量还是很差。往往下达的命令指示,向上报告的重要战况,要由严莉从中送转。她讲了一遍,怕有什么不准确,又复述一遍。严莉忽然觉得喉咙里咸咸的,有股腥味,知道嗓子出血了。这几天,几个女电话兵嗓子全都喊坏了,带来的清音丸已经吃完,没有什么防治的办法。多喝水会好一些,偏偏附近山地没有活水,找到一片积水,尽是小虫子在翻上翻下的,放几片净水剂澄清一下,那种怪味让人打哆嗦,喝不进去。部队里有一种奇妙的发现,凡是折断了青竹子,靠根部的几节里准定会聚存了水分。在竹节的地方穿通一个洞洞,就可以接到几口又纯净又清凉的水。这是很珍贵的,不容易弄到。严莉晃了晃她的水壶,还存有一点青竹的水。拧开壶塞儿,想喝几口润润喉咙。但她只是漱了漱口,吐出带血的水,又拧紧了壶塞儿。女兵班班长想到,水得留着,说不清班里谁又发高烧,或是受伤,一点水没有哪能行呢。

这天特别闷热。严莉一整夜钻在猫耳洞里,又蒙在两层毯子里,她热得什么样子,可以想象。摘下耳机,简直可以倒出水来了。第二天别人来换严莉的班,吃惊地看见,她像是刚刚参加了泅渡训练上来,人已经瘦了一圈儿。是谁发现严莉额头上爬着一条旱蚂蟥。经人这么一说,严莉尖叫起来,她跺着脚,紧张得不知怎么是好。同志们叫她别乱动,帮她脱下衣服来找,找到十多条。手指头缝里还隐藏了一条,她居然一点也没有感觉。吸饱了血的蚂蟥,圆咕碌碌的,拍打几下就掉了。还没有吃饱的,怎么也弄不掉,又不敢硬扯硬拽,怕扯断了,留下一半更难办。忽然想起来,出发前连里介绍过对付蚂蟥的办法。跑去找人要了一支纸烟来,点着了对着蚂蟥熏,不一会儿,它们就曲卷着掉下去了。蚂蟥叮过的地方,渗出血来,这也有一种妙法对付,捏一点树干上的青苔丝按上去,很快就不再出血了。几个女电话兵只顾帮着严莉止血,往地下一看,太可怕了,一条条大蚂蟥身子一曲一伸,正从四面八方向她们进军。她们赶忙用树枝扫荡了一番。旱蚂蟥天生有这种本能,大老远的能够感受到人的气息,找着你来。它们还有空降的本领,可以从树叶上滚落下来,正好掉在人身上。

因为人太少,巡逻哨也是一整夜没有替换。拂晓,陶坷模模糊糊看见几个人,弯着腰向这边摸过来。她忘记了应该装成男人的声音,尖着嗓子喊了几声口令。对方不应口令,还在往前来,小陶开了枪。她没有打过冲锋枪,不知道控制快慢,手指头一动,一梭子弹出去了一大半。警卫部队的一位排长,听到枪声,带着几个战士赶来了。在树棵里搜索了好久,什么也没有发现。他们埋怨陶坷说:"怎么搞的,乱打枪!"

"我看得清清楚楚,像是有几个人……"陶坷为自己辩解。

"算了,肯定是你自己紧张过度。"

"既然看得清清楚楚,嘟嘟了大半梭子,怎么连一个也没有撂倒?"

杨艳护着自己的人,说真是听到了有响动。打着没打着敌人,那是另外一个问题,开枪还是对的,不能说是乱打枪。等别人走了,班里悄悄议论,杨艳也倾向于小陶是看晃了眼。

第二天早上,把总机从猫耳洞搬回棚子里去。忽然,是谁"啊"地惊叫了一声,原来总机棚背后有一具越南人的尸体。这是一张孩子脸,最多十六七岁。他胸部完全浸在血泊中,两手紧攥着四枚揭掉了盖子的手榴弹。很明白,他是中弹以后坚持冲过来的,已经到了离总机棚只有两三步远的地方。如果他还有剩余的一点点气力,一定会把四枚手榴弹扔进棚子里去的。陶坷没有看错,和这个年轻的越南人一起来的还有几个,他们撤出战斗很及时,丢下一名英勇的同伴不管了。

九

女电话兵端着自动步枪紧逼上去,向对方现出了胜利者的微笑。

班通林场青年冲锋队的任务,是袭扰中国边防部队指挥机关和后勤,其中一项,就是窃听电话,破坏电话线。这给九四一部队有线通讯造成了很大麻烦。

总机上又传来了一号首长焦急的声音:"喂!总机班吗?要你们这些电话兵干什么

吃的,不是这里不通就是那里断线。命令你们连长、指导员,亲自给我查线去。”

不用首长讲,连长、指导员已经带着查线组出去了。总机站也派出了三名女电话兵,和男兵打乱编组,去协同维护哨巡查路线,尽快恢复畅通。

陶坷和架设排的两个新战士编成了一组,她是老兵,技术又强,自然担任了组长。为了不让人看出三个查线兵当中有一个是女的,小陶特意要了一个钢盔戴着。他们手捋着电话线往前跑,手心摩擦得火辣辣的,出了血泡,生疼生疼。跑出一段路,搭上单机一试,开端终端都不通。有鬼了,这一段线路是刚刚手捋着过来的,明明好好的,怎么开端也不通呢?陶坷想了想,她把通过水田里的一节线提起来,离开了水面,一试,通了。放下去,又不通了。这节线有好几处绝缘皮裂开了,和大地接触,短路了。这是暗断,不容易察觉。小陶仔细查看,胶皮是新割开的。破坏电线的人巧妙地使用了自己的知识。

把水里的一节线换过了,又往前去,发现明断,线剪得一节一节的。他们一面骂着越南人,一面迅速接线。小陶十个手指那样灵活,像在水里翻腾的小鱼儿,看不清是怎么两绕三绕,一个蛇口结打好了。她顾不得用钳子剥掉线头的绝缘皮,就用牙咬。平时总机班的姑娘们是极力避免这样做的,牙用多了,会向外突出,难看死了。小陶哪里还管得了那么多,嘴被电话线钢丝扎烂了,牙根在出血。她忽然发现,旁边有敌人的一条电话线,和我们线路平行拉过去,看来是撤退得慌张,没有来得及收。这是一条中型线,三钢四铜,通话质量很好,肯定是过去中国支援他们的。她不再费力去接碎线,把敌人的电话线用上了两公里。

再往前去,接上了其他小组负责的地段。开端终端都摇出来了,任务完成得还算顺利。谁知正试着线,开端又不通了。返回复查,刚刚利用的敌人的中型线又被剪断了。显然是有人在和他们玩“躲猫猫”,见他们巡查过来,躲避一下,等他们过去又出来破坏。重新接好了线,陶坷忽然有了一个主意,她悄悄对两个同伴说:

“你们俩继续往前走,装着什么也没发现。我留在这儿,看看是怎么回事。”

“分散行动怕不大好吧,我们每人只有两颗手榴弹。”两个新战士有些担心。

“没关系,周围都是我们大部队,敌人是小偷小摸,他们才心虚哩。”

“要留,我们两个谁留下好了。”一个战士提议说。

“你们只管走,不怕。如果他们人多,我先不动。如果是一两个人,我一喊,你们马上返回来,收拾了他。”这是小陶的战斗部署。

两名新战士执行了陶坷的命令。他们脚步很重,故意弄出声响,让人知道查线兵已经继续前进了。

小陶隐蔽在一蓬竹子后面静候着,忽然发现右边不远的灌木里有什么东西微微在动,越来越近。先是一只手分拨开叶子,随后一个人探出头来,左右观察。小陶把手榴弹弦套在指头上,随时准备投出去。那人已经从灌木丛里走出来,是一个身材小巧的越南姑娘。长长的头发披在腰间,在后脖梗用手绢束着。披了一块美国军队的伪装尼龙布,穿的是没有领子的紧身月白色上衣,宽大的黑绸裤,光着脚丫子,自动步枪挂在左肩上。不用说,这是一个青年冲锋队员。陶坷注意看看后面,再没有别的人跟上来。照说,她应当按事先约定的,喊叫几声,通知两个战士包抄敌人。小陶完全忘记了自己的战斗部署。她想，既然对方也是一个女的，在身个上又是占着绝对的劣势，为什么我不能捉一个活的？

那个女冲锋队员取出一把钳子，就要动手去剪电话线，同时侧目向竹丛里看去，忽然看见在绿色的钢盔下面，一对明亮的眼睛正注视着她。越南姑娘闪过第一个念头就是她走进了伏击圈，周围不知有多少双眼睛注视着她。她转身要逃，不想枪皮带挂在树上，树枝弹性很大，自动步枪被弹出老远。待她要去拣，发现枪已经端在竹丛里那个中国人手上。在她的眼中，这位中国军人长得是那样高大，加上一顶闪耀着红五星军徽的钢盔，越发显得威武雄壮。黑洞洞的枪口对准了她，她木木地站在那里，知道不能再动。又转念一想，开枪就开好了，我还等什么，她撒腿就跑。

小陶并没有开枪，她们一前一后，像两只蝴蝶儿在追逐着，一时在林中空地上出现，一时又飞进密林中。青年冲锋队员回头看看，她十分惊异，为什么在她背后紧追不舍的竟是一个女孩子呢？她即刻明白过来，刚才看见的那位威武的中国军人，主要就威武在那顶大钢盔上。钢盔跑掉了，露出短短的头发，原来是个女的。这当然就完全是另一回事了。她机灵地闪在一棵树后，屏住气等候着。只待追赶的人错过身去，就可以突然从背后抱住她。等了一会儿，还不见动静，只觉得冰凉的枪管已经触到脊背上来了。她一回手抓住枪，拼命抢夺。越南姑娘双臂向上，高高的胸脯完全暴露给了对手。陶坷闪念想到，她可以腾出一只拳头，猛击对方的胸部。她在什么书上读到过，说女人的乳房是一个致命处，经不起打的。小陶没有这样做，她竭尽全力扭动几下，拖带着越南姑娘旋转了几圈。横过枪，当胸一推，对方连连倒退十多步，仰面摔倒在地上。

女电话兵端着自动紧步枪逼上去，向对方现出了胜利者的微笑。她随后从衣袋里取出几张代言片扔过去。上面用中越两种文字印着："告诉你的同伴，不要做无谓的牺牲，赶快出来投降，保证你们生命安全。"女冲锋队员拣起一张，装作在看，心里暗暗打定了主意，抓起一把土，冷不防向陶坷脸上撒过去。趁着陶坷抬起胳膊肘去遮挡，她转身钻进了丛林。陶坷揉搓几下眼睛，又去追赶。

逃命的只想逃命，追赶的只想着捕获自己的猎物，都不知道自己的衣服全被扯烂了。她们的头发散乱不堪，沾满了草叶，脸上和肩头尽是一道道的血痕。

眼前出现一条清澈的河水，河面不宽，夹在两山之间，水相当深。上游一带，正是九四一部队穿插分割越军316A师的战场，不时有越军的尸体漂流下来。女冲锋队员看见水流得那么急，又看见一个个泡得发胀的越军尸体，本来不敢下水的，可是背后人追得紧，不容她犹豫，她擎着野藤从岩头上滑下去，横了心，扑通一声跳下河去。她水性不强，一进入激流，几个浪头盖下来，就有些发晕了。自己感觉还在奋臂游向对岸，其实只是随着波浪一高一低漂流下去了。

陶坷把自动步枪大背起来，紧跟着跳下了水。经过两年泅渡训练，她全副武装，加上一拐子线，可以横渡几公里宽的江河。陶坷注意到，顺着弯弯的河道，再往下游去，便是一道巨大的瀑布，河水陡然折断，整个儿跌落下去，在深谷里激起一片白茫茫的水雾。她很快游到前面去，拦截住女冲锋队员。对方还是极力挣扎，不让陶坷靠近。陶坷猛扑过去，把她按在水里，趁她被呛得不由自主，扯住她的长发，向岸边划去。陶坷一只胳膊拦腰抱住越南姑娘,一只胳膊紧紧钩住了从岸边弯到水面上来的粗大的树枝。回头一看,好险哪!她们已经到了瀑布将要向下跌落的地方。

越南姑娘精疲力竭,完全瘫软了,任凭陶坷拖带着游过去。她们刚爬上河岸,浑身的水还在往下流,只听有人用越南话喝令道:“不许动!举起手来。”

陶坷忙要取枪,一看,围上来用枪逼住她们的,是连里派出来查线的几个电话兵。

战士们先都没有认出,从水里上岸来的是总机班小陶。两个姑娘的衣服一片片一条条留在树枝刺藤上了,剩下的不足遮体。几个战士不免目瞪口呆,不知如何是好。

小陶气愤地说:“这些死人!只管看着干什么,还不把你们的雨衣扔过来。”

大太阳当顶照着,陶坷和她的俘虏严严实实地穿着雨衣,回到了指挥所。

十

她希望自己能成为一滴洁净的水。

三月五日,我国政府宣布,边防部队达到了惩罚越南侵略者的目的,决定撤回边界线我方一侧。西线的九四一部队和兄弟部队一起,在重创越军“王牌”316A师,圆满完成任务以后,采取倒卷帘的办法,梯次撤回国内了。

从红河浮桥一上岸,总机班的同志就把军用水壶里剩下的水倒掉,在“迎亲茶水站”灌满了凉茶,仰起脖子咕咚咕咚喝了个够。她们说:

“半个多月没有喝到我们自己的水了,好甜哪!”

在外面大家都说,一回国先倒头睡它三天三夜再讲。不想,现在谁也没有一点倦意。她们踏上了自己的国土,心里充满了对于祖国的亲切感,充满了一种往常不大容易体验得到的新鲜感,早把劳累困倦忘到一边去了。电线上落了一排麻雀,叽叽喳喳地在叫,是谁说:

“我们这边的小雀子叫的,比那一边的要好听多了。”

九四一部队在边境一线停留了一段时间,进行作战总结和评功庆功。陶坷参加转送女俘虏,提前回到祖国,在战俘管理所帮助了一段工作,也从俘管所回来了,总机班六姐妹全体汇合在一处了。

一号首长是随后卫部队撤下来的,一回来,先跑到电话站来看望总机班的同志。连长、指导员陪着,大家都坐在线拐子上。一号笑呵呵地逐个儿望着六个女电话兵,使她们在那样亲切爱抚的目光下有些不好意思了,他才开口说:

“你们这些冒领男式大号鞋的,这半个多月怎么样?够受了吧?”

女战士们低下头,只是轻声地笑着。她们一向是用无缘无故的笑声来回答首长问话的。

一号兴奋地说:“别的不敢吹,我可以这么说,‘九四一’没有一匹不能上阵的马。行!真行!算我错看了你们。不知道通信科为什么到现在还不给你们请功。没关系,他们忘了,我和二号为你们请功,提到党委讨论。”

大家简直不敢相信一号的话。她们觉得，出国作战以来，一号对总机班不可能有什么好印象的。他几次在电话上大发脾气："要你们这些电话兵干什么吃的!"可是，看样子首长是从心里在夸赞她们，不是随便说一说的。

杨艳嘴快，她故意说："我们班任务完成得不好，一号别讽刺人。"

一号说："谁想找我这么讽刺他一下，我得考虑考虑咧，我这人可不是那么好说话的。"

"要是说我们任务完成得还可以，那也多亏了一号，是一号刮鼻子刮出来的。"

杨艳这话引得大家一起笑起来。

"我是不是骂了你们什么难听话？我可不记得了。"一号连忙表示了抱歉。

班长严莉说："不！线路出了问题，首长在电话上讲几句气话，我们心里倒还好受一点。如果首长一句话不讲，扔下'有线'，全用'无线'去了，那我们才受不了呐。"

一号嘿嘿地笑着说："你们听听，到底是当班长的，同样几句话，说出来就不一样。"

总机箱子上，放了路曼和肖群秀刚刚填写好的两张入党志愿书。一号拿起来看看，祝贺了她们。一号说：

"听！红河沿岸炮还在响。你们能在炮声里来填写入党志愿书，这是难得的。不比平时，谁在班里多扫了几次地，就算是过硬的条件，可以优先吸收入团入党。我晓得的，一个班就那么一两把笤帚，你早一点拿到了手，我就拿不到，不见得我的劳动观念就比你差。当然，抢着搞卫生总是个优点，我并不反对。"一号问严莉："你们班就是她们两个填了表吗？"

严莉说："在国外，支部就发给了小陶入党志愿书，她一直拖着，没有填。"

"为什么？"一号问小陶。

陶坷笑笑，总不作声。

"小陶以前写过申请的。现在总说自己条件不够，愿意过一段时间再讲。"严莉替小陶回答。

指导员说："这次到前方来小陶是比较突出的，可是小陶总拿自己和刘毛妹烈士比。说既然刘毛妹都还没有能入党，那她就更……"

提起步话机员刘毛妹，一号首长立时现出了沉重的神色。他带着对这位烈士深深的敬意说：

"大家都向党委提意见，说应该追认刘毛妹同志为正式党员。我们当然希望能这样，可是，他生前没有向党组织表示过这种要求。无论他是出于什么考虑，我们总是应当尊重他个人的意愿。"

陶坷解释说："这个情况我知道。我是想着，既然自己各方面差得太远，就是勉强入了党，一想起他，心里会觉得过不去的。我们党内缺少的是他这样的人。"

一个战士，出于对自己更严格的要求，主动向党组织提出，宁肯先留在外面，这样的事情，在过去战争年代里倒是常见的。当初一号本人就曾经采取了这样的行动。本来满十八岁的时候就可以填表的，他主动推后了一年。那时候在部队里，大家都以刚够年龄就加入了组织为骄傲。一号虽然失去了这种骄傲，却从不感到遗憾。今天又看到有人这样,使这位有将近四十年党龄的老党员内心十分激动,感慨万端,觉得这是很不容易的事情。我们已经有了三千多万在各种情况下吸收进来的党员之后,再吸收一个党员,正如在激荡的湖水里又注入一滴水。这一滴水,即或是很不洁净的,也不至于给湖水里增添更多的沉淀物了。可是,女电话兵陶坷并不因此宽容自己,她希望自己能成为一滴洁净的水。

一号告诉连长,放总机班半天假,让她们下河去洗个澡。司令部在河里为女同志们划分出了一个地段。女电话兵们是迫切地需要洗涮洗涮了。出境作战以来,白天黑夜就是那么一身儿,又是雨又是汗,湿了干,干了湿。坐在一起,彼此闻得见的,除了和男同志们身上一样的酸臭,还多了一种男同志所没有的气味。

六姐妹在河湾里找了一个僻静的地方,派人站上哨,轮流下河去洗。她们轻装很彻底,现在可怜了,没有替换的衣服。只好先把衣服和小东西全部洗出来,晒在草地上,然后洗头洗澡。完了,扯几片芭蕉叶铺着,坐下来梳拢着水淋淋的头发,等着衣服干。

太阳就要落山了,六姐妹一字儿排开走回驻地。她们洗了个痛快,一个个头发蓬蓬松松,夕阳照耀下那红润的脸皮像是透亮似的。驻地生产队的妇女们抱着孩子站在路边上看,她们议论说:“九四一部队招女兵,怕尽是要挑长得好看的,不好看的不要。”

(原载《人民文学》1980 年第 1 期)

徐怀中(1929—),河北邯郸人。

这是一篇 80 年代写对越自卫反击战的代表作。它既承接了 50 年代军事小说的传统,又开启了新时期军事小说的新生面。这主要表现在以下几个方面:

第一,突破了以往军事小说重写男兵的传统,而写六个女步话兵和一个男步话兵之间的故事。我们来比较一下《西线轶事》与茹志鹃的《百合花》。从继承方面看,《百合花》写两个女性和一个男性之间的故事,而且,新媳妇是先凭着小通讯员肩上曾被挂破的一块布而认出死者是他;而《西线轶事》里女兵也是凭着水壶背带上那个熟悉的“丁字结”一下子认出死者就是刘毛妹。从发展方面看,《百合花》写的“没有爱情的爱情牧歌”(茅盾语),而《西线轶事》则显露出了刘毛妹和陶坷之间的爱情萌芽。

第二,把部队和社会,战前、战中和战后,现实和历史,光明面和阴暗面,战争和人性,结合在一起来写。战前,着重写他们的“生活情调”。比如写这几个女兵刚来部队的那会儿,有的“爱嗑瓜子儿”,有的“爱哭出了名”,有的偷偷地涉足“个人问题”等,但一经指出,她们就能改正过来。又比如刘毛妹,他平时散淡冷漠、玩世不恭。作家通过这个人物从历史纵深层面来反思并揭示文革给他们这一代青年心灵上造成的深深的内伤。可贵的是,作家既写了他们之间的性别区别,又写了他们是一个个活生生的有血有肉的个体,这样,他们性格的成长历史和精神世界的丰富性就很艺术地呈现出来了。

《西线轶事》是一曲战争和人性的颂歌;我们既可以把它视为军事文学,又可以把它视为反思文学。(杨四平)

芙蓉镇(存目)

古　华

古华(1942—　),原名罗鸿玉,湖南人。现居加拿大。著有短篇小说集《莽川歌》,长篇小说《芙蓉镇》等。

《芙蓉镇》是新时期的一部极有"反思"力度的作品,最初发表于《当代》1981年第1期。获得第一届"茅盾文学奖"。小说通过对湘西一个偏僻的山镇的一组人物的命运变迁和乡风民俗的描绘,艺术地再现了50年代至70年代农村的政治风云变幻和社会生活的轨迹,有力地揭示了极左路线给我国农民带来的深重的灾难与精神创伤。

"借人物命运演乡镇生活变迁",是这部小说最鲜明的主题特点,小说塑造了一个个栩栩如生的人物形象。如"芙蓉仙子"胡玉音;右派分子秦书田;"北方大兵"谷燕山;"运动根子"王秋赦等等。其中,胡玉音是一位贯穿全篇的极具个性的女性形象。她热情温柔,待人善良,容貌姣好,在当地很受青睐。她安于命运嫁给了老实的桂桂,两口子勤劳肯干,靠劳动致富,不料一场运动夺走了她的丈夫,她被扣上了"富农"的帽子,从此,一次次打击接踵而至,文革中更是屡屡受到迫害,当她结识了右派分子秦书田之后,爱情使她觉醒和坚强起来,成为敢于怀疑、追求美好生活的新女性。小说通过这个形象展现了解放以来政治运动给农村和农民带来的灾难。

"寓政治风云于民情图画"是这部小说的又一特点。作家将近30年的政治风云高度浓缩,集中在一个偏远的小镇给予再现,小说描写的是小镇风情,但是表现的却是大社会大时代中的人生浮沉,概括的是国家的兴衰与时事的变幻,从而寓政治反思于民情之中。

《芙蓉镇》在艺术结构上以胡玉音的生活命运和爱情为主线,展开环境与人物描写,全书脉络清楚,自然严密。叙述语言生动流畅,既有史家的严谨,又有作家的幽默。(张宁生)

陈奂生上城

高晓声

一

"漏斗户主"[1]陈奂生，今日悠悠上城来。

一次寒潮刚过，天气已经好转，轻风微微吹，太阳暖烘烘，陈奂生肚里吃得饱，身上穿得新，手里提着一个装满东西的干干净净的旅行包，也许是气力大，也许是包儿轻，简直像拎了束灯草，晃荡晃荡，全不放在心上。他个儿又高、腿儿又长，上城三十里，经不起他几晃荡；往常挑了重担都不乘车，今天等于是空身，自更不用说，何况太阳还高，到城嫌早，他尽量放慢脚步，一路如游春看风光。

他到城里去干啥？他到城里去做买卖。稻子收好了，麦垄种完了，公粮余粮卖掉了，口粮柴草分到了，乘这个空当，出门活动活动，赚几个活钱买零碎。自由市场开放了，他又不投机倒把，卖一点农副产品，冠冕堂皇。

他去卖什么？卖油绳[2]。自家的面粉，自家的油，自己动手做成的。今天做好今天卖，格啦嘣脆，又香又酥，比店里的新鲜，比店里的好吃，这旅行包里装的尽是它；还用小塑料袋包装好，有五根一袋的，有十根一袋的，又好看，又干净。一共六斤，卖完了，稳赚三元钱。

赚了钱打算干什么？打算买一顶簇新的、呱呱叫的帽子。说真话，从三岁以后，四十五年来，没买过帽子。解放前是穷，买不起，解放后是正当青年，用不着；文化大革命以来，肚子吃不饱，顾不上穿戴，虽说年纪到把，也怕脑后风了。正在无可奈何，幸亏有人送了他一顶"漏斗户主"帽，也就只得戴上，横竖不要钱。七八年决分以后，帽子不翼而飞，当时只觉得头上轻松，竟不曾想到冷。今年好像变娇了，上两趟寒流来，就缩头缩颈，伤风打喷嚏，日子不好过，非买一顶帽子不行。好在这也不是大事情，现在活路大，这几个钱，上一趟城就赚到了。

陈奂生真是无忧无虑，他的精神面貌和去年大不相同了。他是过惯苦日子的，现在开始好起来，又相信会越来越好，他还不满意么？他满意透了。他身上有了肉，脸上有

---

① "漏斗户主"：系作者写的另一篇小说《漏斗户主》主人公陈奂生的外号。漏斗户，意指常年负债的穷苦人家。

② 油绳：一种油煎的面食。

了笑;有时候半夜里醒过来,想到囤里有米、橱里有衣,总算像家人家了,就兴致勃勃睡不着,禁不住要把老婆推醒了陪他聊天讲闲话。

提到讲话,就触到了陈奂生的短处,对着老婆,他还常能说说,对着别人,往往默默无言。他并非不想说,实在是无可说。别人能说东道西,扯三拉四,他非常羡慕。他不知道别人怎么会碰到那么多新鲜事儿,怎么会想得出那么多特别的主意,怎么会具备那么多离奇的经历,怎么会记牢那么多怪异的故事,又怎么会讲得那么动听。他毫无办法,简直犯了死症毛病,他从来不会打听什么,上一趟街,回来只会说"今天街上人多"或"人少"、"猪行里有猪"、"青菜贱得卖不掉"……之类的话。他的经历又和村上大多数人一样,既不特别,又是别人一目了然的,讲起来无非是"小时候娘常打我的屁股,爹倒不凶"、"也算上了四年学,早忘光了"、"三九年大旱,断了河底,大家捉鱼吃"、"四九年改朝换代,共产党打败了国民党"、"成亲以后,养了一个儿子、一个小女"……索然无味,等于不说。他又看不懂书;看戏听故事,又记不牢。看了《三打白骨精》,老婆要他讲,他也只会说:"孙行者最凶,都是他打死的。"老婆不满足,又问白骨精是谁,他就说:"是妖怪变的。"还是儿子巧,声明"白骨精不是妖怪变的,是白骨精变成的妖怪"。才算没有错到底。他又想不出新鲜花样来,比如种田,只会讲"种麦要用锄头抨碎泥块"、"莳秧一莼莳六棵"……谁也不要听。再如这卖油绳的行当,也根本不是他发明的,好些人已经做过一阵了,怎样用料?怎样加工?怎样包装?什么价钱?多少利润?什么地方、什么时间买客多、销路好?都是向大家学来的经验。如果他再向大家夸耀,岂不成了笑话!甚至刻薄些的人还会吊他的背筋:"嗳!连'漏斗户主'也有油、粮卖油绳了,还当新闻哩!"还是不开口也罢。

如今,为了这点,他总觉得比别人矮一头。黄昏空闲时,人们聚拢来聊天,他总只听不说,别人讲话也总不朝他看,因为知道他不会答话,所以就像等于没有他这个人。他只好自卑,他只有羡慕。他不知道世界上有"精神生活"这一个名词,但是生活好转以后,他渴望过精神生活。哪里有听的,他爱去听,哪里有演的,他爱去看,没听没看,他就觉得没趣。有一次大家闲谈,一个问题专家出了个题目:"在本大队你最佩服哪一个?"他忍不住也答了腔,说:"陆龙飞最狠。"人家问:"一个说书的,狠什么?"他说:"就为他能说书,我佩服他一张嘴。"引得众人哈哈大笑。

于是,他又惭愧了,觉得自己总是不会说,又被人家笑,还是不说为好。他总想,要是能碰到一件大家都不曾经过的事情,讲给大家听听就好了,就神气了。

二

当然,陈奂生的这个念头,无关大局,往往蹲在离脑门三四寸的地方,不大跳出来,只是在尴尬时冒一冒尖,让自己存个希望罢了。比如现在上城卖油绳,想着的就只是新帽子。

尽管放慢脚步,走到县城的时候,还只下午六点不到。他不忙做生意,先就着茶摊,出一分钱买了杯热茶,啃了随身带着当晚餐的几块僵饼,填饱了肚子,然后向火车站走去。一路游街看店,遇上百货公司,就弯进去侦察有没有他想买的帽子,要多少价钱。三爿店查下来,他找到了满意的一种。这时候突然一拍屁股,想到没有带钱。原先只想卖了油绳赚了利润再买帽子,没想到油绳未卖之前商店就要打烊;那么,等到赚了钱,这帽子就得明天才能买了。可自己根本不会在城里住夜,一无亲,二无眷,从来是连夜回去的,这一趟分明就买不成,还得光着头冻几天。

受了这点挫折,心情挺不愉快,一路走来,便觉得头上凉飕飕,更加懊恼起来。到火车站时,已过八点了。时间还早,但既然来了,也就选了一块地方,敞开包裹,亮出商品,摆出摊子来。这时车站上人数不少,但陈奂生知道难得会有顾客,因为这些都是吃饱了晚饭来候车的,不会买他的油绳,除非小孩嘴馋吵不过,大人才会买。只有火车上下车的旅客到了,生意才会忙起来。他知道九点四十分、十点半,各有一班车到站,这油绳到那时候才能卖掉,因为时近半夜,店摊收歇,能买到吃的地方不多,旅客又饿了,自然争着买。如果十点半卖不掉,十一点二十分还有一班车,不过太晏了,陈奂生宁可剩点回去也不想等,免得一夜不得睡,须知跑回去也是三十里啊。

果然不错,这些经验很灵,十点半以后,陈奂生的油绳就已经卖光了。下车的旅客一拥而上,七手八脚,伸手来拿,把陈奂生搞得昏头昏脑,卖完一算账,竟少了三角钱,因为头昏,怕算错了,再认真算了一遍,还是缺三角,看来是哪个贪小利拿了油绳未付款。他叹了一口气,自认晦气。本来他也晓得,人家买他的油绳,是不能向公家报销的,那要吃而不肯私人掏腰包的,就会耍一点魔术,所以他总是特别当心,可还是丢失了,真是双拳不敌四手,两眼难顾八方。只好认了吧,横竖三块钱赚头,还是有的。

他又叹了口气,想动身凯旋回府。谁知一站起来,双腿发软,两膝打颤,竟是浑身无力。他不觉大吃一惊,莫非生病了吗?刚才做生意,精神紧张,不曾觉得,现在心定下来,才感浑身不适,原先喉咙嘶哑,以为是讨价还价喊哑的,现在连口腔上爿都像冒烟,鼻气火热;一摸额头,果然滚烫,一阵阵冷风吹得头皮好不难受。他毫无办法,只想先找杯热茶解渴。那时茶摊已无,想起车站上有个茶水供应地方,便强撑着移步过去。到了那里,打开龙头,热水倒有,只是找不到茶杯。原来现在讲究卫生,旅客大都自带茶缸,车站上落得省劲,就把杯子节约掉了。陈奂生也顾不得卫生不卫生,双手捧起龙头里流下的水就喝。那水倒也有点烫,但陈奂生此时手上的热度也高,还忍得住,喝了几口,算是好过一点。但想到回家,竟是千难万难;平常时候,那三十里路,好像经不起脚板一颠,现在看来,真如隔了十万八千里,实难登程。他只得找个位置坐下,耐性受痛,觉得此番遭遇,完全错在忘记了带钱先买帽子,才受凉发病。一着走错,满盘皆输;弄得上不上、下不下,进不得、退不得,卡在这儿,真叫尴尬。万一严重起来,此地举目无亲,耽误就医吃药,岂不要送掉老命!可又一想,他陈奂生是个堂堂男子汉,一生干净,问心无愧,死了也口眼不闭;活在世上多种几年田,有益无害,完全应该提供宽裕的时间,没有任何匆忙的必要。想到这里,陈奂生高兴起来,他嘴巴干燥,笑不出声,只是两个嘴角,向左右同时嘻开,露出一个微笑。那扶在椅上的右手,轻轻提了起来,像听到了美妙的乐曲似的,在右腿上赏心地拍了一拍,松松地吐出口气,便一头横躺在椅子上卧倒了。

三

一觉醒来，天光已经大亮，陈奂生体肢瘫软，头脑不清，眼皮发沉，喉咙痒痒地咳了几声；他懒得睁眼，翻了一个身便又想睡。谁知此身一翻，竟浑身颤了几颤，一颗心像被线穿着吊了几吊，牵肚挂肠。他用手一摸，身下贼软；连忙一个翻身，低头望去，证实自己猜得一点不错，是睡在一张棕绷大床上。陈奂生吃了一惊，连忙平躺端正，闭起眼睛，要弄清楚怎么会到这里来的。他好像有点印象，一时又糊涂难记，只得细细琢磨，好不容易才想出了县委吴书记和他的汽车，一下子理出头绪，把一串细关节脉都拉了出来。

原来陈奂生这一年真交了好运，逢到急难，总有救星。他发高烧昏睡不久，候车室门口就开来一部吉普车，载来了县委书记吴楚。他是要乘十二点一刻那班车到省里去参加明天的会议。到火车站时，刚只十一点四十分，吴楚也就不忙，在候车室徒步起来，那司机一向要等吴楚进了站台才走，免得他临时有事找不到人，这次也照例陪着。因为是半夜，候车室旅客不多，吴楚转过半圈，就发现了睡着的陈奂生。吴楚不禁笑了起来，他今秋在陈奂生的生产队里蹲了两个月，一眼就认出他来，心想这老实肯干的忠厚人，怎么在这儿睡着了？若要乘车，岂不误事。便走去推醒他；推了一推，又发现那屁股底下，垫着个瘪包，心想坏了，莫非东西被偷了？就着紧推他，竟也不醒。这吴楚原和农民玩惯了的，一时调皮起来，就去捏他的鼻子；一摸到皮肤热辣辣，才晓得他病倒了，连忙把他扶起，总算把他弄醒了。

这些事情，陈奂生当然不晓得。现在能想起来的，是自己看到吴书记之后，就一把抓牢，听到吴书记问他“你生病了吗”？他点点头。吴书记问他：“你怎么到这里来的？”他就去摸了摸旅行包。吴书记问他：“包里的东西呢？”他就笑了一笑。当时他说了什么？究竟有没有说？他都不记得了；只记得吴书记好像已经完全明白了他的意思，便和驾驶员一同扶他上了车，车子开了一段路，叫开了一家门（机关门诊室），扶他下车进去，见到了一个穿白衣服的人，晓得是医生了。那医生替他诊断片刻，向吴书记笑着说了几句话（重感冒，不要紧），倒过半杯水，让他吃了几片药，又包了一点放在他口袋里，也不曾索钱，便代替吴书记把他扶上了车，还关照说：“我这儿没有床，住招待所吧，安排清静一点的地方睡一夜就好了。”车子又开动，又听吴书记说：“还有十三分钟了，先送我上车站，再送他上招待所，给他一个单独房间，就说是我的朋友……”

陈奂生想到这里，听见自己的心扑扑跳得比打钟还响，合上的眼皮，流出晶莹的泪珠，在眼角膛里停留片刻，便一条线挂下来了。这个吴书记真是大好人，竟看得起他陈奂生，把他当朋友，一旦有难，能挺身而出，拔刀相助，救了他一条性命，实在难得。

陈奂生想，他和吴楚之间，其实也谈不上交情，不过认识罢了。要说有什么私人交往，平生只有一次。记得秋天吴楚在大队蹲点，有一天突然闯到他家来吃了一顿便饭，听那话音，像是特地来体验体验“漏斗户”的生活改善到什么程度的。还带来了一斤块块糖，给孩子们吃。细算起来，等于两顿半饭钱。那还算什么交情呢！说来说去，是吴书记做了官不曾忘记老百姓。

陈奂生想罢,心头暖烘烘,眼泪热辣辣,在被口上拭了拭,便睁开来细细打量这住的地方,却又吃了一惊。原来这房里的一切,都新堂堂、亮澄澄,平顶(天花板)白得耀眼,四围的墙,用青漆漆了一人高,再往上就刷刷白,地板暗红闪光,照出人影子来;紫檀色五斗橱,嫩黄色写字台,更有两张出奇的矮凳,比太师椅还大,里外包着皮,也叫不出它的名字来。再看床上,垫的是花床单,盖的是新被子,雪白的被底,崭新的绸面,刮刮叫三层新①。陈奂生不由自主地立刻在被窝里缩成一团,他知道自己身上(特别是脚)不大干净,生怕弄脏了被子……随即悄悄起身,悄悄穿好了衣服,不敢弄出一点声音来,好像做了偷儿,被人发现就会抓住似的。他下了床,把鞋子拎在手里,光着脚跑出去;又眷顾着那两张大皮椅,走近去摸一摸,轻轻捺了捺,知道里边有弹簧,却不敢坐,怕压瘪了弹不饱。然后才真的悄悄开门,走出去了。

到了走廊里,脚底已冻得冰冷,一瞧别人是穿了鞋走路的,知道不碍,也套上了鞋。心想吴书记照顾得太好了,这哪儿是我该住的地方!一向听说招待所的住宿费贵,我又没处报销,这样好的房间,不知要多少钱,闹不好,一夜天把顶帽子钱住掉了,才算不来呢。

他心里不安,赶忙要弄清楚,横竖他要走了,去付了钱吧。

他走到门口柜台处,朝里面正在看报的大姑娘说:“同志,算账。”

“几号房间?”那大姑娘恋着报纸说,并未看他。

“几号不知道。我住在最东那一间。”

那姑娘连忙丢了报纸,朝他看看,甜甜地笑着说:“是吴书记汽车送来的?你身体好了吗?”

“不要紧,我要回去了。”

“何必急,你和吴书记是老战友吗?现在在哪里工作?……”大姑娘一面软款款地寻话说,一面就把开好的发票交给他。笑得甜极了。陈奂生看看她,真是绝色!

但是,接到发票,低头一看,陈奂生便像给火钳烫着了手。他认识那几个字,却不肯相信。“多少?”他忍不住问,浑身燥热起来。

“五元。”

“一夜天?”他冒汗了。

“是一夜五元。”

陈奂生的心,忐忑忐忑大跳。“我的天!”他想,“我还怕困掉一顶帽子,谁知竟要两顶!”

“你的病还没有好,还正在出汗呢!”大姑娘惊怪地说。

千不该,万不该,陈奂生竟说了一句这样的外行话:“我是半夜里来的呀!”

大姑娘立刻看出他不是一个人物,她不笑了,话也不甜了,像菜刀剁着砧板似的笃笃响着说:“不管你什么时候来,横竖到今午十二点为止,都收一天钱。”这还是客气的,没有嘲笑他,是看了吴书记的面子。

---

① 三层新:被面、被里、被絮都是新的。

陈奂生看着那冷若冰霜的脸，知道自己说错了话，得罪了人，哪里还敢再开口，只得抖着手伸进袋里去摸钞票，然后细细数了三遍，数定了五元；交给大姑娘时，那外面一张人民币，已经半湿了，尽是汗。

这时大姑娘已在看报，见递来的钞票太零碎，更皱了眉头。但她还有点涵养，并不曾说什么，收进去了。

陈奂生出了大价钱，不曾讨得大姑娘欢喜，心里也有点忿忿然。本想一走了之，想到旅行包还丢在房间里，就又回过来。

推开房间，看看照出人影的地板，又站住犹豫："脱不脱鞋？"一转念，愤愤想到："出了五块钱呢！"再也不怕弄脏，大摇大摆走了进去，往弹簧太师椅上一坐："管它，坐瘪了不关我事，出了五元钱呢。"

他饿了，摸摸袋里还剩一块僵饼，拿出来啃了一口，看见了热水瓶，便去倒一杯开水和着饼吃。回头看刚才坐的皮凳，竟没有瘪，便故意立直身子，扑通坐下去……试了三次，也没有坏，才相信果然是好家伙。便安心坐着啃饼，觉得很舒服。头脑清爽，热度退尽了，分明是刚才出了一身大汗的功劳。他是个看得穿的人，这时就有了兴头，想道："这等于出晦气钱——譬如买药吃掉！"

啃完饼，想想又肉痛起来，究竟是五元钱哪！他昨晚上在百货店看中的帽子，实实在在是二元五一顶，为什么睡一夜要出两顶帽钱呢？连沈万山①都要住穷的；他一个农业社员，去年工分单价七角，困一夜做七天还要倒贴一角，这不是开了大玩笑！从昨半夜到现在，总共不过七八个钟头，几乎一个钟头要做一天工，贵死人！真是阴错阳差，他这副骨头能在那种床上躺尸吗！现在别的便宜拾不着，大姑娘说可以住到十二点，那就再困吧，困到足十二点走，这也是捞着多少算多少。对，就是这个主意。

这陈奂生确是个向前看的人，认准了自然就干，但刚才出了汗，吃了东西，脸上嘴上，都不惬意，想找块毛巾洗脸，却没有。心一横，便把提花枕巾捞起来干擦了一阵，然后衣服也不脱，就盖上被头困了，这一次再也不怕弄脏了什么，他出了五元钱呢。——即使房间弄成了猪圈，也不值！

可是他睡不着，他想起了吴书记。这个好人，大概只想到关心他，不曾想到他这个人经不起这样高级的关心。不过人家忙着赶火车，哪能想得周全！千怪万怪，只怪自己不曾先买帽子，才伤了风，才走不动，才碰着吴书记，才住招待所，才把油绳的利润搞光，连本钱也蚀掉一块多……那么，帽子还买不买呢？他一狠心：买，不买还要倒霉的！

想到油绳，又觉得肚皮饿了。那一块僵饼，本来就填不饱，可惜昨夜生意太好，油绳全卖光了，能剩几袋倒好；现在懊悔已晚，再在这床上困下去，会越来越饿，身上没有粮票，中饭到哪里去吃！到时候饿得走不动，难道再在这儿住一夜吗？他慌了，两脚一踹，把被头踢开，拎了旅行包，开门就走。此地虽好，不是久恋之所，虽然还剩得有二三个钟点，又带不走，忍痛放弃算了。

他出得门来，再无别的念头，直奔百货公司，把剩下来的油绳本钱，买了一顶帽子，

---

① 沈万山：民间传说里的大富翁。

立即戴在头上,飘然而去。

一路上看看野景,倒也容易走过;眼看离家不远,忽然想到这次出门,连本搭利,几乎全部搞光,马上要见老婆,交不出账,少不得又要受气,得想个主意对付她。怎么说呢?就说输掉了;不对,自己从不赌。就说吃掉了;不对,自己从不死吃。就说被扒掉了;不对,自己不当心,照样挨骂。就说做好事救济了别人;不对,自己都要别人救济。就说送给一个大姑娘了;不对,老婆要犯疑……那怎么办?

陈奂生自问自答,左思右想,总是不妥。忽然心里一亮,拍着大腿,高兴地叫道:"有了。"他想到此趟上城,有此一番动人的经历,这五块钱花得值透。他总算有点自豪的东西可以讲讲了。试问,全大队的干部、社员,有谁坐过吴书记的汽车?有谁住过五元钱一夜的高级房间?他可要讲给大家听听,看谁还能说他没有什么讲的!看谁还能说他没见过世面?看谁还能瞧不起他,唔!……他精神陡增,顿时好像高大了许多。老婆已不在他眼里了;他有办法对付,只要一提到吴书记,说这五块钱还是吴书记看得起他,才让他用掉的,老婆保证服帖。哈,人总有得意的时候,他仅仅花了五块钱就买到了精神的满足,真是拾到了非常的便宜货,他愉快地划着快步,像一阵清风荡到了家门……

果然,从此以后,陈奂生的身份显著提高了,不但村上的人要听他讲,连大队干部对他的态度也友好得多,而且,上街的时候,背后也常有人指点着他告诉别人说,"他坐过吴书记的汽车"或者"他住过五块钱一夜的高级房间"……公社农机厂的采购员有一次碰着他,也拍拍他的肩胛说:"我就没有那个运气,三天两头住招待所,也住不进那样的房间。"

从此,陈奂生一直很神气,做起事来,更比以前有劲得多了。

(原载《人民文学》1980年第2期)

高晓声(1928—1999),江苏武进人。著有《高晓声七九小说集》、《高晓声八〇小说集》、《高晓声八一小说集》等。

《陈奂生上城》是高晓声"陈奂生系列小说"中的一篇,曾获1980年全国优秀短篇小说奖。这篇小说的最大成就是塑造了新旧交替时期的农民陈奂生形象,画出了中国农民的灵魂。

陈奂生是一个善良、勤劳、朴实的农民,继承了中国农民的传统美德。1978年实行新的经济政策后,他的日子渐渐好起来,甩掉了"漏斗户主"的帽子,摆脱了几十年的穷困与饥饿。他渴望过一点精神生活,但他自卑、狭隘,还没有从因袭的精神重负中解脱出来。因为无意中住了一夜县高级招待所,花掉了五块钱,他反复算账,产生报复心理,以求得心理平衡。他自轻自贱,认为"他这副骨头能在那种床上躺尸吗"!更为突出的是他的精神胜利,他自我安慰:"这等于出晦气钱——譬如买药吃掉!"后来又觉得自己是全大队第一个坐过县委吴书记汽车的人,第一个住过高级招待所的人,颇为自得。虽然陈奂生的政治、经济地位与阿Q不可同日而语,但他的精神胜利与阿Q如出一辙,可以说他是阿Q的子孙。

陈奂生身上既有传统美德,也有性格缺陷,是一个"圆形人物"。作者对他的态度是爱其善良,痛其不悟。在揭露国民劣根性上,高晓声继承了鲁迅的传统,他要描绘、改造、重铸受到历史制约的民族灵魂,从而"促使人们的灵魂完全起来"。(张应中)

棋王(存目)

阿　城

阿城(1949—),寻根小说代表作家。代表作品有《棋王》、《树王》、《孩子王》以及系列“笔记体”小说《遍地风流》等。

《棋王》发表于《上海文学》1984年第7期,曾获第三届全国优秀中篇小说奖。小说以下乡“知青”王一生为主人公,主要从“吃”和“下棋”两方面刻画王一生的性格特征。王一生单薄瘦弱、貌不惊人,在动荡的时代却能超然物外,处事不惊,怡然自得,在对棋道执著的精研中确证了自身的价值与尊严。

小说最精彩之处恰在于对王一生痴迷于棋道的传神的描绘。他沉迷棋道,锲而不舍,以生命的本能领悟了道家文化“以柔克刚”、“无为而无不为”的精髓要义,把棋道和人格融为一体,在宁静平和的外表之下积聚起强大的生命能量,折射出悠远古老、自强不息的中国文化精神。小说情节高潮是王一生同地区象棋比赛中的九名高手之间的“车轮大战”。王一生发挥全部潜能,取得大胜。一个普通人的生命之光熠熠闪烁,与茫茫宇宙气息相贯通,充分展示了凝重、强大的人格力量,从而在青年一代身上接通了传统文化精神的命脉。

《棋王》通过写王一生的“吃”和“下棋”,还礼赞了坚韧执著、追求心灵自由的平民精神品格。与世家子弟脚卵相比,王一生有着更为高洁的精神操守。王一生的淡泊明志,恪守伦理真情、良知与尊严,与脚卵的矫情做作、实用、功利形成了鲜明对比。(赵修广)

绿化树（节选）

张贤亮

七

晚上，我万分小心地钻进棉花网套里，就像把一件珍贵器皿放进衬着缎垫的锦匣中一样。因为我既要当心脚趾头伸进破洞里去，或是勾断了线，把破洞越撕越大，又不能把被筒敞得太开，不然脊背就直接贴在稻草上挨扎了。随后，从盖在网套上的棉衣里掏出早上得到的两个稗子面馍馍，在被筒里嗅一嗅，玩味玩味，用洗脸的毛巾包好，埋在墙根下的稻草里面。

夜，寂静得使人以为世界已经离开了自己。而在劳改农场里，半夜都有值班人员的脚步声。

于是，我的另一面开始活动了。那被痛苦的、我不理解的现实所粉碎了的精神碎片，这时都聚集拢来，用如碎玻璃似的锋利的碴子碾磨着我。深夜，是我最清醒的时刻。

白天，我被求生的本能所驱使，我谄媚，我讨好，我妒忌，我耍各式各样的小聪明……但在黑夜，白天的种种卑贱和邪恶念头却使自己吃惊，就像朵连格莱看到被灵猫施了魔法的画像，看到了我灵魂被蒙上的灰尘；回忆在我的眼前默默地展开它的画卷，我审视这一天的生活，带着对自己深深的厌恶。我战栗；我诅咒自己。

可怕的不是堕落，而是堕落的时候非常清醒。

我不认为人的堕落全在于客观环境，如果是那样的话，精神力量就完全无能为力了；这个世界就纯粹是物质与力的世界，人也就降低到了禽兽的水平。宗教史上的圣徒可以为了神而献身，唯物主义的诗人把崇高的理想当作自己的神。我没有死，那就说明我还活着。而活的目的是什么？难道仅仅是为了活？如果没有比活更高的东西，活着还有什么意义？

可是，现在我是一切为了活，为了活着而活着。

我想起了普希金的诗句：

当阿波罗还没有向诗人
要求庄严的牺牲的时候，
诗人尽在琐事上盘算，
想着世俗的无谓的烦忧；

他的神圣的竖琴喑哑了,
他的灵魂浸沉于寒冷的梦;
在游戏世界的顽童中间,
也许他比谁过得都空洞。

我何止于"空洞",简直是腐烂!但怎么办?"牺牲",必须要有一个明确的目的。过去朦胧的理想,在它还没有成形时就被批判得破灭了。尽管我也怀疑为什么把能促使人精神高尚起来的东西、把不平凡的抒情力量都否定掉,但我也不得不承认,现实的否定比一切批判都有力!那么,新的理想、新的生活目的究竟应该是什么呢?

据说,我这种家庭出身的人,一生的目的都在于改造自己,但是说"牺牲就是为了改造自己",显然是不合理的。因为那等于说我不死便不能改造好,改造自己也就失去了意义。今天,我已成了自由人,如果说接受惩罚是为了赎罪,那么,惩罚结束了就可说是赎清了"右派"的罪行;如果说释放标志着改造告一段落,那么,对我的改造也就进行得差不多了吧。今后怎么样生活呢?这是不能不考虑的。但是,这个农场并不能使我感到乐观,并不能把我的文化知识发挥出来,以检验我改造的程度。

我虽然自由了,但我觉得我并没有落在某一处实地上,相反,更像是悬浮在四边没有着落的空中……

我脸朝着墙壁。墙角散发着潮湿的霉味和老鼠洞的气味,还有一股淡淡的、温暖的干草味。旁边,老会计在坚忍不拔地磨牙,那不把牙齿咬碎不罢休的格格声,仿佛象征着我们艰辛的未来。棉絮冷似铁,我浑身没有一点热气。"我怎么会落到这种地步"的感叹又油然而生。我经常发这样的感叹。这成了揣摸不透的谜。有时,我觉得劳改之前不过是场大梦,有时,我又觉得现在是场噩梦。第二天醒来我照旧会到课堂上去给学员们讲唐诗宋词,或是在我的书桌前读心爱的莎士比亚。但是肚皮给了我最唯物主义的教育。你不正视现实吗?那就让你挨挨饿吧!

我目前的境遇是铁的现实!

那么,这是宿命吗?但普遍性的饥饿正使千千万万人共享着同样的命运。我耳边又响起了哲学讲师的声音:"个人的命运和国家的命运是联在一起的。"

我悄悄摸了摸枕在我头底下的《资本论》。"也许你还能从那里知道,我们今天怎么会成了这种样子。"现在,只有这本书作为我和理念世界的联系了,只有这本书能使我重新进入我原来很熟悉的精神生活中去,使我从馍馍渣、黄萝卜、咸菜汤和稠稀饭中升华出来,使我和饥饿的野兽区别开……

棉花网套被我微弱的体温慢慢焐暖了。我感到了暖烘烘的、软绵绵的,感到了我的存在。存在是什么?笛卡尔说,我思,故我在。活着多么好,能够思想多么好!好得我都不想睡觉……但我还是睡着了。

……

十六

外面已是一片银白色的世界。初雪把广阔无垠的大地一律拉平,花园也好,荒村也罢,全都失去了各自的特色,到处美丽得耀眼炫目,使人不能想象这个世界上竟会有几分钟之前发生的那种荒诞的丑剧,不能想象人会有那种龌龊得对自己也没有什么好处的心地。

啊,大自然,你每隔一段时间就要用你的默默无言来教诲我们净化自己!

她的一串脚步印在洁白的雪地上,给人一种轻盈而又温暖的感觉。她回去也踏着来时的足迹:均匀、整齐、毫不零乱,拐弯处弧线优美,精致得像一串珍珠项链。我仔细地踩着她的脚印走,像沿途把那宝贵的东西拾起来,一粒一粒地,一粒一粒地……装在我的心里。

我敲敲门。她不说“请进”、“进来”,而是在屋里大声喊:“推嘛,门开着的嘛!”

她斜坐在炕上逗弄孩子。这是个两岁多的孩子,穿着一身和她棉袄的花布一样花色的小棉袄,看来是个女孩,却又推了个平头,眉毛也很浓,长着一副男孩子的样子。见我进来,孩子和她都嘻嘻地笑出了声,但看见我也笑时,孩子却吓得往她怀里直躲。我有点无趣。我想,我的模样一定挺吓人,连笑脸也是可怕的吧。

“在哪儿打炉子?”我问,“有瓦刀没有?还要土坯和砖……”

“你忙啥?!”她长得很匀称的细长的手摩挲着孩子,朝我笑着说,“看你这棺材瓤子,干活倒挺积极!你先坐会儿。”

“棺材瓤子”!可怕而又可笑。我把我这副“棺材瓤子”坐在那不能移动的土坯砌的凳子上。房里没有火,却和我们“家”一样暖和。这种暖和是温和的、全面的暖,不像火炉那样只烤一面,还带着逼人的炙灼。这是农家火炕的作用。我看着那贫穷而整洁的炕,突然产生了一种对家的向往。家,不是谢队长说的“家”,而是真正的家。经过四年严酷的强制性集体劳动和濒于死亡的饥饿,种种不切实际的雄心壮志和布尔乔亚式的罗曼蒂克的幻想,全抛到了东洋大海。我心里记得《叶甫根尼·奥涅金》中的几句诗,这几句诗倒能说明我现在的理想。

有个主妇,
还有一罐牛肉白菜汤,
一大罐牛肉白菜汤——
这就是我现在的理想。

她继续安抚着孩子,没有理我。我呆呆地坐在土坯凳子上,不觉低下了头。我心里猝然涌起了一阵失望的悲哀。不知是对原先希望的失望,还是对“主妇”和“牛肉白菜汤”的失望,抑或是对所有希望都失去了希望……总之,我进到这小小的、简陋的,然而又弥漫着一种不可言状的温馨的土房里,好像更清楚地看到了我目前状况的可悲……

不知她注意到我的表情没有,她哄好孩子,把孩子放在炕上,轻捷地跳下炕,掀开锅台上的锅盖,拿出一个白面馍馍,爽气地伸到我面前:

"给!"

我大吃一惊!用惶惑的眼睛看看馍馍,又看看她。她坦然地站在我面前,眼神里有掩饰不住的温柔与怜悯,但绝对没有一丝嘲笑和鄙薄。

我不敢接。因为这样的东西在这样的时候太贵重了,贵重得令人不敢相信这是能无代价地馈赠的。疑惧和望外的喜悦搅在一起,使我晕眩起来。

孩子在炕上叫唤她了:"妈妈,妈妈……"小手抓挠着往炕边爬来。她一把把馍馍塞在我的怀里,转身又坐到炕沿上抱起孩子,头顶着孩子的头,边摇晃边唱:

打箩箩,磨面面,
舅舅来了做饭饭。
擀白面,舍不得;
下黑面,丢人哩!
给舅舅宰个大公鸡,
公鸡叫鸣哩!
宰个大母鸡,
母鸡下蛋哩!
给舅舅擀上两张齐花面,
舅舅喝面汤,
我吃一大碗!

她是唱,而不是像一般妇女念儿歌时那样朗诵,不但有节拍,并且有旋律。旋律在多变中带着单纯的稚气。她爽朗的声音,快活的曲调,诙谐的歌词,搂着孩子像玩跷跷板似的摇上摇下的天真的神态,和孩子叽叽嘎嘎的笑声溶在一起,在这小土房里荡漾。只有丝毫未脱孩子气的人才能这样与孩子、与这首别致的儿歌浑然无间。任何人都不能怀疑她的纯真。她给我这个珍贵的东西在她来说是非常自然的,是没有目的的,全然出于她的好心。

不过,我还是嗫嚅地说:

"我不饿,给孩子吃吧。"我把馍馍向孩子伸过去。

"她刚吃了,"她说,"你吃吧,吃吧。"

可是孩子伸出手来嚷嚷:"我吃,我吃。"

"尔舍,听话!"她把孩子往炕里挪去,不让孩子的手够着我手中的馍馍。旋即跳下炕,又揭开锅盖,拿出一个蒸熟的土豆。

"给!尔舍,你看这是啥?你吃这个。"

孩子笑了,接过去,用小手笨拙地剥着皮。

因为她纯真的慷慨,我更不忍心吃掉她给的这样珍贵的东西了。我的饥饿感,被对这个馍馍的珍惜抑制住了。我甚至觉得有点“暴殄天物”,我的肚皮,是随便什么都可以填满的,何必要吃这么贵重的食品呢?我很想把这个馍馍换两个还在笼屉上放着的土豆——我的近视眼对食物却异常敏锐,她一掀一盖锅之间,我就看见笼屉上放满了土豆。可是,我又不好意思说出口。

她见我还把馍馍拿在手里,指着我对孩子说:

“说:‘叔叔,你吃,你吃吧。’说!”

孩子把塞在嘴里的土豆取出来,用沾满土豆泥的小手指着我:

“吃,你吃,你吃嘛!”

“我不吃,”我酸楚地对孩子说,“留给你爸爸吃,好不好?”

“嘻嘻!”她又笑了,“她爸爸在爪哇国哩!你吃了吧。你看,你们念过书的人尽来这个虚套套!”

我不知道她说的这个“爪哇国”是什么意思。我只知道古典小说中常把非常遥远的或根本没有的地方叫“爪哇国”,而这个地区农民的许多日常用语还保留着古汉语的特色。那么,是她丈夫在很远很远的地方呢?还是孩子现在没有爸爸?

“那么……还是,你自己留着吃吧。”我眼睛看着锅,想把馍馍仍放进去。如果她再客气的话,我就可以说我吃两个土豆就行了。

“你看你这个没起色的货!”不料,她勃然嗔怒了,“扶不起个搁不起!那你把馍馍给我放下,你哪儿来的还滚到哪儿去吧!”她掉转身搂着孩子,眼睛也不看我了。

我尴尬地两手捧着馍馍不知所措,和端着一盆盛得满满的热汤不知放在什么地方好似的。

“你,你不是说要打炉子么?”

“打个球!”她又忍不住嘻嘻笑了,“我的炉子是喜喜子给我打的,也好烧着哩。是这么回事:昨天休息,我把喜喜子拾来的麦子推了点白面,蒸了五个馍馍。喜喜子一个,我一个,娃娃两个,还有一个,我就想着给你。可我昨天找你找不见……没酵子,只好蒸死面的。你凑合着吃吧。白面我还有哩,酵子我也酦下了,下次就能吃酦面的了。”

还有下次!我也不好问她为什么“想着”给我。这是不礼貌的。除了怜悯,还能为什么呢?我不像“营业部主任”、中尉和老会计几个人,一出劳改农场就把那层皮扒了,换上家里寄来的干部服。我一身棉衣棉裤还是劳改农场发的。这种没有领子、三个贴兜的衣服,和脸上的金印同样是受惩罚的记号。布,近似于医用的纱布,刚穿几天就磨了几个窟窿,现在又硬得跟甲壳一样,我缩在这样一套棉衣棉裤里,如同一只蛹没有成熟就死在茧里似的。

沉默了一会儿,她见我低着头,看着手中的馍馍,有要吃的意思,就又掀开那土台子的布帘,端出一碟咸萝卜,拿出一双筷子,用手抹了抹,放在我的旁边。

“以后,你肚子饿了你就来。那天我看你,脸都发灰了,跟伊不利斯①一个样……”不知她想起了什么,突然又嘻嘻笑了。可是她马上忍住笑,抿着嘴,坐在炕上瞅着我。

---

① 伊不利斯,阿拉伯语,魔鬼。

经过这一番推让,我当然要吃了。“恭敬不如从命”。但我很不好意思在她面前吃东西,我那致命的虚荣心还没有完全丢掉。同时,我知道我现在的吃相很不好,我怕一个女人看见我狼吞虎咽的模样。

她不理解我这种心理,也不懂得不要坐在旁边看客人吃东西的社交礼貌,奇怪地问:“吃吧,还等啥?”又催促我,“快吃,一会儿说不定来人哩。”

是的,这倒有点可怕。今天农工们都休息,很可能有人来她这儿串门子。看见我在她这里吃东西,这多不好!我又不能把这珍贵的食物拿到我们“家”去享用,那里还有好几双眼睛!

我慢慢地把馍馍拿起来。

这确实是个死面馍馍,面雪白雪白,她一定箩过两道。因为是死面馍馍,所以很结实,有半斤多重,硬度和弹性如同垒球一样。我一点点地啃着、嚼着,啃着、嚼着……尽量表现得很斯文。我已经有四年没有吃过白面做的面食了——而我统共才活了二十五年。它宛如外面飘落的雪花,一进我的嘴就融化了。它没有经过发酵,还饱含着小麦花的芬芳,饱含着夏日的阳光,饱含着高原的令人心醉的泥土气,饱含着收割时的汗水,饱含着一切食物的原始的香味……

忽然,我在上面发现了一个非常清晰的指纹印。

它就印在白面馍馍的表皮上,非常非常的清晰,从它的大小,我甚至能辨认出来它是个中指的指印。从纹路来看,它是一个“罗”,而不是“箕”,一圈一圈的,里面小,向外渐渐地扩大,如同春日湖塘上小鱼喋起的波纹。波纹又渐渐荡漾开去,荡漾开去……

噗!我一颗清亮的泪水滴在手中的馍馍上了。

她大概看见了那颗泪水。她不笑了,也不看我了,返身躺倒在炕上,搂着孩子,长叹一声:

“唉——遭罪哩!”

她的“唉”不是直线的,而是咏叹调式的。表现力丰富,同情和爱惜多于怜悯。她的叹息,打开了我泪水的闸门,在“营业部主任”作践我时没有流下的眼泪,这时无声地向外汹涌。我的喉头哽塞住了,手中的半个馍馍,怎么也咽不下去。

土房里一时异常静谧。屋外,雪花偶尔地在纸窗上飘洒那么几片;炕上,孩子轻轻地吧唧着小嘴。而在我心底,却升起了威尔第《安魂曲》的宏大旋律,尤其是《拯救我吧》那部分更回旋不已。

啊,拯救我吧!拯救我吧!……

一会儿,她在炕上,幽幽地对孩子说:

“尔舍,你说:叔叔你放宽心,有我吃的就有你吃的。你说,你跟叔叔说:叔叔你放宽心,有我吃的就有你吃的……”

从声音上判断,孩子的脸向我转过来。

“叔叔,你放心。叔叔,你放心……”

孩子越说越来劲儿,可能她觉得这句她尚未理解的话很好玩,站起来朝炕沿边跨了跨,小手指着我:

"叔叔,你放心。叔叔,你放心……"

"还有哇!"她翻起身扶着孩子,"有我吃的就有你吃的。说呀!"

孩子愣了愣,口齿不清地学着:

"有你吃的,就有我吃的。"

她哈哈大笑了,一把搂起孩子,返身把孩子按在炕上,用手指胳肢孩子。

"没起色的货!有我吃的就有你吃的,不是'有你吃的就有我吃的'……没起色的货!没起色的货!……"

她和孩子在炕上打滚,嘻嘻哈哈地闹成一团。屋里的气氛即刻欢快起来,我的心情也开朗了。我很快把馍馍吃完,连咸萝卜也没就。

"还有土豆哩。"她等我吃完了,坐起来,拢了拢头发,把棉袄往下抻了抻,指指炕下的锅台,"土豆还有一锅哩。你自己拿。"

这时,我才有心情看清楚她。

首先让我惊奇的是她面庞上那南国女儿的特色:眼睛秀丽,眸子亮而灵活,睫毛很长,可以想象它覆盖下来时,能够摩擦到她的两颧。鼻梁纤巧,但很挺直,肉色的鼻翼长得非常精致;嘴唇略为宽大,却极有表现力。很多小说中描写女人都把眼睛作为重点,从她脸上,我才知道嘴唇是不亚于眼睛的表现内在感情的部位。线条优美的嘴唇和她瘦削的两腮及十分秀气的鼻子,一起组成了一个迷人的、多变的三角区。她的皮肤比一般妇女黑,但很光滑,只是在鼻子两侧有些不显眼的雀斑。下眼睑也有一圈淡淡的青色。这淡淡的青色,使她美丽的黑色的眸子表现出一种令人难以忘怀的深情。她脸上各个部分配合得是那样地和谐,因而总能给人以愉快与抚慰。从她和我谈的不多的话里,从她的行动举止来看,我感到她的性格是泼辣的、刚强的、爽朗的、热情的。这和她南国女儿式的面庞也极吻合。后来我才了解,这种南国女儿的特色,也是从中亚细亚迁徙过来的民族所具有的。

她的岁数在二十岁到二十五岁之间,不会比我大。

她的名字叫马缨花!

……

二十六

啊!……

我踉踉跄跄地跑回"家"。我头晕得厉害,天旋地转。我摸到墙边,没有脱棉袄,也不顾会把棉花网套扯坏,拉开网套往头上一蒙,倒头便睡。

不久,小土房里其他人也睡下了。老会计在我头顶上灭了灯,嘻嘻溜溜地钻进被窝。万籁俱寂。我想我大概已经死了!

死,多么诱惑人啊!生与死的界限是非常容易逾越的。跨进一步,那便是死。所有的事,羞耻、惭愧、悔恨、痛苦……都一死了之。

我此刻才回忆起来,在此之前,我什么都设想过,甚至想到她会拒绝,打我一耳光,但绝没有想到她会说出那样一句话把我带有邪气的意念扑灭。

“你还是好好地念你的书吧!”这比一记耳光更使我震撼。灵魂里的震撼。这种震撼叫我浑身发抖。

死了吧!死了吧!……

我真的像死了一般,刚才那如爆炸似的激情的拥抱,仿佛已耗去了我全部的生命。但是,我的灵魂还在太阳穴与太阳穴之间的那一片狭窄的空间里横冲直撞,似乎是满怀着憎恨地要撕裂自己的躯壳。我不敢回顾过去二十多天里我的行为举止,然而像是有意惩罚我似的,有一张银幕在我眼帘内部显示出我的种种劣迹,我眼睛闭得越紧,银幕上的影子却越清晰。海喜喜愤怒地指着我的鼻子尖:“你驴日的没少吃!”像闪电之前的雷声叫我战栗。我是靠谁的施舍恢复健康的啊!在那段时间,我就像《梨俱吠陀》里说的,“木匠等待车子坏,医生盼人腿跌断,婆罗门希望施主来”,心怀恶意去扮演着乞讨者的角色。我出主意给她修炕,我跑去给她说故事,我……目的只是在那一碗杂合饭。我清楚地认识到了,我表面上看来像个苦修苦炼的托钵僧,骨子里却是贵公子落魄时所表现出来的依赖性。歌德曾把“不知感激”称为德性:“不愿意表示感激的脾气是难得的,只有一般出众的人物才会有。他们出身于最贫寒的阶级,到处不得不接受人家的帮助;而那些恩德差不多老是被施恩者的鄙俗毒害了。”但在我却是相反,是我的鄙俗把施恩者毒害了。在我逐渐强壮起来的身体里钻出来一个妖魔,和从海滩的瓶子中钻出来的那个魔鬼一样,要把从瓶子里放出他的施恩者吃掉。这原因在哪里呢?这原因就在于我不是“出身于最贫寒的阶级”,公子落难,下层妇女搭救了他,他只要一脱险,马上就想着占有这个妇女,并把这种举动当成一种报答,这不是一种千篇一律的古老的故事吗?

这时,昨天夜里在我脑子里幻想出来的种种欲念,成了佛教密宗里的毗那夜迦,兽头人身的怪物,而马缨花就在这个邪恶的、面目狰狞的怪物手中挣扎!

是的,她最后的那句话,将她给我的食物中注入了仁爱,注入了精神力量。这样,就更叫我无地自容了。

我想忏悔,我想祈祷,但我才发觉,对一个唯物主义者来说,对一个无神论者来说,对现在的我来说,最大的悲哀莫过于忏悔和祈祷都找不到对象。我不信神,所有的神我都不信!我经历过一次“死”以后,全部宗教都在我眼前失去了它们的神圣性质!那么,我能向谁来忏悔,来祈祷呢?人民吗?人民早已把我开除他们的行列——“你活该吧!你现在的行为正证明了我们把你开除出去是对的!那不是某个领导的意志,而是我们全体人民的意志!你已经永远被钉在耻辱柱上了!”

“嘘嘘嘘……嘘嘘嘘……”墙角响起了一阵阵可疑的声音,好像是从一个极其阴暗的世界传来的。但我知道,那不是上帝,也不是魔鬼,那是死的召唤。我很早就对死有一种莫名的迷恋,和酷爱生一样酷爱死。因为那是一个我活着永远不能知道,并且也是一个任何人都不知道的东西,永恒的谜就是永恒的诱惑。很多人都忽视了,死其实是生活的一个重要内容;热爱生活的人最不怕死。尤其,对一个无神论者来说,对现在的我来说,死是最轻松的解脱。一切都会随生命的停止而告终。那么,我就制造了一个永恒的秘密。明天早晨,太阳照样地升起,风照样地刮,云儿照样地飘,农工们照样地出工,而我却变成了一堆没有生气的骨头和肉，就像一只死羊，一条死狗。我的悔恨，我的羞愧，我良心的责备，在这世界上留不下一点痕迹。我死了，我带走了一个秘密，我销毁了我制造的秘密，难道这个秘密还不是永恒的吗？

我在死亡的边缘时极力要活、要活、要活下去，我肚子吃饱了却想死。过去，在没有灵感的时候，在创作苦闷的时候，毒药、绳子、利器、高度和深度都曾对我有过吸引力。现在，我在黑暗中摸索着她给我的那根用布头编的带子。布带柔软而有弹性，它的长度、宽度，耐拉强度都会使我的脖子感到非常舒适。世界上的事是多么奇妙，多么不可思议啊！昨天晚上她给我带子的情景历历在目，她是为了我暖和，为了我活得好，可恰恰我要在这根带子上结束我罪孽深重的一生；她说我连根绳子也没有，是出于对我的同情和爱怜，可恰恰似乎是有意地要送我一个结束生命的工具；我想象我拥抱着她时是多么美好，可恰恰是我拥抱了她以后却悔恨欲死……于是，一种对自己命运的奇怪的念头在脑子里产生出来：我这个没落阶级的家庭出身的最后一代，永远不能接受美好的东西；一切美好的东西在我身上都会起到相反的作用……那么，只有死，才能是最后的解脱了。

于是，我死了！

我全身只剩下头颅，在一片黑茫茫、莽苍苍的大森林里游荡，因为失去了身躯，失去了四肢，头颅只能在空间飞翔。我飘呀、飘呀……飞呀、飞呀……四周是像墙一般密密层层的巨树，高不见顶，遮天蔽日，但茂密的枝叶从不会刷在我的脸上。我的头游在哪里，它们就会像水草似的荡开。我不知道我要往哪里飞，我只觉得有一股力量在托浮着我，推动着我，或是吸引着我，一会儿向这儿，一会儿向那儿飞去……黑暗是透明的，发出蓝幽幽的光；巨树不是立体的，全像舞台上的道具，是一片片的平面竖在四面八方。大森林没有尽头，没有边缘。在这大森林里，所有的树木都是静止的，只是因为我头颅的位移才使它们不断地移动，时而向我逼近，时而远离开我……它们并不特别阴森可怖，阴森可怖是从我自己的脑子里喷射出来的，于是蓝色的黑暗和巨大的树木之间都弥漫着阴森可怖的浓雾。这里绝对没有音响，但我头颅上毕竟有耳朵。这时，有一种雷鸣般洪亮的声音在大森林里庄严地响起来：

"你为什么要死——死——死——死——"

"死"的余音不绝如缕，在巨树之间缭绕，发出"丝丝"的金属声。

我冷笑了。我谁也不怕，既然连死也不怕，还怕什么？！

"这正是我要问你的！"我的头颅大张开嘴，翻起眼睛向四面八方搜寻，但那声音不是发自哪一方，而是在整个森林中回荡。我大声地问那声音：

"我为什么要活——活——活——活——"

"活"的余音也不绝如缕，在巨树之间缭绕，发出"花花"的金属音。

沉默了！那个声音沉默了。像被狂风噎住了嗓子。哈哈！我的问题"你"能回答吗？

我继续在大森林里横冲直撞。我享受到了死的乐趣。

可是,那一株株阴森的巨树越来越稠密了,枝丫纵横,像张在我上上下下的一面没有缝隙的巨网。并且,它们从周遭逐渐逐渐地收拢来,我头颅的天地越来越小了。最后,我头颅只能不动地悬浮在空中,两眼不住地轱辘轱辘乱转;我大张着嘴,喘着粗气。我没有胳膊,我不能抵挡;我没有腿脚,我不能蹬踢。我等待着:难道死了还会遇到什么鬼花样!

那个声音又像山间的回声似的响了起来,带着鬼魂特殊的嗓音,瓮声瓮气地:

“到天堂去吧!到天堂去吧——去吧——去吧——”

“天堂在哪里?”我头颅上淌着冷汗,但我脑子里并没有一丝恐惧,“天堂在哪里?”我用责问的语气大声地喊,“哪里有什么天堂?我不信什么鬼上帝!”难道我死了还要受欺骗!

“超越自己吧——超越自己吧——超越自己吧……对你来说,超越自己就是你的天堂——天堂——天堂——超越自己吧——超越自己吧——超越自己吧——”

这一句话,突然使我流泪了。浑浊的泪水滴滴答答地滚落到我头颅下的浓雾中。是的,“超越自己吧!”这声音不是什么鬼魂的声音,好像是我失落了的那颗心发出的声音。

“超越自己吧!超越自己吧!超越自己就是天堂——天堂——天堂——”

“啊!我怎么样才能超越自己呢?”我绝望地哭叫,“在这穷乡僻壤,这个地方和我一样,好像也被世界抛弃了!我怎么样才能超越自己呢?”

“要和人类的智慧联系起来——要和人类的智慧联系起来——联系起来——联系起来——那个女人是怎么说的——怎么说的——怎么说的——”

那个声音越来越小,好像离我越来越远,最终完全消失了。我的头颅大汗淋漓,像一颗成熟的果子似的力不可支地坠入到浓雾下面,仿佛刚才是那个声音使我的头颅悬浮在空中一样。我觉得我的头颅掉在一片潮湿的泥地上,柔软的、毛茸茸的苔藓贴着我的面颊,还有清露像泪水似的在我脸上流淌。那冰凉的湿润的空气顿时令我十分舒畅。

而这时,巨大的森林里重归宁静,浓雾也逐渐消散。树冠的缝隙开始透下一道阳光,像一把金光灿灿的利剑,从天空直插到地上。与此同时,大森林里不知从什么方向,轻轻地响起了 03 33| 1̇ —|02 22| 7̣ —| 7̣ —|……的钢琴声。啊!那是命运的敲门声!好像是惊惶不安,又好像异常坚定。一会儿,圆号吹出了命运的变化,一股强大的、明朗的、如阳光下的海涛般的乐声朝我汹涌而来,我耳边还响起了贝多芬的话:“我要扼住命运的咽喉,他不能使我完全屈服……啊!能把生命活上几千次该有多美啊!”

……我完全清醒了。我发觉我泪流满面,泪水浸湿了我头下的棉网套。在棉网套下,我摸到了一本精装的坚硬的书——《资本论》。

……

三十七

整整二十年过去了。二十年,五分之一世纪!我们国家和我都摆脱了厄运,付清了历史必须要我们付的代价。还是在那种多雪的春天,我和省文化厅的负责人及制片厂的同志,分乘两辆“丰田”小轿车,带着一部根据我写的长篇小说拍摄的彩色宽银幕影片,到这个农场来举行答谢演出。电影放映完了,场长、书记们把我们送回招待所。我问场长:谢队长在哪里。他甚至不知道有谢队长这个干部;他是一九七八年调来的,大概谢队长早就离开这个农场了吧。

但是,在深夜,我还是从设备很好的招待所里悄悄走出来。月色朦胧,夜凉如冰。我没有惊动司机,独自一人踏上了通往一队的大路。

白皑皑的雪,还是那种白皑皑的雪,把我居住过的一队整个罩住,羊圈那边传来阵阵狗吠,除此之外,夜静得像梦幻一般。我伫立在桥头上,往事如烟如雾,从小桥那边漫卷而来。我耳边分明响起了她的歌声,她的“花儿”,那么清晰,那么悠扬,那么婉转,那么情深:

金山银山八宝山,
檀香木刻下的地板;
若要咱俩的姻缘散,
十二道黄河的水干!

我清清楚楚地看见她向我笑盈盈地迎过来。她飘飞着,雪地上没有留下一点足迹。她仍然是那样美丽、那样健康、那样开朗、那样容光焕发。到我面前,她嘻嘻一笑——啊,那种笑我是多么熟悉!——说:

“就是钢刀把我头砍断,我血身子还陪着你哩!”

……可是,还是静悄悄的夜,还是白茫茫、灰乎乎的雪。除了我,四周没有一个人,没有一点声息……我发觉,一颗清凉的泪水,在我久已干涸的眼眶中流了出来。它是从记忆的深处渗出来的,冰得真如古井中渗出的水滴。是的,人不应该失去记忆,失去了记忆也就失去了自己。我虽然在这里度过了那么艰辛的生活,但也就是在这里开始认识到生活的美丽。马缨花、谢队长、海喜喜……虽然都和我失去了联系,但这些普通的体力劳动者心灵中的闪光点,和那宝石般的中指纹,已经溶进了我的血液中,成了我变为一种新的人的因素。

一九八三年六月,我出席在首都北京召开的一次共和国重要会议。军乐队奏起庄严的国歌,我同国家和党的领导人,同来自全国各地各界有影响的人士一齐肃然起立,这时,我脑海里蓦然掠过了一个个我熟悉的形象。我想,这庄严的国歌不只是为近百年来为民族生存、国家兴盛而奋斗的仁人志士演奏的,不只是为缔造共和国而奋斗的革命先辈演奏的,不只是为保卫国家领土和尊严而牺牲的烈士演奏的……这庄严的乐曲,还为了在共和国成立以后,始终自觉和不自觉地紧紧地和我们共和国、我们党在一起,用自己的耐力和刻苦精神支持我们党,终于探索到这样一条正确道路的普通劳动者而演奏的吧!他们,正是在祖国遍地生长着的"绿化树"呀!那树皮虽然粗糙、枝叶却郁郁葱葱的"绿化树",才把祖国点缀得更加美丽!

而我,一个出身于资产阶级家庭、接受过封建文化和资产阶级文化的知识分子,今天能负起振兴中华的历史使命,在人民大会堂同国家和党的领导人共商国事,我要永远记住在我的灵魂处在深渊的边缘时,是他们,那些普普通通的体力劳动者,给了我物质和精神力量,使我有可能在马克思的书里寻求真理,恰恰是在共和国最困难的时期,获得了对我们国家和党的信心;是他们扶着我的两腋,开始踏上通往这座大会堂的一条红地毯的。

啊,我的遍布于大江南北的、美丽而圣洁的"绿化树"啊!

(原载《十月》1984年第2期)

张贤亮(1936—),宁夏作家。主要作品有《灵与肉》、《男人的风格》、《绿化树》、《男人的一半是女人》等。

《绿化树》是张贤亮拟写的《唯物论者的启示录》系列小说中最早发表的一部中篇。作者通过出色的现实主义描绘,表现了青年知识分子章永麟在20世纪60年代初的困厄历史环境中所走过的一段苦难历程,探索了中国知识分子在特定历史背景下的命运和道路。

章永麟原本是有文化、有教养、会写诗的青年知识分子,却被抛到大西北的偏远农场,受着可怕的饥饿的煎熬,灵与肉遭到残酷的挤压而陷入由求生本能驱使的、盲目地活着的可悲状态。然而未泯的良知,普通劳动者真诚的人性之美,特别是马缨花那带野味的爱和温情的施与,以及马克思《资本论》的启悟,使他又不愿自甘堕落。他痛苦、愧疚、怅惘、悔恨,时时处于自我反省、自我批判之中。作品像一部心灵传奇,将章永麟在特定境遇中追求超越、不断提升着自己的生命,并终于达到信仰马克思主义的心灵历程袒露得细腻真切,撼人心魄,从而为中国当代文学画廊增添了一个复杂而独特的知识分子艺术典型。

马缨花是《绿化树》中另一独具光彩的形象,她在人人面临严重饥饿威胁的时刻,用自己的粮食喂饱了"瘦鸡猴"似的章永麟,以真挚的同情和无私的温爱抚慰了这个不幸者的心。她对受难的章永麟在生活上资助在精神上以母性抚慰,为他在放逐的劳改农场营造了一个安乐的家,使他体味到家的宁静。她由爱怜、同情而生成的爱情,真挚、刚烈,充满了献身精神,超乎情欲之上;然而又含有一种特殊的狡狯,混合着现实生活的甘甜与苦涩!马缨花的性格带有更多的拙朴的原始美,是西北地区落后生产力条件下的自然形态。她的出现,使章永麟的苦难历程充满了某些浪漫情调和传奇色彩。这个寄托着作家审美情感的女性形象,犹如绽放在西北高原贫困农村环境中的一株奇异的花朵,以其特有的诗意和"喜光、耐干旱瘠薄"的绿化树般的品格而令人难以忘怀。可以说,整篇《绿化树》实质上就是对马缨花"母亲"情怀的颂词。

《绿化树》以西北乡村为背景来建构文化行者(知识分子)与"土著"姑娘的恋爱,把章永麟与马缨花的关系定位于施舍与拯救、崇拜与抚慰,从而表现出男性对女性的性别特权,对知识的特权。在这里,知识分子的一厢情愿的幻想和文化优越感在的特定年代里得到了充分地展现。(谢家顺)

受　戒

汪曾祺

明海出家已经四年了。

他是十三岁来的。

这个地方的地名有点怪,叫庵赵庄。赵,是因为庄上大都姓赵。叫做庄,可是人家住得很分散,这里两三家,那里两三家。一出门,远远可以看到,走起来得走一会,因为没有大路,都是弯弯曲曲的田埂。庵,是因为有一个庵。庵叫菩提庵,可是大家叫讹了,叫成荸荠庵。连庵里的和尚也这样叫。"宝刹何处?"——"荸荠庵。"庵本来是住尼姑的。"和尚庙"、"尼姑庵"嘛。可是荸荠庵住的是和尚。也许因为荸荠庵不大,大者为庙,小者为庵。

明海在家叫小明子。他是从小就确定要出家的。他的家乡不叫"出家",叫"当和尚"。他的家乡出和尚。就像有的地方出劁猪的,有的地方出织席子的,有的地方出箍桶的,有的地方出弹棉花的,有的地方出画匠,有的地方出婊子,他的家乡出和尚。人家弟兄多,就派一个出去当和尚。当和尚也要通过关系,也有帮。这地方的和尚有的走得很远。有到杭州灵隐寺的、上海静安寺的、镇江金山寺的、扬州天宁寺的。一般的就在本县的寺庙。明海家田少,老大、老二、老三,就足够种的了。他是老四。他七岁那年,他当和尚的舅舅回家,他爹、他娘就和舅舅商议,决定叫他当和尚。他当时在旁边,觉得这实在是在情在理,没有理由反对。当和尚有很多好处。一是可以吃现成饭。哪个庙里都是管饭的。二是可以攒钱。只要学会了放瑜伽焰口,拜梁皇忏,可以按例分到辛苦钱。积攒起来,将来还俗娶亲也可以;不想还俗,买几亩田也可以。当和尚也不容易,一要面如朗月,二要声如钟磬,三要聪明记性好。他舅舅给他相了相面,叫他前走几步,后走几步,又叫他喊了一声赶牛打场的号子:"格当嘚——",说是"明子准能当个好和尚,我包了!"要当和尚,得下点本,——念几年书。哪有不认字的和尚呢!于是明子就开蒙入学,读了《三字经》、《百家姓》、《四言杂字》、《幼学琼林》、《上论、下论》、《上孟、下孟》,每天还写一张仿。村里都夸他字写得好,很黑。

舅舅按照约定的日期又回了家,带了一件他自己穿的和尚领的短衫,叫明子娘改小一点,给明子穿上。明子穿了这件和尚短衫,下身还是在家穿的紫花裤子,赤脚穿了一双新布鞋,跟他爹、他娘磕了一个头,就随舅舅走了。

他上学时起了个学名,叫明海。舅舅说,不用改了。于是"明海"就从学名变成了法名。

过了一个湖。好大一个湖!穿过一个县城。县城真热闹:官盐店,税务局,肉铺里挂着成边的猪，一个驴子在磨芝麻，满街都是小磨香油的香味，布店，卖茉莉粉、梳头油的什么斋，卖绒花的，卖丝线的，打把式卖膏药的，吹糖人的，耍蛇的，……他什么都想看看。舅舅一劲地推他："快走！快走！"

到了一个河边，有一只船在等着他们。船上有一个五十来岁的瘦长瘦长的大伯，船头蹲着一个跟明子差不多大的女孩子，在剥一个莲蓬吃。明子和舅舅坐到舱里，船就开了。

明子听见有人跟他说话，是那个女孩子。

"是你要到荸荠庵当和尚吗？"

明子点点头。

"当和尚要烧戒疤呕！你不怕？"

明子不知道怎么回答，就含含糊糊地摇了摇头。

"你叫什么？"

"明海。"

"在家的时候？"

"叫明子。"

"明子！我叫小英子！我们是邻居。我家挨着荸荠庵。——给你！"

小英子把吃剩的半个莲蓬扔给明海，小明子就剥开莲蓬壳，一颗一颗吃起来。

大伯一桨一桨地划着，只听见船桨拨水的声音：

"哗——许！哗——许！"

……

荸荠庵的地势很好，在一片高地上。这一带就数这片地高，当初建庵的人很会选地方。门前是一条河。门外是一片很大的打谷场。三面都是高大的柳树。山门里是一个穿堂。迎门供着弥勒佛。不知是哪一位名士撰写了一副对联：

大肚能容容天下难容之事
开颜一笑笑世间可笑之人

弥勒佛背后，是韦驮。过穿堂，是一个不小的天井，种着两棵白果树。天井两边各有三间厢房。走过天井，便是大殿，供着三世佛。佛像连龛才四尺来高。大殿东边是方丈，西边是库房。大殿东侧，有一个小小的六角门，白门绿字，刻着一副对联：

一花一世界
三藐三菩提

进门有一个狭长的天井，几块假山石，几盆花，有三间小房。

小和尚的日子清闲得很。一早起来，开山门，扫地。庵里的地铺的都是箩底方砖，好扫得很，给弥勒佛、韦驮烧一炷香，正殿的三世佛面前也烧一炷香、磕三个头，念三声“南无阿弥陀佛”，敲三声磬。这庵里的和尚不兴做什么早课、晚课，明子这三声磬就全都代替了。然后，挑水，喂猪。然后，等当家和尚，即明子的舅舅起来，教他念经。

教念经也跟教书一样，师父面前一本经，徒弟面前一本经，师父唱一句，徒弟跟着唱一句。是唱哎。舅舅一边唱，一边还用手在桌上拍板。一板一眼，拍得很响，就跟教唱戏一样。是跟教唱戏一样，完全一样哎。连用的名词都一样。舅舅说，念经：一要板眼准，二要合工尺。说：当一个好和尚，得有条好嗓子。说：民国二十年闹大水，运河倒了堤，最后在清水潭合龙，因为大水淹死的人很多，放了一台大焰口，十三大师——十三个正座和尚，各大庙的方丈都来了，下面的和尚上百。谁当这个首座？推来推去，还是石桥——善因寺的方丈！他往上一坐，就跟地藏王菩萨一样，这就不用说了；那一声“开香赞”，围看的上千人立时鸦雀无声。说：嗓子要练，夏练三伏，冬练三九，要练丹田气！说：要吃得苦中苦，方为人上人！说：和尚里也有状元、榜眼、探花！要用心，不要贪玩！舅舅这一番大法要说得明海和尚实在是五体投地，于是就一板一眼地跟着舅舅唱起来：

“炉香乍爇——”

“炉香乍爇——”

“法界蒙熏——”

“法界蒙熏——”

“诸佛现金身……”

“诸佛现金身……”

……

等明海学完了早经，——他晚上临睡前还要学一段，叫做晚经，——荸荠庵的师父们就都陆续起床了。

这庵里人口简单，一共六个人。连明海在内，五个和尚。

有一个老和尚，六十几了，是舅舅的师叔，法名普照，但是知道的人很少，因为很少人叫他法名，都称之为老和尚或老师父，明海叫他师爷爷。这是个很枯寂的人，一天关在房里，就是那“一花一世界”里。也看不见他念佛，只是那么一声不响地坐着。他是吃斋的，过年时除外。

下面就是师兄弟三个，仁字排行：仁山、仁海、仁渡。庵里庵外，有的称他们为大师父、二师父；有的称之为山师父、海师父。只有仁渡，没有叫他“渡师父”的，因为听起来不像话，大都直呼之为仁渡。他也只配如此，因为他还年轻，才二十多岁。

仁山，即明子的舅舅，是当家的。不叫“方丈”，也不叫“住持”，却叫“当家的”，是很有道理的，因为他确确实实干的是当家的职务。他屋里摆的是一张账桌，桌子上放的是账簿和算盘。账簿共有三本。一本是经账，一本是租账，一本是债账。和尚要做法事，做法事要收钱，——要不，当和尚干什么？常做的法事是放焰口。正规的焰口是十个人。一个正座，一个敲鼓的，两边一边四个。人少了，八个，一边三个，也凑合了。荸荠庵只有四个和尚，要放整焰口就得和别的庙里合伙。这样的时候也有过。通常只是放半台焰口。一个正座，一个敲鼓，另外一边一个。一来找别的庙里合伙费事；二来这一带放得起整焰口的人家也不多。有的时候，谁家死了人，就只请两个，甚至一个和尚咕噜咕噜念一通经，敲打几声法器就算完事。很多人家的经钱不是当时就给，往往要等秋后才还。这就得记账。另外，和尚放焰口的辛苦钱不是一样的。就像唱戏一样，有份子。正座第一份。因为他要领唱，而且还要独唱。当中有一大段"叹骷髅"，别的和尚都放下法器休息，只有首座一个人有板有眼地曼声吟唱。第二份是敲鼓的。你以为这容易呀？哼，单是一开头的"发擂"，手上没功夫就敲不出迟疾顿挫！其余的，就一样了。这也得记上：某月某日、谁家焰口半台，谁正座，谁敲鼓……省得到年底结账时赌咒骂娘。……这庵里有几十亩庙产，租给人种，到时候要收租。庵里还放债。租、债一向倒很少亏欠，因为租佃借钱的人怕菩萨不高兴。这三本账就够仁山忙的了。另外香烛灯火、油盐"福食"，这也得随时记记账呀。除了账簿之外，山师父的方丈的墙上还挂着一块水牌，上漆四个红字："勤笔免思"。

仁山所说当一个好和尚的三个条件，他自己其实一条也不具备。他的相貌只要用两个字就说清楚了：黄，胖。声音也不像钟磬，倒像母猪。聪明么？难说，打牌老输。他在庵里从不穿袈裟，连海青直缀也免了。经常是披着件短僧衣，袒露着一个黄色的肚子。下面是光脚趿拉着一双僧鞋，——新鞋他也是趿拉着。他一天就是这样不衫不履地这里走走，那里走走，发出母猪一样的声音"哂——哂——"。

二师父仁海。他是有老婆的。他老婆每年夏秋之间来住几个月，因为庵里凉快。庵里有六个人，其中之一，就是这位和尚的家眷。仁山、仁渡叫她嫂子，明海叫她师娘。这两口子都很爱干净，整天的洗涮。傍晚的时候，坐在天井里乘凉。白天，闷在屋里不出来。

三师父是个很聪明精干的人。有时一笔账大师兄扒了半天算盘也算不清，他眼珠子转两转，早算得一清二楚。他打牌赢的时候多，二三十张牌落地，上下家手里有些什么牌，他就差不多都知道了。他打牌时，总有人爱在他后面看歪头胡。谁家约他打牌，就说"想送两个钱给你"。他不但经忏俱通（小庙的和尚能够拜忏的不多），而且身怀绝技，会"飞铙"。七月间有些地方做盂兰会，在旷地上放大焰口，几十个和尚，穿绣花袈裟，飞铙。飞铙就是把十多斤重的大铙钹飞起来。到了一定的时候，全部法器皆停，只几十副大铙紧张急促地敲起来。忽然起手，大铙向半空中飞去，一面飞，一面旋转。然后，又落下来，接住。接住不是平平常常地接住，有各种架势，"犀牛望月"、"苏秦背剑"……这哪是念经，这是耍杂技。也许是地藏王菩萨爱看这个，但真正因此快乐起来的是人，尤其是妇女和孩子。这是年轻漂亮的和尚出风头的机会。一场大焰口过后，也像一个好戏班子过后一样，会有一个两个大姑娘、小媳妇失踪，——跟和尚跑了。他还会放"花焰口"。有的人家，亲戚中多风流子弟，在不是很哀伤的佛事——如做冥寿时，就会提出放花焰口。所谓"花焰口"就是在正焰口之后，叫和尚唱小调，拉丝弦，吹管笛，敲鼓板，而且可以点唱。仁渡一个人可以唱一夜不重头。仁渡前几年一直在外面，近两年才常住在庵里。据说他有相好的，而且不止一个。他平常可是很规矩，看到姑娘媳妇总是老老实实的，连一句玩笑话都不说，一句小调山歌都不唱。有一回，在打谷场上乘凉的时候，一伙人把他围起来，非叫他唱两个不可。他却情不过，说："好，唱一个。不唱家乡的。家乡的你们都熟。唱个安徽的。”

姐和小郎打大麦,
一转子讲得听不得。
听不得就听不得,
打完了大麦打小麦。

唱完了,大家还嫌不够,他就又唱了一个:

姐儿生得漂漂的,
两个奶子翘翘的。
有心上去摸一把,
心里有点跳跳的。
……

这个庵里无所谓清规,连这两个字也没有人提起。

仁山吃水烟,连出门做法事也带着他的水烟袋。

他们经常打牌。这是个打牌的好地方。把大殿上吃饭的方桌往门口一搭,斜放着,就是牌桌。桌子一放好,仁山就从他的方丈里把筹码拿出来,哗啦一声倒在桌上。斗纸牌的时候多,搓麻将的时候少。牌客除了师兄弟三人,常来的是一个收鸭毛的,一个打兔子兼偷鸡的,都是正经人。收鸭毛的担一副竹筐,串乡串镇,拉长了沙哑的声音喊叫:

“鸭毛卖钱——!”

偷鸡的有一件家什——铜蜻蜓。看准了一只老母鸡,把铜蜻蜓一丢,鸡婆子上去就是一口。这一啄,铜蜻蜓的硬簧绷开,鸡嘴撑住了,叫不出来了。正在这鸡十分纳闷的时候,上去一把薅住。

明子曾经跟这位正经人要过铜蜻蜓看看。他拿到小英子家门前试了一试,果然!小英的娘知道了,骂明子:

“要死了!儿子!你怎么到我家来玩铜蜻蜓了!”

小英子跑过来:

“给我!给我!”

她也试了试,真灵,一个黑母鸡一下子就把嘴撑住,傻了眼了!

下雨阴天,这二位就光临荸荠庵,消磨一天。

有时没有外客,就把老师叔也拉出来,打牌的结局,大都是当家和尚气得鼓鼓的:

“╳妈妈的!又输了!下回不来了!”

他们吃肉不瞒人。年下也杀猪。杀猪就在大殿上。一切都和在家人一样,开水、木桶、尖刀。捆猪的时候,猪也是没命地叫。跟在家人不同的,是多一道仪式,要给即将升天的猪念一通“往生咒”,并且总是老师叔念,神情很庄重:

"……一切胎生、卵生、息生,来从虚空来,还归虚空去。往生再世。皆大欢喜。南无阿弥陀佛!"

三师父仁渡一刀子下去,鲜红的猪血就带着很多沫子喷出来。

……

明子老往小英子家里跑。

小英子的家像一个小岛,三面都是河,西面有一条小路通到荸荠庵。独门独户,岛上只有这一家。岛上有六棵大桑树,夏天都结大桑葚,三棵结白的,三棵结紫的;一个菜园子,瓜豆蔬菜,四时不缺。院墙下半截是砖砌的,上半截是泥夯的。大门是桐油油过的,贴着一副万年红的春联:

向阳门第春常在
积善人家庆有余

门里是一个很宽的院子。院子里一边是牛屋、碓棚;一边是猪圈、鸡窠,还有个关鸭子的棚栏。露天地放着一具石磨。正北面是住房,也是砖基土筑,上面盖的一半是瓦,一半是草。房子翻修了才三年,木料还露着白茬。正中是堂屋,家神菩萨的画像上贴的金还没有发黑。两边是卧房。隔扇窗上各嵌了一块一尺见方的玻璃,明亮亮的,——这在乡下是不多见的。房檐下一边种着一棵石榴树,一边种着一棵栀子花,都齐房檐高了。夏天开了花,一红一白,好看得很。栀子花香得冲鼻子。顺风的时候,在荸荠庵都闻得见。

这家人口不多。他家当然是姓赵。一共四口人:赵大伯、赵大妈,两个女儿,大英子、小英子。老两口没有儿子。因为这些年人不得病,牛不生灾,也没有大旱大水闹蝗虫,日子过得很兴旺。他们家自己有田,本来够吃的了,又租种了庵上的十亩田。自己的田里,一亩种了荸荠,——这一半是小英子的主意,她爱吃荸荠,一亩种了茨菰。家里喂了一大群鸡鸭,单是鸡蛋鸭毛就够一年的油盐了。赵大伯是个能干人。他是一个"全把式",不但田里场上样样精通,还会罩鱼、洗磨、凿砻、修水车、修船、砌墙、烧砖、箍桶、劈篾、绞麻绳。他不咳嗽,不腰疼,结结实实,像一棵榆树。人很和气,一天不声不响。赵大伯是一棵摇钱树,赵大娘就是个聚宝盆。大娘精神得出奇。五十岁了,两个眼睛还是清亮亮的。不论什么时候,头都是梳得滑滴滴的,身上衣服都是格铮铮的。像老头子一样,她一天不闲着。煮猪食,喂猪,腌咸菜,——她腌的咸萝卜干非常好吃,舂粉子,磨小豆腐,编蓑衣,织芦苇。她还会剪花样子。这里嫁闺女,陪嫁妆,磁坛子、锡罐子,都要用梅红纸剪出吉祥花样,贴在上面,讨个吉利,也才好看:"丹凤朝阳"呀、"白头到老"呀、"子孙万代"呀、"福寿绵长"呀。二三十里的人家都来请她:"大娘,好日子是十六,你哪天去呀?"——"十五,我一大清早就来!"

"一定呀!"——"一定!一定!"

两个女儿,长得跟她娘像一个模子里托出来的。眼睛长得尤其像,白眼珠鸭蛋青,黑眼珠棋子黑,定神时如清水,闪动时像星星。浑身上下,头是头,脚是脚。头发滑滴滴的,衣服格铮铮的。——这里的风俗,十五六岁的姑娘就都梳上头了。这两个丫头,这一头的好头发!通红的发根,雪白的簪子!娘女三个去赶集,一集的人都朝她们望。

姐妹俩长得很像,性格不同。大姑娘很文静,话很少,像父亲。小英子比她娘还会说,一天咭咭呱呱地不停。大姐说:

“你一天到晚咭咭呱呱——”

“像个喜鹊!”

“你自己说的!——吵得人心乱!”

“心乱?”

“心乱!”

“你心乱怪我呀!”

二姑娘话里有话。大英子已经有了人家。小人她偷偷地看过,人很敦厚,也不难看,家道也殷实,她满意。已经下过小定,日子还没有定下来。她这二年,很少出房门,整天赶她的嫁妆。大裁大剪,她都会。挑花绣花,不如娘。她可又嫌娘出的样子太老了。她到城里看过新娘子,说人家现在绣的都是活花活草。这可把娘难住了。最后是喜鹊忽然一拍屁股:“我给你保举一个人!”

这人是谁?是明子。明子念《上孟下孟》的时候,不知怎么得了半套《芥子园》,他喜欢得很。到了荸荠庵,他还常翻出来看,有时还把旧账簿子翻过来,照着描。小英子说:“他会画!画得跟活的一样!”

小英子把明海请到家里来,给他磨墨铺纸,小和尚画了几张,大英子喜欢得了不得:

“就是这样!就是这样!这就可以乱孱!”——所谓“乱孱”是绣花的一种针法:绣了第一层,第二层的针脚插进第一层的针缝,这样颜色就可由深到淡,不露痕迹,不像娘那一代绣的花是平针,深浅之间,界限分明,一道一道的。小英子就像个书童,又像个参谋:

“画一朵石榴花!”

“画一朵栀子花!”

她把花掐来,明海就照着画。

到后来,凤仙花、石竹子、水蓼、淡竹叶、天竺果子、腊梅花,他都能画。

大娘看着也喜欢,搂住明海的和尚头:

“你真聪明!你给我当一个干儿子吧!”

小英子捺住他的肩膀,说:

“快叫!快叫!”

小明子跪在地下磕了一个头,从此就叫小英子的娘做干娘。

大英子绣的三双鞋,三十里方圆都传遍了。很多姑娘都走路坐船来看。看完了,就说:“啧啧啧,真好看!这哪是绣的,这是一朵鲜花!”她们就拿了纸来央大娘求了小和尚来画。有求画帐檐的,有求画门帘飘带的,有求画鞋头花的。每回明子来画花,小英子就给他做点好吃的,煮两个鸡蛋,蒸一碗芋头,煎几个藕团子。

因为照顾姐姐赶嫁妆，田里的零碎生活小英子就全包了。她的帮手，是明子。

这地方的忙活是栽秧、车高田水、薅头遍草，再就是割稻子、打场了。这几茬重活，自己一家是忙不过来的。这地方兴换工。排好了日期，几家顾一家，轮流转。不收工钱，但是吃好的。一天吃六顿，两头见肉，顿顿有酒。干活时，敲着锣鼓，唱着歌，热闹得很。其余的时候，各顾各，不显得紧张。

薅三遍草的时候，秧已经很高了，低下头看不见人。一听见非常脆亮的嗓子在一片浓绿里唱：

栀子哎开花哎六瓣头哎……

姐家哎门前哎一道桥哎……

明海就知道小英子在哪里，三步两步就赶到，赶到就低头薅起草来。傍晚牵牛"打汪"是明子的事。——水牛怕蚊子。这里的习惯，牛卸了轭，饮了水，就牵到一口和好泥水的"汪"里，由它自己打滚扑腾，弄得全身都是泥浆，这样蚊子就咬不透了。低田上水，只要一挂十四轧的水车，两个人车半天就够了。明子和小英子就伏在车杠上，不紧不慢地踩着车轴上的拐子，轻轻地唱着明海向三师父学来的各处山歌。打场的时候，明子能替赵大伯一会，让他回家吃饭。——赵家自己没有场，每年都在荸荠庵外面的场上打谷子。他一扬鞭子，喊起了打场号子：

"格当哞——"

这打场号子有音无字，可是九转十三弯，比什么山歌号子都好听。赵大娘在家，听见明子的号子，就侧起耳朵：

"这孩子这条嗓子！"

连大英子也停下针线：

"真好听！"

小英子非常骄傲地说：

"一十三省数第一！"

晚上，他们一起看场。——荸荠庵收来的租稻也晒在场上。他们并肩坐在一个石磙子上，听青蛙打鼓，听寒蛇唱歌，——这个地方以为蝼蛄叫是蚯蚓叫，而且叫蚯蚓叫"寒蛇"，听纺纱婆子不停地纺纱，"唦——"，看萤火虫飞来飞去，看天上的流星。

"呀！我忘了在裤带上打一个结！"小英子说。

这里的人相信，在流星掉下来的时候在裤带上打一个结，心里想什么好事，就能如愿。

……

"揼"荸荠，这是小英子最爱干的生活。秋天过去了，地净场光，荸荠的叶子枯了，——荸荠的笔直的小葱一样的圆叶子里是一格一格的，用手一捋，哔哔地响，小英子最爱捋着玩，——荸荠藏在烂泥里。赤了脚，在凉津津滑溜溜的泥里踩着，——哎，一个硬疙瘩！伸手下去，一个红紫红紫的荸荠。她自己爱干这生活，还拉了明子一起去。她老是故意用自己的光脚去踩明子的脚。

她挎着一篮子荸荠回去了，在柔软的田埂上留了一串脚印。明海看着她的脚印，傻了。五个小小的趾头，脚掌平平的，脚跟细细的，脚弓部分缺了一块。明海身上有一种从来没有过的感觉，他觉得心里痒痒的。这一串美丽的脚印把小和尚的心搞乱了。

……

明子常搭赵家的船进城，给庵里买香烛，买油盐。闲时是赵大伯划船；忙时是小英子去，划船的是明子。

从庵赵庄到县城，当中要经过一片很大的芦花荡子。芦苇长得密密的，当中一条水路，四边不见人。划到这里，明子总是无端端地觉得心里很紧张，他就使劲地划桨。

小英子喊起来：

"明子！明子！你怎么啦？你发疯啦？为什么划得这么快？"

……

明海到善因寺去受戒。

"你真的要去烧戒疤呀？"

"真的。"

"好好的头皮上烧十二个洞，那不疼死啦？"

"咬咬牙。舅舅说这是当和尚的一大关，总要过的。"

"不受戒不行吗？"

"不受戒的是野和尚。"

"受了戒有啥好处？"

"受了戒就可以到处云游，逢寺挂褡。"

"什么叫'挂褡'？"

"就是在庙里住。有斋就吃。"

"不把钱？"

"不把钱。有法事，还得先尽外来的师父。"

"怪不得都说'远来的和尚会念经'。就凭头上这几个戒疤？"

"还要有一份戒牒。"

"闹半天，受戒就是领一张和尚的合格文凭呀！"

"就是！"

"我划船送你去。"

"好。"

小英子早早就把船划到荸荠庵门前。不知是什么道理，她兴奋得很。她充满了好奇心，想去看看善因寺这座大庙，看看受戒是个啥样子。

善因寺是全县第一大庙，在东门外，面临一条水很深的护城河，三面都是大树，寺在树林子里,远处只能隐隐约约看到一点金碧辉煌的屋顶,不知道有多大。树上到处挂着“谨防恶犬”的牌子。这寺里的狗出名的厉害。平常不大有人进去。放戒期间,任人游看,恶狗都锁起来了。

好大一座庙!庙门的门槛比小英子的肐膝都高。迎门矗着两块大牌,一边一块,一块写着斗大两个大字:“放戒”,一块是:“禁止喧哗”。这庙里果然是气象庄严,到了这里谁也不敢大声咳嗽。明海自去报名办事,小英子就到处看看。好家伙,这哼哈二将、四大天王,有三丈多高,都是簇新的,才装修了不久。天井有二亩地大,铺着青石,种着苍松翠柏。“大雄宝殿”,这才真是个“大殿”!一进去,凉飕飕的。到处都是金光耀眼。释迦牟尼佛坐在一个莲花座上。单是莲座,就比小英子还高。抬起头来也看不全他的脸,只看到一个微微闭着的嘴唇和胖墩墩的下巴。两边的两根大红蜡烛,一搂多粗。佛像前的大供桌上供着鲜花、绒花、绢花,还有珊瑚树、玉如意、整棵的大象牙。香炉里烧着檀香。小英子出了庙,闻着自己的衣服都是香的。挂了好些幡。这些幡不知是什么缎子的,那么厚重,绣的花真细。这么大一口磬,里头能装五担水!这么大一个木鱼,有一头牛大,漆得通红的。她又去转了转罗汉堂,爬到千佛楼上看了看。真有一千个小佛!她还跟着一些人去看了看藏经楼。藏经楼没有什么看头,都是经书!妈吔!逛了这么一圈,腿都酸了。小英子想起还要给家里打油,替姐姐配丝线,给娘买鞋面布,给自己买两个坠围裙飘带的银蝴蝶,给爹买旱烟,就出庙了。

等把事情办齐,晌午了。她又到庙里看了看,和尚正在吃粥。好大一个“膳堂”,坐得下八百个和尚。吃粥也有这样多讲究:正面法座上摆着两个锡胆瓶,里面插着红绒花,后面盘膝坐着一个穿了大红满金绣袈裟的和尚。手里拿了戒尺。这戒尺是要打人的。哪个和尚吃粥吃出了声音,他下来就是一戒尺。不过他并不真的打人,只是做个样子。真稀奇,那么多的和尚吃粥,竟然不出一点声音!她看见明子也坐在里面,想跟他打个招呼又不好打。想了想,管他禁止不禁止喧哗,就大声喊了一句:“我走啦!”她看见明子目不斜视地微微点了点头,就不管很多人都朝自己看,大摇大摆地走了。

第四天一大清早小英子就去看明子。她知道明子受戒是第三天半夜,——烧戒疤是不许人看的。她知道要请老剃头师傅剃头,要剃得横摸顺摸都摸不出头发茬子,要不然一烧,就会“走”了戒,烧成了一片。她知道是用枣泥子先点在头皮上,然后用香头子点着。她知道烧了戒疤就喝一碗蘑菇汤,让它“发”,还不能躺下,要不停地走动,叫做“散戒”。这些都是明子告诉她的。明子是听舅舅说的。

她一看,和尚真在那里“散戒”,在城墙根底下的荒地里。一个一个,穿了新海青,光光的头皮上都有十二个黑点子。——这黑疤掉了,才会露出白白的、圆圆的“戒疤”。和尚都笑嘻嘻的,好像很高兴。她一眼就看见了明子。隔着一条护城河,就喊他:

“明子!”

“小英子!”

“你受了戒啦?”

“受了。”

“疼吗?”

"疼。"

"现在还疼吗?"

"现在疼过去了。"

"你哪天回去?"

"后天。"

"上午?下午?"

"下午。"

"我来接你!"

"好!"

……

小英子把明海接上船。

小英子这天穿了一件细白夏布上衣,下边是黑洋纱的裤子,赤脚穿了一双龙须草的细草鞋,头上一边插着一朵栀子花,一边插着一朵石榴花。她看见明子穿了新海青,里面露出短褂子的白领子,就说:"把你那外面的一件脱了,你不热呀!"

他们一人一把桨。小英子在中舱,明子扳艄,在船尾。

她一路问了明子很多话,好像一年没有看见了。

她问,烧戒疤的时候,有人哭吗?喊吗?

明子说,没有人哭,只是不住地念佛。有个山东和尚骂人:

"俺日你奶奶!俺不烧了!"

她问善因寺的方丈石桥是相貌和声音都很出众吗?

"是的。"

"说他的方丈比小姐的绣房还讲究?"

"讲究。什么东西都是绣花的。"

"他屋里很香?"

"很香。他烧的是伽楠香,贵得很。"

"听说他会做诗,会画画,会写字?"

"会。庙里走廊两头的砖额上,都刻着他写的大字。"

"他是有个小老婆吗?"

"有一个。"

"才十九岁?"

"听说。"

"好看吗?"

"都说好看。"

"你没看见?"

"我怎么会看见?我关在庙里。"

明子告诉她,善因寺一个老和尚告诉他,寺里有意选他当沙弥尾,不过还没有定,要等主事的和尚商议。

“什么叫‘沙弥尾’?”

“放一堂戒,要选出一个沙弥头,一个沙弥尾。沙弥头要老成,要会念很多经。沙弥尾要年轻,聪明,相貌好。”

“当了沙弥尾跟别的和尚有什么不同?”

“沙弥头,沙弥尾,将来都能当方丈。现在的方丈退居了,就当。石桥原来就是沙弥尾。”

“你当沙弥尾吗?”

“还不一定哪。”

“你当方丈,管善因寺?管这么大一个庙?!”

“还早呐!”

划了一气,小英子说:“你不要当方丈!”

“好,不当。”

“你也不要当沙弥尾!”

“好,不当。”

又划了一气,看见那一片芦花荡子了。

小英子忽然把桨放下,走到船尾,趴在明子的耳朵旁边,小声地说:

“我给你当老婆,你要不要?”

明子眼睛鼓得大大的。

“你说话呀!”

明子说:“嗯。”

“什么叫‘嗯’呀!要不要,要不要?”

明子大声地说:“要!”

“你喊什么!”

明子小小声说:“要——!”

“快点划!”

英子跳到中舱,两只桨飞快地划起来,划进了芦花荡。

芦花才吐新穗。紫灰色的芦穗,发着银光,软软的,滑溜溜的,像一串丝线。有的地方结了蒲棒,通红的,像一枝一枝小蜡烛。青浮萍,紫浮萍。长脚蚊子,水蜘蛛。野菱角开着四瓣的小白花。惊起一只青桩(一种水鸟),擦着芦穗,扑鲁鲁飞远了。

……

一九八〇年八月十二日,
写四十三年前的一个梦。

(选自《汪曾祺作品自选集》,漓江出版社1999年版)

汪曾祺(1920—1997),江苏高邮人。著有小说集《邂逅集》、《晚饭花集》、《汪曾祺短篇小说集》等。

《受戒》是汪曾祺的小说代表作之一。作品用抒情笔调描写了一个小和尚和一个村姑的恋爱故事,营造了空门生活与世俗生活交结的特有的文化氛围,打破了人与宗教之间的隔膜,表现了作者对健康人性的呼唤和追求,对人与人之间和谐自然情感的弘扬,同时也含蓄地表现出对清规戒律的否定和批判。

小说以散文化的笔调,平淡含蓄的方式,赞颂了淳朴健康的人性之美,形成独特的艺术风格。作品并不着力于刻画完整的人物性格,而是努力捕捉能够表情达意的人物的神情、动作和话语,从而折射出人物的心灵世界。小说不以情节取胜,结构如行云流水,自然随意。小说有约一半以上的篇幅写庵赵庄的自然环境和民俗风情的。而这里优美的自然风光则铸造了他们自由恬淡的天性。另外,作品语言亲切自然,素朴雅洁。既有口语的鲜活和传神,又有书面语的精妙和雅洁。人物语言切合身份,简洁传神。(高同淳)

北方的河（节选）

张承志

我相信，会有一个公正而深刻的认识来为我们总结的：那时，我们这一代独有的奋斗、思索、烙印和选择才会显露其意义。但那时我们也将为自己曾有的幼稚、错误和局限而后悔，更会感慨自己无法重新生活。这是一种深刻的悲观的基础。但是，对于一个幅员辽阔又历史悠久的国度来说，前途最终是光明的。因为这个母体里会有一种血统，一种水土，一种创造的力量使活泼健壮的新生婴儿降生于世，病态软弱的呻吟将在他们的欢声叫喊中被淹没。从这种观点来看，一切又应当是乐观的。

第一章

他一直望着那条在下面闪闪发光的河。那河近在眼底。河谷和两侧的千沟万壑像个一览无余的庞大沙盘，汽车在呜呜吼着爬坡，紧靠着倾斜的车厢板，就像面临着深渊。他翻着地图，望着河谷和高原，觉得自己同时在看两份比例悬殊的地图。这峡谷好深哪，他想，真不能想象这样的峡谷是被雨水切割出来的。峡谷两侧都是一样均匀地起伏的黄土帽。不，地理书上的概念提醒着他，不叫"黄土帽"，叫"梁"和"峁"。要用概念描述。他又注意地巡视着那些梁和峁，还有沟和壑。这深沟险壑真是雨水冲刷出来的。他望着黄土公路上的小水沟想。早晨下了一场透雨，直到现在水还顺着那些小沟，哗哗地朝着下头深不可测的无定河谷流着。汽车猛地颠了一下，他紧紧握住车厢板，继续打量着底下深谷里蜿蜒的无定河。那浑黄的河水在高原阳光的曝晒下，反射着强烈的光。天空又蓝又远，清澄如洗。黄土帽——梁和峁像大海一样托着那蓝天。淡黄的、微微泛白的梁峁的浪涛和天空溶成了一片。他觉得神清气爽，觉得这大自然既单纯又和谐。"蓝格莹莹的天"，他哼了声民歌，心里觉得很舒服。解放牌大卡车载着他好像在沟壑梁峁的波峰浪谷里疾飞前游。

他对着高原，竭力想把视野里的景观记住。他皱着眉头，回忆着《中国自然地理》中那些专门概念的内容。"曲流宽谷"，突然一个概念跳了出来，他不禁微微笑了。书上把他正在卡车上穿过的这条无定河大河沟叫做"曲流宽谷"。有意思，难道"曲流宽谷"和"拐弯大沟"有什么严格的区别么？不过，在试卷上要是写上"拐弯大沟"或是"老黄土帽中的拐弯河大深沟”,考研究生的事就保险告吹。似乎那本书上还有些更严格的条条框框,但他想不起来了。不过他总算记住了一个“曲流宽谷”,而且是对着地图和大地记住了它。“曲流宽谷”,他又嘟囔了一声,然后转过身来,随即用手牢牢地握住车厢板。

满满一车老农民。他瞧着车里不禁又微笑了,今天他的心情特别好,就像跳高运动员在春季运动会的早晨看见了一个晴朗无风的好天气。一车老农民在解放牌车厢里颠着晃着哪。打盹的打盹,说话的说话。说话的用粗嘎的陕西腔吼着,满不在乎马达的轰鸣和呼呼的风吼。他估计这些农民全都是从自由市场得胜回乡的。早晨在绥德车站买票时,他亲眼看见那个扎蓝边白毛巾的老头口气蛮大地呐喊:“加车,加个大轿子么!咋——加个‘解放’!”可这会儿那老头正稳稳地靠着驾驶室后窗坐着:一面扯着嗓子说着什么,一面警觉又故意不露声色地环顾着车上的动静。那个红脸青年可嫩多啦:两手紧紧捏住一个小黄挎包,一声不吭地背对着众人独坐。后挡板外面翻滚的黄尘一阵阵吞没了他。“枣子! 河畔枣子!”他记得这青年昨天在绥德城关这样瓮声瓮气地叫卖。全是农民。朴实的、小康的、可爱的、自有主意的农民。他们从绥德老城卖了货,挣了钱,现在回来了。那两个白胡子和花白胡子老汉不会是卖货的,应当是串门走亲戚的。他们全回来了。从陕北名城绥德回到他们的无定河两岸上下的窑洞里和庄户院。婆姨和娃娃正轧好了饸饹,扫净了炕席等着他们。层层波涛般的沟壑梁峁和蓝莹莹的天,浊黄的水都在等着他们。他心里觉得踏实。从学校里一出来他就觉得踏实,不管黄土从后挡板上面卷过来时,他怎样呸呸地吐着嘴里的沙子,他还是觉得踏实。这条浑浊的河,这片无边无际的黄土山帽和这蓝得质朴的天,都使他踏实。

他看见车厢左前角站着一个女的。他打量了几秒钟以后就断定,这是个北京人。她背对着他默默站着,他感到这女的有意避着他。两个插队出身的北京学生一眼就能彼此认出来,他猜她准是早就发现了自己。卡车歪歪地闯过一道塄坎,满车农民被颠得东倒西歪,但是那女的还是僵直地站着,坚持着一动不动。这是个和我差不多的,老插队出身的北京姑娘,她在避着我哪。他觉得挺有意思,他不由得又望了望她的背影,他觉得这背影很够味儿。

他愉快地吹了声口哨,把手翻转过来握紧车厢板,重新面对着荒莽的黄土高原。当卡车颠得蹦起来的时候,他开心地回头瞟着车里。在那些农民当中他最佩服那个红脸青年。那个棒小伙严肃庄重地坐在车尾,根本不理睬倒卷来的黄土。好后生,他用陕北式的口气自语着,满怀兴趣地端详着那小伙儿安静老实的模样。真是个安分的朴实后生,浑身肌肉鼓鼓的。他不由得展开手掌,然后又轻易地把车厢板握牢。他觉得他的手很有劲,老破卡车蹦一米高也不会使这双手松开,他心里很愉快。等停车吃饭的时候,他盘算着,我要用陕北话和那后生攀谈一番。“清涧的石板瓦堡的炭,米脂的婆姨绥德的汉”,所以这后生的婆姨应当是米脂人,她这会儿也许正给这小伙儿纳鞋底呢。这一路的高原河水、风气人物都和黄色的梁峁一样让他感受清新。对,他心里说,挑选这个专业是对的,地理科学。单是在这样的大自然和人群里,就使他觉得心旷神怡。汉语专业无论怎么好,也不能和这个比,这才是个值得干的事业。我就选中这些河流作为研究方向,他暗暗地下着决心。

上星期毕业典礼时,教语音学的秦老师最后地对他苦口婆心了一番。而他说,不,秦老师,我还是说实话吧,这一行不对我的心思。论文得个五分,并不能说明我就是搞汉语语音学的材料。我想挑个更对我口味的专业干它一辈子。我很感谢您,真的,老师。我觉得这四年汉语学得很值。将来谁能离得开语言呢?

幸亏颜林他爹是搞自然地理的。没想到当年我和颜林拥有一床皮被在阿勒泰南坡露宿,居然成了今天为一生从事的专业作出选择的机缘。他回想着以前回北京去颜林家串门玩时的情景,那时老头经常坐在一个破沙发上对他畅谈地理知识。那干瘦老头居然能从青藏高原扯到海南岛,从太行山扯到黄果树瀑布。他挖空心思想打败老头,于是亮宝似的把自己串联去过的地方一个个说出来。而老头随着他不安分的思路,如数家珍地大讲那些地方的地质成因、地貌特点,以及有什么河,河拐什么弯,夏天有多大洪水,冬天结多厚的冰。这还不算,连山上有什么岩洞,树上长什么叶子,老百姓种什么庄稼,老头全一清二楚。每次他离开颜林家时都暗暗称奇。哦,没想到,他想,原来那时听的故事已经在我心里扎根发芽啦。

他极端尊重秦老师的语音学,特别是方言调查理论。他在写毕业论文的那段时间里,不仅真真切切地触到了科学的冰凉而坚实的质地,而且有些天他几乎被这种不苟一音的、规律强大的领域迷住了。可是,当他熬到半夜,最后把三千字的一节删得只剩下二百来字的干货,终于扔掉笔,卷了一根烟点燃,靠在下铺同学的被子上以后,他又觉得不对劲。他惊奇地感到自己胸膛里的那颗心正慢慢苏醒过来,一层层重新滋润,一下下不安地敲打着他的胸肌。那颗心就好像小时候的二宝,热情地爬上他家窗台,邀他上哪儿去疯玩胡逛。这可不行!他害怕了,语音学要用三倍的安静,十倍的细致,循着铁轨一般的规律默默地干。这行当不太照顾他这颗小兔子般的心脏。那天晚上他失眠了,辗转地考虑了大半夜。后来他曾经拐弯抹角地找过起码一打教授和副教授,打探各种专业的底细。后来有一次颜林的老爹出差来新疆,到他们学校看他,他问道:"一个有四年制汉语专业本科生基础,一门半外语,六年插队新疆历史,具有一定热情和干劲,身体条件良好的三十多岁老青年——究竟选择什么职业最好?"瘦老头斩钉截铁地回答:"地理。毫无疑问,只有地理。"

他不禁苦笑了,眼睛还出神地盯着那个红脸后生。没想到这些话当了真:还有三个月,也许是两个月,他就要走上人文地理学研究生考试的考场。如果能参加人文地理学的考试,他就不用害怕自己的文科出身和高等数学的威胁。而据颜林他爹说,北京有位姓柳的老教授,几十年一直研究人文地理,目前正要大开山门,物色门徒。一切信号都是绿色,一切迹象都像这陕北高原的气息一样,显示着生机和美好。他在毕业前那阵乱哄哄的日子里啃完了一大堆地理系的讲义、小册子和一本《地表水》,并且刚刚把德国地理学家李希霍芬(Richthofen)的名著《中国》日文版第一卷借到了手。现在,天空晴朗湛蓝,风儿正吹满篷帆,他朝着亲自选定的那个目标启碇开航了。

促使他最后斩断了种种迟疑的是毕业分配。"计划生育办公室"?他气得火冒三丈。秦老师惋惜地说,这是照顾你家在北京,只有这么一个名额啦。他铁青着脸什么也没有说,他知道秦老师也很不舒服,因为这个结果对她谆谆开导他的那些方言调查理论也是一个大嘲笑。等秦老师端着饭盒走开以后,他突然狂怒地把两个饭碗砸在水泥地上。他踩着粉碎的白瓷片,撞开拥塞的人群一直冲出了食堂。他当天就去图书馆借来了地理系的讲义。

那个红脸膛的陕北小伙儿突然站了起来,朝他憨憨地一笑。满车赚足了钱的农民都拍打着身上的黄土——卡车正慢慢地停住。他吃惊地朝车外一望:

青羊坪——三个白粉大字一下映入了他的眼睛。

他一下车就觉得眼花缭乱。炫目的阳光直射着这个河岸台地上的小镇。一点儿也回忆不起来啦,他惊奇地想。他完全回忆不起当年这里有些什么建筑和什么景物。那时我急得心火上蹿,因为我连自己被大卡车拉到了哪里全都不知道。他感慨地走在一条土巷子里,默默地想着。那天,为了避免暴露扒车者身份,他只是查对着一本薄薄的《革命串联地图》,猜测着卡车前进的方向。他只猜对了一点:这车从绥德东关一钻出来,就根本没有去什么军渡或宋家川,而是一头向东南扎下去,顺着无定河的大深沟,顺着"曲流宽谷"。

他追了两步,赶上那个红脸小伙子,在他肩头上拍了一下:"后生,"那小伙儿朝他转过晒得红红的脸来,清澈单纯的大眼望着他。"吃饭嗑么,后生?"他问。那次来陕北,他一共学会了三句陕北话:嗑、解下、相跟上。前两句一个是"去",一个是"懂",第三个和普通话意思一样,因为这说法又淳朴又文雅,所以他也一并记住了。这时他兴致勃勃地试验了第一句。

那后生又憨憨地笑了,赤裸的粗脖颈闪着健康的黑红色,"嗯。"他不好意思地答道。

"相跟上——咱们一块去吧!"他只说了半句陕北话,库存就空了。"我的话,你解下解不下?"他干脆把最后一句也抛了出来。幸好那后生宽容地说:"解下了。"于是他俩相跟上顺着土巷子往前走。

街巷上小饭棚、小客店鳞次栉比。他和那后生买了些白荞麦面皮的、包着粉条、菜和一点清油的馅饼。那饼炸得又黄又脆,他香甜地边走边吃,和那后生攀谈着,不断地使用"嗑、解下、相跟上"三个陕北词。当他们会钞时,他瞥见了黄帆布包里露出来一捆鲜艳金红的毛线。给婆姨的么?他逗那后生说。后生红着脸又憨憨地笑了,清澈的大眼躲着他。他想象着那个将要用这金红的毛线织成毛衣的陕北女人的模样。那女人的样子他知道。他猜得出,那一定是个像蓝花花或者李香香一样的,黑红又健美的女人,见了人羞得抬不起头,束着条蓝花布缝成的围裙。

"混纺的么?"后生红着脸把那金红毛线推了过来,请他鉴定。

"嗯。不——这种比混纺的还好。"他夸奖地说。毫无疑问,蓝花花和李香香穿上尼龙混纺的毛衣也会爱她们卖河畔枣、拦老绵羊的哥哥的。他在新疆插过六年队,他懂得,他解得下这个。快开车了,他俩收拾好毛线,朝那辆风尘仆仆的卡车走去。他们俩相帮着爬上车,我们已经成了朋友啦,他心里感到非常清爽。

接着这卡车将要开到黄河边去,顺着无定河最后的一段河谷一直开到黄河西岸。这辆解放牌卡车马上就要登上那段路程。那段路他曾经饿着肚子走了整整一个下午。

他觉得有些心跳,有种苍老的、他觉得不是自己该有的慨叹般的情绪在堵着胸腔。卡车发动了,呜呜地哼着转过一个黄土山嘴,当卡车在山嘴上头换了档,发出一种均匀的吼声时,他的眼睛亮了:他认出了这个地方。

真是这里,他默念着,真是这条路。我全认出来啦,我想起来啦。十几年前,他就是从这个山嘴转过来,一步步踏上被暴雨冲得沟渠纵横的道路的。他把最后一块白荞麦粉条馅饼塞进嘴里,用两只手握牢车厢板,开始专注地望着渐渐向前方倾斜下去的高原。瞧,这些山沟和老黄土帽,朝着黄河倾斜下去啦,朝着黄河,整个陕北高原都在倾斜。他出神地想,这陕北高原对黄河的倾斜是默默的,不露痕迹的,就像红脸后生对他的蓝花花婆姨一样。这不像你,他嘲笑自己说,你现在是强忍着激动。你从新疆大学校门到火车站,曾经给同学吹了一路,吹你对这条河的向往。

"喂,喂!"他听见一个女人的声音在唤着他。他转过身来。原来是她,她一直背着车厢站着。"喂,你是去河底村么?"那女的轻轻问他。他觉得她满口典型的北京知识青年腔。

他和她互相谈了一会儿。她告诉他自己是某小报的摄影记者;他也介绍说,他是新疆大学的应届毕业生。

他觉得和这姑娘谈话很不自在。她身上有股什么味儿使他有点手足无措。他有点烦,就劈头插上一句:"你原来是哪个学校的?"

"女附中,"她微微一笑,"你呢,原来是插队的吧?"

"嗯,在新疆。听说过阿勒泰这个地方么?"

"我原来在北大荒。"她主动说,"我记得,北京学生那会儿不去新疆,都是去山西、陕西,内蒙……"

"我自己跑去的。"他说。他发觉自己在和这个姑娘聊天了。她准有事儿要去河底村,他想,她是发愁那地方人生地不熟。不然她不会走到车尾来,她一直避着我。这回是因为实在想找人帮忙,才找我来了。他诚恳地说:"你别担心,河底村是个好地方。老百姓特好,不会欺负人的。"

她的脸红了,"我怕那儿没有招待所。"她小声说。

"放心,"瞧她脸都红了,她准还没有结婚呢。"没有招待所有店,没店有生产队,有老乡窑洞。"到底是个女的,他想,尽管也去过北大荒。他不禁看了一看眼前这个姑娘,女附中的,只有她们这种北京学生才会穿这种又不起眼又不入俗的女上衣,烫这种好像没烫过的发式。

"我想拍几张新鲜点的黄河照片,"她解释说,"就上了这趟车。河底村那儿的黄河和无定河相汇,我想可能比壶口啦,风陵渡啦,三门峡啦新鲜点。"

"放心。用得着的时候,我会帮你忙。"他结束了谈话。跟女的少那么饶舌,他训了自己一句。就那么回事呗,到时候把她领着和红脸后生相跟上,找蓝花花或李香香去就是了。

他又转身抓住车厢板。就是这条路,可是现在看着却那么陌生。岁月真能销蚀一切哪,饿着肚子走了半天的路,居然也会被忘掉。那时你才二十岁,衬衣口袋里只有不足十块钱。你从青羊坪小镇子下了车就走上这条土路,不但没吃白荞麦面的素馅饼,而且从清晨起滴水未下肚。你走了那么久,翻过一架又一架黄土老帽,见一个人就问一句"嗑黄河还有多么远?"陕北的里程和阿勒泰草原的里程一样,越走越大,一会儿一个数。从三十里到四十里,从二十里又到四十里。现在看来可能是一共四十里,因为你走了半天整。你的球鞋里灌进了细细的黄土末,你一路喝清亮些的渠水。后来你在一个山梁上看见一个老汉在茅棚下卖西瓜,你咬咬牙掏出五毛钱买了一个。你和那老汉聊天,说你从延安来,还到过延川和延长的油矿。老汉说:"米脂的婆姨绥德的汉,三延的女子没人看。"你觉得蔫了半截。不过那瓜真甜。后来你一路摘没熟的枣子吃,因为这种枣沿着黄河西岸长,所以叫河畔枣。那红脸后生在城关集上卖河畔枣,所以你马上就猜他是河底村的。那时节的河畔枣又青又涩,吃得你肚子发胀,可是你一点儿不饿了。你快活地唱着"横山里下来些游击队"。那时你像一只鸟儿一样轻捷,敢从高高的山崖上跳下去抄近路。你还追赶过一只青灰色的野兔子,那青灰色的兔子在这黄土世界里显得鲜明而刺眼。可是你没追着,累得满头大汗地躺在又干又烫的黄土上喘气。等到你爬一座大山时你累了,那段公路又酥又软,上面结着开裂的硬皮儿,下头是软陷的松土。你咬紧牙往上爬,白花花的毒日头晒得你嗓子冒烟。你后悔没有省下半个瓜带着。可是那时你的生命像刚点燃的一簇火,你的四肢都弹性十足。你知道你的心脏特别健康,脉搏又沉又稳。所以你赌了一股狠劲儿要和那座黄土山比一比,你决定不停步一口气爬上山顶。你信心十足地踏住龟裂的黄土硬皮,然后有力地蹬直膝盖的关节,一步步地攀登着。后来,后来——在爬上山顶的那个时刻,你看见了黄河。

他突然听见那姑娘尖叫起来:

"快看!黄——河!"

他浑身一震,忙转过头来。解放牌卡车正登上山顶。这一定就是那座黄土高山,你全忘啦。他轻轻地责备着自己,屏住了呼吸。陕北高原被截断了,整个高原正把自己勇敢地投入前方雄伟的巨谷。他眼睁睁地看着高原边缘上的一道道沟壑都伸直了,笔直地跌向那迷蒙的巨大峡谷,千千万万黄土的山峁还从背后像浪头般滚滚而来。他激动地喃喃着,"嘿,黄河,黄河。"他看见在那巨大的峡谷之底,一条微微闪着白亮的浩浩荡荡的大河正从天尽头蜿蜒而来。蓝青色的山西省的崇山如一道迷蒙的石壁,正在彼岸静静肃峙,仿佛注视着这里不顾一切地倾泻而下的黄土梁峁的波涛。大河深在谷底,但又朦胧辽阔,威风凛凛地巡视着为它折腰膜拜的大自然。潮湿凉爽的河风拂上了车厢,他已经冲到了卡车最前面,痉挛的手指扳紧栏板。

这个记忆他可没有遗忘。这个记忆他珍存了十几年。他一直牢牢记着,一个乳臭未干的毛头小伙子目瞪口呆,惊慌失措地站在山顶,面对着那伟大的、劈开了大陆、分开了黄土世界和岩石世界的浩莽大河的时刻。他现在明白了:就是这个记忆鬼使神差地使他又来到这里,使他一步步走向地理学的王国。"我一定要考上!"他低声地发誓说。

"什么?喂,你说什么?"他发现自己原来和那姑娘并肩站在一起,抓着车厢前挡板。

我说,我一定要考上!河面上吹来的长风呛得他说不出话来,他觉得那条大河像在低低地吼。"晋陕峡谷",他激动地又想起了一个新名词。这个名词是多么难以咀嚼和消化呵,我将在将来要写的一切论文里,把“晋陕峡谷”四个字都改成“伟大的晋陕峡谷”。这么干才值得。滚它的宣传科小干事吧,我要干这一行。他发觉自己在这一霎间为自己的一生做了坚决的选择。

“喂!你是要考研究生吗?”他听见那姑娘对着他的耳朵喊,她的几丝纷飞的鬓发似乎触着了他的脸颊。“我一定能考得上!”他吼叫着,他有些发怒,但又满心痛快。他感到这个姑娘的身上散发着一道光彩。这光彩鼓舞着他想倾诉一番。我当然会考上的,我已经做了准备,读完了地理系的自然地理讲义。大学四年我一直选修历史系的考古学讲座。我有一门半外语,我还有语音学、方言调查和全部汉语专业的训练。按我们汉语专业的标准,连大块头的社论也常是病句连篇。我插过六年队,我也见过这些年的各种热闹事儿。我懂得考研究生的关键:我首先要让自己的外语不出毛病,也要把其他大路货的课考好,连考卷也写得整整齐齐。我已经读完了地理系那本讲义,我会把那些“曲流宽谷”背得滚瓜烂熟。我一共有一百来块钱,加上毕业时发的派遣报到费一共将近二百块。我要利用这个暑假和这笔钱跑几条河流,增添感性知识。我要从新疆一直跑到黑龙江,调查北方的所有大河。临上考场前,我要狠踢一顿足球,让脑子清清醒醒。我将用我记熟的准确概念和亲自调查来的知识轰炸那张考卷。我将调动我的看家本事,用严格的语法和讲究的修辞使这场轰炸尽善尽美。所以我一定能考上。等我考上了人文地理学的研究生,我就可以用研究生津贴过日子,我用不着去那家计划生育宣传科领工资。我一定会在这个世界上找到我最喜欢的那个位置。

他忍不住地把这些想法一股脑儿告诉了她。她眨着眼睛听着,觉得又新鲜又有趣。这男的真神,她想,和他做伴去河底村挺有意思。她不由得打量着他的侧面,打量着他粗硬的头发和眼睛。她觉得那双眼睛灼灼逼人。她听着他滔滔不绝地说着。小心点,她轻轻警告着自己,男人要比你想象的成熟。你毕竟第一次见到他啊。

这时,解放牌卡车驶进了巨谷底部。汽车猛地往右一拐,把无定河的浅滩浊水甩开,朝着一片浓绿的树林驶去。黄河平稳地向南迅速滑行着,仿佛凸起的水面白茫茫的。对岸山西的岩山仍是一片青蓝。红脸后生胸有成竹地站了起来,拍拍身上的尘土,握紧了黄帆布包。他从那后生憨憨的表情中知道:河底村到了。

他们来到了河边上。他一出了红脸后生的窑洞就大步流星地在前面疾走。等他走到了浊浪拍溅的河漫滩上,才回头看了看那姑娘摇晃的身影。真像一根杨柳,他想,给她的照相机压得一弯一闪。他沿着黄河踱着,大步踏着咯咯响的卵石。河水隆隆响着,又浓又稠,闪烁而颤动,像是流动着沉重的金属。这么宽阔的大峡都被震得摇动啦,他惊奇地想着,也许有一天两岸的大山都会震得坍塌下来。真是北方第一大河啊。远处有一株带着枝叶的树干被河水卷着一沉一浮,他盯准那绿叶奔跑起来,想追上河水的速度。他痛快地大声叫嚷着,他感到自己已经完全融化在这喧腾声里,融化在河面上生起的、掠过大河长峡的凉风中了。

她刚刚给照相机换上一个长镜头,带好遮光罩,调整了光圈和速度。她擦着汗喘着,使劲地追赶着前面的他。她看见他这时正站在上游的一个尖岬上,一动不动。

"你怎么啦,喂!"她快活地招呼着,她轻轻扣好相机快门上的保险,她已经拍了第一张。她相信河水层次复杂的黄色,对岸朦胧的青山,以及远处无定河汇入黄河的银白的光影会使这张柯达胶片的效果很好。河底村小小的招待所很干净,现在她一点儿担心也没有了。

"你说话呀,研究生!"她朝旅伴开起玩笑来了。

"全想起来了,"他开口道,"我早知道,一到这儿我就能想起来。"

"想起来什么?地理讲义么?"她兴致很高地问,她挺想和这个大个子青年开开玩笑。

"不,是这块石头。"他说,"十几年前,我就是从这儿下水的。"

"游泳么?"她歪着头瞧着他。他默默地站着,长长地叹了一口气。告诉她么?"我上错了车,喏,那时的长途班车正巧就是辆解放牌卡车,"他迟疑地说,"我去延川看同学,然后想回北京。从绥德去军渡然后才能进山西往北京走,可是我上错了车。那辆车没有往北去军渡,而是顺着无定河跑到这儿来啦。而且,路被雨水冲垮了,车停在青羊坪。在青羊坪我听说这儿有渡船,就赶了四十里路来到了这里。"他凝视着向南流逝的黄河水,西斜的阳光下,河里像是满溢着一川铜水。他看见姑娘的身影长长地投在铜水般的河面上,和他的并排挨着。告诉她吧,他想道。"在这里,就在这儿我下了水,游过了黄河。"

她静了一会儿,轻声问:"你为什么不等渡船呢?"

那船晚上回不来,八天后才再到河东去。当时他远远地望见船在河东岸泊着。他是靠扒车到各地同学插队的地方游逛的,他从新疆出发,先到巴里坤,再到陕北,然后去山西,最后回北京。他想看看世界,也看看同学和人们都在怎么生活。

姑娘又补充说道:"我是说,游过去——太冒险了。你不能等渡船么?"

"我没钱,"他说,"我在村子里问了:住小店,吃白面一天九毛钱,吃黑面一天六毛钱。那时候我住不起。"

她感动地凝视着他。"你真勇敢。"她说。

他的心跳了一下。你为什么把这些都告诉她?他的心绪突然坏了。他发现这姑娘和他的距离一下子近了,她身上的一股气息使他心烦意乱。今天在这儿遇上这个女的可真是见鬼,他想,原来可以在黄河边搞搞调查、背背讲义的。本来可以让这段时间和往事追想一点点地流过心间,那该使他觉得多宝贵啊。可是这女的弄得他忍不住要讲话,而这么讲完全像是吹牛。

"游过黄河……我想,这太不容易了。"他听见那姑娘自语般地说道。他觉得她已经开始直视着他的眼睛。你这会儿不怕没有招待所啦,哼!他愤愤地想。她在放松了戒备的神经以后,此刻显得光彩袭人。这使他心慌意乱。他咬着嘴唇不再理睬她,只顾盯着斜阳下闪烁的满溢一川的滚滚黄河。

她举起照相机,取出一个变焦距镜头换上。这个小伙子很吸引人,浑身冒着热情和一股英气。他敢从这儿游到对岸去。上游拂来的、带着土腥味儿的凉风撩着她的额发,抚着她放在快门上的手指。这个可不像以前人家介绍的那个。那个出了一趟国,一天到晚就光知道絮絮叨叨地摆弄他那堆洋百货。那家伙甚至连眼睛都不朝别处瞧,甚至不朝我身上瞧,她遐想着。而这个,这个扬言要考上地理研究生的小伙子却有一双烫人的眼睛。她想着又偷偷地瞟了他一眼。瞧人家,她想,人家眼睛里是什么?是黄河。

“坐下歇歇吧,”她建议说,并且把手绢铺在黄沙上,坐了下来。黄河就在眼前冲撞着,倔强地奔驰。这河里流的不是水,不是浪,她想,“喂!研究生!你看这黄河!”她喊他说,“我说,这黄河里没有浪头。不是水,不是浪,是一大块一大块凝着的、古朴的流体。你说我讲得对吗?”她问道。

一块一块的,他听着,这姑娘的形容很奇怪,但更奇怪的是她形容得挺准确,一块块半凝固的、微微凸起的黄流在稳稳前移,老实巴交但又自信而强悍。而陕北高原扑下来了,倾斜下来,潜入它的怀抱。“你说的,挺有意思。”他回答道,“我是说,挺形象。”

“我搞摄影。这一行要求人总得训练自己的感受。”

“不过,我觉得这黄河——”他停了一下。他也想试试。我的感受和你这小姑娘可不太一样,他感到那压捺不住的劲头又跃跃而来了。算啦,他警告自己说。

“你觉得像什么?”她感兴趣地盯着他的脸。他准是个热情的人,瞧这脸庞多动人。她端起照相机,调了一下光圈。“你说吧!你能形容得好,我就能把这感觉拍在底片上。”她朝他挑战地眯起了眼睛。

“我觉得——这黄河像是我的父亲!”他突然低声说道。他的嗓音浊重沙哑,而且在颤抖,“父亲,”他说。我是怎么啦?怎么和她说这个!可是他明白他忍不住。眼前这个姑娘在吸引着他说这个。也许是她身上的那股味道和她那微微眯起的黑眼睛在吸引着他说这个。他没想到心底还有个想对个姑娘说说这个的欲望。他忍不住了。

“我从小……没有父亲。我多少年把什么父亲忘得一干二净。那个人把我妈甩啦——这个狗杂种!”他恶狠狠地骂了一句,然后牢牢地闭上了嘴。对岸山西的青灰色岩山似乎在悄悄移动着,变成了黛色。瞧,这黄河的块,她静静地凝望着黄河想,它凝住啦。唉,人的心哪。

“我多少年一直有个愿望,就是长成一个块大劲足的男子汉。那时我将找到他,当着他老婆孩子的面,狠狠地揍他那张脸。”他觉得自己的牙齿剧烈地格格响着。他拼命忍住了,不再开口。这种事姑娘猜不到,她想象不出来这种事的。可是我有一个伟大的妈妈——告诉你,那些所谓的女英雄、女老干部、女革命家根本不配和我妈比。我有了她,一生什么全够了。我从小不会叫“爸爸”这个恶心词儿,也没想过我该有个父亲。他颤着手指划亮一根火柴,点燃一支香烟。可是,今天你忽然间发现,你还是应该有一个父亲,而且你已经给自己找到了一个。他喷出一团烟雾,哦,今天真好,今天你给自己找到了父亲——这就是他,黄河。他默默想着,沉入了自己的感动。但当他看到旁边那对充满同情的黑眼睛时,他又感到羞耻。你太嫩啦,看来你是毫无出息。你什么都忍不住,你这么轻易就把这些告诉了她。你,你怎么能把这样的秘密随便告诉一个女人?!他的心情恶劣透了。他忍着愤怒从沙滩上站了起来,朝河边的尖岬大步走去。他想躲开那个女的,他甚至恨那个女的,是她用那可恶的黑眼睛和一股什么劲儿把他弄得失去了自制。他走到黄河边上,河水拍溅着他的脚,他觉得含沙的夏季河水又粗糙又温暖。

他忘记了背后那个姑娘,他感到眼前的大河充满了神秘。

哦,真是父亲,他在粗糙又温暖地安慰着我呢。“爸——爸,”他偷偷试着嘟囔了一声,马上又觉得无比别扭和难受。远处的河水不可思议地凸起着摇荡着。你告诉我一切吧,黄河,让我把一切全写上那张考卷,让那些看卷的老头目瞪口呆。那将不是一张考卷,而是一支歌,一首诗,一曲永恒的关于父与子的音乐。老头们的试卷真能容纳下它么?他问自己。不可能,他又回答自己。这是写不出来的,也不应当告诉别人的一个秘密。你原来那么傻,他嘲笑着自己,你忘了那次横渡黄河时究竟有没有什么神示或者特殊的感觉。你活像只快乐的小鸭子一样,相跟着一个陕北老乡,把衣服和鞋塞进油浸的整羊皮口袋里,就大模大样地下了水。你不买票扒了车,走了四十里沟壑梁峁的黄土路,只吃了些西瓜和青涩的河畔枣,命催着似的跑到这儿来游黄河。你游过去了,当天赶到了山西。难道没有神助么?难道没有什么特殊的东西在保护着你么?你游水时的感觉和平常在游泳池,在水库,在京密引水渠里的感觉一样好,轻松又容易。你把那个抱着吹足气的羊皮油口袋的老乡甩在后面。你的两腿和手臂不仅没有抽筋,而且那么有力和舒展。你横渡了这条北方最伟大的河,又赶了二十里山西的青石头山道,当晚赶到了柳林镇附近的一个小村。第二天你拦卡车到了介休,又扒上“三八红旗白拉线”的火车,一直到了北京。后来你对同学们讲了游黄河的事,而二宝和徐华北他们挤眉弄眼地说,他们也游过来了,而且是游蝶泳过来的。——这一切中的每一步,在今天几乎都不可能。合理的答案只有一个,这答案你今天自己找到了:黄河是你的父亲,他在暗暗地保护着他的小儿子。

他抬起头来。黄河正在他的全部视野中急驶而下,满河映着红色。黄河烧起来啦,他想。沉入陕北高原侧后的夕阳先点燃了一条长云,红霞又撒向河谷。整条黄河都变红啦,它烧起来啦。他想,没准这是在为我而燃烧。铜红色的黄河浪头现在是线条鲜明的,沉重地卷起来,又卷起来。他觉得眼睛被这一派红色的火焰灼痛了。他想起了梵·高的《星夜》,以前他一直对那种画不屑一顾,而现在他懂了。在梵·高的眼睛里,星空像旋转翻腾的江河;而在他年轻的眼睛里,黄河像北方大地燃烧的烈火。对岸山西境内的崇山峻岭也被映红了,他听见这神奇的火河正在向他呼唤。我的父亲,他迷醉地望着黄河站立着,你正在向我流露真情。他解开外衣的纽扣,随即把它脱了下来。

她踉跄着冲过来,一把抓住他的手臂。

“你干什么?”她气喘吁吁地喊,“你要下水?”

他回过头来,困惑地望着姑娘。

“不行!太危险了!”她坚决地摇摇头。好骄傲的男人呐,他以为我怀疑他那段英雄史。“我知道你能游过去……你已经游过去啦,”她紧紧抓住他的手不放,“不过现在没有必要这样,这太危险了!”她喊着,想使自己的声音压住河水震耳的轰鸣。

他谨慎地抽出了手,打量着她。这姑娘怎么啦?看来男子汉在关键的时候,身边不能有女人。她们总是在这种时候搅得你心神不宁。她们可真有本事。

“别游了,太危险,”她仰着脸望着他说,“咱们不如聊聊天。要不,我再照几张照片,你对着黄河温温功课。”带着变焦距长镜头的相机沉重地在她胸前晃动着,他觉得她那长长的脖子快要被那机器坠断了。他挺想帮她托着那台金属的大相机。

“你去照你的相吧,上那边转转,”他嘎哑着嗓子,不高兴地嘟囔着,“我有点私事,你最好走开点。”

“不!”她喊起来,“这是黄河!你懂吗?”她把两只小手攥成可笑的拳头晃着。

我不懂,难道你懂么。他被深深地激怒了。谁叫你那么愿意和姑娘往一块儿凑?瞧她狂的。你懂,你大概只懂怎么把头发烫得更招人看两眼。他狠狠地咬着嘴唇,几乎想骂出一句粗话。

“喂,你听着:我不认识你。你不是已经找着招待所了吗?”他尽量有分寸地说。

她怔了一下,然后退了两步。他看见她脸上的神情先是凝固了,接着就渐渐褪尽。“好,随你吧。”她小声说道,双手扶住胸前的相机。他看见她的眼睛里充满了痛苦和责备的神情。

他吃惊地望着她。她这会儿显得真动人,简直像尊圣洁的雕像。你们真行,姑娘们。怪不得我一下子就吐出了心底的秘密,这秘密我从没向任何一个人说过。他抱歉地搓搓手,“对不起,”他说,“我有个爱发火的坏毛病。”

“你太凶了,”她伤感地说。为什么要这样对待别人呢,我已经看透了:在最深的意识里,他们都一样。“真难得,刚才你还算诚恳些。我以为——”

“刚才我是在瞎编,”他打断了她的话。我为告诉了你那个而羞耻呢,他想。“你别当真。”

“不!人应该学得真诚些!”她激烈地反驳着,“而且——”而且你也用不着那么骄傲。讲人生滋味,也许我尝得比你多得多。她涨红了脸,突然颤声说:“我也没有父亲,我也好久好久没有喊过爸爸这个词儿,而且……我也一想到这个词就难受。”

“哦?”他吃了一惊。

“他在一个中学传达室工作,当打钟的工友。他们说,他在解放前当过国民党的兵,是残渣余孽。六六年,他们把他打死了。就在这个传达室里。那一年我十二岁,小学六年级。”她平静地说着,眼睛一直凝视着他。

“我懂了。”他冷峻地迎着她的目光,“你骂吧!我在那时候也是一个红卫兵。”

她疲惫地摇摇头,叹了口气:“不,我不骂。而且,我一眼就看得出来,你和那些人根本不一样。那些人——”

“狗东西!”他从牙缝里恶狠狠地咒骂着。

“你太粗野了。”她忧郁地说,他从她低柔的声音里感到一种距离很近的信赖。

“后来呢?”他阴沉地问。

“我母亲有病,青光眼。医生说她一急就会失明。所以,我……”她的头低下去了。他看见她的黑发在风中颤抖着。“我就一个人跑到那个传达室,给爸爸洗身上的血。”

“好了,别说了,”他轻声打断了她。

“我用一块毛巾给爸爸洗身上的血。那血,那血——”

“别说了!”他转过身去。

她微张着嘴,安静地望着他的肩膀。接着就颓然坐在沙滩地上。被高原的烈日烤了一天的粗沙子舒服地烙着她。她感到心情非常宁静。是呵,别说啦。他全明白。像他对我一样,我也把一切都对他说啦。

他默默地面对着黄河站着,风拂着他裸着的前胸。我不能想象,小妹妹,他想。他的确不能想象,这个眼睛黑黑,身材柔细的姑娘,心里怎能盛着那么沉重的苦难。

这时,黄河,他看见黄河又燃烧起来了。赤铜色的浪头缓缓地扬起着,整个一条大川长峡此刻全部融入了那片激动的火焰。山谷里蒸腾着朦胧的气流,他看见眼前充斥着,旋转着,跳跃着,怒吼着又轻唱着的一团团通红的浓彩。这是在呼唤我呢,瞧这些一圈圈旋转的颜色。这是我的黄河父亲在呼唤我。他迅速甩掉上衣,脱掉长裤,把衣服团成一团走向那姑娘。“不,太危险了。”她仰着头恳求着他。他又清楚地听见了这声音里的那种信赖。他感动得心里一阵难受。“拿着,等着我,”他低声说,“你看那渡船泊在对面呢,我回来时坐渡船。”他望着那姑娘的黑发在风中飘拂着,他使尽力气才忍住了想抚摸一下这黑发的念头。时间不早了,他想,他又看了一眼那姑娘的头发,就急匆匆地朝着那片疾速流动的火焰奔去。

她站了起来,紧抱着他脱下的乱糟糟的衣服。这衣服上带着一股强烈的男人的汗味儿和烟草味儿。糟糕,我好像爱上他啦,她惊慌地想。但她马上赶跑了这个怪念头。一丝冷静的神色慢慢地浮上了她的黑眼睛。她缓缓地端起了沉重的相机,那团衣服一下子落在沙滩上。她迅速地顾盼了一下视野左右,冰冷的目镜轻轻地、稳稳地抵住了她的眉梢。她不出声地拉动着照相机镜头上的变焦环,沉着地分析着目镜中的画面和她心中闪过的感受。

她看见了一幅动人的画面:一条落满红霞的喧嚣大河正汹涌着棱角鲜明的大浪。在构图的中央,一个半裸着的宽肩膀男人正张开双臂朝着莽莽的巨川奔去。

她嘴角泛出了一个紧张的笑纹。当那男人纵身扑向黄河的一刹,她稳稳地按下了快门。

他垂直对准着河对岸的山。他双臂均匀地划着水。我就这样游,注意手臂推水时别太猛,两腿后蹬时也要用劲均匀,你总喜欢用力过猛。记得那次我就是这样,游蛙泳,但头不埋进水里。要用眼睛瞄着从上游打来的浪。绝对不能抽筋。他觉得浑身被温暖的河水浸得很舒服,但他的每一根神经都绷紧着。那回你登上山西的河岸时,激动得跳着喊了一声“万岁”,可是你不知道有个十二岁的小女孩在用毛巾擦着父亲尸体上的血污。“你真够浑的。”他说出了声,一个浪头哗地打在他脸上,使他把后半句咽了回去,今天我才明白,你是仗着黄河父亲的庇护和宽容才横渡成功。这时他停了一瞬,河水浮力很大,他感觉着身躯被浑重的河水托住的滋味。真的,黄河在保护着我呢,他想。他心里又掠过一阵激动。接着他笔直地对准了山西,对准了雄伟的吕梁山脉。他在浪头打来时吐气,在浪峰上吸气。他瞥见自己肩头的肌肉上水珠滚动。我感激你,小姑娘,你使我得到了宝贵的修正,而且你还给了我那样的信任。你居然看得出来。是的,那时我是个地道的红卫兵,但是我没有打过人,更没有打过你那当工友的爸爸。不过,我愿意也承担我的一份责任,我要永远记住你的故事。他觉得自己心情沉重,但他也觉得自己的心变得丰富了。他全神贯注地游着,这时,他看见了河的中流。

一下跌入中流,他就吃惊地发觉黄河正疯狂地搂着他飞跑。一条小鱼碰了他的大腿一下,他觉得那鱼像是对他闪电般地一刺。接着他又碰上了几条,每碰上一条都像挨了清晰的一击。他还仿佛听见了鱼群的叫声。不过中流的水面平稳极了,像凝固的一块在滑走。他想起了那姑娘对黄河的形容。我愿对你承担责任,十二岁的小姑娘。他想,既然当时我像只小鸭子一样毫无顾忌地跳下河水,既然我那时不懂得关心和感受世界上的痛苦。他发现他正被中流的河水抓着迅速向南滑翔着,他赶快对正河岸,努力游着。黄河,他默默地唤着。今天我已经不是那只肤浅的小鸭子啦。黄河轰轰地应声响着,对岸壁立的悬崖已经近了。这石壁已经近了,他想,这石壁在动呢,像是移动着向北走。他深吸了一口气,更专心地游着。

渐渐他觉得两臂上的三角肌发酸。我累了,他警觉地想。上一次我一点儿也不觉得累,记忆中只有轻松活泼、满心舒畅。这回刚游了一半你就累了,而且这回你没有走那四十里路,肚子里是白荞麦馅饼而不是青枣子。伙计,你在衰老。他突然觉得满心凄凉。十几年流逝得像这黄河水。你还没有长成人,你的肉体就已经开始要背叛你。可是我的青春别想背叛!"妈的,我活着就不让你背叛!"他又骂出声来。他划上一个浪峰吸了一口气,脸颊仿佛在发烧。他记起了那姑娘的责备。你总在讲粗话,十几年来,你变野了。可是十几年来我经历过多少啊,我变野了也变文明了。我受过汉语专业本科训练,我还将是地理学的研究生,我可不是不会文质彬彬。不过别再当着那姑娘说粗话,他嘱咐自己。十几年来不知她变没变。她那惊人的坚强和眼光不知道是不是背叛过她。应该对她温和一点,十二岁就有过那么一段经历的姑娘,应该多得到些温暖,包括语言。他使劲地游着,这时他渡过了块状滑行的中流,看见了速度慢得多,但是浪头很大的东侧的浅流。

他的心激动地跳了起来:河岸已经近在眼前啦。他的喉头哽住了,呼吸有些急促。哦,黄河父亲又一次卫护了我,剩下的这二百米我可以稳稳游过去。肉体也没有背叛,三角肌忍住了疲乏,严格地服从了青春指挥。我还没有衰老,我不会衰老的,他高兴地想。我可以帮那姑娘的忙,找到那个带头毒打她爸爸的恶棍,把那个贵族味儿十足的恶棍揍一顿。"狗东西!"他又骂了一句。这时他冲出了中流,河水的流速骤然减了下来,他又开始瞟着上面打来的浪头。不过,教训贵族的事儿应当留给她的男朋友或是丈夫干,我呢,我可以请她吃一顿。吃饭的时候,我给她唱一个额尔齐斯河边的哈萨克情歌,让她觉得世上好人多,让她觉得没有看错人。然后我就去专心地研究人文地理学。

他在激浪中游到了离河岸十几米的水面。眼前粘满青苔的岩壁飞快地移动着。这水流得太快啦,他想。就在这时他瞥见一块从河底伸出的巨石正朝他冲来。他蜷起身子,双脚拼命地蹬了那石头一下,巨石在水里半隐半现地一掠而过。流得太快了,这水把我冲下去啦,他有些惊慌。他奋力扬起臂膀,鼓足力气,用爬泳对准山西的石壁冲刺,他觉得石崖上的绿苔已经伸手可触了。可是河水抓着他仍然向下飞流。闪过的石壁上的纹理裂隙晃得他睁不开眼睛。两条手臂突然瘫软了,他感到肩头上沉重如铅,酸疼难忍。河水拥着他贴着石岸滑下,他看见又一块狰狞的巨石朝他驶来了。他低哑地从喉咙里吼了一声。他蔑视这块礁石,他知道自己已经胜利。他用尽全身力气扑向河岸。当他看见陡崖上的一个棱角闪过眼前时,他一把攫住了它。他的身体立即被河水冲得横了过去。他的身躯翻转了,右臂被一股强力重重地拉了一下。他死死抓紧了右手攀住的那个石棱,感到急流正在他的两个肩头和两只脚掌那儿哗哗地激起浊白的浪花。

他心满意足地闭上了眼睛。温暖多沙的水流抚着他的肉体滑过,朝着他的身体指着的方向继续向前。浑黄的浪头激烈地推撞着他,在他四周响成轰轰的一片。黄河父亲,他想道,我感激你。接着他逆着水流收起双腿,然后牢牢地踏住了坚实的石岸。

第二章

他出神地凝视着车窗外的黑暗,手指间夹着一支闪着红光的烟。列车摇晃着,黯黑中的树林、山冈和大地都在玻璃外面成了流动的黑色。原来列车也是一条河,他默默地吸着纸烟,在横贯陇海又猛折向北的河道上奔流,亮着灯光,鸣着号角,掀起着轰隆隆的巨响。列车上的人呢,就是河里的水和浪。他看见玻璃上映着一点烟头的红亮,列车也是一条河啊,他吐出一口烟。这样干地理学可真不错,走向河流,沿着河流,连我自己也像一条河流。他又吸了一口烟,看着乌蒙蒙的玻璃上又亮起一点红光。

那次也是这样:车厢里挤满了串联的学生,他坐在联结两节车的冷飕飕的过道里。地上是一块冲出防滑钉的铁踏板。那铁板也像现在一样摇晃不停。

那是你第一次坐火车,第一次投进一条汹涌的河。他缓缓地吐出烟雾。那时你当然不会吸烟,更不会喝酒、骑马、在阿勒泰山的雪坡上拖走一根粗大的圆木。那时你在这块灰蒙蒙的玻璃里只看见一张娃娃脸,看见一双幼稚明亮的闪闪的眼睛。那时你没有和红脸后生交朋友的本事,也没有拥抱过和粗鲁地亲吻过姑娘。你只是揣着一颗小兔子般活泼的心,被大千世界的风雨世面激动得坐卧不宁。那时你还是个孩子呢,就不假思索地跳下了这条河。

后来你穿州过府,风尘仆仆地和社会、和政治、和大自然、和那么多复杂的人往来比试。你敢在人头攒动的会场上大声疾呼,敢在空旷恐怖的荒山里大唱大喊地走夜路。你从马背上栽下来,翻滚的马从你稚嫩的身子上压过去。你不相信道路,用指北针计算着,倔强地朝挡路的大山攀登。后来你爱上了边疆,就一直跑到准噶尔,跑到阿勒泰,跑到伊犁。你回来时装着一副大人气,鄙夷那些只到过大城市的同学的娇气,你绷着晒脱了皮的黑红的脸,昂着头像一阵风走过他们身旁。你不知道,你根本不可能知道——有个十二岁的小姑娘在编着完全不同的故事。你那时不懂得眼泪,不懂得代价,你不知道历史也有它的痛苦。

他看见那扇乌蒙蒙的玻璃上映出一个修长的黑影。他回过头来,“还没睡么。”他问道。

她微笑着端详着他。天不亮车就要到达北京啦,他就要和我分手,去找他那些地理资料了。“你去睡一会儿吧,研究生,”她说,“我和列车员说好了,卧铺车厢开着门呢。”

“我不去,这儿挺好。”他说。

“去吧,你还能睡几个小时。”她劝道,“一个卧铺,轮着睡嘛。”

“我不想睡,”他说,“这儿凉快。车里又热又闷。”

那么我也不去。和他一块儿再呆几个小时吧,她想,只有几个小时了。天一亮,等他们走出拂晓时的北京车站,这个游黄河的小伙子就要离开她了。唉,人就又要各自东西啦,“说会儿话吧。”她说着坐了下来,把一本书垫在冰凉的铁踏板上。

他们默默地抱着膝坐着,想着心事。摇晃不停的列车抽动着铁踏板,他们的肩头时而碰在一起。这么近,我这么近地挨着一个男的坐着,她暗自想道,也许这是段挺值得珍惜的友谊呢。而且互相说了那么多,我和他都讲了关于父亲的事,我还亲眼看着他游过了黄河。走廊间的灯突然熄了,他们之间只有那支香烟在一下下明灭。而以前那个,哦,我已经忘记那人的名字啦,她想。那一个和我来往了那么久,也没有这么接近过。

他望着玻璃外面黑魆魆的原野,默默地吸着烟。河流真是神奇的,从那时你就爱上了河。在阿勒泰插队的时候,你总是尽量找和额尔齐斯河有缘分的活儿干。你抢着去沼泽里寻找丢失的挽马,顺着河岸的土路运送粮食。六月的时候野花开了,你迫不及待地下河游泳,后来你习惯了那冰水般刺骨的激流。你曾经和三个布尔津城来的打鱼人在冰水中拽着一张拖网,打上来一条二十公斤重的大鲇鱼。探亲回北京的时候,你上瘾似的见一条河就横渡一条河,后来——完全是命里注定,你横渡了那条黄河。那时你崇拜勇敢自由的生活,渴望获得击水三千里的经历。你深信着自己在脱胎换骨,茁壮成长,你热切地期望着将由你担承的革命大任。那时你偏执而且自信,你用你的标准划分人类并强烈地对他们或爱或憎。你完全没有想到另一种可能,你完全没有想到会有一个十二岁的小姑娘为你修正。

他突然转过脸对她说:“喂,有件事别忘了,我要请你吃一顿饭。你爱吃什么?”

她故意歪着头逗他说:“我爱吃莫斯科餐厅的西餐。”

“好吧。”他说。他回忆起在黄河中流自己的决定,这件事我要记住,他想,别在忙碌中忘记了。还有几个小时他就要回到北京,他非常清楚在北京的这几十天他该干些什么。他轻轻地吁了一口气。决心斗一场吧,他想。

在黄河边上红脸后生的窑里,她曾经打听他下一步去哪里。他说,他打算沿着交通线调查几条河流的地貌和风俗、经济,然后回北京。“回北京,”他说,“我已经整整一年没有回家啦!”

姑娘犹豫着说,她在青海省还有一点工作,她也想顺便再拍几张黄河支流的风光和风俗片子,希望他能和她一块去。他笑着回答说,对不起,摄影家。既然连河底村这样的地方都有招待所,他就更用不着陪同她采访了。

她脸红了,分辩地说:“不,我是说,你也可以调查那里的河。那儿有一条河,叫湟水。”

他叹了口气:“你那个湟水我知道。前年,我们班在那儿搞过汉语方言调查。不过,南辕北辙——”

“啊,太好啦!”她高兴地嚷了起来,“一块去吧!你熟悉情况,我正发愁……”

“我是个穷学生,”他打断了她。“我从新疆来,去北京。我不能从陕西回头再去逛青海。我一共只有一百多块钱资本,我还要去黑龙江一趟。”黑龙江,他想,调查黑龙江,是我这一趟最压台的节目。黑龙江是我的最后一站。它在北方的那一个尽头呵。

“咱们可以想想办法嘛,”她说,她不太打算就这么快地和这个人分手。他头发上的水珠还没有干呢,在她的心目中,那个走向夕阳晚照中的黄河的男人的画面实在太动人了。我的那张片子一定拍得非常出色,她想。“比如说,我可以雇你当向导。我是因公出差,在那些地方可以雇向导,这样可以解决不少费用……”她继续只顾编造着刚刚出现的念头,“只是路费难些……”

这时她发现他神色专注地听着。“好办法,”他考虑着说,“我也真想跑一条黄河上游的支流呢。”

三天后,他们两人已经站在湟水之滨。

他们顶着高原上紫外线强烈的阳光,朝一个名叫高庙子的小镇走去。在一片浓郁的绿阴上头,他们看见一个金灿灿的琉璃庙顶在阳光中闪耀。

路边的田里长着碧绿的青麦子,整齐地随风摇曳。他们登上一段坡道,渐渐地看见了黄土台地和浅山夹着的湟水河滩。铁灰色的河滩上也有些棋盘般方正的绿麦地,一溜蹲成并排的一串花头巾在麦浪上蠕动。那是青海妇女在拔草呢,他给她讲解说,这个地方男人不会拔草。妇女们拔了草,用篮筐子挎回家去喂羊。羊多草缺,所以麦地里没有杂草。他们停了下来,望着湟水下游的弯曲长滩,几道黄土浅山的背后,云雾隐隐罩着一线银霞般的雪山。那边过去就是西藏,他继续为她指点着,咱们现在正站在青藏高原的边缘。“你听!”她突然举起手止住了他——

青枝呀绿叶展开了
六月的日子到了

那排成一线的戴花头巾的妇女们唱起来了,咿咿哑哑的嗓调一跌一扬地起伏着。“这是《少年》,青海民歌的一种,”他解释说,“听说过《花儿与少年》么,《花儿》也是一种民歌。”她恍然大悟地点了点头,我还以为《花儿与少年》是指的姑娘和小伙子哪,她想,这儿的老百姓真有意思。多浪漫的名字呀,花儿与少年。她感到心情非常舒畅,这样轻松的、舒畅的心情她已经好久没有过了,而这青海的黄土浅山和开阔的湟水河滩,这碧绿的青麦子,这隔断着远方西藏秘境的隐隐雪峰,还有这扎着花头巾排成一线拔草的妇女的民歌,都使她沉入了一种安宁恬静的心绪中。

哎哟哟,西宁城街里我去过
有一个哨哨的磨
哎哟哟,尕妹妹跟前我去过
有一股扰人的火

那些拔草的女人还在无顾无忌地随心唱着。她听着他解释的歌词,脸上微微地发烧了。你这家伙也有一股扰人的火,跟着你跑,又累又心神不定,她悄悄地想。他的节奏太快了。从河底村出发,先截住一辆拖拉机,半路上在青羊坪又换了一辆卡车。第二天夜里赶到铜川,拂晓就坐上了开向青海的列车。她觉得应接不暇,她总想扯住他歇一会儿。她眼看着湟水在脚下流去,自己仿佛在梦中一般。在这弯曲的湟水河滩、绿绿的青麦、雪山、浅山和花头巾,还有这抑扬有致的淳朴民歌中,她觉得微微有些晕眩。她感到安定又觉得倦怠,她想倚着什么稍稍闭上眼休息一会儿,忘掉这马不停蹄的奔波,忘掉无定河的深谷和晚霞中的黄河,忘掉那张命名为《黄河之子》的出色的片子。她需要定下神来,歇息一下疲惫的身心,使自己明白和确认自己已经到达青海,到达了湟水边上。她很快就要咬紧牙关,耸起每一根神经去捕捉这湟水的独特气息,在倏忽即逝之瞬把一切色彩、心绪、气息、画面、花儿与少年都收在她那张柯达公司的彩色幻灯片上。

他领着姑娘走进了高庙子小镇,径直朝那座黄琉璃瓦顶的庙宇走去。这一带他非常熟悉,前年秦老师曾经带领新疆大学中文系的一个方言调查小组来这里实习。他在这片湟水滩上的大小村庄里学到了很多东西。他参加了细致的语言调查,收集了几十首《少年》。“瞧这座庙,”他像个导游一样给她介绍说,“这种庙顶叫盔顶,你看它像不像顶钢盔?”他欣赏地打量着那残旧的黄琉璃双曲线。幸亏我一直听历史系考古专业的课拿学分,人文地理学的一半我可以用汉语方言的知识和考古学文化的知识来垫底。另一半自然地理,我可以猛攻那些讲义和书籍。他又觉得对将到的考试充满信心。“一会儿我们去找一个老头。那老头就住在这庙后面的河漫滩上,”他对她说,“那年那个老头挖了一条渠,引来一股湟水浇他种的一片青杨树。”他瞧了瞧金黄的庙顶旁边的树林,仿佛忆起了当年的情景,“他那些树,不知道长得多高了。”

她放下照相机,审视地盯着那黄琉璃庙宇,摇了摇头。构图不理想,也没有意思。“走吧,”她轻轻推了推他。在哪儿都有这种古建筑的,这反映不出湟水的风格。“走吧,咱们去看你那个种树浇水的老头儿。”她甩了甩滑下来的黑发。她觉得自己安定下来了,恢复了那种随时可以端起相机,反应敏捷地按下快门的状态。现在可以随他去哪儿乱逛,我已经全都准备好啦,她抚着冰凉的相机想。

他迈开大步走着。前年夏天他独自来高庙子的时候,认识了这个姓高的老汉。他走进一座干打垒的土墙庄院,朝那个老汉要水解渴。高老汉在廊子下摆开一张小木头桌,在桌上放上一只杯,一把壶。一个扎着红头绳的小闺女从屋里捧出个大托盘,上面码着四个大得吓人的馍馍。那白馍上有星星点点的紫红色斑点,他问了才知道是掺了自家种的玫瑰花瓣。他第一次见到有人用玫瑰花瓣和面蒸馍馍,心里又惊叹又新鲜。后来那老汉提着锹出门去了,嘱咐小闺女给他续茶水。那小闺女生得水灵灵的,踮着脚尖小心翼翼地为他添茶。他喝饱了带些咸味的茶水,走出了那座前廊后厦的小庄户院。不远的湟水河滩上,他看见高老汉独自在烈日下站着,他走过去给老汉道谢时,看见一弯哗哗的渠水正被老汉用铁锹引导着,淌进一片小青杨林。在渠水灌饱了那一小片茂盛的小嫩树林以后,高老汉告诉他说,这些小树顶个儿子。他问为什么,老汉说,尕娃,我无后哇。孤老汉,拖累着个小孙女。等十年,这片树林子成材了,卖了是钱。等动弹不得的日子到了,就免得说些难听的话。他记得当时他久久说不出话来,只顾愣怔怔地盯着那片青枝绿叶的小树林。那青杨树又细又嫩,在一片婆娑声中摇曳。后来他走开了,老远回过头来,还看见那老汉佝偻着腰,提着锹寻寻觅觅地踱着,独自侍弄着那片小树。

他们出了高庙子小镇,走向湟水河滩。这里视野很开阔,全部湟水河谷的庄稼、村落和自然环境都展现在他们眼前。

这是第一级台地。瞧见了吗,他给姑娘分析着地貌。那长着庄稼的是第二级台地,它们在过去都曾经是湟水的河床。河流冲刷着向下切割,后来原先的河床就变成了高高的台地。她眯着眼睛仰望着高处绿得刺眼的庄稼,“真不能想象,”她说,“那是什么庄稼呀,长得那么高。”他告诉她,那是墨西哥品种的小麦,“不能想象的是以前那儿是森林,”他指着曝晒在阳光里的秃秃的黄土浅山。“自然地理讲义和历史地理书上都说,湟水流域的浅山以前都是原始森林。”他停住了,专注地端详着绵延在前面的静静的远山。真静啊,这里静得让人感到神秘。

她把照相器材从肩上摘下来,提在手里。他准能考上研究生,她想。“喂,我说,你准能考上研究生。”她朝他说。

“嗯,我也这么打算呢,”他回答,“我已经预备了不少功课了。”

倒不是因为这个,她心里想,“哎,你看!”她停住脚步惊叫起来,“你看,这是什么?”

他看见一条水沟里满满的堆着彩陶的碎片。

她俯身拾起一只破碎的彩陶罐子,“真漂亮呀!瞧这花纹!”她喊叫着,“真可惜,可惜碎了!”

彩陶罐子的下半截已经没有了,鼓鼓的腹截断在一条锐角鲜明的线上。陶器质地又细腻又结实,通体施着橙色的薄衣。他摸摸那断碎的碴口,觉得陶胎烧得又匀又硬。罐子腹上一个布满密网的大圆圈里,有一个粗放的黑彩勾画的怪人。那人形朝着他们手舞足蹈着,辨不清五官的脸孔上似乎凝着一种静默的、神秘的表情。

他长久地望着那图案上神秘无言的象形人。

“你瞧呀,这是森林,”她用手指抚摸着罐子颈部的一排塔松般的黑色三角纹,“一棵挨着一棵,尖尖的松树。你说对啦,这里以前一定是森林。”

两个人弯下腰,在河沟里的陶片堆里一块块翻找着,试着把陶片对上罐子的断口。一块块陶片天衣无缝地对上去了,彩陶罐渐渐地复原着。“啊,对上啦!又对上了一块!”她欣喜地悄声喊着,她已经深深地被这件彩陶吸引住了。

最后,只缺腹部的一块找不到。光洁流畅的线条从陶罐的肩部流到底部,只是中间残缺着黑洞洞的一块。“你瞧,多美啊,”她低声喃喃着,“可惜碎了。”世上的事情多么拗人心意啊,生活也常常是这样残缺。“可惜碎啦,”她重复地说。

这彩陶是四千多年前的,他想起了在历史系听的新石器时代考古课。四个大圆圈对称着,颈部排着三角形锯齿纹,像森林一样,这是马家窑文化的马厂类型,一种非常古老的原始文化。他抬起头望望静谧的湟水河谷和远山,怪不得这个世界显得那么神秘。

森林变成了光秃秃的浅山,河床变成了高高的台地。雨水冲垮了山上的古墓葬,于是,顺着小沟,彩陶流成了河。他皱着双眉思索着,真的,在湟水流域,古老的彩陶流成了河。

他找到了那座干打垒院墙的小庄户院。在北房的廊子下面站着一个戴着蓝格子头巾的女孩子。那女孩子长得很壮实,手里撑着一把铁锹。"俺阿大——没了。"——后来,她只说了这么一句,就扭过脸抽泣起来。那姓高的老汉死啦,他想,可是青杨树才栽上两年。

他走到了宽阔的河漫滩上,走进了那片用石块围起的小树林。银灰色的叶子在微风中抖动着,树根上浸着汩汩的渠水。他看见湟水在这儿拐了一个弧形的弯,浑黄的浊流哗哗淌着,冲溅着河心的一簇巨石。你死啦,自然而平和。你没能指望上这片小树林子。彩陶片汇成了一条河,青杨树却还很细嫩。你早忘了曾经对一个尕娃讲过你的心事,你就这样悄悄地死啦。但我相信你一定非常宁静,因为此刻我的心里一片宁静。看这湟水,虽然它冲刷着黄土的陡崖,拍打着河里的石头,但我觉得它也充满了宁静。

他在额尔齐斯河边插队的时候,曾经认识一位哈萨克的老母亲。那老人从年轻的时候就死去了丈夫,独自抚养着一个独生儿子。后来这个儿子娶妻生子,她又抚养着她的孙子们。他插队落户时参加了老母亲的一个孙子的婚礼,后来他又看着那白发苍苍的老人抱着孙子的胖婴儿。老人辞世的时候,已经有整整一个家族为她送葬。他曾经目送着那支马队从草原上走过,里面尽是饱经风霜的妇女和慓悍勇敢的男人。

他沿着湟水漫步走着,打量着眼前的种种河流地貌。牛轭湖,河漫滩,干流和支流,浪涛击打的河岸。他抬头记忆着湟水两侧浅山下的台地形状,注意辨认河滩地上的植被和土壤。他一步一步地踏着松软的湿地,他的心情沉着而平静。后来那戴蓝格子头巾的女孩子跑来叫他们去家里喝茶,他望着女孩健壮的身子,不禁微微地笑了笑。

他在廊子下面的小方桌前坐了下来。桌上放着一把壶,两只杯,托盘上码着四个大馍馍。他看见她正香甜地吃着,注视着他的动作。馍馍上掺洒着紫红色的碎玫瑰花瓣,他接过她掰下的一块,大口嚼了起来。他伸手取茶壶时,右肩的三角肌突然钻心般地疼了一下。他怔了一怔,活动了一下肩头,然后默默地吃起来。

当他们走出那个小庄户院的时候,他们远远地看见一幅蓝格子头巾正在河滩的青杨树林里闪动。

她醒了。列车正在颠簸的气浪里驶过一个隧道。原来我睡着了,她舒服地揉着眼睛想,靠在这车门旁边的小过道上,居然比在卧铺上睡得还香。她歪过脑袋想看看他睡着没有,结果又看见了烟头的红光。

"研究生,喂,"她唤道,"你一直没睡么?"

"唔,"他回答,"我不困。"

"你就一直抽着烟么?"她问,"那烟,真能解困吗?"

他的脸上突然被灯光照得雪亮。列车正冲过一个灯炬齐明的小站。她静了下来,让那雪白的光柱一下一下地把自己的这个小角落变得忽明忽暗。这个角落呀,她懒懒地遐想着,真像一个黑暗中的战壕。我们都蜷着身子在这儿小憩,等着到黎明时再去冲锋。她想到黎明时列车就会开进北京,想到冲洗胶卷、交代工作和争取发表自己作品的事,心情变得沉重了。她拂了拂额上的头发,驱走了那些烦人的心思。“喂,研究生,”她问道,“你回到北京以后,打算干些什么?”

他停了一会儿,然后低声说:“我要写一首诗。”

“诗?”她诧异地抬高了声调。

“这些天我一直在写,写了好几个开头。可是写得乱七八糟,”他自语般地说道,“不过……我相信能写出来。”

她明白了。“哦,我想,是关于河的。”

他没有回答。在黄河里游着的时候我就想,这不仅仅是河流地貌,也不是地理学。这是一支歌,一曲交响乐,是一首诗。在湟水边上我又在想。人文地理是科学,它有它的办法和路子。可是我除了科学还需要些别的。河流地貌不会关心青杨树是怎样长大的,描述性再强的地理著作也不会写到黄河浪头那种神秘的抚摸。还有那些彩陶片;暴雨冲垮了台地上的古墓葬,陶器在激流中撞得粉碎,接着,那彩陶片就流成了河。

“那专业呢? 还考试么?”她问。

“当然。不但要考上而且要好好干。不过——难道你不觉得,那河还有好多别的内容么?”

她若有所思地点了点头。她知道,那个不安分的精灵又附上了这个年轻人。我们都一样,她想,我们都不愿庸庸碌碌地了此一生。你自己不也是一样么,你绷紧每一根神经,背着沉重的摄影器材翻山涉水,追逐着百分之一秒的瞬间。你忙得筋酸骨散,靠着这车门旁的硬墙也能呼呼入睡。你不是连自己的生活都无暇回顾么。

她转过脸对他说:“在湟水边上,我拍了一张静物。就是咱们复原的那只彩陶罐。它可惜是碎的,像生活一样,”她小声说,“背景是那片小青杨树。我觉得,这是我这次拍得最成功的作品之一。”还有一张,她想,那是一个男人扑向奔腾的大河,我这一趟只有这两张作品拍得成功。“你知道的,青杨树林刚刚长起来,可惜罐子是破的,像生活一样。”她忧伤地摇了摇头。

他从嘴角取下熄了的纸烟,专注地望着姑娘。

“你不是很坚强么?”他问,“你十二岁就见过那么多。”

她苦笑了一下,双手搂住膝盖,等着他擦燃火柴,把那半支烟点着。“你们还有一支烟。在太冷、太寂寞的时候让它做伴。而我们女的,啊,那种时候真难呵。”

他笑了。她在黑暗中似乎看见了他白白的牙齿。“你的男朋友呢?”他问道,“怎么,难道你还能没有位漂亮的骑士么?”他开起玩笑来了。

“别提了。总算是受完了洋罪。一共谈了三个月——吹了。”她厌烦地说。

“为什么?”他问。

她费劲地想着一个比喻,“这么说吧:和他坐在一间屋子里。屋里就像有两个女人。不,一个女人,一个唠叨老婆子!”

他放声哈哈大笑起来,笑得前仰后合。瞧他美的,她气恨地想,他倒自信得很呢。

难道你的本质里就没有那种东西吗?我还没有告诉你那家伙以前的几个呢,有自私鬼,有小市侩,有木头人,还有一个臭流氓。她愤愤地打断了他的笑声:“连小说上都说,男子汉绝迹了。你不知道?”

“真的吗?”他止住了笑声,注视着她。“我现在就可以给你介绍几个。个个都是货真价实。只怕不对你的胃口。”他嘲笑地扔掉了烟头。

“你说吧!姓名?”

“牛虻,马丁·伊登,保尔·柯察金,还有……”还有一个是我,他想。他不禁微笑了。“还有一个,那家伙名字很古怪,我想不起来了。”

她黯然地呆呆坐着。“都是虚构的啊!”她说。

“不,”他反驳道,“现实生活中也有。只怕你认不出来。女同胞,只怕你们见到了也认不出来。”

他们都沉默了。他发觉这最后一句话使他们两人的心绪都变坏了。列车正轰鸣着开过一架铁桥,车门上的把手、铁踏板和乌蒙蒙的玻璃窗都在震响着,他们的肩头也在随着晃动着。他这最后一句话使她听了心里难受,她想起了在北大荒时在一个农场里干活的一个康拜因手。那小伙子总是在快活地笑着,在秋天金黄一片的大田里,他总是喜欢穿一件油污的坦克兵夹克,整天都吹着一支口琴。有一次在麦子地里午休,暴烤着平原的太阳晒得满地升腾着麦秆的味道。她高傲地、鄙夷地回绝了他。她眯着眼睛眺望着一望无际的金黄麦海,心里满是不以为然,甚至是不能容忍的心情。那小伙子踩着地上的麦茬踱回他们那群康拜因手那里,她听见整个中午那儿都响着一支单调的口琴曲子。后来康拜因手去了大庆油田。“我们这儿有八十万产业工人!我们这儿正出现着一个伟大的奇迹!”她听见知识青年们在念他写来的信。“到大庆来吧!这里过的才是真正的生活。”他在信里热烈地向朋友们呼吁着。她听着,仿佛听见一阵热情快活的口琴曲,她怅然若失地坐了好久。回来她常常回忆起那个快乐的小伙子,特别是在她机械地和被人们介绍来的对象问答的时候,她有时会感到听见了一丝口琴声。她疲乏地靠住了车厢的硬壁,闭上了眼睛。

他也想起了一个姑娘——海涛。他已经好久没有想起海涛了。在额尔齐斯河边的那片苜蓿地上,在那个肮脏荒僻、地窝子盖得东倒西歪的小村里,海涛和他度过了多少美好的日子呵。海涛不仅仅是他的初恋,海涛那时和额尔齐斯河的流水一样,已经成了他习惯了的生活中的颜色。他至今对那个脉脉含情的姑娘记忆犹新。不知你今天怎样了,海涛。他想,也许你已经又离开了那个工厂。我们一块沿着额尔齐斯的陡岸奔跑,追赶着汛期流水冲下的大片漂浮的野花。我们曾一直跑到离布尔津城不远的那个沼泽。我到今天还记得那天的情景——额尔齐斯河在戈壁滩前舒缓地滑过,沼泽里芦苇长成一道道曲折的屏障。有牛群,也有野鸭子和别的水鸟停在沙洲上,那片从上游阿勒泰山南麓冲下来的野花,在钢蓝色的水面浮成斑斓的一层。那天有一种青色的暮霭弥漫着沼泽和四野,连翻滚的波浪也涂着青青的光。只有你的脸颊红润新鲜,海涛。他又轻轻擦亮了一根火柴,然后把烟咬在嘴角。我觉得你那红润新鲜的脸颊一直在滋润着我的心,鼓舞着我的热情。

他吸了口烟,略微活动了一下肩膀。右肩的肌肉还在隐隐作痛。恐怕就是在游到黄河东岸的时候,他暗暗想,我用一只手抓住了石头,那急流把肌肉拉伤啦。那时的我多年轻啊,我在额尔齐斯的冰水里也能又叫又嚷地拉网捉鱼,而且肌肉也没有拉伤。今天的我也许已经衰老了,他想。他又稍稍活动了一下肩膀,瞟了一眼旁边姑娘的影子。

这是个挺好看的姑娘,他想。可是海涛长得更漂亮。当海涛离开小村的时候,没有一个知识青年搭理她。他们全都愤愤地谴责海涛,仅仅为了调回内地,仅仅为了当一个农场加工厂工人的前途,就背叛了爱情。但是他从人们的脸上看到了另一种表情,那是觉得被戏弄和被遗弃的表情。是呵,他想,海涛长得太漂亮了,干得又太不漂亮了。人们都觉得这矛盾的现实难以接受。其实人们是在为自己打抱不平,他们觉得海涛也抛弃了他们。他觉得只有他做得好。他从一户哈族老乡家里借来了一辆轻便的单马双轮车,拉开女知识青年住的地窝子房门,帮助已经无人理睬的美丽姑娘收拾了行李,然后为她把小马车一直赶上大道。在路上他跳进沼泽,用肩膀顶出了陷在泥里的车轮。后来他拉着马缰,车轮吱吱地碾过那片白色的流沙,最后驶过了额尔齐斯河上的大桥,到了布尔津城的长途汽车站。但是,在那个人影寥寥的长途车站门口,他冷冷地推开了她递过来的一张照片。

你干得不坏,伙计。他默默地想着,大方地给年轻时代的自己打了个五分。原来你可没打算那么干,原来你曾经打算撞进那间地窝子揍她一顿。你喝醉了酒,听见有谁悄悄地说到海涛这个名字就跳了起来。你一声不吭地提着空酒瓶子往外冲,咽喉里烧得冒火。可是后来你害臊了,因为你忽然觉得应该有点男子汉气度。醉醺醺地跑去打一个女孩子算什么好汉?你想着,一扭头改变方向跑到了河边,望着那条稳稳前进的大河。额尔齐斯,那也是一条河啊,他想,那是全国唯一的流向北冰洋的外流河。整个阿勒泰山脉南坡的流水都向它倾注,它串通着一串串沼泽和湖泊,胸有成竹地向着真正的北方流淌。那是一条被酷暑严寒的哈萨克草原养育得自由自在的大河啊,原来它把喝过它水乳的人都悄悄地改变了。他把烟头在车厢铁踏板上按熄,又从口袋里掏出一支拿着。今天看来,你和海涛分手时的一举一动都是由于额尔齐斯河的缘故,那条自由而宽阔的大河重新塑造了你。

外面灯光密集起来。快到北京了,他想。夜行的列车也像一条河。辨不出首尾,辨不清源头和前途,只觉得一股劲奔腾向前,把两岸的灯火远留背后。这样的河跟河流地貌、自然地理并没有关系啊,所以我要写一首诗。我要描写这样的,从大自然和人心里流过的河。

超员的车厢里一下子喧嚣起来,扛着大包小包的旅客挤到这块窄小的空间里吵嚷着。“收拾一下吧,就要到北京站了,”他对她说道,随即站起身来。

人们继续朝这车门挤来。扁担、硬纸箱和装得满满的大旅行袋在眼前晃来晃去。他们两人被挤得紧紧贴在那扇车门上,颜色发紫的雪亮站灯疾速地一闪一闪流过。她目不转睛地凝望着他的脸庞,一句话也没有说。

前方出现了一个大水闸似的建筑,拦腰横跨在铁道上。他觉得列车像河水一样正对准这个水闸冲去。“哦,北京,”他小声地自语道。 (原载《十月》1984年第1期)

张承志(1948—),回族,山东济南人。著有小说集《老桥》,长篇小说《金牧场》、《心灵史》等。主要作品有《北方的河》、《黑骏马》、《心灵史》等。

“你让额尔齐斯河为我开道,你让黄河托浮着我,你让黑龙江把我送向那辽阔的海口,送向我人生的新旅程,我感谢你,北方的河。”这是中篇小说《北方的河》的中心意象,借此意象小说把主人公“他”及一代青年对青春、理想、奋斗、追求过程中的焦灼、不甘及由此积聚起的激情充分地表达了出来。“他”在张承志小说创作中占有突出的地位,“他”是《骑手为什么歌唱母亲》中的铁木尔,在茫茫草原遭受白毛风而身陷绝境之时,受六十岁草原母亲的拯救而重获生命,“他”还在《黑骏马》中由于幼稚偏执而失去了刻骨的恋情。历经草原母亲的滋养,草原的真情回报,“他”终于成长起来。小说中的徐北华,“她”的形象,从不同的侧面烘托了“他”的形象,说明这一代人经历了人生的苦与甜,而真正成了反思的一代,行动的一代。

小说充满了强烈的浪漫主义气息,并将理想渲染、自然描绘、主观抒情三者融为一体。张承志创作中对神秘的体验,对细节的特殊敏感,行文过程中强烈的人文内涵都显露了出来。(祝亚峰)

爸爸爸

韩少功

一

他生下来时，闭着眼睛睡了两天两夜，不吃不喝，一个死人相，把亲人们吓坏了，直到第三天才哇地哭出一声来。能在地上爬来爬去的时候，就被寨子里的人逗来逗去，学着怎样做人。很快学会了两句话，一是“爸爸”，二是“╳妈妈”。后一句粗野，但出自儿童，并无实在意义，完全可以把它当作一个符号，比方当作“╳吗吗”也是可以的。三五年过去了，七八年也过去了，他还是只能说这两句话，而且眼目无神，行动呆滞，畸形的脑袋倒很大，像个倒竖的青皮葫芦，以脑袋自居，装着些古怪的物质。吃饱了的时候，他嘴角沾着一两颗残饭，胸前油水光光的一片，摇摇晃晃地四处访问，见人不分男女老幼，亲切地喊一声“爸爸”。要是你冲他瞪一眼，他也懂，朝你头顶上的某个位置眼皮一轮，翻上一个慢腾腾的白眼，吐噜一声“╳吗吗”，调头颠颠地跑开去。他轮眼皮是很费力的，似乎要靠胸腹和颈脖的充分准备，才能翻上一个白眼。调头也很费力，软软的颈脖上，脑袋像个胡椒碾捶晃来晃去，须沿着一个大大的弧度，才能成功地把头稳稳地旋过去。跑起来更费力，深一脚浅一脚找不到重心，靠头和上身尽量前倾才能划开步子，目光扛着眉毛尽量往上顶，才能看清方向。一步步跨度很大，像在赛跑中慢慢地作最后冲线。

都需要一个名字，上红帖或墓碑。于是他就成了“丙崽”。

丙崽有很多“爸爸”，却没见过真实的爸爸。据说父亲不满意婆娘的丑陋，不满意她生下了这个孽障，很早就贩鸦片出山，再也没有回来。有人说他已经被土匪“裁”掉了，有人说他在岳州开了个豆腐坊，有人则说他拈花惹草，把几个钱都嫖光了，曾看见他在辰州街上讨饭。他是否存在，说不清楚，成了个不太重要的谜。

丙崽他娘种菜喂鸡，还是个接生婆。常有些妇女上门来，叽叽咕咕一阵，然后她带上剪刀什么的，跟着来人交头接耳地出门去。那把剪刀剪鞋样，剪酸菜，剪指甲，也剪出山寨一代人，一个未来。她剪下了不少活脱脱的生命，自己身上落下的这团肉却长不成个人样。她遍访草医，求神拜佛，对着木人或泥人磕头，还是没有使儿子学会第三句话。有人悄悄传说，多年前，有一次她在灶房里码柴，弄死了一只蜘蛛。蜘蛛绿眼赤身，有瓦罐大，织的网如一匹布，拿到火塘里一烧，臭满一山，三日不绝。那当然是蜘蛛精了，冒犯神明，现世报应，有什么奇怪的呢？

不知她听说过这些没有,反正她发过一次疯病,被人灌了一嘴大粪。病好了,还胖了些,胖得像个禾场滚子,腰间一轮轮肉往下垂。只是像儿子一样,间或也翻一个白眼。

母子住在寨口边一栋孤零零的木屋里,同别的人家一样,木柱木板都毫无必要地粗大厚重——这里的树很不值钱。门前常晾晒一些红红绿绿的小孩衣裤及被褥,上面有荷叶般的尿痕,当然是丙崽的成果了。丙崽在门前戳蚯蚓,搓鸡粪,玩腻了,就挂着鼻涕打望人影。碰到一些后生倒树归来或上山去"赶肉",被那些红扑扑的脸所感动,就会友好地喊一声"爸爸——"

哄然大笑。被他眼睛盯住了的后生,往往会红着脸,气呼呼地上前来,骂几句粗话,对他晃拳头。要不然,干脆在他的葫芦脑袋上敲一丁公。

有时,后生们也互相逗耍。某个后生上来笑嘻嘻地拉住他,指着另一位,哄着说:"喊爸爸,快喊爸爸。"见他犹疑,或许还会塞一把红薯片子或炒板栗。当他照办之后,照例会有一阵开心的大笑,照例要挨丁公或耳光。如果愤怒地回敬一句"X吗吗",昏天黑地中,头上和脸上就火辣辣地更痛了。

两句话似乎是有不同意义的,可对于他来说,效果都一样。

他会哭,哭起来了。

妈妈赶来,横眉横眼地把他拉走,有时还拍着巴掌,拍着大腿,蓬头散发地破口大骂。骂一句,在大腿弯子里抹一下,据说这样就能增强语言的恶毒。"黑天良的,遭瘟病的,要砍脑壳的! 渠是一个宝(蠢)崽,你们欺侮一个宝崽! 几多毒辣呀! 老天爷你长眼呀,你视呀,要不是吾,这些家伙何事会从娘肚子里拱出来? 他们吃谷米,还没长成个人样,就烂肝烂肺,欺侮吾娘崽呀!"

她是山外嫁进来的,口音古怪,有点好笑。只要她不咒"背时鸟"——据说这是绝后的意思,后生们一般不会怎么计较,笑一阵,散开。

骂着,哭着,哭着又骂着,日子还热闹,似乎还值得边发牢骚边过下去。后生们一个个冒胡桩了,背也慢慢弯了,又一批挂鼻涕的奶崽长成后生了。丙崽还是只有背篓高,仍然穿着开裆的红花裤。母亲总说他只有"十三岁",说了好几年,但他的相明显地老了,额上隐隐有了皱纹。

夜晚,她常常关起门来,把他稳在火塘边,坐在自己的膝下,膝抵膝地对他喃喃说话。说的词语,说的腔调,甚至说话时悠悠然摇晃着竹椅的模样,都像其他母亲对待自己的孩子:"你这个奶崽,往后有什么用啊? 你不听话啰,你教不变啰,吃饭吃得多,又不学好样啰。养你还不如养条狗,狗还可以守屋。养你还不如养头猪,猪还可以杀肉咧。呵呵呵,你这个奶崽,有什么用啊,睚眦大的用也没有,长了个鸡鸡,往后哪个媳妇愿意上门啰? ……"

丙崽望着这个颇像妈妈的妈妈,望着那死鱼般眼睛里的光辉,舔舔嘴唇,觉得这些嗡嗡的声音一点也不新鲜,兴冲冲地顶撞:"X吗吗。"

母亲也习惯了,不计较,还是悠悠然地前后摇着身子,竹椅吱吱呀呀地呻吟。

"你收了亲以后,还记得娘么?"

"X吗吗。"

“你生了娃崽以后,还记得娘么?”

“×吗吗。”

“你当了官以后,会把娘当狗屎嫌吧?”

“×吗吗。”

“一张嘴只晓得骂人,好厉害咧。”

丙崽娘笑了,眼小脖子粗。对于她来说,这种关起门来的模仿,是一种谁也无权夺去的享受。

二

寨子落在大山里,白云上,常常出门就一脚踏进云里。你一走,前面的云就退,后面的云就跟,白茫茫的云海总是不远不近地团团围着你,留给你脚下一块永远也走不完的小小孤岛,托你浮游。小岛上并不寂寞,有时可见树上一些铁甲子鸟,黑如焦炭,小如拇指,叫得特别干脆洪亮,有金属的共鸣。它们好像从远古一直活到现在,从未变什么样。有时还可能见白云上飘来一片硕大的黑影,像打开了的两页书,粗看是鹰,细看是蝶,粗看是黑灰色的,细看才发现黑翅上有绿色、黄色、橘红色的纹络斑点,隐隐约约,似有非有,如同不能理解的文字。行人对这些看也不看,毫无兴趣,只是认真地赶路。要是觉得迷路了,赶紧撒尿,赶紧骂娘,据说这是对付“岔路鬼”的办法。

点点滴滴一泡热尿,落入白云中去了。云下面发生了一些什么事情,似与寨里的人没有多大关系。秦时设过郡,汉时也设过郡,后来“改土归流”……这都是听一些进山来的牛皮商和鸦片贩子说的。说就说了,吃饭还是靠自己种粮。

种粮是实在的,蛇虫瘴疟也是实在的。山中多蛇,粗如水桶,细如竹筷,常在路边草丛嗖嗖地一闪,对某个牛皮商的满心喜悦抽上黑黑的一鞭。据说蛇好淫,把它装在笼子里,遇见妇女,它就会在笼中上下顿跌,几乎气绝。取蛇胆也不易,击蛇头则胆入尾,击蛇尾则胆入头,耽搁久了,蛇胆化水也就没有用了。人们的办法是把草扎成妇人形,涂饰彩粉,引蛇抱缠游戏,再割其胸,取胆,蛇陶陶然竟毫无感觉。还有一种挑生虫,人染虫毒就会眼珠青黄,十指发黑,嚼生豆不腥,含黄连不苦,吃鱼会腹生活鱼,吃鸡会腹生活鸡。解毒的办法是赶快杀一头白牛,喝生牛血,还得对牛血学三声公鸡叫。至于满山蒙蒙密密的林木,同大家当然更有关系了。大雪封山时,寄命一塘火。大木无须砍劈,从门外直接插入火塘,一截截烧完为止。有一种楠木,很直,直到几丈或十几丈的树巅才散布枝叶。古代常有采官进山,催调徭役倒伐这种树,去给州府做殿廷的楹栋,支撑官僚们生前的威风。山民们则喜欢用它造船板,远远送下辰州、岳州,那些“下边人”拆散船板移作它用,琢磨成花窗或妆匣,叫它香楠。但出山有些危险。碰上祭谷的,可能取了你的人头;碰上剪径的,钩了你的船,抄了你的腰包。还有些妇人,用公鸡血引各种毒虫,掺和干制成粉,藏于指甲缝中,趁你不留意时往你茶杯中轻轻一弹,可叫你暴死。这叫“放蛊”,据说放蛊者由此而益寿延年。故青壮后生不敢轻易外出,外出也不敢随便饮水,视潭中有活鱼游动,才敢去捧上几口。有一次,两个汉子身上衣单,去一个石洞避风寒，摸索进去，发现洞底有一堆人的白骨，石壁上还有刀砍出来的一些花纹，如鸟兽，如地图，似蝌蚪文，全不可解。谁知道这是怎么回事呢？

加上大岭深坑，长树干不易运送，于是大部分树木都用不上，雄姿英发地长起来，争夺阳光雨雾，又默默老死山中。枝叶腐烂，年年厚积，软软地踏上去，冒出几注黑汁和几个水泡泡，用阴湿浓烈的腐臭，浸染着一代代山猪的嚎叫。

也浸染着村村寨寨，所以它们变黑了。

这些村寨不知来自何处。有的说来自陕西，有的说来自广东，说不太清楚。他们的语言和山下的千家坪的就很不相同。比如把“看”说成“视”，把“说”说成“话”，把“站立”说成“倚”，把“睡觉”说成“卧”，把指代近处的“他”换作“渠”，颇有点古风。人际称呼也有些特别的习惯，好像是很讲究大团结，故意混淆远近和亲疏，把父亲称为“叔叔”，把叔叔称为“爹爹”，把姐姐称为“哥哥”，把嫂嫂则称为“姐姐”，等等。爸爸一词，是人们从千家坪带进山来的，还并不怎么流行。所以照旧规矩，丙崽家那个跑到山外去杳无音信的人，应该是他的“叔叔”。

这与他没什么关系。

对祖先较为详细和权威的解释，是古歌里唱的。山里太阳落得早，夜晚长得无聊，大家就悠悠然坐人家，唱歌，摆古，说农事，说匪患，打瞌睡，毫无目的也行。坐得最多的地方，当然是那些灶台和茶柜都被山猪油抹得清清亮亮的殷实人家。壁上有时点着山猪油灯壳子，发出淡蓝色的光，幽幽可怖。有时则在铁丝的灯篮里烧松膏块，撒下赤铜色的光。碰到噼叭一炸，火光惶惶然一闪，灯篮就睡意浓浓地抽搐几下。火塘里总有烟火，冬天用火取暖，夏天用烟驱蚊。栋梁壁顶都被烟火熏得黑如墨炭，浑然一色中看不清什么线条和界限，散发出清冽戳鼻的烟味。还悬挂着一根根灰线子，火气一冲，就不时落下点点烟屑，上下飞舞，最后飘到人们的头上或肩上、膝头上，不被人们注意。

德龙最会唱歌了。他没有胡子，眉毛也淡，平时极风流，妇女们一提起他就含笑切齿咒骂。天生的娘娘腔，嗓音尖而细，憋住鼻孔一起调，一句句像刀子在你脑门顶里剜着，刮着，使你一身皮肉发紧，大家对他十分佩服；德龙的喉咙就真是个喉咙啊！

他玩着一条敲掉了毒牙的青蛇，进门来，嬉皮笑脸地被大家取笑，不需多劝，就会盯住木梁，捏捏喉头，认真地唱起来：

辰州县里好多房？
好多柱来好多梁？
鸡公岭上好多鸟？
好多窝来好多毛？

这类“十八扯”之外，最能博取笑声的是大胆的情歌，他也最愿意唱：（这里不便引大胆的）

思郎猛哎，

行路思来睡也思，
行路思郎留半路，
睡也思郎留半床咪！

如果寨里有红白喜事，或是逢年过节，那么照规矩，大家就得唱“简”，即唱古，唱死去的人。从父亲唱到祖父，从祖父唱到曾祖父，一直唱到姜凉。姜凉是我们的祖先，但姜凉没有府方生得早，府方又没有火牛生得早，火牛又没有优耐生得早。优耐是他爹妈生的，谁生下优耐他爹呢？那就是刑天——也许就是陶潜诗中那个“猛志固常在”的刑天吧。刑天刚生下来时天像白泥，地像黑泥，叠在一起，连老鼠也住不下，他举斧猛一砍，天地才分开。可是他用劲用得太猛了，把自己的头也砍掉了，于是以后以乳头为眼，以肚脐为嘴。他笑得地动山摇，还是舞着大斧，向上敲了三年，天才升上去；向下敲了三年，地才降下来。

刑天的后代是怎么到这里来的呢？——那是很早以前，五支奶和六支祖住在东海边上，子孙渐渐多了，家族渐渐大了，到处都住满了人，没有晒席大一块空地。五家嫂共一个舂房，六家姑共一担水桶，这怎么活下去呢？于是在凤凰的提议下，大家带上犁耙，坐上枫木船和楠木船，向西山迁移。他们以凤凰为前导，找到了黄泱泱的金水河，金子再贵也是淘得尽的；他们找到了白花花的银水河，银子再贵也是挖得完的；最后才找到了青幽幽的稻米江。稻米江，稻米江，有稻米才能养育子孙。于是大家唱着笑着来了。

奶奶离东方兮队伍长，
公公离东方兮队伍长。
走走又走走兮高山头，
回头看家乡兮白云后。
行行又行行兮天坳口，
奶奶和公公兮真难受。
抬头望西方兮万重山，
越走路越远兮哪是头？
……

据说，曾经有个史官到过千家坪，说他们唱的根本不是事实。那人说，刑天的头是争夺帝位时被黄帝砍掉的。此地彭、李、麻、莫四大姓，原来住在云梦泽一带，也不是什么“东海边”。后因黄帝与炎帝大战，难民才沿着五溪向西南方向逃亡，进了夷蛮山地。奇怪的是，古歌里居然没有一点战争逼迫的影子。

鸡头寨的人不相信史官，更相信德龙——尽管对德龙的淡眉毛是看不上眼的。眉淡如水，是孤贫之相。

德龙唱了十几年，带着那条小青蛇出山去了。

他似乎就是丙崽的父亲。

三

丙崽喜欢看人,尤其对陌生的人感兴趣。碰上匠人进寨来了,他都会迎上去喊“爸爸”。要是对方不计较,丙崽娘就会眉开眼笑,半是害羞,半是得意,还有对儿子又原谅又责怪地呵斥:“你乱喊什么?”

呵斥完了,她也笑。

窑匠来了,丙崽也要跟着上窑去看,但窑匠不让,因为有老规矩在。传说烧窑是三国时的诸葛亮南征时,路过这里,教给山民们的。所以现在窑匠来,先要挂一太极图,顶礼膜拜。点火也极有讲究,有阴火与阳火之分,用鹅毛扇轻轻扇起来——诸葛亮不就是用的鹅毛扇吗?

女人和小孩不能上窑,后生去担泥坯,也得禁恶言秽语。这些规矩,使大家对窑匠颇感神秘。歇工时,后生就围着他,请他抽烟,恭敬地打听点山外的事。这其中,最为客气的可能要数石仁,他总会盛情邀请窑匠到他家去吃肉饭,去“卧夜”——当然是由于他在家里并不能做主。

石仁外号仁宝,算是老后生了,还没有婚娶。他常躲到林子里去,偷看女崽们笑笑闹闹地在溪边洗澡,被那些白色的影子弄得快快活活地心痛。但他眼睛不好,看不大清楚,作为补偿,就常常去看小女崽撒尿,看母狗和母牛的某个部位。有一次,他用木棍对一头母牛进行探究,被丙崽娘看见了。这婆娘爱好是非,回头就找这个嘀咕几句,找那个嘀咕几句,眉头跳跳的,见仁宝来了才镇定自若地走开。后来仁宝上山挖个笋子,刮点松膏,或是到牛栏房去加点草料,也总看见那婆娘探头探脑,装着在寻草药什么的,死鱼般的眼睛充满信心地往这边瞥一瞥。仁宝冒着火,却没理由发作,骂了阵无名娘,还是不解恨,只好在丙崽身上出气。见到他,见他娘不在面前,也没什么旁人,就狠狠地在他脸上扇耳光。

小老头被打惯了,经得打,嘴巴歪歪地扯了几下,没有痛苦的表情。

他再来几下,手指有些痛。

“×吗吗,×吗吗……”小老头这才感到形势不妙,稳稳地逃跑。

仁宝追上去,捏紧他的后颈皮,让他给自己磕了几个响头。前额上有几颗陷进皮肉的沙粒。

他哭起来,哭没有用。等那婆娘来了,他半个哑巴,说不清是谁打的。仁宝就这样报复了一次又一次,婆娘欠下的债,让小崽子一笔笔领回去,从无其他后果。

丙崽娘从果园子里回来,见丙崽哭,以为他被什么咬伤或刺伤了,没发现什么伤痕,便咬牙切齿:“哭,哭死!走不稳,要出来野,摔痛了,怪哪个?”

碰到这种情况,丙崽会特别恼怒,眼睛翻成全白,额上青筋一根根暴出来,咬自己的手,揪自己的头发,疯了一样。

旁人都说:“唉,真是死了好。”

后来,不知为什么,仁宝同她又亲亲热热起来,开口“婶娘”,喊得特别甜,特别轻滑。

帮她家舂个米,修个桶,都是挽起袖子,轰轰烈烈地干。对有关丙崽娘的闲言碎语,他也总是力表公允地去给以辩解和澄清。旁人自然有些疑惑。寡妇门前是非多,他们耳根不清静,被妇女们指指点点,也是难免的。

丙崽娘挤着笑眼看他,想为他说门亲。她常常出寨去接生,跑的地方多,同女人们熟,但说过好几家,未见得人家送八字红帖来。也不奇怪,这几年鸡头寨败了,单身后生岂止仁宝一个?仁宝由此悲观了几年,渐渐有了老相。听说有一种"花咒"——后生看中了哪位女子,只要取她一根头发,系在门前一片树叶上,当微风轻拂的时候,口念咒语七十二遍,就能把那女子迷住。仁宝也试过,没有效果。

他眼睛有点眯,没看清人的时候,一脸戳戳的怒气。看清了,就可能迅速地堆出微笑,顺着对方的言语,惊讶,愤慨,惋惜,或者有悲天悯人的庄严。随着他一个劲地点头,后颈上一点黑壳也有张有弛。他尤其喜欢接近一些不凡的人物:窑匠、界(锯)匠、商贩、读书人、阴阳先生等等。他同这些人说话,总是用官话。吹捧之后,巧妙地暗示自己也记得瓦岗寨的一条好汉乃至六条好汉。有时还从衣袋摸出一块纸片,出示上面的半边对联,谦虚谨慎地考一考外来人,看对方能否对得出下联,是否懂一点平仄。

自己也就有些地位了。

山下女崽多,他常下山,说是去会朋友,有时一连几天不见他的影子。不知他什么时候走的,什么时候回来的。菜园子都快荒了,草深得可以藏一头猪。从山下回来,他总带回一些新鲜玩意儿,一个玻璃瓶子,一盏破马灯,一条能长能短的松紧带子,一张旧报纸或一张不知是什么人的小照片。他踏着一双很不合脚的大皮鞋壳子,在石板路上嘎嘎咯咯地响,更有新派人物的气象。

仁宝的父亲仲满,是个裁缝,也不会做菜园,不会喂猪,对他那皮鞋壳子最感到戳眼。"畜生!三天两头颠下山,老子剁了你的脚!"

"剁死也好,来世投胎到千家坪去。"

"到千家坪,吃金子屙银子?"

"千家坪的王先生穿皮鞋,鞋底还钉了铁掌子,走起来当当地响,你视见过?"

仲满没见过什么钉铁掌的皮鞋,不敢吭声了。停了片刻才说:"皮鞋子上不得坡,下不得河,不透气,穿起来脚臭,有什么稀奇?"

"铁掌子,我是说铁掌子。"

"只有骡马才钉掌子,你不做人,想做个畜生?"

仁宝觉得父亲侮辱了自己的同志,十分恼怒,狠狠地报复了一句:"辣椒秧子都干死了!晓得么?"

叭——裁缝一只鞋摔过来,正打中仁宝的脑袋。他不允许儿子这样不遵孝道。

"哼!"

仁宝怕,但坚强地不去摸脑袋,冲冲地走进另一间屋,继续戳他的旧马灯罩子。

听说他挨了打,后生们去问他,他总是否认,并且严肃地岔开话题:"这鬼地方,太保守了。"

后生们不明白,保守是什么意思,于是新名词就更有价值,他也更有价值。人们常见他忙忙碌碌，很有把握地窝在自家小楼上，研究着什么。有时研究对联，有时研究松紧带子，有时研究烧石灰窑。有一回，还神秘地告诉后生们：他在千家坪学会了挖煤，现在他要在山里挖出金子来。金子！黄泱泱的金子哩！他真的提着山锄，在山里转了好几天。有几个想沾光的后生，偷偷地跟着看，看了几天，发现他并没有真正动手。

对付同伴们的疑惑，他宽容地笑一笑，然后拍拍对方的肩，贴心地作些勉励："就要开始了，听说没有？县里来了人，已经到了千家坪，真的。"或者说："就要开始啦，真的，明天就会落雪，秧都靠不住。"说完回头望一望什么，似乎总有个无形的人在跟着他。

有时甚至干脆只有一句："你等着吧，可能就在明天。"

这些话赫赫有威，使同伴们崇敬，但大家弄不懂其中深意。要开始，当然好，要开始什么呢？是要开始烧石灰窑，还是要开始挖金子？还是像他曾经说过的那样——开始下山去做上门女婿？不过众人觉得他穿着皮鞋壳子，总有沉思的表情，想必有些名堂。邀伴去犁田、倒树，干这一类庸俗的事，不敢叫他了。

今天开祠堂门商议祭谷神，他不以为然。他见过千家坪的人做阳春，那才叫真正的做家。哪像这鬼地方，一年一道犁，不开水圳也不铲倒墈，还想田里结谷？再说田里谷多谷少，也与他的雄图没有关系。不过他还是去看了看。他看到父亲也在香火前下拜，就冷笑。这像什么话呢？为什么不行帽檐礼？他在千家坪见过的。

他自信地对身边一个后生说："会开始的。"

"开始。"后生不解地点点头。

他觉得对方并非知音，没什么意思。于是目光往左边的女人们投过去。有个媳妇，晃着耳环，不停地用衣袖擦着汗珠。跪下去时没注意，侧边的裤缝张开了，露出了里面的白肉。仁宝眯着眼睛，看不太清楚，不过已经足够了，可以发挥想象了，似乎目光已像一条蛇，从那窄窄的缝里钻了进去，曲曲折折转了好几个弯，上下奔蹿，恢恢乎游刃有余。他在脑子里已经开始亲那位女人的肩膀，膝盖，乃至脚上每个趾头，甚至舌尖有了点酸味和咸味……

他想，他一定要去同那位媳妇谈一谈帽檐礼。

四

女人们爱坐人家，偷偷地沿着屋檐溜进东家或西家，凑在火塘边叽叽咕咕一阵，茶水喝干了几吊壶，尿桶里涨了好几寸，直说得个个面色发白，汗毛倒竖，才拿起竹篮或捣衣的木棰，罢休而去。她们早就在说，某某家的鸡叫起来像鸭；腊月里居然没下一场雪。丙崽娘去岭那边的鸡尾寨接生，还带回来一个消息。说鸡尾寨的三阿公坐在屋里被一条大蜈蚣咬死了，死了两天还没有人知道，结果有只脚被老鼠吃去了一半——好像都是些不祥之兆。

但后来又有人说，三阿公并没有死，前两天还看见他在坡上扳笋子。这样一说，三阿公又变得恍恍惚惚，有无都成为一个问题了。

像要印证这些兆头似的，后来一阵倒春寒，下了一阵冰雹，田里大部分秧苗都冻成了黑水,只剩下稀稀拉拉几根,像没有拔尽的鸡毛。几天后暴热,田里又多虫。

碰上寨子里这几年奶崽生得多,家家都觉得米柜太浅,一舀就见到底。有的开始借谷,一借就有了连锁反应,不管楼上有谷没谷的,都踊跃地借,以示自己也会盘算村邻。丙崽娘也借得要死要活的,其实心里并不很着急。这两年来她大模大样地积德,义务照看祠堂。怕老鼠啃了族谱,扰乱了祖宗的安宁,就养了一只猫。这只猫不能亏待,每年由公田出两担谷养着它。丙崽娘天天拿瓦罐盛着半罐饭,吆吆喝喝从一些门户前经过,说是去送猫食,其实一进祠堂,就自己吃了。靠这只猫,娘崽不也可以混个半饱么?大家似乎知道这个中机巧,有人在她背后指指点点。她横眉横眼,装着没听见就是。

一直借到寨子里人心惶惶,女人们又开始谈起祭谷神。丙崽娘有点兴高采烈,积极投入了这场对谷神的议论。得闲的时候,就带上针线鞋底,拉上丙崽,矮胖的身子左一顿,右一顿,屁股磨进一家家高大的门槛。对一些没听说过谷神的女崽,她谆谆教导:这可是个老规矩呐。要杀个男的,选头发最密的,分给狗吃。杀到哪一家,就叫哪一家"吃年成"……说得姑娘们睁大眼睛,相互挤靠得越来越紧,她又笑起来,神秘地压低声音:"你屋里不会吃年成的,放心。你男人头发胡子都稀……不过,也不蛮稀。"或者说:"你屋里不会吃年成的,放心。你竹哥太瘦了,没有几斤肉,不过……也不蛮瘦。嗯啦。"

她圆睁双眼,把一户户女人都安慰得心惊肉跳之后,才弯着一个指头,把碗里的茶叶扒起来,嚼得吱吱响,拉着丙崽起了身,严肃认真地告别:"吾去视一下。"

"视一下"有很含混的意思,包括我去打听一下,我去说说情,有我做主,或者是我去看看我的鸡埘什么的,都通。但在女人们的恐慌中,这种含混也很温暖,似乎也值得寄予希望。

实在是看鸡埘去了。

鸡埘那边就是仁宝父子的家。丙崽娘看完鸡埘,总是朝那边望一眼。这一眼的意思也很模糊,似乎是招呼,似乎是警惕,似乎是窥探隐私,也似乎是不示弱地挑战。每天都这样偷偷地望几眼,叫仲裁缝心里发毛。

仲裁缝恨女人,更恨丙崽娘。说起来她还算他的弟媳,又与他打邻,地坪相连,树阴相接,更是拆了墙壁,大家会发现对方也不过是吃饭、睡觉、训儿子,没什么两样。但越接近就越看得清楚,看出些不一样来。丙崽娘常常挑起一竹篙女人的衣裤,显眼地晒在地坪里,正冲着裁缝的大门,使他一出门就觉得晦气,这不是有辱斯文么?她还经常在地坪里摊晒一些胞衣,作为大补佳药拿去吃,或卖钱。那些婆娘们腹中落下来的肉囊,有血腥气,在晒席上翻来滚去的,晒出一条条皱纹,像一个个鬼魂,令人须发倒竖。不过,这一切都不如她那眼光可恶。似乎是心不在焉地看一眼,有毫无理由的理由,有毫不关心的关心,像投来一条无形的毒蛇。

"妖怪!"有一天,仲裁缝在大门口怒骂起来。

地坪里没有他人,正架起一条腿剥脚皮的丙崽娘知道他是骂谁。哼了一声,又恨恨地剥下两大块茧皮。

就这样交了恶。但仲裁缝从没有拿丙崽复仇。有一回,小老头怯怯地来到他家门口,研究了一下他脸上的麻子,把绿色的一团鼻涕抹在板凳上的一段布料上。裁缝只是瞪了一眼，旋即把布料塞进火塘，烧了。

避女人与小子，乃有君子之风。仲裁缝算不算君子，不好说。但他在寨子里是个有“话份”的人。话份也是一个很含糊的概念，初到这里来的人许久还弄不明白。似乎有钱，有一门技术，有一把胡须，有一个很出息的儿子或女婿，就有了话份。后生们都以毕生精力来争取有话份。

有话份意味着有人来听你说话。仲裁缝粗通文墨，自婆娘早死之后，孤独度日，读了几本六叔留下来的没头没尾的线装页子，知道不少似真似假的旧事。晋公子重耳、吕洞宾、马伏波，还有他最为崇拜的贤相诸葛亮。有时也在火塘边把竹烟管噏得嘀罗罗地响，慢条斯理向后生们讲上两段。三个字一顿，五个字一停，说话时总是开口半晌以后，再“哎”一声，再接上正文。目光茫茫然，像不是同听者讲话，是在同死去的先人讲话。后生们望着他脸上几颗冷峻的阴麻子，不敢催促他。

“汽车算个卵。”他说，“卧龙先生，造了木流牛马。只怪后人蠢了，就失传了。”

他还说：“先人一个个身高八尺，力敌千钧。哪像现在，生出那号小杂种。”

大家知道他是说丙崽。

他越这样感慨，越觉得日子不顺心。摇着蒲扇，还是感到闷，鼻尖上直冒汗——呸！妖怪，先前哪有这么热呢？他恨椅子也太不合意，吱吱呀呀叫得很阴险——妖怪，如今的手艺也真是哄鬼啊，先前一张椅子从出嫁坐到做外婆，还是紧紧实实的。想来想去，觉得没有了卧龙先生，世道怕是要败了，这鸡头寨怕是要绝了。

是要绝了么？

眼下，听人们都在议论要祭谷神，他坐在家里不知要做点什么才好。好像出了点问题，仔细思量，才知是肚子饿了。近来很少有人接他去做衣，得自己煮饭。即使接他去，人家的饭食也越来越软，这是他最不能忍受的。如果米饭不是粒粒如铁砂，他决不摸筷子。

“仁拐子！”他叫喊。

没有人回答。

他又喊了一声，想了想，上楼去找。发现儿子的铺盖蚊帐，还有他的锈马灯壳子一类，都不翼而飞。只剩下一张空床，还有几个大瓦坛子，很久没有酸菜可装的，倒立在墙角，像几个囚犯在受大刑，永远倒栽在那里。还有一具棺木，不知是仁宝为谁准备的，横霸中央，呼呼大睡。

明白了什么，一句话也没说。

他看见墙边一只老鼠一晃，好像更明白了什么。妖怪！对了，就是这个妖怪！——他梦见过的，梦里的这只老鼠，还拱手而立，同情地冲他笑了笑。这畜生耳红足赤，眼睛也红鲜鲜的。在书上不是说过吗？那是偷吃胭脂所致。妖妇捕之可为媚药。仁拐子一定是被它媚去的，这个寨子也一定是被它败了的！

仲裁缝骂着娘，一铁尺打过去，咣地破了个坛子，老鼠尾巴又缩进壁缝去了。他跑到另一房间，撬破一个木柜，捅烂两只篾篓，还是没有胜利。咚咚咚地跑到楼下，凡可疑之处都给以惊天动地的检查。一瞬间，碗钵烂了，吊壶也倒了，桌椅板凳都苦苦地跪倒或趴下,或歪歪斜斜地艰难站立,他引火烧鼠洞,黑油油的帐子又接上了火,燎起热爆爆的一片金黄色光亮。

老鼠总算被他戳死了,大小六只,全被他斩首断肢,拿到火塘中烧出了一股奇臭。他听见地坪中有沉着的脚步声,回过头,又看见丙崽娘若无其事地朝这边看了一眼,更冒出一股无名火。咬咬牙,把老鼠的尸灰泡在水里,全都喝了下去。

他脸发黑,感到丹田之气已尽,默坐一阵之后,出了门。

公鸡正在叫午,寨里静得像没有人,像死了。对面是鸡公岭,鸡头峰下一片狰狞的石壁,斑斓石纹有的像刀枪,有的像旗鼓,有的像兜鍪铠甲,有时像战马长车,还有些石脉不知含了什么东西,呈棕红色,如淋漓鲜血,劈头劈脑地从山顶泻下来,一片惨烈的兵家气象。仲裁缝觉得,那是先人们在召唤自己。

路边瓜棚里,冒出一张老人的笑脸。

"仲老,吃了?"

"吃了。"他淡淡一笑。

"要祭谷神?"

"要祭的。"

"要谁的脑袋?"

"听说……摇签罢。"

"摇签?"

"你吃了?"

"吃了。"

"哦,吃了的。"

双方不再说话。

山上的树漫天生长。从茶子坡过去,大木就多了。有些树上扎了篾条,那都是寿木。寨里的人很小就要上山给自己看寿木的,看中了,留个记号,以后每年来看一两次。但仲裁缝很少进山,也一直没来选过寿木,而且憎恶这一根根居心不良的鸟树。君子坐有坐相,立有立相,死也要有个死相,死得不能倒威。说死就死,准备什么?他捏着弯刀来的,要选一块好位置,砍出一个尖尖的树桩,坐桩而死,死得慷慨。他见过这样死去的人,前些年马子洞龙拐子就是一个,他咳痰,咳得不耐烦,就去死。死后人们发现树桩前的地皮都被十指抓得坑坑洼洼的,起了一层浮土,可见死得惨烈,死得好。载上了族谱。

他选了一棵小松树,用裁缝的手,不熟练地砍削起来。

五

本来要拿丙崽的头祭谷神,杀个没有用的废物,也算成全了他。活着挨耳光,而且省得折磨他那位娘。不料正要动刀,天上响了一声雷,大家又犹疑起来:莫非神圣对这个瘦瘪瘪的祭品还不满意?

天意难测。于是备了一桌肉饭,请来一位巫师。巫师指点:年成不好,主要是叫鸡精在作怪——你们没看见对面的那鸡公岭么？鸡头峰正冲着寨里的两垅田，把谷子都吃进肚子里去啦。

人们立即商议着要炸鸡头。这事牵涉到鸡尾寨。鸡尾寨也是个大寨，几百号人口，在寨前的麻石大牌坊下进进出出，主要以种鸦片为业，比较富足。出了一些读书人，据说有的成了大文豪，有的在新疆带兵，回乡省亲都是坐八人大轿。过年，寨里家家宰牛，有牛叫，牛皮商也最喜欢往那里钻。寨前一口水井，一棵大樟树，常有些娃崽在树下用小石块玩开山棋，人们一直把树和井当作男女生殖器的象征，常常敬以香火，祈望寨子里发人。有一年寨子里一连几胎都生的女崽，还生了个什么葡萄胎，弄得空气十分紧张。察究了一段，有人说鸡头寨的一个什么后生路过这里时，曾上树摸鸟蛋，弄断了一根枝丫。

从此两寨结下了怨恨。后来又有人说，那是马子洞与鸡尾寨有世仇，暗中著事，移祸于它。这段公案察无实证，不了了之。官府鞭长莫及，也不来过问，只是有次要修官道，来山里催过一次徭役。

听说鸡头寨要炸鸡头，却是确凿的了，鸡尾寨果然更是群情激奋。他们的田土肥沃，就是靠鸡屁股拉屎，对炸鸡头岂能不管？在岭上吵了一架，双方还动起手脚来，鸡头寨的后生撤回去了。

寨里还是很安静。有鸡叫，有牛铃铛的声音，或某个屋顶下冒出一句女人骂男人的声音，只冒一下，就被巨大的沉默湮灭了。丙崽摇摇摆摆地敲着一面小铜锣，口袋里有红薯丝，掏出来一两根，就撒落了三四根，引来两条狗跟着他转。他对仲裁缝家的老黑狗会意地笑了一笑，又朝两棵芭蕉树哇地叫嚣了一声。近来他对祠堂有些好感了，大概没忘记那天准备砍他的头之前，他在那里吃过一餐肉饭。于是低压着头，朝那边一顿一顿地"冲线"。

几个娃崽在祠堂前玩耍，看见了他。

"视，宝崽来了。"

"他没有叔叔，是个野崽。"

"吾晓得，渠是蜘蛛变的。"

"根本不是，渠的妈妈是蜘蛛变的。"

"要渠磕头，好不好！"

"不！要渠吃牛屎！最臭最臭的，啊呀，臭死人！"

"哈哈！"

……

丙崽朝他们敲了一下锣，舔舔鼻涕，兴奋地招呼："爸——爸——"

"哪个是你爸爸？呸！矮下来！"

娃崽们围上去，捏他的耳朵，让他跪在一堆牛屎前，鼻尖就要触到牛粪堆了。

幸好来了一群热热闹闹的大人，才使娃崽们的兴趣转移，遗憾地一哄而散。丙崽还在那里跪着，半天发现周围已没有人影，他爬起来朝四下看看，咕咕哝哝，阴险地把一个小娃崽的斗笠狠狠踩了几脚，再若无其事地跟上人群，看热闹。

大人们牵来了一头牛,牛身上的泥片已被洗刷干净了,须毛清晰,屁股头的胯骨显得十分突出。牛嘴总是湿腻腻的,一挪一磨,散出胃里翻出来一种草料臭。但丙崽并不怕,对动物都不怕。

一个汉子提着大刀走过来,把刀插在地上,脱光上衣,大碗喝酒。那刀也令丙崽感到新奇。刀被磨洗过,刀口一道银光,柔顺而清凉,十分诱人。有凹纹的木柄被桐油擦得黄澄澄的,看来很合手,好像就要跳到你手上来,不用你费什么力,就会嚓地朝什么东西砍去。

汉子已经喝完酒了,叭地一声,随手把酒碗摔碎。拔起刀走过来,一跺脚,一声嘿,手起刀落,牛头就在地动山摇之间离开了牛身,像一块泥土慢慢垮下来。牛角戳地,戳出一个小土块。牛颈处像一个西瓜的剖面,皮层裹着鲜鲜的红肉。但没有头的牛身还稳稳地站了片刻。

娃崽们吓了一跳,他们不知道,这是一种战前的预测。当年马伏波将军南征时,每次战斗前都要砍牛头,如牛进,则预示胜利,否则是失败。

"赢!"

"赢了!"

"杀他的鸡巴寨!"

牛往前倒了,汉子们欢呼起来。这突然的声音太响亮了,太有酒气了,丙崽吓得半边嘴唇向上跳了一下,咕咕哝哝。

他看见有一缕红红的东西,从大人们纷杂的腿缝中流出来,像一条赤蛇,弯弯曲曲地窜。蹲下去捏了捏,有些滑手。弄到衣上,倒很好看。不一会,满身满脸就全是牛血。大概牛血弄到嘴里有些腥,小老头翻了个白眼。

娃崽们望着他的脸,拍手笑起来。他不知道人们笑什么,也笑起来。

人影和人声更多了。丙崽娘也提了个篮子来,想看看牛肉怎么分。听人家说,不出战的没有肉吃,正撅着嘴巴生气。一眼瞥见丙崽这血污污的样子,更把脸盘气大了。"你要死！要死啊!"她上前揪住小老头的嘴巴,揪得眼皮直往下扯,黑眼珠转都转不过来,似乎还望着祠堂那边。

"X吗吗。"

"又要老子洗,又要老子洗,你这个催命鬼,要磨死我啊!"

"X吗吗。"

儿子骂亲娘,似乎是很好笑的事。于是有些后生拍手,喷酒气:"丙崽,咒得好!""丙崽,再咒!""再咒!"……气得丙崽娘绷紧一脸横肉,半天都不正眼望人。

她把丙崽像提小狗一样提回家,当然少不了又是一顿好打。"死到外面去做么事?做么事！要打冤了,你上得阵?"

把丙崽一索子捆在椅子上,自己拿起三根香,掩门到祠堂里去了。

丙崽在椅子上睡了一觉。听见外面远远有锣声,接着是吹牛角号,接着就平静了。不知什么时候,外面又有嘈杂的脚步声,叫喊声,铁器碰撞的声音,然后又有女人的嚎哭……外面发生了什么事。

夜里，松明子闪闪烁烁，男女老幼，全都头缠白布，聚集在祠堂门内外，一眼看去，密密的白点，起起伏伏，飘移游动。女人们互相扶着，靠着，抱着，哭得捶胸顿足，天昏地暗，泪水湿了袖口和肩头。丙崽娘也陪着把眼圈哭红了，显得纯真了，有一张娃娃脸，不时用袖口去擦拭。她坐在二满家的媳妇旁边，缩缩鼻子，捉住对方的手，用外乡口音说："人生一世，草木一秋，去也就去了。你要往开处想。你还有后，吾呢，那死鬼不知是死是活，一个丙崽也作不得个正人用的，啊？"

她说得确实诚恳，但女人们还是哭。

"打冤总是要死人的，早死也是死，晚死也是死。早死早投胎，说不定投个富贵人家，还强了。"

女人们还是哭出各种怪腔调。

大概想到了什么伤心处，丙崽娘拍着双膝，也大哭起来。白布条在胸前滑上去，又滑下来。"吾那娘老子哎，你做的好事呀！你疼大姐，疼二姐，疼三姐，就是不疼吾呀！你做的好事呀，马桶脚盆都没有哇……"

这就不知道是什么意思了。

火光越烧越亮。人圈子中央，临时砌了个高高的锅台，架着一口大铁锅。锅口太高，看不见，只听见里面沸腾着，有咕咕嘟嘟的声音，腾腾热气，冲得屋梁上的蝙蝠四处乱窜。大人们都知道，那里煮了一头猪，还有冤家的一具尸体，都切成了一块块，混成一锅。由一个汉子走上粗重的梯架，抄起长过扁担的大竹钎，往看不见的锅口里去戳，戳到什么就是什么，再分发给男女老幼。人人都无须知道吃的是什么，都得吃。不吃的话，就会有人把你架到铁锅前跪下，用竹钎戳你的嘴。这叫吃枪头肉。

劈柴和松膏烧得叭叭作响，灶口的火气一浪浪袭来，把前排人的胯裆都烤热了，不由自主往后挪。油浸浸的长竹钎，映着火色，亮亮的。不时带出一点汁水来，也很亮，像零零星星落下一些火珠，落入暗处。一个赤着上身的大汉站起来，发疯般地大叫一声："怕死的倚开！老子一个人……"又被几双手拉扯下去了，每块白布下面都有一双眼睛，每双眼睛里都有火光在跳动。你最好不要看四壁和屋顶，不然你会发现那些比真人扩大了几倍乃至十几倍的人影，一下被拉长了，一下又压瘪了，忽大忽小，轮廓随时扭曲成各种形状。

"德龙家的，过来！"

叫到丙崽娘的名字了。她哭得泪眼糊糊的，还在连连拍膝。

"吾不要哇……"

"碗拿过来。"

"吃命哇……"

"丙崽，你吃。"

丙崽咬着开裆裤的背带，很不耐烦地被推到前面。他抓起一块什么肺，放到口中嚼了嚼，大概觉得味道不好，翻了个白眼，忧心忡忡地朝母亲怀里跑去了。

"你要吃。"有人叫他。

"你要吃！"很多人叫他。

一位老人,对他伸出寸多长的指甲,响亮地咳了一声,激动地教诲:“同仇敌忾,生死相托,既是鸡头寨的儿孙,岂有不吃之理?”

“吃!”掌竹钎的那位,冲着他把碗递过去。于是,屋顶上有了一个无比巨大的手影。

六

仁宝以为那天一声炸雷,是冲着自己的什么淫邪念头来的。悬心吊胆,卷起铺盖下山去了。一是躲雷威,二是想打打零工,找个机会再去做上门女婿。他听说前几天有一队枪兵从千家坪过,觉得太好了。嘿!这不就是要开始了么?可枪兵过就过了,既没有往鸡头寨去,也没邀他去畅谈一下什么,使他相当失望。倒是有一个担炭的从山里出来,说鸡头寨与鸡尾寨打冤了,还说马子溪漂下来了一具尸体,不知为什么脚朝上,吓死人……

仁宝想起鸡尾寨有他一位窑匠朋友,一位教书先生朋友,堪称莫逆,想回去劝劝乡亲们言和算了。同饮一溪水,动什么武呢?坐拢来吃餐肉饭不就行了?

仁宝回到家里,发现父亲重伤在床——那天他去坐桩,被一个砍柴的发现了,把他救回来的。

“不是渠不孝,仲爹何事会寻绝路?”

“坐桩没死,兴怕也会被气死。”

“崽大爷难做,没得办法。”

“你看渠个脸相,吊眉吊眼的,是个克爷娘的种。”

“娘故得那样早,兴怕……”

这些话,从耳后飘来,仁宝都听入耳了。他装着没听见,毫无意义地扫了扫地,又毫无意义地踩死了几只蚂蚁,把父亲的水烟筒抽了一阵,往祠堂去了。

祠堂门前一圈人,正在谈打冤的事。这似乎是端正形象的好机会。

“鸡头峰嘛,这个,当然啰,可以不炸的。”他显出知书识礼的公允,老腔老板地分析,“炸不掉,躲得开的。不过话说回来,说回来,鸡巴寨(他也学着把鸡尾寨改称鸡巴寨了)明火执仗打上门来,欺人太甚!小事就不要争了,不争——”闭眼拖起长长的尾音,接着恶狠狠地扫了众人一眼:“但我们要争口气!争个不受欺!”

打冤的正义性,被他用新的方式又豪迈地解说了一遍。众人没怎么在意他那番道理,只觉得那恶狠狠的扫视还是很感人的。他眯着眼睛,看出了这一点,更兴奋了。把衣襟嚓地一下撕开,抡起一把山锄,朝地上狠狠砸出一个洞,吼着:“报仇!老子的命——就在今天了!”

他勇猛地扎了扎腰带,勇猛地在祠堂冲进冲出,又勇猛地上了一趟茅房,弄得众人都肃然。最后,发现今天没有吹牛角,并没有什么事可干,就回家熬包谷粥去了。

总像要开始什么,他在寨内外转来转去,对着一棵树,或一块岩石,锁着眉头细心研究。弄得后生去守哨,都不敢叫他。转完了,他见人就作心情沉重的嘱托:

“金哥,以后家父,就拜托你了。我们从小就像嫡亲兄弟,不分彼此的。那次赶肉,要不是你，吾早就命归阴府了。你给吾的好处，吾都记得的……”

“二伯爷，腰子还阴痛么？你老要好好保重。有些事只怪吾，吾本来要给你砍一屋柴禾。那次帮你垫楼板，也没垫得齐整。往后走，你要吃就吃点，要穿就穿点，身骨子不灵便，就莫下田了。侄儿无用，服侍你的日子不多了，这几句还是烦请你把它往心里去……”

“黄嫂子，有件事，实在想找你话一话。吾以前做了好些蠢事，你莫记恨。有次偷了你家两个菜瓜，给窑匠师傅吃了，你不晓得。现在吾想起来，團心蒂子都是痛的。吾今日特地来，说声得罪了，对不起。你要咒，就咒……”

“幺姐……你……你在洗么？这次……实在是没有办法了，你千万……莫难过。吾是个没用的人，文不得，武不得，几丘田都作不肥。不过人生一世，总是要死的。八尺男儿，报家报国，义不容辞。你话呢？好些事，眼下也没法讲了。反正只要你心里还有一个石仁哥，我去也就落心落意了。你千万……硬朗点，形势总会好的。吾这就告辞了……”

他很能克制悲伤，不时缩缩鼻子。

弄得大家都有点戚戚地悲伤了。“石仁哥，你不要这样。”

“不，吾决心已定。”他低着头，望着路边一块破瓦片。

都不知道他要干什么，不知道他马上要干什么。听见他的皮鞋子还是在石阶上响来响去，发现他还没有去赴汤蹈火。好在山里的事情多，又是鸡上屋，又是牛吃谷，又是丙崽娘为丙崽的事同什么人吵架，众人也没顾上研究这位大忙人。甚至也慢慢习惯了。要是他不忙，众人还会觉得少了点什么，有什么地方不对劲了。

这天，他被仲裁缝骂出了门，抹抹脸，往祠堂踱去。那里正在写帖子告官。自古打冤都是不动朝，不告官的，如今找官府打交道，对文书款式都没有把握。几位老人想了想，记起仲裁缝说过的什么，对提笔的那位说：“兴许，叫禀帖吧？”

人群中冒出仁宝一撮硬戳戳的头发，摇摇手，“不是不是，叫报告。”

“禀帖吧？”

“是报告。”

“总要讲点礼性。”。

“要讲礼性，报告就最礼性了。”仁宝宽容地一笑，“没错的，没错的。”

“你去问你叔叔。”

“他只懂些老皇历。”

“是禀帖。”

“你不看现在是什么时候？”

“报告？听起来太戳气了。下边人用，下边人打个屁也是香的？”

“伯爷们，大哥们，听吾的，决不会差。昨天落了场大雨，难道老规矩还能用？我们这里也太保守了，真的。你们去千家坪视一视，既然人家都吃酱油，所以都作兴‘报告’。你们晓不晓得？松紧带子是什么东西做的？是橡筋，这是个好东西。你们想想，还能写什么禀帖么？正因为如此，我们就要赶紧决定下来，再不能犹犹豫豫了，所以你们视吧。”

众人被他“既然”、“因为”、“所以”了一番,似懂非懂,半天没答上话来。想想昨天确实落了雨,就在他“难道”般的严正感面前,勉强同意写成“报帖”。

接下去,又发生一些问题。老班子要用文言写,他主张要用白话;老班子主张用农历,他主张用什么公历;老班子主张在报告后面盖马蹄印,他说马蹄印太保守了,太土气了,免得外人笑话,应该以什么签名代替。他时而沉思,时而宽容,时而谦虚地点头附和——但附和之后又要“把话说回来”,介绍各种新章法,俨然一个通情达理的新党。

“仁麻拐,你耳朵里好多毛!”竹义家的大崽突然冒出一句。

仁宝自我解嘲地摆摆头,嘿嘿一笑,眼睛更眯了。他意会到不能太脱离群众,便把几皮黄烟叶掏出来,一皮皮分送给男人们,自己一点末屑也没剩。加上这点慷慨,今天的表现就十分完满了。

他摩拳擦掌,去给父亲寻草药。没留神,差点被坐在地上的丙崽绊倒。

丙崽是来看热闹的,没意思,就玩鸡粪,不时搔一搔头上的一个脓疮。整整半天,他很不高兴,没有喊一声“爸爸”。

七

连连失利,连连赔头,大家慌了,就乱想了。有个后生突然想起了一些古怪的事。他说那天要杀丙崽祭谷神,突然天降霹雳。后来宰牛占卜胜败,不灵;丙崽咒了句“㐫妈妈”像是给了个坏兆头,却灵验了……这不十分可疑吗?

这一想,大家都觉得丙崽神秘,你看他只会说“爸爸”和“×吗吗”两句话,莫非就是阴阳二卦?

大家决定打一打这个活卦。于是连忙拆了张门板,把丙崽抬到祠堂前。

“丙相公。”

“丙大爷。”

“丙仙。”

汉子们伏拜在他面前,紧紧盯住他,一双双眼球顶得额头上皱纹叠着皱纹。

丙崽刚坐过门板,很快活,脸上笑得皱纹舒展,把停下来的门板踩了好半天,发现它不再动了,便翻了个白眼。

实在不好理解。

是不是他要吃了才显灵呢?有人给他弄来了一块粽粑,又使他兴奋起来。他掰了一块,没抓稳,掉了,其实就掉在他右脚边,但他眼睛和脑袋转起来都不灵活,轮着眼皮居然左边望了一下。这样吃下去,吃一半掉了一半,每掉一块,照例去找,照例找错了方向。发现了前几次掉的,捡起来就往嘴里塞。

他拍拍巴掌,听见了麻雀叫,仰头轮了个方向不够准确的白眼。最后,手指定了一个方向,咕哝一句:“爸爸。”

“胜卦!”

汉子们欢呼着一跃而起。不过，丙崽的手指是什么意思呢？顺着他指的方向看去，那是祠堂一个尖尖的檐角，向上弯弯地翘起。瓦上生了几根青草，檐板已经腐朽苍黑，像一只伤痕累累的老凤，拖着长长的大翼，凝望着天空。檐下有麻雀叽叽喳喳地叫。

"渠是指麻雀。"

"不，是指屋檐。"

"檐和言同音，怕是要言和？"

"絮聒！檐和炎同音，双火为炎，是要用火攻。"

争了半天，最后还是服从有"话份"的。于是用火攻，又打了一仗。混战回来点人头，发现又少了几颗。

寨子里的狗，已经习惯牛角声了，一听到呜呜地吹起来，须毛就蓬勃地张扬竖立，纷纷挤出门缝，跳越石墙，身体拉成一条线，向号声射去，满怀希望地尾随着人影。坡上，路口，圳沟里，都可能出现尸体。它们撕咬着，咀嚼着，咬得骨头咯咯咯地脆响。一只只已经吃得肥大起来，眼睛都发红，在茅草中窜来窜去时，只见草动，动成一线，像条条草龙。龙头所到之处，都有血迹，还有丝丝块块，被它们叼得满处都是。有时你去灶房，无意中搬开一捆柴禾，也许会突然发现柴弯里滚出一只陌手的手或脚来。

它们对人突然变得十分有兴趣了。有一群人在议事，或者有两个人吵架，都会引来狗。它们大大方方地露出尖牙，长长的舌头活泼得像一条飘带，一片水波，等待着什么结果发生。据说竹义家的阿公有次在树下打瞌睡，被狗误认成尸体，大咬了一口。

丙崽把一包屎拉在椅子上了。

丙崽娘照例唤狗来舔："呵哩——呵哩——呵哩——"

狗来了，嗅一嗅屎又走了。似乎对屎尿已丧失了热情。它们来，是因为听到召唤，来敷衍一下，在主人面前不显得过分的趾高气扬，富贵不忘旧情。

于是寨子里屎多了，苍蝇多了，臭起来。

丙崽娘遇到竹义家的媳妇，缩缩鼻子，"你身上怎么有股臭味？"

竹义家的瞪大眼："怪事！是你身上臭。"

两人嗅了一阵，发现手是臭的，袖口是臭的，连棰棒和竹篮也有股怪味，这才恍然大悟。原来空气早就臭了。只说这些天，没人去出猪牛粪，地坪里一片片黑糊糊的，空气能不臭么？

丙崽娘的娘家那边是颇讲究清洁利索的，因此她一直有些与众不同的习惯。她带上草把和茶枯，把丙崽拉脏了的裤子和椅子，拿到溪边去擦洗，洗了两遍，还没有除掉臭味。她喘着气，翻着白眼，感到气虚。虽然以前吃过不少胞衣，可现在腹中的米粮实在太少了。猛地站起来，两眼一黑便歪歪地倒下去。

不知道是怎样爬回来的。没有被狗分了吃，就是万幸。她望着蚊帐上一片密密麻麻的苍蝇，伤心地嚎哭了一场："吾那娘老子哎，你做的好事呀！你疼大姐，疼二姐，疼三姐，就是不疼吾呀，马桶脚盆都没有哇……"

丙崽怯怯地看着她，试探地敲了一下小铜锣，似乎想使她高兴。

她望着儿子，手心朝上地推了两把鼻涕，慈祥地点头，"来，坐到娘面前来。"

"爸爸。"儿子稳稳地坐下了。

"对,你要去找你那个砍脑壳的鬼!"

她咬着牙关,两眼像两片孔雀毛,黑眼球往中间挤,眼球之外有一圈宽宽的白眼睑。当然是很可怕的,丙崽愣了。

"×吗吗。"他轻声试了一句。

"你要去找你爸爸,他叫德龙,淡眉毛,细脑壳,会唱些瘟歌。"

"×吗吗。"

"你记住,他兴许在辰州,兴许在岳州,有人视见过他的。"

"×吗吗。"

"你要告诉那个畜生,他害得吾娘崽好苦啊!你天天被人打,吾天天被人欺,大户人家的哪个愿意朝我们看一眼?要不是祠堂一份猫食,吾娘崽早就死了。其实死了还是福,比死还不如啊!你要一五一十都告诉那个畜生啊!"

"×吗吗。"

"你要杀了他!"

丙崽不吭声了,半边嘴唇跳了跳。

"吾晓得,你听懂了,听懂了的。你是娘的好崽。"丙崽娘笑了,眼中溢出了一滴清泪。

她挽着个菜篮子,一顿一顿地上山去了,再也没有回来。后来有各种传说,有的说她被蛇咬死了,有的说她被鸡尾寨的人杀了,还有的说她碰上岔路鬼,迷了路,摔到陡壁下去了……这些都无关紧要。尸首被狗吃了,却是可以基本肯定的。

丙崽一直等妈妈回来。太阳下山,石蛙呱呱地叫,门前小道上的脚步声也稀少了,还没有见到那张熟悉的面孔。好像有很多蚊子,咬得全身麻麻地直炸。小老头使劲地搔着,搔出了血,愤怒起来。他要报复那个人。走到家里去,把椅子推倒,把茶水泼在床上,又把柴灰灌到吊壶里。一块石头砸过去,铁锅也叭地一声裂开。他颠覆了一个世界。

一切都沉到黑暗中去了,屋外还是没有熟悉的脚步声。只有隔邻的那栋木屋里,传来麻脸裁缝断断续续的呻吟。

小老头在蚊虫的包围下睡了一觉,醒来后觉得肚子饿,踉踉跄跄地走。

月亮很圆,很白,浓浓的光雾,照得世界如同白昼,连对面山上每棵树,每一叶茅草,似乎也看得清楚。溪那边,哗哗响处有一片银光灼灼的流水,大块的银光中有几团黑影,像捅了几个洞,当然是雄踞溪水中的礁石。石蛙声已经消停了,大概它们也睡了。但远处不知什么地方有密集的狗吠,像发生了什么事。

丙崽含着指头,在鸡埘前坐了一阵,想了想,走出了寨子。

妈妈曾带他出去接生,也许妈妈现在在那些地方。他要去找。

他在月光下的山道上走着,在笼罩大地的云雾之上走着,走得很自由,上身微微前倾,膝弯处悠悠地一晃一晃,像随时可能折断。不知过了多久,不知走了多远,他踢到了一个斗笠,又踢到了一个藤编的盾牌,空落落地响。他咕噜了几声,撒了一泡尿,继续往前走。前面躺着一个人影，是女的，但丙崽从来没有见过。他摇了摇她的手，打她的耳光，扯她的头发，见她总是不能醒来。手触到了乳房，那肥大的东西似乎是可以吃的，小老头捧着它吸了几口，却没吸到任何东西，便扫兴地撒手了。但这个人的肢体很柔软，有弹性，小老头骑上腹去，仰了仰，压了压，瘦尖尖的屁股头感觉到十分舒服。

“爸爸。”他累了，靠着乳头，靠着这个很像妈妈的女人睡了。两人的脸都被月光照得如同白纸。还有耳环一闪。

那也是一个孩子的妈妈。

八

“爸爸。”

丙崽指着祠堂的檐角傻笑。

檐角确实没有什么奇怪，像伤痕累累的一只老凤。瓦是寨子里烧的，用山里的树，山里的泥，烧出这凤的羽毛。也许一片片羽毛太沉重了，它就飞不起来了，只能听着山里的斑鸠、鹧鸪、画眉、乌鸦，听着静静的早晨和夜晚，于是听老了。但它还是昂着头，盯着一颗星星或一朵云。它还想拖起整个屋顶腾空而去，像当年引导鸡头寨的祖先们一样，飞向一个美好的地方。

两个后生从祠堂里抬着大铁锅出来，见到丙崽，不禁有些奇怪。

“那不是丙崽吗?”

“渠还没死?”

“八字贱得好，死不到渠的头上。”

“兴怕是阎王老子忘记渠了。”

“这个小杂种，上次妈妈的一臭卦，险些把老子的命都‘卦’去了。”

这些天，人们对丙崽已经不以为然。甚至觉得打冤的惨败，也是受了他的愚弄。鸡头寨的天灾人祸，也是沾了他的晦气。两个后生放下锅，见留在树下的一个斗笠，刚被丙崽坐得瘪瘪的，更冒火。其中一位大步闯上前来，甩了他一个耳光——根本没用什么气力，他就像一棵草倒了下去。另一位抽出尖刀顶住他的鼻尖，唾沫星又飞到他脸上：“快！打自己的嘴巴，不打，老子收拾你祭刀!”

“敢!”身后冒出冷冰冰的声音，回头看，是铁青色的一张麻脸。

仲裁缝是最讲辈分的，伸出双指，点着两个后生的额头：“渠是你们叔爹，岂能无礼?”

后生立刻想到了自己的地位，想到了仲裁缝还是丙崽的伯伯，立即避开裁缝的怒目交换了一个什么眼色，抬锅去了。

仲裁缝向家里走去，想了想，又回转身，对坐在地上的侄儿伸出巴掌：“手!”

丙崽往后躲，眼睛不像是看他，而是看他头上的一棵树。脸皮紧张得直抽搐，半边上唇跳了跳，是试图压住恐惧的勉强一笑。好半天，才抬起小手。手太瘦，太冷，简直是只鸡爪子。仲裁缝抓住它，颤了一下，胸口有些发热。

他帮丙崽抹了抹脸，赶走头上几只苍蝇，扣好一个衣扣。这件衣不知是谁做的，他从来没给丙崽做过衣。

“跟吾走。”

“爸爸。”

“听话。”

“爸爸。”

“谁是你爸爸?”

“×吗吗。”

“畜生!”

……

他不再看他,牵着他,默默走下台阶。不知为什么,他突然想起自己做过的很多很多衣,长的,短的,胖的,瘦的,一件件向他飘来,像一个个无头鬼,在眼前乱晃。那天他看见鸡尾寨的一具尸体,上面的衣不就是他做的么?——他认得那针脚。想到这里,把丙崽的小爪又抓得更紧了:“不要怕,吾就是你爸爸,跟吾走。”

山里有一种草,叫雀芋,很毒,传说鸟触即死,兽遇则僵。仲裁缝刚才已采来了几株,熬了半锅汁。寨里已无三日粮了,几头牛和青壮男女,要留下来作阳春,繁衍子孙,传接香火,老弱就不用留了罢。族谱上白纸黑字,列祖列宗们不也是这样干过吗?仲裁缝想起自己生不逢时,愧对先人,今日却总算殉了古道,也算是稍稍有了点安慰。

裁缝先给丙崽灌了半碗,才走出门去。从他家进寨子有一条石阶路,弯曲上升。两旁有石板垒成的矮墙,或厚重的木房。墙缝中伸出些杂草、野花,逗引着蜻蜓或蜜蜂。有些准备盖房子的,在路边或跨路占了地基,立了些光溜溜的木柱和横梁。有时一占多年,并不急着行墙上瓦,让路人们坐了歇息。遇到什么事情,这些空梁上也要贴红,用来辟邪。

裁缝知道哪家有老小残弱,提着瓦罐子,一户户送上门。老人们都在门槛边等着,像很有默契,一见到他就扶着门,或扶着拐棍迎出来,明白来意地点点头。

“时辰到了?”

“到了。收拾好了么?”

“收拾好了。”

元贵老倌请求:“仲满,吾还想去铡把牛草。”

裁缝说:“你去,不碍事的。”

老人颤颤抖抖地走了,铡完草,搓搓手,又颤颤抖抖地回来。接过瓷碗,喉头滚动了两下,就喝光了。胡须上还挂着几点水珠。

“仲满,你坐。”

“不坐了。今天天气好燥热。”

“嗯啦好燥热。”

另一位老人抱着一个小奶崽,给仲裁缝看了看,眼里旋着一圈泪。“仲满,你视视,兴许有给渠换件褂子?你连的那件,渠还没上过身。”

裁缝眨了一下眼皮,表示了赞同。

老人转身回屋去了,一会儿,让奶崽穿着新崭崭的褂子来了,长命锁也戴好了。枯瘦的手在新布上摸着，划出嚓嚓的响声。“这下就好了，这下就好了。”

“还是蛮合身的。”

“娃崽就是费衣。”

他先给奶崽灌了，自己再一饮而尽。

罐子已经很轻了，仲裁缝想了想，记起最后一位——玉堂姹毑。这位老人总是坐在门前晒太阳，像一座门神。老得莫辨男女，指甲长长的，用无齿的牙龈艰难地勾留着口水，皮肤像一件宽大的衣衫，落在骨架上，架起的一条瘦腿，居然可以和下面那条腿同时踩着地。任何人上前问话，她都听不见，只是漠然地望你一眼。也许人们在很多地方，都看见过这种村寨所常有的活标志。

裁缝走到她正前面，她才感觉到身边有了人，浑浊的眼帘里闪耀一丝微弱的光。她也明白什么，牙龈勾一勾口水，指指裁缝，又慢慢地指指自己。

裁缝知道她的意思，先磕了个头，再朝无牙的深深口腔里灌下黑水。

所有的这些老人都面对东方而坐。祖先是从那边来的，他们要回到那边去。那边，一片云海，波涛凝结不动，被太阳照射的一边，雪白晶莹，镶嵌着阴暗的另一边。几座山头从云海中探出头来，好像太寂寞，互相打打招呼。一只金黄色的大蝴蝶从云海中飘来，像一闪一闪的火花，飘过永远也飞不完的青山绿岭，最后落在一头黑牯牛的背上——似乎是世界上最大的一只蝴蝶。

鸡尾寨的男人来了，还陆陆续续来了些妇女、儿童、狗。听说这边的人要“过山”，迁往其他地方，想来捡点什么有用的东西。昨天已办过赔礼酒席了，双方交清人头，又折刀为誓，永不报冤。

一座座木屋，已经烧毁，冒出淡淡的青烟，暴露出一些破瓦坛子或没有锅的灶台——贪婪的黑灶口，暴露出现在看来窄狭得难以叫人相信的屋基——人们原来活在这样小的圈子里吗？头缠白布的青壮男女们，脸黄得像一盏盏油灯，准备上路了，赶着牛，带上犁耙、棉花、锅盆、木鼓，错错落落，筐筐篓篓的。一个锈马灯壳子，也咣咣地晃在牛屁股上。

作为仪式，他们在一座座新坟前磕了头，抓起一把土包入衣襟，接着齐声“嘿哟喂”——开始唱“简”。

他们的祖先是姜凉，姜凉没有府方生得早，府方没有火牛生得早，火牛没有优耐生得早，优耐没有刑天生得早。他们原来住在东海边，子孙渐渐多了，家族渐渐大了，到处住满了人，没有晒席大一块空地。五家嫂共一个舂房，六家姑共一担水桶。这怎么活得下去呢？没有晒席大一块空地啊，于是大家带上犁耙，在凤凰的引导下，坐上了枫木船和楠木船。

奶奶离东方兮队伍长，
公公离东方兮队伍长。
走走又走走兮高山头，
回头看家乡兮白云后。
行行又行行兮天坳口，

奶奶和公公兮真难受。
抬头望西方兮万重山,
越走路越远兮哪是头?
……

男女们都认真地唱,或者说是卖力地喊。声音不太整齐,很干,很直,很尖厉,没有颤音,一直喊得引颈塌腰,气绝了才留一个向下的小小滑音,落下音来,再接下一句。这种歌能使你联想到山中险壁,林间大竹,还有毫无必要那样粗重的门槛。这种水土才会渗出这种声音。

还加花,还加"嘿哟嘿"。当然是一首明亮灿烂的歌,像他们的眼睛,像女人的耳环和赤脚,像赤脚边笑眯眯的小花。毫无对战争和灾害的记叙,一丝血腥气也没有。

一丝也没有。

人影像一支牛帮,已经缩小成黑点,折入青青的山坳,向更深远的山林里去了。但牛铃声和歌声,还从绿色中淡淡地透出来。山冲显得静了很多,哗哗流水声显得突然膨胀了。溪边有很多石头,其中有几块比较特别,晶莹,平整,光滑,是女人们捣衣用过的。像几面暗暗的镜子,摄入万相光影却永远不再吐露出来。也许,当草木把这一片废墟覆盖之后,野物也会常来这里嚎叫。路经这里的猎手或客商,会发现这个山坳和别处的没有什么不同,只是溪边那几块青石有点奇异,似有些来历,藏着什么秘密的。

丙崽不知从什么地方冒出来了——他居然没有死,而且头上的脓疮也褪了红,结了壳。他赤条条地坐在一条墙基上,用树枝搅着半个瓦坛子里的水,搅起了一道道旋转的太阳光流。他听着远方的歌,方位不准地拍了一下巴掌,用很轻很轻的声音,咕哝着他从来不知道是什么模样的那个人:

"爸爸。"

他虽然瘦,肚脐眼倒足足有铜钱大,使旁边几个小娃崽很惊奇,很崇拜。他们瞥一瞥那个伟大的肚脐,友好地送给他几块石头,学着他的样,拍拍巴掌,纷纷喊起来:

"爸爸爸爸爸!"

一位妇女走过来,对另一位妇女说:"这个装得潲水么?"于是,把丙崽面前那半坛子旋转的光流拿走了。

(选自《鞋癖》,长江文艺出版社 1994 年 8 月版)

韩少功(1953—),寻根小说代表作家。

读《爸爸爸》总能感到一股原始文化遗存的神秘蛮荒的气息。

韩少功用荒诞魔幻与现实相交融的手法塑造了一位侏儒和白痴——丙崽的形象。这位只会说"爸爸"和"╳妈妈"的丙崽,永远处于童稚状态,在一定程度上还存在返祖现象,他痴呆愚鲁,冥顽不化,集中了一切肮脏、蒙昧与粗鄙的历史积垢,堪称一个怪物。如果说"寻根文学"所寻的"根"有优有劣,韩少功在这里则有意来一个劣根大展览,整个鸡头寨种种的鬼神禁忌,野蛮原始的生存方式,稀里糊涂地生,稀里糊涂地死,无不说明了这一点。仁宝怀着探索的兴趣从山脚下的千家坪带回一些新鲜玩意和新名词,也被视为异端。可以说,以丙崽为核心,以鸡头寨为外围构成一个整体象征:在封闭状态下,人的智力不可能发展,墨守成规只会导致社会停滞,种的退化。(张应中)

系在皮绳扣上的魂

扎西达娃

现在很少能听见那首唱得很迟钝、淳朴的秘鲁民歌《山鹰》。我在自己的录音带里保存了下来。每次播放出来，我眼前便看见高原的山谷、乱石缝里蹿出的羊群、山脚下被分割成小块的田地、稀疏的庄稼、溪水边的水磨房、石头砌成的低矮的农舍、负重的山民、系在牛颈上的铜铃、寂寞的小旋风、耀眼的阳光。

这些景致并非在秘鲁安第斯山脉下的中部高原，而是在西藏南部的帕布乃冈山区。我记不清是梦中见过还是亲身去过，记不清了。我去过的地方太多。

直到后来某一天我真正来到帕布乃冈山区，才知道存留在我记忆中的帕布乃冈只是一幅康斯太勃笔下十九世纪优美的田园风景画。

虽然还是宁静的山区，但这里的人们正悄悄享受着现代化的生活。这里有座小型民航站，每星期有五班直升机定期开往城里。附近有一座太阳能发电站。在哲鲁村口自动加油站旁的一家小餐厅里，与我同桌的是一位喋喋不休的大胡子，他是城里一家名气很大的“喜马拉雅运输公司”的董事长，在全西藏第一个拥有德国进口的大型集装箱车队。我去访问当地一家地毯厂时，里面的设计人员正使用电脑程序设计图案。地面卫星接收站播放着五个频道，每天向观众提供十八小时的电视节目。不管现代的物质文明怎样迫使人们从传统的观念意识中解放出来，帕布乃冈山区的人们，自身总还残留着某种古老的表达方式：获得农业博士学位的村长与我交谈时，嘴里不时抽着冷气，用舌头弹出“罗罗”的谦卑的应声。人们有事相求时，照样竖起拇指摇晃着，一连吐出七八个“咕叽咕叽”的哀求。一些老人们对待远方的城里人，仍旧脱下帽子捧在怀中站到一旁表示真诚的敬意。虽然多年前国家早已统一了计量法，这里的人们表示长度时还是伸直一条胳膊，另一只手掌横砍在胳膊的手腕、小臂、肘部直到肩膀上。

桑杰达普活佛快要死了，他是扎妥寺的第二十三位转世活佛。高龄九十八岁。在他之后，将不再会有转世继位。我想为此写篇专题报道。我和他以前打过交道。全世界最深奥和玄秘之一的西藏喇嘛教（包括各教派）在没有了转世继位制度从而不再有大大小小的宗教领袖以后，也许便走向了它的末日。形式在一定程度上也支配着意识，我说。

扎妥·桑杰达普活佛摇摇头，表示否认我的观点。他的瞳孔正慢慢扩散。

“香巴拉，”他蠕动嘴唇，“战争已经开始。”

根据古老的经书记载，北方有个“人间净土”的理想国——香巴拉。据说天上瑜伽密教起源于此，第一个国王索查德那普在这里受过释迦的教诲，后来宏传密教《时轮金刚法》。上面记载说,在某一天,香巴拉这个雪山环抱的国家将要发生一场大战。“你率领十二天师,在天兵神将中,你永不回头,骑马驰骋。你把长矛掷向哈鲁太蒙的前胸,掷向那反对香巴拉的群魔之首,魔鬼也随之全部除净。”这是《香巴拉誓言》中对最后一位国王神武轮王赞美的描写。扎妥·桑杰达普有一次跟我说起过这场战争。他说经过数百年的恶战,妖魔被消灭后,甘丹寺里的宗喀巴墓会自动打开,再次传布释迦的教义,将进行一千年。随后,就发生风灾、火灾,最后洪水淹没整个世界。在世界末日到达时,总会有一些幸存的人被神祇救出天宫。于是当世界再次形成时,宗教又随之兴起。

扎妥·桑杰达普躺在床上,他进入幻觉状态,跟眼前看不见的什么人在说话:“当你翻过喀隆雪山,站在莲花生大师的掌纹中间,不要追求,不要寻找。在祈祷中领悟,在领悟中获得幻象。在纵横交错的掌纹里,只有一条是通往人间净土的生存之路。”

我恍惚看见莲花生离开人世时,天上飞来了一辆战车,他在两位仙女的陪伴下登上战车,向遥远的南方凌空驶去。

“两个康巴地区的年轻人,他们去找通往香巴拉的路了。”活佛说。

我疲惫地看着他。

“你要说的是——在 1984 年,这里来了两个康巴人,一男一女?”我问。

他点点头。

“男的在这里受了伤?”我又问。

“你也知道这件事。”活佛说。

扎妥·桑杰达普活佛闭上眼,断断续续回忆起当年那两个年轻人来到帕布乃冈山区的事,他讲起那两个人告诉他一路上的经历。我听出扎妥活佛是在背诵我虚构的一篇小说。这篇小说我给谁都没有看过,写完锁进了箱里。他几乎是在逐字逐句地背诵,地点是一路上直到帕布乃冈一个叫甲的村庄。时间是 1984 年。人物一男一女。这篇小说没给别人看的原因就是到最后我也不知道主人公要去什么地方。经活佛点明我现在才清楚。唯一不同的一点是结尾时主人公是坐在酒店里有一位老人指路。我没写老人指的是什么路,当时连我自己也不知道。而扎妥活佛说是在他的房子里给那两人指的路,但这里还有一个巧合,即老人与活佛都谈起过关于莲花生的掌纹。

最后,其他人进屋来围在活佛身边,活佛眼睛半睁,渐渐进入了失去知觉和思想的状态。

有人开始准备后事了。扎妥活佛将被火葬,我知道有人想拾到活佛的舍利作为永久的收藏和纪念。

与扎妥·桑杰达普诀别后,在回家的路上,我边走边考虑着有关文学创作的动机问题……

回到家,我打开贴有“可爱的弃儿”题词的箱子盖。里面整齐地排列着上百只牛皮纸袋,我所有不被发表或我不愿发表的作品都存在这儿。我取出一个编码是 840720 的纸袋,里面是一个短篇小说,记录着两个康巴人来到帕布乃冈的经过,还没有题目。下面是这篇小说的原文:

婉赶着她的二十几只羊下山的时候，站在半山腰。她看见山脚底下那一条宽阔蜿蜒、砾石累累的枯干的河床有个蚂蚁般的小黑点在缓缓移动。她辨认出那是一个男人，正朝她家的方向走来。婉挥挥羊鞭，匆匆把羊往山下赶。

她粗略算了算，那人得走到天黑时才能到这儿。周围荒野只有这隆起的小山岗上有几间鹅卵石垒起的矮房，房后是羊圈，一共两户人家：婉和她的爸爸，还有一个五十多岁的哑女人。爸爸是个说《格萨尔》的艺人，常常被几十里远的外村人请去说唱，有时还被请到更远的镇里。短则几天，长则数月。来人骑马，还牵匹空马来到小山岗，把身背长柄六弦琴的爸爸请上马。随后马蹄伴着铜铃声有节奏地久久敲响着荒野里的寂静。婉站在岗上，一手抚摩坐立在她裙边的大黑狗，一直望到两匹马拐过前面的山弯。

婉从小就在马蹄和铜铃单调的节奏声中长大，每当放羊坐在石头上，在孤独中冥思时，那声音就变成一支从遥远的山谷中飘过的无字的歌，歌中蕴含着荒野中不息的生命和寂寞中透出的一丝苍凉的渴望。

哑女人整天织氆氇，每天早晨站在小山岗上，向空中撒出一把豌豆糌粑，呼喊着观音菩萨。然后手摇一柄浸满油污的经轮筒，朝东方喃喃祈祷。偶尔在半夜时分，爸爸爬起身去女人房里，天蒙蒙亮时头顶蒙着长长的袍子又钻进自己的羊皮垫里。早晨婉起来挤完奶打好茶，喝糌粑糊。然后背上装了一天口粮的小羊皮口袋，背一只小黑锅，去房后拉开羊圈栅栏，软鞭一挥，赶着羊群上山。生活就是这样。

婉把食物和热茶准备好，趴在毯子上等待来客。室外的狗叫了，她冲出门，月亮刚刚升起。她拉住狗链，不见四周有人，一会儿，从她前面的坡下冒出个脑袋。

"来吧，不要紧，我抓住狗的。"婉说。

来人是一位顶天立地的汉子。

"辛苦，大哥。"婉说。她把汉子领进了房里，他礼帽下的额边垂着一绺鲜红的丝穗。爸爸不在家，去说《格萨尔》了。隔壁传来哑女人织氆氇时木棰砸下的梆梆声。这位疲惫的汉子吃过饭道完谢后便倒在婉的爸爸床上睡了。

婉在门外站了一会儿，天空繁星点点，周围沉寂得没有一点大自然的声音，眼前空旷的峡谷地带在月光下泛着青白色。大黑狗被铁链拴着在原地转圈，婉过去蹲下身搂着它的脖子。想起自己在这寂寞简朴的小山岗上度过的童年和少年时代，想起每次来接爸爸上马的都是些沉闷不语的人，想到屋里那位从远方来明天又要去远方的酣睡的旅人。她哭了，跪在地上捧着脸，默默祈求爸爸的宽恕，然后将眼泪在黑狗的皮毛上蹭擦干，起身回屋。

黑暗中，她像发疟疾似的浑身打颤，一声不响地钻进了汉子的羊毛毯里。

当东方的启明星刚刚升起，在摇曳的酥油灯下，婉把自己的薄毯裹成一个卷，在一只布袋里塞了些牛肉干、揉糌粑的皮口袋、粗盐和一块酥油，又背上天天放羊时在山上熬茶用的小黑锅，一个姑娘该带的都在她背上了。她最后巡视一眼昏暗的小屋。

"好了。"她说。

汉子吸完最后一撮鼻烟，拍拍巴掌上的烟末，起身。摸她头顶。搂住她肩膀，两人低头钻出小屋，向黑魆魆的西方走去。婉全身负重，身上的东西一路上叮当作响。她根本不想去打听汉子会把她带向何处,她只知道她永远要离开这片毫无生气的土地了。汉子手中只提着一串檀香木佛珠,他昂首阔步,似乎对前方漫漫的旅途充满了信心。

“你腰上挂条皮绳干什么?像只没人牵的小狗。”塔贝问。

“用它来计算天数,你没见上面打了五个结吗!”婛告诉他,“我离开家有五天了。”

“五天算什么,我生来没有家。”

她跟着塔贝徒步行走,一路上,有时在村庄的麦场上过夜,有时住羊圈里,有时卧在寺庙废墟的墙角下,有时住山洞,运气好时,能在农人外屋借宿,或是在牧人的帐篷里。

每进一个寺庙,他俩便逐一在每个菩萨像的坐台前伸出额头触碰几下,膜拜顶礼。在寺庙外,道路旁,江河边,山口上,只要看见玛尼堆,都少不了拾几块小白石放在上面。一路上还有些磕等身长头的佛教徒,他们一步一磕,系着厚帆布围裙,胸部和膝部磨穿了,又补了几层厚补丁。他们脸上突出的地方全是灰,额头上磕了一个鸡蛋大的肉瘤,血和土粘在一起。手掌上打铁皮的木板护套在他们身体俯卧的两边地上印出两道深深的擦痕。塔贝和婛没有磕长头,他俩是走路,于是超过了他们。

西藏高原群山绵延,重重叠叠,一路上人烟稀少。走上几天看不到一个人影,更没有村庄。山谷里刮来呼呼的凉风。对着蓝色的天空仰望片刻,就会感到身体在飘忽上升,要离开脚下的大地。烈日烤炙,大地灼烫。在白昼下沉睡的高原山脉,永恒与无极般宁静。塔贝的身体矫健灵活,上山时脚尖踩着一块块滑动的石头步步上蹿,他径直攀上一块圆石,回头看见婛被甩下好长一截,便坐下来等她。他们在赶路时总是默默无言,婛有时在难以忍受的沉默中突然爆发出她的歌声,像山谷里的一只母兽在仰天吼叫。塔贝并不转过头看她一眼,只顾行路。婛过一会不唱了,周围又是死一般沉寂。婛低头跟在他身后,只有坐下来小憩时才说说话。

“不流血了吧?”

“它现在一点也不疼。”

“我看看。”

“你去给我捉几只蜘蛛来,我捏碎了涂在上面就会好得快。”

“这儿没有蜘蛛。”

“去找找,石头缝里,你扒开石块会有的。”

婛在四周扒开一块块半掩在土中的石块,认真地寻找蜘蛛。一会儿她就捉了五六只,握在掌中,走过来扳开塔贝的手掌放在上面。他一只只捏碎后涂在小腿的伤口上。

“那条狗好凶,我跑跑跑跑,背上的锅老碰我的后脑勺,碰得我眼睛都花了。”

“当初我该拔出刀宰了它。”

“那女人给我们这个。”她模仿着做了个最污辱人的下流动作,“真吓人。”

塔贝又抓起一把土撒在伤口上,让太阳晒着。

“她钱放在哪儿的?”

“在酒店的屋柜子里,有这么厚一叠。”他亮亮巴掌,“我只拿了十几张。”

“你用它想买什么呢?”

“我要买什么?前面山下有个次古寺,我给菩萨送去。我还要留一点。”

“好的。你现在好点了吗？不疼了吧？”

“不疼了。我说，我口干得要冒烟。”

“你没见我把锅已经架上了吗？我就去捡点干刺枝。”

塔贝懒洋洋躺在石头上，将宽礼帽拉在眼睛上挡住阳光，嘴里嚼着干草，婛趴在三颗白石垒成的灶前，脸贴着地，鼓起腮帮吹火熬茶。火苗“嘭”地燃烧起来。她跳起身，揉揉被烟熏得灼辣的眼，拉下前额的头发看看，已经被火舌燎焦了。

远处高山顶上有两个黑影，大约是牧羊人，一高一矮，像是盘踞在山顶岩石上的黑鹰。他们一动也不动。

婛也看见了他们，挥起右手在空中划圈向他们招呼，上面的人晃动起来，也划起圈向她致意。距离太远，扯破嗓子喊互相也听不见。

“我还以为这里只有我们两个人。”婛对塔贝说。

“我在等你的茶。”他闭上眼。

婛忽然想起了什么，她从怀里掏出一本书，很得意地向塔贝展示自己的猎物，那是昨晚上在村里投宿时从一个往她耳里灌满了甜言蜜语、行为并不太规矩的小伙子屁股兜里偷来的。塔贝接过一看，他不认识这种文字和一些机械图，封面印的是一台拖拉机。

“这玩意儿没一点用处。”他扔给婛。

婛很沮丧，下一次烧茶时她一页页撕下来用作引火的燃料了。

走到黄昏，站在山弯远远看见前面的一个被绿树怀抱的村庄时，婛的精神重新振奋起来，又唱起歌了，她抡起拄棍在地边的马兰草堆里乱舞，又端起棍子小心翼翼地戳戳塔贝的胳肢窝和腰下想逗他发痒。塔贝不耐烦地抓住棍梢往外一甩，拽得她趔趄几下跌倒在地。

进了村，塔贝自己一个人去喝酒或者干别的什么去了。他俩约好在村里小学校边一幢刚刚盖好还没有安装门窗的空房子里住宿。村里的广场晚上演电影，有人在木杆上挂银幕。婛在一片林子里拾柴火时被一群小孩围住，孩子们趴在墙头朝她扔石头。有一颗打在她肩上，她没有回头，直到一个戴黄帽子的年轻人把孩子们轰走。

“他们扔了八颗石头，有一颗打中你了。”黄帽子笑眯眯地说，他把手中握着的一只电子计算机摊在婛眼前，显示屏显出一个阿拉伯数字“8”，“你从哪儿来？”

婛看着他。

“你记不记得你走了多少天？”

“我不记得。”婛撩起皮绳说，“我数数看。你帮我数数。”

“这一个结算一天吗？”他跪在她跟前。“有意思……九十二天。”

“真的！”

“你没数过吗？”

婛摇摇头。

“九十二天，一天按二十公里计算。”他戳戳计算机上的数字键码，“一千八百四十公里。”

婷没有数字概念。

“我是这儿的会计。”小伙子说,“我遇到什么问题,都用它来帮我解答。”

“这是什么?”婷问。

“是电子计算机,好玩极了。它知道你今年多大。”他按出一个数字给婷看。

“多大?”

“十九岁。”

“我今年十九岁吗?”

“那你说。”

“我不知道。”

“我们藏族以前从不计算自己的年龄。但它却知道。看,上面写的是十九吧。”

“不像。”

“是吗?我看看。哦,刚开始看有些不习惯,它的数字有点怪。”

“它能知道我名字吗?”

“当然。”

“叫什么。”

他一连按出八位数,把显示屏写得满满的。

“怎么样?它知道吧。”

“叫什么?”

“你连自己的名字还看不出来?笨蛋。”

“怎么看?”

“你这样看,”他竖着给她看。

“这是叫婷吗?”

“当然叫婷,洽霞布久曲呵婷。”

“嘿!”她兴奋地叫道。

“嘿什么,人家外国人早用了。我在想一个问题,以前我们没日没夜地干活,用经济学的解释是输出的劳动力应该和创造的价值成正比。”他信口开河起来,把工分值、劳动值以及商品值和年月日加减乘除乱说一通。又显出数字,“你看看,计算出来倒成了负数。结果到年终我们还要吃返销粮,向国家伸手要粮。这是违反经济规律的……你瞪我干什么?想吃掉我?”

“如果你没晚饭吃,就在这儿吃好了,我拾了柴就烧菜。”

“他妈的,你是从中世纪走来的吗?或者你是……是叫什么外星人。”

“我从很远的地方来,走了……”她又撩起皮绳。“刚才你数了多少?”

“我想想,八十五天。”

“走了八十五天。不对,你刚才说九十二天,你骗我。”婷咯咯笑起来。

“啊啧啧!菩萨哟,我快醉了。”他闭眼喃喃道。

“你在这儿吃吗?我还有点肉干。”

“姑娘,我带你去一个地方好吧?有快活的年轻人,有音乐、啤酒,还有迪斯科。把你手上那些烂树枝扔掉吧!”

塔贝从黑压压一片看电影的人群中挤出来。他没被酒灌醉,倒被那银幕上五光十色、晃来晃去、时大时小的景物和人物弄得头昏脑胀、疲惫不堪,只好拖着脚步回到那幢空房里。小黑锅架在石头上,石头是冰凉的。婛的东西都放在角落边。他端起锅喝了几口凉水,便背靠墙壁对着天空冥思苦想。越往后走,所投宿的村庄越来越失去了大自然夜晚的恬静,越来越嘈杂、喧嚣。机器声,歌声,叫喊声。他要走的绝不是一条通往更嘈杂和各种音响混合声的大都市,他要走的是……

婛撞撞跌跌回来,她靠着没有门框的土坯墙,隔着一段距离塔贝就闻到她身上发出的酒气,比他喷出的酒气要香一些。

“真好玩,他们真快活,”婛似哭似笑地说。“他们像神仙一样快活。大哥,我们后……大后天再走。”

“不行。”他从不在一个村里住两个晚上。

“我累了,我很疲倦。”婛晃着沉甸甸的脑袋。

“你才不懂什么叫累,瞧你那粗腿,比牦牛还健壮。你生来就不懂什么叫累。”

“不,我说的不是身体。”她戳戳自己的心窝。

“你醉了,睡觉。”他扳住婛的肩头将她按倒在满是灰土的地上。最后替她在皮绳上系了个结。

婛越来越疲倦了,每次在途中小憩时,她躺下就不想继续往前走。

“起来,别像贪睡的野狗一样赖着。”塔贝说。

“大哥,我不想走了。”她躺在阳光下,眯起眼望着他。

“你说什么?”

“你一人走吧,我不愿再天天跟着你走啊走啊走啊走。连你都不知道该去什么地方,所以永远在流浪。”

“女人,你什么都不懂。”但是他知道该往哪个方向走。

“是,我不懂。”她闭上眼,蜷缩成一团。

“滚起来,”他在婛屁股上踹了两脚,高高扬起巴掌,做出砍来的样子。“要不,我揍你。”

“你是个魔鬼!”婛哼哼唧唧爬起身。塔贝先走了,她拄着棍子跟在后面。

婛在一个她认为适当的机会时逃跑了。他俩睡在山洞里,半夜时她爬起身,没忘记背上她的小黑锅,借着星光和月光朝山下往回跑。她觉得自己像出笼的小鸟一样自由。到第二天中午,在一边是深谷的岩边休息时,从对面山脊出现了一个黑点,就像那天她放羊回家时所看见的一样。塔贝截住了她,走来。她气得发抖,抡起小黑锅向他头上死命砸去,那其大无比的力量足以使一头野公牛的脑浆飞迸出来。塔贝惊骇机智地闪过,抬手一拨,黑锅从她手中飞脱,叮叮当当滚下深谷里。他俩互相看看,听见那声音响了好一阵。最后婛只得呜呜咽咽攀下深谷,几个时辰后才把锅拣上来。锅身碰满了大大小小的凹坑。

“你赔我的锅。”婛说。

“我看看,”他接过来。两人仔细检查了一阵,“只有一条小缝,我能补好。”

塔贝走了,婉垂头丧气地跟着。

“哎——”她用大得出奇的声音唱起一首歌,把整个山谷震得嗡嗡响。

大概有那么一天,塔贝对婉也厌倦了,他想:只因我前世积了福德和智慧资粮,弃恶从善,才没有投到地狱,生在邪门歪道,成为饿鬼痴呆,而生于中土,善得人身。然而在走向解脱苦难终结的道路上,女人和钱财都是身外之物,是道路中的绊脚石。

不久,他俩来到名叫“甲”的村庄。这个时候,婉的腰间那根皮绳已系了一串密密麻麻的结。没想到甲村的人们会敲锣打鼓站在村口迎接他俩。民兵组成仪仗队背着半自动步枪站在两旁,为了保险起见,枪口都塞了红布卷。两头由四个村民装扮的牦牛在夹道中跳着舞。村长和几个姑娘捧着哈达和壶嘴上沾着酥油花的银壶在最前面迎接。原来这里一直大旱。前不久有人打了卦,今天黄昏时会有两个从东边来的人进村,他们将带来一场琼浆般吉祥的雨水,使久旱的庄稼得到好收成。他俩果然出现了,人们认为这是一个好兆头。欢天喜地将塔贝和婉扶上挂满哈达的铁牛拖拉机簇拥着进了村。男女老少都穿着新衣,家家户户的屋顶都换了新的五色经幡布。有人从婉的音容、谈吐和体态上看出了她有转世下凡的白度母的特征,于是塔贝被撇在一边。但是塔贝知道婉绝不是白度母的化身。因为在婉睡熟的时候,他发现她的睡相丑陋不堪,脸上皮肉松弛,半张的嘴角流出一股股口涎。

他一人闷闷不乐地去酒店喝酒,他想惹点事,最好有人讨厌他,跟他过不去,他就有事干了。打上一场,那人敢跟他拼刀子更好。

酒店只有一个老头在喝酒,苍蝇在他头顶飞来飞去。塔贝进去后,带着挑衅的神气坐在他对面。一个包花头巾的农家姑娘取一只玻璃杯放在他桌前,斟满酒。

“这酒像马尿。”他喝了一口大声说。

没有人回答。

“你说像不像?”他问老头。

“要说马尿,我年轻时喝过。那真正是用嘴对着公马底下那玩意儿喝的。”

塔贝得意地笑起来。

“为了把我的牛羊从阿米丽尔大盗手中夺回来,我从格则一直追到塔克拉玛干沙漠。”

“阿米丽尔是谁?”

“嘿,那是几十年前从新疆那边来的一支强盗的女首领,是哈萨克人,在阿里和藏北一带赫赫有名。一个万户数不清的牛羊群在一夜之间就从草原上带走,第二天从帐篷出来一看,白茫茫一片,留下的只有数不清的蹄印,连噶厦政府派出的藏兵也制不了她。”

“后来?”

“刚才你说马尿。是啊,我背着叉子枪,骑马追我的牛羊,在那大沙漠里,就是那几口马尿救了我的命。”

“再后来?”

“再后来，女首领要留我，留我给她当……”

“丈夫?”

“羊倌。我是万户的儿子啊！她娘的长得真漂亮，她简直是太阳，谁都不敢对直看她一眼，我逃了回来。你说说，我除了地狱和天堂，还有什么地方没去过?”

“我要去的地方你就没去过。”塔贝说。

“你准备去哪儿?”老头问。

“我，不知道。”塔贝第一次对前方的目标感到迷惘，他不知道该继续朝前面什么地方去。老头明白他的心思。

老头指着他身后的一座山说：“谁也没有往那边去过。我们甲村以前是驿站，通四面八方，可就是没人往那边去。1964 年的时候，”他回忆起来，“这里开始办人民公社，大家都讲走共产主义道路，那时没有几个人讲得清楚共产主义是什么，反正它是一座天堂。在哪儿，不知道。问卫藏的来人说，没有。问阿里的来人说，没有。康藏的人也说没看见。那只有喀隆雪山没人去过。村里就有几个人变卖了家产，背着糌粑口袋，他们说去共产主义，翻越喀隆雪山，从此没回来。后来，村里人没一个再去那边，哪怕日子过得再苦。”

塔贝用牙咬住玻璃杯口，翻起眼看他。

“但是我知道有关喀隆雪山下的一点秘密。”老头眨眨眼。

“说吧。”

“你准备去那边吗?”

“也许。”

“爬到山顶，你会听见一种奇怪的哭声，像一个被遗弃的私生子的哭声，不要紧，那是从一个石缝里吹来的风声。爬完七天，到山顶时刚好天亮，不要急着下山。太阳下，雪的反光会刺瞎你的眼，等天黑后再下山。”

“这不是秘密。”塔贝说。

“对，这不是秘密。我要说的是，下山走两天，能看见山脚下时，那底下有数不清的深深浅浅的沟壑。它们向四面八方伸展，弯弯曲曲。你走进沟底就算是进了迷宫。对，这也不是什么秘密，别打断我的话，你知道山脚为什么有比别的山脚多得多的沟壑吗?那是莲花生大师右手的掌纹。当年他与一个叫喜巴美如的妖魔在那里混战一百零八天不分胜负，大师施出种种法力未能降伏喜巴美如。当妖魔变成一只小小的虱子想使对手看不见时，莲花生举起了神奇的右手，口中高声念诵着咒经，一巴掌盖向大地，把喜巴美如镇到了地狱中，从此在那里留下了自己的掌纹。凡人只要走到那里面就会迷失方向。据说在这数不清的沟壑中只有一条能走出去，剩下的全是死路。那条生路没有任何标记。”

塔贝神情严肃地看着老头。

“这是一个传说，我也不知道走出去以后前面是个什么世界。”老头摇摇头，咕噜道。

塔贝准备去那边了。老头后来向他提出要求，请他将琼留下。他家有个儿子，最近刚买了一台拖拉机。现在家家都想买拖拉机。大清早，隆隆的机器声掩盖了千百年雄鸡的打鸣声。道路上的马车和毛驴被挤到了边上。人们喝着从雪山流下的纯洁透明的溪水时,也嗅到一股淡淡的柴油气味。老头自己经营着一座电机磨房,老伴耕种着十几亩田地。前不久,老头还去大城市出席了一个"治穷致富先进代表大会",领到奖状和奖品,报纸上也登过他的四寸大照片。他们世世代代没像现在这么富裕过,也世世代代没像现在这么忙碌过。需要一个操持家务的媳妇。说话的时候,他儿子进来了,掏出一叠花花绿绿的钞票,想在外乡人面前炫耀。儿子戴着电子表,腰间挂着小巧的放声机,头上戴着耳机,他随着别人听不见的音乐节奏扭着舞步,真是把城里公子哥儿的派头学到家了。塔贝对此无动于衷,只是门外停着的那辆没熄火的手扶拖拉机的突突声牵动了一下他的心弦。他起身走向拖拉机旁,摸摸扶手。

"好的,琼留给你了。"塔贝说。

小伙子大概刚从琼那里得到了一点什么,笑眼朦胧。

"我能坐坐你这玩意儿吗?"塔贝问。

"当然,半个小时保你会开。"小伙子上前教他操作常识,教他怎样控制油门,教他怎样换挡、离合器怎样配合、怎样起步和刹车。

塔贝慢慢开动了拖拉机,行驶在黄昏的乡村土道上。琼在一旁看着他。她要留下来了。她愉快地流着眼泪。这时后面开来一辆速度很快的带拖斗的铁牛拖拉机,塔贝不知道怎么办。旁边是条浅沟,小伙子在后面高声喊他开进沟里。塔贝从驾驶座跳到了路中间,手扶拖拉机自己慢慢溜进了沟里。他被来不及刹车的"铁牛"后面的拖斗撞倒在地。大家全围上前。塔贝爬起身,拍拍土。他的腰部被撞了,他说没什么,一点事也没有。大家松了口气。

塔贝要走了,他第一次摆弄机器就被它咬了一口。他抱住琼,跟她行了个碰头礼,往喀隆雪山那边去了。到夜晚时,果然下了场雨,村里人高高兴兴唱起歌。塔贝离开甲村,一人进了山。在半路上,他吐了一口血,他的内脏受了伤。

小说到此结束。

我决定回到帕布乃冈,翻过喀隆雪山,去莲花生的掌纹地寻找我的主人公。

从甲村翻过喀隆雪山到掌纹地的路途比我预料的要遥远得多。雇的一匹骡子在途中累倒了。它卧在地上,口中流着白沫,用临死前那样一种眼光看着我。我只得卸下它驮的包囊背在自己身上,在它嘴边放了几块捏碎的压缩面包。一翻过喀隆雪山,首先听见海啸般轰轰的巨响,山下的雪堆像云朵般上下翻卷,脚下的雪粒像急流的河水。但是我的整个身体一点没感到风的吹动,空气就像无风的冬夜一样寒冷而静谧。我戴着防护镜,所以用不着等到天黑才下山。整个山面是被厚雪覆盖的一片平滑的大斜坡,看上去没什么凸凹障碍,我背着囊包走"Z"形缓慢下山。沉重的囊包从背上慢慢坠到腰间,就在我收腹挺胸耸肩想把囊包提起来时,由于猛烈的失重,脚下站立不稳,一个跟头朝前跌倒。我知道已经无法再站起来,身体正快速往下滑动,于是手脚抱成一团,接着天旋地转向山下滚去。

万幸的是,还没掉进雪窝里去。等我醒来,已躺在平整松软的雪地上,我已到了山脚，从上望去，在雪坡中一道深深的条痕通到高处雪雾缥缈的空间。

在山顶时我看了一次表，时间是九点四十六分，此刻再次看表时，指针却指向八点零三分。走下雪线便进入草苔地带，再往下是草地，高寒灌木丛，小树林，接着是一片大森林。穿出森林，树木植物又渐渐稀少，呈现出光秃秃的荒凉的山石、空坝。整个途中，我不时地看表，把心里估计的时间和表上的时间不断加以对照，计算一番后得出了结论：翻过喀隆雪山以后，时间开始出现倒流现象，右手腕上这块精工牌全自动太阳能电子表从月份数字到星期日历全向后翻，指针向逆方向运转，速度快于平常的五倍。

越往前走，映入视觉中的自然景象也越来越产生了形的异变：一株株长着卵形叶子、枝干黄白的菩提树，根部像生长在输送带上一样整整齐齐从我眼前缓缓移过。旁边有座古代寺庙的废墟。在一片广阔的大坝上走来一只长着天梯般长脚的大象。它使我想起了萨尔瓦多·达利的《圣安东尼的诱惑》，我小心翼翼避开这一切，加快脚步，并不回头再望一眼。一直走到蒸腾着热气的温泉边才歇息一会儿。我实在太累了，但不敢睡，我知道一旦合上眼皮，将永远长眠不醒了。透过温泉的热气，前面有些不知哪个时代遗弃在这里的金马鞍、弓箭铁矛、盔甲、转经筒和法号，还有破布条的黄旗，这里很像是一个古战场。如果我不那么累的话，我会走过去仔细看看，也许能考证出《格萨尔》史诗中所描写的某一战场是在这里。现在我只能坐在一旁远远地观看。这些金属被温泉长时间的高温融化了，软绵绵摊在那里，失去了视觉上的硬度感，有的已无法辨认出它本身的形状，变成稀释的物质四处流溢，颇有规律地排列组合成像玛雅文字一样难解的符号。起先我怀疑眼前这一切物象是由于患上了孤独症而错误地感知外界客体产生形的变异，但马上又排斥了这个想法，因为我大脑的思维是有逻辑性的，记忆力和分析能力都良好。太阳自始至终由东向西，宇宙不管怎样还是在按照自身的规律存在和运动。虽然白昼和黑夜交替出现，但由于手表上的指针继续向反时针方向作快速运行，日历和星期月份牌不断向后翻，这使我心理上产生一种体内生物钟的紊乱，甚至身体出现失重现象。

等我从一个黎明醒来，发现自己睡在一块高大无比的红色巨石下面。我是在一个呈放射型向前延伸的数不清沟壑的汇聚点上。一定是这又凉又潮的寒意把我冻醒了，加上从四处沟底吹来的风更冷得我牙齿打颤。我急忙攀上眼前一面乱石突出的沟壁，探头一看，前面是一望无际的地平线，我已经到了掌纹地。数不清的黑沟像魔爪一样四处伸展，沟壑像是干旱千百年所形成的无法弥合的龟裂地缝，有的沟深不见底。竟然找不到一棵树，一根草。一片蛮荒，它使我想起一部描写核战争电影的最后一个广角镜头：在世界末日的焦土上，一东一西两个男女主人公慢慢抬起头，费力地向对方爬去，最后这两个世界上唯一的幸存者终于爬到一起，拥抱。苦难的眼光。定格。他们将成为又一对亚当和夏娃。

扎妥·桑杰达普的躯体早已被火葬，大概有人在烫手的灰烬中拣到了几块珍宝般的舍利。我的主人公却没有在眼前出现。

“塔——贝！你——在——哪——儿？”我放开声音喊叫，我觉得他走不出这块地方。声音传得很远，却没有一点回音。

不一会儿，我便看见了奇迹：一两公里外的前面出现了一个黑点。我沿着垄沟朝前飞跑,一面喊着我的主人公的名字。等我看清时,惊讶得站住了:是婉!这是我万万没预料到的。

"塔贝要死了。"她哭哭啼啼走过来说。

"他在哪儿?"

婉把我带到她身边的沟底下。塔贝躺在地上,他脸色苍白,憔悴,沉重地呼吸着。沟边长着苔藓的石缝里滴着水,在地上积成个小水洼,婉不停地用腰带蘸一点水,滴在他半张的嘴里。

"先知,我在等待,在领悟,神会启示我的。"塔贝睁眼看着我说。

"他腰上的伤很严重,需要不停地喝水。"婉在我耳边低语。

"你为什么没留在甲村?"我问。

"我为什么要留在甲村呢?"她反问。"我根本没这样想过,他从来没答应我留在什么地方。他把我的心摘去系在自己腰上,离开他我准活不了。"

"不见得。"我说。

"他一直想知道那是什么。"婉指着我身后,我回过头,从沟底往回望去,这是一条笔直的深沟,一直可见到头,前面那座红色巨石正是我昨晚过夜的地方。现在才看清,红色的心脏上刻着一个雪白的"弓"。站在红石下仰起头是无法看见的。"弓"通常是喇嘛念"唵吗呢叭吽哄"六字真言一百遍时要喊出的一个音节。它刻在红石上,据我所知,要么,就是此地是神灵鬼怪出没的地方,要么,这里曾埋葬过一位伟人的英灵,在从江孜到帕里的一个名叫曲米新古河边的一块岩石上也刻着这样一个"弓",那是为纪念一九〇四年为抵抗英国人的侵略在那里献身的藏军首领二代本拉丁而刻的。但这一切我觉得没有对塔贝再解释的必要。

此时此刻,我才发现一个为时过晚的真理,我那些"可爱的弃儿"们原来都是被赋予了生命和意志的。我让塔贝和婉从编有号码的牛皮纸袋里走出来,显然是犯了一个不可弥补的错误。为什么我至今还没塑造出一个"新人"的形象来?这更是一个错误。对人物的塑造完成后,他们的一举一动即成客观事实,如果有人责问我在今天这个伟大的时代为什么还允许他们的存在,我将作何回答呢?

怀着最后的一丝侥幸心理,我俯在塔贝耳边,轻声细语地用各种他似乎能理解的道理说服他,使他相信他要寻找的地方是不存在的,就像托马斯·莫尔创造的《乌托邦》,就那么一回事。

晚上,在他生命的最后一刻要让他放弃多少年形成的信仰是不可能了。他翻了个身,将脑袋贴在地面。

"塔贝,"我说,"你会好起来的,你等我一会儿,我的东西全放在那边,里面还有些急救药……"

"嘘!"塔贝制止住我,耳朵贴紧冰凉潮湿的地面。"你听!听!"

好半天,我只听见自己心律跳动中出现的一点微弱的杂音。

"扶我上去!我要到上面去!"塔贝坐起身,挥舞着手喊道。

我只得扶起他。婉先爬到沟上面,我在下面托住塔贝,他身体居然很沉。我扛着他，一手小心护着他腰，另一只手扭住锋利突出的岩石块，一点点把他往上托。两只脚踩在外凸的石块上。攀石的那只手被划的一下，先是麻木，接着灼痛，热乎乎的血流了出来，顺着胳膊流到衣袖里。婛趴在上面，伸下两只手夹住了塔贝的胳肢窝。一个在上面拽，一个在下面托，费好大的劲才把他抬上沟来。太阳正要从地平线上升起，东边辉映着一派耀眼的光芒。他贪婪地吸了一口早晨的空气，眼睛警觉地四处搜寻，想要发现什么。

"它说的是什么，先知？我听不懂，快告诉我，你一定听懂了，求求你。"他转过身匍匐在我脚下。

他耳朵里接收的信号比我早几分钟，随后我和婛都听见了一种从天上传来的非常真实的声音。我们注意聆听。

"是寺庙屋顶的铜铃声。"婛喊道。

"是教堂的钟声。"我纠正道。

"山崩了，好吓人。"婛说。

"不，这是气势庞大的鼓号乐和千万人的合唱。"我再次纠正道。婛困惑地看我一眼。

"神开始说话了。"塔贝严肃地说。

这次我没敢纠正。是一个男人用英语从扩音器里传来的声音。我怎么也不能告诉他，这是在美国洛杉矶举行的第二十三届奥林匹克运动会的开幕式，电视和广播正通过太空向地球上的每一个角落报送着这一盛会的实况。我终于获得了时间感。手表上的指针和日历全停止了，整个显出的数字告诉我：现在是公元一千九百八十四年七月北京时间二十九日上午七时三十分。

"这不是神的启示，是人向世界挑战的钟声、号声，还有合唱声，我的孩子。"我只能对他这样讲。

不知他听见没有，或者他什么都明白了。他好像很冷似的蜷缩起身子，闭上眼，跟睡着了一样。

我放下塔贝，跪在他身边，为他整理着破烂的衣衫，将他的身体摆成一个弓形，由于我右手上的血沾在了他衣衫上，这使我感到很内疚。是我害了他，也许，这以前我曾不止一次地将我其他的主人公引向死亡的路。是该好好内省一番了。

"现在，只剩下我一个人了。"婛可怜巴巴地说。

"你不会死。婛，你已经经历了苦难的历程，我会慢慢地把你塑造成一个新人的。"我仰面望着她说，我从她纯真的神情中看见了她的希望。

她腰间的皮绳在我鼻子前晃荡。我抓住皮绳，想知道她离家的日子，便顺着顶端第一个结认真地往下数："五……八……二十五……五十七……九十六……"

数到最后一个结是一百零八个，正好与塔贝手腕上念珠的颗数相吻合。

这时候，太阳以它气度雍容的仪态冉冉升起，把天空和大地辉映得黄金一般灿烂。

我代替了塔贝，婛跟在我后面，我们一起往回走。时间又从头算起。

（原载《西藏文学》1985年第1期，《小说选刊》1985年第11期，选载时文字上作了少许改动）

扎西达娃的小说创作深受拉丁美洲魔幻现实主义文学的影响,他的小说魔幻与现实相交融,“变幻想为现实而又不失其真”,充满荒诞色彩。

《系在皮绳扣上的魂》之主题具有多义性和不确定性,作者写出了西藏神奇的自然与人文景观,富有原始色彩的地域文化风貌,写出了在现代文明的侵蚀之下,西藏人精神乌托邦的幻灭,宗教形态的瓦解,也表达了作者对文明与自然关系的理性观照。或许,它还表达了作者的一种文学观念——小说人物被赋予了生命和意志,虚实可以互生,文学参与了这个世界的创造。(张应中)

山上的小屋

残　雪

在我家屋后的荒山上，有一座木板搭起来的小屋。

我每天都在家中清理抽屉。当我不清理抽屉的时候，我坐在围椅里，把双手平放在膝头上，听见呼啸声。是北风在凶猛地抽打小屋杉木皮搭成的屋顶，狼的嗥叫在山谷里回荡。

“抽屉永生永世也清理不好，哼。”妈妈说，朝我做出一个虚伪的笑容。

“所有的人的耳朵都出了毛病。”我憋着一口气说下去，“月光下，有那么多的小偷在我们这栋房子周围徘徊。我打开灯，看见窗子上被人用手指捅出数不清的洞眼。隔壁房里，你和父亲的鼾声格外沉重，震得瓶瓶罐罐在碗柜里跳跃起来。我蹬了一脚床板，侧转肿大的头，听见那个被反锁在小屋里的人暴怒地撞着木板门，声音一直持续到天亮。”

“每次你来我房里找东西，总把我吓得直哆嗦。”妈妈小心翼翼地盯着我，向门边退去，我看见她一边脸上的肉在可笑地惊跳。

有一天，我决定到山上去看个究竟。风一停我就上山，我爬了好久，太阳刺得我头昏眼花，每一块石子都闪动着白色的小火苗。我咳着嗽，在山上辗转。我眉毛上冒出的盐汗滴到眼珠里，我什么也看不见，什么也听不见。我回家时在房门外站了一会，看见镜子里那个人鞋上沾满了湿泥巴，眼圈周围浮着两大团紫晕。

“这是一种病。”听见家人们在黑咕隆咚的地方窃笑。

等我的眼睛适应了屋内的黑暗时，他们已经躲起来了——他们一边笑一边躲。我发现他们趁我不在的时候把我的抽屉翻得乱七八糟，几只死蛾子、死蜻蜓全扔到了地上，他们很清楚那是我心爱的东西。

“他们帮你重新清理了抽屉，你不在的时候。”小妹告诉我，目光直勾勾的，左边的那只眼变成了绿色。

“我听见了狼嗥，”我故意吓唬她，“狼群在外面绕着房子奔来奔去，还把头从门缝里挤进来，天一黑就有这些事。你在睡梦中那么害怕，脚心直出冷汗。这屋里的人睡着了脚心都出冷汗。你看看被子有多么潮就知道了。”

我心里很乱，因为抽屉里的一些东西遗失了。母亲假装什么也不知道，垂着眼。但是她正恶狠狠地盯着我的后脑勺，我感觉得出来。每次她盯着我的后脑勺，我头皮上被她盯的那块地方就发麻，而且肿起来。我知道他们把我的一盒围棋埋在后面的水井边上了，他们已经这样做过无数次，每次都被我在半夜里挖了出来。我挖的时候，他们打开灯,从窗口探出头来。他们对于我的反抗不动声色。

吃饭的时候我对他们说:“在山上,有一座小屋。”

他们全都埋着头稀里呼噜地喝汤,大概谁也没听到我的话。

“许多大老鼠在风中狂奔。”我提高了嗓子,放下筷子,“山上的砂石轰隆隆地朝我们屋后的墙倒下来,你们全吓得脚心直出冷汗,你们记不记得?只要看一看被子就知道。天一晴,你们就晒被子,外面的绳子上总被你们晒满了被子。”

父亲用一只眼迅速地盯了我一下,我感觉到那是一只熟悉的狼眼。我恍然大悟。原来父亲每天夜里变为狼群中的一只,绕着这栋房子奔跑,发出凄厉的嗥叫。

“到处都是白色在晃动,”我用一只手抠住母亲的肩头摇晃着,“所有的都那么扎眼,搞得眼泪直流。你什么印象也得不到。但是我一回到屋里,坐在围椅里面,把双手平放在膝头上,就清清楚楚地看见了杉木皮搭成的屋顶。那形象隔得十分近,你一定也看到过,实际上,我们家里的人全看到过。的确有一个人蹲在那里面,他的眼眶下也有两大团紫晕,那是熬夜的结果。”

“每次你在井边挖得那块麻石响,我和你妈就被悬到了半空,我们簌簌发抖,用赤脚蹬来蹬去,踩不到地面。”父亲避开我的目光,把脸向窗口转过去。窗玻璃上沾着密密麻麻的蝇屎。“那井底,有我掉下的一把剪刀。我在梦里暗暗下定决心,要把它打捞上来。一醒来,我总发现自己搞错了,原来并不曾掉下什么剪刀,你母亲断言我是搞错了。我不死心,下一次又记起它。我躺着,会忽然觉得很遗憾,因为剪刀沉在井底生锈,我为什么不去打捞。我为这件事苦恼了几十年,脸上的皱纹如刀刻的一般。终于有一回,我到了井边,试着放下吊桶去,绳子又重又滑,我的手一软,木桶发出轰隆一声巨响,散落在井中。我奔回屋里,朝镜子里一瞥,左边的鬓发全白了。”

“北风真凶,”我缩头缩脑,脸上紫一块蓝一块,“我的胃里面结出了小小的冰块。我坐在围椅里的时候,听见它们叮叮当当响个不停。”

我一直想把抽屉清理好,但妈妈老在暗中与我作对。她在隔壁房里走来走去,弄得踏踏地响,使我胡思乱想。我想忘记那脚步,于是打开一副扑克,口中念着:“一二三四五……”脚步却忽然停下了,母亲从门边伸进来墨绿色的小脸,嗡嗡地说话:“我做了一个很下流的梦,到现在背上还流冷汗。”

“还有脚板心,”我补充说,“大家的脚板心都出冷汗。昨天你又晒了被子。这种事,很平常。”

小妹偷偷跑来告诉我,母亲一直在打主意要弄断我的胳膊,因为我开关抽屉的声音使她发狂,她一听到那声音就痛苦得将脑袋浸在冷水里,直泡得患上重伤风。

“这样的事,可不是偶然的。”小妹的目光永远是直勾勾的,刺得我脖子上长出红色的小疹子来,“比如说父亲吧,我听他说那把剪刀,怕说了有二十年了?不管什么事,都是由来已久的。”

我在抽屉侧面打上油,轻轻地开关,做到毫无声响。我这样试验了好多天,隔壁的脚步没响,她被我蒙蔽了。可见许多事都是可以蒙混过去的,只要你稍微小心一点儿。我很兴奋,起劲地干起通宵来,抽屉眼看就要清理干净一点儿,但是灯泡忽然坏了,母亲在隔壁房里冷笑。

“被你房里的光亮刺激着，我的血管里发出怦怦的响声，像是在打鼓。你看看这里，”她指着自己的太阳穴，那里爬着一条圆鼓鼓的蚯蚓，“我倒宁愿是坏血症。整天有东西在体内捣鼓，这里那里弄得响，这滋味，你没尝过。为了这样的毛病，你父亲动过自杀的念头。”她伸出一只胖手搭在我的肩上，那只手像被冰镇过一样冷，不停地滴下水来。

有一个人在井边捣鬼。我听见他反复不停地将吊桶放下去，在井壁上碰出轰隆隆的响声。天明的时候，他咚地一声扔下木桶，跑掉了。我打开隔壁的房门，看见父亲正在昏睡，一只暴出青筋的手难受地抠紧了床沿，在梦中发出惨烈的呻吟。母亲披头散发，手持一把笤帚在地上扑来扑去。她告诉我，在天明的那一瞬间，一大群天牛从窗口飞进来，撞在墙上，落得满地皆是。她起床来收拾，把脚伸进拖鞋，脚趾被藏在拖鞋里的天牛咬了一口，整条腿肿得像根铅柱。

“他，”母亲指了指昏睡的父亲，“梦见被咬的是他自己呢。”

“在山上的小屋里，也有一个人正在呻吟。黑风里夹带着一些山葡萄的叶子。”

“你听到了没有？”母亲在半明半暗里将耳朵聚精会神地贴在地板上，“这些个东西，在地板上摔得痛昏了过去。它们是在天明那一瞬间闯进来的。”

那一天，我的确又上了山，我记得十分清楚。起先我坐在藤椅里，把双手平放在膝头上，然后我打开门，走进白光里面去。我爬上山，满眼都是白石子的火焰，没有山葡萄，也没有小屋。

（原载《人民文学》1985 年第 8 期）

残雪（1953—），原名邓小华，长沙人。“先锋派”代表作家。

《山上的小屋》是残雪的代表作之一，具有很强的先锋色彩，小说以一种独特的审美形式记录了一种对于现实生活的独特把握。小说通过叙述者的怪异的感官体验描绘出一个怪异的世界，这个世界充满了荒谬欺骗、嫉妒仇恨、冷酷隐秘，周围的所有事物都不可理喻，旷野风吼，狼嚎鼠奔，虫疯蝇狂，人人狞视厉笑，无聊卑琐，举止怪诞，亲人之间充满怀疑、憎恨和敌意，缺少沟通，无法对话。小说选取了朦胧晦涩、离奇可怖的审美意象，运用梦呓臆想等手法营造了一个神秘荒诞的叙述氛围，写出了生存中的噩梦感受，同时也刻画出了人们在生存困境中找不到解脱方式的恐惧和焦虑体验，从而逼视人类生存的悲剧本质。

“山上的小屋”寓意很深，在山上的小屋里，“也有一个人正在呻吟”，这使“我”一次次走上山去，企图寻找一种理解的可能性，也企图从这种噩梦般的生存体验中突围出来。“我”每天都在家里“清理抽屉”，“清理抽屉”也隐喻着一种生存突围的努力，这一行为同寻找山上的小屋一样，在小说中虽然都看不到成功的希望，但却传达出了对生存之困的突围与反抗意识。（韩传喜）

你别无选择（存目）

刘索拉

刘索拉(1955—)的《你别无选择》发表于《人民文学》1985 年第 3 期。

《你别无选择》描写的是音乐学院作曲系一群学生和教师的一段狂放、幽默，甚至有点滑稽和胡闹的生活。以它独有的方式表现了生存的荒诞感。骚动的心态，散乱无章的情节，一大堆联系松散的人物，这些相互间并不攀附的叙述构成了这篇小说的总体氛围，展现出一个躁动不安的世界。这群大学生大多敏感自信，不愿盲从，要按照自己的意愿去选择人生。他们苦心孤诣地致力于对艺术创新的追求，希望在艺术创造中把自己的生命冲力、独特个性发挥到极致。小说着重表现的就是他们在这种创造自我的过程中所感受到的疲惫、荒诞、目标的虚无感以及执著的追求精神。小说以一种戏弄、夸张的方式描画出几种精神类型，借以揭示年轻人的骚动不安的内心世界。

李鸣要求退学，但得到的回答是："你除了作曲，别无选择。"他对这种狂热的创新追求的目标、价值感到困惑、怀疑，因而只好退缩到床上，靠读小说打发时间。与他相反的则是森森和孟野，他们不肯因循常规，执著于艺术的个性化创造，为了音乐，投入了全部的生命。这两人代表着一种永远渴望超越自身的永不满足的追求。石白和董客则是另一种类型，前者平庸、无主见，学了多年和声仍缺少自己对音乐的独特见地，成为信守贾教授规范者的悲剧，贾教授的阴影遮住了石白生命中的一切创造力。董客虽小有才气，却喜欢卖弄，带有庸俗的市民习气。马力、小个子和李鸣一样都是动摇、徘徊于这两极之间。马力把全部精力用于搜集、整理书本；小个子不辞辛苦地擦"功能圈"，他们都以不同的方式表示出对传统规范的虔诚膜拜。马力的死亡带有隐喻性质，与其说是生命的意外消亡，不如说是精神毁灭于规范的压力，李鸣把书压在睡着的马力身上即是这种精神压力的暗示。小个子反复擦"功能圈"的行动，也隐指着一种创新的极限，理性规则对感性冲动的限制。"功能圈"的存在，使森森们的创新追求呈现出荒诞。

学院里两位教授也分属两种精神类型。贾教授以规范化的平庸生存方式，代表着精神的僵化、板滞。金教授则性情随和，富有灵感和创造活力。作品中的荒诞感主要来源于以贾教授为代表的僵化、保守熄灭了创造活力这部分社会现实。贾教授的一切活动目的就是防范二十世纪现代派作曲技法的渗入，固守他那些据说是万世不变的艺术法则决不松手。他一生平庸，所以就特别恨别人创新；他自视神圣，所以毫不怀疑任何与他不同的研究都是堕落；像套中人一样刻板和拘谨的外形，包裹着一颗小气敏感的心。由于金教授、森森、孟野等形象在这个精神世界中所处的中心地位，特别是李鸣在最后态度的转变，就使这种荒诞感带有更为积极的挑战意味，于是构成了另一部分较为合理的现实。这就使《你别无选择》和其师法的约瑟夫·海勒的黑色幽默小说《第二十二条军规》不一样，后者是建立在主体彻底绝望的生存危机之中，前者则体现为克服主体危机的精神反叛；后者在人的渺小和世界非理性力量的强大两者的比较中体味荒诞感，前者则是充满了青春气息与创造力的挑战与反抗。这也决定了《你别无选择》采取的是一种抒情的，表现的艺术形式。

（王宜春）

红高粱(节选)

莫　言

一

一九三九年古历八月初九,我父亲这个土匪种十四岁多一点。他跟着后来名满天下的传奇英雄余占鳌司令的队伍去胶平公路伏击日本人的汽车队。奶奶披着夹袄,送他们到村头。余司令说:"立住吧。"奶奶就立住了。奶奶对我父亲说:"豆官,听你干爹的话。"父亲没吱声,他看着奶奶高大的身躯,嗅着奶奶的夹袄里散出的热烘烘的香味,突然感到凉气逼人,他打了一个颤,肚子咕噜噜响一阵。余司令拍了一下父亲的头,说:"走,干儿。"

天地混沌,景物影影绰绰,队伍的杂沓脚步声已响出很远。父亲眼前挂着蓝白色的雾幔,挡住他的视线,只闻队伍脚步声,不见队伍形和影。父亲紧紧扯住余司令的衣角,双腿快速挪动。奶奶像岸愈离愈远,雾像海水愈近愈汹涌,父亲抓住余司令,就像抓住一条船舷。

父亲就这样奔向了耸立在故乡通红的高粱地里属于他的那块无字的青石墓碑。他的坟头上已经枯草瑟瑟,曾经有一个光屁股的男孩牵着一只雪白的山羊来到这里,山羊不紧不忙地啃着坟头上的草,男孩子站在墓碑上,怒气冲冲地撒上一泡尿,然后放声高唱:高粱红了——日本来了——同胞们准备好——开枪开炮——

有人说这个放羊的男孩就是我,我不知道是不是我。我曾经对高密东北乡极端热爱,曾经对高密东北乡极端仇恨,长大后努力学习马克思主义,我终于悟到:高密东北乡无疑是地球上最美丽最丑陋、最超脱最世俗、最圣洁最龌龊、最英雄好汉最王八蛋、最能喝酒最能爱的地方。生存在这块土地上的我的父老乡亲们,喜食高粱,每年都大量种植。八月深秋,无边无际的高粱红成汪洋的血海。高粱高密辉煌,高粱凄婉可人,高粱爱情激荡。秋风苍凉,阳光很旺,瓦蓝的天上游荡着一朵朵丰满的白云,高粱上滑动着一朵朵丰满白云的紫红色影子。一队队暗红色的人在高粱棵子里穿梭拉网,几十年如一日。他们杀人越货,精忠报国,他们演出过一幕幕英勇悲壮的舞剧,使我们这些活着的不肖子孙相形见绌,在进步的同时,我真切感到种的退化。

出村之后,队伍在一条狭窄的土路上行进,人的脚步声中夹杂着路边碎草的窣窸声响。雾奇浓,活泼多变。我父亲的脸上,无数密集的小水点凝成大颗粒的水珠,他的一撮头发,粘在头皮上。从路两边高粱地里飘来的幽淡的薄荷气息和成熟高粱苦涩微甘的气味,我父亲早已闻惯,不新不奇。在这次雾中行军里,我父亲闻到了那种新奇的、黄红相间的腥甜气息。那味道从薄荷和高粱的味道中隐隐约约地透过来,唤起父亲心灵深处一种非常遥远的回忆。

七天之后,八月十五日,中秋节。一轮明月冉冉升起,遍地高粱肃然默立,高粱穗子浸在月光里,像蘸过水银,汩汩生辉。我父亲在剪破的月影下,闻到了比现在强烈无数倍的腥甜气息。那时候,余司令牵着他的手在高粱地里行走,三百多个乡亲叠股枕臂、陈尸狼藉,流出的鲜血灌溉了一大片高粱,把高粱下的黑土浸泡成稀泥,使他们拔脚迟缓。腥甜的气味令人窒息,一群前来吃人肉的狗,坐在高粱地里,目光炯炯地盯着父亲和余司令。余司令掏出自来得手枪,甩手一响,两只狗眼灭了;又一甩手,灭了两只狗眼。群狗一哄而散,坐得远远的,呜呜地咆哮着,贪婪地望着死尸。腥甜味愈加强烈,余司令大喊一声:“日本狗! 狗娘养的日本!”他对着那群狗打完了所有的子弹,狗跑得无影无踪。余司令对我父亲说:“走吧,儿子!”一老一小,便迎着月光,向高粱深处走去。那股弥漫田野的腥甜味浸透了我父亲的灵魂,在以后更加激烈更加残忍的岁月里,这股腥甜味一直伴随着他。

高粱的茎叶在雾中嗞嗞乱叫,雾中缓慢地流淌着在这块低洼平原上穿行的墨河水明亮的喧哗,一阵强一阵弱,一阵远一阵近。赶上队伍了,父亲的身前身后响着趿趿踢踢的脚步声和粗重的呼吸。不知谁的枪托撞到另一个谁的枪托上了。不知谁的脚踩破了一个死人的骷髅什么的。父亲前边那个人吭吭地咳嗽起来,这个人的咳嗽声非常熟悉。父亲听着他咳嗽就想起他那两扇一激动就充血的大耳朵。透明单薄布满细血管的大耳朵是王文义头上引人注目的器官。他个子很小,一颗大头缩在耸起的双肩中。父亲努力看去,目光刺破浓雾,看到了王文义那颗一边咳一边颠动的大头。父亲想起王文义在演练场上挨打时,那颗大头颠成那般可怜模样。那时他刚参加余司令的队伍,任副官在演练场上对他也对其他队员喊:向右转——,王文义欢欢喜喜地跺着脚,不知转到哪里去了。任副官在他腚上打了一鞭子,他嘴咧开叫一声:孩子他娘! 脸上表情不知是哭还是笑。围在短墙外看光景的孩子们都哈哈大笑。

余司令飞去一脚,踢到王文义的屁股上。

“咳什么?”

“司令……”王文义忍着咳嗽说,“嗓子眼儿发痒……”

“痒也别咳! 暴露了目标我要你的脑袋!”

“是,司令。”王文义答应着,又有一阵咳嗽冲口而出。

父亲觉出余司令前跨了一大步,只手捺住了王文义的后颈皮。王文义口里嗞嗞地响着,随即不咳了。

父亲觉得余司令的手从王文义的后颈皮上松开了,父亲还觉得王文义的脖子上留下两个熟葡萄一样的紫手印,王文义幽蓝色的惊惧不安的眼睛里,飞迸出几点感激与委屈。

很快,队伍钻进了高粱地。我父亲本能地感觉到队伍是向着东南方向开进的。适才走过的这段土路是由村庄直接通向墨水河边的唯一的道路。这条狭窄的土路在白天颜色青白,路原是由乌油油的黑土筑成,但久经践踏,黑色都沉淀到底层,路上叠印过多少牛羊的花瓣蹄印和骡马毛驴的半圆蹄印,马骡驴粪像干萎的苹果,牛粪像虫蛀过的薄饼,羊粪稀拉拉像震落的黑豆。父亲常走这条路,后来他在日本炭窑中苦熬岁月时,眼前常常闪过这条路。父亲不知道我的奶奶在这条土路上主演过多少风流悲喜剧,我知道。父亲也不知道在高粱阴影遮掩着的黑土上,曾经躺过奶奶洁白如玉的光滑肉体,我也知道。

拐进高粱地后,雾更显凝滞,质量加大,流动感少,在人的身体与人负载的物体碰撞高粱秸秆后,随着高粱嚓嚓啦啦的幽怨鸣声,一大滴一大滴的沉重水珠扑簌簌落下。水珠冰凉清爽,味道鲜美,我父亲仰脸时,一滴大水珠准确地打进他的嘴里。父亲看到舒缓的雾团里,晃动着高粱沉甸甸的头颅。高粱沾满了露水的柔韧叶片,锯着父亲的衣衫和面颊。高粱晃动激起的小风在父亲头顶上短促出击,墨水河的流水声愈来愈响。

父亲在墨水河里玩过水,他的水性好像是天生的,奶奶说他见了水比见了亲娘还急。父亲五岁时,就像小鸭子一样潜水,粉红的屁眼儿朝着天,双脚高举。父亲知道,墨水河底的淤泥乌黑发亮,柔软得像油脂一样。河边潮湿的滩涂上,丛生着灰绿色的芦苇和鹅绿色车前草,还有贴地爬生的野葛蔓,支支直立的接骨草。滩涂的淤泥上,印满螃蟹纤细的爪迹。秋风起,天气凉,一群群大雁往南飞,一会儿排成个"一"字,一会儿排成个"人"字,等等。高粱红了,成群结队的、马蹄大小的螃蟹都在夜间爬上河滩,到草丛中觅食。螃蟹喜食新鲜牛屎和腐烂的动物的尸体。父亲听着河声,想着从前的秋天夜晚,跟着我家的老伙计刘罗汉大爷去河边捉螃蟹的情景。夜色灰葡萄,金风串河道,宝蓝色的天空深邃无边,绿色的星辰格外明亮。北斗勺子星——北斗主死,南斗簸箕星——南斗司生,八角玻璃井——缺了一块砖,焦灼的牛郎要上吊,忧愁的织女要跳河……都在头上悬着。刘罗汉大爷在我家工作了几十年,负责着我家烧酒作坊的全面工作,父亲跟着罗汉大爷脚前脚后地跑,就像跟着自己的爷爷一样。

父亲被迷雾扰乱的心头亮起了一盏四块玻璃插成的罩子灯,洋油烟子从罩子灯上盖的铁皮、钻眼的铁皮上钻出来。灯光微弱,只能照亮五六米方圆的黑暗。河里的水流到灯影里,黄得像熟透的杏子一样可爱,但可爱一霎时,就流过去了,黑暗中的河水倒映着一天星斗。父亲和罗汉大爷披着蓑衣,坐在罩子灯旁,听着河水的低沉呜咽——非常低沉的呜咽。河道两边无穷的高粱地不时响起寻偶狐狸的兴奋鸣叫。螃蟹趋光,正向灯影聚拢。父亲和罗汉大爷静坐着,恭听着天下的窃窃秘语,河底下淤泥的腥味,一股股泛上来。成群结队的螃蟹团团围上来,形成一个躁动不安的圆圈。父亲心里惶惶,跃跃欲起,被罗汉大爷按住了肩头。"别急!"大爷说,"心急喝不得热粘粥。"父亲强压住激动,不动。螃蟹爬到灯光里就停下来,首尾相衔,把地皮都盖住了。一片青色的蟹壳闪亮,一对对圆杆状的眼睛从凹陷的眼窝里打出来。隐在倾斜的脸面下的嘴里,吐出一串一串的五彩泡沫。螃蟹吐着彩沫向人类挑战,父亲身上披着大蓑衣长毛奓起。罗汉大爷说:"抓!"父亲应声弹起,与罗汉大爷抢过去,每人抓住一面早就铺在地上的密眼罗网的两角,把一块螃蟹抬起来,露出了螃蟹下的河滩涂地。父亲和罗汉大爷把网角系起扔在一边,又用同样的迅速和熟练抬起网片。每一网都是那么沉重,不知网住了几百几千只螃蟹。

父亲跟着队伍进了高粱地后,由于心随螃蟹横行斜走,脚与腿不择空隙,撞得高粱棵子东倒西歪。他的手始终紧扯着余司令的衣角,一半是自己行走,一半是余司令牵拉着前进,他竟觉得有些瞌睡上来,脖子僵硬,眼珠子生涩呆板。父亲想,只要跟着罗汉大爷去墨水河,就没有空手回来的道理。父亲吃螃蟹吃腻了,奶奶也吃腻了。食之无味,弃之可惜,罗汉大爷就用快刀把螃蟹斩成碎块,放到豆腐磨里研碎,加盐,装缸,制成蟹酱,成年累月地吃,吃不完就臭,臭了就喂罂粟。我听说奶奶会吸大烟但不上瘾,所以始终面如桃花,神清气爽。用螃蟹喂过的罂粟花朵肥硕壮大,粉、红、白三色交杂,香气扑鼻。故乡的黑土本来就是出奇的肥沃,所以物产丰饶,人种优良。民心高拔健迈,本是我故乡心态。墨水河盛产的白鳝鱼肥得像肉棍一样,从头至尾一根刺。它们呆头呆脑,见钩就吞。父亲想着的罗汉大爷去年就死了,死在胶平公路上。他的尸体被割得零零碎碎,扔得东一块西一块。躯干上的皮被剥了,肉跳,肉蹦,像只蜕皮后的大青蛙。父亲一想起罗汉大爷的尸体,脊梁沟就发凉。父亲又想起大约七八年前的一个晚上,我奶奶喝醉了酒,在我家烧酒作坊的院子里,有一个高粱叶子垛,奶奶倚在草垛上,搂住罗汉大爷的肩,呢呢喃喃地说:"大叔……你别走,不看僧面看佛面,不看鱼面看水面,不看我的面子也看豆官的面子上,留下吧,你要我……我也给你……你就像我的爹一样……"父亲记得罗汉大爷把奶奶推到一边,晃晃荡荡走进骡棚,给骡子拌料去了。我家养着两头大黑骡子,开着烧高粱酒的作坊,是村子里的首富。罗汉大爷没走,一直在我家担任业务领导,直到我家那两头大黑骡子被日本人拉到胶平公路修筑工地上去使役为止。

这时,从被父亲他们甩在身后的村子里,传来悠长的毛驴叫声。父亲精神一振,眼睛睁开,然而看到的,依然是半凝固半透明的雾气。高粱挺拔的秆子,排成密集的栅栏,模模糊糊地隐藏在气体的背后,穿过一排又一排,排排无尽头。走进高粱地多久了,父亲已经忘记,他的神思长久地滞留在远处那条喧响着的丰饶河流里,长久地滞留在往事的回忆里,竟不知这样匆匆忙忙拥拥挤挤地在如梦如海的高粱地里蹚进是为了什么。父亲迷失了方位。他在前年有一次迷途高粱地的经验,但最后还是走出来了,是河声给他指引了方向。现在,父亲又谛听着河的启示,很快明白,队伍是向正东偏南开进,对着河的方向开进。方向辨清,父亲也就明白,这是去打伏击,打日本人,要杀人,像杀狗一样。他知道队伍一直往东南走,很快就要走到那条南北贯通,把偌大个低洼平原分成两半,把胶县平度县两座县城连在一起的胶平公路。这条公路,是日本人和他们的走狗用皮鞭和刺刀催逼着老百姓修成的。

高粱的骚动因为人们的疲惫困乏而频繁激烈起来,积露连续落下,淋湿了每个人的头皮和脖颈。王文义咳嗽不断,虽连遭余司令辱骂也不改正。父亲感到公路就要到了,他的眼前昏昏黄黄地晃动着路的影子。不知不觉,连成一体的雾海中竟有些空洞出现,一穗一穗被露水打得精湿的高粱在雾洞里忧悒地注视着我父亲,父亲也虔诚地望着它们。父亲恍然大悟,明白了它们都是活生生的灵物。它们根扎黑土,受日精月华,得雨露滋润,上知天文下知地理。父亲从高粱的颜色上,猜到了太阳已经把被高粱遮挡着的地平线烧成一片可怜的艳红。

忽然发生变故,父亲先是听到耳边一声尖利呼啸,接着听到前边发出什么东西被迸裂的声响。

余司令大声吼叫:“谁开枪？小舅子,谁开的枪?”

父亲听到子弹钻破浓雾,穿过高粱叶子高粱秆,一颗高粱头颓落地。一时间众人都屏气息声。那粒子弹一路尖叫着,不知落到哪里去了。芳香的硝烟迷散进雾。王文义惨叫一声:“司令——我没有头啦——司令——我没有头啦——”

余司令一愣神,踢了王文义一脚,说:“你娘个蛋！没有头还会说话!”

余司令撇下我父亲,到队伍前头去了。王文义还在哀嚎。父亲凑上前去,看清了王文义奇形怪状的脸。他的腮上,有一股深蓝色的东西在流动。父亲伸手摸去,触了一手粘腻发烫的液体。父亲闻到了跟墨水河淤泥差不多、但比墨水河淤泥要新鲜得多的腥气。它压倒了薄荷的幽香,压倒了高粱的甘苦,它唤醒了父亲那越来越迫近的记忆,一线穿珠般地把墨水河淤泥、把高粱下黑土、把永远死不了的过去和永远留不住的现在联系在一起,有时候,万物都会吐出人血的味道。

“大叔,”父亲说,“大叔,你挂彩了。”

“豆官,你是豆官吧,你看看大叔的头还在脖子上长着吗?”

“在,大叔,长得好好的,就是耳朵流血啦。”

王文义伸手摸耳朵,摸到一手血,一阵尖叫后,他就瘫了:“司令,我挂彩啦！我挂彩啦,我挂彩啦。”

余司令从前边回来,蹲下,捏着王文义的脖子,压低嗓门说:“别叫,再叫我就毙了你!”

王文义不敢叫了。

“伤着哪儿啦?”余司令问。

“耳朵……”王文义哭着说。

余司令从腰里抽出一块包袱皮样的白布,嚓一声撕成两半,递给王文义,说:“先捂着,别出声,跟着走,到了路上再包扎。”

余司令又叫:“豆官。”父亲应了,余司令就牵着他的手走。王文义哼哼唧唧地跟在后边。

适才那一枪,是扛着一盘耙在头前开路的大个子哑巴不慎摔倒,背上的长枪走了火。哑巴是余司令的老朋友,一同在高粱地里吃过“扦饼”的草莽英雄,他的一只脚因在母腹中受过伤,走起来一颠一颠,但非常快。父亲有些怕他。

黎明前后这场大雾,终于在余司令的队伍跨上胶平公路时溃散下去。故乡八月,是多雾的季节,也许是地势低洼土壤潮湿所致吧。走上公路后,父亲顿时感到身体灵巧轻便,脚板利索有劲,他松开了抓住余司令衣角的手。王文义用白布捂着血耳朵,满脸哭相。余司令给他粗手粗脚包扎耳朵,连半个头也包住了。王文义痛得龇牙咧嘴。

余司令说:“你好大的命!”

王文义说:“我的血流光了,我不能去啦!”

余司令说:“屁,蚊子咬了一口也不过这样,忘了你那三个儿子啦吧!”

王文义垂下头,嘟嘟哝哝说:"没忘,没忘。"

他背着一支长筒子鸟枪,枪托儿血红色。装火药的扁铁盒斜吊在他的屁股上。

那些残存的雾都退到高粱地里去了。大路上铺着一层粗砂,没有牛马脚踪,更无人的脚印。相对着路两侧茂密的高粱,公路荒凉,荒唐,令人感到不祥。父亲早就知道余司令的队伍连聋带哑连瘸带拐不过四十人,但这些人住在村里时,搅得鸡飞狗跳,仿佛满村是兵。队伍摆在大路上,三十多人缩成一团,像一条冻僵了的蛇。枪支七长八短,土炮、鸟枪、老汉阳,方六方七兄弟俩抬着一门能把小秤砣打出去的大抬杆子。哑巴扛着一盘长方形的平整土地用的、周遭二十六根铁尖齿的耙,另有三个队员各扛着一盘。父亲当时还不知道打伏击是怎么一回事,更不知道打伏击为什么还要扛上四盘铁齿耙。

二

为了为我的家族树碑立传,我曾经跑回高密东北乡,进行了大量的调查,调查的重点,就是这场我父亲参加过的、在墨水河边打死鬼子少将的著名战斗。我们村里一个九十二岁的老太太对我说:"东北乡,人万千,阵势列在墨河边。余司令,阵前站,一举手炮声连环。东洋鬼子魂儿散,纷纷落在地平川。女中魁首戴凤莲,花容月貌巧机关,调来铁耙摆连环,挡住鬼子不能前……"老太婆头顶秃得像一个陶罐,面孔都朽了,干手上凸着一条条丝瓜瓤子一样的筋。她是三九年八月中秋节那场大屠杀的幸存者,那时她因脚上生疮跑不动,被丈夫塞进地瓜窖子里藏起来,天凑地巧活了下来。老太婆所唱快板中的戴凤莲,就是我奶奶的大号。听到这里,我兴奋异常。这说明,用铁耙挡住鬼子汽车退路的计谋竟是我奶奶这个女流想出来的。我奶奶也应该是抗日的先锋,民族的英雄。

提起我的奶奶,老太太话就多了。她的话破碎零乱,像一群随风遍地滚的树叶。她说起我奶奶的脚,是全村最小的脚。我们家的烧酒后劲好大。说到胶平公路时,她的话连贯起来:"路修到咱这地盘时哪……高粱齐腰深了……鬼子把能干活的人都赶去了……打毛子工,都偷懒磨滑……你们家里那两头大黑骡子也给拉去了……鬼子在墨水河上架石桥……罗汉,你们家那个老长工……他和你奶奶不大清白咧,人家都这么说……呵呀呀,你奶奶年轻时花花事儿多着咧……你爹多能干,十五岁就杀人,杂种出好汉,十个九个都不善……罗汉去铲骡子腿……被捉住零刀子剐啦……鬼子糟害人呢,在锅里拉屎,盆里撒尿。那年,去挑水,挑上来一个什么呀,一个人头呀,扎着大辫子……"

刘罗汉大爷是我们家历史上的一个重要的人物。关于他与我奶奶之间是否有染,现已无法查清,诚然,从心里说,我不愿承认这是事实。

道理虽懂,但陶罐头老太太的话还是让我感到难堪。我想,既然罗汉大爷对待我父亲像对待亲孙子一样,那他就像我的曾祖父一样;假如这位曾祖父竟与我奶奶有过风流事,岂不是乱伦吗?这其实是胡想,因为我奶奶并不是罗汉大爷的儿媳而是他的东家,罗汉与我的家族只有经济上的联系而无血缘上的联系,他像一个忠实的老家人点缀着我家的历史而且确凿无疑地为我们家的历史增添了光彩。我奶奶是否爱过他,他是否上过我奶奶的炕,都与伦理无关。爱过又怎么样?我深信,我奶奶什么事都敢干,只要她愿意。她老人家不仅仅是抗日的英雄,也是个性解放的先驱,妇女自立的典范。

我查阅过县志,县志载:民国二十七年,日军捉高密、平度、胶县民伕累计四十万人次,修筑胶平公路。毁稼禾无数。公路两侧村庄中骡马被劫掠一空。农民刘罗汉,乘夜潜入,用铁锹伤骡蹄马腿无数,被捉获。翌日,日军在拴马桩上将刘罗汉剥皮零割示众。刘面无惧色,骂不绝口,至死方休。

(原载《人民文学》1986年第3期)

莫言(1956—),原名管谟业。著有长篇小说《红高粱家族》、《丰乳肥臀》等。

《红高粱》是一篇光彩照人的中篇小说。

作为较早出现的“新历史小说”,它为我们提供了阅读现代史的新视角。所谓“一切历史都是当代史”(克罗齐),作者以与历史对话的方式激活历史,重造历史。小说写的是抗日战争的大背景,但不再突出抗日救亡、爱国主义的主题,而是把人们的眼光引向历史纵深处的人性美丑,审视家族传奇和民族精魂。

“我爷爷”、“我奶奶”的形象也是不可多得的艺术典型。“我爷爷”本是个土匪,又是抗日英雄,既杀人越货,又精忠报国,粗犷野蛮又人性未泯。“我奶奶”蔑视礼法,敢爱敢恨,风流坦荡又英勇无畏。他们生气蓬勃,是酒神精神的化身。

在叙述方式上,作者采用变化多端的叙述视角和意识流,往返今昔,自由进入历史情境和人物的心灵空间。红高粱等富于象征色彩的意象频频出现,鲜活、丰富的感觉与联想纷至沓来,流光溢彩,元气淋漓。(张应中)

冈底斯的诱惑(存目)

马　原

马原(1953—　),新时期“先锋小说”代表作家。主要作品有小说集《冈底斯的诱惑》、《虚构》等。

中篇《冈底斯的诱惑》发表于《上海文学》1985 年 2 月号。小说由三个平行的故事拼合组装而成。这三条情节线索由几个不同身份的叙述者分别以第一、第二、第三人称讲述,形成别开生面的多重叙述角度。一个是长居西藏的老作家,以第一人称讲述自己神秘远游的经历。在人迹罕至的藏西无人区,老作家发现远处一个影影绰绰、形象酷肖“巨大羊头”的石质巨形物,推测它或许是古老的雕像,或许是史前生物化石,抑或只不过是自己幻觉的产物。作者有意悬置结论,刻意渲染迷离惝恍的神秘氛围,一下子吊起读者猎奇探秘的胃口。此外,老作家又以第二人称“你”讲述了猎人穷布与“喜马拉雅雪人”的相遇,但叙述者马上补充说明这种雪人的存在是“只见于珍闻栏的虚幻传说”,穷布的经历同老作家的藏西经历一样随即变得虚幻可疑。

另一个叙述者采用第三人称的全知角度,讲述陆高、姚亮等人去看“天葬”却扫兴而归,后与老作家、猎人穷布组成探险小队寻访野人同样不了了之的故事。此外还转述了顿珠、顿月兄弟与尼姆姑娘的故事。不识字的顿珠在离奇地消失一个月(他自己却感到只出去了一天)后突然能唱世界上最长的英雄史诗《格萨尔王传》;熊竟然放过熟睡的尼姆的孩子[它(他)是人? 还是熊?]。这些无不显示出西藏的神秘与无穷诱惑。

以上扑朔迷离、亦真亦幻、似是而非、丧失了因果确定明朗性的几个神秘故事片断拼合起来就构成了小说的主体。种种疑问在小说中都是没有结果的。但这些故事都是以现实主义的精确、“客观”的笔法讲述出来的。

小说采用了“元叙事”的手法,即作者在小说中反复挑明小说的人为虚构性。例如第四节中叙事者“我”跳出来,向读者说明姚亮这个人物“不一定确有其人”,并且声明“写的不是爱情故事”。在第十五节中,作者又出面与读者讨论本小说的“结构”、“线索”与怎么煞尾的问题,并直言不讳地声称这些是“纯粹技术性问题”。这种“元叙事”手法自然产生了一种间离效果,明确告知小说虚构与现实的不同,质疑并颠覆了传统现实主义小说的情节连贯性以及基于此基础上的现实、经验的整体性与真实性,动摇了小说的“似真幻觉”。(赵修广)

玩的就是心跳（节选）

王　朔

五

我从许逊家吃过午饭出来，把金燕打发走了，然后在路边公用电话亭给汪若海打了个电话，他妈说他一大早就出去了至今没回来。我挂了电话，往前走进一个地铁站。中午，地铁站里乘客不多，我独自在站台的休息椅上坐了很长时间，确信整个站台除了我和服务员再没有两边来车都不上的闲人，才乘上一趟列车回家。我知道我有点瞎耽误工夫，我倒不是天真地想甩什么盯梢的，我知道公安局的法力无边，要叫他们黑上了，那就是天罗地网。我只是想判断一下局势，如果他们现在没跟我，那说明我还能活几天。

我在我家那站地铁下了车，一下车就看见站台对面一张椅子上坐着一个男人在望着我。我站住朝他笑，他也露出笑容，站起来大步穿过人流向我走来。

"等我呐？"

"等你一上午了。"我们一起往站外走，汪若海说，"你去哪儿了？"

"一个饭庄开业，让我给题词。"

"噢，你现在学会写字了。"汪若海没注意到我在开玩笑，皱着眉头说。

"咱多少年没见面了？"我歪头看着汪若海说，"我还以为你已经烂在狱里了呢？"

"刚上来。"汪若海勉强笑。他已经不是我熟悉的那个嘻嘻哈哈的汪若海，长时间的服刑使他变得相当苍老，精神也很萎靡。当我们从地铁站上来走在街上时，我看到他对嘈杂的人群和车流露出不惯和惊惧，这使他步态僵硬。

"你知道吗？高洋死了？"在路上，他急促地问我。

"不知道呵。"我说，"怎么死的？自个把自个拳头吞下去了？"

"公安局没找你。"

"没有。"我说，"这事我一点没听说。"

"被人杀死的。"汪若海说，"他们昨天来找我了，主要是打听你，问咱们刚复员那会儿的事，说是那时候出的事。"

"这意思是哥们儿把他杀了。"我边上楼边掏钥匙。

"有这意思。"汪若海跟在我后面，边上楼边说，"我对他们说他们一定搞错了。"

"怎么讲？"我停下用钥匙开门，打开门请汪若海进去。家静悄悄地没动静，那对男女大概出去了。电话铃在响，我不接也就沉寂了。"那么说你知道是谁干的？"

“那倒不是。”汪若海坐下环视着屋内陈设说,“你家倒还是老样子。”然后看着我。“那倒不是,你不具备那种素质,我是指杀伐果断豁得出去不计后果的鲁劲儿。别人杀你倒可能,你不会去杀别人,不管把你逼到什么份儿上……杀人也需要一种气概。”

我笑,在汪若海对面坐下:“你是不是太小看我了。”

汪若海惊诧地望着我:“你以为这是好玩事么?这风头你还是别争着出吧。”

我递给汪若海一支烟,自己点上一支,得意洋洋地说:“可现在看来,只有我有机会杀高洋,在咱们这伙里。”

汪若海笑了,挺有趣地看着我:“你真是变了,看来我关了这么多年是被关傻了。怎么着?现在杀人是时髦了?”

“你怎么就知道我杀不了人?”

“噢,自尊心还是那么强。”汪若海看看别处,又掉回头看我。“那么你为什么杀他呀?”

“钱呗。”我笑着说,“我想不出别的更好的理由了。”

汪若海犹疑地看着我,半天没说话。“你都知道了?”他问我。

我点点头,含笑不语。

汪若海皱着眉头审视我,片刻,试探地说:“你在开玩笑对吗?”

我绷不住,乐了:“我怎么可能知道?我知道什么?我就记得我跟你们去了趟南边,玩得挺开心,可突然事过十年有人来对我说我当时杀了个人!我都傻了,我根本想不起当时的事了。就是有人说我篡党夺权我也只好认了。”

“你真的想不起来当时咱们都干了些什么?”汪若海明显松了口气。“一点都想不起来?”

“我只记得咱们当时在吃在喝在搞女人,后来烟消云散,高洋走了,你们走了,我也走了。”

“是这样。”汪若海笑着说,“咱们当时也就是射了一炮,这个我们可以互相作证。”

“但我又想。”我看着汪若海说,“也许这吃呀喝呀只是一种表面现象,也许在这些表面现象的遮掩下我们还干了些别的什么,我们其实干的不止是吃喝。警察有一句话问得好,‘你们当时的钱是哪儿来的?’是呵,咱们都是穷光蛋,怎么突然阔气了起来?据我所知,咱们刚到南方时每人兜里也就是那一点复员费。”

“这么说警察找过你。”

“找过。”我使劲点头。“我这么大的嫌疑犯他们能不来找我吗?我是轻的,不定哪天李玉和的手铐脚镣就戴我身上了。还有……”

我站起来,把书架旁挂着的那个银灰色的合成革女式挎包摘下来,倒出里面的化妆盒、镜子、卫生纸和发夹等其他零碎。

“这包是哪儿来的?挂我这儿有十年了。毫无疑问这是个女人的,可她人呢?为什么把包扔在这儿人却不见了?不瞒你说,这包里原来还有一些钱,被我花了。”我坐下来。“这女人是谁?我一点也想不起来,既想不起她的模样又想不起她是怎么把包留在这儿的。应该曾经和我关系很密切,可我问过所有认识的女人她们都说包不是她们的。

总不至于是抢来的吧?"

"别把自己往坏处想。"汪若海说,"你不想别人已经常常把你当坏人了。"

"这个包总叫我感觉和过去的什么难以告人的事联着。"我看着桌上的包说,"一看到这个包我就感到惶惑不安,就像笼罩在雾里,自己也看不清自己的面目了,自己也闹不清自己从前干过什么了。"

我盯着汪若海:"你说呢?当时我们到底还干了些什么?是不是仅仅吃了一些蛇,喝了一些酒精?"

"我是这样而你不是。"汪若海笑着说,"你还干了些别的,你主要是在干别的。"

"是刑法规定不许干的那些事的哪一种?"

"谈恋爱。"汪若海笑。"可以按流氓罪类推予以惩处的那种,当时你在谈恋爱,爱得死去活来,每天早出晚归自言自语爱得脸蛋红扑扑的,还一个劲儿向我们保密赌咒发誓只是玩玩,其实是动了情全当别人是傻子。"

"我还有这事呢?"我脸红地笑。

"还有,而且你还特古典,每天写情书什么的,经常提一些天上的星星人间万物之类的借物咏志,那美好的抒情能麻死个人。"

"惭愧惭愧。"我笑着问汪若海,"那女的是谁?是不是绝代佳人?"

"女的说实在也就家常。"汪若海说,"实在不怎么的,也不知你看上她哪点了?当时我们觉得你可能是在革命洪炉中素狠了,不忌油腻,更细的我也说不上来,因为你老躲着不让我们见她。那时你纯洁,我不好意思,而且你还挺拿这当事,我们开你几句玩笑你时不时犯急。我只记得那女的老背一个灰包,是不是这个不好说。当时这种包俏,差不多是个女的就背一个。"

"你这么一说,我好像有点印象。"我笑着说,"那会儿好像是有一个女的老跟在我屁股后边。"

"你说反了吧?"

"甭管谁跟谁了吧,反正我记得那女的没你说的那么惨,有几分姿色,不光我,你们全跟狼似的追着人家。"

"我们全跟见了狼似的躲着她。"

"别客气别客气。"我兴奋地说,"我好像想起来了。"我掀开化妆盒,拿出一只口红,从桌上拽过来一张报纸,潦草地画了个女人嘴脸,举起给汪若海看。"是不是这型的:额头比较高,嘴比较大,眼睛有一人多深。"

"你搞错了。"汪若海平静地说,"你那个'情儿'和这正相反,是个比较扁平的华人。"

"没错。"我扬手把纸一扔。"这我比你清楚。漂亮,侦破改言情了——你知不知道后来我们为什么,嗯,分手了?"

"不知道?"汪若海闷闷不乐地说,"我认为你们从来就没好过。"

"不可能,肯定是我把她甩了。我越发地想起来了,那姑娘是挺迷人,我干吗把她甩了呢?年轻时净干傻事。你还记得她叫什么住哪儿吗?"

"干吗?"汪若海吓了一跳。"你还打算找她?"

“嗯,”我一本正经地说,“一来我们两口子叙叙旧感慨感慨;二来没准她能说得出我那七天在哪儿?十有八九我是跟她在一起。你不是说我当时特爱她吗?”

“我可没说你爱她,我是说你爱你的扁平疣。”

“谁的扁平疣?你这么称呼我爱人我可不高兴。说吧,你还记不记得她叫什么?”

“不知道。”汪若海说,“一概不知——真的不知道,不蒙你。”

这时,门一声响,那对男女风尘仆仆地外出回来。他们见我在家又进来客气一番,我也客气地对他们说这是在我自己家咱们每天见面就不用老请安了。北京人也不全是旗人。那对男女自去梳洗歇息后,我和汪若海又说起高洋的事,提到最后一次吃饭,汪若海说:

“你当时饭后确实没跟我们一起走,这点我和许逊的记忆一样。我总记得咱们那次吃饭是七个人,可你说的有个穿格衬衫的人我也有印象,他老跟咱们在一起,好像是高洋带来的,后来就不见了。这人挺阴的,跟谁也不太说话。你在药店上班那会儿那七天去了哪儿?说实话,我不清楚也可能哪儿也没去扎一娘儿们窝里闷了七天,但也的确有人说那阵儿在昆明一个什么饭店登记住宿时看到你和高洋的名字。她去你们住的房间找过你们,见着了高洋没见到你。说你成心躲着不见她,明明卫生间里有人,高洋却骗她你上街了。她挺生气,跟我说时还带着气。说你顶没劲,好像特怕全世界的女的一见你就要跟你结婚,其实全世界的女的除了中国农村的柴禾妞儿和非洲的土著妇女外没人想和你结婚。”

我笑。“乔乔现在还在老地方卖糕点吗?”

“不知道。”汪若海说,“我这么多年与世隔绝早不知谁是谁了。我最后一次听见她声儿是在‘炮局’,她在隔壁预审室里嚷,假装受了冤枉。听说公安局早想收拾她找不着茬儿,逮着一件小事把她教养了。”

“教养的话,这么些年也该出来了。”

“谁知道她有没有接着犯事。反正我是没她消息。这种人我也是不敢沾了,就是大街上碰见我也避远远的。”

“我问你。”我笑嘻嘻地又递给汪若海一支烟。“当年你是怎么折的?大家都说你入室抢劫,也有人说你倒红宝石,到底是怎么回事?”

“这事说起来我也够冤的。”汪若海笑笑说,“哪来的入室抢劫呀,更甭说红宝石了,有红宝石我自个还留着呢。我就是到一个认识的港客房里聊天,临走顺了他一皮包,没想到正赶上宾馆清查,都走出走廊了被人堵了回来。包里就区区几千港币耽误了我八年。正赶上打击,也他妈不讲理,胡判,我最近正准备找他们给我平反呢。”

“我听人家可不是这么说的。”我笑着看着汪若海,“说你拿着颗大个红宝石满世界晃人,被连人带物一齐擒住。那红宝石是国宝,原来镶在你奶奶的缎子小鞋上,你奶奶是宫女,你爷爷是太监,民国初年两口子私奔时从宫里盗出来的。”

“别扯淡了,我爷爷是太监有我吗?”

“真的真的,你爷爷要不是太监就是清朝的八三四一。大家说要不也判不了你那么重,关键你太黑心,卖石头就卖石头还搭鞋,说你奶奶那小臭鞋也是文物张口要一万。

国家特生气,嫌你给国家丢份,全世界也没这么下作的倒爷,那小臭鞋要让洋人摆进博物馆咱全体炎黄子孙脸上都没光。你犯的是危害民国罪,台湾逮着你也得判。”

汪若海笑:“你这么些年就练嘴皮子了吧?”

“还有一颗呢?你奶奶有两只脚,石头也应该有两块,咱们天朝不是一向讲究个对称么。”

“还有三颗,我奶奶是四只脚。”

夜里,我在灯下摆弄着那只灰色挎包里的物件。我试着把夹子往头上别,头发太短,夹子一次次滑下来。我打开化妆盒,走到穿衣镜前往自己脸上化妆。我把眼圈四周涂满青蓝色的眼影,使自己的眼睛像熊猫似的深邃,我又将鼻翼两侧搽了些深红然后用口红勾勒了一张大大的嘴。我对着镜子笑了像蚌开壳,如此照猫画虎我对我的意中人的形象更有把握了。我坐下找出旧通讯录翻看。通讯录上每页都密密麻麻写着各色人名和电话号码。有些人名我还能依稀想起是我什么时期的朋友长得什么样子,相当部分我已经毫无印象了,我简直一点都想不起这些电话号码后面的人和我曾有过什么关系。我想那个女人肯定隐藏在这片人名里,只是我无法将她辨认出来。这些大量的小力、小明是那么中庸、千人一面,我甚至连其中谁男谁女都无法断定。那夜我睡的极不踏实,梦境纷至沓来。我梦见我和很多不认识的人吃饭谈笑和一个面目模糊的女人交欢,动作极不连贯,感觉潮湿灼热如身入沸水又如凌空虚无。无论我在干什么,总有一个穿条格衬衫的人在我视线之内,手上戴着一颗大如鹅卵的红宝石。有一片刻,高洋也出现了,栩栩如生,谈笑挥洒,在我梦中并没有觉得他是死人,心情豁然开朗。

……

八

我头疼。

我精疲力尽地从床上爬起来时阳光已照彻室内。我有印象我搞脏了被褥,但我纳闷地发现周身上下很干净。那对新人在煮袋装牛奶,见我出来也给我盛了一碗。他们很懂事地不吭不吆喝完牛奶,然后男的对我说他们要走了,临走想办桌饭告别一下以谢关照。东西已经买好,让我今天别出去顺便把大家找来。我点点头说随便你们怎么弄,然后去给吴胖子打电话叫他们过来。

我正在整理牙具和随身携带的衣服,李江云来了。神态端庄,举止娴雅,不卑不亢地和我打招呼。好久没见,我笑着对她说昨晚我都梦见了你。是吗?她随口应了一句,问我这是要上哪儿。去投案。我说我被人陷害了好日子过不成了。你昨晚没梦见我吗?我问她。她脸一红扭头去问新娘,你们准备给我们做什么好吃的。我发了会儿呆又继续整理简单行装。这时吴胖子、刘会元他们来了,一进门就大嚷大笑拿李江云逗趣。说这两天满街找她找不着,昨晚去她家堵她,结果屋里有人不开门,让哥们儿几个冻了半夜。李江云只笑不说话。我们坐下玩扑克,李江云无聊地坐在一边翻画报。我不时去睃她,她也不时抬眼看我,眼中看不出有什么意思。方言昨天去哪儿了?吴胖子他们问我。我们也找了你一天,是不是藏在李江云屋里。我说是我们相洽甚欢。哥哥打下江山你来坐。吴胖子笑着说看出阴人来了。我对李江云说,来坐在我身边做出样儿来让他们看,李江云淡淡地没搭腔人却居然挨着我坐了过来。怎么,我笑着说咱们真的会过。李江云脸倏地变色怒目圆睁似受莫大侮辱。快离开快离开吧!我作畏惧状笑着说,我可不敢招你。李江云凝视窗外不理我们。刘会元问我高洋事有无眉目。我说,完了,我没戏了,证人找不着干系脱不清我认命了,也没劲跑了,现就等着警察来抓了,爱谁谁吧。怎么会这样。刘会元说你当时在哪儿你也闹不清。闹不清?我说闹不清的事太多了。我记得我当时在北京,可一帮人非说我在云南。我连一个当时和我在一起的人也找不着。据说有个女的那会儿和我在一起,可她,他妈的影子也摸不着。这么些年早不知道干吗去了,连到底有没有这个人也说不准了。我看李江云她若有所思。我觉得我们对她不够公平,她堪称美丽,只不过太善于保护自己,所以招人不待见。想想办法认真找找。刘会元说屁放过还有味,人出现过总会留有痕迹;先验明正身然后大伙儿一起找。她叫什么?问题就在这儿,一概不知只知姓刘。姓刘的多了成筐装。梦里我倒是一切都弄明白了可管什么用。还带做梦的,刘会元笑。你倒整齐完了。所以说,我说再弄下去我非成精神病不可。

这时新郎挽着袖子潮乎乎地说菜快弄完了,大家洗手准备入席吧。我们出去看,饭桌上已经摆了五颜六色油亮鲜嫩的一片冷盘,齐声喝了个彩,分头洗手搬椅叼食。这时李江云拽了拽我袖子说,有话要跟我说让我出来。我跟她回到客厅她欲言先红了眼圈,激动地点起一支烟抽了两口然后定定地盯着我语气平静地问,我怎么啦,怎么就那么不入你们眼,让你们避之惟恐不及。你说说你给我一句实话,我究竟有什么毛病?你没毛病我有毛病。我笑,随之看到李江云的眼神立刻不笑了,茫然地说,我们挺喜欢你呀,没人说你什么背后直夸你,他们就那种人喜欢用嘴云雨,这是他们的毛病不是你的毛病。我说的是你。李江云仍火冒三丈,我怎么就那么给你留不下印象,还是你故意装的什么都不往心里去以示潇洒。你给我留下印象了。我更加困惑地说,我心里一直惦记你就是不知如何动作,生怕惹恼了你……算了!李江云把烟一甩掉头就走,去你妈的吧!

去谁妈的呀!这娘们儿怎么张口就骂人,谁招她惹她了?我嘀咕着坐到已经飞盏晃觥膀臂交错的席间。李江云在对面入座,一副冷冷的愤懑。

"今天是咱们这辈子最后一次见面了,我在这儿就先跟大家永别了!"我举着酒杯笑着说。大家也笑,惟独李江云不笑。我喝了酒坐下再斟再喝一一碰杯,火辣辣地盯着李江云笑。忽然我明白了什么,开始在身上的兜里乱摸。

"你找什么?"吴胖子说,"我这儿有火。"

"不是,不是找火。"我起身奔回屋里,打开衣柜在所有挂着的衣服兜里掏摸。我记得我那天穿的是一件棕色多褶有毛茸茸大翻领的旧飞行皮夹克。当时这种空军飞行员的皮夹克风行一时。我挨件拨拉着衣架上的衣服,终于在衣柜深处找着了那件已落满灰尘的旧皮夹克。我在皮夹克兜里掏出那张照片:阳光滚滚,纷纷扬扬的灰尘充满房间,照片的昏暗背景中一个穿着过时服装的女子的脸部隐隐约约印在上面。照片已经发黄翘角了,一道折痕从女子脸部横贯,使这个女子的脸有些歪斜,像是在古怪地微笑。

我拿着照片回到饭桌旁,不住地觑视李江云,她低头吃菜并不正眼看我。

“这照片哪来的?”刘会元放下筷子拿过照片借着光线看了半天,然后问我。

“从旧衣服兜里找出来的。”我看着李江云说。“这照片一直藏在我家,可我还满世界去找去打听,我想这就是我要找的那个女的,人家说当年我就是和她在一起。”

“我看看。”吴胖子嚼着东西接过照片打量。“这不是小一号的李江云么?怎么,你们原先就有一腿子?”

“怎么成李江云了。”我笑接过照片,看看李江云,又看照片,“这不是李江云,长得倒是不知道哪儿有点像。这是我早年的意中人,长得还可以吧?我有印象,别人告诉过我她的名字,她叫她叫她叫刘炎。”我猛地想起。

“怎么你的意中人的名字还要别人告诉你。”

“我早忘了。”我把照片放在一定距离端详着笑着说,“青春的岁月像条河,流着流着就成浑汤了。”

“没见过你这么晕的。”吴胖子笑着说,“自个下的蛋自个全不认得了,还得别人帮你孵。”

“换你你也晕。”我说,“乍不冷出来一个人问你八辈子前的事你哪能样样说清?怕就怕秋后算账,本来挺明白的事最后也不明白了。”我看着照片若有所思地说,“其实我倒记得有这么一位侧福晋,就是脸有点模糊名儿记不真着。毛主席他老人家跟咱们熟吧?我要不截长补短地去天安门溜溜,他老人家是背头还是分头我也容易搞混。”

我看李江云,端起酒杯,“来李江云咱俩碰一杯,你真得包涵我。我这几天被这些事弄的魂不附体,整个梦游一样。”

“这是怎么回事?”吴胖子看着我们笑说,“你们这话里有话呀。”

“大概他还在梦游呢。”李江云淡淡地说,放下酒杯要过照片,看了一眼又把照片还给我,“这美人现在在哪儿呵?”

“我也不知道。”我承认,顿时泄了气,“有了照片找不着人也白搭。”

“你可以到大街上张榜去。”吴胖子笑着说,“或者把照片拿在报纸广告栏上,注明:今有呆傻妇女一名走失……”

“你一贯把自己的欢乐建筑在别人的痛苦上。”刘会元说吴胖子,“这样不好。”

“你痛苦吗?”吴胖子胳肢我。

“当然痛苦了。”我躲开吴胖子。“我的心都碎了。”我看着照片上的女人一方面明知曾和她有过非同寻常的关系,一方面却无万千思绪奔来。她总给我若隐若现的感觉,原因来自她下视某点眼皮遮住了眼睛。她与其说毫无表情不如说表情冷漠。我不知道是因为她正在说的事很重要需要冷静还是她述说的对象令她厌恶——我这么说同样是因为她垂着眼睛给我一种懒于正视的感觉。我有理由揣测坐在她对面位于相片之外的那个谈话对象是我,室内一定还有个第三者——拍照者,从取景角度的微小区别和照片所有的严肃气氛一个人身兼二职:既倾听又拍照,那就太做戏了。我看不出室内布置是我所熟悉的哪一家,女人肩部露出的一角椅背似乎很斑斓光滑有一定光泽,和暗处显示的墙壁的明暗度有相似的地方,疑为同一质地,我一时想不出在民用建筑中什么材料既可做墙又做家具——排除原木。我说过女人手部很明亮,姿态奇特,似双手交叉,细看却感觉好像握着什么,可惜她衣服颜色太深使手中物件融为一体,不妨设想为一深颜色钱夹。不知为什么可能我身心浸满铜臭,我总觉得照片上的谈话与金钱有关。

饭吃到下午已经吃了很长时间也没什么可吃的了,酒菜悉数告罄,大家都懒懒的神怠眼惺强撑着。那对新人收拾东西准备赶火车去,大家虚情假意地告别。我对李江云悄悄说让她"留一会儿"。她拒绝,说要去送那对傻瓜。我再三恳留她听也不听,于是我说"我也去送他们"。

我们撂下一桌狼藉的杯盘碗筷出来,外面阳光很好。吴胖子迎着太阳眯着眼叼着烟和新娘不停地插科打诨,李江云帮着新郎检查要带的东西有没有遗漏。这时,刘会元捅我一下,示意我跟他走到一边去。我们稍微离开了那伙人,假装站在那儿吸烟。刘会元对我说:

"刚才人多,我不想他们听见。"他用夹烟的手指了指我装照片的口袋,"这个刘炎我见过,我想我可以帮你找找她。"

"怎么你认识?"我闻言十分兴奋,"你知道她现在住在什么地方?"

"那倒不是。"刘会元说,"我既不认识她也不知道她住在哪儿,但我认识的一个人大概知道。那也是很多年前的事了,那会儿我在我的一个哥们儿那儿经常碰到这个女的,她好像和我那个哥们儿非常熟,似乎当时她就住在他那儿。我不敢肯定呵!详细内情我了解的也不多。我跟这女的也没说过几句话,我只是觉得她在那人家非常随便,东西搁在哪儿都知道;有时我们玩的比较晚,她还给我们做饭。"

"没关系。"我笑着说,她这辈子姘过多少男人我管不着,我只要能找着她证明这辈子有七天她是和我在一起就可以了。

"这女的是个人物。"刘会元看看我说,"我对她印象还挺深,很风趣挺大方舞跳得好冰也滑得好还会几句外语。那会儿哭着喊着要嫁我们那哥们儿,后来却没了动静。"

"你走不走?"李江云站在远处喊我,"要不你别去了。"

"去去。"我对刘会元说,"回头我找你。"

去火车站的路上,无论是在车站间奔走还是在地铁车厢里总是我和李江云在一起,同那一对隔着很远距离。就是到了火车站,那一对上了车,我和李江云也是只顾嘀嘀咕咕说话远远站在月台上就像跟他们不相干。我一再对李江云说:"你得包涵我。我主要是认为这种事太不可能加上当时不清醒,生怕把假当真闹出笑话,所以宁信其无不信其有。"李江云说:"你现在恐怕就把假当真了。我不知道你究竟得出了什么结论,我发觉你这人一向不明不白,两极摇摆,根本闹不清什么是有什么是无,要么全盘否定,要么全盘接受,而且是按照自己的意愿大大演义了一番后全部当事实接受下来,所以你总是遇到麻烦。""我知道你自尊心很强,一旦受到挫折很难再蹈覆辙。"我说,"但你要知道我这次是很诚恳的。这不是我好心想挽回你的面子,而是我在补救我的愚蠢。你别以为我是出于下意识或某种习惯性嗜好就坡下驴,其实我是真的喜欢你。如果我当时清醒我也会那么做由衷地乐意那么做,甚至更主动更奴颜婢膝。""我相信。"李江云说,"只要我先做出某种表示,不管你处于什么状态,清醒不清醒,你总会自动做出反应,投其所好的反应。反之不是我,随便换个母的你也一样。我并不是对你这点有什么非议,你只不过和大多数男的一样,与其说是劣根不如说是天性。”“你看你根本就不懂我的意思。”“我懂了,我很懂了,你不要过多解释。你现在对自己很清醒可对我你还不清醒。你说的这一切是建立在你对我的一个错误的认识的基础上,你根本不知道我对你的要求是什么。我从没希望我们之间建立如何亲密的关系。我不知道我怎么使你有了这种错误的领会。我想你对我们之间究竟发生过什么依然不清楚,我猜你把发生过的和根本没发生也完全不可能发生的全都混在一起了,你仍然是按照经验按通常这种事的惯例程序来把握你的态度。”“你是不是以为你是与众不同的这种事发生在别人身上就很平常,而一旦你介入了就注定要赋予一种非凡的异乎寻常的色彩。”“我从来没这么认为过。”

火车开了,那对新人从车窗里向我们招手,我们全没注意,直到站台变得空空荡荡了才往外走,仍然边走边说,完全忘了来这儿的目的。

“你太骄傲了,太喜欢自己了。这在大多数时候是一种美德,但有的时候就变成一种固执,令人生厌的固执。”

“你说的不对。我骄傲是一种禀赋并不是愿望也不是我喜欢表现的品质。我知道这很令人生厌,而且只会妨害自己。从内心讲,我是愿意表现谦卑的,甚至不惜显得做作而骄傲,即便使人有所感觉,也仅仅是不由自主地流露,并非我本意。我是很自尊很珍视自己,这也不是因为我过高地估计了自己,而是出于仅仅不愿被别人无端地踩在脚下,你管这叫骄傲自珍我承认。”

“你认为我们不平等吗?”

“我认为我们很平等。但平等不等于投桃报李,我总有我自己固守的东西,你也有你自己固守的东西。尽管你看上去或者说你极力给人一种浑浑噩噩、稀里糊涂的感觉,但你骨子里是极世故的,有自己不能为他人左右的一套。”

“我有吗?”我笑,“没有吧?我怎么觉得自己是随波逐流、得过且过的人。”

“你看你又不说实话了。”李江云说,“刚正经会儿又不正经了。我在跟你很认真地谈也希望你认真点,否则我们就开玩笑好啦。”

“好好我认真,我是绵里藏针,肚里容珠。”

“你是个自视颇高的人,这你不承认也不行,否则你为什么对自己的过去非要一事一人搞清楚,你完全可以任人评说……”

“不搞清楚是要杀头的,我的小姐。”

“这是一个借口,从你对这件事的关心和热衷程度看你,除了要搞清这件事证明你的无辜,更多的是想对自己心中有数。你那么慌,因为你突然不了解自己,少了一块东西,你拼不出自己的形象了。我想如果你清楚你那段时间在干什么,哪怕干的是坏事,你也不会这么慌。再也没有比对自己有个透彻的了解更重要的事了,起码你可以知道自己下一步干什么怎么干,让别人决定去向是可怕的。”

“我看你就很了解我,比我自己还了解自己,我怎么早没碰上你——我想你一定记日记。”

“记的,我不会因别人说了什么突然也怀疑起自己。”

“你这种人也比较可怕。”

李江云微笑,隔了很久后,第一次安详地微笑:“谈完了是吗?你不想再认真地谈思想了?好吧,就谈到这儿,我也累了。”

“下面咱们谈点正经的。”我说。

“刚才咱们谈的不正经吗?”李江云说。

“正经,刚才谈的正经,我是说咱们现在谈点实际的。”我撑住地铁车厢门,让李江云先进然后跟进。“怎么样?比较绅士吧?”

“噢,自己说出来就不好了。”李江云笑,“效果差多了。”

我也笑,抓住车厢摇晃的吊环:“我那个家眼下回不去了,说不定什么时候警察就冲进来。你说过,让别人决定去向挺可怕,这个我同意。就算警察圣明,最后能搞个水落石出,咱们也不能把宝押在别人的能力上。咱们得自个决定命运——万一是我杀的呢?咱们不就傻了?一点脾气也没有了?”

“别咱们咱们的。”李江云笑,“听着就像咱们是同谋似的。”

“我反正是把你当成同谋了。”我说,“我被逮了也要咬你一口,说你日记都是伪造的,杀人其实是你主使的,图财害命——你看着办吧。”

“真无赖。”李江云笑,“我倒想看看凭别人胡说能把我怎么样——这个队伍谁当家?”

“这个队伍是你当家,可是皇军要当你的家。真的,我在你那儿住一阵子吧。没别的意思,就是躲躲,早晚咱们还能交流交流思想,谈谈人生、世界。”

“饶了我吧。”李江云笑着闭闭眼,“你还真不能在我那儿住,也没别的意思,不安全。你想我一个单身女人,左邻右舍还不盯贼似的盯着我?万一有人报告说我收留了一个流浪儿,我受连累倒是小事,岂不把你小命送了我多不忍。”

“听这话数你疼我。”我说,“我也不是没朋友,但老朋友家都不能去,太明,警察一逮一准没躲一样。”

“这样吧,”李江云说,“我给你找个地方。我的一个女朋友自己有套单元,我给你说说,你可以在她那儿住几天。”

“我一般不爱住生人家。”

“你会很快跟她熟起来的。”李江云笑着说,“她可一点不骄傲——对你脾气。”

“咱们俩之间,只当我是太监。”

我在家里收拾细软,李江云坐在一边替我数着:“带上牙刷,带上洗脚布,带上擦脸油,围嘴呢,围嘴也得带上,宝宝。”

我笑着摘下那只灰色女挎包:“哥哥没什么准备,这个包送给你当见面礼,赶明儿再买新的。”

李江云接过挎包翻着里面的东西笑着说:“宝宝真可怜,平时就用这些破烂儿过家家?”

“这都是你嫂子留下来的。当年,你嫂子就是凭着这种劣势装备推倒的三座大山。”

“特别睹物思人是吗?慢慢地,慢慢地给我痛说家史。”

这时,电话铃响了,我拿起电话“喂”了半天,俄顷,才有一个女人的声音问我:“你不是去美国了么?”

我愣了会儿方想起是谁,随口支吾道:“是去了又被驱逐回来了,移民局查出我有‘甲肝’。”

“既然你已回了国。”女人说,“一时半会儿也再出不去,我劝你还是去看看凌瑜。”

“明天吧。”我诚恳地说,“明天下午三点我去医院。”

“你明天下午去哪儿?”李江云用灰包里的口红在自己嘴唇上试色,问我。

我放下电话,走到她跟前看她:“哪儿也不去,骗傻×呢,我没空和她们啰嗦。”

“你太坏了。”李江云把口红涂满嘴唇,照照镜子,又问我,“怎么样?”

我呆呆地看着她,板起她脸上下瞧,“我们现在是在梦里吗?”

李江云挣开我的手,使劲擦去口红,笑着说:“我从来不涂这玩意儿,我总觉得一个女人嘴唇鲜红欲滴非但不妩媚反而有几分狰狞。”

……

二十二

“你早就想到是我了吧?”高洋微笑着看着我。“你一点不吃惊。”

“从我听到那个姑娘形容玩她的日本人开始。”

我们并肩走在公园里的长湖岸畔。夕阳晚照,水波耀眼,湖四周的树林已经阴沉沉一片鸦雀无声。彼岸林外,华灯初上,楼堂厅轩晚宴正盛,灯窗人影迤逦一岸,偶有喧声笑语越水飘来。

高晋、夏红走在我们身后数步开外。

“当那个女编辑对我描述她遇到的那个古怪深沉的作家时,我就更多地想到你,此种手法非我族类概莫能谙。”

“还是因为我演技太差,再专业些,恐能乱真。”

“最主要的还是那刀,既然那刀已被定为凶器,死者当然不是你。”

“那是个漏洞。”高洋不胜遗憾地说,“如果我当时决计不允你拿走,只怕你还且糊涂呢,起码要再费些周折才能理顺。”

“只怕那样警察也找不到我头上,咱们也见不了面,我仍以为你在菲律宾种烟叶。”

“那样的话这个游戏还能多玩些日子。”高洋微微笑着说,“尽管我早就对这个游戏腻了,但如此终局,毫不惊人便水落石出我还是有点扫兴。其实当年我们考虑让谁参加游戏选择了你时,冯小刚就提醒过我们,弄不好到头来我们精心策划只是成全了你,让你玩个痛快我们倒成了你的配角。当时我还不以为然,以为你谈恋爱谈得很得意很忙碌,不会喧宾夺主的。主角还是我们,你只不过是整个水流中的一个小小的跌宕,使水流千回百转的一个弯曲,警察劳神费力最终发现你只不过是被人盗用了名字,对整个事情一无所知。”

“你低估了我。”我笑着说,“我是从不放过当主角儿的机会的。”

“我早该清楚。”高洋笑着说,“咱们这些人里没有一个是省油的灯,都想显得自己重要,都想在事件中成为中心人物。这么多年了,你就没有找到一个更有意思的事情,成为这个事情的中心人物?”

“这么多年,只有这件事让我觉得有意思。我突然发觉过去我是个重要人物,干过一些重要的事,这些事重要到居然使我有理由有胆量去杀人,这实在是激动人心,也就是说我也不一直是个庸常之辈。我真希望这些事就是真的。当年我们的确干过一些无法无天的事对吗?抢劫啦走私啦盗宝啦,我想杀人没我份儿,这些事我总参与了一些。当时咱们是在一起,有目击者对我说过,当时咱们是一集团,很活跃很恣肆的犯罪集团。”

“没有抢劫没有走私盗宝犯罪集团诸如此类的,有的只是无聊的吃吃喝喝和种种胆大包天却永远不敢实行的计划和想法。我们只是一群不安分的怯懦的人,尽管已经长大却永远像小时候一样只能在游戏中充当好汉和凶手。我们都想当主角——惊天动地万人战栗的主角,但命中注定我们只是些掀不起大浪的泥鳅。”我们已经走进湖深处的岸上,四周是笔直、株距均匀的水杉,夕阳已经落去,天、林、湖黯淡下来,满目苍郁寂寥。我们站住,湖内林间冰凉,潮气渐渐袭身。

“那天饭后,最后一次热闹的饭后,我们辞别众人便来到这里。”高洋双眼如洞,盲人般地微笑,“装得很从容,装得有什么重要的事急着去干,装得要在一个遥远的地方神秘莫测地消失,其实无处可去。钱也花光了,此地也混不下去了,出来时一路用嘴跟人云雨着号称去扎蛤蟆谁都以为你神通,如今蛤蟆,在哪儿?仍然不知道。弄了半天气氛怎么来的怎么回去?扯了个大淡;还不还借的钱倒在其次,那得失了多少人的望,自个往后还怎么侃谁还信?”

“真得窝囊一辈子。”

“那不是咱们的脾气,既然晃了人,那就只好晃到底。这主意是冯小刚出的。”

……那天傍晚,就在这湖边,哥儿个正无聊,冯小刚看了半天湖水回过头来笑着对我说:“你说咱哥俩一人抱块石头,沉进这湖里没了,别人会怎么说咱们?”

“那还不得以为他们有了两个美国亲戚,”高洋懒懒地靠着一棵杉树吸烟。缕缕青烟从他嘴里飘出,和林中缭绕的雾气混为一体。月亮从黑森森的林穹上方升起,林中清白,树影重重,每个人的话语都像缥缈不定的雾气幽咽嘎哑。

“那咱们跳得了。”冯小刚人影模糊地走过来,从声音中可以听出他带着笑意。“跟他们逗逗咳嗽。活得怪没劲的,咱死个悬念出来。”

“那图什么?没劲。咱们扑腾的原则不就是害谁都成别把自个搭进去。”

“我觉得有劲,什么原则?玩的就是心跳——咱不是谁也害不上了吗?”

“那得编排好了。”扑通一声一块石头掉入湖中水波四漾,一个人影绰绰约约地走过来。“这湖忒浅,泡两天就能浮上来,死就死个彻底死个无影无踪那才有意思。这儿不行。”

“你说死在哪儿,怎么个死法儿?”两个人转头看这人。

“一个从来没人到过将来也不会有人到过的地方,能安安全全烂在那儿的地方,只有你不被人发现才能敞开演义。”

“不好。”一个女人影子走过来,“哪有这种地方?你就是爬上海拔几千米,以为特原始,随便扒开一个草丛就会发现已经被人尿过。要我说最后还得让人发现这才热闹,我们要在尸体上制造一些残缺,使之看上去不是自然死亡,那多有意思,多少人得乱起来,为之绞尽脑汁。那才叫死得其所,谁也甭想闲着。”

“怎么着,你们一个个都有主意,合着早动了不止一天脑筋了。”冯小刚的声音。

“我同意弄成谋杀,先失踪,该怎么演义就怎么演义,再改谋杀。来个高潮乱个彻底。那咱们得有分工,不能都死,一个人死,一个人当凶手,总得有凶手吧!要是谋杀案的话,这才像真的。”

“你这意思就得哥哥当这死者了?”冯小刚笑着对高洋说,“你当凶手?怎么好事你总不拉下?”

“凶手难当。”高洋笑着说,“你想呵。老得躲着,被人追着,最后再碰上昏官说不清也难逃一死。死者多舒坦,跳河一闭眼没事了,净等着看热闹。别人怎么忙你反正老是躺着数你合适,你要不乐意,那咱俩换。”

“这么说倒是你疼我了?得得,我就当这死者,谁让这头儿是我挑的呢。”

“凶手的确需要很高的要求。”女人说,“要玩咱们就玩个精彩的,要不就不玩。凶手不能是个大路货的凶手,只知道藏躲,要有智慧,要使案情尽可能地复杂。我有个设想仅供凶手参考:凶手要有多重身份,譬如冒用某个人的名字,从案发前就以别人的身份出现。这样侦破起来就要绕很大弯子,我们不能让警察太轻松地就逮着凶手。”

“可以用方言的名字。”男人说,“他活得比较来劲,咱给他添点乱,别让他太得意了。”

“我不同意。”冯小刚说,“你们把案情搞得太扑朔迷离,最后破不了案,噢,你们逍遥法外,哥们儿算白死了?”

“你得相信政府。”女人安慰他,“政府手里没有破不了的案。”

“另外我也不同意拉进无关的人。”冯小刚嘟哝着,“方言这人我信不过。万一丫起‘范儿’把活儿接过去自个耍,咱们设计半天倒没咱们什么事了。有这样的人,没事还找事呢。”

“这倒也是。”高洋说,“不过换别人还不如他,咱们熟的这几个哪个是见事躲着走的?”

“我说你既然生死已置之度外。”女声冷冷地说,“何必还计较这虚名。”

“告诉你,我舍生取义可不是为了当无名英雄。我是不是可以获得保证,哥们儿成仁后会成为议论的中心,对此你们有责任。”

“我们发誓,一旦谁也不可能再见着你后,我们就对所有认识和不认识你的人述说你的故事,把所有没人认账的坏事全栽在你头上,说你如何抢劫如何风流现在又如何在另一个世界享福,你会成为民间口头文学中的传奇人物,所有憧憬和幻想的伟大实践者。当这些议论和传说变得陈旧和索然无味时,当你开始被人遗忘时,如果没人发现你的尸体我们就去发现,然后报案,使你重新成为热门话题,成为人人关注的人物,让活着的人为你不安为你心烦意乱。我们保证使你十年内仍活在人们心中,十年之后就不好说了,那些伟大的革命先行者们都很难在人们心中活到十年以上,我觉得你应该知足了,十年也就接近于不朽了,含笑九泉吧。"

"我希望能尊严地死去,我不想在死前受到哪怕象征性的折磨。"

"作为凶手,我给你充分的自由选择告别人世的方式,我倒不在乎我是不是名不副实。"

"你可以跳河跳崖上吊抹脖子,随你喜好,挨个试试也可以。"女声说,"你有这个权利,关于各种死法的滋味你可以作为最后的悬念带进坟墓。"

"十分感谢各位的好意。到底还是哥们儿好说话。"冯小刚笑着说,"我看这事就这么定了。"

"就这么定了。"高洋说,"我想这事玩起来肯定特有意思,能把那帮傻×蒙一个结实,到最后谁也弄不清为什么,做梦也想不出咱们的动机。"

"我想这件事既然商量好了咱们就真干。"女声说,"别又像以前似的嘴上热闹半天最后又没事了,也不知过什么干瘾呢。"

"真干真干,这回长志气了。"冯小刚说,"不干是孙子。"

"为了纪念这次有意义的谈话,我建议大家在这儿留个影。"那个沉默了半晌的男声慢悠悠地说,"立此存证。"

"那儿有个亭子,我们到那里去。"女声说。

月光下,四个人影走到湖边。湖水泛着银色的粼光。亭下黑糊糊的,四个人一进去便消逝在黑暗中。"喀哒"一声,随着快门的按动,骤然亮起的闪光灯把亭子照得雪白刺眼,高洋在强光下微笑,脸如白纸口眼如洞。强光再次闪过,冯小刚脸如白纸口眼似洞,转瞬即逝。强光再次闪过,刘炎双眼下垂,两手交叉,嘴微张。快门迭按,强光迭闪,刘炎像是被凝固在耀眼的光芒中,她身后的竹亭柱栏显出清晰的斑斓光滑的纹路。

"你不照么?"

当亭子又复黑暗,湖水又复粼粼闪烁,有人问拍照者。拍照者回答:

"没卷了。"

一行人沿着黑魆魆的林带走在月光明晃的湖岸,高洋的声音遥遥传来。

"怎么着,哥几个还当真了?"

阴雨连绵,街道房屋树木都湿淋淋的,房檐树杈上流淌着水,行人或穿雨衣或打伞遮掩着头部在雨中来来去去。这街景时而清晰时而模糊——刷雨器有节奏地一遍遍抹去前挡风玻璃上的细密雨珠。

计程车缓缓穿行在雨中的城市街道上,一条条街道一座座楼厦接踵迎面而来,这阴蒙蒙的天气中楼厦大多亮着黄糊糊的白惨惨的窗户。

车里挤着四个人,虽然是清晨,四个人都带着醉意。高晋坐在前排,茫然地盯着前方飘忽不定的街景和匆匆横穿马路的行人。高洋坐在后排一脸傻笑,冯小刚夹在他和刘炎之间困得眼睛都睁不开,不时耷拉下头歪倒身子。每次他滑下去都是刘炎把他扶正托起下颏,冯小刚就问:"到哪儿了?"

"到泰国了。"每当冯小刚问,高洋就傻笑着回答。

"少拿哥们儿开涮。"冯小刚看到仍在这个城市里转圈,生气地说,"别以为哥们儿糊涂,哥们儿心里明镜似的,你们还别乐。"冯小刚转着头看着左右的高洋和刘炎,"你们乐什么?"

"没人乐。"刘炎说,"你自己在乐。"

"我在乐呢。"高洋认真地说,"我一想起这事就可乐,觉得肯定特好玩。"

"你丫乐吧,我一高兴不死了,看你丫还乐不乐。"冯小刚又耷拉下头歪向一边,刘炎再次把他扶正。

"别碰我。"冯小刚嘟哝着说,"坐着车呢,你老胳肢我干吗?"

"让你看看外边,最后一眼再不看看不着了。"高洋说。

"高洋你少说两句。"刘炎说高洋。"你非把这事再开成玩笑是不是?"

"别叫我高洋。"高洋看着刘炎。"从现在起我就是方言了,用新的名字称呼我。"

"怎么你成方言了?"冯小刚挣扎着仰起脸说,"现在我是方言,我死后这个名字才能遗传给你。"

"都记着点。"刘炎平静地说,"别刚出发就乱了套。"

高洋傻呵呵地笑。冯小刚看见他笑又生了气:"你丫又乐。"

"我乐方言呢。"高洋说,"他被咱们拴进套里还不知道呢,到时候我满世界刷上他名字,让丫说不清。"

"真他妈坏,你们真他妈坏。"冯小刚笑着说,"真欺负老实人。"

计程车出了城,在笔直平坦的公路上飞驰,两旁是浸满水的田野,沟渠里白亮亮的水汩汩地流着,青灰的天空乌云疾走。远处山麓下的空地上疏落停着细如香烟的银白色飞机。

那是座刚刚装修一新便在风吹雨打和人手践踏下里外陈旧褪色了的饭店。每层楼的走廊都很狭窄铺着深红色的化纤地毯,墙壁糊着褐黄色的墙纸,终日客人川流不息,即便是白天开着灯也仍然显得昏暗嘈杂。饭店底层的大厅也很局促,到处摆着弹簧已经凹陷的人造革沙发和落满灰尘、叶片耷拉的盆栽绿色植物。每个角落都或站或坐地挤着一群群在灯光下脸色苍白的男人和个别女人。所有的人都在抽烟吞云吐雾比着手势大声说话,生动地变换着脸部表情或喜或悲,无论白天黑夜饭店上上下下每个房间和厅堂总是挤满人,毫无顾忌地大声喧哗,亮着灯烟雾腾腾。

四个人分头住在顶层的房间里,间或出现在走廊或大厅里的人群中,没人注意他们。四个人总是满身酒气,特别是其中的两个男人常常醉得语无伦次东倒西歪。他们在人群中东游西窜,和女服务员调笑和素不相识的人搭讪,有时甚至无端和人争执,咄咄逼人摆开要大打出手的架势,经人相劝又立刻笑容可掬递烟点火邀人共饮,一个叫明松的客人通过攀谈结识了他们中的一人,那个人自称方言,给明松留下了自己在北京的详细地址,“以后有事尽管找我。”

女人常独自呆在顶层的房间里凭窗眺望,窗外马路对面是一座苍苍郁郁的山丘,山上是这个城市的动物园。每到夜深路静时,可以听到从山上黑黝黝的林中传来猿啼虎啸。

长途汽车满载着人飞驶在青翠的大山之间,红色的河水与车行方向相逆而流,滔滔不绝。连绵的大山波伏涌起漫至天尽头。四个人坐在汽车里,随着山路的起伏而起伏。忽而升至山顶,天空地旷,群山尽收眼底;忽而沉至涧边,草深林密,水声咆哮。河对岸时而出现一座倚山构筑的小城,房屋错落层叠,云雾散漫缭绕,如一平面悬挂不讲究透视比例的国画草图。更多的时候是过不尽的山,流不完的河,枯枯荣荣黄绿不一的丛林草棵和流逝变幻忽聚忽散的舒卷长云。移动的云影遮映着明亮的山谷之中。

那是座新修复的古城池,城楼巍峨位于平坝一方山麓之侧,金顶重檐朱柱林列。城外沃野百里阡陌纵横,有村落有畜群,树林簇簇炊烟袅袅。农人拖拉机蠕行道中田埂。空气纯净蓝天无垠,远处群山环抱白雪皑皑,山脚入湖水波浩渺闪金烁银,数座宝塔遥遥矗立日光雪光湖光交相辉映塔身清澈剔透。

城中两条大街各由东西南北交叉直贯全城通至四方城门。街旁清一色油漆一新的仿古式样商店茶庄酒馆小吃店杂货铺,堆着一街的大理石器皿烟缸笔筒镇尺花盒蒜臼指环桌面,到处青白斑斓水浸墨染,可见云雾可见山水。

四个人流连于店铺之间连买带偷嘻嘻哈哈周身鼓鼓囊囊怀抱手携满载而去。

两个男人宿醉未醒,又在酒铺狂饮米酒,直喝得由红变白,双眼水汪汪,举步维艰,笑声不绝。

那是个位于平坝与崇山峻岭交界处的繁荣小镇。小镇是国家疆土的尽头,镇外千山万水是邻国的疆域。那是个有很多麻烦不安定的国家,政府军正在进攻共产党游击队和叛乱的少数民族分裂主义分子,暮色中的群山间回荡着重炮隆隆轰击声。小镇在暮色中却是人群熙攘,形形色色的不同民族装束的男女穿着拖鞋挤来挤去,五颜六色的服装摊摆列街头,每个人都在向其他人兜售第三国生产的服装电子表假首饰香烟和画片,买主和卖主中都有相当数量的外国姑娘和男人,从相貌服饰和语言上这些邻国人和我国人无法区别,都具有马来人种和蒙古人种的混合特点,都穿着筒裙都会说汉语普通话。毗邻服装街的另一条街上出售熟肉卤蛋水果咖啡和五花八门的饮料以及种种煎烹烤煮之物。接着就是一条冷冷清清的街,这条街上沿街摆着一尊尊乌木雕刻的佛像一架架奇特的兽角和一堆堆带鞘的匕首和式样各异的长刀。

那天晚上,一个老太太卖出了一把鞘柄包着白铁皮镶着七彩玻璃、路灯下看上去很华丽的长刀。

那天晚上,小镇唯一的一座大楼顶层在办着一场喧嚣的一直闹到半夜的舞会,红绿变幻的灯光从楼顶泻下笼罩着整个小镇光怪陆离。有两个外乡男人在路边饮食摊上喝米酒喝吐了,吐得捶胸顿足;之后,他们滴酒未沾,喝了无数杯冰镇鲜柠檬,空腹走了拎着一把华丽的长刀。

那天夜里,在镇上的一家小客店里有过一场互相争执的谈话。先是一个男人拼命解释,说他从一开始就是开玩笑没太认真,别人也不必太认真,他从没想过真的要把这事付诸实施;他说过的话从来都有一多半是信口雌黄,谁要跟他认真谁就傻了,然后他就嘿嘿地笑。一个女人说她不爱开玩笑,不管别人开不开玩笑反正她当真,傻就傻。她嘲笑这个男人甚至玩笑也只有喝了酒后才有胆量开,这样一旦酒劲过去就可以不认账,她说她认识他这么长时间只发现他有酒后开开玩笑的本事。那个男人一点不生气不抬杠只是笑着说,你才知道我是这种人,我还以为你早知道了,我要没这点机灵我还活不了这么大呢。这男人掉脸对在场的另两个男人说,你们爱说什么说什么,你们要是跟这娘们儿哄你们就哄,反正我是退出这游戏了。我现在已经不爱玩了,我们这种老百姓既没什么荣誉也没什么自尊,涎着脸回去也没什么不好意思的,犯不上爱谁谁吧。一个眉眼跟他有几分肖似的男人说他也无所谓,玩他无所谓不玩他也无所谓。女人问另一个坐在床边抽出长刀用手指试着刀刃锋利程度的男人,你怎么说,你是主角你要打算玩下去,那他们不玩也得玩,只要局面一形成不管他们跑到哪儿,事态总会追着他们发展。我也觉得这游戏有点没劲了,执刀的男人说,太简单太人为,实际上全部游戏在我死后就结束了,剩下得指望别人参加进来你们才能推波助澜地玩下去,这还得你们有兴趣自觉;但凡谁悄悄退出了,很可能整个游戏就搁浅了。你们随时可以退出我怎么办,我一下去可就上不来了。我保证我不会退出,女人说,而且只要我不退出谁想退也退不出,女人看了那两个男人一眼。我不相信任何人的保证,拿刀的男人挥起刀劈砍了两下说,我从不拿保证当抵押;依我说游戏可以玩但玩法要变动,所有人都参加进来。拿刀男人兴奋地站起来,我仔细想过了要约束每个人都认真兢兢业业地玩,必须彻底修改游戏,应该搞成一连串的凶杀,咱们几个互相追杀,各显神通,最后幸存的也就是最聪明的荣登凶手宝座,这才轰动,这才有趣,这样游戏也才真正成为游戏。事先决定谁生谁死我总觉得有舞弊的味道也不公平,既然玩的就是心跳也不能光让我一人心跳。

拿刀人站在灯下笑吟吟的看着三个坐在床边的人,钢灰色的刀在灯下锋刃闪着寒光。

“我们不能都死。”沉默片刻,女人说,“还要留下活口去张扬,凶手只会缄口不言。况且死多了你也会同别人混为一谈。”

“我为什么就不可能是那最后一个剩下来的?”拿刀人举刀至鼻前看着女人说,“我觉得也没必要设专门的宣传员,群众的创造力是无穷的。我们要做的是齐心协力把这种创造力吸引到我们身上。”

“我退出。”一个男人声明。“我甘拜下风。”

“那咱们就一起退出。”拿刀人收刀入鞘。“要么就按我说的玩。”

之后,据说那四个人说说笑笑踏上了归程,也调侃也自嘲但无人再提游戏之事。连关于此事的玩笑也不再开。一路晓行夜宿同行同止,只是所有人滴酒不沾。一路上那些山林野店都备有极清醇的米酒,时而有人笑着提出饮酒的建议,其他人只是笑没人响应。山路颠簸,栉风沐雨,四个人的眼圈黑了皮肉松弛了山路之疲显于脸上,但每到夜间宿下却神采奕奕通宵打牌,你朝我笑我冲你乐,谁也不去一边就寝。

一天晚上,他们为一点小事发生了一点小小的争执。他们中的一个人在登记住宿时用了方言的名字。其他人说现在已无必要用假名,叫他改过来。此人说已经写了再改怕要引起店主怀疑,姑且留之。其他人说还是改了好,店主不会注意的。那人说既然店主不会注意何苦去改,反正无所谓。那三人笑着坚持说还是改过来。如果那人嫌麻烦,他们可以去替他改。那人笑着坚持说不必麻烦,他不改也不想要别人去改,他看不出用方言名字有何妨。

那天夜里下了一夜雨,山林飒飒,雨声淅沥。半夜雨势转猛,电闪雷鸣,可以听到四壁群山石崩崖塌洪水瀑流的阵阵巨大声响。清晨雨停,群山间升起缭绕弥漫的白雾,滚滚如烟遮山没峰。河水在远处目不可及处咆哮奔流,山路上落满断枝残叶,汽车驶过轧轧作响,路旁密密匝匝的林叶中因有大树被风雨摧倒露出一片片可见天日的空隙又被浓雾滚来一概吞没。

山路上的汽车一辆辆开着大灯小心翼翼地行驶,像一双双瞪大的黄蒙蒙的眼睛依次而过。

那天上午,在靠近保山的山间公路发生了一场车祸,一辆载货卡车和一辆长途汽车在转弯处迎头相撞。所幸两车速度不高未翻到崖下,也未造成严重伤亡,只是两车车头损坏,长途车司机受了轻伤,但相撞的两车横亘,道路堵塞了交通达四小时。待交通监理人员从保山赶来勘查了现场判定了肇事责任,这才开来一辆吊车将损坏的两车吊至路旁恢复了公路畅通。这期间有数百辆各型客货车堵在山间公路上连绵十余公里,汽车喇叭此伏彼起响成一片,车上的人纷纷下来站在公路上互相聊天到处走动。雾里人车绰约彼此不见面目只闻脚步杂沓人语嘈乱,开关车门声砰砰不绝于耳,路边林中有攀枝折叶声和撒尿的哗哗声。很多人为了大小便或是出于无聊走入林中甚至穿过林子来到陡峭的崖边向下张望。山谷里流过的河水声如疾鼓,透过浓烟般的白雾似乎近在咫尺脚下,其实深达百丈。有个蹲在崖畔草丛中小解的少女仿佛听到了附近崖边有人短促地喊了一声便无声无息了。她站起来向那边张望,大雾弥漫之中不见人影,只听到一阵远去的窸窣声,有不止一个人拨枝踏草而去。接着,她听到公路上的汽车一辆接一辆地发动引擎,公路畅通了,人们在雾里互相呼喊纷纷跑出林子寻找各自的车辆。她也飞快地穿出林子跑上公路上了她搭的那辆卡车,随着前面的车辆颠簸驶远。

雾散了,天晴了,连绵无尽的苍山于峻峭处顿然而止,驶出隘口,眼前豁然开朗。太阳悬挂在千里平原之上,强烈的光芒照耀着田野村镇工厂河川。山谷里咆哮奔腾的河水此时驯服地缓缓流过平原注入一个巨大的湖泊。汽车在平原的公路上奔驰,湖水在遥远处点点闪烁忽长忽圆忽平忽灭。湖水上空堆积着如雪如絮的漫天长云。那云犹如被一只无形的巨手揉捏塑成一尊尊一组组栩栩如生的万物形态:时而群狮抖鬃仰首,时而万马疾蹄奔踏,时而雪山壁立千仞,时而钟乳笋柱罗列如廊。当汽车越来越靠近湖泊,那云也就越来越庞大似教堂穹顶般地盖了上来,万物腾挪变幻像是造物主要在刹那间让人阅尽世间景象。雪山崩塌,石笋倾倒,虎象狮豹没入烟尘,云层翻卷喷涌堆雪凿玉,形成一颗巨大的人头,这人头相貌雄壮翻着白眼仰于空中。车随湖形绕驶,人头随车驰行环顾,忽喜忽悲忽怒忽叹,俄而正脸遥望车内,俄而侧目远眺天外,湖尽车远人头兀自恋恋不舍悬天不去。

车中三人,两男一女脸白如纸。

……

二十四

……

烈日下的街头车水马龙,到处停着支着白色凉篷的冰车。我看到我的朋友们坐在一条大街旁的槟榔树下的草坪上,说着笑着,吃着蛋卷冰激凌,指点着无辜的过往行人品头论足。

"要宰就应该宰这号的,这肯定是个'大款'。"

一个挎着个前挺后撅的妖娆女郎的大肚皮秃顶老头儿走过去,许逊指着他说:"瞅丫那操行,三分之二的身子三分之一的腿,一肚子民脂民膏还挎着妞儿。"

"是比较气人。"高洋吃完蛋卷冰激凌抹着嘴说,"那么大岁数也不知道颐养天年真他妈找打。怎么着,咱祸害了他吧?"

"祸害了。"汪若海站起,叉着腰歪着头说,"高洋、许逊你们俩先上去给老东西一个绊,踩住他别让动,冯小刚、高晋搜他兜,我背那妞儿。"

"你这样抢不着多少东西。"高晋说,"那脏妞儿你背她干吗?也不怕虱子隔着衣裳钻你裆里。咱应该告他那是那妞儿的哥哥上去就抽,连妞儿一起抽,抽晕了算。然后讹老东西拽着就上派出所,要不就上你们家。"

"对对,这可以,再让老东西写个悔过书,那就等于有了个活期存折。把那妞儿就近找个马桶按进去冲了,要不脑门子上贴张八分邮票远远地寄黑龙江去。"高洋说,"这么干有意思,先得弄清老头和那妞儿什么关系,别是父女俩。"

老头儿和女郎已经走远。

"父女俩也一样按,就告他们乱伦让咱逮着了。"

一个衣冠楚楚的中年人走过来。

"这怎么样?"许逊乜斜着眼睛问。

众人一看那中年人。高洋说:"这也按得过。"

"这得乔乔或夏红上。"许逊说,"跟他起腻,看他上不上套儿,上套儿咱就一拥而上,全告是娘家亲戚,都八小时没吃饭了,先宰丫一顿饭再说。"

"你那么着急干吗?一顿饭有什么劲呀?"高晋说,"要宰就往狠里宰,让乔乔跟他发展,咱们后发制人。先让他占点便宜,占完便宜咱们就到他家找他老婆去。汪若海你就装委屈的丈夫,问他老婆你说怎么办?你丈夫把我老婆搞了,要不拿钱我们就把你搞了。”

“搞完还得拿钱,不拿钱咱们就伙在一起过,只当给你孩子再添对小爹小妈。”高洋笑着对乔乔说,“怎么样乔乔?干不干?给你找个吃饭地方,那孙子他们家肯定吃得不错。”

“行呵。”乔乔坐着嗑着瓜子说,“哪儿吃不是吃?”

“能勾搭上么?”

“没问题。”乔乔瞧瞧走远的那个中年人,“一勾一准。”

“哎哎,又来一个,你们看这个怎么样?”高晋低声说。众人一起偏头,一个娃娃脸的姑娘走过来花枝招展。

“这对你们胃口。”乔乔笑着说。

“这个我看这么办。”高洋说,“高晋、许逊你们俩装流氓上去纠缠她,然后我冲出去把你们打跑。”

“不不,还是你和高晋装流氓,我把你们打跑。”

“我不跑。”高晋说,“我把你们打跑,咱看谁真能把谁打跑。”

“这就没劲了,咱真打就没劲了,那得打一会儿,这姑娘早跑了。现在这人,你挺身而出他扭头就撒,把你和流氓摞一起。”高洋说,“我让你们当流氓是有道理的。你们手腕比我差。谈姑娘爱听的理想人生你们行吗?你们侃得出我那境界么?咱先得把这姑娘精神升华了,让她觉得物质金钱都是特肮脏特鄙俗的,然后再把她抛弃的都拣过来,露出特伪善的嘴脸,让她觉得特厌恶,自个就颠了,钱也不要了,一辈子特瞧不起咱,再见面也不打招呼。”

众人笑。高洋说:“不知你们说我说的有没有道理?”

众人大笑。那姑娘闻声往这边看来,高洋也看着她大笑:“完了,让她看见咱跟流氓是一伙了。”

“你别做梦了。”高晋说,“你那一套早过时了,现在都明白着呢,谁上你的当?能跟你侃理想的都是穷人,有钱的谁不知道钱好?”

“你得这么想呵,有那钱多了烧包的想拯救一下自个灵魂。”

“瞧瞧,又过来一个,这你冲上去吧,这我们给你当流氓。瞧她手上还戴着金戒指呢。”

一个穿着黑色香云纱的老太太蹒跚地走过来,脸皱得跟个核桃似的。众人忍不住看着老太太就乐。老太太知道这帮年轻人在笑自己,直翻白眼,众人愈发地乐。

“不知你们拿老年人开什么心?”高洋批评大家,“人家老太太多老实,长得跟王母娘娘似的,一辈子没招谁没惹谁。大妈您慢走。”

老太太听不懂高洋的话,见高洋冲她喊又翻了个大白眼。

众人乐得人仰马翻,一个赤脚穿凉鞋扛着扁担的乡下小伙子走过来,众人瞧着他,许逊问高洋:“这怎么样?”

“这不怎么样。”高洋说,“比咱们还惨。”

“这你就臭了,现在老冒都有钱。”许逊说,“别看人家脸上那泥还没搓净,炕席底下一沓一沓的票子。”

“那咱把乔乔发给他了。”高洋回头冲乔乔一挥手,“你让老冒蹂躏几天,然后给他锅里下点耗子药,老冒的家产就全是你的了。”

“滚你的吧。”乔乔咬着瓜子吸着仁儿说,“你怎么不让你们夏红去给老冒下药?”

高洋笑着瞅了眼一旁坐着的夏红:“夏红不行,老冒不喜欢,老冒喜欢敦实的,那娶媳妇送财礼都得先上秤称好了斤数,按斤两付钱。”

“那你去吧,你足斤足两。”

“不知你怕什么?瞧不起农民兄弟?老冒也是人,有什么呀,大不了跟冯兄去越南一样,逛一圈谁也没打着囫囵着回来了,人也是三等功臣,说起来也有的说。”

大家都看着一直坐在一边没吭声的冯小刚笑。冯小刚也笑,笑得有点尴尬:

“你们真没劲,说着说着又说到我身上来了。”

“冯兄,”高洋走过去坐下对冯小刚说,“我要是你,我在越南就找一没人的地方给自个一枪,假装是在战斗中牺牲。那回来你就不止是个三等功,授你个光荣称号也没准。也用不着受这些小人的挤兑,好像你去越南也是动嘴不动手。”

“就跟你是个动手的人似的。”靠着槟榔树坐在另一边的刘炎露出头说,“我看你们热热闹闹说了半天,人也一拨拨过去不少,都安然无恙。”

“你说咱真要在这儿设一卡子,来一个害一个,别人会怎么想?”

“别人会以为国军的伞兵空投在这儿了。”冯小刚说。

我和百姗打着一把阳伞从熙熙攘攘的街里有说有笑地走出来。列日下的街头车水马龙,到处停着支着凉篷的白色冰车,行人摩肩接踵地走在街两旁阴凉的楼底便道上。我看到我的朋友们坐在街角一个小门脸的简陋冰室里,吃着不带任何点缀的普通冰激凌,看着门外街口南来北往的男男女女指手画脚。

“要是这会儿我手里有一支五六式冲锋枪,端着冲到街上‘哒哒’扫个扇面,街上的人会怎么样?”高洋比划着问冯小刚。

“踩死的会比你打死的多。”冯小刚说。

“要是咱哥几个一人手里有一支呢?”

“那这城市咱们就军管了,直接冲进市府改公社了,咱们成立一个革命委员会,轮流执政。”

“我不用执政。”许逊插话说,“就派我去领导文艺界就行了。”

“我接管外贸和旅游。”汪若海说,“以后你们到我的饭店吃饭一律按价倒找钱。”

“高晋把公安、税收、海关抓起来。方言可以让他去管计划生育和爱国卫生运动。”

“所有的银行、企业一律没收。”高晋说,“小商小贩也全部课以重金罚款。”

“北伐吗?”高洋问。

“不不,还北伐干吗?”高晋说,“咱独立了,中央政府要不干,咱就区域自治。女士们可以作为咱们的代表派驻中央政府。”

“多损,把咱们往虎口里送。他们要当政,咱们就得倒霉。”乔乔笑着说,“肥缺我们不争,安排个妇联、工会之类的群众团体总行吧?”

“不行,你们太了解我们底细了,哪能留着你们,得灭口。”高洋说,“他们我也得一个个收拾,一个不能留。我上台得杀人是不是,高晋?所有社会贤达、遗老遗少统统枪决。”

“不能立刻枪决。”高晋说,“应该作为人质扣押起来,哪方面出了乱子就将哪方面的头儿示众枪决,希特勒的路子。”

“对,咱不能犯巴黎公社的错误,要用铁腕,巩固政权就得这样。焚书坑儒算什么?我们杀就杀他个血流成河。”高洋笑着对大家说,“你们要想在新社会里活下去,这会儿就得对我好点,譬如这会儿谁有钱请我好好吃一顿。否则我上台后可不念旧情,就算你们跪下来求我,我起码也得把你们送进集中营。”

“那我们哥几个就联合起来把你们哥俩杀了。”许逊笑着说,“那会儿我们也都是各路诸侯,手下都有人。”

“那我们就发动‘文化大革命’。”高晋说,“把你们批倒批臭再踏上一万只脚。”

大家笑,乐不可支。夏红光顾笑没留神抬肘把一个碟子碰到地上打碎了。高洋对闻声走过来的服务员连忙说:“我们赔我们赔,一起记在账上。”他掏了钱付了账单把瘪瘪的钱包塞回腰里,笑着摇头叹道:“英雄潦倒,英雄潦倒。”

“咱趁丫潦倒先治丫的。”许逊对大伙儿说,“反正丫得好儿也没咱们的好。”

说着他扭起高洋一只胳膊,高洋和他扭成一团。

坐在一边的刘炎看了眼冯小刚,两人相视无奈一笑。

烈日下的街头车水马龙,到处停着支着凉篷的白色冰车。我和百姗打着阳伞从熙熙攘攘的街口走过,我的朋友们从冰室出来,站在阳光中向我起哄又笑又嚷。我和百姗从阳伞下露出笑脸,向他们招招手,继续往前走。行人摩肩接踵地走在阴凉的楼底便道上,到处停着支着凉篷的白色冰车,烈日下的街头车水马龙。

……

(选自《王朔文集》第二卷,华艺出版社1994年版)

《玩的就是心跳》是王朔中期的代表作。在解读这部作品前,一定要问问这样几个问题:为什么玩?玩什么?怎样玩?是在什么背景下玩的?

《玩的就是心跳》受到了法国作家莫里亚克的《暗店街》和美国作家克鲁亚克的《在路上》等小说的影响。在上世纪60年代,中国和欧洲一样出现了左翼激进文化运动。王朔他们这一代都不同程度地具有“垮掉一代”的思想特征。他们这一代已经由“圈养改为放牧”。正如小说的主人公“我”所说的:“我是饱经沧桑。想当年,我们一群朋友从部队复员,那真是风华正茂,精力正旺盛,没不想干的事,没不敢干的事,那才叫国家的主人呢。想爱就爱,想祸害就祸害,谁也拦不住,也就是没赶上好时代,落草为寇了;退几十年,哥儿几个也割据了。”正是在这样的思想支配下,他们的行为方式和生活内容注定了他们在这个时代的“泥鳅”角色。在小说的“二十二”里就有这样一段很有代表性的话:“没有抢劫没有走私盗宝犯罪集团诸如此类的,有的只是无聊的吃吃喝喝和种种胆大包天却永远不敢实行的计划和想法。我们只是一群不安分的怯懦的人,尽管已经长大永远像小时候一样只能在游戏中充当好汉和凶手。我们都想当主角——惊天动地万人战栗的主角,但命中注定我们只是些掀不起大浪的泥鳅"。他们生怕自己这辈子白活、平庸。他们不甘寂寞。可惜,他们生不逢时,一腔热情无处挥洒。尽管如此,他们还是苦中作乐,玩自己、玩朋友、玩社会、玩组织、玩人生,乃至玩文字和写作。我们能从这"玩"里体会到他们的无奈和凄惶。

这篇小说好像是一篇福尔摩斯式"玩"侦探小说。在叙述道路上,它事先设疑,再一步一步找线索,最后释疑。

在《玩的就是心跳》中,"我"在强势话语的威压下(即有可能被公安局认定为杀人嫌疑犯),为证明自己的清白,更为了自己认清自己的过去情状,而不停地遍访朋友,对个体历史进行追问,追问"我是谁"。因为"我"从来就不在意宏大历史,更对自己的过去"失忆",只有靠着朋友的回忆,把自己的一些支离破碎的历史残片拼贴起来,其零散性和平面化使得"我"的历史细部"原生态"地凸现出来。这是一种"过去时"写作。

此外,《玩的就是心跳》属于"新京派"小说。在写作资源上,它写北京的四合院和胡同等区域里青年男女的现实生活和思想;在语体上,它以北京方言为叙述语言(如把主人公取名叫"方言"等),京味儿特浓。(杨四平)

烦恼人生

池　莉

早晨是从半夜开始的。

昏蒙蒙的半夜里"咕咚"一声惊天动地，紧接着是一声恐怖的嚎叫。印家厚一个惊悸，醒了，全身绷得硬直，一时间竟以为是在噩梦里。待他反应过来，知道是儿子掉到了地上时，他老婆已经赤着脚窜下了床，颤颤地唤着儿子。母子俩在窄狭拥塞的空间撞翻了几件家什，跌跌撞撞扑成一团。

他该做的本能的第一件事是开灯，他知道，一个家庭里半夜发生意外，丈夫应该保持镇定。可是灯绳却怎么也摸不着！印家厚哧哧喘着粗气，一双胳膊在墙壁上大幅度摸来摸去。老婆恨恨地咬了一个字："灯！"便哭出声来。急火攻心，印家厚跳起身，踩在床头柜上，一把捉住灯绳的根部用劲一扯：灯亮了，灯绳却也断了。印家厚将掌中的断绳一把甩了出去，负疚地对着儿子，叫道："雷雷！"

儿子打着干噎，小绿豆眼瞪得溜圆，十分陌生地望着他。他伸开臂膀，心虚地说："怎么啦？雷雷，我是爸爸哟！"老婆挡开了他，说："呸！"

儿子忽然说："我出血了。"

儿子的左腿有一处擦伤，血从伤口不断沁出。夫妻俩见了血，都发怔了。总算印家厚先摆脱了怔忡状态，从抽屉里找来了碘酒、棉签和消炎粉。老婆却还在发怔，眼里蓄了一包泪。印家厚利索地给儿子包扎伤口，在包扎伤口的过程中，印家厚完全清醒了，内疚感也渐渐消失了。是他给儿子止的血，不是别人。印家厚用脚把地上摔倒的家什归拢到一处，床前便开辟出了一小块空地，他把儿子放在空地上，摸了摸儿子的头，说："好了。快睡觉。"

"不行，雷雷得洗一洗。"老婆口气罩直。

"洗醒了还能睡吗？"印家厚软声地说。

"孩子早给摔醒了！"老婆终于能流畅地说话了，"请你走出去访一访，看哪个工作了十七年还没有分到房子。这是人住的地方？猪狗窝！这猪狗窝还是我给你搞来的！是男子汉，要老婆儿子，就该有个地方养老婆儿子！窝囊巴叽的，八棍子打不出一个屁来，算什么男人！"

印家厚头一垂，怀着一腔辛酸，呆呆地坐在床沿上。

其实房子和儿子摔下床有什么联系呢？老婆不过是借机发泄罢了。谈恋爱时的印家厚就是厂里够资格分房的工人之一，当初他的确对老婆说过只要结了婚，就会分到房子的。他夸下的海口，现在只好让她任意鄙薄，其实当初是厂长答应了他的，他才敢夸那海口。如今她可以任意鄙薄他，他却不能同样去对付厂长。

印家厚等待着时机，要制止老婆的话闸必须是儿子。趁老婆换气的当口，印家厚立即插了话："雷雷，乖儿子，告诉爸爸，你怎么摔下来了？"

儿子说："我要屙尿。"

老婆说："雷雷，说拉尿，不要说屙尿。你拉尿不是要叫我的吗？"

"今天我想自己起来……"

"看看！"老婆目光炯炯，说，"他才四岁！四岁！谁家四岁的孩子会这么灵敏！"

"就是！"印家厚抬起头来，掩饰着自己的高兴。并不是每个丈夫都会巧妙地在老婆发脾气时，去平息风波的。他说，"我家雷雷是真了不起！"

"嘿，我的儿子！"老婆说。

儿子得意地仰起红扑扑的小脸，说："爸爸，我今天轮到跟你跑月票了吧？"

"今天？"印家厚这才注意到已是凌晨四点缺十分了，"对。"他对儿子说，"还有一个多小时咱们就得起床。快睡个回笼觉吧。"

"什么是——回笼觉？爸爸。"

"就是醒了之后又睡它一觉。"

"早晨醒了中午又睡也是回笼觉吗？"

印家厚笑了。只有和儿子谈话他才不自觉地笑。儿子是他的避风港。他回答儿子说："大概也可以这么说。"

"那幼儿园阿姨说是午觉，她错了。"

"她也没错。雷雷，你看你洗了脸，清醒得过分了。"

老婆斩钉截铁地说："摔清醒的！"话里依然含着寻衅的意味。

印家厚不想一大早就和她发生什么利害冲突。一天还长着呢，有求于她的事还多着。他妥协地说："好吧，摔的，不管这个了，都抓紧时间睡吧。"

老婆半天坐着不动，等印家厚刚躺下，她又突然委屈地叫道："睡！电灯亮刺刺的怎么睡？"

印家厚忍无可忍了，正要恶声恶气地回敬她一下，却想起灯绳让自己扯断了。他大大咽了一口唾沫，爬起来……

在电灯黑灭的一刹那，印家厚看见手中的起子寒光一闪，一个念头稍纵即逝。他再不敢去看老婆，他被自己的念头吓坏了。

当眼睛适应了黑暗之后，发现黑暗原来并不怎么黑。曙色已朦胧地透过窗帘；大街上已有轰隆隆开过的公共汽车。印家厚异常清楚地看到，所谓家，就是一架平衡木，他和老婆摇摇晃晃在平衡木上保持平衡。你首先下地抱住了儿子，可我为儿子包扎了伤口。我扯断了开关我修理，你借的房子你骄傲。印家厚异常地酸楚，又壮起胆子去瞅起子。后来天大亮了，印家厚觉得自己做过一个关于家庭的梦，但内容却实在记不得了。

还是起得晚了一点。

八点上班，印家厚必须赶上六点五十分的那班轮渡才不会迟到。而坐轮渡之前还要乘四站公共汽车，上车之前下车之后还要各走十分钟的路程。万一车不顺利呢？万一车顺利人却挤不上呢?不带儿子当然就不存在挤不上车的问题,可今天轮到他带儿子。印家厚打了一个短短的呵欠后,一边飞快地穿衣服一边用脚摇动儿子。"雷雷!雷雷!快起床!"

老婆将毛巾被扯过头顶,闷在里头说:"小点声不行吗?"

"实在来不及了。"印家厚说:"雷雷叫不醒。"

印家厚见老婆没有丝毫动静,只得一把拎起了儿子。"嗨,你醒醒!快!"

"爸爸,你别搡我。"

"雷雷,不能睡了。爸爸要迟到了,爸爸还要给你煮牛奶。"印家厚急了。

公共的卫生间有两个水池,十户人家共用。早晨是最紧张的时刻,大家排着队按顺序洗漱。印家厚一眼就量出自己前面有五六个人,估计去一趟厕所回来正好轮到。他对前面的妇女说:"小金,我的脸盆在你后边,我去一下就来。"小金表情淡漠地点了点头,然后用脚钩住地上的脸盆,准备随时往前移。

厕所又是满员。四个蹲位蹲了四个退休的老头。他们都点着烟,合着眼皮悠着。印家厚鼻孔里呼出的气一声比一声粗。一个老头嘎嘎笑了:"小印,等不及了?"

印家厚勉强吭了一声,望着窗格子上的半面蛛网。老头又嘎嘎笑:"人老了什么都慢,再慢也得蹲出来,要形成按时解大便的习惯。你也真老实到家了,有厂子的人不留到厂里去解呀。"

屁!印家厚极想说这个字可他又不想得罪邻居,邻居是好得罪的么?印家厚憋得慌,提着双拳正要出去,后边响起了草纸的揉搓声,他的腿都软了。

返回卫生间,印家厚的脸盆刚好轮到,但后边一位已经跨过他的脸盆在刷牙了。印家厚不顾一切地挤到水池前洗漱起来。他没工夫讲谦让了。被挤在一边的妇女含着满口牙膏泡沫瞅了印家厚一眼,然后在他离开卫生间时扬声说:"这种人,好没教养!"

印家厚听见了,可他希望他老婆没听见,他老婆听见了可不饶人,她准会认为这是一句恶毒的骂人话。

糟糕的是儿子又睡着了。

印家厚一迭声叫"雷雷"。一面点着煤油炉煮牛奶,一面抽空给了儿子的屁股一巴掌。

"爸爸,别打我,我只睡一会儿。"

"不能了。爸爸要迟到了。"

"迟到怕什么。爸爸,我求求你。我刚刚出了好多的血。"

"好吧,你睡,爸爸抱着你走。"印家厚的嗓子沙哑了。

老婆掀开毛巾被坐起来,眼睛红红的。"来,雷雷,妈妈给你穿新衣服。海军衫,背上冲锋枪,在船上和海军一模一样。"

儿子来兴趣了:"大盖帽上有飘带才好。"

"那当然。"

印家厚向老婆投去感激的一瞥,老婆却没理会他。趁老婆哄儿子的机会,他将牛奶灌进了保温瓶,拿了月票、钱包、香烟、钥匙和梁羽生的《风雷震九州》。

老婆拿过一筒柠檬夹心饼干塞进他的挎包里，嘱咐和往常同样的话："雷雷得先吃几块饼干再喝牛奶，空肚子喝牛奶不行。"说罢又扯住挎包塞进一个苹果，"午饭后吃。"接着又来了一条手帕。

印家厚生怕还有什么名堂，赶紧抱起儿子："当兵的，咱们快走吧，战舰要起航了。"

儿子说："妈妈再见。"

老婆说："雷雷再见！"

儿子挥动小手，老婆也扬起了手。印家厚头也不回，大步流星汇入了滚滚的人流之中。他背后不长眼睛，但却知道，那排破旧老朽的平房窗户前，有个烫了鸡窝般发式的女人，她披了件衣服，没穿袜子，趿着鞋，憔悴的脸上雾一样灰暗。她在目送他们父子，这就是他的老婆。你遗憾老婆为什么不鲜亮一点吗？然而这世界上就只她一个人在送你和等你回来。

机会还算不错。印家厚父子刚赶到车站，公共汽车就来了。

这辆车笨拙得像头老牛，老远就开始哼哼叽叽。车停了，但人多得开不了门。顿时车里车外一起发作，要下车的捶门，要上车的踢门。印家厚把挎包挂在胸前，连儿子带包一齐抱紧，他像擂台上的拳击家不停地跳跃挪动，观察着哪个门好上车，哪一堆人群是容易冲破的薄弱环节。

售票员将头伸出车窗说："车门坏了。坏了坏了。"

车启动了，马路上的臭骂暴雨般打在售票员身上。骂声未绝，车在前面突然煞住了。"哗啦"一下车门全开，车上的人带着参加了某个密谋的诡笑冲下车来；等车的人们呐喊着愤怒地冲上前去。印家厚是跑月票的老手了，他早看破了公共汽车的把戏，他一直跟着车小跑。车上有张男人的胖脸在嘲弄印家厚。胖脸上撅起嘴，做着唤牲口的表情。印家厚牢牢地盯着这张脸，所有的气恼和委屈一起膨胀在他胸里头。他看准了胖脸要在中门下，他候在中门，好极了！胖脸怕挤，最后一个下车，慢吞吞好像是他自己的车。印家厚从侧面抓住车门把手，一步蹬上车，用厚重的背把那胖脸抵在车门上一挤然后又一揉，胖脸啊呀呀叫唤起来，上车的人不耐烦地将他扒开，扒得他在马路上团团转。印家厚缓缓地长长地舒了一口气。

车下的一切甩开了，抬头便要迎接车上的一切。印家厚抱着孩子，虽没有人让座但有人让出了站的位置，这就够令人满意了。印家厚一手抓扶手，一手抱儿子，面对车窗，目光散淡。车窗外一刻比一刻灿烂，朝霞的颜色抹亮了一爿爿商店。朝朝夕夕，老是这些商店，印家厚说不出为什么，一种厌烦，一种焦灼却总是不近不远地伴随着他。此刻他只希望车别出毛病，快快到达江边。

儿子的愿望比父亲多得多。

"爸爸，让我下来。"

"下来闷人。"

"不闷。我拿着月票，等阿姨来查票，我就给她看。"

旁边有人称赞说这孩子好聪明，儿子更是得意非凡，印家厚只得放他下来。车拐弯时,几个姑娘一下子全倒过来。印家厚护着儿子,不得不弯腰拱肩,用力往后撑。一个姑娘尖叫起来:呀——流氓!印家厚大惑不解,扭头问:“我怎么你了?”不知哪里插话说:“摸了。”

一车人都开了心。都笑。姑娘破口大骂,针对印家厚,唾沫喷到了他的后颈脖上。一看姑娘俏丽的粉脸,印家厚握紧的拳头又松开了。父亲想干没干的事,儿子倒干了。儿子从印家厚两腿之间伸过手去朝姑娘一阵拳击,嘴里还念念有词:“你骂!你骂!”

“雷雷!”印家厚赶快抱起儿子,但儿子还是挨了一脚。这一脚正踢在儿子的伤口上。只听雷雷半哀半怒叫了一声,头发竖起,耳朵一动一动,扑在印家厚的肩上,啪地给了那姑娘一记清脆的耳光。众目睽睽之下,姑娘怔了一会儿,突然嘤嘤地哭了。

父子俩获得全胜下车,儿子非常高兴,挺胸收腹,小屁股鼓鼓的,一蹦三跳。印家厚耷头耷脑,他不知为什么不能和儿子同样高兴。

上了轮渡就像进了自家的厂,全是厂里的同事。

“嘿,又轮到你带崽子了。”

“嗯。”

自然是有人让出了座位。儿子坐不住。四处都有人叫他逗他,厂里一个漂亮的女工,刚刚结婚,对孩子有着特别的兴趣,雷雷对她也特别有好感,见了她就偎过去了。女工说:“印师傅,把印雷交给我,我来喂他喝牛奶。”

印家厚把挎包递过去,拍拍巴掌,做了几下扩胸运动,轻松了。整个早晨的第一下轻松。

有人说:“你这崽子好眼力。”

“嗯。”印家厚说。

“来,凑一圈?”

“不来。我是看牌的。”印家厚说。

一支烟飞过来,印家厚伸手捞住,用唇一叼,点上了火。汽笛短促地“呜呜”两声,轮船离开趸船漾开去。

打牌的圈子很快便组合好了。大家各自拿出报纸杂志或者脱下一只鞋垫在屁股底下。甲板顿时布满一个接一个的圈子。印家厚蹲在三个圈子交界处看三面的牌,半支烟的工夫,还没有看出兴趣来,他走开了。有段时间印家厚对扑克瘾头十足,那是在二十五岁之前。他玩牌玩得可精,精到只赢不输,他自以为自己总也有一个方面战无不胜。不料,一天早晨,也就是在轮渡的甲板上,几个不起眼的人让他输了。他突然觉得扑克索然寡味。赢了怎样?输了又怎样?从此便不再玩牌。偶尔看看,只看出当事者完全是迷糊的,费尽心机,还是不免被运气捉弄。看那些人被捉弄得鬼迷心窍,嚷得脸红脖子粗,印家厚不由得直发虚。他想他自己从前一定也是这么一副蠢相。他妈的。世界上这事!——他暗暗叹息一阵。

雷雷的饼干牛奶顺利地进了肚子,乖乖地坐在一只巴掌大的小小折叠椅上听那位漂亮女工讲故事。他看见他父亲走过来就跟没看见一样。印家厚冷冷地望了儿子好一会儿,莫名的感伤的情绪和喷出的轻烟一样弥漫开去。

印家厚朝周围撒了一圈烟作为对自己刚上船就接到了烟的回报。只要他抽了人家的烟他就要往外撒烟,不然像欠了债一样,不然就不是男子汉的作为。撒烟的时候他知道自己神情满不在乎,动作大方潇洒,他心里一阵受用——这常常只是在轮渡上的感受。下了船,在厂里,在家里,在公共汽车上,情况就比香烟的来往复杂得多,也古怪得多,他经常闹不清自己是否接受了或者是否付出了。这些时候,他就让自己干脆别想着什么接受付出,认为老那么想太小家子气,吞吐量太窄,是小肚鸡肠。

长江正在涨水,江面宽阔,波涛澎湃。轮渡走的是下水,确实有乘风破浪的味道。太阳从前方冉冉升起,一群洁白的江鸥追逐着船尾犁出的浪花,姿态灵巧可人。这是多少人向往的长江之晨,船上的人们却熟视无睹。印家厚伏在船舷上吸烟,心中和江水一样茫茫苍苍。自从他决绝了扑克,自从他做了丈夫和父亲,他就爱伏在船舷上,朝长江抽烟;他就逐渐逐渐感到了心中的苍茫。

小白挤过来,向印家厚要了一支烟。小白是厂办公室的秘书,是个愤世嫉俗的青年,面颊苍黄,有志于文学创作。

"他妈的!"小白说,"你他妈裤子开了一条缝。这,好地方,大腿里,还偏要迎着太阳站。"

印家厚低头一看,果然里头的短裤都露出了白边。早晨穿的时候是没缝的,有缝他老婆不会放过。是上车时挤开的。

"挤的。没办法。"印家厚说:"不要紧,这地方男人看了无所谓,女人又不敢看。"

"过瘾。你他妈这语言特生动。"小白说。

靠在一边看报的贾工程师颇有意味地笑了。他将报纸折得整整齐齐装进提包里。凑到这边来。

"小印,你的话有意思,含有一定的科学性。"

"贾工,抽一支。"

"我戒了。"

小白讥讽:"又戒了?"

"这次真戒。"贾工掏出报纸,展得平平的,让大家看中缝的一则最新消息:香烟不仅含尼古丁、烟焦油等致癌物质,还含放射线。如果一个人一天吸一包烟,就相当于在一年之内接受二百五十次胸透。

贾工一边认真地折叠报纸一边严峻地说:"人要有一股劲,一种精神,你看人家女排,四连冠!"

印家厚突然升起一股说不清的自卑感,他猛吸一口烟,让脸笼罩在蓝雾里边。

小白说:"四连冠算什么?体力活,出憨劲就成。曹雪芹,住破草棚,稀饭就腌菜,十年写成《红楼梦》,流传百世。"

有人插进来说话了:"去蛋!什么体力脑力,人哪,靠天生的聪明,玩都玩得出名堂来。柳大华,玩象棋,国际大师称号。有什么比国际大师更中听?"

争论范围迅速扩大。

“中听有屁用！人家周继红，小丫头片子，就凭一个斤斗往水里一栽：一块金牌，三室一厅房子，几千块钱奖金。”

印家厚巴巴吸烟，心中愈发苍茫了。他愤愤不平的心里真像有一江波涛在里面鼓动。同样都是人。都是人！

小白不服气，面红耳赤地争辩道：“铜臭！文学才过瘾呢。诗人。诗。物质享受哪能比上精神享受。有些诗叫你想哭想笑。这才有意思。有个年轻诗人写了一首诗，只一个字，绝了！听着，题目是《生活》，诗是：网。绝不绝？你们谁不是在网中生活？”

顿时静了。大家互相淡淡地没有笑容地看了看。

印家厚手心一热，无故兴奋起来。他说：“我倒可以和一首。题目嘛自然是一样，内容也是一个字——”

大家全盯着他。他稳稳地说：“——梦。”

好！好！都为印家厚的“梦”叫好。以小白为首的几个文学爱好者团团围住他，要求与他切磋切磋现代诗。

轮渡兀然一声粗哑的“呜——”淹没了其他一切声音。船在江面上划出一个优美的弧线向趸船靠拢。印家厚哈哈笑了，甩出一个脆极的响指。这世界上没有什么人比别人高一等，他印家厚也不比任何人低一级。谁能料知往后的日子有怎样的机遇呢？

儿子向他冲过来，端来冲锋枪，发出呼呼声，腿上缠着绷带，模样非常勇猛。谁又敢断言这小子将来不是个将军？

生活中原本充满了希望和信心。

一个多么晴朗的五月的早晨！

随着人潮涌上岸去。该是吃点东西的时候了。只要赶上了这班船就成，就可以停下来吃顿早饭。

餐馆方便极了，就是马路边搭的一个棚子。棚子两边立了两只半人高的油桶改装的炉子，蓝色的火苗蹿出老高。一口火油锅里炸着油条，油条放木排一般滚滚而来，香烟弥漫着，油焦味直冲喉咙；另一口大锅里装了大半锅沸沸的黄水，水面浮动一层更黄的泡沫，一柄长把竹篾笊篱塞了一窝油面，伸进沸水里摆了摆，提起来稍稍沥了水，然后扣进一只碗里，淋上酱油、麻油、芝麻酱、味精、胡椒粉，撒一撮葱花——热干面。武汉特产：热干面。这是印家厚从小吃到大的早点。两角钱能吃饱。现在有哪个大城市花两角钱能吃饱早餐？他连想都没想过换个花样。

卖票的桌子在棚子旁边的大柳树下，售票员是个淡淡化了妆但油迹斑斑的姑娘。树干上挂了一块小黑板，白粉笔浪漫地写着：哗！凉面上市！哗！

热干面省去伸进锅里烫烫那道程序就叫凉面。

印家厚买了凉面和油条。凉面比热干面吃起来快得多。

父子俩动作迅速而果断，显出训练有素的姿态。这里父亲挤进去买票，那里儿子便跑去排热干面的队了。雷雷见拿油条的人不少，就把冲锋枪放在自己站的位置上，转身去排油条队。

拿油条连半秒钟都没等。印家厚嘉奖似的摸了把儿子的头。儿子异常得意。可印家厚买了凉面而不是热干面,儿子立刻霜打了一般,他快快地过去拾起了自己的枪——取热干面的队伍根本没理会这支枪,早跨越它前进了;他发现了这一点,横端起冲锋枪,冲人们"哒哒哒"就是一梭子。

"雷雷!"印家厚吃惊地喝住儿子。

不到三分钟,早点吃完了。人们都是在路边吃,吃完了就地放下碗筷,印家厚也一样,放下碗筷,拍了拍儿子,走路。儿子捏了根油条,边走边吃,香喷喷的。印家厚想:这小子好残酷,提枪就扫射,怎么得了!像谁?他可没这么狠的心;老婆似乎也只是嘴巴狠。怎么得了!他提醒自己儿子要抓紧教育了!不能再马虎了!立时他的背就弯了一些,仿佛肩上加压了。

上了厂里接船的公共汽车。印家厚试图和儿子聊聊。

"雷雷,晚上回家不要惹妈妈烦,不要说我们吃了凉面的。"

"不是'我们',是你自己。"

"好。我自己。好孩子要学会对别人体贴。"

"爸,妈妈为什么烦?"

"因为妈妈不让我们用餐馆的碗筷,那上面有细菌。"

"吃了肚子疼的细菌吗?"

"对。"

"那你为什么不听妈妈的话?"

他低估了四岁的孩子。哄孩子的说法该过时了。

"喏,是这样。本来是不应该吃的。但是在家里吃早点,爸爸得天不亮就起床开炉子,为吃一碗面条弄得睡眠不足又浪费煤。到厂里去吃罢,等爸爸到厂时,食堂已经卖完了。带上碗筷吧,更不好挤车。没办法,就只能在餐馆吃了。好在爸爸从小就吃凉面,习惯了,对上面的细菌有抵抗力了。你身体不好,就一定不可以吃餐馆。"

"哦,知道了。"

儿子对他认真的回答十分满意。对,就这么循循善诱。印家厚刚想进一步涉及对人开枪的事,儿子又说话了,"我今天晚上一回家就对妈妈说:爸爸今天没有吃凉面。对吧?"

印家厚啼笑皆非,摇摇头。也许他连自己都没教育好呢。如果告诉儿子凡事都不能撒谎,那将来儿子怎么对付许许多多不该讲真话的事?

送儿子去了厂幼儿园得跑步到车间。

在幼儿园磨蹭的时间太多了。阿姨们对雷雷这种"临时户口"牢骚满腹。她们说今天的床铺,午餐,水果糕点,喝水用具,洗脸毛巾全部安排好了,又得重新分配,重新安排,可是食品已经买好了,就那么多,一下子又来了这么些"临时户口",僧多粥少,怎么弄?真烦人!

印家厚一个劲赔笑脸,作解释,生怕阿姨们怠慢了他的儿子。

上班铃声响起的时候,印家厚正好跨进车间大门。

记考勤的老头坐在车间门口,手指头按在花名册上印家厚的名字下,由远及近盯着印家厚,嘴里嘀咕着什么。

这老头因工伤失去了正常人健全的思维能力,但比正常人更铁面无私,并且厂里认为他对时间的准确把握有特异功能。

印家厚与老头对视着。他皮笑肉不笑地对老头做了个讨好的表情。老头声色不动,印家厚只得匆匆过去。老头从印家厚背影上收回目光,低下头,精心标了一个1.5。车间太大了,印家厚从车间大门口走到班组的确需要一分半钟,因此他今天迟到了。

印家厚在卷取车间当操作工。

他不是一般厂子的一般操作工,而是经过了一年理论学习又一年日本专家严格培训的现代化钢板厂的现代化操作工。他操作的是日本进口的机械手。

一块盖楼房用的预制板大小的钢锭到他们厂来,十分钟便被轧成纸片薄的钢片,并且卷得紧紧的,拦腰捆好,摞成一码一码。印家厚就干卷钢片包括打捆这活。

他的操作台在玻璃房间里面,漆成奶黄色;斜面的工作台上,布满各式开关,指示灯和按钮,这些机关下面的注明文字清一色是日文。一架彩色电视正向他反映着轧钢全过程中每道程序的工作状况。车间和大教堂一般高深幽远,一般洁净肃穆,整条轧制线上看不见一个忙碌的工人,钢板乃至钢片的质量由放射线监测并自动调节。全自动,不要你去流血流汗,这工作还有什么可挑剔的?

七十年代建厂时它便具有了七十年代世界先进水平,八十年代在中国,目前仍是绝无仅有的一家。参观的人从外宾到少数民族兄弟,从小学生到中央首长,潮水般一层层涌来。如果不是工作中掺杂了其他种种烦恼,印家厚对自己的工作会保持绝对的自豪感,热爱并十分满足。

印家厚有个中学同学,在离这儿不远的炼钢厂工作,他就从来不敢穿白衬衣;穿什么也逃不掉一天下来之后那领口袖口的黄红色污迹,并且用任何去污剂都洗不掉。这位老弟写了一份遗嘱,说:在我的葬礼上,请给我穿上雪白的衬衣。他把遗嘱寄给了冶金部部长。因此他受到了行政处分,而印家厚所有的衬衣几乎都是白色的,配哪件外衣都帅。轮到情绪极度颓丧的时候,印家厚就强迫自己想想同学的事,用忆苦思甜以解救自己。

眼下正是这样。

印家厚瞅着自己白衬衣的袖口,暗暗摆着自己这份工作的优越性,尽量对大家的发言充耳不闻。

本来工作得好好的。站立在操作台前,看着火龙般飞舞而来的钢片在自己这儿变成乖乖的布匹,一任卷取……可是,厂办公室决定各车间开会。开会评奖金。

四月份的奖金到五月底还没有评出来,厂领导认为严重影响了全厂职工的生产积极性。

车间主任一开始就表情不自然,讲话讲到离奖金十万八千里的计划生育上去了。

有人暗里捅捅前一个人的腰,前面的人便噤声敛气注目车间主任。捅腰的暗号传递给了印家厚，印家厚立刻意识到气氛的异样。

会不会……出什么……意外？印家厚惴惴地想。

终于，车间主任一个回马枪，提起奖金问题，并亮出了实质性的东西：厂办明确规定，严禁在评奖中搞“轮流坐庄”，否则，除了扣奖之外还要处罚。这次决不含糊！

印家厚在一瞬间有些茫然失措，心中哽了团酸溜溜的什么。可是很快地便恢复了常态。

“轮流坐庄”这词是得避讳的。平日车间班组从来没人提及。自从奖金的分发按规定打破平均主义以来，在几年的时间里，大家自然而然地默契地采用了“轮流坐庄”的方法。一、二、三等奖逐月轮流，循环往复。同事之间和谐相处，绝无红脸之事；车间领导睁只眼闭只眼，顺其自然。车间便又被评为精神文明模范单位。

好端端今天突然怎么啦？

众人的眼光在印家厚身上游来游去，车间主任老注意印家厚。这个月该是印家厚轮到得一等奖了。

一等奖三十元。印家厚早就和老婆算计好这笔钱的用途：给儿子买一件电动玩具，剩下的去“邦可”吃一顿西餐。也挥霍一次享受一次吧，他对老婆说。老婆展开了笑颜：早就想尝尝西餐是什么滋味，每月总是没有结余，不敢想。

老婆前几天还在问：“奖金发了吗？”

他答道：“快了。”

“是一等奖？”

“那还用说！名正言顺的。”

印家厚不愿意想起老婆那难得和颜悦色的脸，她说得有道理，哪儿有让人舒心的事？他看了好一会儿洁白的袖口，又叭嗒叭嗒挨个活动指关节。

二班的班长挪到了印家厚身边。他俩的处境一样。二班长说：“喂喂，小印，人善被人欺，马善被人骑。”

“得了！”印家厚低低吼了一句。

二班长说：“肯定有人给厂长写信反映情况。现在有许多婊子养的可喜欢写信了。咱俩是他妈什么狗屁班长，干得再多也不中。太欺负人了！就是吃亏也得吃在明处。”

印家厚说：“像个婆娘！”

二班长说：“看他们评个什么结果，若是太过分，我他妈干脆给公司纪委寄份材料，把这一肚子烂渣全捅出去。”

印家厚干脆不吱声了。

如果说评奖结果未出来之前印家厚还存有一丝侥幸心理的话，有了结果之后他不得不彻底死心了。他总以为即便不按轮流坐庄，四月份的一等奖也该他。四月份大检修，他日夜在厂里，干得好苦！没有人比他干得更苦的了，这是大家有目共睹的。可是为了避嫌，来了个极端，把他推到了最底层：三等奖，五元钱。

居然还公布了考勤表。车间主任装成无可奈何的样子念迟到旷工病事假的符号，却一概省略了迟到的时间。有人指出这一点，车间主任手一摆，说：“这无关紧要。那个人不太正常的嘛。”印家厚又吃了暗亏。如果念出某人迟到一分半钟,大家会哄堂一笑,一笑了之;可光念迟到,那就两样了。印家厚今天就迟到了,许多评他三等奖的人心里宽松了不少。

当车间主任指名道姓问印家厚要不要发表什么意见时,他张口结舌,拿不定该不该说点什么。

说点什么?

早晨在轮渡上,他冲口作出《生活》的一字诗,思维敏捷,灵气逼人。他对小白一伙侃侃而谈,谈古代作家的质朴和浪漫,当代作家的做作和卖弄,谈得小白痛苦不堪可又无法反驳。现在仅仅只过去了四个钟头,印家厚的自信就完全被自卑代替了。

他站起来说了一句什么话,含糊不清,他自己都没听清就又含糊着坐下了。

似乎有人在窃窃地笑。

印家厚的脖子根升起了红晕,猪血一般的颜色。其实他并不计较多少钱,但人们以为他——一个大男人被五块钱打垮了。五块钱。笑掉人的牙齿。印家厚让悲愤堵塞了胸口。他思谋着腾地站起来哈哈大笑或说出一句幽默的话,想是这么想,却怎么也做不出这个动作来,猪血的颜色迅速地上升。

他的徒弟解了他的围。

雅丽蓦地立起身,故意撞掉了桌子上的水杯,一字一板地说:“讨厌!”

雅丽见同事们的目光都集中在她身上,她噗地吹了吹额前的头发,孩子气十足地说:“几个钱的奖金有什么纠缠不清的,别说三十块,三百块又怎么样?你们只要睁大眼睛看看谁干的多,谁干的少,心里有个数就算是有良心的人了。”

车间主任说:“雅丽!”

雅丽说:“我说错了?别把人老浸在铜臭里。”

不知好笑在哪儿,大家哄哄一笑。雅丽也稚气地笑了,说:“主任大人,吃饭时间都过了。”

“散会吧。”车间主任也笑了笑。

雅丽和印家厚并肩走着,她伸手掸掉了他背上的脏东西。

印家厚说:“吃饭了。”

雅丽说:“咱们吃饭去。”

五月的蓝天里飘着许多白云。路边的夹竹桃开得娇艳。师徒俩一人拿了一个饭盒,迎着春风轻快地往前走。印家厚清晰地感觉到自己的侧面晃动着一张喷香而且年轻的脸,他不自觉地希望到食堂的这段路更远些更长些。

雅丽说:“印师傅,有一次,我们班里——哦,那是在技校的时候,班里评三好生,我几乎是全票通过,可班委会研究时刷下了我。三好生每人奖一个铝饭锅。他们都用那锅吃饭,上食堂把锅敲得丁咚响,我气得不行,你猜我怎么啦?”

“哭了。”

“哭?哈,才不呢!我也买了只一模一样的,比哪个都敲得响。”

她试图宽慰他，印家厚咧唇一笑。虽然这例子举得不着边际，于事无补，但毕竟有一个人在用心良苦地宽慰他。

“对。三好生算什么。你挺有志气的。”

雅丽咯咯地笑，笑得很美，脸蛋和太阳一样。她说：“人生得一知己足矣。”

印家厚心里咯噔了一下，面上纹丝不动。雅丽小跑了两步，跳起来扯了一朵粉红的夹竹桃，对花吹了一口气，尽力往空中甩去。姑娘天真活泼犹如一只小鹿，可那扭动的臀部，高耸的胸脯却又流露出无限风情。

“我不想出师，印师傅，我想永远跟随你。”

“哦，哪有徒弟不出师的道理。”

“有的。只要我愿意。”雅丽的声音忽然老了许多，脚步也沉重了。印家厚心里不再咯噔，一块石头踏踏实实地落下——他多日的预感、猜测，变成了现实。

雅丽用女人常用的痛苦而沙哑的声音低低说：“我没其他办法，我想好了，我什么也不要求，永远不，你愿意吗？”

印家厚说：“不。雅丽，你这么年轻……”

“别说我！”

“你还不懂——”

“别说我！说你，说，你其实不喜欢我。”

“不！我，不是不喜欢你。”

“那为什么？”

“雅丽，你不懂吗？你去过我家的呀。”

“那有什么关系。我生活在另一个世界。我什么也不要求。你不能那样过日子，那太没意思太苦太埋没人了。”

印家厚的头嗡嗡直响，声音越变越大，平庸枯燥的家庭生活场面旋转着，把那平日忘却的烦恼琐事一一漂浮在眼前。有个情妇不是挺好的——这是男人们私下的话。他定睛注视雅丽，雅丽迎上了清澈的眼光。印家厚突然意识到自己的浑浊和肮脏。他说：“雅丽，你说了些什么哟，我怎么一句也没听清楚，我一心想着他妈的评奖的事。”

雅丽停住了。仰起脑袋平视着印家厚。亮亮的泪水从深深的眼窝中奔流出来。

后面来人了。一群工人，敲着碗，大步流星。

印家厚说：“快走。来人了。”

雅丽不动。泪水流个不止。

印家厚说：“那我先走了。”

等人群过去，印家厚回头看时，雅丽仍然那么站着，远远地，一个人，在路边太阳下。印家厚知道自己若是返回她身边，则这一缕情丝必然又剪不断，理还乱；若独自走掉，雅丽的自尊心则会大大受伤害。他遥遥望着雅丽，进退不得。他承认自己的老婆不可与雅丽同日而语，雅丽是高出一个层次的女性；他也承认自己乐于在厂里加班加点与雅丽的存在不无关系。然而，他不能同意雅丽的说法。不能的理由太多太充足了。

印家厚转身跑向食堂。

他明明知道,事情并没有结束。

食堂有十个窗口。十个窗口全是同样长的队伍。印家厚随便站了一个队。

二班长买了饭,双手高举饭碗挤出人群,在印家厚面前停了停。印家厚以为他又要谈评奖的事。他也得了三等奖,不但没有吵闹争论,反而在车间主任的指名下发言说他是班长,应该多干,三等奖比起所干的活来说都是过奖的了。他若真是个乖巧人,就不该提评奖,印家厚已经准备了一句"屁里屁气"赠送给他。

"哦! 行不得也哥哥。"二班长把雅丽的嗓音模仿得惟妙惟肖。

"屁里屁气!"印家厚说。对这件事这句话一样管用。

今天上午没一桩事幸运。榨菜瘦肉丝没有了,剩下的全是大肥肉烧什么、盖什么,一个菜六角钱,又贵又难吃,印家厚决不会买这么贵的菜。他买了一份炒小白菜加辣萝卜条,一共一角五分钱。

食堂里人头济济,热气腾腾,没买上可意菜的人边吃边骂骂咧咧,此外便是一片咀嚼声。印家厚蹲在地上,捧着饭盒,和人们一样狼吞虎咽。他不想让一个三等奖弄得饭都不香了。吃了一半,白菜里出现了半条肥胖的,软而碧绿的青虫。他噎住了,看着青虫,恶心的清涎一阵阵往上涌。没有半桩好事——他妈的今天上午! 他再也不能忍耐了。

印家厚把青虫摊在饭碗里,端着,一直寻到食堂里面的小餐室里。

食堂管理员正在小餐室里招待客人,一半中国人一半日本人。印家厚把管理员请了出来,让他尝尝他手下的厨师们炒的白菜。管理员不动声色地望望菜里的虫又不动声色地望了望印家厚,招呼过来一个炊事员,说:"给他换碗饭菜得了。"他那神态好像打发一个要饭化子,吩咐后便又一溜烟进了小餐室。年轻的炊事员根本没听懂管理员那句浙江方言是什么意思,朝印家厚翻了翻白眼,耸了耸肩,说:"哈罗?"

印家厚本来是看在有日本人在场的份上才客客气气,"请出"管理员的。家丑不可外扬嘛。这下他要给他们个厉害瞧瞧了。印家厚重返小餐室,捏住管理员的胳膊,把他拽到墙角落,将饭菜底朝天扣进了他白围裙胸前的大口袋里。

雷雷被关"禁闭"了。

幼儿园大大小小的孩子都在床上睡午觉,雷雷一个人被锁在"空中飞车"玩具的铁笼里。他无济于事地摇撼着铁丝网,一看见印家厚,叫了声"爸!"就哭了。

一个姑娘闻声从里面房间奔了出来,奶声奶气地讥讽:"噢,原来你还会哭?"

印家厚说:"他当然会哭。"

姑娘这才发现印家厚,脸上一阵尴尬。这是个十分年轻的姑娘,穿着一件时髦的薄呢连衣裙。她的神态和秀丽的眉眼使印家厚暗暗大吃一惊。这姑娘酷像一个人。印家厚顷刻之间便发现或者说认可了他多少年来内心深藏的忧郁,那是一种类似遗憾的痛苦,不可言传的下意识的忧郁。正是这股潜在的忧郁使他变得沉默,变得一切都不在乎,包括对自己的老婆。

姑娘说:“对不起。你的儿子不好好睡午觉,用冲锋枪在被子里扫射小朋友,我管不过来,所以……”

就连声音语气都像。印家厚只觉得心在喉咙口上往外跳,血液流得很快。他对姑娘异常温厚地笑笑,尽量不去看她,转过身面对儿子,决定恩威并举,做一次像电影银幕上的很出色很漂亮的父亲。他阴沉沉地问:“雷雷,你扫射小朋友了吗?”

“是……”

“你知道我要怎么教训你吗?”

儿子从未见过父亲这般的威严,怯怯地摇头。

“承认错误吗?”

“承认。”

“好。对阿姨承认错误,道歉。”

“阿姨,我扫射小朋友,错了。对不起。”

姑娘连忙说:“行了行了,小孩子嘛。”她从笼子里抱出雷雷。

泪珠子停在儿子脸蛋中央,膝盖上的绷带拖在脚后跟上。印家厚换上充满父爱的表情,抚摸儿子的头发,给儿子擦泪包扎。

“雷雷,跑月票很累人,对吗?”

“对。”

“爸爸还得带上你跑就更累了。”

“嗯。”

“你如果听阿姨的话,好好睡午觉,爸爸就可以去休息一下。不然,爸爸就会累病的。”

“爸爸。”

“好了。乖乖去睡,自己脱衣服。”

“爸,早点来接我。”

“好的。”

雷雷径直走进里间,脱衣服,爬上床钻进了被窝。

姑娘说:“你真是个好父亲!”

印家厚不禁产生几分惭愧,他其实是在表演,若是平时,一巴掌早烙在儿子屁股上了。他就是为她表演的吗?他不愿意承认这点。

玩具间里,印家厚和姑娘呆呆站着。他突然意识到自己没理由再站下去了,说:“孩子调皮,添麻烦了。”

“哪里。这是我的工作。我——”

印家厚敏感地说:“你什么?说吧。”

姑娘难为情地笑了一笑,说:“算了算了。”

凭空产生的一道幻想,闪电般击中了印家厚,他按捺不住激动的心情。“你叫什么名字?”

“肖晓芬。”

印家厚一下子冷静了许多。这个名字和他刻骨铭心的那个名字完全不相干。但毕竟太相像了,他愿意与她多在一起呆一会儿。“你刚才有什么话要说,就说吧。”

姑娘诧异地注视了他一刻,偏过头,伸出粉红的舌尖舔了舔嘴唇,说:“我是待业青年,喜欢幼儿园的工作。我来这里才两个月,那些老阿姨们就开始在行政科说我的坏话,想要厂里解雇我。我想求你别把刚才的事说出去,她们正挑我的毛病呢。”

“我当然不会说。是我儿子太调皮了。”

“谢谢!”

姑娘低下头,使劲眨着眼皮,睫毛上挂满了细碎的泪珠。印家厚的心生生地疼,为什么每一个动作都像绝了呢。

“小芬,新上任的行政科长是我的老同学,我去对他说一声就行了。要解雇就解雇那些脏老婆子吧。”

姑娘一下子仰起头,惊喜万分,走近了一步,说:“是吗?”

鲜润饱满的唇,花瓣一般开在印家厚的目光下,印家厚不由自主地靠近了一步,头脑里嗡嗡乱响,一种渴念,像气球一般吹得胀胀的。他看得分明,那唇迎着他缓缓上举,眼却猛一闭,他好像猛地被人拍了一下,突然醒了。没等姑娘睁开眼睛,印家厚掉头出了幼儿园。

马路上空空荡荡,厂房静悄悄。印家厚一口气奔出了好远好远。在一个无人的破仓库里,他大口大口喘气,一连几声唤着一个名字。他渐渐安静下来,用指头抹去了眼角的泪,自嘲地舒出一口气,恢复了平常的状态。

现在他该去副食品商店办事了。

天下居然有这么巧的事,印家厚和他老婆同年同月同日出生,他们俩的父亲也是同年同月同日出生。

下个月十号是老头子们——他老婆这么称呼——的生日。五十九周岁,预做六十大寿。这是按的老规矩。

印家厚不记得有谁给自己做过生日。从没有为自己的生日举过杯。做生日是近些年才蔓延到寻常人家的。老头子们赶上了好年月。五年前他满二十九岁,该做三十岁的生日。老婆三天两头念叨:“三十岁也是大寿哩,得做做的。”正儿八经到了生日那天,老婆把这事给忘了。她妹妹那天要相对象,她应邀陪她妹妹去了。晚上回来,她兴奋地告诉印家厚:“人家一直以为是我,什么都冲着我来,可笑不?”他倒觉得这是件可喜的事,居然有人把他老婆误认为未嫁姑娘。关于生日,没必要责怪老婆,她连自己的也忘了。

老婆和他商量给老头子们买什么生日礼物。轻了可不行,六十岁是大生日;重了又买不起。重礼不买,这就已经排除了穿的和玩的,那么买喝的吧,酒。

他们开始物色酒。真正的中国十大名酒市面上是极少见到的,他们托人找了些门路也没结果,只好降格求其次了。光是价钱昂贵包装不中看的,老婆说不买,买了是吃哑巴亏的,老头子们会误以为是什么破烂酒呢;装潢华丽价钱一般的,他们也不愿意买,这又有点哄老头子们了，良心上过不去；价钱和装潢都还相当，但出产地是个未见经传的乡下酒厂，又怕是假酒。夫妻俩物色了半个多月，酒还没有买到手。

厂里这家副食商店曾一度名气不小。武汉三镇的人都跑到这里来买烟酒。因为当时是建厂时期，有大批的日本专家在这里干活，商店是为他们设的，自然不缺好烟酒。日本专家回国后，这里也日趋冷清。虽是冷清了，但偶尔还可以从库里翻出些好东西来。

印家厚近来天天中午逛逛这个店子。

“嗨。”印家厚冲着他熟识的售货员打了个招呼。递烟。

“嗨。”

“有没有？”

“我把库里翻了个底朝天，没希望了。”

“能搞到黑市不？”

“你想要什么？”

“自然是好的。”

“‘茅台’怎么样？”

“好哇！”

“要多少？先交钱后给货，四块八角钱一两。”

印家厚不出声了。干瞅着售货员默默盘算：一斤就是四十八块钱。得买两斤。九十六块整。一个月的工资包括奖金全没有了。牛奶和水果又涨价了，儿子却是没有一日能缺这两样的，还有鸡蛋和瘦肉。万一又来了其他的应酬，比如朋友同事的婚丧嫁娶，那又是脸面上的事，赖不过去的。

印家厚把眼皮一眨说：“伙计，你这酒吓人。”

“吓谁啦？一直这个价，还在看涨。这买卖是‘周瑜打黄盖’，两厢情愿的事。你这儿子女婿，没孝心的。”

“孝心倒有。只是心有余力不足。”印家厚打了几个干哈哈退出了商店。

要是两位老人知道他这般盘算，保证喝了“茅台”也不香。印家厚想，将来自己做六十岁生日必定视儿子的经济水平让他意思意思就行了。

雅丽在斜穿公路的轨道上等着他。

印家厚装出突然想起了什么似的摸了摸上上下下的口袋，扭头往副食商店走。

雅丽说：“你的信。”

印家厚只好停止装模作样。平时他的信很少，只有发生了什么事，亲戚们才会写信来。

信是本市火车站寄来的，印家厚想不起有哪位亲戚在火车站工作。他拆开信，落款是：你的知青伙伴江南下。印家厚松了一口气。

“没事吧？”雅丽说。

“没。”印家厚想起了肖晓芬。想起了那份心底的忧伤。他明白了自己的心是永远属于那失去了的姑娘,只有她才能真正激动他。除她之外,所有女人他都能镇静地理智对待。他说:“雅丽,我说了我的真实想法后你会理解的。你聪明,有教养,年轻活泼又漂亮,我是十分愿意和你一道工作的。甚至加班——”

“我不要你告诉我这些!”雅丽打断了他,倔强地说,“这是你的想法,也许是。可不是我的!”

雅丽走了。昂着头,神情悲凉。

印家厚不敢随后进车间,他怕遭人猜测。

江南下,这是一个矮小的,目光闪闪的,腼腆寡言的男孩。他招工到哪儿了?不记得了,江南下的信写道:

“我路过武汉,逗留了一天,偶尔听人说起你,很激动。想去看看,又来不及了。

“家厚,你还记得那块土地吗?我们第一夜睡在禾场上的队屋里,屋里堆满了地里摘回的棉花,花上爬着许多肉乎乎的粉红的棉铃虫。贫下中农给我们一只夜壶,要我们夜里用这个,千万别往棉花上尿。我们都争着试用,你说夜壶口割破了你的皮,大家都发疯似的笑,吵着闹着摔破了那玩意。

“你还记得下雨天吗?那个狂风暴雨的中午,我们在屋里吹拉弹唱。六队的女知青来了,我们把菜全拿出来款待她们,结果后来许多天我们没菜吃,吃盐水泡饭。

“聂玲多漂亮,那眉眼美绝了,你和她好,我们都气得要命。可后来你们为什么分手了?这个我至今也不明白。

“那只小黄猫总跟着我们在自留地里,每天收工时就在巷子口接我们,它怀了孕,我们想看它生小猫,它就跑了。唉,真是!

“我老婆没当过知青,她说她运气好,可我认为她运气不好。女知青有种特别的味儿,那味儿可以使一个女人更美好一些。你老婆是知青吗?我想我们都会喜欢那味儿,那是我们时代的秘密。

“家厚,如今我们都是三十好几的人了。我已经开始谢顶,有一个七岁的女孩,经济条件还可以。但是,生活中烦恼重重,老婆也就那么回事,我觉得我给毁了。

“现在我已是正科级干部,入了党,有了大学文凭,按说我该知足,该高兴,可我怎么也不能像在农村时那样开怀地笑。我老婆挑出了我几百个毛病,正在和我办离婚。

“你一切都好吧?你当年英俊年少,能歌善舞,性情宽厚,你一定比我过得好。

“另外,去年我在北京遇上聂玲了。她仍然不肯说出你们分手的原因。她的孩子也有几岁了,却还显得十分年轻……”

印家厚把信读了两遍,一遍匆匆浏览,一遍仔细阅读,读后将信纸捏入了掌心。他靠着一棵杨树坐下,面朝太阳,合上眼睛;透过眼皮,他看见了五彩斑斓的光和树叶。后面是庞然大物的灰色厂房,前面是柏油马路,远处是田野,这里是一片树林,印家厚歪在草丛中,让万千思绪飘来飘去。聂玲聂玲,这个他从不敢随便提及的名字,江南下毫不在乎地叫来叫去。于是,一切都从最底层浮起来了……五月的风里饱含着酸甜苦辣,从印家厚耳边呼呼吹过,他脸上的肌肉细微地抽动,有时像哭有时像笑。

空中一絮白云停住了,日影正好投在印家厚额前。他感觉了阴暗,又以为是人站在了面前，便忙睁开眼睛。在明丽的蓝天白云绿叶之间，他把他最深的遗憾和痛苦又埋入了心底。接着，记忆就变得明朗有节奏起来。

他进了钢铁公司，去北京学习，和日本人一块干活，为了不被筛选掉拼命啃日语。找对象，谈恋爱，结婚。父母生病住院，天天去医院护理。兄妹吵架扯皮，开家庭会议搞平衡。物价上涨，工资调级，黑白电视换彩色的，洗衣机淘汰单缸时兴双缸——所有这一切，他一一碰上了，他必须去解决。解决了，也没有什么乐趣；没解决就更烦人。例如至今他没法解决电视的更新换代问题，儿子就有些瞧不起他了，一开口就说谁谁谁的爸爸给谁谁谁买了一台彩电，带电脑的。为了让儿子第一个想到自己的爸爸印家厚正在加紧筹款。

少年的梦总是有着浓厚的理想色彩，一进入成年便无形中被瓦解了。印家厚随着整个社会流动，追求，关心。关心中国足球队是否能进军墨西哥；关心中越边境战况；关心生物导弹治疗癌症的效果；关心火柴几分钱一盒了。他几乎从来没有想是否该为少年的梦感叹。他只是十分明智地知道自己是个普通的男人，靠劳动拿工资而生活。哪有工夫去想入非非呢？日子总是那么快，一星期一星期地闪过去。老婆怀孕后，他连尿布都没有准备充分，婴儿就出世了。

老婆就是老婆。人不可能十全十美。记忆归记忆。痛苦该咬着牙吞下去。印家厚真想回一封信，谈谈自己的观点，宽宽那个正受着离婚危机的知青伙伴的心，可他不知道写了信该往哪儿寄？

江南下，向你致敬！冲着你不忘故人；冲着你把朋友从三等奖的恶劣情绪中解脱出来。

印家厚一弹腿跳了起来，做了一个深呼吸动作，朝车间走去。

相比之下，他感到自己生活正常，家庭稳定，精力充沛，情绪良好，能够面对现实。他的自信心又陡然增强了好多倍。

下午不错。

主要是下午的开端不错。

来了一拨参观的人。谁也不知道这些人是哪个地方哪个部门来的，谁也不想知道，谁都若无其事地干活。这些见得太多了。

倒是参观的人不时从冷处瞟操作的工人们，恐怕是纳闷这些人怎么不好奇。

车间主任骑一辆铮蓝的轻便小跑车从车间深处溜过来，默默扫视了一圈。将本来就搭在踏板上的脚用力一踩，掉头去了。他事先通知印家厚要亲自操作，让雅丽给参观团当讲解员。印家厚正是这么做的。车间主任准认为三等奖委屈了印家厚，否则他不会来检查。以为印家厚会因为五元钱赌气不上操作台，错了！

印家厚的目光抓住了车间主任的目光，无声却又明确地告诉他：你错了。

有一个人明白了他的心，尤其是车间的最关键人物，印家厚就满足了。受了委屈不要紧，要紧的是在于有没有人知道你受了委屈。

参观团转悠了一个多小时，印家厚硬是直着腿挺挺地站了过来。一个多小时没人打扰他,挺美的。班组的同事今天全欠他的情,全看他的眼色行事以期补偿。

雅丽上来接替印家厚。两人都没说话,配合得非常默契。只有印家厚识别得出雅丽心上的暗淡,但他决定不闻不问。

"好!堵住你了,小印。"工会组长哈大妈往门口一靠,封死了整扇门。她手里挥动着几张揉皱的材料纸,说:"臭小子,就缺你一个人了。来,出一份钱,两块。签个名。"

印家厚交了两块钱,在材料纸上划拉上自己的名字。

哈大妈急煎煎走了。转身的工夫,又急煎煎回来了。依旧靠在门框上。"人老了。"她说,"可不是该改革了。小印,忘了告诉你这钱的用途,我们车间的老大难苏新结婚了!大伙儿向他表示一分心意。"

"知道了。"印家厚说。其实他根本没听过这个名字。他问旁的人:"苏新是谁?"

"听说刚刚调来。"

"刚来就老大难?"

"哈哈……"旁的人干笑。

哈大妈的大嗓门又来了。"小印,好像我还有事要告诉你。"

"您说吧。"印家厚渴得要命同时又要上厕所了。

"我忘记了。"哈大妈迷迷怔怔望着印家厚。

"那就算了。"

"不行。好像还是件挺重要的事。"哈大妈用劲绞了半天手指,泄了气,摊开两手说,"想不起来了。这怪不得我,人老了。臭小子们,这就怪不得我了,到时候大伙给我作个证。"

哈大妈带着一丝狡黠的微笑走了。接着二班长进门拉住了印家厚,二班长告诉印家厚他们报考电视大学的事是厂里作梗。公司根本没下文件不准他们报考。完完全全是厂里不愿意让他们这批人(日本专家培训出的人)流走。

"我们去找找厂里吧,你和小白好,先问问他。"二班长使劲怂恿印家厚。

印家厚说,"我不去。"

"那我们给公司纪委写信告厂里一状。"

"我不会写。"

"我写,你签名。"

"不签。"

"难道你想当一辈子工人?"

"对!"

现在有许多婊子养的太爱写信了——这是二班长上午说的,应不应该提醒他一句?算了。

二班长极不甘心地离开了。印家厚的脚还没迈出门槛,电话铃响了。有人说:"等等,你的电话。"

印家厚抓起话筒就说:"喂,快讲!"他实在该上厕所了。

是厂长。从厂办公室打来的。印家厚倒抽一口凉气,刚才也太不恭敬了。这是改革声中新上任的知识分子厂长，知识分子是特别敏感的，应该给他一个好印象。

印家厚立即借了一辆自行车，朝办公室飞驰而去。

印家厚在进厂办公室时，正碰上小白从里面出来，小白神色严峻，给他一句耳语："坚强些！"

他被这地下工作式的神秘弄得晕乎乎的，心里七上八下。

厂长要印家厚谈谈对日本人的看法。

对……日本人……看法？他一时间脑子里一片空白，日本专家撤回去七年了，七年里他的脑袋里没留下日本人的印象。"坚强些！"又是指什么？他竭力搜索七年前对小一郎的看法。小一郎是他的师傅。

"日本人……有苦干精神，能吃苦耐劳……一不怕苦，二不怕——"他差点失口说出毛主席语录。他小心谨慎，字斟句酌："他们能严格按科学规律工作，干活一丝不苟，有不到黄河不死心的——"他意识到日本与黄河没关系，但他还是坚持说完了自己的话，"……的钻研精神。"

厂长说："这么说你对日本人印象不错？"

"不是全体日本人，也不是全面……是干活方面。"

"日本侵华战争该知道吧？"

"当然。日本鬼子——"印家厚打住了。厂长到底要干什么？即便是厂长，他也不愿意被人耍弄。他干吗要急匆匆离开车间跑到这儿踩薄冰？七年前厂里有个工人对日本专家搞恐怖活动受到了制裁；前些时候某个部级干部去了日本靖国神社给撤了职，这是国际问题，民族问题，他岂能涉嫌！

他一把推开椅子，说："厂长，有事就请开门见山，没事我得回去干活了。"

厂长说："小印，别着急嘛。事情十分明确。你认为现在我们引进日本先进设备，和他们友好交往是接受第二次侵略吗？"

"当然不是。"

"既然不是，那为什么迟迟不组织参加联欢的人员？下星期三日本青年友好访华团准时到我们厂。接待任务由工会布置下去已经两周了，你不仅不动，反而还在年轻人中说什么'不做联欢模特儿'，'进行第二次抗日战争'，'旗袍比西服美一千倍'，这是为什么？"

印家厚终于从鼓里钻出来了。有人栽了他的赃，栽得这么成功，竟使精明的厂长深信不疑。

"胡扯！他妈的一派谎言！"他今天的忍让到此为止！顾不上留什么好印象了，他要他的清白和正直。这些狗娘养的！——他骂开了。他根本就没得到工会的任何通知。两周前他姥姥去世了，他去办了两天丧事。回厂没上几天班，他妈因伤心过度，高血压发了，他又用了两个休息日送她老人家去住院。看小白那鬼鬼祟祟的模样，不定就是他捣的鬼，他和几所大学的学生勾勾搭搭，早就在宣扬"抵制日货"的观点。要么是哈大妈，对了！她方才还假做忘了什么事是因为她老了。她丈夫是在抗日战争中牺牲的，她从来对日本人是横眉冷对的。要么他们串通一气坑了他。但他并不是一味敌视日本人,他至今还和小一郎通信来往,逢年过节寄张明信片什么的。

厂长倒笑了。他相信了印家厚并宽宏大量地向他道了歉。

“既然是这么回事那就赶快动手把工作抓起来!”厂长不容印家厚分辩,当即叫来了厂工会主席,面对面把印家厚交给了工会。

“不要搞什么各车间分头行动了。让小印暂调到厂工会来,全面下手抓。到时候出了差错我就找你们俩。”

工会主席是个转业军人,领命之后把印家厚拽到工会办公室,如此如此,这般这般布置开了。印家厚连连咕噜了几声“不行不行”,工会主席绝不理睬,布置中还夹叙了一通意义深远之类的话,大有军令如山倒的气势。

这就是说,印家厚从今天起,在一个星期内要组织起一个四十位男女青年的联欢团体,男青年身高要一米七十至一米八十公分,女青年身高要一米六十五公分左右,一律不胖不瘦,五官端正,漂亮一点的更好;要为他们每人订做一套毛料西装,教会他们日常应用的日语,能问候和简单会话;还要让他们熟悉一般的日本礼节;跳舞则必须人人都会。

印家厚头皮都麻了,说:“主席,你听清楚:我干不了!”

“干得了。你是日本专家。”工会主席三把两把给他腾出了一张办公桌,将一叠贴有相片的职工表格放在他面前,说:“小印,要理解组织的信任。现在,我们只有背水一战了。对任何人一律用行政命令。来,我们开始吧!”

下班时印家厚遇上了小白。小白说:“我听说了。真他妈替你抱屈。好像考他妈驻日本的外交官。奴颜婢膝。”

印家厚狠狠白了他一眼,嘿嘿一个冷笑。小白马上跳起来,“老兄,你怎么以为是我……我!观点不同是另一回事。我若是那种背后插刀的小人,还搞他什么文学创作!”

这是真委屈。到目前为止,在小白的认识上,作品和人品是完全一致的。印家厚虽不搞创作却已超越了这种认识上的局限。他谅解地给了小白一巴掌,说:“对不起了!”

几个身材苗条挺拔的姑娘挎着各式背包走过来,朝小白亲切地招呼,可是对印家厚却脸一变冲着他叫道:“汉奸!”

“我们绝不做联欢模特儿!”

“我们要抗日!”

印家厚绷紧脸,一声不哼。姑娘们过去之后,印家厚回头数了数,差不多十五六个,几乎全是合乎标准的。他这才真正感到这事太难了。

这一下午真累。在岗位上站了一个多小时;和厂长动了肝火;让工会拉了差。召集各车间工会组长紧急会议;找集训办公室;去商店选购衣料;和服装厂联系;向财务要活动资金;楼上楼下找厂长——当你需要他签字的时候,他不知上哪儿去了。

报考电大的要求根本没机会提出来;忍气吞声领了三等奖的五元钱。

刚调来的老大难结婚“表示”了两块钱;拯救非洲饥民捐款一元;“救救熊猫”募捐小组募到他的面前,他略一思忖,便往贴着熊猫流泪图案的小纸箱里塞了两元。募捐的共青团员们欢声雀跃,赞扬印家厚是全厂第一!第一心疼国宝!就是厂长也只捐了五毛钱。

五块钱像一股回旋的流水，经过印家厚的手又流走了。全派了大用场，抵消了三等奖的耻辱。雅丽的确知他的心，说："印师傅，你做得真俏皮！"印家厚不能不遗憾地想，如此理解他的人如果是他老婆就好了。不能否认，哪怕是最细微的一点相通也是有意义的。然而，他不敢想象他老婆的看法，他不由朝雅丽看了一眼，然而随即便又后悔了，因为雅丽读懂了他的眼神。

印家厚接儿子的时候，生怕儿子怪他来晚了；生怕又单独碰上肖晓芬。结果，儿子没有质问，肖晓芬也正混在一群阿姨里。什么事也没有。他为自己中午在肖晓芬面前的失控深感不安，便低着眼睛带走了儿子。

马路上车如流水，人如潮，雷雷蹿上去猛跑。印家厚在后边厉声叫着，提心吊胆，笨拙地追上儿子。他的儿子，和他长得如同一个模子里铸出来的，这就是他生命的延续。他不能让他乱跑，小心撞上车子；他又不能让他走太久的路，可别把小腿累坏了。印家厚丝毫没有下了班的感觉，他依然紧张着，只不过是换了个专业罢了。

父子俩又汇入了下班的人流中。父亲背着包，儿子挎着冲锋枪。早晨满满一包出征，晚归时一副空囊。父亲灰尘满面，胡碴又深了许多。儿子的海军衫上滴了醒目的菜汁，绷带丝丝缕缕披挂，从头到脚肮脏至极。

公共汽车永远是拥挤的。当印家厚抱着儿子挤上车之后，肚子里一通咕咕乱叫。他感到了深深的饿。

车上有个小女孩和她妈妈坐着，她把雷雷指给她妈妈看："妈，他是我们班新来的小朋友，叫印雷。"小女孩尖着嗓子喊："印雷！印雷！"

雷雷喜出望外，骄傲地对父亲说："那是欣欣。"

两个孩子在挤满大人们的公共汽车里相遇，分外高兴，呱呱地叫唤着，充分表达他们的喜悦。印家厚和小女孩的妈妈点了点头，笑了。

小女孩的妈站了起来，让雷雷和自己的女儿坐在一个座位上，自己挤在印家厚旁边。

"我们欣欣可顽皮，简直和男孩子一样！"

"我儿子更不得了。"

"养个孩子可真不容易啊！"

"就是。太难了！"

有了孩子们这个话题，大人们一见如故地攀谈起来了，可在前一刻他们还素不相识呢。谈孩子的可爱和为孩子的操劳。叹世世代代如水流；谈幼儿园的不健全，跑月票的辛酸苦辣，气时时事事都艰难。当小女孩的妈听印家厚说他家住在汉口，还必须过江，过了江还得坐车时，她"啦"了一下，说："简直到另一个国家去，可怕！"

印家厚说："好在跑惯了。"

"我家就在这趟车的终点站旁边。往后有什么不方便的时候，就把印雷接到我家吧。"

"那太谢谢了!"

"千万别客气!只要不让孩子受罪就行。"

"好的。"

印家厚发现自己变得婆婆妈妈了,变得容易感恩戴德,变得喜欢别人的同情了。本来是又累又饿,被挤得满腹牢骚的,有人一同情,聊一聊,心里就熨帖多了,不知不觉就到了终点。从前的他哪是这个样子?从前的他是个从里到外,血气方刚,衣着整齐,自我感觉良好的小伙子。从不轻易与女人搭话,不轻易同情别人或接受别人同情。印家厚清清楚楚地看出了自己的变化,他却弄不清这变化好还是不好。

在爬江堤时,他望见紫褐色的暮云仿佛就压在头顶上。心里闷闷的,不由长长叹了一口气。

轮渡逆水而上。

逆水比顺水慢一倍多,这是漫长而难熬的时间。

夕阳西下,一分钟比一分钟暗淡。长江的风一阵比一阵凉。不知是什么缘故,上班时熟识的人不约而同在一条船上相遇,下班的船上却绝大多数是陌生面孔。而且面容都是恹恹的,呆呆的,疲惫不堪的。上船照例也抢,椅子上闪电般地坐满了人,然后甲板上也成片成片地坐上了人。

印家厚照例不抢船,因为船比车更可怕,那铁栅栏门"哗啦"一开,人们排山倒海压上船来,万一有人被裹挟在里面摔倒了,那他就再也不可能站起来。

印家厚和儿子坐在船头一侧的甲板上,还不错,是避风的一侧。印家厚屁股底下垫着挎包。儿子坐在他叉开的两腿之间,小屁股下垫了牛皮纸、手绢和帆布工作服,垫得厚厚的。冲锋枪挂在头顶上方的一个小铁钩上,随着轮船的震动有节奏地晃荡。印家厚摸出了梁羽生的《风雷震九州》,他想总该可以看看书了。他刚翻开书,儿子说:"爸,我呢?"

他给儿子一本《狐狸的故事》,说:"自己看,这本书都给你讲过几百遍了。"

他看了不到一页,儿子忽然跟着船上叫卖的姑娘叫起来:"瓜子——瓜子,五香瓜子——"声音响亮引起周围打瞌睡人的不满。

"你干什么呢?"

儿子说:"我口渴。"

"口渴到家再说。"

"吃冰淇淋也可以的。"

印家厚明白了,给儿子买了支巧克力三色冰淇淋,然后又低头看书。结果儿子只吃了奶油的一截,巧克力的那截被他抠下来涂在了一个小男孩的鼻子上,这小男孩正站在他跟前出神地盯着冰淇淋。于是小男孩哭着找妈妈去了。唉,孩子好烦人,一刻也不让他安宁。孩子并不总是可爱,并不呵!印家厚愣愣地,瞅着儿子。

一个嗓门粗哑的妇女扯着小男孩从人堆里挤过来,劈头冲印家厚吼道:"小孩撒野,他老子不管,他老子死了!"

印家厚本来是要道歉的，顿时歉意全消。他一把搂过儿子，闭上眼睛前后摇晃。

“呸！胚子货！”

静了一刻，妇女又说：“胚子货！”又静了一刻，妇女骂骂咧咧走了。雷雷从父亲怀里伸出头来，问：“胚子货是骂人话吗？爸。”

“是的。往后不许对人说这种话。”

“胚子货是什么意思？”

“骂人的意思。”

“骂人的什么？”

这是个爱探本求源的孩子，应该尽量满足他。可印家厚想来想去都觉得这个词不好解释。他说：“等你长大就懂了。”

“我长大了你讲给我听吗？”

“不，你自然就懂了。”他想，孩子，你将面对生活中的一切，包括丑恶。

“哦——”

儿子这声长长的哦令人感动，印家厚心里油然升起了数不清的温柔。

儿子老成而礼貌地对挡在他前面的人说：“叔叔，请让一让。”

印家厚说：“雷雷，你干什么去？”

“我拉尿。”儿子吩嘱他，“你好好坐着，别跟着过来。”

儿子站在船舷边往长江里拉尿。拉完尿，整好裤子才转身，颇有风度地回到父亲身边，他的儿子是多么富有教养！可他母亲说他四岁的时候是个小脏猴，一天到晚在巷子口的垃圾堆里打滚，整日一丝不挂。儿子这一辈远远胜过了父亲那一辈，长江总是后浪推前浪，前景应是一片诱人的色彩。

他收起了小说。累些，再累些罢。为了孩子。

天色愈益暗淡了。船上的叫卖声也低了。底舱的轰隆声显得格外强烈。儿子伏在他腿上睡着了。他四处找不着为儿子遮盖的东西，只好用两扇巴掌捂住儿子的肚皮。

长江上，一艘幽暗的轮船载满了昏昏欲睡的乘客，慢慢悠悠逆水而行。看不完那黑糊糊连绵的岸土，看不完一张张疲倦的脸。印家厚竭力撑着眼皮，竭力撑着。眼睛里头渐渐红了。他开始挣扎，连连打哈欠，挤泪水；死鱼般瞪起眼珠。他想白天的事，想雅丽，想肖晓芬，想江南下的信，用各种方法来和睡意斗争。最后不知怎么一来，头一耷拉，双手落了下来，鼾声随即响了。父子俩一轻一重，此起彼伏地打着呼噜。

彩灯在远处凌空勾勒出长江大桥的雄姿，两岸的灯火闪闪烁烁，晴川饭店矗立在江边，上半部是半截黑影，下半部才有稀疏的灯光。船上早睡的人们此刻醒了，伸了伸懒腰，说：“晴川饭店的利用率太低了！”

舱面上一片密集的人头中间突然冒出了一个乱蓬蓬的大脑袋，这是一个披头散发的女疯子，她每天在这个时候便出现在轮渡上。女疯子大喝一声，说：“都醒了！都醒了！世界末日就要到来了。”

印家厚醒了，他赶快用手护住儿子的肚皮，恼恨自己怎么搞的！一个短短的觉他居然做了许多梦，可一醒来那些具体情节却全飞了，只剩下满口的苦涩味。在猛醒的一瞬间,他好不辛酸。好在他很快就完全清醒了,他听见女疯子在嚷嚷,便知道船该靠码头了。

"雷雷,到了。嘿,到了。"

"爸爸。"

"嘿,到了!"

"疯子在唱歌。"

"来,站起来,背上枪。"

"疯子坐船买票吗?"

"醒醒吧,还迷糊什么!"

汽笛突然响了,父子俩都哆嗦了一下,接着都笑起来,天天坐船的人倒让船给吓了一跳。

人们纷纷起立,哦啊啊打哈欠,骂街骂娘。有人在背后扯了扯印家厚,他回头一看,是讨钱的老头。老头扑通一下跪在他们父子跟前,不停地作揖,印家厚迟疑了一下,掏出一枚硬币给儿子。雷雷惊喜而又自豪地把硬币扔进了老头的破碗,他大概觉得把钱给人家比玩游戏有趣得多。

印家厚却不知该对老头持什么样的看法才对。昨天的晚报上还登了一则新闻,说北方某地,一个年轻姑娘靠行乞成了万元户。他一直担心有朝一日儿子问他这个问题。

"爸,这个爷爷找别人要钱对吗?"

问题已经来了。说对吧,孩子会效法的;不对吧,爸爸你为什么把钱给他?就连四岁的孩子他都无法应付,几乎没有一刻他不在为难之中。他思索了一会儿,一本正经地告诉儿子:"这是个复杂的社会问题,你太小怎么理解得了呢?"

幸好儿子没追问下去,却说:"爸,我饿极了!"

浮桥又加长了,乘客差不多是从江心一直步行到岸上。傍晚下班的人真怕踏上这浮桥,一步一拖,摇摇晃晃,总像走不到尽头,况且江上的风在春天也是冷的。

为什么不把江疏浚一下?为什么不想办法让轮渡快一些?为什么江这边的人非得赶到江那边去上班?为什么没有一个全托幼儿园?为什么厂里的麻烦事都摊到了他的头上?为什么他不能果断处理好与雅丽的关系?为什么婚姻和爱情是两码事?印家厚真希望自己也是一个孩子,能有一个负责的父亲回答他的所有问题。

到家了!

炉火正红,油在锅里哧拉拉响,乱七八糟的小房间里葱香肉香扑面,暖暖的蒸汽从高压锅中悦耳地喷出。妈妈!儿子高喊一声,扑进母亲怀里。印家厚甩掉挎包,踢掉鞋子,倒在床上。老婆递过一杯温开水,往他脸上扔了一条湿毛巾。他深深吸吮着毛巾上太阳的气息和香皂的气息,久久不动。这难道不是最幸福的时刻?他的家!他的老婆!尽管是憔悴、爱和他扯横皮的老婆,此刻,花前月下的爱情,精神上微妙的沟通等等远远离开了这个饥饿困顿的人。

儿子在老婆手里打了个转,换上了一身红底白条运动衫,伤口重新扎了绷带,又恢复成一个明眸皓齿、双颊喷红的小男孩。印家厚感到家里的空气都是甜的。

饭桌上是红烧豆腐和汆圆汤;还有一盘绿油油的白菜和一碟橙红透明的五香萝卜条。儿子单独吃一碗鸡蛋蒸瘦肉。这一切就足够足够了啊!

老婆说:"吃啊,吃菜哪!"

她在婚后一直这么说,印家厚则百听不厌。这句贤惠的话补偿了其他方面的许多不足。

她说:"菜真贵,白菜三角一斤。"

"三角?"他应道。

"全精肉两块八哩,不兴还价的,为了雷雷,我咬牙买了半斤。"

"好家伙!"

"我们这一顿除去煤和作料钱,净花三块三角多。"

"真不便宜。"

"喝人的血汗呢!"

"就是。"

议论菜市价格是每天晚饭时候的一个必然内容,也是他们夫妻一天不见之后交流的开端。

看印家厚和儿子吃得差不多了,老婆就将剩汤剩菜扣进了自己的碗里,移开凳子,拿过一个封面花哨的妇女杂志,摊在膝盖上边吃边看。

美好的时光已经过去,轮到印家厚收拾锅碗了。起先他认为吃饭看书是一个恶习,对一个为妻为母的人尤其不合适。老婆抗争说:"我做姑娘时就养成了这习惯,请你不要剥夺我这一点点可怜的嗜好!"这样印家厚不得不承担起洗碗的义务。好在公共卫生间洗碗的全是男的,他也就顺应自然了。

男人们利用洗碗这短暂的时间交流体育动向,时事新闻,种种重要消息,这几分钟成了这排房子的男人们的友谊桥梁。今天印家厚在洗碗时听的消息太不幸了。一个男人说:伙计们,这房要拆了。另有人立刻问:我们住哪儿?答:管你住哪儿!是这个单位的安排,不是的一律滚蛋。问:真的吗?答:我们单位职工大会宣布的,马上就来人通知。好几个人说:这太不公平了!说这话的都是借房子住的人。印家厚也不由自主说了句:"是不公平的很。"

印家厚顿时沉重起来,脸上没有了笑意,心里像吊着一块石头坠坠的发慌。他想,这如何是好呢?

他洗碗回来又抄起了拖把,准备拖了地再洗儿子换下的衣服。他不停地干活,进进出出,以免和老婆说话泄漏了拆房的事。她半夜还要去上夜班,得早点睡它一觉。暂且让自己独自难受吧。

"喂,你该睡觉了。"

"嗯。"

老婆还埋头于膝上的杂志。儿子自己打开了电视,入迷地看《花仙子》。

"喂喂,你该睡觉了。"

老婆徐徐站起。“好,看完了。有篇文章讲夫妻之间的感情的,你也看看吧。”

“好。你睡吧。”

老婆过去亲了儿子一下,说:“主要是说夫妻间要以诚相见,不要互相隐瞒,哪怕一点小事。一件小事常常会造成大的裂痕。”

“对。”印家厚说。

老婆总算准备上床睡觉了,她脱去外衣,又亲了亲儿子,说:“雷雷,今天就没有什么新鲜事告诉妈妈吗?”

印家厚立刻意识到应该冲掉这母子间的危险谈话,但他迟了。

儿子说:“噢,妈妈,爸爸今天没在餐馆吃凉面。”

老婆马上脸形怒色。“你这人怎么回事!告诉你现在乙肝多得不得了,不能用外边的碗筷!”

“好好,以后注意吧。”

“别糊弄人!别以后、以后的……我问你:你今天找了人没有?”

印家厚懵了,“找……谁?”

“瞧!找谁……?”老婆气急败坏,一屁股蹾在床沿上,跷起腿,道,“你们厂分房小组组长啊!我好不容易打听到了这人的一些嗜好,不是说了花钱送点什么的吗?不是让你先去和他联络感情的吗?”

真的,这件事是家中的头等大事。只要有可能分到房子,彩电宁可不买。他怎么把这事忘得一干二净了呢?

“妈的!我明天一定去!”他愧疚地捶了捶脑袋。尤其从今天起,房子的事是燃眉之急的了,再不愿干的事也得干。

印家厚的态度这么好,老婆也就说不出话来了,坐在那儿干瞪着丈夫。

“酒呢?”

“黑市茅台四块八一两。”

“那算了,我再托托人去。奖金还没发?”

“没有。”他撒了谎。如果夫妻间果然是任何事都以诚相见,那么裂痕会更迅速地扩大。他说:“看动静厂里对轮流坐庄要变,可能要抓一抓的。”先铺垫一笔,让打击来得缓和些。西餐是肯定吃不成的了,老婆,你有所准备吧,不要对你的同事们炫耀,说你丈夫要带你和儿子去吃西餐。

老婆抹下眼皮,说:“唉,倒霉事一来就是一串。有件事本来我打算明天告诉你,今天让你睡个安稳觉的。可是……唉,姑妈给我来了长途电话。”

“河北的?”

“说她老三要来武汉玩玩,已经动身了,明天下午到。”

“是腿上长了瘤的那个?”

“大概是那瘤不太好吧。姑妈总尽情满足他……”

“住我们家?”

“当然。我们在闹市区。交通也方便。”

印家厚觉得无言以对。难怪他一进门就感到房间里有些异样,他还没来得及仔细辨别呢。现在他明白了:床头的墙壁上垂挂着长长的玻璃纱花布,明天晚上它将如帷幕一般徐徐展开,挡在双人床与折叠床之间:折叠床上将睡一个二十岁的小伙子。印家厚讪讪地说:"好哇。"他弹了弹花布,想笑一笑冲淡一下沉闷的空气,结果鼻子发痒,打了个喷嚏。老婆一抬腿上了床,他扭小了电视的音量,去卫生间洗衣服。

洗衣服。晾衣服。关掉电视。把在椅子上睡着了的儿子弄到折叠床上,替他脱衣服而又不把他搬醒,鉴于今天凌晨的教训给折叠床边靠上一排椅子。轻轻的,悄悄的,慢慢的,不要惊醒了老婆。憋得他吭哧吭哧,一头细汗。

印家厚上床时,时针指向十一点三十六分。

他往床架上一靠,深吸了一口香烟,全身的筋骨都咯吧咯吧松开了。一股说不出的麻麻的滋味从骨头缝里弥漫出来,他坠入了昏昏沉沉的空冥之中。

只亮着一盏朦胧的台灯。

他在灯晕里吐着烟,杂乱地回想着所有难办的事,想得坐卧不宁,头昏眼花,而他的躯体又这么沉,他拖不动它,翻不动它,它累散骨架。真苦,他开始怜悯自己。真苦!

老婆摊平身子,发出细碎的鼾声。印家厚拿眼睛斜瞟着老婆的脸。这脸竟然有了变化,变得洁白,光滑,娇美,变成了雅丽的,又变成了晓芬的。他的胸膛呼地一热,他想,一个男人就不能有点儿野心么?这么一点破心中顿时涌出一团邪火,血液像野马一样奔腾起来。他暗暗想着雅丽和晓芬,粗鲁地拍了拍老婆的脸。老婆勉强睁开眼皮觑了他一下,讷讷说:"睏死了。"

他火气旺盛地低声吼道:"明天你他妈的表弟就睡在这房里了!"他"嚓"地又点了一支烟,把火柴盒啪地扔到地上。

老婆抹走了他唇上的香烟。异常顺从地说:"好吧,我不睡了,反正也睡不了多久了。"她连连打呵欠,扭动四肢,神情漠然地去解衣扣。

印家厚突然按住了老婆的手,凝视着她皮肤粗糙的脸说:"算了。睡吧。"

"不,只有半小时了,我怕睡过头。"

"不要紧,到时候我叫醒你。"

"家厚!家厚,你真好……"

他含讥带讽地笑了笑。平静得像退了潮的沙滩。

老婆忽然眼睛湿润,接着抽泣起来,说:"我实在不忍心告诉你,这房子马上就要拆了……通知书已经送来了……"

"哦。我也早知道了。"他说,"明天我拼命也得想办法!"

"你也别太着急,退路也不是完全没有。我打听了,有私房出租,十五平方每月五十块钱,水电费另加。……西餐是吃不成的了。可笑的是……我们还像小孩子一样,嘴馋……"

印家厚关了台灯,趁黑暗的瞬间抹去了涌出的泪水。他捏了捏老婆的手,说:"睡吧。车到山前必有路,船到桥头自会直。"

老婆,我一定要让你吃一次西餐,就在这个星期天,无论如何!——他没有把这话说出口,他还是怕万一做不到,他不可能主宰生活中的一切。但他将竭尽全力去做!

雅丽怎么能够懂得他和他老婆是分不开的呢?普通人的老婆就得粗粗糙糙,泼泼辣辣,没有半点身份架子,尽管做丈夫的不无遗憾,可那又怎么样呢?

印家厚拧灭了烟头,溜进被子里。在睡着的前一刻他脑子里闪出早晨在渡船上说出的一个字:"梦",接着他看见自己在空中对躺着的自己说:你现在所经历的这一切都是梦,你在做一个很长的梦,醒来之后其实一切都不是这样的。他非常相信自己的话,于是就安心入睡了。

1987 年 2 月

(原载《上海文学》1987 年第 8 期)

池莉(1957—),湖北沔阳人,新写实小说代表作家。代表作品有《烦恼人生》、《太阳出世》、《小姐你早》等。

小说通过对汉口一个普通双职工家庭一天生活的描写,反映了体制尚未转型之前,都市民众沉重的生存景观。男主角印家厚是被"文革"毁了青春、理想与爱情的一代人,在"文革"后计划体制时代,又处处受到压抑,所以,虽已人到中年,心中总是体味到无尽的"苍凉"。印家厚面对着来自物质和精神两方面的困扰,他没有房子,借住的房子与单位相隔甚远,要坐车、坐船、再坐车,早晨从半夜开始还保不准不迟到。没有宽余的金钱,为给老人买礼物发愁,为买不起彩电发愁。此外,还为孩子入托烦恼,为工作不顺心生气,等等。不过,这诸多不如意总还有调节、改变的可能,而爱情、婚姻的困扰是印家厚难以消除的。印家厚对妻子不满,没有得到过什么家庭欢乐,相反,有的是无尽的埋怨与憎恨。他的徒弟雅丽喜欢他,愿意与他分担人生痛苦,可他又没有勇气去面对。印家厚虽然采取了退缩与逃避的方法,但其实已经暴露出家庭的悲剧性质。也揭示了计划体制时代无爱的家庭的事实。这篇小说体现了新写实小说淡化典型、注重原生态生活流的呈现以及客观化叙述的美学特征。(毕新伟)

打错了

刘以鬯

一

电话铃响的时候，陈熙躺在床上看天花板。电话是吴丽嫦打来的。吴丽嫦约他到"利舞台"去看五点半那一场的电影。他的情绪顿时振奋起来，以敏捷的动作剃须、梳头、更换衣服。更换衣服时，嘘嘘地用口哨吹奏"勇敢的中国人"。换好衣服，站在衣柜前端详镜子里的自己，觉得有必要买一件名厂的运动衫了。他爱丽嫦，丽嫦也爱他。只要找到工作，就可以到婚姻注册处去登记。他刚从美国回来，虽已拿到学位，找工作，仍须依靠运气。运气好，很快就可以找到；运气不好，可能还要等一个时期。他已寄出七八封应征信，这几天应有回音。正因为这样，这几天他老是呆在家里等那些机构的职员打电话来，非必要，不出街。不过，丽嫦打电话来约他去看电影，他是一定要去的。现在已是四点五十分，必须尽快赶去"利舞台"。迟到，丽嫦会生气。于是，大踏步走去拉开大门，拉开铁闸，走到外边，转过身来，关上大门，关上铁闸，搭电梯，下楼，走出大厦，怀着轻松的心情朝巴士站走去。刚走到巴士站，一辆巴士疾驰而来。巴士在不受控制的情况下冲向巴士站，撞倒陈熙和一位老妇人和一个女童后，将他们碾成肉酱。

二

电话铃响的时候，陈熙躺在床上看天花板。电话是吴丽嫦打来的。吴丽嫦约他到"利舞台"去看五点半那一场的电影。他的情绪顿时振奋起来，以敏捷的动作剃须、梳头、更换衣服。更换衣服时，嘘嘘地用口哨吹奏"勇敢的中国人"。换好衣服，站在衣柜前端详镜子里的自己，觉得有必要买一件名厂的运动衫了。他爱丽嫦，丽嫦也爱他。只要找到工作，就可以到婚姻注册处去登记。他刚从美国回来，虽已拿到学位，找工作，仍须依靠运气。运气好，很快就可以找到；运气不好，可能还要等一个时期。他已寄出七八封应征信，这几天应有回音。正因为这样，这几天他老是呆在家里等那些机构的职员打电话来，非必要，不出街。不过，丽嫦打电话来约他去看电影，他是一定要去的。现在已是四点五十分，必须尽快赶去"利舞台"。迟到，丽嫦会生气。于是，大踏步走去拉开大门……

电话铃又响。

以为是什么厂机构的职员打来的，掉转身，疾步走去接听。

听筒中传来一个女人的声音：

“请大伯听电话。”

“谁?”

“大伯。”

“没有这个人。”

“大伯母在不在?”

“你要打的电话号码是……”

“三——九七五……”

“你想打去九龙?”

“是的。”

“打错了！这里是港岛！”

愤然将听筒掷在电话机上，大踏步走去拉开铁闸，走到外边，转过身来，关上大门，关上铁闸，搭电梯，下楼，走出大厦，怀着轻松的心情朝巴士站走去。走到距离巴士站不足五十码的地方，意外地见到一辆疾驰而来的巴士在不受控制的情况下冲向巴士站，撞倒一个老妇人和一个女童之后，将她们碾成肉酱。

[选自《刘以鬯卷》，三联书店(香港)有限公司，1991年4月第1版]

刘以鬯(1918—)，原名刘同铎。浙江镇海人。1948年赴港，曾长期担任《香港文学》总编辑。代表作品有：长篇小说《酒徒》、《陶瓷》；中短篇小说集《天堂与地狱》、《寺内》、《一九九七》；评论集《看树看林》等。刘以鬯自60年代开始，就不断地探求小说艺术的创新实验。他大量运用意识流和象征等现代小说的技巧突破传统小说的框架。其中最具个性特色的是对小说结构形式的创新。《打错了》这篇小说在结构形式上与传统小说呈现出完全不同的套路，全篇由上下两节相互独立的故事并置组成，在单一的重复中略有变化。这个唯一的变化就是在同一的现实流程中虚拟了一个“打错了”的电话的介入，于是重复的结构却产生不同的结局。主人公陈熙就从车祸的死亡者变成了车祸的旁观者。仅仅是一个偶然的事变，就导致了两种不同的可能。这两种假设恰恰揭示了生活中无处不在的偶然性，人生中无尽的变数和不确定性。(吴尚华)

一个人的战争(节选)

林　白

第一章
一个人的战争

一个人的战争意味着一个巴掌自己拍自己,一面墙自己挡住自己,一朵花自己毁灭自己。一个人的战争意味着一个女人自己嫁给自己。

这个女人……在镜子里看自己,既充满自恋的爱意,又怀有隐隐的自虐之心。任何一个自己嫁给自己的女人都十足地拥有不可调和的两面性,就像一匹双头的怪兽。

——林　白:《同心爱者不能分手》

那种对自己的凝视和抚摸很早就开始了,令人难以置信地早。在幼儿时期,五六岁,在幼儿园里,每人一张小床,有蚊帐。

知道这是一件不能让人看见的事情,是一件不好的事。巡床的阿姨快到我的床跟前了,听到她的脚步声就克制地停止自己的动作,闭上眼睛装睡。那种克制十分难受,因为那是一种极有快感的动作。我不知道自己怎么在5岁就有如此强的自制力,更不知道为什么在5岁,就有欲望并且知道这样来满足自己。

那是一种经常性的欲望,甚至在夏天漫长的中午,不放蚊帐,床与床之间没有遮拦,阿姨的目光一览无余,我要耐心等到大家都睡着,最后那个阿姨也去睡了,我才能放心开始我的动作。

她的值班大床靠窗,在我之间隔着许多小床,我躺在床上越过许多小床看她略高的大床(有点像在水上越过许多小船看码头),大床上有时是一般的长衣长裤,有时是浅蓝色的绸裙子,或者是黑色的棉绸裙,白色的短袖绸衣,胸前绣着花。

她们是轮流值班的两个人。陈阿姨长辫子,十分厉害,不上课,专门给小朋友洗澡。在洗澡间里光着脚,十分滑腻,陈阿姨使劲一推谁的胳臂,就会听见叭的一声,有谁摔倒了,屁股打在地上,溅起水,屁股冰凉。没有人喜欢她。黄老师外号叫"黄毛",从来没见过谁的头发这么少,且黄,扎两根又黄又小的辫子,头发从中间分开,线路宽大,露出头皮,辫子永远也长不长。她是N城人,在B镇,N城就像北京一样遥远。黄老师的胸前绣着花的短袖衣,B镇绝无仅有,幼儿园里所有的人都像陈阿姨一样穿着长衣长裤。

黄会跳新疆舞,手心向上挡在头顶,手背托着下巴,脖子左右扭动,上下伸缩,叫"缩颈”,高难度的动作,没人能学会,是黄的绝技,令我们尊敬。黄有砖头大的半导体,很稀奇,B镇还会有谁有?在某些夜晚,黄把我们叫到她宿舍门口的天井,每人坐一只矮凳,半导体放在窗台,我们仰着头,脚踏着青苔,头上有月亮,越来越凉。我们享受半导体,种玉米,黑色的泥,金黄的种子,玉米叶子像舌头一样柔软。黄还养蚕,让我们看蚕蜕皮,并且吃蚕蛹,煎得金黄焦脆,极香。

黄说好一放假就带我去县广播站录音,他们要播童声,她说。她让我像往常唱歌一样发声,我高八度地唤了一声,太尖了,她说。我不明白,我认为唱得大声就是嗓子好,尖就是好。我等着她带我去录音。她一直没带,放假的时候她要回家,她的家在N城,她的窗帘会遮住半导体。听说她30岁了,还没结婚,B城的人说,18岁就够老了,30岁是个多么庞大的数字。立平说结婚就是爸爸到妈妈家里来。黄老师穿裙子,会跳新疆舞,但是没结婚,她长得像老鼠,眼睛小,下巴尖,很不亲切。她从来不笑,牙齿很白,只有唱歌的时候才露出来。

午睡的气息很粘稠,在夏天,蝉在叫,除此之外都被粘住了,奄奄一息。黄老师是近视眼,她不戴眼镜,她看人时把眼睛眯起来,如果值班的大床上是她,我就会放心,黄老师从不骂人,从来不出人洋相。午睡的粘闷气息涨满了整个大寝室,人人都被粘住了,四周的睡气像水,把我浮起来,我两腿伸直,把手放在某个部位,开始时很紧张,就像有一张坚硬的木板悬挂在上方,随时都会掉下来,所有的神志都集中在上面,手的动作慢慢开始,木板变轻,轻得消散,柔软地垫到了身下。

眼睛必须闭起来。在中午,光线强烈,闭上眼睛又得张开,光线使人赤裸裸没有遮挡,邻床翻身、磨牙,轰然作响,脚步声惊天动地,多么多么不能尽兴的中午!

夜晚到来。

傍晚有游戏,然后到教室,坐在小椅子上,淡绿色,没有桌子。老师讲故事,或者大家唱一只歌,或者大家猜谜语。然后吃东西。我不馋,但我从未拒绝吃东西。有时是两颗杨梅,有时是一颗水果糖,或是一只芭蕉,比香蕉大,比大蕉小,叫“西贡蕉”,不知跟西贡有什么关系。有时是一只杨桃或者番石榴,最好是荔枝,这是我们这里盛产的佳果。大量的夜晚是吃木瓜,金红色,肉甜而厚,核像黑色的玛瑙,木瓜树树形奇异,是亚热带真正美丽的果树。切成一瓣一瓣,按顺序依次去拿。要拿大的,但不要让人发现,要眼疾手快。然后排队去洗手,排队去尿尿,每个人双手搭在别人的双肩上,就成了火车,嘴里呜呜地叫着行进。火车从洗脸架开到厕所,再开到寝室,寝室门口一边站着一个老师,给每个人摸额头,发烧的事是经常发生的。鱼贯而入,悄没声息,脱鞋,躺在床上,阿姨扬手一拨,蚊帐落下,床就是有屋顶有门的小屋子,谁也不会来。灯一黑,墙就变得厚厚的,谁都看不见了。放心地把自己变成水,把手变成鱼,鱼在滑动,鸟在飞,只要不发出哼哼声,脚步声就不会来。

这种做法一直延续下来,直到如今。在漫长的日子中,蚊帐是大同谋,只有蚊帐才能把人彻底隔开,才安全。这种做法,有几年中断了,在大学的四年,是生命的最低点,没有任何欲望。而且那四年,冬天不挂蚊帐,夏天是著名的火炉。

最喜欢镜子,专看隐秘的地方。亚热带,漫长的夏天,在单独的洗澡间冲凉,从容看遍全身并且抚摸。8岁的时候自己发现左边的乳房有硬块。妈说去找北京医疗队看。坐在单车后架上,从B镇到新墟,15里路,太阳晒着头顶。医疗队在公社卫生院,妈说他们都是专家,普通话有一种权威性,并且亲切和蔼。然后回到妈的县医院,到药房拿药,走进去,四面都是瓶子,各种颜色的水,及药片,及盒子。药的气味很香,香而干净,不同凡响,残留在妈的衣服和头发里。我的药是水剂,几个大玻璃瓶里的水混在一起,半透明、混浊,有白色沉淀,吃到嘴里是酸的,酸而凉。药房的大人说:怎么这么小就有小叶增生。妈说:不知道怎么搞的。她的同事说,你是怎么发现的?妈说:她自己抓痒发现的。同事说不知是怎样的,让她给看看。妈说:她不愿意的。同事说:小孩子怕什么?妈说:她不愿意的。

更小的时候,玩过一种跟性有关的游戏,肯定是一种游戏,书上说,男孩与女孩模仿性交是一种游戏,大人不必惊慌,因为生理构造没发育成熟,这种性交不会实现。同性间的游戏发生在我与莉莉之间,我6岁,莉莉7岁。莉莉是我的邻居,她的母亲是北京人。做这件事是因为阁楼上的模型、挂图和生孩子。母亲们宣传计划生育,肉色的人体模型堆积在阁楼上,塑料或者石膏做成的男女生殖器模型,新奇,神秘,杂乱无章。在无聊的下午,偷偷走到阁楼上,生殖器们被剖开了断面,露出血的颜色,有些狰狞,更多的是肉色,用手按,有些是软的,有些是硬的。有响声会吓出一身汗。没有响声,大着胆使劲看。空无一人。大人下乡了,开始时莉莉还没搬来。一个小女孩,站在一堆乱七八糟的生殖器模型中,这是一幅多么奇怪的风景。在全世界,除了多米,还有谁拥有这样的童年呢!

回想我的童年时光,阁楼上的生殖器模型如同肉色的花朵在幽暗的地板上开放,孩子蹲在地上,长久地冲它们瞪着眼睛,这是我常常看到的情形。

看人生孩子是一件十分富有刺激的事情。妇产科的平房,最大的房间就是产房,垂挂着深蓝色的布窗帘,窗台很高,要爬上去才能看清里面,我没有爬过,踮起脚尖也不行,站在稍远处,使劲往上跳跃,身体上升,眼睛对着窗子还是看不见,必须在跃起的同时,有风将窗帘吹开。从来没有这样的巧事。另有一只有利可图的窗,正对着产床,但需要绕到屋后,穿过勒鲁(一种叶子带刺的植物)围成的篱笆,踩着一地玻璃碴,还会被大人发现,充满危险和曲折,还要正好碰上有人生孩子才能看到。终于有一次,二万五千里长征,到达了那个窗口。窗帘没有被拉上,一个女人正在产床上躺着,两腿叉开,像阁楼上的模型一样的阴部活生生地长在一个女人的身上,没有遮挡,最大限度地张开,那一眼真是恐怖无比,就像有一幅古怪的画,已经看熟了它在墙上不动的样子,有一天它忽然活动起来,一欠身就从画上走了下来,吓得人魂飞魄散。在那个危险的窗口,我手脚一软跌了下去,再重新爬上的时候窗帘已经关上,看不见了。听见说话的声音,铁器相撞的叮叮声,和水(自来水?)的声音。终于没有看见生孩子。

孩子是怎样生出来的?这是一个隐秘的问题。有一次听说有人在路上生孩子了,一个临产的女人,步履蹒跚,在穿过球场的时候孩子掉出来了,许多人都去看,球场的石凳上围了一层又一层人,挡住了视线。后来女人和孩子都被转移了,人也散了,走近石凳看,有一滩血,亮汪汪地暗红。生孩子是一件非常危险的事情,要出血,有时要死人。这是我很早就知道的。危险的事情对我总是有吸引力,是一种诱惑,全身紧张兴奋,同时绝望。几年前有好心人劝我千万不要做某件事,不然以后会有极大的危险,我怀着恐惧和兴奋,一天又一天地等待危险日子的到来,仿佛那是一个欢乐的日子。好心的人们困惑不解,她们不知道为了什么。

我同样不能回答这个问题。

难道我是一个潜在的受虐狂吗?

(原载《花城》1994 年第 2 期)

林白(1958—),原名林白薇,广西北流人。

长篇小说《一个人的战争》被视为女性个人化写作的标志性文本。作者采取的女性主义叙事策略就是从男性话语秩序中退缩逃离,返回自身内部,书写女性自己的故事。《一个人的战争》以自我为个案,在回忆和想象、梦幻和潜意识的相互交织中,导演了一场女性与自我、女性与男性、女性与社会的立体化战争。这里没有一般自传体小说的成长模式,也没有将重大的社会事件作为"战争风云",而是开启了封闭已久的女性世界的大门,写女性的自我认知、自我欲求、自我选择。不再面对宏大叙事,而是关注女性个体的生命体验和生存感受,在洪亮喧嚣的公共话语中,开辟了个人的一角。

《一个人的战争》采取碎片化的叙事结构,以"自我指涉"的方式,把自己拆散、揉碎、分解,讲述的不仅是处于边缘状态的女性成长史,也是一个女人所走过的心路历程。在文本中,"一个人的战争"不仅是女性自恋和自慰的隐喻,也喻指其一生的精神处境与存在方式。作品从林多米童年对自己身体的凝视和探索落笔,传达出认识世界即从认识自身开始的女性独有的经验。林多米幼年丧父,从医的母亲经常不在身边,缺少亲人的关怀和抚慰,性格孤僻而又敏感,对女性神秘的生命充满好奇。蚊帐是她获得安全感和自由想象的"掩体",镜子是帮助她自我认知的助手,悄悄窥探,寻找着"自我世界"。她从这一起点出发,在人生旅途上放飞——受阻——扭曲,投入"一个人的战争"。通过这场"战争",梳理从女孩到女人所走过的成长道路与精神屐痕,把我们带到女性幽闭躁动的区域,人生的苦涩,"姐妹"的情谊,爱的渴求,性的探索,从一幕幕叙事场景中弥散开来。这些个人化的女性叙事,游离于主流话语之外,以赤裸裸的个体直面人生、艺术的双重困境。很少有人把女性的隐秘世界揭示得如此坦率彻底,如此微妙复杂,如此不可思议。

在这部小说中,林白没有使用合乎规范的那种"他人的话语",而是冲破藩篱,运用女性之躯书写个人经验,把叙事话语浸泡在生命的激情里,充满了离经叛道的意味。叙事话语的特权使作者暗暗活跃起来,时而赤膊上阵,以第一人称自我观照;时而隐于幕后,以第三人称讲述故事。不仅如此,还把"我"与作者在很大程度上进行同构,让个人话语自由地穿梭于文本与创作主体的心隙之间,但这并非对个人履历的复制,而是女性经验的碎片被扩展,被膨化。(朱育颖)

几度夕阳红（存目）

琼 瑶

琼瑶(1938—)，原名陈喆，湖南衡阳人。台湾言情小说大家。著有长篇小说《窗外》、《几度夕阳红》等。

《几度夕阳红》叙述了两代人的爱情故事。第一代人的故事发生在旧中国的重庆，第二代人的故事发生在60年代的台湾。小说的女主角李梦竹，40年代时是个具有新思想的女中学生，她美丽善良。在如花的年龄爱上了相貌英俊富有才华的大学生何慕天。为了爱情，她背弃了思想守旧的母亲。她离家出走并与何慕天同居。眼看爱情之花就要结出美丽的硕果，不想突然出现挫折与误会。李梦竹发现何慕天已有妻室，并以为他是个玩弄女性的花花公子。纯洁的爱受到严酷的打击，绝望中，她投河自尽，不料被深爱着她的杨明远救起。由于绝望与感恩，她嫁给了穷学生杨明远，从此过着贫穷而艰难的生活。十八年后，在台湾，李梦竹的女儿杨晓彤，与英俊青年魏如峰相识并相恋。起初，身为母亲的李梦竹为女儿的初恋感到高兴，可当她得知魏如峰是何慕天的内侄时，宿年的恩怨涌上心头，心灵的伤疤被撕破流血。于是她疯狂固执地反对女儿与魏如峰的交往。眼看，一对痴情的男女就要被拆散。这时，何慕天不计前嫌，毅然地找到李梦竹，重叙往事，终于消解他们之间积怨已久的误会。于是，烟消云散，有情人终成亲眷，杨晓彤与魏如峰获得了上一辈人无法获得的爱情。

通过《几度夕阳红》，我们可以看出琼瑶小说的若干特点。第一，琼瑶善以女性那温馨的笔触记录与编造着美丽而忧伤的爱情故事，并以女性视角去审视与评价爱情中的人和事，从而形成琼瑶所独有的“爱情世界”，这一美丽的爱情世界曾吸引了那么多的读者，在相当长的一段时间里，“琼瑶热”长兴不衰。第二，琼瑶小说的语言，真切细腻并具有诗意美，她的语言好像心中流出，既具有现代气息又同时具有古典意蕴。第三，琼瑶小说的故事情节大多扑朔迷离悬念丛生，读起来引人入胜，故事的结尾大多是花好月圆符合人意。第四，琼瑶的小说善于表现情性中人的心理活动，作者好像身在其中，对人的心理活动娓娓道来，从而真切地表现着人性的美好与忧伤。琼瑶的小说也有她的局限，她的小说以爱取胜但又停留在爱的园地。她的许多爱情故事，显得重复而单调，形成“爱情＋挫折或误会＋优美或感伤的结局”的固定模式，这又使得许多迷恋“琼瑶”的人纷纷离去。总之，琼瑶小说开辟了一个“爱情世界”却又停留在“爱情世界”。(张宁生)

神雕侠侣(长篇缩写)

原著:金庸

郭靖、黄蓉在江南巧遇杨康遗子杨过,怜他年幼无知、流落江湖,便携他同赴桃花岛。杨过生性狡黠,偏又倔拗无比,颇为黄蓉所不喜。黄蓉常自想到:“此儿聪明机变,如和他爹爹一般,将来为祸不小。”当下只教他读书,始终不传武艺。郭靖之女郭芙与杨过年纪相若,自小备受黄蓉娇宠,十分刁蛮跋扈,两小儿常生嫌隙。杨过性情倔傲,在岛上连闯祸事,终于被郭靖送到终南山全真教门下。

全真教第三代弟子中,武功以赵志敬最纯,杨过即受命拜他为师。杨过认定郭靖夫妇不愿意收他为徒,却胡乱交给旁人传艺,兼之亲眼看见全真群道武功大不如郭靖,心里老大不愿。赵志敬为人心胸狭隘,见杨过不但不服,反而敢出言顶撞于他,心里如何不怒?当下只传授杨过玄功口诀,修炼之法却半点不教。这日杨过又遭师兄鹿清笃毒打,一掌打晕鹿清笃。赵志敬又骇又怒,传令追拿。杨过慌不择路,只拣终南山上的多树林密处钻去,不觉闯入全真教禁地活死人墓中。

杨过为活死人墓所救,自此拜古墓主人小龙女为师,一项项地学习古墓派武功。小龙女年纪较杨过为长,但18年来都是在古墓中过着尺水无波的日子,兼之自幼修习内功,养成了一副冷酷孤僻的脾气。而杨过心热如火,年又幼小,言谈举止与小龙女截然相反。小龙女听他说话,明知不对,却也与他谈得娓娓忘倦。如此两年,杨过已尽得古墓派所传,两人依着王重阳昔年遗在古墓的武功精奥同练全真教功夫,随后继续练克制全真派武功的玉女心经。

这日,小龙女用功正到紧要关头,突受外界惊吓,气息逆转,受了极重的内伤。恰在此时,背叛古墓派的师姊李莫愁闯进古墓,逼迫小龙女交出玉女心经。生死关头,小龙女令杨过独自逃生,可是杨过宁死也要与小龙女守在一起。墓门既闭,两人天幸从重阳遗刻中发现一条通道,逃了出去。

二人在山谷居住练功一年有余,这晚偶遇欧阳锋。欧阳锋欲授杨过武功精要,先将小龙女点倒在远处树下。岂料适被赵志敬师弟尹志平暗中瞧见,尹志平素来苦恋小龙女,趁机污辱了她。小龙女双目被蒙,只道是杨过这孩子却来戏我。事后却见杨过愣愣怔怔,不知所措,全没当自己是他的未婚妻子。小龙女凄然欲绝,长袖一拂,绝裙而去。

杨过不明不白地眼看小龙女弃己远去,不觉肝肠寸断,伤心之下也便离山四处寻她。一路上数经风波,又自洪七公处学得丐帮绝技打狗棒法的招式。不一日流落汉水之畔,正撞上丐帮召开的英雄大会。

原来蒙古南侵日急,丐帮与黄蓉、郭靖邀请群雄会集陆家庄,商计推举一位德高望重之人担任武林盟主,率众共御外侮。席间蒙古国师金轮法王等人突然闯进厅来,扬言比武三场,三战两胜者取盟主之位。

这时,厅外缓缓走进一个白衣少女,吸引住众人目光,却是小龙女来找寻杨过。两人乍一相逢,杨过大喜若狂,小龙女心里亦不知是喜是悲,竟在恶斗之场旁若无人,执手细语。金轮法王一方使诡计赢得两场,不料横空杀出一个小杨过,凭着狡狯机变连胜法王两大弟子,又与小龙女联手夺下法王兵刃,粉碎了法王篡夺中原武林盟主之位的企图。

杨过立此大功,郭靖重提将郭芙许配给杨过的旧话,不想小龙女在大庭广众自称要做杨过的妻子。其间大宋年间,最重礼法,师徒间尊卑伦常万万逆乱不得。杨龙二人凭着玉女心经剑法,自金轮法王手下救出黄蓉和郭芙,黄蓉心感其恩决意救他们一命,乃劝说小龙女不要与过儿成婚,以免人人瞧他不起。小龙女自身居古墓,于世事一概不知,哪里懂得这等礼教?但听得黄蓉说话,当夜,小龙女柔肠百转,心如刀割,终于不告而别。

杨过寻小龙女不得,却在途中二救黄蓉、郭芙,后巧遇黄药师,学得弹提神能和玉箫剑法。这天,他自黄药师之徒傻姑的口中,得知生父杨康乃因黄蓉、郭靖而死。一时心中悲愤莫名,但觉郭黄二人尽是假仁假义,恨不能立时得而诛之,心中只想:“我要复仇!我要复仇!”

杨过再撞见金轮法王,乃与他同往蒙古大营,谋商如何诛杀郭黄二人。经金轮法王点醒,无一日能忘掉小龙女。原来小龙女不愿再见杨过,遗害于他,既蒙绝情谷谷主公孙止所救,见他有意求婚,当即忍心答允。公孙止眼见小龙女对杨过实有深情,不由妒恨交加,一心要置杨过于死地。杨过与小龙女均受情花毒刺之害,一动相思之念,便即痛楚难当,若无解药,必将全身剧痛而死。杨过取来一枚绝情丹给小龙女服下,解了她身上情花之毒。因缘凑巧,杨过自地底深穴中救起一老妇,此妇竟是公孙止十多年前害“死”的结发之妻。这老妇裘千尺与郭靖、黄蓉有杀兄之仇,当下先用用计破了公孙止武功,又取出当世仅剩的一枚绝情丹,剖开半枚给杨过服了,另半枚须杨过杀了郭靖夫妇之后,提二人首级来换。言明十八日后若情花之毒不解,便会毒发身死。

此时郭靖正率兵与蒙古军鏖战襄阳,誓死守城。杨过几次欲暗中刺杀郭靖,但见郭伯伯光明磊落,实是忠厚长者,这一刀始终刺不下去。郭靖带同杨过从敌营突围,杨过本欲趁机杀了郭靖,却见郭靖重伤之际,还是拼命救护自己。杨过胸口热血上涌,哪里还念旧恶?心想郭伯伯义薄云天,我若不以一命报他一命,真是枉在人世了。当下势如猛虎,救了郭靖回来。翌日金轮法王又趁机来袭,杨过奋力掩护郭靖夫妇。黄蓉在混乱中产下一女,取名郭襄。金轮法王欲从小龙女手中夺走郭襄回营报功,不料,李莫愁平空杀出,将郭襄抱走。杨过追夺郭襄途中,遇武氏兄弟为争郭芙相拼。为制止亲兄弟相残,杨过谎称郭芙已许配与他。武氏兄弟身中李莫愁冰魄银针之毒,杨过自思离情花剧毒发作只余五日,于是舍五日之命,为二武吮吸毒液,救了二人性命。不曾想以毒攻毒,情花之毒逾期反未发作。

郭芙恼恨杨过对武氏兄弟信口乱说,污了自己名声,骗走他二人,更误会他和小龙女抱走郭襄去绝情谷求换解药。两人越说越僵,郭芙狂怒之下,一剑斩断了杨过右臂。

杨过身染剧毒，复断右臂，昏昏沉沉中渐行至一荒谷，结识了昔年剑魔独孤求败遗下的一只百岁神雕。杨过得神雕之助，在山洪中练成重剑剑术。

杨过向来极重恩怨，心胸殊不宽宏，此刻武功大进，便欲报那一剑之仇。却在襄阳偷听黄蓉和郭芙一般见识，认定小龙女已夺走郭襄去换解药。愤激之下，杨过果真从李莫愁手中抢去婴儿，抱回古墓。

那日杨过在武氏兄弟面前谎称郭芙已许配与他为妻，哪料小龙女在林中听得分明，她心如水晶，对杨过言语向来无不深信，一时心中大恸，掩面自去。夜半之明，小龙女更惊闻那晚跟自己亲热之人不是过儿，而是那个道士尹志平。小龙女一晚之间，接连听到两件心为之碎、肠为之断的伤心事，茫然间竟不知如何才是，只紧紧尾随着赵志敬与尹志平，但觉杀了他二人，难解心头之恨。跟踪途中，小龙女巧遇老顽童周伯通，学得以手左右互搏术，武功大进。

尹志平奉召回终南山担任全真教掌教，赵志敬为篡掌教之位，不惜与蒙古勾结，意图血洗全真教。小龙女为弑赵志敬，凭一人之力，双手展开玉女心经剑术，与金轮法王等四大高手斗在一起，危急中尹志平和身扑去，背脊硬挡住法王金轮，救了小龙女一命。尹志平背脊受轮，收势不及，扑在小龙女剑尖之上，透胸而入。全真五子知道小龙女与本教为敌，上前合击，竟成九大高手围攻小龙女的局面。

小龙女一瞥之间，突见杨过如飞赶来。原来杨过在古墓前放下郭襄，回头看到刀光剑影，绕将来看个究竟。刹那间小龙女竟如中邪着魔，递到身前的敌招全然不知招架躲闪，立时身受全真五子掌力与金轮法王轮重击，命在垂危。

杨过左臂将小龙女搂在怀里，两人到此方知，决不能没有了对方而活着，对方的生命，比自己要重过千倍万倍。在这九大高手、无数蒙古武士虎视眈眈之下，两人缠绵互怜，将所有强敌全都视如无物。

赵志敬与金轮法王等人复与杨过拼杀，杨过右手空袖将小龙女卷在怀里，左手持着玄铁重剑，只杀得众人大败服输。

杨过眼见小龙女命在须臾，仍只一心担忧自己从此后一个人孤苦伶仃，实是伤痛难禁。杨过心知小龙女伤重难治，于是和她在这重阳宫上，全真教里，王重阳画像之前，结为夫妇。

两人既结成眷属，乃重回古墓，从此和尘世的冤仇、烦恼、愁苦不再有丝毫牵缠。但两人心中，却都是暗自神伤、悲苦难禁。杨过脸上却强装欢喜，将洞房花烛布置得喜气洋洋，又为小龙女试穿新娘嫁衣。

两人闲谈中提及欧阳锋，杨过忽想到以欧阳锋昔年所授的逆行脉之法，或可为小龙女疗伤。但疗伤之际，须容不得半点惊扰，杨过遂将郭襄抱往远处石室，除一日三次给郭襄喂食之外，每日便与小龙女冲穴疗伤，渐收功效。

可是天道不测，世事实难尽人所愿。这日黄蓉率长女郭芙等为寻郭襄闯入古墓，郭芙粗心鲁莽之下，失手发射冰魄银针，误伤杨龙二人。小龙女正逆行经脉行功，经此一扰，毒质侵入丹田内脏，再也无法可救。

杨过心中虽悲愤已极，眼见郭芙陷身火海，仍是在劲风烈焰中救了她出来。

众人同赴绝情谷,为杨过求那半枚绝情丹,治他情花之毒。杨过则盼见到精研疗毒之术的天竺僧,或能救得小龙女一命。谁知天竺僧竟为李莫愁一掌打死。小龙女从公孙止手中逼出半枚绝情丹,交给杨过服下。杨过明知小龙女无救,她死之后,自己怎么独生?当下伤痛欲绝,左手一扬,竟将这世上仅此半枚能解他体内毒质的丹药,掷入了崖下万丈深谷中。

黄蓉既知杨过不曾有伤害郭襄之心,又见他几次奋不顾身相救自己和芙儿,心里又是惭愧,又是感激。也是她聪明多智,竟从天竺僧临死的神情中察觉情花之毒的对头克星,乃是断肠草。她本不知小龙女适当经脉逆转之中为郭芙发针射中,实已制了她死命,当下只令小龙女劝杨过服食断肠草,解他身上情花之毒。

当夜小龙女思量已定,在崖壁上留下十六字嘱:"十六年后,在此重会,夫妻情深,勿失信约。"她情知非此不能令杨过有求生之心,留下一束断肠草,纵身一跃,跳下了万丈深谷。

次日杨过醒来,心乱意狂,黄蓉怕他再图自尽,乃杜撰出一位南海神尼,言道定是神尼带走小龙女,以大神通驱她体内剧毒,十六年后方会放她与杨过相会。杨过在荒谷中与神雕相伴,日日夜夜勤练内功、剑术。他起初只在山洪中修炼重剑,后又在海潮中练成木剑。春去秋来,杨过手仗木剑,剑上劲风已可与扑面巨浪相拒。以此剑术,天下无人能与之抗手。

自此一人一雕,足迹所至,踏遍了中原江南之地。所到之处,诛杀奸臣,惩治赃官,处处行侠仗义,救难扶危,江湖中人人尊为神雕侠。

一晃十六年过去,昔年幼婴郭襄已长成婷婷少女。她仰慕杨过为人,四处寻访杨过,与他互称兄妹。杨过送赠她三根金针,允她三个心愿。郭襄要求杨过在她十六岁生日那天去襄阳见她一面,手中留下了最后一根金针。

其时蒙古大军又逼襄阳,郭靖情知局势紧急,于是遍撒英雄帖,再开英雄大会,共商御敌大计。杨过为庆祝郭襄生日,在英雄大会上派群豪向郭襄三献贺礼,先是杀尽蒙古军前锋两千,又破了敌军炮击城之策,尽毁其火药、粮草。英雄大宴其间,杨过偶遇黄药师,当即向他询问南海神尼一事,黄药师自是茫然未知。杨过至此方知南海神尼并无其人,连日间不食不睡,只想一径狂奔至死。

郭襄得知此事,深恐杨过自寻短见,忙携带杨过给她的最后一枚金针,四出找寻杨过,要求他不可自尽。途中撞上金轮法王,法王见她乃郭靖之女,大喜俘她而去。

杨过无意间听说郭襄被俘,却在敌营中遍察无获,料想事系传言。算来小龙女十六年约将届,乃纵骑向北,径奔绝情谷。

此际再临旧地,仍是无人曾至的迹象。但见风动树梢,花落林中,心中便是一跳,却哪里有小龙女的影踪?

这般苦苦等待,已是三月初七。眼见自晨至午,自午至夕,这一天缓缓地过去了。小龙女始终没有来。杨过万念俱灰,望见崖下谷中烟雾缭绕,泪眼模糊中,纵身一跃而下。

杨过坠将下去,谷底竟是一汪深潭。水底深处冰寒彻骨,隐见光亮,似有一洞。杨过循洞而至，竟于地洞外见到另一天地，绿草蓝天下数间茅屋，自己魂萦梦系，以为此生再不得见的小龙女，雪肤白衫，盈盈站在眼前。

原来小龙女跳下崖后，水底至寒和潭中白鱼正是驱毒的良剂，她身上剧毒竟尔得以驱解。深谷四壁光滑，攀援不上，十六年来便独自在此度日。

杨过救出小龙女，正逢襄阳城头告急。却是蒙古军拿住郭襄，胁迫郭靖弃城投降。大义当前，郭靖誓死守城，郭襄亦临难不惧。正当城危人亡之际，杨过与小龙女如天神降下，大破敌军，救了郭襄，解了一城危急。

襄阳围城既解，郭靖一行悄然离城，径往华山而去。众人在华山之巅谈及当年华山论剑的豪情，均推杨过为剑中“西狂”。杨龙二人于虚名复有何牵绊？杨过向众人朗声道别，袍袖一拂，携小龙女之手，与神雕并肩下山。

金庸(1924—　)，原名查良镛，浙江海宁人。香港著名报人，新派武侠小说的代表作家。著有武侠小说15部38册，他将其中14部作品的第一个字组成一副对联：飞雪连天射白鹿，笑书神侠倚碧鸳。

《神雕侠侣》是金庸唯一的“三部曲”——“射雕三部曲”中的第二部。它与其他两部(《射雕英雄传》、《倚天屠龙记》)的主题完全不同。表现的重心不在“英雄”“侠义”，而在“儿女”“性情”。小说以杨过与小龙女的爱情离合为主线，讲述了一个动人凄美的颇具悲剧意味的爱情传奇。

杨过和小龙女都是古墓派的传人，自小身居古墓，两人名为师徒，却相知相爱，生死相许。恰恰是真爱与真情竟引发了重重劫难，两人在长达十六年的时间里，共有四次重大的变故离合。其间又经历了许多残酷的遭遇。这四次变故都是因小龙女的主动出走，一是因为“失贞失望”，二是因为“礼教大防”，三是因为“双重误会”，四是因为“救药牺牲”，一次比一次要痛苦、惨烈、长久和真挚。历尽苦难的一对男女直到中年才重逢。

这部小说在金庸创作中是一个转折性的标志，小说中的杨过完全不同于《射雕英雄传》中的儒家大侠郭靖，而是一个具有道家文化理想的人格典范。他顺其自然，至情至性。刚猛机智，风流英俊，武功超群。杨过的所作所为充满了叛逆。杨过对小龙女用情至深至专，不仅公然与“礼教大防”相对抗，主张自由自主的恋爱，还苦守16年，人海茫茫，终于感天动地。至情至性是人类自我的真正自由的表现，是人类个性与心态的彻底解放和开放的自由形态。

金庸武侠小说的情爱世界丰富多彩，不仅具有传奇性，还具有相当典型的现代性，这表现为婚姻自主，爱情自由，男女平等，以及爱情的非功利性。(吴尚华)

白鹿原(存目)

陈忠实

陈忠实(1942—),陕西作家。

《白鹿原》最初发表于《当代》1992 年第 6 期和 1993 年第 1 期。1993 年由人民文学出版社出版,1997 年以修订版获得第四届茅盾文学奖。

《白鹿原》是作家陈忠实在经过 5 年深入民间收集资料前提下,调动了自己 50 年的生活积累的基础上创作的一部"民族秘史"。作家在小说扉页上引用了巴尔扎克的一句话作为题记:"小说被认为是一个民族的秘史。"对民族灵魂的秘史的描绘恰恰是这部小说的独特的思想追求和艺术魅力。

小说以西北黄土高原上的一个"仁义白鹿村"作为叙事焦点,以家族史的构架,展示了中国近现代半个世纪的社会变迁。作为一部历史小说和民族秘史,小说正是通过对白、鹿两姓家族的兴衰以及家族人物命运的描绘,既写出了历史的丰富性和复杂性,又写出了历史的神秘性和荒诞性。《白鹿原》又是一部文化小说,小说集中呈现了"白鹿原"的文化冲突以及由此引起的人性冲突。白家长子白孝文,从一个合格的继承人突然成为一个偷女人、吸鸦片的伪君子,倾家荡产的浪子,他从国民党的县保安团长,起义后摇身变为共产党的县长,最后因意外处死了共同起义的黑娃,终于成了传统文化精神的不仁不义的叛逆。长工儿子黑娃的人生历程则恰恰相反,他从农民运动的先锋到变成土匪,从率部起义到冤死,从仇恨白嘉轩到回乡认祖归宗,最后成了朱先生的关门弟子,终于皈依宗法文化传统。这两个人物人生历程的逆向互动,既反映了传统文化的恒常有变,又表现了历史的神秘和不确定性。而鹿子霖、田小娥等人物的命运悲剧都无疑是人性冲突的悲剧。

小说具有丰厚的文化象征意义。仁义白鹿村是儒家文化的整体象征,白嘉轩和朱先生代表的是儒家文化的正面价值,鹿子霖代表的是儒家文化的负面价值。其中族长白嘉轩是传统宗法文化的人格化身。他是德高望重的宗族领袖,具有雄健的生命力,是宗法社会制度的支柱,小说刻画了他维护仁义和道德理想的艰辛历程,他的形象就是民族文化精神演变史的象征。

小说中的"白鹿原"也是一个巨大的象征,它是关中和中原的象征,也是中华民族的象征。"白鹿"则是吉祥和幸运的象征,仁义道德的象征。(吴尚华)

怀念狼(存目)

贾平凹

《怀念狼》是贾平凹1999年写作的一部长篇,最初发表于2000年的《收获》杂志,同年由作家出版社出版。这部小说是贾平凹继《高老庄》之后又一部以商州为背景的小说,以一个来自都市的知识分子的视角,以家族身份的讲述话语,将观照视点集中在商州的人与自然关系上,凸现出鲜明的生态意识。这显然体现了贾平凹小说创作的某种新变。

小说讲述的是商州乡土人与野狼的故事。商州盛产野狼,狼灾威胁人的生存,于是打狼成为商州人的一种自我生存方式。但是当野狼濒临灭绝时,州政府不得不把狼列入了保护动物的名单,并且组织了一次对仅存的15只野狼的普查工作。小说以"我"(记者)和舅舅(原打狼队队长)、烂头(原打狼队队员)组成的普查小组寻找野狼的活动过程为线索,描述了商州人与野狼之间的恩怨仇杀。普查野狼的过程恰恰成为追杀野狼的过程,最终15只野狼全被杀死。

小说在寻找野狼的故事框架里,展现了"禁捕"之后"捕狼英雄"的精神衰颓或作为"人的过程"的心理走势。人与狼的对立和较量是商州生态系统的内在结构,当这个结构系统失去平衡之后,商州人的生存状态和精神状态也随之发生变异。以舅舅为代表的打狼英雄们都得了一种精神萎靡、身体退化的怪病,因为打狼英雄的历史存在是以狼的历史存在为前提的,无狼的时代也就是英雄消失的时代,只有在与狼的斗争中才能确立英雄的存在价值,于是重建英雄的历史过程就成为舅舅们杀狼的心理逻辑起点。而当狼真正完全消失之后,可怕的是舅舅也变成了人狼。

贾平凹在这部小说的后记里说:"《怀念狼》彻底不是我以前写熟了的题材,写法上也有了改变,我估计它会让有些人读着不适应,或者说兴趣不大。"这部小说"以虚写实",以人与狼的关系构成一个整体象征的寓言框架,形而上地表现了对天地人关系的思考。在艺术表现上运用了魔幻手法,呈现出诡异幻化的荒诞色彩,人与狼如影行随,真幻叠合。人一会儿蜕变成狼,狼一会儿幻化为人,虚虚实实真假难辨。这种人与狼的神秘关系隐喻的是人与自然的关系。小说最后以"我需要狼"的呐喊作为结束,在沉重苍凉的巨大悲情中传达了作家对现代人类生存处境的深刻忧虑。(吴尚华)

永远有多远

铁　凝

你在北京的胡同里住过吧？你曾经是北京胡同里的一个孩子吧？胡同里那群快乐的、多话的、有点缺心少肺的女孩子你还记得吧？

我在北京的胡同里住过，我曾经是北京胡同里的一个孩子。胡同里那群快乐的、多话的、有点缺心少肺的女孩子我一直记着。我常常觉得，要是没了她们，胡同还能叫胡同么？北京还能叫北京么？我这么说话会惹你不高兴——什么什么？你准说。是啊，如今的北京已不再是从前，她不再那么既矜持又恬淡、既清高又随和了。她学会了拥抱，热热闹闹、亦真亦假的拥抱，她怀里生活着多少多少北京之外的人啊。胡同里那些带点咬舌音的、嘎嘣利落脆的贫北京话也早就不受戴见了——从前的那些女孩子，她们就是说着这样的一口贫北京话出没在胡同里的。她们头发干净，衣着简朴(却不寒酸)，神情大方，小心眼儿不多，叫人觉得随时都可能受骗。二十多年过去了，每当我来到北京，在任何地方看见少女，总会认定她们全是从前胡同里的那些孩子。北京若是一片树叶，胡同便是这树叶上蜿蜒密布的叶脉。要是你在阳光下观察这树叶，会发现它是那么晶莹透亮，因为那些女孩子就在叶脉里穿行，她们是一座城市的汁液。胡同为北京城输送着她们，她们使北京这座精神的城市肌理清明，面庞润泽，充满着温暖而可靠的肉感。她们也使我永远地成为北京一名忠实的观众，即使再过一百年。

当我离开北京，长大成人，在B城安居乐业之后，每年都有一些机会回到北京。我在这座城市里拜访一些给孩子写书的作家，为我的儿童出版社搜寻一些有趣的书稿，也和我的亲人们约会，其中与我见面最多的是我的表妹白大省(音 xǐng)。白大省经常告诉我一些她自己的事，让我帮她拿主意，最后又总是推翻我的主意。她在有些方面显得不可救药，可我们还是经常见面。谁让我是她表姐呢。

现在，这个六月的下午，我坐在出租车上，窗外是迷蒙的小雨。我和白大省约好在王府井的“世都”百货公司见面，那儿离她的凯伦饭店不远。她大学毕业后就分配在四星级的凯伦，在那儿当过工会干事，后来又到销售部做经理。有一回我对她说，你不错呀，刚到销售部就当领导，她叹了口气说哪儿呀，我们销售部所有的人都是经理，销售部主任才是领导呢，主任。我明白了，不过这种头衔印在名片上还是挺唬人的：白大省，凯伦饭店销售部经理。

出租车行至灯市西口就走不动了，前方堵车呢。我想我不如就在这儿下来吧，“世都”已经不远。我下了车，雨大了，我发现我正站在一个胡同口，在我的脚下有两级青石台阶；顺着台阶向上看，上方是一个老旧的灰瓦屋檐。屋檐下边原是有门的，现在门已被青砖砌死,就像一个人冲你背过了脸。我迈上台阶站在屋檐下,避雨似的。也许避雨并不重要,我只是愿意在这儿站会儿。踩在这样的台阶上,我比任何时候都更清楚我回到了北京,就是脚下这两级边缘破损的青石台阶,就是身后这朝我背过脸去的陌生的门口,就是头上这老旧却并不拮据的屋檐使我认出了北京,站稳了北京,并深知我此刻的方位。"世都"、"天伦王朝"、"新东安市场"、"老福爷"、"雷蒙"……它们谁也不能让我知道我就在北京,它们谁也不如这隐匿在胡同口的两级旧台阶能勾引出我如此细碎、明晰的记忆——比如对凉的感觉。

从前,二十多年前那些夏日的午后,我和我的表妹白大省经常奉我们姥姥的吩咐,拎着保温瓶去胡同南口的小铺买冰镇汽水。我们的胡同叫驸马胡同,胡同北口有一个副食店,店内卖糕点罐头、油盐酱醋、生熟肉豆制品、牛羊肉鲜带鱼。店门外卖蔬菜,蔬菜被售货员摆在淡黄色竹板拼成的货架上,夜里菜们也那么摆着不怕被人偷去。干吗要偷呢?难道有人急着在夜里吃菜么?需要菜,天一亮副食店开了门,你买就是了。胡同南口就有我说的那个小铺。如果去北口副食店。我们一律简称"北口";要是去南口小铺,我们一律简称"南口"。

"南口"其实是一个小酒馆,台阶高高的,有四五级吧,让我常常觉得,如果你需要登这么多层台阶去买东西,你买的东西定是珍贵的。南口不卖油盐酱醋,它卖酒、小肚、花生米和猪头肉,夏天也兼卖雪糕、冰棍和汽水。店内设着两张小圆桌,铺着硬挺的、脆得像干粉皮一样的塑料台布的桌旁,永远坐着一两位就着花生米或小肚喝酒的老头。我觉得我喜欢小肚这种肉食就是从"南口"开始的。你知道小肚什么时候最香吗?就是售货员将它摆上案板,操刀将它破开切成薄片的那一瞬间。快刀和小肚的摩擦使它的清香"噗"地迸射出来,将整间酒馆弥漫。那时我站在柜台前深深吸着气,我坚信这是世界上最好闻的一种肉。直到售货员问我们要买什么时,我才回过神儿来。"给我们拿汽水。"这是当年北京孩子买东西的开场白,不说"我要买什么",而说"给我们拿……""给我们拿汽水!""冰镇的还是不冰镇的?""给我们拿冰镇的,冰镇杨梅汽水!"我和白大省一块儿说,并递上我们的保温瓶。我已从小肚的香气中回过神儿来了,此时此刻和小肚的香气相比,我显然更渴望冰凉甘甜的杨梅汽水。在切小肚的柜台旁边有一只白色冰柜,一只盛着真冰的柜。当售货员掀开冰柜盖子的一刹那,我们及时地奔到了冰柜跟前。嗬,团团白雾样的冷气冒出来,犹如小拳头一般打在我们的脸上痛快无比,冰柜里有大块大块的白冰,一瓶瓶红色杨梅汽水就东倒西歪地埋在冰堆里。售货员把保温瓶灌满汽水。我和白大省一出小酒馆,一走下酒馆的台阶——那几级青石台阶,就迫不及待地拧开保温瓶的盖子。通常是我先喝第一口,虽然我是白大省的表姐。以后你会发现,白大省这个人几乎在谦让所有的人。不论是她的长辈还是她的表姐。这样,我毫不客气地先喝了第一口,那冰镇的杨梅汽水,我完全不记得汽水是怎样流入我的口中在我的舌面上滚过再滑入我的食道进入我的胃,我只记得冰镇汽水使我的头皮骤然发紧,一万支钢针在猛刺我的太阳穴,我的下眼眶给冻得一阵阵发热,生疼生疼。啊,这就是凉,这就叫冰镇。没有冰箱的时代人们知道什么是冰凉,冰箱来了,冰凉就失踪了。冰箱从来就没有制造出过刻骨的、针扎般的冰凉给我们。白大省紧接着也猛喝一大口,我看见她打了一个冷战，她的胖乎乎的胳膊上起了一层鸡皮疙瘩。她有点喘不过气似的对我说，她好像撒了一点尿出来！我哈哈笑着从白大省手中夺过保温瓶又喝了一大口，一万支钢针又刺向我的太阳穴，我的眼眶生疼生疼，人就顿时精神起来。我冲白大省一歪头，她跟着我在僻静的胡同里一溜小跑。我们的脚步惊醒了屋顶上的一只黄猫，是九号院的女猫妞妞，常串着房顶去找我们家的男猫小熊的。我们在地上跑着，妞妞在房顶上追着我们跑。妞妞呀，你喝过冰镇汽水么？哼，一辈子你也喝不着。我们跑着，转眼就进了家门。啊，这就是凉，这就叫冰镇。

白大省从来也没有抱怨过在路上我比她喝汽水喝得多，为什么我从来也不知道让着她呢？还记得有一次为了看电影《西哈努克访问中国》，我和白大省都要洗头，水烧开了，我抢先洗，用蛋黄洗发膏。那是一种从颜色到形状都和蛋黄一样的洗发膏，八分钱一袋，有一股柠檬香味。我占住洗脸盆，没完没了地又冲又洗，到白大省洗时，电影都快开演了。姥姥催她，洗好头发的我也煞有介事地催她，好像她的洗头原本就是一个无理的举动。结果她来不及冲净头发就和我们一道看电影去了。我走在她后边，清楚地看到她后脑勺的一绺头发上，还挂着一块黄豆大的蛋黄洗发膏呢。她一点儿也不知道，一路晃着头，想让风快点把头发弄干。我心里知道白大省后脑勺上的洗发膏是我的错误，二十多年过去，我总觉得那块蛋黄洗发膏一直在她后脑勺上沾着。我很想把这件往事告诉她，但白大省是这样一种人：她会怎么也弄不明白这件事你有什么可对她不起的，她会扫你要道歉的兴。所以你还是闭嘴吧，让白大省还是白大省。

我就这样站在灯市西口的一条胡同里，站在一个废弃的屋檐下想着冰镇汽水和蛋黄洗发膏，直到雨渐渐停了，我也该就此打住，到“世都”去。

我在“世都”二楼的咖啡厅等待白大省。我喜欢“世都”的咖啡厅。临窗的咖啡座，通透的落地玻璃使你仿佛你漂浮在空中，使你生出转瞬即逝的那么一种虚假的优越感。你似乎视野开阔，可以扬起下颏看远处夕阳照耀下的玻璃幕墙和花岗岩组合的超现实主义般的建筑，也可以压着眼皮看窗外那些出入“世都”的人流在脚下静静地淌。我的表妹白大省早晚也会出现在这样的人流里。

现在离约定时间还早，我有足够的时间在这儿稳坐。喝完咖啡我还可以去二楼女装区和四楼的家庭用品部转转，我尤其喜欢各种尺寸和不同花色的毛巾、浴巾，一旦站在这些物质跟前，便常有不能自拔之感。我要了一份“西班牙大碗”，这厚墩墩的大陶杯一端起来就显得比“卡普契诺”之类更过瘾。我喝着“西班牙大碗”，有一搭无一搭地看身边过往的逛“世都”的人，想起白大省告诉过我，她看什么东西都喜欢看侧面，比如一座楼，比如一辆汽车、一双鞋、一只闹钟，当然也包括人，一个男人或一个女人。白大省的这个习惯有点让我心里发笑，因为这使她显得与众不同。其实她有什么与众不同呢，她最大的与众不同就是永远空怀着一腔过时的热情，迷恋她喜欢的男性，却总是失恋。从小她就是一个相貌平平的乖孩子，脾气随和得要死。用九号院赵奶奶的话说，这孩子仁义着呐。

一

白大省在70年代初期,当她七八岁的时候,就被胡同里的老人评价为"仁义"。在70年代初期,这其实是一个陌生的、有点可疑的词,一个陈腐的、散发着被雨水洇黄的顶棚和老樟木箱子气息的词,一个不宜公开传播的词,一个激发不起我太多兴奋和感受力的词,它完全不像另外一些词汇给我的印象深刻。有一次我们去赵奶奶家串门,我读了她的孙女、一个沉默寡言的初中生的日记。当时她的日记就放在一个黑漆弓腿茶几上,仿佛欢迎人看的。她在日记中有这样几句话:"虽然我的家庭出身不好,但我的革命意志不能消沉……"是的,就是那"消沉"二字震撼了我,在我还根本不懂消沉是什么意思时,我就断定这是一个奇妙不凡的词,没有相当的学问,又怎能把这样的词运用在自己的日记里呢。我是如此珍视这个我并不理解的词,珍视到不敢去问大人它的含义。我要将它深埋在心,让时光帮助我靠近它明白它。白大省仁义,就让她仁义去吧。

白大省也确实是仁义的。她上小学一年级的时候,就曾经把昏倒在公厕里的赵奶奶背回过家(确切地说,应该是搀扶)。小学二年级,她就担负起每日给姥姥倒便盆的责任了。我们的姥姥不能用公厕的蹲坑,她每天坐在屋里出恭。我们的父母当时也都不在北京,那几年我们与姥姥相依为命。白大省小学三年级的时候,中国很多城市都在放映一部名叫《卖花姑娘》的朝鲜电影,这部电影使每一座电影院都在抽泣。我和白大省看《卖花姑娘》时也哭了,只是我不如她哭得那么专注。因为我前排的一个大人一边哭,一边痛苦地用自己的脊梁猛打椅子背,一副歇斯底里的样子。他弄出的响动很大,可是没有人抱怨他,因为所有的人都在忙着自己的哭。我左边那个大人,他两眼一眨不眨地盯着银幕,任凭泪水哗哗地洗着脸,一条清鼻涕拖了一尺长他也不擦。我的右边就是白大省,她好像让哭给呛着了,一个劲儿打嗝儿。就是从看《卖花姑娘》开始,我才发现我的表妹有这么一个爱打嗝儿的毛病。单听她打嗝儿的声音,简直就像一个游手好闲的老爷们儿。特别当她在冬天吃了被我们称为"心里美"的水萝卜之后,她打的那些嗝儿呀,粗声大气的,又臭又畅快。"老爷们儿"这个比喻使我感到难过,因为白大省不是一个老爷们儿,她也不游手好闲。可是,就在《卖花姑娘》放映之后,白大省的同学开始管她叫"白地主"了,只因为她姓白,和《卖花姑娘》里那个凶狠的地主一个姓。有时候一些男生在胡同里看见白大省,会故意大声地说:"白地主过来喽,白地主过来喽!"

这绰号让白大省十分自卑,这自卑几乎将她的精神压垮。胡同里经常游走着一些灰色的大人,那是一些被管制的"四类分子"。他们擦着墙根扫街,哈着腰扫厕所。自从看过《卖花姑娘》,白大省每次在胡同里碰见这些人,都故意昂头挺胸地走过,仿佛在告诉所有的人:我不是白地主,我和他们不一样!她还老是问我:哎,除了和白地主一个姓,你说我还有哪儿像地主啊?白大省哪儿也不像地主,不过她也从未被人比喻成出色的人物比如《卖花姑娘》里的花妮,那个善良美丽的少女。我相信电影《卖花姑娘》曾使许多年轻的女观众产生幻想,幻想着自己与花妮相像。这里有对善良、正义的追求,也有使自己成为美女的渴望。当我看完一部阿尔巴尼亚影片《宁死不屈》之后,我曾幻想我和影片中那个宁死不屈的女游击队员米拉长得一样，我唯一的根据是米拉被捕时身穿一件小格子衬衣，而我也有一件蓝白小格衬衣。我幻想着我就是米拉，并渴望我的同学里有人站出来说我长得像米拉。在那些日子里我天天穿那件小方格衬衣，矫揉造作地陶醉着自己。我还记住了那电影里的一句台词，纳粹军官审问米拉的女领导、那个唇边有个大黑痦子的游击队长时，递给她一杯水，她拒绝并冷笑着说："谢谢啦，法西斯的人道主义我了解！"我觉得这真是一句了不起的台词，那么高傲，那么一句顶一万句。我开始对着镜子学习冷笑，并经常引逗白大省与我配合。我让她给我倒一杯水来，当她把水杯端到我眼前时，我就冷笑着说："谢谢啦，法西斯的人道主义我了解！"

白大省吃吃地笑着，评论说"特像特像"。她欣赏我的表演，一点儿也没有因无意之中她变成了"法西斯"就生我的气，虽然那时她头上还顶着"白地主"的"恶名"。她对我几乎有一种天然生成的服从感，即使在我把她当成"法西斯"的时刻她也不跟我翻脸。"法西斯"和"白地主"应当是相差不远的，可是白大省不恼我。为此我常作些暗想：因为她被男生称作了"白地主"，日久天长她简直就觉得自己已经是个地主了吧？地主难道不该服从人民么？那时的我就是白大省的"人民"。并且我比她长得好看，也不像她那么笨。姥姥就经常骂白大省笨：剥不干净蒜，反倒把蒜汁沤进自己指甲缝里哼哼唧唧地哭；明明举着苍蝇拍子却永远也打不死苍蝇；还有，丢钱丢油票。那时候吃食用油是要凭油票购买的，每人每月才半斤花生油。丢了油票就要买议价油，议价花生油一块五毛钱一斤，比平价油贵一倍。有一次白大省去北口买花生油，还没进店门就把油票和钱都丢了。姥姥骂了她一天神不守舍，"笨，就更得学着精神集中，你怎么反倒比别人更神不守舍呢你！"姥姥说。

在我看来，其实神不守舍和精神集中是一码事。为什么白大省会丢钱和油票呢，因为九号院赵奶奶家来了一位赵叔叔。那阵子白大省的精神都集中在赵叔叔身上了，所以她也就神不守舍起来。这位姓赵的青年，是赵奶奶的侄子，外省一家歌舞团的舞蹈演员，在他们歌舞团上演的舞剧《白毛女》里饰演大春的。他脖颈上长了一个小瘤子，来北京做手术，就住在了赵奶奶家。"大春"是这胡同里前所未有的美男子，二十来岁吧，有一头自然弯曲的卷发，乌眉大眼，嘴唇饱满，身材瘦削却不显单薄。他穿一身没有领章和帽徽的军便服，那本是"样板团"才有资格配置的服装。他不系风纪扣，领口露出白得耀眼的衬衫，洋溢着一种让人亲近的散漫之气。女人不能不为之倾倒，可与他见面最多的，还是我们这些尚不能被称作女人的小女孩。那时候女人都到哪儿去了呢，女人实在不像我们，只知道整日聚在赵奶奶的院子里，围绕着"大春"疯闹。那"大春"对我们也有着足够的耐心，他教我们跳舞，排演《白毛女》里大春将喜儿救出山洞那场戏。他在院子正中摆上一张方桌，桌旁靠一只略矮的杌凳，杌凳旁边再摆一只更矮的小板凳，这样，山洞里的三层台阶就形成了。这场戏的高潮是大春手拉喜儿，引她一步高似一步地走完三层"台阶"，走到"洞口"，使喜儿见到了洞口的阳光，惊喜之中，二人挺胸踢腿，做一美好造型。这是一个激动人心的设计，这是一个激动人心的场面，是我们的心中的美梦。胡同里很多女孩子都渴望着当一回此情此景中的喜儿，洞口的阳光对我们是不重要的，重要的在于我们将与这卷发的"大春"一道迎接那阳光，我们将与他手拉着手。我们躁动不安地坐在院中的小板凳上等待着轮到我们的时刻,彼此妒忌着又互相鼓励着。这位“大春”,他对我们不偏不倚,他邀请我们每人至少都当过一次喜儿。惟有白大省,惟有她拒绝与“大春”合作,虽然她去九号院的次数比谁都多。

为了每天晚饭后能够尽快到九号院去,白大省几次差点和姥姥发火。因为每天这时候,正是姥姥出恭的时刻。白大省必得为姥姥倒完便盆才能出去。而这时,九号院里《白毛女》的“布景”已经搭好了。啊,这真是一个折磨人的时刻,姥姥的屎拉得是如此漫长,她抽着烟坐在那儿,有时候还戴着花镜读大32开本的《毛主席语录》。这使她显得是那么残忍,为什么她一点儿也不理会白大省的心呢?站在一边的我,一边庆幸着倒便盆的任务不属于我,又同情着我的表妹白大省。“我可先走了”——每当我对白大省说出这句话,白大省便开始低声下气而又勇气非常地央求姥姥:“您拉完了吗?您能不能拉快点儿?”她隔着门帘冲着里屋。她的央求注定要起反作用,就因为她是白大省,白大省应当是仁义的。果然门帘里姥姥就发了话,她说这孩子今天是怎么啦,有这么跟大人说话的吗,怎么养你这么个白眼儿狼啊,拉屎都不得消停……

白大省只好坐在外屋静等着姥姥,而姥姥仿佛就为了惩罚白大省,她会加倍延长那出恭的时间。那时我早就一溜烟似的跑进了九号院,我内疚着我的不够仗义,又盼望着白大省早点过来。白大省总会到来的,她永远坐在一个不起眼的角落,虽然她是那么盼望“大春”会注意到她。只有我知道她这盼望是多么强烈。有一天她对我说,赵叔叔不是北京户口,手术做完了他就该走了吧?我说是啊,很可惜。这时白大省眼神发直,死盯着我,却又像根本没看见我。我碰碰她的手说,哎哎,你怎么啦?她的手竟是冰凉的,使我想起了冰镇杨梅汽水,她的手就像刚从冰柜里捞出来的。那年她才十岁,她的手的温度,实在不该是一个十岁的温度,那是一种不能自已的激情吧,那是一种无以言说的热望。此时此刻我望着坐在角落里的白大省,突然很想让“大春”注意一下我的表妹。我大声说,赵叔叔,白大省还没演过喜儿呢,白大省应该演一次喜儿!赵叔叔——那卷发的“大春”就向白大省走来。他是那么友好那么开朗,他向她伸出了一只手,他在邀请她。白大省却一迭声地拒绝着,她小声地嘟囔:“我不,我不行,我不会,我不演,我不当,我就是不行……”这个一向随和的人,在这时却表现出了让人诧异的不大随和。她摇着头,咬着嘴唇,把双手背到身后。她的拒绝让我意外,我不明白她是怎么了,为什么她会拒绝这久已盼望的时刻。我最知道她的盼望,因为我摸过她的冰凉的手。我想她一定是不好意思了,我于是鼓动似的大声说你行你就行,其他几个女孩子也附和着我。我们似乎在共同鼓励这懦弱的白大省,又共同怜悯这不如我们的白大省。“大春”仍然向白大省伸着手,这反而使白大省有点要恼的意思,她开始大声拒绝,并向后缩着身子。她的脑门沁出了汗,她的脸上是一种孤立无援的顽强。她僵硬地向后仰着身子,像要用这种姿态证明打死也不服从的决心。这时“大春”将另一只手也伸了出来,他双臂伸向白大省,分明是要将她从小板凳上抱起来,分明是要用抱起她来鼓励她上场。我们都看见了赵叔叔这个姿态,这是多么不同凡响的一个姿态,白大省啊你还没有傻到要拒绝这样一个姿态的程度吧。白大省果然不再大声说“不”了,因为她什么也说不出来了,“咕咚”一声她倒在地上,她昏了过去,她休克了。

很多年之后白大省告诉我，十岁的那次昏倒就是她的初恋。她分析说当时她恨透了自己，却没有办法对付自己。直到今天，三十多岁的白大省还坚持说，那位赵叔叔是她见过的最好看的中国男人。长大成人的我不再同意白大省的说法，因为我本能地不喜欢大眼睛双眼皮的男人。但我没有反驳白大省，只是感叹着白大省这拙笨之至又强烈之至的"初恋"。那个以后我们再也未曾谋面的赵叔叔，他永远也不会知道，当年驸马胡同那个十岁的女孩子白大省，就是为了他才昏倒。他也永远不会相信，一个十岁的女孩子，当真能为她心中的美男子昏死过去。他们那个年纪的男人，是不会探究一个十岁的女人的心思的，在他眼里她们只是一群孩子，他会像抱一个孩子一样去抱起她们，他却永远不会知道，当他向她们伸出双臂时，会掀起她们心中怎样的风暴。他在无意之中就伤了胡同里那么多女孩子的心，当他和三号院西单小六的事情发生后，那些与他"同台"饰演喜儿的小女孩才知道，他其实从来就没有注意过她们，他倾心的是胡同里远近闻名的那个西单小六。为什么一个十岁的小女孩能为一个大男人昏过去呢，而西单小六，却几乎连正眼都不看一下那"大春"，就能弄得他神魂颠倒。

二

西单小六那时候可能十九岁，也可能十七岁，她和她的全家前几年才搬到驸马胡同。她们家占了三号院五间北房，北房原来的主人简先生和简太太，已被勒令搬到门房去住，谁让简先生解放前开过药铺呢，他是个小资本家，而西单小六的父亲是建筑公司的一名木匠。

西单小六的父母长得矮小干瘪，可他们是多么会生养孩子啊，他们生的四男四女八个孩子，男孩子个个高大结实，女孩子个个苗条漂亮。他们是一家子粗人，搬进三号院时连床都没有，他们睡铺板。他们吃得也粗糙，经常喝菜粥，蒸窝头。可他们的饮食和他们的铺板却养出了西单小六这样一个女人。她的眉眼在姐妹之中不是最标致的，可她却天生一副媚入骨髓的形态，天生一股招引男人的风情。她的土豆皮色的皮肤光润细腻，散发出一种新鲜锯末的暖洋洋的清甜；她的略微潮湿的大眼睛总是半眯着，似乎是看不清眼前的东西，又仿佛故意要用长长的睫毛遮住那火热的黑眼珠。她蔑视正派女孩子的规矩：紧紧地编结发辫。她从来都是把辫子编得很松垮，再让两鬓纷飞出几缕柔软的碎头发，这使她看上去胆大包天，显得既慵懒又张扬，像是脑袋刚离开枕头，更像是跟男子刚有过一场鬼混。其实她很可能只是刚刷完熬了菜粥的锅，或者刚就着腌雪里蕻吃下一个金黄的窝头。每当傍晚时分，她吃完窝头刷完锅，就常常那样慵懒着自己，在门口靠上一会儿，或者穿过整条胡同到公共厕所去。当她行走在胡同里的时候，她那蛊惑人心的身材便得到了最充分的展示。那是一个穿肥裆裤子的时代，不知西单小六用什么方法改造了她的裤子，使这裤子竟敢曲线毕露地包裹住她那紧绷绷的弹性十足的屁股。她的步态松懈，身材却挺拔，她就用这松懈和挺拔的奇特结合，给自己的行走带出那么一种不可一世的妖娆。她经常光脚穿着拖鞋，脚趾甲用凤仙花汁染成恶俗的杏黄——那时候，全胡同、全北京又有谁敢染指甲呢，惟有西单小六。她就那么谁也不看地走着,因为她知道这胡同里没什么人理她,她也就不打算理谁。她这样的女性,终归是缺少女朋友的,可她不在乎,因为她有的是男朋友。她加入着一个团伙,号称西单纵队的,"西单小六"这绰号,便是她加入了西单纵队之后所得。究其本名,也许她应该被称为小六吧,她在兄弟姐妹中排行老六。"西单小六"的这个团伙,是聚在一起的十几个既不念书(也无书可念)、又不工作的年轻人,都是好出身,天不怕地不怕的,专在西单一带干些串胡同抢军帽、偷自行车转铃的事。然后他们把军帽、转铃拿到信托商店去卖,得来的钱再去买烟买酒。那个时代里,军帽和转铃是很多年轻人生活中的向往,那时候你若能得到一顶棉制裁绒军帽,就好比今日你有一件质地精良的羊绒大衣;那时候你的自行车上若能安一只转铃,就好比今日你的衣兜里装着一只小巧的手机。"西单小六"在这纵队里从不参加抢军帽、偷转铃,据说她是纵队里唯一的女性,她的乐趣是和这纵队里所有的男人睡觉,她和他们睡觉,甚至也缺乏这类女人常有的功利之心,不为什么,只是高兴,因为他们喜欢她。她最喜欢让男人喜欢,让男人为她打架。

她的种种荒唐,自然瞒不过家人的眼,她的木匠父亲就曾将她绑在院子里让她跪搓板。这西单小六,她本该令她的兄弟姐妹抬不起头,可她和他们的关系却出奇地好。当她跪搓板时,他们抢着在父亲面前替她求情。她罚跪的时间总是漫长的,有时从下午能跪到半夜。每一次她都被父亲剥掉外衣,只剩下背心裤衩。兄弟姐妹的求情也是无用的,他们看着她跪在搓板上挨饿受冻,心里难受得不行。终于有一次,她的那些同伙,西单纵队的哥儿们知道了她正在跪搓板,他们便在那天深夜对驸马胡同三号搞了一次"偷袭"。他们翻墙入院,将西单小六松了绑,用条红白相间的毛毯裹住扛出了院子。然后,他们骑上每人一辆的凤凰18型锰钢自行车,再铆足了劲,示威似的同时按响各自车把上那清脆的转铃,紧接着就簇拥着西单小六在胡同里风一样地消失了。

那天深夜,我和白大省都听见了胡同里刺耳的转铃声,姥姥也听见了,她迷迷瞪瞪地说,准是西单小六她们家出事了。第二天胡同里就传说起西单小六被"抢"走的经过。这传说激起了我和白大省按捺不住的兴奋、好奇,还有几分紧张。我们奔走在胡同里,转悠在三号院附近,希望能从方方面面找到一点证实这传说的蛛丝马迹。后来听说,给西单纵队通风报信的是西单小六的三哥,西单小六本人反倒从不向她那些哥儿们讲述她在家里所受的惩罚。谁看见了他们是用条红白相间的毛毯裹走了西单小六呢,谁又能在半夜里辨得清颜色,认出那毛毯是红白相间呢?这是一些问题,但这样的问题对我们没有吸引力。我们难忘的,是曾经有这样一群男人,他们齐心协力,共同行动,抢救出了一个正跪在搓板上的他们喜爱的女人。而他们抢她的方式,又是如此地震撼人心。西单小六仿佛就此更添了几分神秘和奇诡,几天之后她没事人似的回到家中,又开始在傍晚时分靠住街门站着了。她手拿一只勾针,衣兜里揣一团白线,抖着腕子勾一截贫里贫气的狗牙领子。很可能九号院赵奶奶的侄子、那卷发的"大春"就是在这时看见了西单小六吧,西单小六也一定是在这样的时候用藏在睫毛下的黑眼珠瞟见了"大春"。

这一男一女,命中注定是要认识的,任什么也不可阻挡。可赵奶奶跟姥姥说,那鬼迷心窍的"大春"手术早就做完了,单位几次来信催他回去,他理也不理,不顾赵奶奶的劝阻,竟要求西单小六嫁给他,跟他离开北京。西单小六嘻嘻哈哈地不接话茬儿,只是偷空跟他约会。后来，西单纵队的那伙人，就是在赵奶奶的后院把他俩抓住的。照例是个夜晚，他们照例翻墙进院，用毛毯将裸体的西单小六裹了走，又把那"大春"痛打一顿，以匕首威胁着将他轰出了北京。

胡同里有人传说，说这回西单纵队潜入赵奶奶家后院，是西单小六故意勾来的。她一挑动，男人就响应。她是多么乐意让男人在她眼前出丑啊。这传说若是真的，西单小六就显得有点卑鄙了。美丽而又卑鄙，想来该是伤透了"大春"的心。

赵奶奶哭着对姥姥说，真是作孽啊，咱们胡同怎么招来这么个狐狸精。姥姥陪着赵奶奶落泪，还嘱咐我们，不许去三号院玩，不许和西单小六家的人说话。她是怕我们学坏，怕我们变成西单小六那样的女人。

我就在这个时期离开了北京，回到了B城父母的身边。那时我的父母刚刚结束在一座深山里的五七干校的劳动，他们回家之后第一件事就是把我从姥姥家接回来，要我在B城继续上学。他们是那样重视与我的团聚，而我的心，却久久地留在北京的驸马胡同了。我知道胡同里那些大人是不会想念我这样一个与他们无关的孩子的，可我却总是专心致志地想念胡同里一些与我无关的大人：卷发的"大春"，西单小六，赵奶奶，甚至还有赵奶奶家的女猫妞妞。我曾经幻想如果我变成妞妞，就能整日整夜与那"大春"在一起了，我还能够看见他和西单小六所有的故事。我听说西单纵队的人去赵奶奶家后院抓"大春"和西单小六时，妞妞在房顶上好一阵尖叫。她是喊人救命呢，还是幸灾乐祸地欢呼呢？而我想要变成妞妞，究竟打算看见"大春"和西单小六的什么故事呢？以我那时的年龄，我还不知道一个男人和一个女人在一起要做什么事。我的心情，其实也不是嫉妒，那是一团乱七八糟的惆怅和不着边际的哀伤。因为我没像白大省那样"爱"上赵奶奶的侄子，我也不厌恶被赵奶奶说成狐狸精的西单小六。我喜欢这一男一女，更喜欢西单小六。我不相信那天夜里她是有意让"大春"出丑，就算是有意让"大春"出丑又怎样？我在心里替她开脱，这时我也显得很卑鄙。这个染着恶俗的杏黄色脚指甲的女人，她开垦了我心中那无边无际的黑暗的自由主义情愫，张扬起我渴望变成她那样的女人的充满罪恶感的梦想。十几年后我看伊丽莎白·泰勒主演的《埃及妖后》，当看到埃及妖后吩咐人用波斯地毯将半裸的她裹住扛到凯撒大帝面前时，我立刻想到了驸马胡同的西单小六，那个大美人，那个艳后一般的人物，被男男女女口头诅咒的人物。

在很长的时间里我都没把对西单小六的感想告诉我的表妹白大省，我以为这是一个忌讳：当年是西单小六"夺"走了白大省为之昏过去的"大春"。再说，到了80年代初期，三号院那五间大北房又回到了住门房的简先生手中，西单小六一家就搬走了。她已经消失在驸马胡同，我又有什么必要一定要对白大省提起西单小六呢。直到有一次，大约两年前，我和白大省在三里屯一个名叫"橡木桶"的酒吧里见到了西单小六。她不是去那儿消遣的，如今她是"橡木桶"的女老板。

那是一间竭力模仿异国格调的小酒吧，并且也弥漫着一股异国餐馆里常有的人体的膻气和肉桂、香叶、咖喱等调料相混杂的味道。酒吧看上去生意不错，烛光幽暗，顾客很多——大都是外国人。墙上挂着些兽皮、弓箭之类，吧台前有两个南美模样的女歌手正弹着西班牙吉他演唱《吻我，吉米》。我就在这时看见了西单小六。尽管二十多年不见,在如此幽暗的烛光下我还是一眼就把她认了出来。我为此一直藐视那些胡编乱造的故事,什么某某和某某十几年不见就完全不认识了并由此引出许多误会什么的,这怎么可能呢,反正我不会。我认出了西单小六,她有四十多岁了吧?可你实在不能用“人老珠黄”来形容她。她穿一条低领口的黑裙子,戴一副葵花形的钻石耳环;她的身材丰满却并不臃肿,她依旧美艳并对这美艳充满自信;她正冲着我们走过来,她的行走就像从前在驸马胡同一样,步态悠然,她的神情只比从前更多了几分见过世面的随和。她看上去活得滋润,也挺满足,虽然有点俗。我对白大省说,嗨,西单小六。这时西单小六也认出了我们,她走到我们跟前说,从前咱们做过邻居吧。她笑着,要侍者给我们拿来两杯“午夜狂欢”——属于她的赠送。她的笑有一种回味故里的亲切,不讨厌,也没有风尘感。我和白大省也对西单小六笑着,我们的笑里都没有恶意,我们对她能一下子认出从前胡同里的两个孩子感到惊异。我们只是不知道怎样称呼她,只好略过称呼,客气又不失真实地夸赞她的酒吧。她开心地领受这称赞,并扬扬手叫过了一个正在远处忙着什么的宽肩厚背的年轻人,那年轻人来到我们面前,西单小六介绍说这是她的先生。

那个晚上我和白大省在“橡木桶”过得很愉快。西单小六和她那位至少小她十岁的丈夫使我们感慨不已。我们感叹这个不败的女人,谜一样的不败的女人。白大省就在那个晚上告诉我,她从来就没有憎恨过西单小六。她让我猜猜她最崇拜的女人是谁,我猜不着,她说她最崇拜的女人是西单小六,从小她就崇拜西单小六。那时候她巴望自己能变成西单小六那样的女人,骄傲,貌美,让男人围着,想跟谁好就跟谁好。她常常站在梳妆镜前,学着西单小六的样子松散地编小辫,并三扯两扯扯出鬓边的几撮头发。然后她靠住里屋门框垂下眼皮愣那么一会儿,然后她离开门框再不得要领地扭着胯在屋里走上那么几圈。她看着镜子里的自己,亢奋而又鬼祟,自信而又气馁。她是多么想如此这般地跑出家门跑到街上,当然她从来就没有如此这般地跑出过家门跑到过街上,也从没有人见过她模仿西单小六的怪样,包括我。

那个晚上我望着走在我身边显得人高马大的白大省,我望着她的侧面,心想我其实并不了解这个人。

三

我的这位表妹白大省,她那长大之后仍然傻里傻气的纯洁和正派,常常让我觉得是这世道仅有的剩余。在中学和大学里她始终是好学生,念大三时她还当过校学生会的宣传部长。她天生乐于助人,热心社会活动,不惜为这些零零碎碎的活动耽误学习。我窃想也许她本来就不太喜欢学习本身。她念的是心理系,有时候她会在上课时溜回宿舍睡大觉,不过这倒也没有妨碍她顺利毕业。她毕了业,进了四星级的凯伦饭店,后来就一直固定在销售部。在那儿得卖房,单凭散客和旅行社的固定客户是不够的,得主动出击寻找客源。她的目标是京城的合资、独资企业以及外国公司的代表处,她须经常在这些企业的写字楼里乱窜,登门入室,向人家推销凯伦的客房,并许以一些优惠条件。凯伦的职员把这种业务形式统称为“扫楼”。听上去倒是有一种打击一大片的气势,扫视或者扫射吧，这可不是闹着玩儿的。我简直想不出白大省拿什么来作为她“扫楼”的公关资本，或者换个说法，白大省简直就没有什么赖以公关的优势。她相貌一般，一头粗硬的直短发，疏于打扮，爱穿男式衬衫。个子虽说不矮，但是腰长腿短，过于丰满的屁股还有点下坠，这使她走起路来就显得拙笨。可是她的“扫楼”成绩在她们销售部还是名列前茅的，凭什么呢白大省？难道她就是凭了由小带到大的那份“仁义”么？凭了她那从里到外的一股子莫名其妙的待人的真情？

我领教过白大省待人的真情。那年她念大二，到我们B城一所军事指挥学院参加封闭式的大学生军训。军训结束时，我给她打电话，让她先别回北京，在B城留两天，到我家来住。那时我刚结婚，幸福得不得了，我愿意让白大省看看我的新家，认识我对她说过一百遍的我的丈夫王永。白大省欣然答应，在电话里跟王永姐夫长姐夫短的好不亲热。我们迎她进门，给她做了一大堆好吃的。回想起小时候在驸马胡同南口买冰镇汽水的时光，我还特意买来了小肚，这曾经是我和白大省小时候最爱吃的东西。我的父母——白大省的姨父和姨妈也赶来我家和我们一起吃饭。大家异口同声地说军训使白大省黑了，也结实了。话题由此开始，白大省就对我们说起了她的军训时光。毫无疑问她是无限怀恋这军训的，她详细地向我们介绍她每天的活动，从早晨起床到晚上睡觉，背包怎么打，迷彩服怎么穿，部队小卖部都卖些什么，她们的排长人怎么怎么好，对她们多么严格，可是大家多么服他的气，那排长是山东人，有口音，可是一点儿也不土，你们不知道他是多么有人情味儿啊，别以为他就会“立正”“稍息”“向右转”，就会个匍匐前进，就会打个枪什么的，那个排长啊，他会拉小提琴，会拉《梁祝》，噢，对了，还有指导员……

整整一顿饭，白大省沉浸在军训的美妙回味中。她看不见眼前的饭菜，看不见我特意为她买来的小肚，看不见她的姨父姨妈，看不见她的姐夫王永，看不见我们明快、舒适的新家。除了军训、排长、指导员，她对一切都视而不见。此时此刻仿佛她身在何处、与谁在一起都是不重要的，哪怕你就是把她扔到街上，只要能允许她讲她的军训，她也会万分满足。到了晚上，白大省去卫生间洗澡时，我给她送进去一块浴巾，谁知这浴巾竟引得她把自己关在卫生间里哭了一场。我隔着门问她怎么啦怎么啦，她也不答话。一会儿，她红头涨脸、眼泪汪汪地出来了，她说我告诉你吧，我现在见不得绿颜色，什么绿颜色都能让我想起部队，想起解放军。话没说完，她把脸埋在那块绿浴巾里又哭起来，好像那就是她们排长的军服似的。

白大省这种不加克制的对几个军人的想念，实在叫人心烦，也使她看上去显得特别浑不知事。我不想再听她的军训故事，我也担心王永不喜欢我的这位表妹。第二天早饭后我提议和白大省上街转转，她还不知道B城什么样呢。白大省答应和我一起上街，可是紧接着她就问我附近有邮局么，她说她昨天夜里给排长他们写了几封信，她要先去邮局把信发出去。她说告别时她答应了他们一回去就写信的，她说要说话算数。我说可是你还没有回到北京啊，她说在当地发信他们不是收到得更快么——唉，这就是白大省的逻辑。幸亏不久以后驸马胡同发生了一系列变化，要不然她对亲人解放军的思念得持续到何年何月啊。

先是我们的姥姥去世了,姥姥去世前已经瘫痪了三年。姥姥一直跟着白大省的父母,也就是我的姨父和姨妈生活,可是因为姨父和姨妈80年代初才从外地调回北京,所以姥姥和白大省在一起的时间最长。在我的记忆里,她指责、呲打白大省的时间也就最长。特别当她瘫痪之后,她就把指责白大省当成了她生活中一项重要的乐趣。她指责的内容二十多年如一日,无非是我从小就听惯的"笨"呀、"神不守舍"什么的,而这些时候,往往正是白大省壮工似的把姥姥从床上抱上抱下给她接屎接尿的时候。白大省的弟弟白大鸣从不伸手帮一帮白大省,可是姥姥偏袒他,几个舅舅每月寄给姥姥的零花钱,姥姥全转赠给了白大鸣。白大鸣什么时候往姥姥床前一栖乎,姥姥就从枕头底下掏钱。有一次我对白大省说,姥姥这人最大的问题就是偏心眼儿,看把白大鸣惯的,小少爷似的。再说了,他要真是小少爷,你不还是大小姐么。白大省立刻对我说,她愿意让姥姥护着白大鸣,因为白大鸣小时候得过那么多病。可怜的大鸣!白大省眼圈儿又红了,她说你想想,他生下来不长时间就得了百日咳;两岁的时候让一粒榆皮豆卡住嗓子差点憋死;三岁他就做了小肠疝气手术;五岁那年秋天他掉进院里那口干井摔得头破血流;七岁他得过脑膜炎;十岁他被同学撞倒在教室门口的台阶上磕掉了门牙……十一岁……十三岁……为什么这些倒霉事儿都让大鸣碰上了呢,为什么我一件都没碰上过呢,一想到这些我心里就一阵阵地疼,哎哟疼死我了……

白大省的这番诉说叫人觉得她一直在为自己是个健康人而感到内疚,一直在为她不像她的弟弟那么多灾多病而感到不好意思。我还有什么可说的呀,我再说下去几乎就成了挑拨他们姐弟的关系了,尽管我一百个看不上白大鸣。

姥姥死了,白大省哭得好几次都背过气去。我始终在猜想她哭的是什么呢,姥姥一生都没给过她好脸子,可留在她心中的,却是姥姥的一万个好。有一回她对我说,姥姥可是个见过大世面的老太太。那会儿,70年代末,商店的化妆品柜台刚出现指甲油的时候,白大省买了一瓶,姥姥就说,你得配着洗甲水一块儿买,不然你怎么除掉指甲油呢?白大省这才明白,洗指甲和染指甲同样重要。她又去商店买洗甲水,售货员说什么洗甲水,没听说过。白大省对我说,哼,那时候她们连洗甲水都不知道,可是姥姥知道。你说姥姥是不是挺见过世面?我心说这算什么见过世面,可我到底没说,我不想扫白大省的兴。我只是觉得一个人要想得到白大省的佩服太容易了。

姥姥死后,姨妈的单位——市内一所重点中学又分给他们一套两居室的单元房,属于教师的安居工程。全家作了商量:姨父姨妈带着白大鸣搬去新居,驸马胡同的老房留给白大省。从今往后,白大省将是这儿的主人,她可以在这儿成家立业,结婚生子(或女),永远永远地住下去。在寸土寸金的北京西城商业区,这是招人羡慕的。白大省就在这时开始了她的第二场恋爱(如果十岁那次算是第一场的话)。那时她念大四,她的很多同学都知道她有两间自己的房子。有时候她请一些同学来驸马胡同聚会,有时候外地同学的亲戚朋友也会在驸马胡同借住。同班男生郭宏的母亲来北京治病,就在白大省这儿住了半个月,后来,郭宏就和白大省谈恋爱了。郭宏是大连的人,这人我见过,用白大省的话说,"长得特像陈道明或者陈道明的弟弟"。这人话不多,很机灵,凭直觉我就觉得他不爱白大省。可我怎么能说服白大省呢,那阵子她像着了魔似的。你只要想一想她怀念军训的那份激情，就能推断出在这样的一场恋爱里她的情感会有怎样的爆发力。

四

那时候白大省经常问我，要是你和一个男人结婚，你是选择一个你们俩彼此相爱的呢，还是选择一个他爱你比你爱他更厉害的呢，还是选择一个你爱他比他爱你更厉害的呢？——当然，你肯定选择彼此相爱，你和王永就是彼此相爱。白大省替我回答。我问她会选什么样的，她说，也许我得选择我爱他比他爱我更……更……她没再往下说。但我从此知道，事情一开始她给自己制定的就是低标准，一个忘我的、为他人付出的、让人有点心酸的低标准。她仿佛早就有一种预感，这世上的男人对她的爱意永远也赶不上她对他们的痴情。问题是我还想接着残忍地问下去问我自己，这世上的男人又有谁对白大省有过真的爱意呢？郭宏和白大省交朋友是想确定了恋爱关系毕业后他就能留在北京。我早就看出了这一层，我提醒她说郭宏在北京可没家，她说我们结了婚他不就有家了么。

也许郭宏本是要与白大省结婚的，他们已经在一块儿过起了日子。白大省把伺候郭宏当成最大的乐事，她给他买烟，给他洗袜子，给他做饭，招一大帮同学在驸马胡同给他开生日 Party，让所有的人都知道他们的恋爱是认真的，是往结婚的路上走的那种。郭宏家的人来北京她是全陪，管吃管住还管掏钱买东西。她开始厚着脸皮跟家里多要钱，有一次为了给郭宏的小侄子买一只“沙皮狗”，她居然背着姨父和姨妈卖了家里一只旧电扇。真是何苦呢。可是忽然间，就在临近毕业时，郭宏又结识了学校一个日本女留学生，打那儿以后郭宏就不到驸马胡同来了。他是想随了那日本学生到日本去的，郭宏一好友曾经透露。这是一个打定了主意要吃女人饭的男人，当他能够去日本的时候，为什么还要留在北京呢。用不着留在北京，他就不必和白大省结婚。

直到今天我还记得白大省向我哭诉这一切时的样子，她膀眉肿眼，奓着头发，盘腿坐在她的大床上，咬着牙根（我刚发现白大省居然也会咬牙根）说我真想报复郭宏啊我真想报复他，让他留不成北京，让他回他们东北老家去！接着她便计划出一大串报复他的方式，照我看都是些幼稚可笑没有力量的把戏。说到激动之处她便打起嗝儿来，凄切而又嘹亮，像是历经了大的沧桑。可是，当我鼓动她无论如何也要出这口恶气时，她却不说话了。她把自己重重地往床上一砸，扯过一条被子，便是一场蒙头大睡。我看着眼前的这座“棉花山”，想着在有些时候，棉被的确是阻隔灾难的一件好东西，它能抵挡你的寒冷，模糊你的仇恨，缓解你的不安，掩盖你的哀伤。白大省在棉被的覆盖下昏睡了一天，当她醒来之后就再也不提报复郭宏的事了。遇我追问，她就说，唉，我要是有西单小六那两下子就好了，可我不是西单小六啊，问题是——我要真是西单小六也就不会有眼前这些事儿了。郭宏敢对西单小六这样么？他敢！这话说的，好像郭宏敢对她白大省这样反倒是应当应分的。

白大省就在失去郭宏的悲痛之中迎来了她的毕业分配，在凯伦饭店，她开始了人生的又一番风景。她工作积极,待人热诚,除了在西餐厅锻炼时(去餐厅锻炼是每个员工进店之后的必修课)长了两公斤肉,别处变化不大。她还是像个学生,没有沾染大酒店假礼貌下的尖刻和冷漠之气。偶尔受了同事的挤兑,她要么听不出来,要么哈哈一笑也就过去了。她赢了个好人缘,连更衣室的值班大妈都夸她:别看咱们饭店净漂亮妞儿,我还就瞧着白大省顺眼。多咱见了我们都打招呼,大妈长大妈短,叫得人心里热乎乎的。不怕您笑话呀,现如今我儿媳妇叫我一声妈都费老劲了,哎,我说白大省,今儿个你干吗往衬衫领子下头围一块小绸巾呀,绸巾不是该往脖子上系的吗……更衣室大妈不拿白大省当外人,逮着她就跟她穷聊。

过了些时候,白大省开始了她的又一次恋爱。这一回,对方名叫关朋羽,凯伦饭店客房部的,比白大省小一岁,个子和白大省差不多。他俩是在饭店圣诞晚会的排练时熟起来的,关朋羽演唱美声的《长江之歌》,白大省的节目是民歌《回娘家》。这首《回娘家》白大省大学时就唱熟了。她还有一个优点就是不憷台,这跟在学生会做过宣传部长有关。只是在排练过程中她总是出一些小麻烦,比如当唱到"左手一只鸡,右手一只鸭,怀里还抱着一个胖娃娃"时,她理应先伸左手再伸右手,她却总是先伸右手后伸左手。麻烦虽不大,但让人看着别扭。那时坐在台下的关朋羽就悄悄地冲她打手势,提醒她"先左,先左"。白大省看见了关朋羽的手势,也听见了他的提醒,他的小动作使她心中涌起一种莫可名状的感动,也就像有了靠山有了仗势一样地踏实下来,她遵照关朋羽的指示伸对了手——"先左"。到了后来,再遇排练,还没唱到"左手一只鸡,右手一只鸭"时她就预先把眼光转向了台下的关朋羽,有点像暗示,又有点像撒娇。她暗示关朋羽别忘了对她的暗示:我可快要出错儿了呀,你可别忘了提醒我呀。到了伸手的关键时刻,她其实已经可以顺利地"先左"了,可她却还假装着犹豫,假装着不知道她的手该怎么伸。台下的关朋羽果真就急了,他腾地向她伸出了左手。白大省就喜欢看关朋羽着急的样子,那不是为别人着急,那是专为她白大省一人的着急。白大省乐不可支,她的"调情"技巧到此可说是达到了一个小高潮——也仅此而已,她再无别的花招。

关朋羽和郭宏不同,他是一种天生喜欢居家过日子的男人,注意女性时装,会织毛衣,能弹几下子钢琴,还会铺床。第一次随白大省到驸马胡同,他就向她施展了来自客房部的专业铺床和"开床"技术。他似乎从未厌烦过他平凡的本职工作,甚至还由此养成了一种职业性的嗜好:看见床就想铺它、"开"它。他吩咐白大省拿给他一套床单被单,他站在床脚双手攥住床单两角,哗啦啦地抖开,清洁的床单波浪一般在他果断的手势下起伏涌动,瞬时间就安静下来端正地舒展在床垫上。然后他替白大省把枕头拍松,请她在床边坐下,让她体味他的技术和劳动。他们——关朋羽和白大省,此刻就和床在一起,却谁也没有意识到他们能和这床发生点什么事情,叫人觉得铺床的人总是远离床的。就像盖房的人终归是远离房。白大省只从关朋羽脸上看到了一种劳动过后的天真和清静,没有欲望,也没有性。

他们还是来往了起来。饭店淘汰下一批家具,以十分便宜的价格卖给员工,三件套的织锦缎面沙发才一百二十块钱。白大省买了不少东西,从沙发、地毯、微波炉,到落地灯、小酒柜、写字台,关朋羽就帮她重新设计和布置房间。白大省想到关朋羽喜欢弹琴,还咬咬牙花五百块钱买了饭店一架旧钢琴(外带琴凳),白大省向父母要钱或者偷着卖老电扇的时代过去了,她远不是富人,可她觉得自己也不算缺钱花。她在新布置好的房间里给关朋羽过了一次生日,这回她多了个心眼儿,不像给郭宏过生日那回请一堆人。这回她谁也没请,就她和关朋羽两个人。她从饭店西餐厅订了一个特大号的“黑森林”蛋糕,又买了一瓶价格适中的“长城干红”。那天晚上,他们吃蛋糕,喝酒,关朋羽还弹了一会儿琴。关朋羽弹琴的时候白大省就站在他身边看他的侧面。她离他很近,他的一只耳朵差不多快要蹭到她胸前的衣襟。他的耳朵红红的,像兔子。白大省后来告诉我,当时她很想冲那耳朵咬一口。关朋羽一直在弹琴,可是越弹越不知自己在弹什么。身边的一团热气阻塞了他的思维,他不知道是一直看着琴键,还是应该冲那团热气扭一下头,后来他还是冲白大省扭了一下头。当他扭头的时候,不知怎么的,他的头连同他那只红红的耳朵就轻倚在白大省的怀里了。这是一个让白大省没有防备的姿势,也许她是想双手搂住怀中这个脑袋的,可是她膝盖一软,却让自己的身子向下滑去,她跪在了地上。她的跪在地上的躯体和坐在琴凳上的关朋羽相比显得有点肉大身沉,尽管这样看上去她已经比他显得低矮。她冲他仰起头,一副要承接的样子。他也就冲她俯下身子,亲了亲她的嘴,又不着边际地在她身上抚摸了一阵。她双手钩住了他的不算粗壮的脖子,她是希望一切继续的,他应该把她抱起来或者压下去。可是他显然有点胆怯,他似乎没有抱起她的力气,也没有压住她的分量。很可能他已经后悔刚才他那致命的一扭头了。他好像是再也没事干了才决定要那么一扭头的,又仿佛正是这一扭头才让他明白眼前的白大省其实是如此巨大,巨大得叫他摆布不了。或者他也为自己的身高感到自卑,为自己的学历感到自卑?白大省是大本文凭,他念的是旅游中专。也许这些原因都不是,关朋羽,他始终就没有确定自己是不是爱上了白大省。他终于从白大省的胳膊圈儿里钻了出来。他坐回到桌旁,白大省也坐回到桌旁,两个人看上去都很累。

忽然白大省说,要是咱们俩过日子,换煤气罐这类的事肯定是我的。

关朋羽就说,要是咱们俩过日子,换灯泡这类的事肯定是我的。

白大省说,要是咱们俩过日子,我什么都不让你干。

关朋羽就说,你真善良,我早看出来了。

他说的是真话,他明白并不是每个男人都能碰见这份善良的。就为了他早就发现的白大省这份赤裸裸的善良,他又亲了她一次。然后他们平静、愉快地告了别。

他们还没有谈到结婚,不过两人都是心照不宣的样子。销售部的同事问起白大省,她只是笑而不答。白大省到底积累了点经验,她忍耐住了她自以为的幸福。要是我们的另一位表妹小玢不来北京,我判断关朋羽会和白大省结婚的。可是小玢来了。

小玢是我们舅舅的女儿,家住太原。一连三年没考上大学,便打定主意到北京来闯天下。她的理想是当一名时装设计师,为此她选择了北京一家没有文凭、不管食宿、也不负责分配的服装学校。她花钱上了这学校,并来到驸马胡同要求和白大省同住,她理直气壮,不由分说。

五

小玢没来过北京,她却到哪儿也不憷,与人交往,天生的自来熟。她先是毫不忸怩地把驸马胡同当成了自己的家,她打开白大省的衣橱,刷啦啦地把白大省挂在衣杆上的衣服“赶”到一边,然后把自己带来的“时装”一挂一大片。她又打量了一阵写字台,把白大省戳在桌面上的几个小镜框往桌角一推,接着不同角度地摆上了几只嵌有自己玉照的镜框;其中一帧二十四寸大彩照,属于影楼艺术摄影那种格调的,她将它悬在了迎门,让所有人一进白大省家,先看见墙上被柔光笼罩的小玢在作妩媚之笑。最后她考虑到床的问题,她看看里屋唯一一张大床,对白大省说她睡觉有个毛病,爱睡“大”字,床窄了她就得掉下去。她要求白大省把大床让给她,自己再另支折叠床。白大省没有折叠床,只好到家具店现买了一张。剩下吃饭的问题,小玢也自有安排:早饭自己解决;晚饭谁早回来谁做(小玢永远比白大省回家晚);中饭呢,小玢说她要到凯伦饭店和白大省一块儿吃,她说她知道白大省她们的午饭是免费的。白大省对此有些为难,毕竟小玢不是饭店的员工,这是个影响问题。小玢开导白大省说,咱们不要双份,咱俩合吃你那一份就行,难道你不觉得你该减肥了么,再不减肥,以后我给你设计服装都没灵感了。白大省看看自己的不算太胖、可也说不上婀娜的身材,一刹那还想起了比她文弱许多的关朋羽,就对小玢作了让步。女为悦己者瘦啊,白大省要减肥,小玢的中饭就固定在了凯伦饭店。说是与白大省合吃,实际每顿饭她都要吃去一多半,饿得白大省钉不到下午下班就得在办公室吃饼干。

凯伦饭店的中饭开阔了小玢的视野,她认识了白大省所有的同事,抄录下他们所有的电话、BP机号码。到了后来,她跟他们混得比白大省跟他们还熟。她背着白大省去饭店美容厅剪头发做美容(当然是免费);让客房部的哥儿们给她干洗毛衣大衣;销售部白大省一个男同事,自己有一辆“富康”轿车的,居然每天早上开车到驸马胡同接小玢,然后送她去服装学校上学,说是顺路。这样,小玢又省出了一笔乘坐中巴的钱。她心安理得地享受着这些方便,当然她也知道感谢那些给她提供方便的人。她的习惯性感谢动作是拍拍他们的大腿,之后再加上这么一句:“你真逗!”男人被她拍得心惊肉跳的,“你真逗”这个含意不清的句子也使他们乐于回味,可他们又绝不敢对她怎么样。动不动就拍男人大腿本是个没教养的举动,可是发生在小玢身上就不能简单地用没教养来概括。她那一米五五的娇小身材,她那颗剪着“伤寒式”短发的小脑袋瓜,她那双纤细而又有力的小手,都给人一种介乎于女人和孩子之间的感觉,粗鲁而又娇蛮,用意深长而又不谙世事。她人小心大,旋风一般刮进了驸马胡同,她把白大省的生活搅得翻天覆地,最后她又从白大省手中夺走了关朋羽。

那是一个下午,白大省和福特公司的客户在民族饭店见面之后没再回到班上,就近回了驸马胡同。这次见面是顺利的,那位客户,一个谢顶的红脸美国老头已经答应和凯伦签合同,他们代表处将在凯伦饭店包租一年客房。这也意味着白大省可以从租金中得到千分之二的回扣。白大省这天的确用不着再回班上了,白大省实在应该回家好好庆祝庆祝。她回家开了门，看见小玢和关朋羽躺在她的大床上。

不能用鬼混来形容小玢和关朋羽，真要是鬼混，事情倒还有其他的一些可能。问题是小玢不想和关朋羽鬼混，关朋羽也觉得他应该娶的原来是小玢。这样，本来可能是白大省丈夫的关朋羽，没出两个月就变成了白大省的表妹夫。

想来想去，白大省不像恨郭宏那样恨关朋羽，让她感到揪心疼痛的是，她和关朋羽交往一年多了都没打过床的主意，可关朋羽和小玢没见过几次面就上了床。那是她的床啊，她白大省的床！

小玢搬出了驸马胡同，一句道歉的话也没跟白大省说，只给她留下一件她亲自为遮掩白大省那下坠的臀部而设计制作的一件圆摆衬衫，还忘了锁扣眼儿。倒是关朋羽觉得有些对不住白大省，有一天他跟小玢要了驸马胡同的钥匙——还没来得及还给白大省的钥匙，趁白大省上班，他找人拉走了白大省的旧床，又给白大省买来一张新双人床，还附带买了床罩、枕套什么的。他认真为她铺好床，认真到比铺他和小玢的婚床更多一百分的小心。他不让床单上有一道褶痕，不让床裙上有一粒微尘。接着他又为她开了床，就像他在饭店客房里每天都做的那样，拍松枕头，把罩好被单的薄毯沿枕边规矩地掀起一角，再往掀起的被角上放一枝淡黄色的康乃馨。就像要让白大省忘却在这个位置上发生的所有不快，又像是在祝福白大省开始崭新的日子。

白大省下班回来看见了新床和床上的一切，那是关朋羽技术和心意的结合，是他这样一个男人向她道歉的独特方式。白大省坐在折叠床上遥望这新大床一阵阵悲伤，因为她怀念的其实正是关朋羽让人搬走的那张旧床，那张深深伤害了她的旧床。倘若她能重返旧床，哪怕夜夜只她单独一人，至少她也能体味关朋羽曾经在过这床上的那一部分——就算不是和她。另一部分，小玢占据的那一部分她甚至可以遮起来不想。在旧床上她的心和身体都会感到痛的，可那是抓得住的一种伤痛，纵然痛，也是和他在一起的。眼前的新床又算什么呢，一堆没有来历的木头罢了。

关朋羽的新床带给驸马胡同的是更多的凄清。好比一个男人，早就打定了主意要背离爱他的女人，告别之前却非要给这女人擦一遍桌子，拖一拖地板，扶正墙上的一个镜框，再把漏水的龙头修上一修。这本是世上最残忍的一种殷勤，女人要么在这样的殷勤里绝望，要么从这样的殷勤里猛醒。

我的表妹白大省，她似乎有点绝望，却还谈不上就此猛醒，她只是久久不在那新床上睡觉就是了。第一次睡她那新大床的是我。那次我来北京参加一个少儿读物研讨会，有天晚上住在了驸马胡同。我躺在白大省的新床上，她躺在那张折叠床上，脸朝天花板跟我讲着小玢和关朋羽。她说小玢和关朋羽结婚后就不念那个服装学校了，两人也没房，就和关朋羽的父母一起住。他家住在一幢旧单元楼的一楼，辟出一间临街开了个门，小玢开起了成衣店，生意还挺不错。白大省说他们结婚时她没去，她是想一辈子不搭理他们的，那时候天天下班回家就发誓。白大鸣为了支持白大省，自己先作了姿态，他不与他们来往。可也不知怎么的，临近婚礼时白大省还是给他们买了礼物，一只消毒碗柜，托客房部的人转给了关朋羽。白大省说关明羽又托客房部的人给她送了一袋喜糖。她说你猜我把那喜糖放哪儿去了，我说你肯定没吃。她指指房顶说我告诉你吧,让我站在院里都给扔到房上去了。

我闭眼想着我们头上那滋生着干草的灰瓦屋顶,屋顶依旧,只是女猫妞妞和男猫小熊早已不在了,不然那喜糖定会引起他们的一阵欢腾。最后白大省又埋怨起自己,她说全怪她警惕性不高啊,一不留神啊……我说这和留神不留神有什么关系,白大省说那究竟和什么有关系呢。

我没法回答白大省的问题,我于是请她看电影。那次我们看了一个没有公演的美国电影《完美的世界》,研讨会上发的票。看电影时我们都哭了,虽然克制但还是泪流满面。我们尽量默不做声,我们都长大了,不像从前看《卖花姑娘》的时候那么抽抽搭搭的。白大省偶尔还打一个嗝儿,憋成很细小的声音,只有我这么亲近的人才能觉察出她是在打嗝儿。《完美的世界》,那个罪犯和充当人质的孩子之间从恐惧憎恨到相亲相近的故事使白大省激动不已,仅在销售部,她就把这部电影给同事讲了四遍。我回B城后还接到过她一个长途电话,她说她从来没有像看了《完美的世界》以后那样热爱孩子,她第一次有点从心里羡慕我的职业了,她问我有没有可能托关系把她调到一个儿童出版社,她已经开始考虑改行了。我劝她说别神神经经的,出版社的活儿也不是那么好干。白大省后来没再坚持改行,她不是听了我的劝,那是因为,她仿佛又开始恋爱了。

六

白大省认识夏欣是在驸马胡同,夏欣骑车拐弯时撞了正在走路的白大省。撞得也不重,小腿擦破了一点皮,夏欣一个劲儿向白大省道歉,还从衣兜里掏出一片创可贴,非要亲手按在白大省小腿上不可。后来白大省听夏欣说,那天他是去三号院看房的,三号院的简先生要把他那间八平米的门面房租出去。本来夏欣有意要租,希望简先生在租金上做些让步,但简先生分毫不让,他也就放弃了。

夏欣认为自己是一个才华横溢的人,只是生不逢时,社会上的好机会都让别人占了去。他毕业于一所社会大学。多年来光跟人合伙办公司就办过八九个,开过彩扩店,还倒腾过青霉素。样样都没长性,干什么也没赚了钱,跟父母的关系又不好,索性就想从家里搬出来。他让白大省帮他物色价格合理的房,他说他简直一天也不想再看见他父母的脸。白大省给夏欣提供了几则租房信息,有两次她还陪他一道去看房。看完了房,夏欣要请白大省吃饭,白大省说还是我请你吧,以后你发了财再请我。

白大省把夏欣领进了驸马胡同,从此夏欣就隔长补短地在白大省那儿吃饭。他吃着饭,对她说着他的一些计划,做生意的计划,发财的计划,拉上两个同学到与北京相邻的某省某县开化工厂的计划……他的计划时有变化,白大省却深信不疑。比方说到开化工厂缺资金,白大省甚至愿意从自己的积蓄里拿出一万块钱借给夏欣凑个数。后来夏欣没要白大省的钱,因为他忽然又不想开化工厂了。

我非常反感白大省和夏欣的交往,我不喜欢一个大老爷们儿坐在一个无辜的女人家里白吃白喝外加穷"白话"。我对白大省说夏欣可不值得你这么耽误工夫,白大省说我不如她了解夏欣,说别看夏欣现在一无所有,她看中的就是夏欣的才气。噢,夏欣居然有才气，还竟然已被白大省"看中"。我让白大省将夏欣的才气举出一二例，她想了想说，他反应特快，会徒手抓苍蝇。我向她说，你们俩现在究竟是一种什么关系呢？她说还谈不上什么关系，夏欣人很正派，有天晚上他们聊天聊到半夜，夏欣就没走，白大省在里屋睡大床，夏欣在外屋睡折叠床，两人一夜相安无事。

这样的相安无事，可以说洁如水晶，又仿佛是半死不活。是一男一女至纯的友谊呢，还是更像两个男人的哥儿们义气？白大省也许终生都不会涉足这样的分析。她渴望的，只是得到她看中的男人的爱。夏欣无疑被她看中了，她却怎么也拿不准他那一方的态度。有了郭宏和关朋羽的教训，加上我对她的毫不掩饰的警告，她是要收敛一下自己的，很可能她也假模假式地伪装过矜持。她告诫过自己吧：要慢一点慢慢的斯斯文文的；她指点过自己吧：要沉稳千万别显出焦急；她也打算像个会招引人的女人那样修饰自己吧：小玢的娇蛮、西单小六的风骚，都来上那么一点……可惜的是，理论与实践的结合总是不妥帖的时候居多。当她想慢下来的时候她却比从前更快；当她打算表演沉稳的时候她却比从前更抓耳挠腮；当她描眉打鬓、涂胭脂抹粉时，她在镜子里看见的是一个比平常的自己难看一千倍的自己。她冲着镜子"温柔"地一笑，类似这样的"温柔"并非白大省与生俱来，它就显得突兀而又夸张，于是白大省自己先就被这突兀的温柔给吓着了。

转眼之间，白大省和夏欣已经认识了大半年，就像从前对待郭宏和关朋羽一样，她又在驸马胡同给夏欣过了一次生日。白大省这人是多么容易忘却，又显得有点死心眼儿。谁也弄不清她为什么老是用这同一种方式企图深化她和男性的关系。这次和前两次一样，是她要求给夏欣过生日，夏欣是一个答应的角色，他答应了，还史无前例地对她说了一声："你真好。""你真好"使白大省预感到当晚的一切将至关重要，她暗中给自己设计了一个从容、懂事、不卑不亢的形象，可事到临头，她却比以往更加手忙脚乱并且喧宾夺主。没准儿正是"你真好"那三个字乱了她的手脚。那是一个星期六，她几乎花了一整天给自己选择当晚要穿的衣服。她翻箱倒柜，对比搭配。穿新的她觉得太做作；穿旧的又觉得提不起精神；穿素了怕夏欣看她老气；穿艳了又唯恐降低品位。她在衣服堆里择来择去，她摔摔打打，自己跟自己赌气。最后她痛下决心还是得出去现买。燕莎、赛特都太远无论如何去不成，最近的就是西单。她去了西单商场，选中一件黑红点儿的套头毛衣才算定住了神。她觉得这毛衣稳而不呆，闹中有静，无论是黑是红，均属打不倒的颜色。哪知回家对着镜子一穿，怎么看自己怎么像一只"花花轿"。眼看着夏欣就要驾到了，饭桌还空着呢。她脱了毛衣赶紧去开冰箱拿蛋糕，拿她头天就烹制好的素食锦，结果又撞翻了盛素食锦的饭盒，盒子扣在脚面上，脏污了她的布面新拖鞋。她这是怎么了，她想干什么？疯了似的。

好不容易餐桌上的那一套就了绪，她才发现原来自己一直带着个胸罩在屋里乱跑。她就顺便低头看了一眼自己的胸，她总是为自己的胸部长成这样而有些难为情。不能用大或者小来形容白大省的乳房，她的乳房是轮廓模糊的那么两摊，有点拾掇不起来的样子。猛一看胸部也有起伏，再细看又仿佛什么都没有。这使她不忍细看自己，她于是又重返她那乱七八糟的衣服堆，扯出一件宽松的运动衫套在了身上。

那个晚上夏欣吃了很多蛋糕,白大省喝了很多酒。气氛本来很好,可是,喝了很多酒的白大省,她忽然打乱自己那“沉着、矜持”之预想,她忽然不甘心就维持这样的一个好气氛了。她的焦虑,她的累,她的没有着落的期盼,她的热望,她那从十岁就开始了的想要被认可的心愿,宛若劈里啪啦冒着火花的爆竹,霎时间就带着响声、带着光亮释放了出来。她开始要求夏欣说话,她使的招术简陋而又直白,有点强迫的意思。仿佛过生日的回报必是夏欣的表态,而且刻不容缓。她就没有想到,这么一来,他人并不曾受损,而她自己却已再无退路。

说点什么吧,白大省对夏欣说,总得说点什么。夏欣就说,我有一种预感,我预感到你可能是我这一生最想感谢的人。白大省追问道:还有呢?夏欣就说,真的我特感谢你。他的话说得诚恳,可不知怎么总透着点儿不吉利。白大省穷追不舍地又发问道:除了感谢你就没有别的话要说了么?夏欣愣了一会儿说,本来他不想在生日这天说太多别的,可是他早就明白白大省想要听见的是什么。本来他也想对他们的关系作个展望什么的,不是今天,可能是明天、后天……可是他又预感到今天不说就过不去今天,那么他也就顾不了许多了干脆就说了吧。这时他一反吞吐之态,开始滔滔不绝。他说他和白大省的关系不可能再有别的发展,有一件事给他留下的印象太深刻了:那天他来这儿吃晚饭,白大省烧着油锅接一个电话,那边油锅冒了烟她这边还慢条斯理地进行她的电话聊天;那边油锅着了她仍然放不下电话,结果厨房的墙熏黑了一大片,房顶也差点着了火。夏欣说他不明白为什么白大省不能告诉对方她正烧着油锅呢,本来那也不是什么重要的电话。她也可以先把煤气灶闭掉再和电话里的人聊天。可是她偏不,她偏要既烧着油锅又接着电话。夏欣说这样一种生活态度使他感觉很不舒服……白大省打断他说油锅着火那只不过是她的一时疏忽和生活态度有什么关系啊。夏欣说好吧就算这是一时的疏忽,可我偏就受不了这样的疏忽。还有,他接着说,白大省刚跟他认识没多久就要借给他一万块钱开化工厂,万一他要是个坏人呢是想骗她的钱呢?为什么她会对出现在眼前的陌生男人这样轻信他实在不明白……

夏欣的话闸一开竟难以止住,他历数的事情都是事实,他的感觉虽然苛刻却又没错儿。他,一个连稳定的工作都没有的男人,一个连养活自己都还费点劲的男人,一个坐在白大省家中,理直气壮地享用她提供的生日蛋糕的男人,在白大省面前居然也能指手画脚,挑鼻子挑眼。那可怜的白大省竟还执迷不悟地说:我可以改啊我可以改!

他们到底无法谈到婚姻。夏欣在这个生日之后就离开了白大省。白大省哭着,心里一急,便冲着他的背影说,你就走吧,本来我还想告诉你,驸马胡同快要拆迁了,我这两间旧房,至少能换一套三居室的单元,三居室!夏欣没有回头,聪明的男人不会在这时候回头。白大省心里更急了,便又冲着他的背影说,你就走吧,你再也找不到像我这么好的人了!你听见了没有?你再也找不到像我这么好的人了!听了这话,夏欣回头了,他回过身来对白大省说,“其实我怕的也是这个,很可能再也找不到了。”这是一句真话,不过他还是走了。白大省这叫卖自己一般的挽留只加快了夏欣的离开。他不欠她什么,既不属于说了买又不买的顾客,也不属于白拿东西不给钱的顾客,他连她的手都没碰过。

很长一段时间，白大省既不收拾饭桌也不收拾床，她和夏欣吃剩的蛋糕就那么长着霉斑摆在桌上，旁边是两只油渍麻花的脏酒杯。夏欣生日那天她翻腾出来的那些衣服也都在里屋她的床上乱糟糟地摊着，晚上下班回来她就把自己陷在衣服堆里昏睡。有一天白大鸣来驸马胡同找白大省，进门就嚷起来："姐，你怎么啦！"

七

白大鸣对白大省当时的精神状态感到吃惊，可他并无太多的担心。他了解他的姐姐白大省，他知道他这位姐姐不会有什么真想不开的事。白大省当时的精神只给白大鸣想要开口的事情增设了一点小障碍，他本是为了驸马胡同拆迁的事而来。

白大鸣已经先于白大省结了婚，女方咪咪在一所幼儿师范教音乐，白大省是两人的介绍人。白大鸣结婚后没从家里搬出去，他和咪咪的单位都没有分房的希望，两人便打定主意住在家里，咪咪也努力和公婆搞好关系。虽然这样的居住格局使咪咪觉出了许多不自如，可现实就是这样的现实，她只好把账细算一下：以后有了孩子，孩子顺理成章得归退休的婆婆来带，她和白大鸣下班回家连饭也用不着做，想来想去还是划算的，也不能叫做自我安慰。要是没有驸马胡同拆迁的信息，白大鸣和咪咪就会在家中久住下去，咪咪已经摸索出了一套与公婆相处的经验和技巧。偏在这时驸马胡同面临着拆迁，而且信息确凿。白大省已经得到通知，像她这样的住房面积能在四环以内分到一套煤气、暖气俱全的三居室单元。一时间驸马胡同乱了，哀婉和叹息、兴奋和焦躁弥漫着所有的院落。大多数人不愿挪动，不愿离开这守了一辈子的北京城的黄金地段。九号院牙都掉光了的赵奶奶对白大省说，当了一辈子北京人，老了老了倒要把我从北京弄出去了。白大省说四环也是北京啊赵奶奶，赵奶奶说，顺义还是北京呢！

三号院的简先生也是逢人就说，人家跟我讲好了，我们家能分到一梯一户的四室两厅单元房，楼层还由着我们挑。可我院里这树呢，我的丁香树我的海棠树，我要问问他们能不能给我种到楼上去！简先生摇晃着他那一脑袋花白头发，小资本家的性子又使出来了。

白大省对驸马胡同深有感情，可她不像赵奶奶、简先生他们，她打定主意不给拆迁工作出一点难题。新的生活、敞亮的居室、现代化的卫生设备对白大省来说，比地理方位显得更重要。况且她在那时的确还想到了夏欣，想到他四处租房，和房东讨价还价的那种可怜样儿，白大省在心中不知说了多少遍呢：和我结婚吧，我现在就有房，我将来还会有更好的房！

驸马胡同的拆迁也牵动了白大鸣和咪咪的心，准确地说，最先反应过来的是咪咪。有天晚上她翻来覆去睡不着觉，就把白大鸣也叫醒说，早知道驸马胡同会这样，不如结婚时就和白大省调换一下了，让白大省搬回娘家住，她和白大鸣去住驸马胡同。这样，拆迁之后的三居室新单元自然而然便归了他们。白大鸣说现在说什么也晚了，再说咱们这样不也挺好吗。咪咪说好与不好，也由不得你说了算。敢情你是你爸妈的儿子，我可怎么说也是你们家的外人。你觉着这么住着好，你知道我费了多少心思和技巧？一家人过日子老觉着得使技巧,这本身就让人累。我就老觉着累。我做梦都想和你搬出去单过,住咱们自己的房子,按咱们自己的想法设计、布置。白大鸣说那你打算怎么办呀,咪咪说这事先不用和爸妈商量,先去找白大省说通,再返回来告诉爸妈。就算他们会犹豫一下,可他们怎么也不应该反对女儿回家住。白大鸣打断咪咪说,我可不能这么对待我姐,她都三十多岁了,老也没谈成合适的对象,咱们不能再让她舍弃一个自己的独立空间啊。咪咪说,对呀,你姐一个人还需要独立空间呢,咱们两个人不更需要独立空间么。再说,她老是那么一个人呆着也挺孤独,如果搬回来和爸妈住,互相也有个照应。白大鸣被咪咪说动了心,和咪咪商量一块儿去找白大省。咪咪说,这事儿我不能出面,你得单独去说。你们姐弟俩说深了说浅了彼此都能担待,我要在场就不方便了。白大鸣觉得咪咪的话也对,但他仍然劝咪咪仔细想想再作决定。咪咪坚决不同意,她说这事儿不能慎着,得赶快。她那急迫的样子,恨不得把白大鸣从床上揪起来半夜就去找白大省。又耗了几天,白大鸣在咪咪的再三催促下去了驸马胡同。

白大鸣坐在白大省一塌糊涂的床边,屁股底下正压着她那团黑红点点的毛衣。他知道他的姐姐遭了不幸,他给她倒了一杯水,白大省喝了水,按捺不住地对白大鸣说起了夏欣。她说着,哭着,眼泪像断了线的珠子,白大鸣看着心里很难过。他想起了姐姐对他几十年如一日的疼爱,想起小时候有一次他往院子里扔了一支香蕉皮,姥姥踩上去滑了一跤,吓得他一着急,就说香蕉皮是白大省扔的。姥姥骂了白大省一整天,还让白大省花了一个晚上写了一篇检讨书。白大省一直默认着自己这个“过失”,没有揭穿也没有记恨过白大鸣对她的“诬陷”。白大鸣想着小时候的一切,实在不知道怎么把换房的事说出口。后来还是白大省提醒了他,她说大鸣你是不是有什么事来找我?

白大鸣一狠心,就把想和白大省换房的事全盘托出。白大省果然很不高兴,她说这肯定是咪咪的主意,一听就是咪咪的主意,咪咪天生就是个出这种主意的人。她说她早就后悔当初把咪咪介绍给白大鸣,让咪咪变成了她们白家的人。她质问白大鸣,问他为什么与咪咪合伙欺负她——难道没看见她现在的样子吗,还是假装不知道她从前的那些不如意。她说大鸣你真可恶真没良心你真气死我了你是不是以为我这人从来就不会生气呀!你!她说你要是这么想你可就大错特错了,现在我就告诉你我会生气我特会生气我气性大着呢,现在你就回家去把咪咪给我叫来,我倒要看看她当着我的面敢不敢再重复一遍你们俩合伙捏鼓出的馊主意!

白大省的语调由低到高,她前所未有地慷慨激昂滔滔不绝,她就像换了一个人似的言词尖刻忘乎所以。她不知道什么时候白大鸣已经悄悄地走了,当她发现白大鸣不见之后,才慢慢使自己安静下来。白大鸣的悄然离去使白大省一阵阵地心惊肉跳,有那么一会儿她觉得他不仅从驸马胡同消失了,他甚至可能从地球上消失了。可他究竟犯了什么错误呢她的亲弟弟!他生下来不长时间就得了百日咳;两岁的时候让一粒榆皮豆卡住嗓子差点憋死;三岁他就做了小肠疝气手术;五岁那年秋天他掉进院里那口干井摔得头破血流;七岁他得过脑膜炎;十岁他摔在教室门口的台阶上磕掉了门牙……可怜的大鸣!为什么这些倒霉事儿都让他碰上了呢,从来没碰上过这些倒霉事儿的白大省为什么就不能让她无比疼爱的弟弟住上自己乐意住的新房呢。白大省越想越觉得自己对不住白大鸣,她是在欺负他是在往绝路上逼他。她必须立刻出去找他,找到他告诉他换房的事不算什么大事,她愿意换给他们,她愿意搬回家去与父母同住……

她在白大鸣的单位找到了白大鸣,宣布了她的决定。想到数落咪咪的那些话她也觉得不好意思,就又给咪咪打电话,重复了一遍她愿意和他们换房的决定。她好言好语,柔声细气,把本来是他们求她的事,一下子变成了她在央告他们,甚至他们答复起来若稍有犹豫,她心里都会久久地不安。

她献出了自己的房子,驸马胡同拆迁之日,也就是她回到父母身边之时。这念头本该伴随着阵阵凄楚的,白大省心中却常常升起一股莫名的柔情。每天每天,她走在胡同里都能想起很多往事,从小到大,在这里发生的她和一些"男朋友"的故事。她很想在这胡同消失之前好好清静那么一阵,谁也不见,就她一个人和这两间旧房。谁敲门她也不理,下班回家她连灯也不开,她悄悄地摸黑进门,进了门摸黑做一切该做的事,让所有的人都认为屋里其实没人。有一天,当她又打着这样的主意走到家门口时,一个男人怀抱着一个孩子正站在门口等她。是郭宏。

郭宏打碎了白大省谁也不见的预想,他已经看见了她,她又怎么能假装屋里没人?她把他让进了门,还从冰箱里给他拿了一听饮料。

这么多年白大省一直没有见过郭宏,但是她知道他的情况。他没去成日本,因为那个日本女生忽然改变主意不和他结婚了。可他也没回大连,他决意要在北京立足。后来,工作和老婆他都在北京找到了,他在一家美容杂志社谋到了编辑的职务,结婚几年之后,老婆为他生了一个女儿。郭宏的老婆是一家翻译公司的翻译,生了女儿之后不久,有个机会随一个企业考察团去英国,她便一去不复返了,连孩子也扔给了郭宏。这梦一样的一场婚姻,使郭宏常常觉得不真实。如果没有怀里这活生生的女儿,郭宏也许还可以干脆假装这婚姻就是大梦一场,一切都可以重新开始,作为一个男人他还算不上太老。可女儿就在怀里,她两岁不到,已经认识她的父亲,她吃喝拉撒处处要人管,她是个活人不是梦。

此时此刻郭宏坐在白大省的沙发上喝着饮料,让半睡的女儿就躺在他的身边。他对白大省说,你都看见了,我的现状。白大省说,我都看见了,你的现状。郭宏说我知道你还是一个人呢。白大省说那又怎么样。郭宏说我要和你结婚,而且你不能拒绝我,我知道你也不会拒绝我。说完他就跪在了白大省眼前,有点像恳求,又有点像威胁。

这是千载难逢的一个场面,一个仪表堂堂的大男人就跪在你的面前求你。渴望结婚多年了的白大省可以把自己想象成骄傲的公主,有那么一瞬间,她心中也真的闪过一丝丝小的得意,一丝丝小的得胜,一丝丝小的快慰,一丝丝小的晕眩。纵然郭宏这"跪"中除却结婚的渴望还混杂着难以言说的诸多成分,那也足够白大省陶醉一阵。从没有男人这样待她,这样的被对待也恐怕是她一生所能碰到的绝无仅有的一回。一时间她有点糊涂,有点思路不清。她低头看着跪在地上的郭宏,她闻见了他头发的气味,当他们是大学同学时她就熟悉的那么一种气味。这气味使此刻的一切显得既近切又遥远,她无法马上作答,只一个劲儿地问着:为什么呢这是为什么?

跪着的郭宏扬起头对白大省说,就因为你宽厚善良,就因为你纯、你好。从前我没见过、今后也不可能再遇见你这样一种人了你明白么。

白大省点着头忽然一阵阵心酸。也许她是存心要在这眩晕的时刻,听见一个男人向她诉说她是一个多么美丽的女人,多么难以让他忘怀的女人,就像很多男性对西单小六、对小玢、对白大省四周很多女孩子表述过的那样,就像我的丈夫王永将我小心地拥在怀中,贪婪地亲着我的后脖颈向我表述过的那样。可是这跪着的男人没对白大省这么说,而她终于又听见了几乎所有认识她的男人都对她说过的话,那便是他们的心目中的她。就为了这个她不快活,一种遭受了不公平待遇的情绪尖锐地刺伤着她的心。她带着怨忿,带着绝望,带着启发诱导对跪着的男人说,就为这些么!你就不能说我点别的么你!

跪着的男人说,我说出来的都是我真心想说的啊,你实在是一个好人……我生活了这么些年好不容易才悟透这一点……白大省打断他说,可是你不明白,我现在成为的这种"好人"从来就不是我想成为的那种人!

跪着的男人仍然跪着,他只是显得有些困惑。于是白大省又说,你怎么还不明白呀,我现在成为的这种"好人"根本就不是我想成为的那种人!

跪着的男人说,你说什么笑话呀白大省,难道你以为你还能变成另外一种人么?你不可能,你永远也不可能。

永远有多远?!白大省叫喊起来。

我坐在"世都"二楼的咖啡厅等来了我的表妹白大省。我为她要了一杯冰可可,我说,我知道你还想跟我继续讨论郭宏的事,实话跟你说吧这事儿很没意思,你别再犹豫了你不能跟他结婚。白大省说,约你见面真是想再跟你说说郭宏,可你以为我还像从前那么傻吗?哼,我才没那么傻呢,我再也不会那么傻了。噢,他想不要我了就把我一脚踢开,转了一大圈,最后怀抱着一个跟别人生的孩子又回到我这儿来了,没门儿!就算他给我跪下了,那也没门儿!

我惊奇白大省的"觉悟",生怕她心一软再变卦,就又加把劲儿说,我知道你不傻,人都会慢慢成熟的。本来事情也不那么简单,别说你不同意,就是你同意,姨父姨妈那边怎么交代?再说,你把自己的房都给了大鸣,就算你真和郭宏结婚,姨父姨妈能让你们——再加上那个孩子在家里住?白大省说,别说我们家不让住,郭宏他们一直住他大姨子的房,他大姨子现在都不让他们爷儿俩住。所以,我才不搭理他呢。我说,关键是他不值得你搭理。白大省说,这种人我一辈子也不想再搭理。我说,你的一辈子还长着呢。白大省说,所以我要变一个人。她说着,咕咚咕咚将冰可可一饮而尽,让我陪她去买化妆品。她说她要换牌子了,从前一直用"欧珀莱",她想换"CD"或者"倩碧",可是价格太贵,没准儿她一狠心,从今往后只用婴儿奶液,大影星索菲娅·罗兰不是声称她只用婴儿奶液么。

我和白大省把"世都"的每一层都转了个遍,在女装部,她一反常态地总是揪住那些很不适合她的衣服不放:大花的,或者透得厉害的,或者弹力紧身的。我不断地制止她,可她却显得固执而又急躁,不仅不听劝,还和我吵。我也和她吵起来,我说你看上的这些衣服我一件也看不上。白大省说为什么我看上的你偏要看不上？我说因为你穿着不得体。白大省说怎么不得体难道我连自己做主买一件衣服的权利也没有啊。我说可是你得记住，这类衣服对你永远也不合适。白大省说什么叫永远也不合适什么叫永远？你说说什么叫永远？永远到底有多远！

我就在这时闭了嘴，因为我有一种预感，我预感到一切并不像我以为的那么简单。果然，第二天中午我就接到白大省一个电话，她告诉我她是在办公室打电话，现在办公室正好没人。她让我猜她昨晚回家之后在沙发缝里发现了什么，她说她在沙发缝里发现了一块皱皱巴巴、脏里巴叽的小花手绢，肯定是前两天郭宏抱着孩子来找她时丢的，肯定是郭宏那个孩子的手绢。她说那块小脏手绢让她难受了半天，手绢上都是馊奶味儿，她把它给洗干净了，一边洗，一边可怜那个孩子。她对我说郭宏他们爷儿俩过的是什么日子啊，孩子怎么连块干净手绢都没有。她说她不能这样对待郭宏，郭宏他太可怜了太可怜了……白大省一连说了好多个可怜，她说想来想去，她还是不能拒绝郭宏。我提醒她说别忘了你已经拒绝了他，白大省说所以我的良心会永远不安。我问她说，永远有多远？

电话里的白大省怔了一怔，接着她说，她不知道永远有多远，不过她可能是永远也变不成她一生都想变成的那种人了，原来那也是不容易的，似乎比和郭宏结婚更难。

那么，白大省终于要和郭宏结婚了。我不想在电话里和她争吵或者再规劝她，我只是对她说，这个结果，其实我早该知道。

这个晚上，我和我丈夫王永在长安街上走路，他是专门从 B 城开车来北京接我回家的。我从来也没有像今天这样渴望见到王永，我对我丈夫心存无限的怜爱和柔情。我要把我的头放在他宽厚沉实的肩膀上告诉他“我要永远永远待你好”。我们把车存在民族饭店的停车场，驸马胡同就在民族饭店的斜对面。我们走进驸马胡同，又从胡同出来走上长安街。我们没去打搅白大省。我没有由头地对王永说，你会永远对我好吧？王永牵着我的手说我会永远永远疼你。我说永远有多远呢？王永说你怎么了？我对王永说驸马胡同快拆了，我对王永说白大省要和郭宏结婚了，我对王永说她把房也换给白大鸣了，我还想对王永说，这个后脑勺上永远沾着一块蛋黄洗发膏的白大省，这个站在水龙头跟前给一个不相识的小女孩洗着脏手绢的白大省是多么不可救药。

就为了她的不可救药，我永远恨她。永远有多远？

就为了她的不可救药，我永远爱她。永远有多远？

就为了这恨和爱，即使北京的胡同都已拆平，我也永远会是北京一名忠实的观众。

啊，永远有多远啊。

1998 年秋

（原载《十月》1999 年第 1 期）

铁凝（1957— ），祖籍河北赵州，生于北京。中篇小说《永远有多远》获第二届鲁迅文学奖和首届老舍文学奖以及《小说选刊》、《小说月报》等多家刊物颁发的年度奖。

《永远有多远》以第一人称的视角描写了北京胡同中的女孩子平凡的故事，从中发掘和表现的是老北京生长出来的人品和人格、感情和心理。铁凝笔下的小胡同,不同于老舍、刘心武、邓友梅等人的描写,不仅呈现出北京胡同的文化气韵,也对原有的审美规范有所突破。小说的主人公白大省就是生长在北京胡同的女孩子最典型的代表,她的仁义、厚道,她的吃亏让人,她的热情与痴情,她的"有点缺心少肺",都凝聚着老北京"清洁的精神",小说通过一个个十分精彩的小故事把这个人物塑造的活灵活现。作者在突出白大省善良品质的同时,并没有将这种美德化作人生之途的绿灯,反而让她因这份善良遭遇更多的生活负累和情感挫折,"她永远空怀着一腔过时的热情,迷恋她喜欢的男性,却总是失恋"。这么一个从北京小胡同里走出来的女孩子,实际上并不满意自己这么善良,这么不女性,这么不妖冶,她崇拜西单小六那样美丽、风骚的女人,一心想改变自己,却总也改变不了。白大省痛苦地呼喊自己的迷失,要改变自己的存在现状,要买高级化妆品,要买"我"认为不适合她的时装。然而,善良的她并没有找到应有的归宿,最后跪倒在她面前的是一个当年利用和抛弃了她,现在离了婚抱着一个孩子回来的郭宏。她本来准备拒绝他,因为她不想再成为别人需要的那种"好人",可是郭宏遗落在沙发缝里的一块小孩用的馊手绢彻底摧毁了白大省的防线,觉得郭宏太可怜了,不能这样对待他。作品对白大省精神层面隐秘的探寻达到相当的深度,不只是呼唤一种"硕果仅存"的东方美德、胡同文化,而是探讨人看待自己、改变自己的合理性,但同时又认为改变是不可能的,她的悲剧构成一种存在。这个悲剧不仅仅是女性的,也是属于人类的。

文本中多次出现"永远有多远"的叹问,既诉说了个体的迷惘,也引申出对人的存在及其命运的叩问,拓展了思考的维度与空间。(朱育颖)

许三观卖血记(存目)

余 华

余华(1960—),新生代作家,著有长篇小说《活着》等。《许三观卖血记》最初发表于《收获》1995 年第 6 期。小说可以当作一则生存寓言来读。四十年来,许三观家里遇上灾祸,他都靠卖血渡过难关。舍弃生命的一部分以保全整个生命的卖血便是全书的情节主线。许三观第一次卖血娶了媳妇。第二次因为大儿子砸伤了别人的脑袋,他卖血抵债。第三次卖血看望相好的。这三次卖血都带有喜剧性。第四次卖血度灾荒。第五六次卖血是为两个插队的儿子能抽调回城而请客送礼,接着为给大儿子治病,他一路卖血到上海,吃尽苦头,差点把命都卖掉。这几次卖血充满悲剧性,而且越来越悲惨。每次卖血后,为了补血活血,许三观都要吃一盘炒猪肝,喝二两黄酒。最后,反过来,许三观的日子好起来,却为了想吃猪肝喝黄酒而去卖血,但他的血却卖不出去了。这又变成了喜剧。生活就这样悲喜轮回,悲喜交集。对许三观来说,说到底还是悲剧。他天真,朴实,憨厚又狡黠,凭着本能趋利避害,他相信车到山前必有路,办法是逼出来的。生活贫穷,苦难不断,他坚韧地支撑着,默默地忍受着。这种对苦难的逆来顺受和平静从容的态度,与《活着》中的福贵老人相仿佛,也表明作者 1992 年左右创作转型后对人生的悲悯,对苦乐的超然。

这部小说的叙事方式也值得一提,它几乎靠重复与对话来结构全篇。卖血情节和生活场景乃至细部的重复,演绎了许三观一家人的主要生活内容,故事在重复推延中将活着的意义指向活着本身。对话的大量出现使该小说像一部话剧,时代背景、生活细节、心理活动都通过人物语言表现出来。让人物站出来,而不是作者以旁观的姿态交代叙述,乃是贴着人物写,从而写出"活生生"(余华《叙述中的理想》)的生活,活生生的人。(张应中)

九月寓言(存目)

张　炜

张炜(1956—　),山东作家。著有长篇小说《古船》等。《九月寓言》是一个寓言性质的长篇小说,又有明显的童话色彩。它描写平原上一个“小村”20世纪50年代到70年代的历史,同时穿插追溯了小村老辈人流浪、历险、追寻与定居的经历。小村人以地瓜(红薯)为生,以白毛毛花作御寒物。小村附近有一个煤矿,开采活动危及小村人的生存,但也带来现代气息,小村与矿区之间发生了千缠百结的关系。小说讲述了三类故事。

第一类是现实中的小村故事。小村姑娘赶鹦是神马宝驹的化身,小村青年的头儿,每晚带领众人在苍茫夜色里奔跑、嬉戏、歌唱,充满青春的激情、活力与欢乐。青年人的夜奔是乡间大地人们元气充沛、自由自在生命力的喷发。工区青年挺芳对小村姑娘肥一往情深,但小村青年憨人与龙眼也都爱着肥。

第二类是小村的历史故事。逃荒女庆余与老光棍汉金祥结合并带来煎饼技术,提高了小村人的生存质量,并启发了金祥千里寻鏊,造福小村;而露筋与闪婆两情相悦、冲破父权阻挠,坚忍不拔追求生命自由的感人经历则昭示了作者对返归自然、生命强力的崇尚与呼唤。

第三类是小村人往外跑的故事,代表着小村人的未来。露筋、闪婆之子欢业为母报仇,杀死村中恶霸兼色鬼金友,之后踏上无休止奔跑之路;目光锐利、胸怀深沉的少白头龙眼在挺芳与肥结合并出走引起的失意中当了矿工,在小村的地下挖矿,死于塌方,与小村同归于尽;最终是挺芳与肥返回已成荒野的小村凭吊,回顾小村缠绵的过去。

小村人本是到处流浪的外来者,被当地人不无轻蔑地称作“鲅鲅”。小村的历史就是“奔跑”和“停吧”交替消长的历史。当小村人处于停滞状态,就会邪恶滋生、兽性膨胀,人性、活力沦丧。小村最终毁于采矿的炮声。“停吧”时代结束,小村人将在灾难中重新确认、皈依大地母亲,在“奔跑”中重获生机。(赵修广)

厨　房

徐　坤

厨房是一个女人的出发点和停泊地。

瓷器在厨房里优雅闪亮，它们以各种弯曲的弧度和洁白的形状，在傍晚的昏暗中闪出细腻的密纹瓷光。墙砖和地板平展无沿，一些美妙的联想映上去之后，顷刻之间又会反射回眸子的幽深之处，湿漉漉的。细长瓶颈的红葡萄酒和黑加仑纯酿，总是不失时机地把人的嘴唇染得通红黢紫，连呼吸也不连贯了。灶上的圆火苗在灯光下扑扑闪闪，透明瓦蓝，炖肉的香气时时扑溢到下面的铁圈上，"哧啦"一声，香气醇厚飘散，升腾出一屋子的白烟儿。莴笋和水芹菜烹炒过后它们会荡漾出满眼的浅绿，紫米粥和苞谷羹又会时时飘溢出一室的黑紫和金黄……

厨房里色香味俱全的一切，无不在悄声记叙着女人一生的漫长。女人并不知道厨房为何生来就属于阴性。她并没有去想。时候到了，她便像从前她的母亲那样，自然而然走进了厨房里。

·

这个夏天的傍晚，在一阵骤然而至的雷阵雨的突袭过后，燠热和喧嚣全随风被吸附而走。大地逐渐静止了。城市一枚火红的斜阳正从容地在立交桥上燃烧，一层层散漫的红光怡然飘落而下，照耀着一个在厨房里忙碌的叫做枝子的女人。女人优美的身体的轮廓被夕阳镶上了一层金边，从远处望去，很是有些耀眼。女人利手利脚无比快活地忙碌，还不断在切洗烹炸的间隙，抬头向西窗外瞟上一眼。夕阳就仿佛跟她有某种默契，含情脉脉地越过一棵临窗的茂盛玉兰树枝头对她俯首回望。

枝子的目光，也便跟着燃烧在一片红辉之中，润润的，柔柔的。

厨房并不是她自己家里的厨房，而是另一个男人的厨房。女人枝子正处心积虑的，在用她的厨房语言向这个男人表示她的真爱。

一条鳜鱼浑身被横横竖竖切了无数刀后，周身码放好了蒜片、葱丝和姜条，然后放进锅屉里热气腾腾地蒸着。卷心菜和河藕也油亮亮地沾着水珠儿洗好，与沙拉酱一起错落有致码放在盘子里边等待搅拌。水汽正顺着不锈钢盖子的缝隙慢慢地一点点往上溢起来。枝子停下手，幽幽地喘了一口气，转头偷眼向客厅里望了一眼。透过宽大明亮的钢化玻璃厨门，她看见男人松泽正懒散地蜷坐在沙发上，一张报纸遮住了大半个脸。男人的身子、手、脚都长长大大的，T恤的短袖裸露出他筋肉结实的小臂，套在牛仔裤里的两条长腿疏懒地横斜，大腿弯的部分绷得很紧，衬出大腿内侧十分饱满，很有力度——枝子的脸突然莫名其妙地红了，浑身迸过一阵难以自抑的幸福。她赶紧收回自已潮润润的目光,慌慌转回身去放眼观望窗外斜阳。

夕阳巨大的圆轮现在只剩下半个,它正在被树梢和钢筋水泥的建筑物奋力衔住,一口一口激情地往下吞吻。枝子的脸庞转瞬间又被烧红,周身辉映起一阵盲目的幸福。

我爱这个男人。我爱。

枝子在心里这样迷乱地对自己说。在这样说着的时候她的心里充满了羞涩。

枝子是被称作"女强人"的那种已然不惑的女人。爱情到了她这个年纪并不容易那么轻易来临。经过了岁月风尘的磨洗,枝子早年的一颗多愁善感的心,早就像茧子那样硬厚,那样对一切漠然、无动于衷了。多少年过去,一番刻苦的拼搏摔打,早年柔弱、驯顺、缺乏主动、动辄就泪水长流的枝子,如今已经百炼成钢,成为商界里远近闻名的一名新秀。

她这棵奇葩,将自己的社会身份和地位向上茂盛的茁茁固定之后,却偏偏不愿在那块烂泥塘里长了,一心一意想要躺回温室里,想要回被她当初毅然决然抛弃割舍在身后的家。

不知为什么,就是想回到厨房,回到家。

事业成功后的女人,在一个个孤寂难眠的时刻,真是不由自主地常要想家,怀念那个遥远的家中厨房,厨房里一团橘黄色的温暖灯光。

家中的厨房,绝不会像她如今在外面的酒桌应酬那样累,那样虚伪,那样食不甘味。家里的饭桌上没有算计,没有强颜欢笑,没有尔虞我诈,没有或明或暗、防不掉也躲不开的性骚扰和准性骚扰,更没有讨厌的卡拉 OK 在耳朵边上聒噪,将人的胃口和视听都野蛮地割据强奸。家里的厨房,宁静而温馨。每到黄昏时分,厨房里就会有很大的不锈钢精锅咕嘟咕嘟冒出热气,然后是贴心贴肉的一家人聚拢在一起埋头大快朵颐。

能够与亲人围坐吃上一口家里的饭,多么的好!那才是彻底的放松和休息。可她年轻气盛的时候哪儿懂这些?离异而走的日子,她却只有一个简单的念头:她受够了!实在是受够了!她受够了简单乏味的婚姻生活。她受够了家里毫无新意的厨房。她受够了厨房里的一切摆设。那些锅碗瓢盆油盐酱醋全都让她咬牙切齿地憎恨。正是厨房里这些日复一日的无聊琐碎磨灭了她的灵性,耗损了她的才情,让她一个名牌大学毕业的女才子身手不得施展。她走。她得走。说什么她也得走。她绝不甘心做一辈子的灶下婢。无论如何她得冲出家门,她得向那冥想当中的新生活奔跑。

果真她义无反顾,抛雏别夫,逃离围城,走了。

现在她却偏偏又回来了,回来得又是这么主动,这样心甘情愿,这样急躁冒进,毫无顾虑,挺身便进了一个男人的厨房里。

真正叫人匪夷所思。

假如不是当初的出走,那么她还会有今天的想要回来吗?

她并没有想。

此时她只是很想回到厨房,回到一个与人共享的厨房。她是曾经有过婚姻生活,曾经爱和被爱过的人,比较明了单身和已婚的截然不同。一个人的家不能算家,一个人的厨房也不能叫做厨房。爱上一个人,组成一个家,共同拥有一个厨房,这就是她目前的心愿。她愿意一天天无数次地悠闲地呆在自家的厨房里头，摸摸这，碰碰那，无所事事，随意将厨房里的小摆设碰得叮当乱响。她还愿意将做一顿饭的时间无限地延长，每天要去菜市场挑选最时鲜的蔬菜，回来再将它们的每一片叶子和茎秆儿都认真地洗摘。做每一顿饭之前她都要参照书上的说法，不厌其烦地考虑如何将饭菜营养搭配。慢慢料理这些的时候，她的心情定会像水一样沉稳，绝对不会再以为这是在空耗生命和时间。纤纤素手被洗菜水浸泡得指尖红肿、关节粗大，她也不会再牢骚埋怨。她希望她的心情就那样像水一样，温吞，空泛，温吞、空泛地在厨房里消磨时光，什么外面争斗的事情都不去想。她愿意看见有一两个食客，当然是丈夫和孩子吃着她亲手烧的好菜，连好吃都顾不上说，直顾低头吃得满嘴流油，脑满肠肥。

脑满肠肥？一想到这个词，枝子就不由得偷偷地笑了。

她真的是不想再在外面应酬做事，整天神经绷紧，跟来来往往形形色色的人虚与委蛇。不知为什么，她有些厌倦人。名利场上各色各样的人：卑鄙的、龌龊的、猥琐的、工于心计的、趋利务实的人……看都看得她眼花了。整天的与人打交道也快把她的神经要折磨垮。她想返身逃逸，逃到没有人的地方去，而厨房就是她最后的避难之所。

厨房对她来说从来没像现在这样亲切过。她从来没有像今天这样对厨房充满了深情。

炉上的不锈钢精锅冒出袅袅热气。枝子的想象也随之袅袅。太阳就在她缥缈的想象里一点一点落到树梢下面去，落到她想象的尽头。那个长胳臂长腿的男人松泽看完了报纸，起身伸了一个懒腰，慢慢腾腾挪到厨房里来，再次问枝子需不需要帮什么忙。枝子听到男人满怀关切的问候，赶忙满心欢喜地连连说："不用，不用。"今天是这个男人松泽的生日，她想独立完成整个操作，让他尽情品尝一番她的烹饪手艺。

她为什么要主动向这个男人献艺？献艺完了又将会是什么呢？枝子不愿意想，不情愿这样残酷地拷问自己。她愿意在心里给自己的自尊留有一点余地。该是什么就是什么。枝子在心里说。枝子只希望能是她所想要达到的那个。此时她真是觉着自己对这个男人有些过分俯就，甚至有些低三下四。因为照她素常里的做人态度，以一个商界女星的身份来说，对她前呼后拥献殷勤的男人总是数不胜数。而她的鼻孔总是抬得很高，并且，暗中加着千倍的小心，很怕落入某些勾引利用的圈套。如今却这样巴巴地主动送上门来，可真是有些不好对自己的心解释了呢！

管它呢。随它去吧！反正来也是来了，还费力解释它干什么？

拖着长头发的高个男人松泽扎煞着两只手，在枝子身边围前围后转了两转，明白自己也实在帮不上什么。看来枝子对于今天的下厨房是有过精心准备的，知道他这个单身汉的厨房里可能会七七八八的不全，所有的素菜、荤菜备料都由她亲自从外面带来。连烧菜用的油和醋等佐料，也全被她准备到了。甚至枝子还带来了围裙，柔软的白细棉布套头裙，腰间勒一根细带子，自上而下洒下一捧捧勿忘我小碎花。绵软的白裙贴在她身上，正好勾勒出枝子腰条的纤细。枝子的头发本来可以戴上与围裙配套的棉布帽，以免熏进油烟味儿。但她想了想，还是将帽子舍弃，将头发挽了几挽，然后向上用一枚鱼形的发卡松松一别，这样，她乌黑发亮的秀发就尽显在男人松泽的视野。

松泽盯着这个体态窈窕的女人,心里怦怦怦乱动了几动。当然,他是艺术家。艺术家面对美没有不动心的。他和她一直都算得上是很亲密的朋友,亲密的最初原因是枝子出资帮他举办个人画展的成功。从合作的愉快到亲密友好的交往,两人的关系大致上就是走的这样一个过程。但是,再友好,他也不敢说是劳动她的大驾来给自己庆贺什么生日,尤其是没想到她还要亲自下厨。这该是出乎意外且又让他承受不起的情分。

能有一个漂亮女人主动来家里给自己过生日,真是一件求之不得的美事情。男人一方面惴惴,觉得女人枝子给他的面子太大了;一方面又稍嫌累赘,觉得整夜晚在自己家里吃上一顿饭,太缺乏新意。艺术家,总是爱好推陈出新。就在枝子下厨期间,就有三四个女孩子的电话打来,邀请他出去派对。他不得不柔声细语轻声回绝。与呆在家里传统的吃生日饭相比,当然 OK 包间或派对沙龙里搂搂抱抱的扭捏抚摸更能激发创造力。但若从长远的角度看,比起跟那些小女崇拜者玩玩白相,跟女老板的关系处理好对他将来的用途更大一些。男人在考虑问题时,往往从最实利的目的想。所以他决定还是死心塌地,留在家里与女老板亲近感情。

这样心里边一踏实下来,男人也就专注移情于厨房中的枝子身上,渐渐从忙而不乱的枝子身姿当中体味到另一种情致。枝子的动作,熟练而静美,如一朵栀子花儿开放在氤氲的厨房香气中。植物烹炒的香气中夹杂的成熟女人的体香,熏得男人松泽有些想入非非。在不知道该从哪儿下嘴的情况下,他便懒散地一条腿以另一条腿为重心,倚在厨房门框上,一边静待时机,一边向忙碌的枝子身上乱抛多情的眼神。

枝子意识到了男人的注视,略微有些慌乱,不等春风吹绽,便先兀自欢颜,面若桃花的有些气短。她一面竖起耳根,悉心倾听男人粗长的呼吸,一面竭力命令自己镇定,尽量掩饰住狂乱心跳,将身体动作恢复成正常。她所期望的,不就是这个男人的这样一种目光吗?如今已经等到了,那么她还紧张什么?这么想着,她手里切菜的动作就有了几分表演性质。

厨房不大,容不得两人同时在里面转身,只要一动,就势必会发生身体上某些部位的接触。所以他们就在各自位置站着,口里还要间或说上几句哼哼哈哈应酬话,身体里却不免都暗暗生出几分紧张。主要是男主人还没有拿摸得好女老板的意图。松泽虽说已是风情老手,但在从来都很端庄的枝子面前,毕竟也是不敢造次,不知道她想要他做什么,要他做到什么程度。他还时时没有忘记她是投资人。所以他只是听之任之,一边散漫无际地调着情,一边还要暂时做出温文尔雅。这种孤男寡女同一屋檐独处的情境,终归还是需要有一些半真半假调情意味的。不然,艺术家就显得太不艺术,太寡淡无味了些。

而女人枝子也还没想好该如何开始。她也很希望能有一些情调,而且,最好由这情调本身给她一个循序渐进、顺理成章、水到渠成的过程。她倒是很希望示爱能由松泽一方主动开始。可一旦他真的主动了,说不定她反而会变得厌恶他,拒斥他。见他站在原地兀自不动,她不禁有些既希望又失望的心理。她看上他,经营他,是看中他的画风里的野气和灵活。后来单相思瞄上他,也是因为在相处过程里发现他已将这野气和灵活全然融合、发挥殆尽,在各种场合都圆熟,灵动,洒脱,很符合她眼里真正艺术家的气质。

她以为四周围到处都是被文明过分文明化了的衰人，他的画里有未曾泯灭的人类远古的粗犷之气。还有与神明相通的灵性。而这一切，正是她内心深深需要的。

在女老板的得力赞助经营下，松泽果然就大获成功且声名远扬。而她则以画推人，认为理所当然人如其画，画如其人，她便因此而爱上了自己的经营品。

两个身体持久的紧张让他们都有些承受不住。枝子在男人松泽的目光里已经汗流浃背。假如还没有进一步的动作，却还要这样无谓地僵持下去，枝子的细腰简直就要绷断了。她不停地用眼角余光扫射着身旁男人，脸蛋儿烧得厉害，肢体以一种柔和的弧度微微向他倾斜过去，那种身段中分明表示着一丝丝鼓励、企盼和犹豫不决。男人在承受温软的肉体倾斜过来的弯度同时也同样是犹疑不定、优柔寡断。他的身体不易察觉地晃了两晃，终于什么也没有能够做得出来。

就这样又沉默了一会，枝子的手指在水盆里游动时漫不经心地挑起"哗哗"的水声，听起来略微显出了一点烦躁。过分的紧张和犹疑终于把松泽自己调情的兴致破坏了，松泽说了一句："我去布置餐桌。"借机急忙把自己从厨房打发开。

枝子的身体这才有空隙松弛下来。她抬起胳膊肘悄悄抹了一把头上的细汗。松泽到厅里丁零当啷地去拿碗筷、摆酒，布置餐桌。餐桌就由一个矮脚茶几临时串演。画家的客厅里一切当然都不正规，几个绣着花儿的软垫子散乱地扔在手工绘绣的波斯地毯上，床铺比正常人的矮去半截，只由一层席梦思垫子铺在地上充当。靠墙的一圈转角水牛皮沙发无比宽大、舒适，倒仿佛画家的一切日常活动都要依靠在沙发里展开似的。

松泽把枝子买来的油蜜蜜的生日蛋糕摆在桌子中央。巧克力奶油在灯下沁出浓浓的甜色，样子极其诱人。松泽盯着蛋糕上的奶油想了几想，终究也没想出个子午卯酉来。到现在为止他的另一股情绪并没有得到完全的调动，行动中仍旧有一些惯常与枝子交往时候的应酬色彩。"另一股情绪"当然就是他每每见到来为他献身的崇拜艺术的女孩子时的，那种身体内部的骤然启动，那种非要把一个回合进行到底时的狂乱和野性。说来也怪，他这样野气狂生的时候，竟然没有一次是不得逞的。

可现在他的身体里却分明缺乏这种感觉。怎么回事？这究竟是怎么回事呢？松泽暗暗为自己的身体担忧。他并不明了，一旦有了身份和功利的意念，一切就都不好玩了，连一点点肉体的冲动都不容易发生。松泽坐下来开启酒瓶，同时也散漫地回眼向厨房里打量了一眼。玻璃厨门内的枝子似乎也已料到自己的身影会牵动男人的目光，于是，弯腰投臂的动作都尽力跟他欣赏的趣味相暗合，不慌不忙，舒缓有致。光与影当中枝子的柔媚影像，正跟厨房的轮廓形成一个妥帖的默契。那一道剪影仿佛是在说：我跟这个厨房是多么鱼水交融啊！厨房因了我这样一个女人才变得生动起来啊！

而松泽眼睛里却始终是莫衷一是的虚无。

太阳这时已经完全落下去了。晚霞收起她最后一轮艳丽，渐渐沉没于幽暗之中。夜的幕布开启，一切的人与物转眼之间变得朦胧。灶台上的累累成果现在被移到了餐桌上，香气淋漓，色泽也炫目。紧张和等待了大半晌的松泽这会儿真感到体能被消耗得够呛，确实需要补充营养了。可饥饿之后见到琳琅满目的这么一大桌子，却又有了几分惴惴和惶惶,愈发不知嘴从哪里下比较合适。抬眼再望枝子,枝子这会儿已经面目一新地端坐在他对面,脉脉含情地抬头凝望他。忙完了厨房里活计的枝子没忘了到卫生间里隆重地整修了一下自己。她在眼圈周围细心加过了眼影,这样眼中就愈发布满深情。唇线也用唇笔淡描素抹而过。腮影要不要打上橘红呢?枝子思忖了一下,最后决定放弃。等到了进入接吻的实质性阶段时,满腮满脸的厮磨,粉影多了容易弄成一团花脸。

脸部修饰完毕,然后枝子又从手提袋里拿出一套真丝晚装,换下了身上一进门来时穿的果绿色白领丽人套服。套服太呆板,僵硬,笨手笨脚,不太使人容易介入,而丝绸可就相对质感,也简捷轻快得多了。这些都是为今晚的爱情特地准备的。虽然烦琐,但在她满心都是甜蜜憧憬之时,也并不觉得有什么费周折。

再从房里出来时,枝子就已经是黑色真丝长裙飘逸,身体上最值得称赞的部位——修长的脖颈和光洁的臂膊全都从领口和袖口裸露出来,它们在灯下泛起象牙色的皮肤光泽。而没有裸露出来的部位正包裹在真丝绸的内部炫耀着它们的初始神秘,诱惑着艺术家修长的手指去一点一点开启。

松泽再怎么上不来情绪,也还是不免为枝子的这一身装扮眼皮跳了几跳。饱览美而后再将其饱尝,本来就是他作为画家的特长。这时的松泽他赶忙表示惊艳,表情夸张地一手扶杯,一手将握着倒酒的瓶子停在半空,眼含赞许地盯住枝子,仿佛喃喃自语地说:“唔。我的上帝!真漂亮,你真漂亮!”

枝子有些激动,又不好意思流露,只很含蓄地说:“谢谢。”说完便用眼光四下里斜了一下,思忖着自己该落座哪儿。松泽正很舒服地陷落在沙发里,把住了桌子的一方。枝子此刻也很想陷到沙发里去坐,跟松泽并排紧挨着……那样就比较方便多了。枝子脸一红,暗中瞬时一转念:可那样是不是显得自己过分主动了呢?她又把眼光偷偷瞟向松泽。可恨松泽那家伙此时并不给她一个在身边坐下的台阶,他若是能拍拍身边的席位,再半开玩笑半正经地说上一句:“此处正虚席以待。”那么她也就顺水推舟地坐下来了。可现在他除了假装惊艳,别的一点表示都不呈现。害得她只好溜溜地错过他的身边,绕到对面去,隔着一张桌子,带着好大的失望装出款款落座。毕竟,在一切没正式开始之前,她不愿意将身份失得太轻率。

红葡萄酒在高脚杯子里幽幽的泛情。顶灯、壁灯、落地灯都被男主人一盏一盏地熄掉,只留下烛台上几支红红的蜡烛闪烁灼灼。隐藏进棚顶四角的音箱放送出柔柔的软歌。那是一种从鼻腔送出来的哼唱,绵绵无骨地含在一管萨克斯里头。枝子姿态软软地给松泽一小块一小块切了生日蛋糕,将带有粉红色玫瑰花的那块儿送进了他的碟子,而自己只留一枚嫩绿色的奶油叶子。祝福的话语一说就落入了俗套,远没有喝酒更能展示出新意。枝子和松泽两人就频频地碰杯,你一杯,我一杯,你再敬我一杯,我再还你一杯。看架势好像都要成心把自己灌醉。

其实枝子才没想把自己灌醉,她只想借酒壮胆,把自己灌出几分将过程进行到底的勇气来。松泽暂时还没有想到那么多,他一边不辜负枝子的手艺,大快朵颐,一边还要腾出嘴,抽空把枝子的手艺表扬。那些称赞的话语落到枝子的耳垂儿上便款款粘住不下,湿乎乎的受用动听。而枝子手中的筷子却难得一动,一来是厨师从来就吃不下经自己手做出的美味佳肴，二来嘛，枝子的心思也完全不在这上头。枝子的眼睛在酒的滋润下，酒汪汪，直勾勾的，几乎是目不转睛地盯着对面的松泽，盯盯地瞧着他咀嚼时腮帮肌肉的漂亮滚动，看着他对女人说赞美话的时候口吐莲花，满头的艺术家长发一甩一甩的，还有他四十多岁男人刮得铁青的富含魅力的下巴，枝子真是看得又怜又爱，脸蛋儿烧得要起火。连眼珠儿都嗞啦嗞啦的要冒出火星子来。

这个时候的枝子就有些恨，有些爱，有些无奈，有些牙根儿发痒。她就只好又恨又无奈地猛往自己嗓子眼里灌酒。她不知道松泽对她是怎么感觉的，反正，是直到了这会儿他还没有动作。她想他至少应该是提议跳舞，或者是提议做点别的，发挥出这种场合他惯用的技巧和手段。他还要让我怎么样呢？枝子想。该做的我都做了，我再也越不过我这个年纪的矜持和自尊。她想自己无法保持长久期待状态，得不到满足，期待是持续不下去的。

枝子就愈发独饮自斟，把自己喝得眼神和身态都酒汪汪的。

松泽没边没沿摇头晃脑夸赞了半天，稍一停顿下来时，才发觉耳朵里却只听见自己的话音，对面枝子连一点回声都没有。他赶忙伸手去给枝子斟酒，借这工夫用心往她脸上觑了一眼。却见枝子那里，正在拼命用她的眼神织网。枝子的眼神都快要不行了，温软黏稠，密密匝匝来来回回缠绕在他身上，直把他锁困在情意里头，只要他一挨上，就休想再挣得脱。松泽的心一软，身体一晃，酒就有点对不准杯子口，“哆”的一下，一大半都洒到了酒杯外头。

枝子端起顺着杯沿儿滴的酒，摇摇晃晃起身，说：“来，我们为今晚干杯。”

松泽说：“好，为今晚干杯。”

没等松泽的杯子递过去，枝子的杯子却直伸过来，摇摇欲坠地往他的酒杯上碰。但却因为目标不准，杯子直探向他的怀中而来。松泽下意识伸手一搪，“噗”，一杯酒碰洒，全洒在他的 T 恤和裤子上。

枝子慌忙说声：“对不起，对不起。”松泽说：“没关系，没关系。”说完回身要找东西去擦。枝子忙说：“我来，我来。”说着就晃晃地伸手把他拦住，又晃晃地起身，慢慢踅到厨房里，找来抹布和纸巾，欲替他擦拭身上的酒滴。她从厨房径直过到他的身旁，倚在沙发上，不等他客气拒绝，曲下身，半蹲半跪倚下去，伸手替他在裤子上擦。他就姿势艰难地曲在沙发上承受着。她现在已经跟他靠得这样近了，她的头发已经刮着了他的下巴，他们的身体也几乎完全要贴上，她已经闻到了他身上的体香和酒香。她这时在半晕半醒的脑子里划过一瞬间的迟疑和恍惚：要不要就势投到他的怀里去？

但是就在她这样稍一迟疑的时候，那个可以自然而然投怀送抱的两秒钟已倏忽而过。过了这个时间差，再想要投入进去就显得生硬、扭曲，动作之间的衔接就不紧密、不准确。

恋爱真是不可以用脑子的，只听凭本能去行动就行了。她想。恋爱的时候脑子真是多余啊。她想。她这样想着的时候心里边说不出有多么的沮丧，沮丧得简直就要流出眼泪来了。

还好，就在这当口，一双热乎乎的大手终于伸出来，温情地顺势将她揽了过去。再不将她揽过去,可就真有些说不过去了。松泽想。松泽就这样做了一个顺水人情,顺势揽过了枝子的腰,让她靠在他身上。枝子听到了男人有力的心跳。她将头紧紧贴在他前胸上,闭着眼。两行委屈的泪水顺着眼缝悄悄流出了一点。但她没有顾得上去擦。她的身子这会儿全软了,软得一塌糊涂,什么也动不了。直到这会儿她被男人搂进怀里,这才觉得所有的骨头立刻都酥化,所有的矜持的铠甲也都立即崩塌。这会儿她想,她只想,我爱这个男人,我爱。跟我爱的男人在一起,这就行了。行了。

男人搂着一个没有骨头的酥软肉体,自身也不免迅速膨胀,酒和本能混杂在一块儿,热辣辣地开始发酵起动。他用力抬起紧贴在他胸口的脸,急速地将嘴唇凑了上去。她那滑得像缎子一样的皮肤,嘴唇在哪儿也站不住脚。他忽然觉得有点咸,稍稍睁眼,推开了一点一看,女人流泪了。泪水顺着鼻梁两侧往下流,他忽然受了莫名的感动,重新将嘴唇贴上去,从眼睛一点一点地往下滑,先是吃干了她的泪,然后将吻落实到她的嘴唇。开始她还有几分矜持,昏昏之中还知道把嘴唇结成一条线,不给他以进去的机会。男人见状手段更加老道,一边吻着,托在她后背上的手还在不停地抚摸,一直抚到她在他手掌里马上就要瘫成一汪水。男人见火候已到,这才缓缓将她抱到沙发上,果然,女人一双滚烫的红唇,立刻蚌一样张开,她不假思索,一口贪婪吸住了他的舌头,怎样也抽脱不出来。这时他才晓得了她这一吸的厉害,不是温热,不是柔软,而是一股狠劲,一股不要命的劲,真是恨不能把他的整个生命都吸吮下去,恨不能立即吊在他这棵树上摇晃死。男人领受不住,慌忙将身体稍微挪开,脑子里还在先惊后怕地想,不得了,真不得了,这个女人,不要命的女人,简直要把我玩死了。松泽他曾跟无数个女人玩过这种把戏,十分知道吻与吻之间的区别,他忽然间心中一动:莫非她是很认真,真的是跟他动了真情?她今天的表现,好像有点不大对劲呢!她为他所做的一切,她的所有厨房语言,好像都在向他示意:她愿意做他这个厨房的女主人,她是做他这个房间女主人的最好人选……

一意识到这里,男人火烧着的身体"忽悠"就打了一个激灵,热度瞬间就冷了下来。原来女人是认真了。这会儿他忽然明白了女人今天不是来玩的,女人今天是来认真的。女人今天来的目的性非常明确。她想要的是结果。她可不光光玩的是情调,而是想要一个实实在在的结果。从她的接吻态势上他已经就品味出来了。她的那些厨房用语的艰苦卓绝,无不在表明着一个实实在在真的心迹,直到这会儿他才把她破译开来。

男人突然间感到懊丧。男人的这份懊丧一下子就灌满了他自己的周身。真不好玩。实在是不好玩。他能领受假意,却要拒绝真情。他不愿意有负担。在这个人人都趋功近利的时代,谁还想着给自己上套,给自己找负担?尤其是对于他一个艺术家来说,更不愿有任何形式的羁绊。家庭责任也好,社会义务也罢,能躲的就躲,能逃的就逃,能推脱的就推脱。他松泽卖画的税单,都是被逼无奈被税务部门找上门来才交的。他难道还会在他事业最火暴的时候,去选择接受她,会把一个女人当老婆娶到屋子里来养吗?那样的话他的自由和无羁还怎么体现?

谁说女人只是情感动物,比男人缺乏理性呢?女人一旦目的明确起来,比男人一点也不傻,也不逊色。关键是她选错了人,挑错了对象。艺术家松泽他一点都不想有什么负担，一点都不想去对别人负责。白玩可以，动真格的却不行。她想依赖上他。可他偏偏不是个愿意被依赖上的人。他不愿意有负担。男人跟女人的想法不一样，从根本上就不一样。若说假意嘛，他可是随便乱施得多了，还挺自在安全挺幸福的；若论真情的话，他画家松泽除了对他自己，对他自己的名和利以外，就再也没对谁真情过。他不怕玩，他就怕认真。以假对假的玩，玩得心情愉快，彼此没有负担，同时毫无顾忌，以真对假的玩，那就没法子玩了。以真对真就更不能玩了。

但是他又不能猝然把这一场游戏结束，装作冷冰冰的拒绝。得罪一位对他有用的女出资人，怎么说也划不来。况且他一贯以怜香惜玉著称，在一位风姿绰约的女人面前也不能显得太缺乏风度，再说，跟一个漂亮女人做一场稍微有一点危险的游戏，有什么不好？在悬崖边上玩，才会来得过瘾，比平常有刺激。再怎么说，他也不至于被她强奸成婚吧？

等到漫长的拥吻过去，女人感到心力衰竭，停止吸吮睁开眼睛时，见男人却哩噙着她的双唇在注视她。两个人的脸离得这样近，以至于一瞬间都在彼此的眼里变形。女人感到不好意思，急急避开他的打量，低下头，将脸埋在他的胸里。男人就像理顺一条小狗一样抚摸揉搓着她的后背和头发。她也就顺势连人带衣服蜷进他的怀里作小狗依人状。她闭上眼睛，默默享受着吻后余晕，觉得这心情总算有了着落，爱情也有了着落。对女人枝子来说，能够进行到这一步是多么的不容易，不容易啊！她却哪里有暇猜想，这样的逢场作戏，男人松泽他究竟经历了多少。作为一个男性艺术家，他跟周围那些崇拜他的女人滥情滥得简直都快要滥不起来了。

沉浸在自己一厢情愿爱情中的女人枝子并没心思去猜想这些。沉浸在不惑爱情中的女人可真是了不得。女人热情似火，稍微给一点暗示就可以扑上来，又啃又咬，真正像只发情的猫。男人沉着地，饶有兴味地应付着这场追逐。一旦明晓了女人的目的性，男人的身体立即褪了激情，但他的另一份兴致却被点烧起来。现在他虽然置身其中，但却又像抽身其外一样观看着一场情戏的上演，有点像一个把持全局的导演在陪练一个女演员。他已将她的真情当做了好玩的事情。他还很有兴致再看一看，再陪练陪练。他发现自己倒也是很能进入角色嘛！

男人松泽暗中就很有些为自己得意。

而女人千娇百媚，女人此刻正沦陷在激情里不能自拔。女人的脸蛋已经燃出了大火，非要把他和她自己焚成灰烬不可。女人将葡萄酒跟他一口一口嘴对着嘴含喝。女人偎在他的怀里，将紫红的蛇果拦腰横切，又在每一半边上都细细刻出锯齿型的牙边，然后俩人像小老鼠般将锯齿牙边一点一点地啃啮，咬到最后就是嘴唇跟嘴唇的会合，两片肉贴在一起狂吻热舔。女人的一切小把戏松泽都来者不拒，含情承受。但是他从不主动往下探索，他的手只是隔着衣服揉捏着她的乳房，然后再摩挲在她的细腰上，尽情挑逗撩拨，接着他就停滞不前，决不打探她那开衩很高的绸裙里面的内容，就仿佛他是真正的谦谦君子似的。

这样女人就不知是什么意思。她频频地发动却得不到最终结果，女人简直都快要对自己失去最后的信心。难道是自己的魅力不够吗？女人在焦灼之中困乏地想，只要他一暗示,一有要求,她就会给他的,毫无保留地全部给他。她太想对这场爱情有一个切切实实的体认,太想要一个他和她定情的深入纪念,但是男人却偏偏就不予以满足,让她更百倍的煎熬和难受。情急之中她就更主动,更狂烈,更以丝绸的质感攀附缠绕在他身上,让他动作松懈不得,手掌忙不迭地将她身姿把玩戏耍,极其愉快地观察着她表情的每一点变化,就像一个衔笛起舞的印度耍蛇者。

这样玩着闹着,几个大起大落下去,不知不觉,夜已经深了。当女人又一次滚倒在他的怀中,沉醉于他中音共鸣区的声情并茂时,却听得他咬着她的耳垂,以一种湿漉漉的舌音在耳边叮咛:“嗳嗳,你看,已经两点钟了。我该送你回去了。”

女人一愣,像没听清似的,手臂从他脖子上掉下来,呆呆地仰起脸来看着他,两只盈满秋水的大眼睛里露出迷茫。回去?什么回去?为什么要回去?他这是什么意思?是在下逐客令吗?

女人的思绪半天没有回过神儿来。她的自尊与自信受了格外的打击,这是怎么回事?难道这个样子就算完了?他这个态度表明的是什么?

可是她能说不走吗?她能说主动要求留下来过夜吗?那样她成什么了?

男人却根本不顾女人情绪的空顿,不由分说,起身离开她去衣橱里取外衣。男人的这一动作果断,坚决,不容置疑,不容商量,仿佛在用他的形体语言提示她:他并无意于接纳她。他已经玩够了,不想再继续玩下去。他对她已经够负责的了,耐心陪了她一个晚上,且还让她囫囵的样子,并没有说对她始乱终弃或者多做别的什么。

女人看着眼前的一切,巨大的失落和自尊,让她的胸脯急遽起伏着,面部表情剧烈扭曲,半句话竟也说不出来。但也就是那么简单的一刹那,她就立刻止住痉挛着的眼底肌肉,突然变得满脸盈笑,用手指撩了撩额前的长发,装作满不在乎的样子,极其大度极其平静地说:“好吧,我先来帮你收拾一下碗筷。”说话的语调,就仿佛她已是情场老手,对于这样的逢场作戏已经司空见惯,仿佛她真的纯粹是为给他过这个生日,为他做一顿生日晚餐而来,并且她还要做得善始善终。

不等男人阻拦,女人便大幅度地行动起来。她的动作幅度很大,有些不正常的难以自抑的夸张,大声问这个东西该放哪儿,那个碟子该放哪儿。她手脚麻利地将所有的东西都归拢好。然后又进卫生间补了补脸上被接吻弄乱的晚妆。接着她表情平静地出来,顺手拎起厨房地上的垃圾袋,对着厨房门口那个看得有些发怔的男人平静地说:“走吧。”

树叶在夜风中哗哗响着,冷露提醒给人以无法遮掩的幽凉。枝子不由在风里打了一个寒战。男人讨好地上来,又殷勤地搂了搂她的肩膀。枝子不说话,任他殷勤着,浑身木木的,一点感觉都没有。进了车里,男人和她并排坐在后座上,车子一开动,他便无限温存地伸过手,将她搂靠在他的臂膊中。枝子不拒绝,也不回应,仍旧是麻木的,任他这样毫无意义地搂着。此时她才觉得一切都变得毫无意义。

车子悄无声息地在暗夜里滑行,滑得轻飘而又滞重。偶尔能见到前面的车尾灯划出几抹窒息人的暗红。夜是干燥的。夜根本就没有潮声。她想。到了小区的楼门口,女人下车,男人也跟下来。假意跟她拥抱握别。握别完了,男人又返身低头钻进出租车,跟着车子往来时的路上走。女人目送着载着他的红色皇冠在夜幕中一点一点远去。毕竟,他还不是个坏人。她这样想,她愿意尽量往好的方面想。毕竟他还是有责任感的。哪怕这责任感只是在他最后护送她回家的这短短的一程。短短一程中的呵护和温暖,也足够她凭吊一生。

夜风猛劲地从楼门口吹了过来。女人的头发又乱了,几丝长发贴到脸上来,遮住了她的双眼。她抬手将发梢掠向脑后,无意间手指触到了脸上潮乎乎的东西。她转回身,扭亮了楼道里的廊灯,准备快速上楼。刚一抬脚,一大包东西碰着了她的腿。她低头一看,原来是厨房里的那一袋垃圾。直到现在她还把它紧紧地提在手里。

眼泪,这时才顺着她的腮帮,无比汹涌地流了下来。

1997年5月第26日于北京双秀

(原载《作家》1997年第8期)

徐坤(1965—　),辽宁沈阳人。短篇小说《厨房》曾获第二届鲁迅文学奖和《小说月报》颁发的年度奖。

作品的主人公枝子是一位畅游商海的女性,她在年轻气盛时"受够了厨房里的一切","抛雏别夫,逃离围城"。然而,事业成功以后,她却又对"家"产生了无法遏制的向往,开始怀念厨房里那团"橘黄色的温暖灯光"。重新对厨房感兴趣的枝子爱上了艺术家松泽——她自己的"经营品",不仅出资帮他办画展,还亲自下厨房为松泽精心准备丰盛的生日晚餐,陶醉在袅袅升起的幻想里。小说集中展示的即是这顿晚餐的具体情形和人物的隐秘渴求。枝子对厨房的热爱和投入,让松泽既受感动,又有点不习惯,提高了"警惕"。在温馨的令人迷醉的氛围中,两人的愿望是错位的,一个热情直线上升,渴望在宁静的港湾停泊;另一个则冷静应付,带有敷衍和游戏的成分。枝子察觉以后为了维护自尊也顺水推舟,"厨房"变成了各自戴着面具表演的舞台。直到他们彬彬有礼地告别后,枝子发现松泽厨房里的一袋垃圾被她差点拎进自己的家门,泪水这时才"无比汹涌地流下来"。

在文本中,"厨房"成为一个突出的意象。厨房射出的灯火构成"家"的氛围,隐喻着文化上的"象征秩序"。它不仅是一个女人的"出发地和停泊点",也是一个现代女性两全其美的臆想,既流露了女性对厨房/家庭的依恋和对男性臂膀支撑的期盼,也呈现出物化时代情感的"贬值"以及欲返围城而不能的迷惘与绝望。人已出走,回"家"无望,只有扔掉情感的"垃圾",继续漂泊在路上。

(朱育颖)

四、戏 剧

茶　　馆(选场)

老　舍

第一幕

时　间　一八九八年(戊戌)初秋,康梁等的维新运动失败了。早半天。
地　点　北京。裕泰大茶馆。
人　物　王利发　刘麻子　庞太监　唐铁嘴　康　六　小牛儿
松二爷　黄胖子　宋恩子　常四爷　秦仲义　吴祥子
李　三　老　人　康顺子　二德子　乡　妇　茶客甲、乙、丙、丁
马五爷　小　妞　茶房一二人

〔幕启:这种大茶馆现在已经不见了。在几十年前,每城都起码有一处。这里卖茶,也卖简单的点心与菜饭。玩鸟的人们,每天在蹓够了画眉、黄鸟等之后,要到这里歇歇腿,喝喝茶,并使鸟儿表演歌唱。商议事情的,说媒拉纤的,也到这里来。那年月,时常有打群架的,但是总会有朋友出头给双方调解;三五十口子打手,经调人东说西说,便都喝碗茶,吃碗烂肉面(大茶馆特殊的食品,价钱便宜,做起来快当),就可以化干戈为玉帛了。总之,这是当日非常重要的地方,有事无事都可以来坐半天。

〔在这里,可以听到最荒唐的新闻,如某处的大蜘蛛怎么成了精,受到雷击。奇怪的意见也在这里可以听到,像把海边上都修上大墙,就足以挡住洋兵上岸。这里还可以听到某京戏演员新近创造了什么腔儿,和煎熬鸦片烟的最好的方法。这里也可以看到某人新得到的奇珍——一个出土的玉扇坠儿,或三彩的鼻烟壶。这真是个重要的地方,简直可以算作文化交流的所在。

〔我们现在就要看见这样的一座茶馆。

〔一进门是柜台与炉灶——为省点事,我们的舞台上可以不要炉灶;后面有些锅勺的响声也就够了。屋子非常高大,摆着长桌与方桌,长凳与小凳,都是茶座儿。隔窗可见后院,高搭着凉棚,棚下也有茶座儿。屋里和凉棚下都有挂鸟笼的地方。各处都贴着"莫谈国事"的纸条。

〔有两位茶客,不知姓名,正眯着眼,摇着头,拍板低唱。有两三位茶客,也

不知姓名,正入神地欣赏瓦罐里的蟋蟀。两位穿灰色大衫的——宋恩子与吴祥子,正低声地谈话,看样子他们是北衙门的办案的(侦缉)。

〔今天又有一起打群架的,据说是为了争一只家鸽,惹起非用武力解决不可的纠纷。假若真打起来,非出人命不可,因为被约的打手中包括着善扑营的哥儿们和库兵,身手都十分厉害。好在,不能真打起来,因为在双方还没把打手约齐,已有人出面调停了——现在双方在这里会面。三三两两的打手,都横眉立目,短打扮,随时进来,往后院去。

〔马五爷在不惹人注意的角落,独自坐着喝茶。

〔王利发高高地坐在柜台里。

〔唐铁嘴趿拉着鞋,身穿一件极长极脏的大布衫,耳上夹着几张小纸片,进来。

王利发　唐先生,你外边蹓蹓吧!

唐铁嘴　(惨笑)王掌柜,捧捧唐铁嘴吧!送给我碗茶喝,我就先给您相相面吧!手相奉送,不取分文!(不容分说,拉过王利发的手来)今年是光绪二十四年,戊戌。您贵庚是……

王利发　(夺回手去)算了吧,我送给你一碗茶喝,你就甭卖那套生意口啦!用不着相面,咱们既在江湖内,都是苦命人!(由柜台内走出,让唐铁嘴坐下)坐下!我告诉你,你要是不戒了大烟,就永远交不了好运!这是我的想法,比你的更灵验!

〔松二爷和常四爷都提着鸟笼进来,王利发向他们打招呼。他们先把鸟笼子挂好,找地方坐下。松二爷文绉绉的,提着小黄鸟笼;常四爷雄赳赳的,提着大而高的画眉笼。茶房李三赶紧过来,沏上盖碗茶。他们自带茶叶。茶沏好,松二爷、常四爷向邻近的茶座让了让。

松二爷
常四爷　您喝这个!(然后,往后院看了看)

松二爷　好像又有事儿?

常四爷　反正打不起来!要真打的话,早到城外头去啦;到茶馆来干吗?

〔二德子,一位打手,恰好进来,听见了常四爷的话。

二德子　(凑过去)你这是对谁甩闲话呢?

常四爷　(不肯示弱)你问我哪?花钱喝茶,难道还教谁管着吗?

松二爷　(打量了二德子一番)我说这位爷,您是营里当差的吧?来,坐下喝一碗,我们也都是外场人。

二德子　你管我当差不当差呢!

常四爷　要抖威风,跟洋人干去,洋人厉害!英法联军烧了圆明园,尊家吃着官饷,可没见您去冲锋打仗!

二德子　甭说打洋人不打,我先管教管教你!(要动手)

〔别的茶客依旧进行他们自己的事。王利发急忙跑过来。

王利发　哥儿们,都是街面上的朋友,有话好说。德爷,您后边坐!

〔二德子不听王利发的话，一下子把一个盖碗搂下桌去，摔碎。翻手要抓常四爷的脖领。

常四爷　(闪过)你要怎么着？

二德子　怎么着？我碰不了洋人，还碰不了你吗？

马五爷　(并未立起)二德子，你威风啊！

二德子　(四下扫视，看到马五爷)喝，马五爷，您在这儿哪？我可眼拙，没看见您！(过去请安)

马五爷　有什么事好好地说，干吗动不动地就讲打？

二德子　嗻！您说得对！我到后头坐坐去。李三，这儿的茶钱我付啦！(往后面走去)

常四爷　(凑过来，要对马五爷发牢骚)这位爷，您圣明，您给评评理！

马五爷　(立起来)我还有事，再见！(走出去)

常四爷　(对王利发)邪！这倒是个怪人！

王利发　您不知道这是马五爷呀？怪不得您也得罪了他！

常四爷　我也得罪了他？我今天出门没挑好日子！

王利发　(低声地)刚才您说洋人怎样，他就是吃洋饭的。信洋教，说洋话，有事情可以一直地找宛平县的县太爷去，要不怎么连官面上都不惹他呢！

常四爷　(往原处走)哼，我就不佩服吃洋饭的！

王利发　(向宋恩子、吴祥子那边稍一歪头，低声地)说话请留点神！(大声地)李三，再给这儿沏一碗来！(拾起地上的碎磁片)

松二爷　盖碗多少钱？我赔！外场人不做老娘们事！

王利发　不忙，待会儿再算吧！(走开)

〔纤手刘麻子领着康六进来。刘麻子先向松二爷、常四爷打招呼。

刘麻子　您二位真早班儿！(掏出鼻烟壶，倒烟)您试试这个！刚装来的，地道英国造，又细又纯！

常四爷　唉！连鼻烟也得从外洋来！这得往外流多少银子啊！

刘麻子　咱们大清国有的是金山银山，永远花不完！您坐着，我办点小事！(领康六找了个座儿)

〔李三拿过一碗茶来。

刘麻子　说说吧，十两银子行不行？你说干脆的！我忙，没工夫专伺候你！

康　六　刘爷！十五岁的大姑娘，就值十两银子吗？

刘麻子　卖到窑子去，也许多拿一两八钱的，可是你又不肯！

康　六　那是我的亲女儿！我能够……

刘麻子　有女儿，你可养活不起，这怪谁呢？

康　六　那不是因为乡下种地的都没法子混了吗？一家大小要是一天能吃上一顿粥，我要还想卖女儿，我就不是人！

刘麻子　那是你们乡下的事，我管不着。我受你之托，教你不吃亏，又教你女儿有个吃饱饭的地方，这还不好吗？

康　六　到底给谁呢?

刘麻子　我一说,你必定从心眼里乐意!一位在宫里当差的!

康　六　宫里当差的谁要个乡下丫头呢?

刘麻子　那不是你女儿的命好吗?

康　六　谁呢?

刘麻子　庞总管!你也听说过庞总管吧?侍候着太后,红的不得了,连家里打醋的瓶子都是玛瑙作的!

康　六　刘大爷,把女儿给太监做老婆,我怎么对得起人呢?

刘麻子　卖女儿,无论怎么卖,也对不起女儿!你糊涂!你看,姑娘一过门,吃的是珍馐美味,穿的是绫罗绸缎,这不是造化吗?怎样,摇头不算点头算,来个干脆的!

康　六　自古以来,哪有……他就给十两银子?

刘麻子　找遍了你们全村儿,找得出十两银子找不出?在乡下,五斤白面就换个孩子,你不是不知道!

康　六　我,唉!我得跟姑娘商量一下!

刘麻子　告诉你,过了这个村可没有这个店,耽误了事别怨我!快去快来!

康　六　唉!我一会儿就回来!

刘麻子　我在这儿等着你!

康　六　(慢慢地走出去)

刘麻子　(凑到松二爷、常四爷这边来)乡下人真难办事,永远没有个痛痛快快!

松二爷　这号生意又不小吧?

刘麻子　也甜不到哪儿去,弄好了,赚个元宝!

常四爷　乡下是怎么了?会弄得这么卖儿卖女的!

刘麻子　谁知道!要不怎么说,就是一条狗也得托生在北京城里嘛!

常四爷　刘爷,您可真有个狠劲儿,给拉拢这路事!

刘麻子　我要不分心,他们也许找不到买主呢!(忙岔话)松二爷,(掏出个小时表来)您看这个!

松二爷　(接表)好体面的小表!

刘麻子　您听听,嘎登嘎登地响!

松二爷　(听)这得多少钱?

刘麻子　您爱吗?就让给您!一句话,五两银子!您玩够了,不爱再要了,我还照数退钱!东西真地道,传家的玩艺!

常四爷　我这儿正咂摸这个味儿:咱们一个人身上有多少洋玩艺儿啊!老刘,就看你身上吧:洋鼻烟,洋表,洋缎大衫,洋布裤褂……

刘麻子　洋东西可是真漂亮呢!我要是穿一身土布,像个乡下脑壳,谁还理我呀!

常四爷　我老觉乎着咱们的大缎子,川绸,更体面!

刘麻子　松二爷,留下这个表吧,这年月,戴着这么好的洋表,会教人另眼看待!是不是这么说,您哪?

松二爷　(真爱表,但又嫌贵)我……

刘麻子　您先戴两天,改日再给钱!

〔黄胖子进来。

黄胖子　(严重的沙眼,看不清楚,进门就请安)哥儿们,都瞧我啦!我请安了!都是自己弟兄,别伤了和气呀!

王利发　这不是他们,他们在后院哪!

黄胖子　我看不大清楚啊!掌柜的,预备烂肉面。有我黄胖子,谁也打不起来!(往里走)

二德子　(出来迎接)两边已经见了面,您快来吧!

〔二德子同黄胖子入内。

〔茶房们一趟又一趟地往后面送茶水。老人进来,拿着些牙签、胡梳、耳挖勺之类的小东西,低着头慢慢地挨着茶座儿走;没人买他的东西。他要往后院去,被李三截住。

李　三　老大爷,您外边蹓蹓吧!后院里,人家正说和事呢,没人买您的东西!(顺手儿把剩茶递给老人一碗)

松二爷　(低声地)李三!(指后院)他们到底为了什么事,要这么拿刀动杖的?

李　三　(低声地)听说是为一只鸽子。张宅的鸽子飞到了李宅去,李宅不肯交还……唉,咱们还是少说话好,(问老人)老大爷您高寿啦?

老　人　(喝了茶)多谢!八十二了,没人管!这年月呀,人还不如一只鸽子呢!唉!(慢慢走出去)

〔秦仲义,穿得很讲究,满面春风,走进来。

王利发　哎哟!秦二爷,您怎么这样闲在,会想起下茶馆来了?也没带个底下人?

秦仲义　来看看,看看你这年轻小伙子会做生意不会!

王利发　唉,一边做一边学吧!指着这个吃饭嘛。谁叫我爸爸死的早,我不干不行啊!好在照顾主儿都是我父亲的老朋友,我有不周到的地方,都肯包涵,闭闭眼就过去了。在街面上混饭吃,人缘儿顶要紧。我按着我父亲遗留下的老办法,多说好话,多请安,讨人人的喜欢,就不会出大岔子!您坐下,我给您沏碗小叶茶去!

秦仲义　我不喝!也不坐着!

王利发　坐一坐!有您在我这儿坐坐,我脸上有光!

秦仲义　也好吧!(坐)可是,用不着奉承我!

王利发　李三,沏一碗高的来!二爷,府上都好?您的事情都顺心吧?

秦仲义　不怎么太好!

王利发　您怕什么呢?那么多的买卖,您的小手指头都比我的腰还粗!

唐铁嘴　(凑过来)这位爷好相貌,真是天庭饱满,地阁方圆,虽无宰相之权,而有陶朱之富!

秦仲义　躲开我!去!

王利发　先生,你喝够了茶,该外边活动活动去!(把唐铁嘴轻轻推开)

唐铁嘴　唉!(垂头走出去)

秦仲义　小王,这儿的房租是不是得往上提那么一提呢?当年你爸爸给我的那点租钱,还不够我喝茶用的呢!

王利发　二爷,您说得对,太对了!可是,这点小事用不着您分心,您派管事的来一趟,我跟他商量,该长多少租钱,我一定照办!是!嗻!

秦仲义　你这小子,比你爸爸还滑!哼,等着吧,早晚我把房子收回去!

王利发　您甭吓唬着我玩,我知道您多么照应我,心疼我,决不会叫我挑着大茶壶,到街上卖热茶去!

秦仲义　你等着瞧吧!

〔乡妇拉着个十来岁的小妞进来。小妞的头上插着一根草标。李三本想不许她们往前走,可是心中一难过,没管。她们俩慢慢地往里走。茶客们忽然都停止说笑,看着她们。

小　妞　(走到屋子中间,立住)妈,我饿!我饿!

〔乡妇呆视着小妞,忽然腿一软,坐在地上,掩面低泣。

秦仲义　(对王利发)轰出去!

王利发　是!出去吧,这里坐不住!

乡　妇　哪位行行好?要这个孩子,二两银子!

常四爷　李三,要两个烂肉面,带她们到门外吃去!

李　三　是啦!(过去对乡妇)起来,门口等着去,我给你们端面来!

乡　妇　(立起,抹泪往外走,好像忘了孩子;走了两步,又转回身来,搂住小妞吻她)宝贝!宝贝!

王利发　快着点吧!

〔乡妇、小妞走出去。李三随后端出两碗面去。

王利发　(过来)常四爷,您是积德行好,赏给她们面吃!可是,我告诉您:这路事儿太多了,太多了!谁也管不了!(对秦仲义)二爷,您看我说的对不对?

常四爷　(对松二爷)二爷,我看哪,大清国要完!

秦仲义　(老气横秋地)完不完,并不在乎有人给穷人们一碗面吃没有。小王,说真的,我真想收回这里的房子!

王利发　您别那么办哪,二爷!

秦仲义　我不但收回房子,而且把乡下的地,城里的买卖也都卖了!

王利发　那为什么呢?

秦仲义　把本钱拢在一块儿,开工厂!

王利发　开工厂?

秦仲义　嗯,顶大顶大的工厂!那才救得了穷人,那才能抵制外货,那才能救国!(对王利发说而眼看着常四爷)唉,我跟你说这些干什么,你不懂!

王利发　您就专为别人,把财产都出手,不顾自己了吗?

秦仲义　你不懂！只有那么办，国家才能富强！好啦，我该走啦。我亲眼看见了，你的生意不错，你甭再要无赖，不长房钱！

王利发　您等等，我给您叫车去！

秦仲义　用不着，我愿意蹓跶蹓跶！

〔秦仲义往外走，王利发送。

〔小牛儿搀着庞太监走进来。小牛儿提着水烟袋。

庞太监　哟！秦二爷！

秦仲义　庞老爷！这两天您心里安顿了吧？

庞太监　那还用说吗？天下太平了：圣旨下来，谭嗣同问斩！告诉您，谁敢改祖宗的章程，谁就掉脑袋！

秦仲义　我早就知道！

〔茶客们忽然全静寂起来，几乎是闭住呼吸地听着。

庞太监　您聪明，二爷，要不然您怎么发财呢！

秦仲义　我那点财产，不值一提！

庞太监　太客气了吧？您看，全北京城谁不知道秦二爷！您比做官的还厉害呢！听说呀，好些财主都讲维新！

秦仲义　不能这么说，我那点威风在您的面前可就施展不出来了！哈哈哈！

庞太监　说得好，咱们就八仙过海，各显其能吧！哈哈哈！

秦仲义　改天过去给您请安，再见！(下)

庞太监　(自言自语)哼，凭这么个小财主也敢跟我逗嘴皮子，年头真是改了！(问王利发)刘麻子在这儿哪？

王利发　总管，您里边歇着吧！

〔刘麻子早已看见庞太监，但不敢靠近，怕打搅了庞太监、秦仲义的谈话。

刘麻子　喝，我的老爷子！您吉祥！我等了您好大半天了！(搀庞太监往里面走)

〔宋恩子、吴祥子过来请安，庞太监对他们耳语。

〔众茶客静默了一阵之后，开始议论纷纷。

茶客甲　谭嗣同是谁？

茶客乙　好像听说过！反正犯了大罪，要不，怎么会问斩呀！

茶客丙　这两三个月了，有些做官的，念书的，乱折腾乱闹，咱们怎能知道他们捣的什么鬼呀！

茶客丁　得！不管怎么说，我的铁杆庄稼又保住了！姓谭的，还有那个康有为，不是说叫旗兵不关钱粮，去自谋生计吗？心眼多毒！

茶客丙　一份钱粮倒叫上头克扣去一大半，咱们也不好过！

茶客丁　那总比没有强啊！好死不如赖活着，叫我去自己谋生，非死不可！

王利发　诸位主顾，咱们还是莫谈国事吧！

〔大家安静下来，都又各谈各的事。

庞太监　(已坐下)怎么说?一个乡下丫头,要二百银子?

刘麻子　(侍立)乡下人,可长得俊呀!带进城来,好好地一打扮、调教,准保是又好看,又有规矩!我给您办事,比给我亲爸爸做事都更尽心,一丝一毫不能马虎!

〔唐铁嘴又回来了。

王利发　铁嘴,你怎么又回来了?

唐铁嘴　街上兵荒马乱的,不知道是怎么回事!

庞太监　还能不搜查搜查谭嗣同的余党吗?唐铁嘴,你放心,没人抓你!

唐铁嘴　嗻,总管,您要能赏给我几个烟泡儿,我可就更有出息了!

〔有几个茶客好像预感到什么灾祸,一个个往外溜。

松二爷　咱们也该走了吧!天不早啦!

常四爷　嗻!走吧!

〔二灰衣人——宋恩子和吴祥子走过来。

宋恩子　等等!

常四爷　怎么啦?

宋恩子　刚才你说"大清国要完"?

常四爷　我,我爱大清国,怕它完了!

吴祥子　(对松二爷)你听见了?他是这么说的吗?

松二爷　哥儿们,我们天天在这儿喝茶。王掌柜知道,我们都是地道老好人!

吴祥子　问你听见了没有?

松二爷　那,有话好说,二位请坐!

宋恩子　你不说,连你也锁了走!他说"大清国要完",就是跟谭嗣同一党!

松二爷　我,我听见了,他是说……

宋恩子　(对常四爷)走!

常四爷　上哪儿?事情要交代明白了啊!

宋恩子　你还想拒捕吗?我这儿可带着"王法"呢!(掏出腰中带着的铁链子)

常四爷　告诉你们,我可是旗人!

吴祥子　旗人当汉奸,罪加一等!锁上他!

常四爷　甭锁,我跑不了!

宋恩子　量你也跑不了!(对松二爷)你也走一趟,到堂上实话实说,没你的事!

〔黄胖子同三五个人由后院过来。

黄胖子　得啦,一天云雾散,算我没白跑腿!

松二爷　黄爷!黄爷!

黄胖子　(揉揉眼)谁呀?

松二爷　我!松二!您过来,给说句好话!

黄胖子　(看清)哟,宋爷,吴爷,二位爷办案哪?请吧!

松二爷　黄爷,帮帮忙,给美言两句!

黄胖子　官厅儿管不了的事,我管!官厅儿能管的事呀,我不便多嘴!(问大家)是不是?

众　嘛!对!

〔宋恩子、吴祥子带着常四爷、松二爷往外走。

松二爷　(对王利发)看着点我们的鸟笼子!

王利发　您放心,我给送到家里去!

〔常四爷、松二爷、宋恩子、吴祥子同下。

黄胖子　(唐铁嘴告以庞太监在此)哟,老爷在这儿哪?听说要安分儿家,我先给您道喜!

庞太监　等吃喜酒吧!

黄胖子　您赏脸!您赏脸!(下)

〔乡妇端着空碗进来,往柜上放。小妞跟进来。

小　妞　妈!我还饿。

王利发　唉!出去吧!

乡　妇　走吧,乖!

小　妞　不卖妞妞啦?妈!不卖啦?妈!

乡　妇　乖!(哭着,携小妞下)

〔康六带着康顺子进来,立在柜台前。

康　六　姑娘!顺子!爸爸不是人,是畜生!可你叫我怎办呢?你不找个吃饭的地方,你饿死!我不弄到手儿两银子,就得叫东家活活地打死!你呀,顺子,认命吧,积德吧!

康顺子　我,我……(说不出话来)

刘麻子　(跑过来)你们回来啦?点头啦?好!来见见总管!给总管磕头!

康顺子　我……(要晕倒)

康　六　(扶住女儿)顺子!顺子!

刘麻子　怎么啦?

康　六　又饿又气,昏过去了!顺子!顺子!

庞太监　我要活的,可不要死的!

〔静场。

茶客甲　(正与乙下象棋)将!你完啦!

——幕　落

《茶馆》是老舍先生1957年创作的三幕话剧(最初发表于《收获》创刊号),是老舍戏剧创作的一座丰碑,在当代话剧史上具有重要的地位。

剧本截取了1889年戊戌变法失败、民国初期军阀混战和抗战胜利后国民党统治时期三个颇具典型性的时代为背景,通过北京一个"裕泰茶馆"的兴衰,反映了长达50年的中国社会历史变迁,深刻揭示了旧中国必然要灭亡的历史规律。

《茶馆》在艺术构思上运用了侧面透露的手法,通过一个三教九流汇聚的茶馆来透露时代的风云变幻。小茶馆成为大社会的一个"窗口"。

《茶馆》的结构突破了传统戏剧"一人一事"为主线的结构形式,既没有完整的贯穿始终的故事情节,也没有集中的戏剧冲突,而是采用了人物展览式的戏剧结构,众多的人物速写形成一个个戏剧片断,经过巧妙编织,既展现了多种多样的戏剧冲突,又塑造了一系列鲜明生动的人物形象。主要人物王利发、常四爷、秦仲义自壮到老,贯穿全剧,次要人物唐铁嘴、吴祥子、宋恩子、二德子等是父子相承,每个人都说他自己的事,合起来具有丰富的社会内容。而无关紧要的人物则招之即来,挥之即去。因此,人物虽多但活动有序,事件虽繁但情节不乱,时间虽长但线索明晰。作家在展览人物时,从主要人物命运发展的不同阶段,选取一些富有典型意义的片断进行描写以揭示时代的变化,从人物的悲剧命运中写出社会的悲剧。实现埋葬三个旧时代的创作目的。

《茶馆》在情节设计中悲喜剧因素相互穿插,从正反两个方面艺术地揭示了旧社会的黑暗丑恶,产生对比相生的戏剧审美效果。《茶馆》戏剧对白形神兼备,简洁幽默,既有个性特征,又富于感情色彩。人物语言符合自己的身份,说自己性格规定的语言。

《茶馆》具有浓郁的北京风味。主要表现在对北京方言的运用和北京风俗人情的描写,剧中所有人物都是地道的北京人,环境是典型的北京茶馆,其中的陈设和人物的对话都有地道的北京味。

(闻迪生)

关汉卿(存目)

田 汉

田汉(1898—1968),原名田寿昌。50年代和60年代先后创作了京剧《西厢记》、《谢瑶环》和话剧《关汉卿》、《文成公主》等。

《关汉卿》是田汉在1958年为纪念世界文化名人关汉卿戏剧活动700周年而创作的11场话剧,最初发表于《剧本》1958年第2期。这是田汉的一个出色的艺术创造。关汉卿是元代杰出的人民戏曲家,一生创作了60余种杂剧。但是关汉卿的生平及其创作情况史籍上记载得很少,史料缺乏为创作带来了较大困难,但田汉以历史唯物主义观点,在充分分析元代社会特点、深入研究关汉卿的剧作和散曲的基础上,发挥艺术想象力,以关汉卿创作和演出名剧《窦娥冤》为中心线索,展开戏剧冲突,从而塑造了一位敢于为人民的痛苦和不平而呐喊的"愤怒的戏曲战士"的光辉形象。

关汉卿作为一出历史剧,在艺术上形成了鲜明的特点。一是剧本在艺术构思上运用了"戏中戏"的结构方式。即以关汉卿创作《窦娥冤》为契机,围绕着写作、演出和捍卫《窦娥冤》三个环节来展开情节,通过一系列尖锐激烈的矛盾冲突,刻画了关汉卿的"铜豌豆"的坚强性格。二是剧本具有浓烈的悲剧色彩。剧本通过众多的人物相互比较衬托,加强了剧情的悲剧色彩。通过反面人物的卑劣和专横,烘托关汉卿的光辉形象又加深了他的悲剧命运。而朱帘秀和关汉卿之间相互支持、相互鼓舞、共同战斗,更产生了一种悲壮美。三是以诗入剧,诗情与剧情相融合。这是田汉话剧的一个主要特点。《双飞蝶》和《沉醉东风》两个插曲,把读者带到了诗的境界中,剧中有诗,诗中有剧。(吴尚华)

陈毅市长(选场)

沙叶新

第三场

〔一九四九年六月中旬的某日傍晚。

〔上海国华纱厂总经理傅一乐的别墅。

〔幕启。这是别墅中一间漂亮的客厅,有一门通往餐厅。管家从餐厅里出来。傅一乐的老婆何淑芳从楼上走下。

何淑芳　准备得怎么样了?

管　家　餐厅已经收拾好了。这是今晚的菜单,请太太过目。

何淑芳　(不满)唔,这菜单是谁定的?

管　家　老爷说,这是请共产党吃饭,不要太铺张。

何淑芳　既然请人家来吃饭了,就得让人家吃个高兴。吩咐厨房把拿手菜都做出来。

管　家　是。

何淑芳　打个电话到刘家去,请先生早些回家。

〔管家下。陶慕朱上。

何淑芳　表哥来了,请坐。

陶慕朱　淑芳,一乐呢?

何淑芳　还没回来。你怎么好久不来玩了?

陶慕朱　在做生意。

何淑芳　你在做什么生意?

陶慕朱　米!

何淑芳　你怎么做起米蛀虫来啦?这能有多大油水?

陶慕朱　油水大得很哩!米价一个劲地往上蹿,都快蹿上天啦!

何淑芳　恭喜,恭喜,你是发了财啰!

陶慕朱　货还没脱手呢,这两天市场上又到了一票米,共产党连军用卡车都派出去运米了。他们抛出,我们吃进,有多少,吃多少,米价一日连升三级。哈哈哈!

何淑芳　哦,这么看来,上海还是有生意可做的,那你干吗要劝一乐到香港去?

陶慕朱　嘿,上次我劝一乐去香港,完全是为他着想,他是个有产业的人,举足轻重,不像我光身一个,混不下去了,随时一拍屁股就能走的。

何淑芳　一乐这次从香港回来就不走啦。

〔傅一乐上。

傅一乐　慕朱兄,什么时候来的?

陶慕朱　刚到,你哪儿去了?

傅一乐　到刘家去了一趟。

何淑芳　刘老说了些什么?

傅一乐　六月二日那个工商界人士座谈会,他参加了。会开得很热闹,陈毅市长亲自到场,跟大家握了手,还讲了话。

何淑芳　讲了什么?

傅一乐　跟上次我那个报社朋友的传话差不多意思,说共产党的政策是保护工商业,希望我们尽快地恢复生产。

陶慕朱　刘老对这个会议有何感想?

傅一乐　他说,共产党是欢迎我们的,是要和我们合作的。

何淑芳　刘老的话你总应该相信了。

傅一乐　但是共产党的话是不是可以相信……这都是在场面上讲话,骨子里到底如何呢?

何淑芳　你怎么谁都不相信呢?

傅一乐　这么大的事情,总得要三思而行,多考虑考虑没有坏处。

何淑芳　你要走,你走罢。当“白华”的日子也不会舒服,我宁愿守在家里。

傅一乐　看,看,你又急了不是,我今天请工业局顾局长来吃饭,不就是打算留下来?

陶慕朱　你是资本家,他们是共产党,顾局长会来么?

何淑芳　共产党不是说欢迎我们,要和我们合作么,吃一顿饭又有什么?

傅一乐　其实我也是为了摸摸共产党的行情,如果不来,那就是说,什么欢迎啊、合作啊都是假的,只不过是宣传。

何淑芳　顾局长一定会来的。

傅一乐　淑芳,你去换换衣服,最好穿列宁装,这是现在最时髦的。我还请了沈胖子来做陪客。

何淑芳　沈胖子是谁?

傅一乐　也是上海滩的大亨,开米行的,满口新名词,是最时髦的人物。

〔何淑芳下。

陶慕朱　一乐,你这次从香港回来,真的打算留下来不走啦?

傅一乐　我在上海几十年,弄到现在这个局面,不容易啊!只要有生意可做,谁舍得离开?

陶慕朱　真的不去香港了?

傅一乐　到外面去,我得重起炉灶,要在别人的地盘里打出一条路来,谈何容易。

陶慕朱　那你在九龙买的那块地皮是做什么用的?

傅一乐　哪有此事!

陶慕朱　你不是还有两千锭子在那边吗?

傅一乐　慕朱兄,你是怎么知道的?外面有什么风声么?

陶慕朱　不要紧张。在香港,我是很有些朋友的。

傅一乐　千万不能传出去。

陶慕朱　那是自然。一乐兄,你这可是一步高棋,脚踏两只船;如果将来再向南洋伸展,来个狡兔三窟,这盘棋就更活了。

傅一乐　活不活,还得看今天请共产党吃饭的这着棋下得如何呢!

〔管家上。

管　家　老爷!

傅一乐　客人来了?

管　家　来了个电话。

傅一乐　怎么说?

管　家　说顾局长工作忙,没有空。

傅一乐　(当头一棒)啊!还说什么?

管　家　还说……

傅一乐　说呀!

管　家　还说,顾局长希望傅总经理以后不要再搞什么请客吃饭,影响不好……

傅一乐　什么?影响不好?(垂头丧气地坐在一张椅子上)

管　家　我去吩咐厨房,酒席不做了。

〔傅一乐挥挥手。管家下。

陶慕朱　怎么样,不幸而言中吧?

傅一乐　哼,什么欢迎、合作,都是宣传,都是假的!

陶慕朱　上海绝不是我们久留之地。

傅一乐　对,走!(突然)慕朱兄能不能助我一臂之力?

陶慕朱　用得着我,只管吩咐。

傅一乐　我在香港缺一个得力助手,想借重你的大驾。

陶慕朱　可我手头还有一笔生意……

傅一乐　我知道。我劝你赶快脱手算了,我刚才在刘家听到一个消息,共产党在老解放区调集粮食往上海运,数量很大,眼看米价就要跌。

陶慕朱　(一惊)啊?

傅一乐　你早点替我到香港去把分厂建起来,我想办法把这里老厂的资金全部抽过去!

陶慕朱　我去向沈胖子打个招呼,如果你的消息属实,我立即交割干净,动身去香港。

傅一乐　那我就一切拜托了!

〔管家急上。

管　家　傅总经理,顾局长来了!

傅一乐　(一惊)什么?又来了!

管　家　来了两个人。

傅一乐　哦?怎么回事?

陶慕朱　别是来兴师问罪的吧。

傅一乐　啊?!

陶慕朱　我看你还是先应付一下,我走啦。

傅一乐　等等!(一把抓住陶慕朱)慕朱兄,你得陪我!

陶慕朱　这还要陪?

傅一乐　我可从来没跟共产党打过交道,你得帮我应付一下!
(抓住陶慕朱不放,对管家)有请,有请!

〔傅一乐、陶慕朱、管家下。

〔傅一乐引陈毅、顾充上。陶慕朱随上。

傅一乐　(发抖地)请,请!

陶慕朱　真没想到陈市长今日也惠然赏光,真是喜出望外,喜出望外!

陈　毅　这位是……

陶慕朱　哦,敝人是傅总经理的表亲,敝姓陶。

陈　毅　幸会,幸会。

陶慕朱　一乐,怎么不请客人坐呀?

傅一乐　哦,哦……请,请!(紧张地坐在陈毅一旁)

〔佣工给陈毅、顾充端来茶水,然后下。

陈　毅　傅先生,听说你请顾局长吃饭?

傅一乐　不不不!哦,哦,是有此事,是有此事……

陶慕朱　傅总经理聊备菲酌,恭请顾局长,不过是略表傅总经理对贵党、贵政府的热情,请陈市长不要见怪。

陈　毅　不,我是要见怪的!我对傅先生很有意见!

傅一乐　啊……

陶慕朱　傅总经理是一片好意,只是不知道贵党有如此严格的党规,往后决不会再如此冒昧。

陈　毅　不,我是说傅先生不够朋友!

傅一乐　不够朋友?

陈　毅　岂不是吗?为何请他吃饭,就不请我?

傅一乐　请你?!

陈　毅　怕破费?

傅一乐　不不不!

陶慕朱　连顾局长的大驾都请不动,哪敢请你陈市长?

陈　毅　请他,是他自己不肯来;请我,我就一定来,就是不请,我不是也来了?

〔傅一乐疑惑地望了望顾充,顾充点点头。

傅一乐　陈市长真的赏光？

陈　毅　早知贵府有位名厨，我是慕名而来。

傅一乐　（喜出望外）哦？太好了！我马上通知厨房。

陶慕朱　（失望地）一乐！

傅一乐　慕朱兄，你先代我陪陪客人！（下）

陶慕朱　请抽烟，抽烟！

〔静场。

〔管家上。

管　家　陶先生，您的电话。

〔陶慕朱向管家不耐烦地挥挥手。

管　家　是一位姓沈的先生打来的，说有急事。

陶慕朱　（一惊）哦！（对陈毅）我去一下，一会就来。失陪，失陪。（下）

顾　充　老总，咱们真的要在这儿吃饭？

陈　毅　你不敢来，是我带你来的，你还怕个什么？

顾　充　可资本家……

陈　毅　资本家的饭就吃不得？

顾　充　我可不吃！

陈　毅　你不吃我吃双份儿！

顾　充　你就不怕资产阶级的影响？

陈　毅　身为共产党的干部，只是怕资本家影响我们，为什么我们就不能影响资本家？我到这里来，就是要资产阶级受我的影响！

顾　充　那也不一定要吃饭嘛！

陈　毅　不吃饭，影响就不大嘛。你想嘛，一个共产党的工业局长，一个人民政府的市长，到一个资本家家里去吃饭，这可是头版头条的新闻，影响大得很！

顾　充　哦，你是想在饭桌上做他们的工作？

陈　毅　不，你是工业局局长，做他们的工作是你的任务。我不管，我只管吃饭。

顾　充　你只管吃饭？

陈　毅　对头，我的任务就是来吃饭，就是要让他们看一看我们共产党人是啥子模样，让他们知道共产党人也是有鼻子有眼，有血有肉，也是像一般人一样，也要吃饭的，不是青面獠牙的怪物，不是不近人情的生番，也不是不吃人间烟火的和尚。

顾　充　（笑）好好好，这个饭吃得，吃得！

陈　毅　快去向傅总经理打声招呼吧！

顾　充　我就去。（下）

〔何淑芳上，找傅一乐，看见了陈毅。

何淑芳　您这位……？

陈　毅　哦,敝姓(四川乡音)陈。

何淑芳　(听错了)沈先生,怎么让你一个人在这里,一乐也不陪一陪。

陈　毅　傅总经理刚才见过面了,他到厨房有事去,你是傅太太吧!

何淑芳　不敢当,沈先生请坐。

〔陈毅、何淑芳落座。

何淑芳　沈先生,我好像在哪儿见过你?

陈　毅　可能,非常可能。

何淑芳　你是哪家公司的大老板吧?

陈　毅　大老板?哦,对,我是上海市的大老板。

何淑芳　上海市的大老板?请问哪家公司?

陈　毅　国营公司。

何淑芳　贵盈公司?是百货行业?

陈　毅　对,我倒是要开办一家最大的国营百货公司。

何淑芳　还没开办?

陈　毅　正在筹划,想尽快开门。

何淑芳　现在市面上,米很吃香,沈先生不做一些么?

陈　毅　米的生意,我倒是也在做。

何淑芳　听说米价还要涨哩。

陈　毅　千万不能再涨了。

何淑芳　你不喜欢涨?

陈　毅　一听到涨,我就不安逸,我倒希望它跌,跌到底。

何淑芳　哦,沈先生是做空头的。

陈　毅　空倒不空,是实实在在的米,只要他们吃得下,我就尽量供应,一直到他们胀死为止。

何淑芳　真的!沈先生的魄力大。

陈　毅　我的本钱大。

何淑芳　一乐能请到沈先生来做陪客,真不简单。

陈　毅　我这个陪客倒不是请来的,是我自己争取来的。

何淑芳　那就更好了,但不知工业局的顾局长什么时候才能到?

陈　毅　他已经来了。

何淑芳　怎么没看见他?

陈　毅　他和傅总经理在一起。

何淑芳　你见过他了?

陈　毅　我们一起来的。

何淑芳　沈先生和共产党是打过交道的?

陈　毅　天天打交道。

何淑芳　共产党可怕么?

陈　毅　为何要怕?

何淑芳　都说共产党可厉害了!

陈　毅　百闻不如一见,你看见了就不会觉得可怕。你看我,我这个人可不可怕?

何淑芳　一点也不,挺和气的。

陈　毅　是嘛,共产党就跟我一样,也是挺和气,有礼貌,懂道理,讲朋友的。

何淑芳　你相信共产党吗?

陈　毅　要是不相信,我就不会跟共产党在一起了。

何淑芳　沈先生,请你跟我们一乐谈谈,他就是怕共产党,顾虑重重,始终不敢开工;刚从香港回来,又想到香港去,总拿不定主意。

陈　毅　哦?那是他不了解共产党的政策。你对他说,共产党的经济政策是"发展生产,繁荣经济,公私兼顾,劳资两利",允许他剥削,允许他有利可图。原料、资金上的困难,政府还会帮助解决,希望他尽快地恢复生产。

何淑芳　你说的是真的?

陈　毅　共产党说话是算数的。

何淑芳　要真的是这样,我一定不让他走,叫他早日开工!

陈　毅　是嘛,你倒是有责任劝劝他噢!

何淑芳　一定,一定!哎呀,光顾着说话,也没让你休息休息。沈先生,听音乐吗?

陈　毅　好,要得!

何淑芳　听听爵士音乐,轻松轻松。

陈　毅　有古典的吗?

何淑芳　沈先生爱听古典音乐?(放唱片)这个怎么样?

陈　毅　很好,这是贝多芬的《英雄交响乐》。

何淑芳　你是怎么猜到的?

陈　毅　这是贝多芬在一八零四年写的一首名曲,就像罗曼·罗兰说的,他仿佛是一个革命的古罗马人,热爱自由和民族独立,梦想着由胜利之神建立起一个英雄的共和国。

何淑芳　沈先生,你"老来西"的,既懂音乐,又会做生意,还会跟共产党打交道,新名词一套一套的,真应该交你这么一个朋友,希望你常常到我们家来。

〔傅一乐和顾充上。

傅一乐　陈市长!

何淑芳　(一惊)什么?陈市长?你?!

陈　毅　我不是对你说过,我是上海市的大老板吗?

何淑芳　哎呀,我……太冒昧,太冒昧了!

陈　毅　有什么冒昧?只要你不认为我可怕就行了。

何淑芳　不不,不可怕,不可怕!

陈　毅　所以,要了解共产党,非要接触一下才行,否则要误会的。比方说,国民党骂我们是共匪,不少人又没见过我们,也以为我们是匪。你们现在看看嘛,我和他

(指顾充)哪一个像匪嘛。对共产党的经济政策也是这样,了解了,就不会怀疑,不会观望,就会尽快恢复生产。

傅一乐　刚才顾局长把贵党的经济政策都对我说了,我真是如梦初醒,真没想到政府还借给资金,供给原料!我明天一定开工,一定开工!

陈　毅　好,我们欢迎!傅先生,我们共产党是讲朋友的,从不搞鬼。你今天请我们吃饭,我不会看作是糖衣炮弹;顾局长代表政府借款给你,也不是糖衣炮弹,都是为了一个目的,恢复生产,共同克服目前的困难。今后我们都要以诚相待,都不能做对不起朋友的事噢!我得把丑话说在前头,我们共产党是从来不搞什么糖衣炮弹,要么是糖,要么就是炮弹!

傅一乐　你放心,你放心,我一定遵守政府法令,正当合法地进行经营。

何淑芳　吃饭,吃饭吧。一乐,你请的那位陪客怎么还没来?

傅一乐　对了,还有慕朱呢?

〔管家上。

管　家　陶先生接了一个电话就走了,这是他留的一张条子。

傅一乐　(接阅纸条)哦,走了!好吧,好吧。

何淑芳　(看纸条)怎么,他到香港去了?

傅一乐　是呀,是呀。(对陈毅)要不要追他回来?

陈　毅　要走,就让他走嘛,以后总还是要回来的。回来的时候我们再欢迎。

傅一乐　那……吃饭,吃饭吧。

——幕　落

(原载《剧本》1980年第5期)

沙叶新(1939—　),江苏南京人。代表剧作有《陈毅市长》(获全国第一届优秀剧本奖和全国少数民族文学创作奖)、《寻找男子汉》、《耶稣?? 孔子? 披头士列侬》、《假如我是真的》。

《陈毅市长》选取了上海解放后头两年作为历史背景,通过陈毅在部队做报告、出席记者招待会、教育干部、到民族资本家家里赴宴等一系列情节,多侧面地表现了他对经济建设的巨大热情,对人民生活的深切关心,对各界人士的真诚团结,对干部思想和作风的严格要求,以及对党风党纪的身体力行,展现了我党高级干部的优良工作作风。同时,在这一系列事件和细节中刻画了陈毅的细致认真负责的工作作风和豪爽率直、真诚幽默、平易近人的人格魅力。

《陈毅市长》在艺术结构上大胆创新,采用"一人多事"的"冰糖葫芦"式的串联形式。全剧没有贯穿始终的中心事件,也没有贯穿全剧的中心冲突,只有贯穿全剧的中心人物——陈毅。整部剧是由围绕陈毅的十个小故事构成,十场戏各自独立,从不同侧面来揭示主人公的性格。每场戏结尾或者有几句台词,或者用一个细节为下一场戏的情节开展埋下伏线,做简单的铺垫。这种结构打破了传统话剧情节结构因果关系的情节链,从线形情节描绘到生活场景,既有利于反映生活的丰富性和复杂性,也有利于刻画多种多样的人物。(姚慧卿)

绝对信号(存目)

高行建　刘会远

高行健是法籍华人作家,2000年诺贝尔文学奖获得者。主要作品有话剧《野人》、《车站》、《绝对信号》,短篇小说集《我给老爷买鱼竿》,长篇小说《灵山》。

《绝对信号》(作者高行健、刘会远)是一部探索性无场次话剧,也是高行健实验话剧观念的第一个文本。话剧就情节来看比较简单,一列守车车厢之内的几个人物围绕着劫车与反劫车展开了一场心理较量和冲突。无业青年黑子受车匪诱迫参与劫车,最终在老车长、朋友小号以及恋人蜜蜂的感召下,揭发了车匪并与之展开殊死搏斗。这是一个失足青年的反正过程。但是由于作家采用了整体象征的手法,使得故事超越了教育挽救失足青年的主题而具有了更深广的抽象寓意,故事和人物也都因此成为象征符号。

作为实验话剧,《绝对信号》在艺术表现上淡化了事件过程,强化了人物的心理流程。一是把人物回忆、内心情感交流、想象等心理时空,外化为分明可见的舞台动作,使人物的过去和现在以及未来,由现实时空变化触发开来的心理活动轨迹,统统展示出来。也就是把人物从现实中抽出来,演员便可立即进入人物的心理时空,而现实时空依然在观众的想象中进行着。二是采取了灯光的明灭、打火吸烟的火光闪烁以及列车运行时的不同声响效果,变幻着列车启动、停车、进站、出站、三过隧道和车速快慢的现实时空与守车上每个人心理变化的心理时空,使剧情波澜起伏,人物情绪越来越紧张地集中在车上即将发生的关系到每个人物命运的重大事件上来,心理时空的反复展示,加深着人们对人物历史和现实社会与个人、感情与理智,前因与后果的认识判断。(吴尚华)